LA TRACE DU SERPENT

MARY ELIZABETH BRADDON

LA TRACE DU SERPENT

traduit de l'anglais par
Charles Bernard Derosne

révision et préface d'Isabelle Viéville Degeorges

ARCHIPOCHE

Collection dirigée par
Isabelle Viéville Degeorges

www.archipoche.com

Si vous souhaitez recevoir notre catalogue
et être tenu au courant de nos publications,
envoyez vos nom et adresse, en citant ce livre,
aux Éditions Archipoche,
34, rue des Bourdonnais 75001 Paris.
Et, pour le Canada, à Édipresse Inc.,
945, avenue Beaumont,
Montréal, Québec, H3N 1W3.

ISBN 978-2-35287-345-7

Préface

Mary Elizabeth Braddon (1835-1915) est l'un des écrivains les plus prolifiques et les plus controversés de son temps. Souvent citée à rang égal de popularité avec Wilkie Collins, elle défraie la chronique en donnant ses lettres de noblesse à la littérature sensationnelle, et sera accusée de pervertir les jeunes femmes et les innocents. Ses intrigues inventives, hautes en couleur et pleines de rebondissements, s'adressent, fait nouveau, à toutes les classes de la société, mêlant dans un même creuset les représentants des working class, middle class *et de l'aristocratie. Elle est parmi les tout premiers auteurs, après Edgar Allan Poe et avec Collins, à introduire le personnage du détective et s'aventure sur les terres masculines de la littérature populaire à sensation. Cette audace délibérée est le parfait reflet de ses choix personnels.*

Née à Londres le 4 octobre 1835, Mary Elizabeth Braddon est la fille d'Henry Braddon, homme de loi par tradition familiale : c'est un Braddon qui a représenté la Cornouaille au premier Parlement d'Élisabeth Ire. Henry Braddon, contrairement à cette tradition, se montre joueur, dépensier, dandy, désinvolte et indélicat. Il épouse Fanny White, une jeune Irlandaise de dix-neuf ans qui se marie par défaut à la mort de celui qu'elle aime, en mentant sur le montant de la rente qu'il doit lui accorder. À leur installation, une première crise financière les oblige à abandonner tout le mobilier et les cadeaux de mariage de Fanny.

Incapable de subvenir aux besoins de leur premier enfant, Maggie, née en 1824, Henry la confie à sa propre mère. Le suivant, Edward, né en 1829, est envoyé en pension. À la naissance de Mary Elizabeth, Fanny est décidée à garder l'enfant avec elle et lui fait partager son lit jusqu'à l'âge de sept ans. La mère et la fille nouent une relation exclusive et ne se quitteront plus. Bientôt, les deux parents se séparent et Mary part vivre avec sa mère. Celle-ci, malgré les preuves de l'adultère de son mari, ne peut divorcer pour cause de «motif insuffisant» (qui l'eût été amplement en cas d'adultère de l'épouse).

De déménagements en cohabitations, la petite fille devient très proche de la cuisinière et, dès huit ans, fait dans son giron l'apprentissage des joies corsées de la littérature populaire: penny dreadful[1], *revues populaires, comptes rendus sanglants de procès (dont les quatorze auxquels la brave dame a elle-même assisté) et abrégés des œuvres d'Edward Bulwer Lytton, qui deviendra son mentor. Avec sa gouvernante, elle assiste à de nombreuses représentations théâtrales et autres mélodrames populaires, notamment une adaptation du célèbre crime de Red Barn dont il est question dans* La Trace du serpent. *Tous ces divertissements captivent son imagination.*

Fanny, sa mère, n'a pas vraiment les moyens ni peut-être l'envie de l'envoyer en pension et se charge elle-même de son éducation. Elle lui apprend à lire

1. Ou *penny horrible, awful, number* ou *blood*: fictions macabres publiées en feuilletons, vendues au prix de un penny, très populaires dans l'Angleterre du XIXe siècle.

(Shakespeare, Brontë, Austen...), à écrire, à jouer du piano, le tout entrecoupé de brefs passages dans telle ou telle école. Surtout, Fanny lui enseigne le français et l'initie à la littérature des deux pays. La petite, un vrai garçon manqué qui aime monter à cheval et chasser chez ses grands-parents, dévore Dumas, Hugo, Scott, etc. Bien sûr, lectrice éclectique et compulsive, elle écrit et rêve d'être un jour l'auteur d'un de ces volumes qui la fascinent.

Henry, qui vit chez sa maîtresse, est hélas rarement en mesure de leur venir en aide. Sa sœur Maggie épouse un Italien avec qui elle s'installe dans la péninsule. Son frère Edward, qui n'a pu achever ses études au collège de Londres, est envoyé à Calcutta chez un de ses oncles paternels qui y a fait fortune. Après moult péripéties, il deviendra Premier ministre de Tasmanie.

À seize ans, Mary Elizabeth se doit d'aider financièrement sa mère. Au lieu d'attendre un mari, cette grande jeune fille musicienne, douée d'une très jolie voix, répugne à l'idée d'être gouvernante ou institutrice et décide de devenir actrice. Choix d'autant plus incompréhensible, inhabituel et choquant que l'exposition publique, aux yeux de ses pairs, est plus ou moins synonyme de l'état de femme publique. Ainsi entre-t-elle à grand fracas dans l'âge adulte, avec une belle indépendance. Elle monte sur les planches sous le pseudonyme de Mary-Ann Seyton (pour épargner sa famille). Sa mère la chaperonne dans ce milieu de perdition et ne la lâche pas d'une semelle.

Mary Elizabeth connaîtra une carrière de huit ans, un petit succès d'estime, de nombreux artistes et journalistes, mais surtout apprendra les arcanes, secrets et subterfuges du théâtre et l'art de développer une intrigue en retenant l'attention. Car elle ne cesse pas d'écrire pour autant, s'essaie aux pièces de théâtre, à la poésie et se voit publiée de temps à autre dans les colonnes d'un journal. Elle fait finalement la connaissance de John Gilby, qui devient son mécène. Elle est encore actrice quand elle écrit la plus grande partie de La Trace du serpent, *qui paraît en deux fois dans les colonnes d'un journal du Yorkshire sous le titre de* Three Times Dead, or The Secret of the Heath.

L'histoire remporte un vif succès. John Gilby décide de lui verser une petite rente, afin qu'elle puisse se consacrer à l'écriture. Cet argent lui permet de quitter la scène en 1860. À la recherche d'un éditeur, elle rencontre William Babington Maxwell, au grand dam de son vieux mécène. Cet orphelin de Limerick, haut en couleur, est propriétaire de magazines et éditeur. Marié à Mary Ann Crowley, dont il est séparé en raison de son instabilité mentale, il élève seul leurs sept enfants dont il a la charge. Maxwell reconnaît très vite le potentiel de Mary Elizabeth. Il lui fait reprendre intégralement Three Times Dead, *qu'il rebaptise* The Trail of the Serpent. *Il s'en écoule plus de mille exemplaires le jour de la sortie. Succès qui s'explique par la synthèse inédite et explosive de romance, d'aventure, de crime, de manipulation, de bigamie, de substitution, de détournement et d'une certaine tenue littéraire.*

Mary Elizabeth Braddon a vingt-cinq ans. Elle s'est amusée à raconter cette histoire dans le style direct d'un chroniqueur omniscient. Les rebondissements s'enchaînent, trop heureux pour être vraisemblables, mais si enlevés qu'ils sont pardonnés. Jamais l'itinéraire de trois jeunes gens perdus dans la dissipation, la dissimulation et le crime n'aura eu un tel caractère de spontanéité et de jubilation. On y retrouve pêle-mêle l'oncle richissime de Calcutta, la trame du récent Sadleir Mystery (un membre du Parlement de Sligo qui avait détourné de l'argent avant de se suicider dans la lande), mais aussi l'influence de la grande pièce à la mode sur Jack Sheppard (le Spaggiari du XVIIIᵉ siècle), dont le meilleur ami fut sauvé de la Tamise et adopté sous ce nom par son sauveur – à l'instar de Slosh, autre mini-héros du livre. L'histoire, qui nous emmène de la boue du Yorkshire aux stalles de l'opéra de Paris, fait voyager le lecteur dans tous les milieux et l'introduit aussi bien dans la psyché du héros, Richard Marwood, que dans celle du criminel Jabez North, ou encore, fait nouveau, de Joe Peters, le détective muet que tout le monde croit sourd. Quant à l'héroïne du roman, Valérie de Cévennes, jeune femme du meilleur monde qui choisit de se défendre elle-même à n'importe quel prix, sort du rôle plus ou moins passif de victime dans lequel sont cantonnées les femmes dans le roman. Il semble qu'elle doive quelque chose aux choix d'Elizabeth elle-même.

Malgré son franc succès, le roman est étrillé par la plupart des critiques. L'auteur, écrit William Fraser Rae dans un article sur les romanciers à sensation, «peut se vanter, sans crainte d'être contredite, d'avoir réussi temporairement à faire de la littérature de cuisine la lecture favorite du salon». Depuis la parution de La Dame en blanc *de Wilkie Collins (1860), le goût de la sensation contamine toutes les sphères d'une société britannique qui s'affranchit d'une certaine pruderie morale, tandis que pullulent les traductions bon marché d'auteurs tels que Scribe, Dumas, Feuillet, Flaubert, Sue, Balzac ou Zola, que Braddon n'a pas manqué de lire.*

Cette même société, avec les débuts de la police urbaine de Londres et l'établissement de la première brigade d'investigations de Scotland Yard, se familiarise avec le monde du crime. Si les romans de Braddon sont moins fouillés que ceux de Collins, notamment en termes de psychologie – ce mot qui déplaît tant à Dickens –, elle lui dispute l'art du pageturner, *qui fournit ces livres que l'on ne peut poser avant d'en avoir su la fin. Et, là où Collins mène un combat social pour la reconnaissance du statut de la femme et des enfants illégitimes, Braddon pratique la guérilla en mordant dans presque tous les préjugés, comme elle le fait dans la vie...*

Le mouvement de la sensation novel *n'en est qu'à ses débuts. Il culminera dans les années 1890 avec Conan Doyle et la naissance du grand-guignol en France, dans le sillage des grandes affaires criminelles dont Jack l'éventreur est l'étalon, porté par les développements de la police scientifique, le positivisme et l'espoir de voir enfin la science – phrénologie, psychanalyse en tête – venir à bout de toutes les complexités de l'âme humaine. Ce nouveau genre au parfum de fin de siècle est bien un genre de failles, de fermentation de tous les espoirs et surtout de toutes les dessiccations, à commencer par l'effritement des certitudes sociales sur les femmes. Il coïncide avec l'émergence de nouveaux éditeurs à la recherche d'un style de publication et de publicité plus agressif, lié aux thèmes neufs que sont les femmes rebelles, les complots, les meurtres, la bigamie, l'alcoolisme, etc.*

Le mot même de « contamination » est celui que choisissent les critiques, journalistes et autres défenseurs institutionnels de ce qui a déjà virtuellement disparu. Comparée à un virus, la littérature de sensation – et particulièrement les histoires de Braddon – est accusée d'encourager chez les jeunes femmes des comportements immoraux, voire criminels, et suscite la peur qu'elles ne deviennent incontrôlables. The Medical Critic and Psychological Journal, *dont un article examine ce problème en 1863, conclut sérieusement que les jeunes ladies ne devraient pas être heurtées par ces lectures. Les mêmes préoccupations surgissent du côté des prisons et de l'influence délétère de ces romans sur le parcours des délinquants.*

Les influences françaises, bien sûr, sont stigmatisées et vilipendées comme décadentes et moralement corruptrices. Que peut-on attendre d'une littérature qui vise uniquement à susciter des stimulations physiques – excitation, peur, surprise – pour combler des besoins immoraux? En 1864, l'archevêque d'York dénoncera ce courant en chaire.

Si Braddon et Collins ne sont pas les seuls dans cette voie – qu'ont également empruntée, entre autres, Ellen Wood, Charles Reade, Rhoda Broughton et Florence Marryat –, Mary Elizabeth, plus prolifique, concentre les attaques. Il faut dire qu'en 1861, enceinte de son premier enfant, elle a rejoint chez lui John Maxwell, toujours marié, et pris en charge l'éducation des sept enfants de son précédent mariage. Situation assez comparable à celle de Wilkie Collins, mais celui-ci est un homme et cela fait toute la différence. Fidèle à son indépendance d'esprit, Braddon persiste : elle donnera six enfants à Maxwell, avant de pouvoir l'épouser après la mort de sa femme, en 1874. Dans le même temps, elle fonde et dirige le journal Belgravia, *monte à cheval le plus souvent possible et publiera au cours de sa vie, malgré ses treize enfants, plus d'une centaine d'œuvres dans des genres aussi différents que le roman, la poésie, l'essai ou le théâtre.*

Avec le temps, le scandale se tasse. Dans les années 1880, Mary Elizabeth Braddon devient une figure respectée de la littérature. Elle est bien introduite dans la société. William Powell Frith la peint aux côtés de Gladstone, Browning, Anthony Trollope et Wilde, tableau exposé à la Royal Academy. Après la mort de son mari, en mars 1895, elle poursuit une vie sociale heureuse et continue à se publier elle-même. C'est une femme toujours active qui s'éteint le matin du 4 février 1915 à Richmond, dans le Surrey, à l'âge de soixante-quinze ans.

Isabelle Viéville Degeorges

LIVRE PREMIER

UN JEUNE HOMME RESPECTABLE

1
Le bon maître d'école

Je ne suppose pas que la pluie tombe plus fort à Slopperton sur le Sloshy[1] que partout ailleurs ; mais il y pleut. Il y serait difficile de trouver un seul parapluie capable de résister aux torrents qui inondent la ville ce jour de novembre, entre 16 et 17 heures. Chaque ruisseau dans High Street (qui est bien entendu la plus petite), dans New Street (qui selon la même règle est la plus ancienne), dans East Street, West Street, Blue Dragon Street et Windmill Street ; dans chacune de ces rues, chaque ruisseau forme un petit Niagara et, à chaque tournant, toutes sortes d'esquifs tels qu'écorces d'orange, vieilles bottes, chaussures, bouts de papier et haillons sont engloutis tout comme de vrais vaisseaux dans les grands tourbillons des mers du Nord. Le Sloshy, cette rivière assez laide, finit en une sorte de Mississippi, et les gracieuses péniches charbonnières qui ornent sa surface se voient dépouiller des linges et cordes qui se remarquent ordinairement sur leurs ponts. C'est décidément un affreux jour de novembre, un de ces jours où le brouillard revêt la forme d'un démon, où il se penche sur l'épaule des passants et leur souffle à l'oreille des paroles de suicide : « Coupez-vous la gorge,

1. *Slop* signifie « eau sale » et *to slosh*, « patauger ».

vous savez que vous avez un rasoir et que vous ne pouvez vous raser parce que vous avez bu et que votre main tremble ; une petite incision sous l'oreille gauche et la chose serait faite. C'est la meilleure chose que vous pouvez faire. » Un jour où la pluie monotone, persévérante, incessante, prend une voix pour vous dire : « Ne pensez-vous pas que vous allez devenir mélancolique ou fou ? Regardez-moi, soyez assez bon pour me contempler ainsi une couple d'heures de suite et, pendant que vous me considérez, songez à la jeune fille qui fit la coquette avec vous il y a dix ans et demandez-vous si vous seriez aujourd'hui un homme beaucoup plus heureux si elle vous avait aimé réellement. Ah ! je pense que, si vraiment vous étiez assez bon pour me regarder longtemps, vous pourriez croire que vous devenez fou. » Le vent reprend. Que dit-il encore quand il vient à travers le sombre passage et vous plonge un poignard dans le dos, juste entre les deux épaules, comme un lâche qu'il est ? Que vous dit-il ? Pourquoi vous souffle-t-il à l'oreille de penser à la petite fiole de laudanum que vous avez mise en haut la semaine dernière, le jour où vous aviez mal aux dents et dont vous ne vous êtes pas servi ? Un jour brumeux, humide, venteux, un vilain jour de novembre enfin, un jour dangereux. Que Dieu nous garde de mauvaises pensées aujourd'hui et qu'il nous épargne aussi les enquêtes de police la semaine prochaine. Qu'on nous serve un verre de liquide bien chaud et bien fort, et qu'on nous prépare quelque chose de bon pour souper ; enfin, tout ce qui peut nous aider à supporter un jour comme celui-ci ; car si les cordes du piano qu'on entend là-bas, cet instrument construit d'après des principes mécaniques et par des mains mortelles, éprouvent par ce temps humide une dépression, un ramollissement, comment savons-nous si l'esprit humain, cet autre instrument plus délicat et qui n'est pas construit d'après les principes de la mécanique, ne se trouve pas un peu dérangé par ce vilain jour de novembre ?

Mais sans doute les mauvaises influences ne peuvent venir qu'aux hommes mauvais, et ce doit être un bien méchant homme que celui dont l'humeur suit les fluctuations du baromètre. Les gens vertueux sont sans aucun doute toujours vertueux ; et quels que soient les changements, les hasards, les épreuves ou les tentations, ils ne peuvent être autrement. Pourquoi donc un jour humide ou sombre les attristerait-il ? Non, ils regardent passer sous leurs fenêtres des femmes et des hommes sans asile, des orphelins mouillés jusqu'aux os et rendent grâce au ciel en bons chrétiens qu'ils sont, payant régulièrement les impôts et ne manquant jamais de se rendre aux offices les dimanches, de n'être pas comme les autres.

Tel est Mr Jabez North, maître d'étude à l'académie du docteur Tappenden. Ni le vent, ni la pluie, ni le brouillard ne l'affectent le moins du monde. Un bon feu brûle à l'une des extrémités de la salle, et l'élève Allecompain aîné vient d'être condamné à payer une amende de six pence et à copier une page de grammaire latine pour s'en être approché sans permission et y avoir chauffé les engelures de ses mains, mais Jabez North ne s'approche jamais du feu, bien que dans sa position il puisse le faire à tout moment. Il n'a pas froid, ou bien, s'il a froid, cela lui est indifférent. Il est assis devant son pupitre, occupé à tailler des plumes, ce qui ne l'empêche pas d'entendre six jeunes gens aux nez rouges conjuguer le verbe *amo*, « j'aime », tout en laissant paraître les signes les plus évidents du verbe actif « grelotter ». Ce n'est pas seulement un bon jeune homme que ce Jabez North (et il faut que ce soit un bien bon jeune homme, en effet, car ses louanges sont dans toutes les bouches de Slopperton, et il est même considéré par la plupart des bonnes vieilles dames comme l'incarnation de l'adjectif « pieux »), mais c'est en même temps un beau jeune homme. Il a des traits fins et délicats, un teint pâle et pur, et, disent les jeunes femmes, de très beaux yeux bleus ; seulement il est fâcheux que ces yeux qu'on trouve d'une si jolie couleur ne vous regardent jamais en face assez longtemps pour vous permettre de définir leur nuance exacte ou leur expression véritable. Bien qu'il ait une belle chevelure bouclée, ce que l'on est convenu d'appeler une belle tête et ce qui l'est réellement selon l'opinion de bien des gens, il est dommage qu'il ait une dépression sensible de chaque côté de la tête à l'endroit même où les gens superstitieux placent l'organe de la conscience. Un phrénologue passé par Slopperton a même déclaré Jabez North singulièrement dépourvu de cette petite vertu, ajoutant qu'il n'avait rencontré une telle pauvreté dans toute la région morale que sur le crâne d'un criminel fameux qui, ayant invité un ami à dîner, l'avait assassiné sur l'escalier de la cuisine pendant qu'on dressait le premier service. Il va sans dire que les Sloppertoniens déclarent que le savant homme est un imposteur et sa science du charlatanisme ; ce que, du reste, ils ont coutume de faire pour tout professeur et sa science assez fou pour se montrer à Slopperton.

La ville de Slopperton croit en Jabez North, sans doute parce que Slopperton l'a pour ainsi dire créé, vêtu et nourri, parce qu'elle a soutenu ses premiers pas, parce qu'elle l'a caressé et vu grandir à l'ombre de l'aile sloppertonienne et devenir le bon et digne jeune homme qu'il est.

Voici comment les choses se sont passées. Dix-neuf ans avant ce jour de novembre si sombre et si triste, un tout jeune enfant avait été trouvé noyé, selon toute apparence dans les eaux bourbeuses du Sloshy. Heureusement, il était moins noyé que sale et, après avoir été soumis à un traitement des plus vigoureux, comme par exemple, tenu la tête en bas et écorché vif à l'aide d'un torchon par la Société philanthropique de Slopperton, le pauvre enfant avait poussé un léger cri et donné d'autres signes de son retour à la vie. Il avait été trouvé dans la rivière de Slopperton, par un batelier de Slopperton, rappelé à la vie par la Société philanthropique de Slopperton et porté par le bedeau de l'église de Slopperton à l'asile de la même ville. Slopperton ne pouvait pas facilement se débarrasser de cet intrus ; le mieux était donc de faire contre mauvaise fortune bon cœur et d'élever, en s'imposant un sacrifice, ce jeune étranger fort importun. Vraiment la vertu porte en elle sa récompense, car du banc de l'asile à la place de professeur à l'école du dimanche, de l'école du dimanche à une place de surnuméraire chez le docteur Tappenden, de cette position infime à la chaire de la quatrième classe, de celle-ci à celle de la première classe, puis inspecteur et factotum, furent autant de degrés que Jabez comme chaussé de bottes de sept lieues franchit allègrement.

Maintenant, pour ce qui est du nom de Jabez North, il ne faut pas supposer que lorsqu'une misérable femme (folle ou poussée par une misère intense, qui sait ?) jette son enfant dans la rivière, qu'elle laisse dans la poche de l'enfant une carte émaillée avec son nom et son adresse gravés en taille-douce. Non. On l'inscrivit sur le livre de l'asile sous le nom de Jabez, parce que Jabez était un vilain nom et plus en rapport avec la coupe de ses vêtements et les circonstances dans lesquelles il se trouvait, que ne l'eussent été Augustus, Reginald ou Conrad. Puis on l'avait appelé North parce qu'il avait été trouvé sur la rive nord du Sloshy et ensuite parce que North était un nom extrêmement vulgaire et fâcheux, parfaitement approprié à un pauvre car on ne pouvait pas décemment permettre que plus tard il signât Montmorency ou bien Fitz-Hardinge.

Il est des natures (bien que créées par Dieu) assez ingrates et assez noires pour trouver dur et amer le traitement qu'on reçoit à l'asile et chez lesquelles la méchanceté est tellement innée que la tyrannie ne saurait les rendre meilleures et qui ne peuvent s'accommoder des railleries et des insultes que les professeurs de la quatrième classe ont souvent à subir de leurs élèves. D'autres encore sont aussi assez faibles et assez sentimentales pour souffrir d'une existence sans aucun lien humain ; d'une enfance sans père ou sans mère ; d'une jeunesse sans sœur ou sans frère. Mais telle n'est pas l'excellente nature de Jabez North. La tyrannie le trouve doux, mais le laisse plus souple encore ; l'insulte le trouve patient, mais le rend comme un agneau ; les paroles de mépris glissent sur lui ; les expressions dures sont comme des gouttes d'eau sur le marbre, tant elles sont impuissantes à l'atteindre et à le blesser. Il supporte l'insulte d'un enfant, que de sa main puissante il pourrait étrangler ou jeter par la fenêtre, comme il le fait d'une plume usée. Mais c'est un bon jeune homme, bienveillant, donnant en secret et recevant presque toujours ouvertement sa récompense. Sa main gauche sait à peine ce que fait la droite, que Slopperton le sait depuis longtemps. Donc chacun dans la ville le loue pour sa modestie, et beaucoup prophétisent que l'enfant trouvé sera un jour un des plus grands hommes de la plus grande ville de toutes : Slopperton.

Au vilain jour de novembre succède une vilaine nuit noire à 17 heures et déjà les rares et très espacées chandelles vacillent dans les classes de l'établissement du docteur Tappenden ; de longues rangées de tasses, splendide invention pour réchauffer les mains des jeunes garçons, sont remplies d'un liquide semi-opaque, bien connu sous le nom de lait-et-eau, et ornent les tables à pupitres. Nuit bien plus noire encore quand ces tasses sont enlevées par une servante rousse, dont le nez, les coudes et les articulations sont généralement tachetés de violet ; quand toute trace du repas du soir a disparu ; quand les six jeunes gens aux nez rouges se sont penchés sur leur Virgile, contre lequel ils nourrissent une haine mortelle, convaincus que le poète latin n'a écrit que dans l'intention bien arrêtée de les faire punir, voire fouetter, en expiation de leur inaptitude à le traduire. Il aurait certes écrit en anglais s'il n'avait pas été un méprisable coquin, et il n'aurait pas ainsi donné aux gens la peine de le traduire. Nuit plus noire encore à 20 heures, quand les jeunes gens gagnent leurs lits où ils s'endormiraient peut-être si Allecompain aîné ne servait pas pour souper, dans sa chambre, des *plumcakes*[1], des pieds de cochon, des escargots, des nougats et des flacons de limonade, le tout étalé sur une pile d'oreillers.

Jabez demeure dans la salle d'études où il corrige une énorme série de thèmes latins. Voyez-le à la lueur de cette unique chandelle ; voyez ses yeux, fixes maintenant car il ne pense plus qu'on le regarde, fixes et brillants d'un feu contenu qui pourrait bien un jour devenir une flamme terrible ; voyez son visage, sa bouche déterminée, ses lèvres minces formant un arc et dites si c'est là le visage d'un homme prêt à se contenter d'une vie triste, obscure et monotone ? Il y a de l'intelligence dans ses traits, mais ce n'est pas avec cette sorte d'intelligence qu'un homme passe sa vie à corriger des thèmes et des

1. Puddings.

versions. Si nous pouvions lire dans son cœur, nous y verrions les réponses à ces questions. Il lève le couvercle de son pupitre, vaste et profond qui contient bien des choses : du papier, des plumes, des cahiers, des lettres et un long bout de corde épaisse, objet étrange à trouver dans le pupitre d'un maître d'étude. Il le regarde comme pour s'assurer qu'il est toujours là ; puis referme vivement le pupitre, met la clé dans la poche de son gilet et, quand à 21 h 30 il monte à sa petite chambre au faîte de la maison, il l'emporte sous son bras.

2
Bon à rien

La nuit de novembre est bien plus désagréable, bien plus noire, bien plus humide sur la route qui mène à Slopperton que partout ailleurs. C'est en tout temps une route bien triste et surtout, à un mille environ de la ville, il y a un endroit plus triste à lui seul que la route tout entière. En cet endroit s'élève une maison solitaire qu'on appelle le Moulin noir. C'était autrefois l'habitation d'un meunier et le moulin est encore debout, bien que hors d'usage. Des changements et des améliorations y ont été apportés et c'est aujourd'hui une maison fort habitable, assez désolée et d'aspect sinistre, il est vrai, mais qui ne manque pas d'un certain caractère. Elle est habitée par une dame, Mrs Marwood, veuve, qui a eu autrefois une grande fortune qui a été presque entièrement gaspillée par la dissipation de son fils unique. Ce fils a quitté Slopperton depuis longtemps ; sa mère n'a pas entendu parler de lui depuis des années ; quelques personnes prétendent qu'il est à l'étranger ; elle essaie de le croire, mais il lui arrive souvent de le pleurer comme mort. Elle vit modestement avec une vieille servante qui ne l'a jamais quittée depuis son mariage et lui a été fidèle dans le malheur comme dans la prospérité. Or voilà qu'à cette époque précisément Mrs Marwood reçoit la visite de son frère de retour des Indes avec une immense fortune.

Ce frère, Mr Montague Harding, s'est empressé, aussitôt débarqué, de se rendre auprès de son unique sœur et l'arrivée du riche nabab à la maison solitaire du chemin de Slopperton est une huitième merveille pour les bons habitants de cette excellente ville. Il n'a amené avec lui qu'un seul domestique, un Indien. Sa visite doit être de courte durée, car il est sur le point d'acheter une propriété dans le midi de l'Angleterre, pour y résider avec sa sœur.

Slopperton a beaucoup à dire sur le compte de Mr Harding. Cette ville le gratifie de la possession d'un nombre incalculé et incalculable de roupies, mais elle ne lui accorde pas la possession d'un centième d'une once de vertu. Slopperton a porté des cartes au Moulin noir, et a songé sérieusement à envoyer une députation auprès du riche Indien pour le prier de bien vouloir représenter ses habitants au grand congrès de Westminster. Mais Mr Harding et Mrs Marwood ne frayent aucunement avec Slopperton, et ils sont désormais tenus pour gens mystérieux, pour ne pas dire dangereux.

Le frère et la sœur sont assis devant la cheminée, dans le petit salon chaud, éclairé et confortable du Moulin noir. Mrs Marwood a dû être belle, mais sa beauté a été détruite par les soucis et les incertitudes qui usent l'espérance la plus forte, comme l'eau qui tombe goutte à goutte use le roc le plus dur. Mr Harding ressemble beaucoup à sa sœur, mais si son visage est vieux, il ne paraît pas, lui, trop soucieux. C'est le visage d'un excellent homme que ni les craintes ni les tracas ne sauraient inquiéter.

— Et vous n'avez pas eu de nouvelles de votre fils? demande-t-il à sa sœur.

— Depuis près de sept ans. Sept ans d'incertitude cruelle pendant lesquels chaque coup frappé à la porte semble frappé sur mon cœur, chaque pas sur le sable du jardin vibre dans mon âme.

— Et vous ne pensez pas qu'il est mort?

— J'espère et je prie qu'il n'en soit rien; il n'est pas mort, non, pas sans se repentir, pas sans ma bénédiction; il ne m'a pas quittée pour toujours sans un seul serrement de mains, sans me demander pardon, sans un murmure de regret pour tout ce qu'il m'a fait souffrir.

— C'est donc un bien mauvais sujet?

— Il est ivrogne et joueur. Il jette son argent par les fenêtres. Il a de mauvaises fréquentations, je le sais, mais il n'est pas méchant au fond. Le soir même de son départ, le soir où je le vis pour la dernière fois, je suis certaine qu'il regrettait sa mauvaise conduite; il a même dit quelques mots à ce sujet: il a dit que le chemin qu'il suivait était bien sombre, mais qu'il fallait qu'il aille jusqu'au bout.

— Et vous ne fîtes aucune remontrance?

— J'étais lasse de lui en faire, lasse de prier et j'avais usé mon âme à de vaines espérances.

— Pauvre Agnès! Pauvre garçon! Malheureux garçon! Que le ciel ait pitié de lui! Que le ciel ait pitié de tous ceux qui n'ont pas d'asile par une nuit semblable.

Le ciel prend en effet pitié du malheureux qui, sur la route de Slopperton, à un mille environ du Moulin noir, marche d'un pas rapide vers la ville.

C'est un jeune homme dont les vêtements usés et presque en guenilles ne sont guère faits pour des temps comme celui-là. C'est un beau jeune homme, ou plutôt un homme qui a été beau, mais sur lequel les jours et les nuits passés dans la débauche, les années dépensées dans l'ivresse, l'indifférence et la folie, ont laissé des traces profondes. Il s'efforce de tenir allumé un mauvais cigare et quand il s'éteint, ce qui arrive deux ou trois fois en cinq minutes, il laisse échapper des expressions qui, à Slopperton, sont considérées comme extrêmement grossières.

Quand il n'est pas exclusivement occupé de son cigare, il se parle à lui-même :

— Fatigué, affamé, malade et glacé, c'est une singulière entrée dans sa ville natale pour le fils unique d'un homme riche, surtout après une absence de sept ans. Je me demande quelle est l'étoile qui préside à ma destinée ; si je le savais, je lui montrerais le poing, murmure-t-il en regardant deux ou trois faibles lumières qui brillent à travers la pluie et le brouillard. J'ai encore un mille à faire pour arriver au Moulin noir, et alors que va-t-elle me dire ? Peut-elle faire autrement que me maudire ! Qu'ai-je gagné par une vie comme la mienne, sinon la malédiction d'une mère ?

À ce moment son cigare s'éteint tout à fait. Il le jette en jurant dans le fossé qui borde la route. Il enfonce son chapeau sur ses yeux et plonge une de ses mains dans la poche de son habit et de l'autre tient un gros bâton qu'il a coupé sur la route, puis il continue de marcher à travers la boue et l'eau dans la direction du Moulin noir dont les fenêtres éclairées percent déjà l'obscurité comme autant de balises.

Il s'avance à travers l'eau et la boue d'un pas fatigué et alourdi.

N'importe, c'est le pas que sa mère attend depuis sept longues années ; c'est le pas qu'elle a cru entendre si souvent fouler le sable du jardin. Mais c'est bien lui maintenant. Revient-il pour le bien ou pour le mal ? Qui pourrait le dire ?

Un quart d'heure plus tard, le voyageur pénètre dans le petit jardin de la maison du Moulin noir. Il n'a pas le courage de frapper à la porte ; elle pourrait lui être ouverte par un étranger ; il pourrait apprendre quelque chose qu'il n'ose pas se dire à lui-même, quelque chose qui le ferait tomber raide mort sur le seuil. Il voit de la lumière dans le petit salon ; il approche et entend la voix de sa mère. Il y a bien longtemps qu'il n'a prié, mais il tombe à genoux devant la porte-fenêtre qui ouvre sur le jardin et rend grâce au ciel. Que va-t-il faire ? Que peut-il espérer de cette mère qu'il a si cruellement abandonnée ?

À ce moment Mr Harding ouvre la fenêtre pour regarder la nuit obscure et le jeune homme tombe épuisé au milieu du salon. Laissons tomber le rideau sur l'agitation et l'étonnement de cette scène. La joie de la mère est trop sacrée pour être décrite. Et les larmes abondantes du fils prodigue !... Qui peut décrire les larmes d'un homme dont la vie n'a été qu'une longue carrière d'indifférence et qui voit ses fautes écrites sur le visage de sa mère ?

La mère et le fils demeurent ensemble, s'écoutent parler avec avidité pendant deux longues heures. Il ne lui dit pas toutes ses folies, mais tous ses regrets, son châtiment, son angoisse, sa pénitence et ses résolutions pour l'avenir. Assurément, c'est pour le bien et pour le bien seulement qu'il est revenu, qu'il a fait cette terrible et longue route malgré les peines et les souffrances pour venir s'agenouiller aux pieds de sa mère et décider de ses projets pour l'avenir.

La vieille servante qui a connu Richard tout enfant partage la joie de sa mère ; après le léger souper auquel on force le voyageur à prendre part, Mr Harding et Richard persuadent Mrs Marwood d'aller se reposer. Restés en tête à tête, l'oncle et le neveu causent devant le pétillant feu de charbon, tout en dégustant une bouteille de vieux madère.

— Mon cher Richard – c'est le prénom du jeune homme, Dick[1] le Diable pour ses compagnons de plaisir –, mon cher Richard, dit Mr Harding avec une certaine gravité, je suis sur le point de vous dire quelque chose que, je l'espère, vous prendrez en bonne part.

— Je ne suis pas tellement accoutumé aux bonnes paroles des bonnes gens pour prendre en mauvaise part ce que vous pouvez avoir à me dire.

— Vous ne mettrez pas en doute la joie que me cause votre retour, si je vous demande quels sont vos projets pour l'avenir ?

Le jeune homme secoue la tête. Pauvre Richard ! Il n'a jamais eu de projets bien arrêtés pour l'avenir, depuis qu'il est au monde, sans quoi il ne serait pas ce qu'il est ce soir-là.

— Mon pauvre garçon, je vous crois un noble cœur, mais vous avez gaspillé votre vie. C'est ce qu'il faut réparer.

Il secoue de nouveau la tête. Il ne peut rien faire par lui-même.

— Je ne suis bon à rien, dit-il, je suis un mauvais sujet. Je m'étonne qu'on ne pende pas les gens de ma sorte.

Il dit ces mots à sa manière ordinaire, pleine d'insouciance, comme si ce devait être drôle d'être pendu.

— Dieu merci, mon cher garçon, vous nous êtes revenu. Maintenant j'ai dans l'idée que je puis encore faire de vous un homme.

Cette fois Richard relève la tête ; une lueur d'espoir brille dans ses yeux, une seconde a suffi pour le rappeler à la vie. C'est un de ces hommes que les bons et mauvais anges semblent se disputer sans cesse, mais que nous espérons tous voir sauvés à la fin.

1. Dick est le diminutif de Richard.

— J'ai un projet dont l'idée m'est venue depuis votre arrivée si inattendue, continue son oncle. Si vous restez ici, votre mère qui, comme toutes les mères affectueuses, s'imagine que vous êtes un jeune enfant en jupons, voudra vous garder ici du matin au soir sans que vous fassiez rien, sans que vous ayez la plus légère occupation ; vous retomberez infailliblement au milieu de vos anciens camarades, au milieu de tous ces mauvais garnements. Ce n'est pas le moyen de redevenir homme, Richard.

Richard, maintenant radieux, partage l'avis de son oncle.

— Voici mon plan : vous partirez demain matin avant le lever de votre mère, avec une lettre d'introduction que je vous donnerai pour un vieil ami à moi, négociant à Gardenford : c'est à environ quarante milles d'ici. À ma demande, il vous donnera une place dans ses bureaux, et de plus vous traitera comme si vous étiez son propre fils. Vous pourrez venir ici voir votre mère aussi souvent que vous voudrez ; et si vous prenez goût au travail au point de commencer votre fortune, je connais un vieux camarade tout récemment arrivé des Indes, qui a une maladie de foie et ne fera pas de bien vieux os, qui vous laissera une autre fortune pour ajouter à celle que vous aurez commencée. Qu'en dites-vous, Richard ? Est-ce entendu ?

— Mon cher… mon généreux oncle !…, s'écrie Richard en serrant avec force la main du vieillard.

Marché conclu. Un bureau est bien ce qui convient à Richard : il travaillera avec courage, nuit et jour, à réparer le passé et à prouver au monde qu'il y a encore en lui de quoi faire un honnête homme.

Pauvre Richard, tout à l'heure il voulait qu'on le pende, maintenant le voilà radieux et plein d'espoir ; décidément le bon ange l'emporte.

— Quoi qu'il en soit, Richard, vous ne pouvez pas commencer votre vie nouvelle sans argent : je vous donnerai donc tout ce que j'ai ici. Je ne crois pas pouvoir mieux vous prouver ma confiance en vous, et la certitude que j'ai que vous ne reviendrez pas à vos anciennes habitudes, qu'en vous donnant cet argent.

Richard regarde, reste muet ; il ne sait comment témoigner sa gratitude.

Le vieillard emmène son neveu au premier dans sa chambre ; dans l'embrasure d'une fenêtre se trouve un meuble magnifique mi-secrétaire, mi-commode ; il l'ouvre et en retire un portefeuille contenant cent trente pièces étrangères en or et deux traites de cent livres sterling chacune, sur une banque anglo-indienne de la Cité.

— Prenez ceci, Richard. Usez des espèces pour vos besoins les plus urgents, achetez les effets de toilette qui conviennent à mon neveu... et en arrivant à Gardenford, placez le reste à la banque pour vos besoins futurs. Et comme je désire que votre mère ignore nos arrangements jusqu'à ce que vous soyez parti, ce que vous avez de mieux à faire est de vous mettre en route demain matin avant que nous soyons levés.

— Je partirai dès l'aube ; je puis laisser un mot pour ma mère?

— Non, non, dit l'oncle, je lui conterai tout cela. Vous pourrez écrire en arrivant à votre destination. Vous allez me trouver bien cruel d'exiger que vous partiez la nuit même de votre retour, mais, voyez-vous mon cher enfant, il faut battre le fer pendant qu'il est chaud. Si vous restez ici, il se pourrait que vos bonnes résolutions soient ébranlées par d'anciennes influences, car la meilleure résolution n'est qu'un germe, Richard, et si elle ne porte pas les fruits d'une bonne action, c'est une indignité car c'est un mensonge, une promesse qu'on n'a pas tenue. J'ai trop bonne opinion de vous pour penser que vous n'êtes pas revenu au logis de votre mère sans rapporter un meilleur fruit de votre repentir que des résolutions stériles. Je crois que vous êtes bien décidé à changer de conduite.

— Vous avez raison de le croire, monsieur; je ne demande que l'occasion de vous prouver que je suis de bonne foi.

Mr Harding est parfaitement satisfait et il recommande une fois encore à Richard de partir le lendemain de grand matin.

— Je quitterai la maison à 5 heures, dit Richard; il y a un train pour Gardenford vers 6 heures. Je sortirai sans faire de bruit et sans réveiller personne. Je connais bien le chemin, je pourrai sortir par la porte du salon et de cette façon je n'aurai pas à ouvrir celle du vestibule car je sais que cette stupide vieille Martha garde les clés sous son oreiller.

— À propos, où donc Martha va-t-elle vous mettre cette nuit?

— Je pense qu'elle me mettra dans la petite pièce qui se trouve immédiatement sous cette chambre.

Ils descendent au petit salon et trouvent en effet la vieille Martha occupée à faire un lit sur le sofa.

— Vous dormirez confortablement ici pour cette nuit, master Richard, dit la vieille femme, mais si madame ne fait pas réparer ce plafond, il arrivera quelque accident bien sûr.

Tous lèvent les yeux au plafond: le plâtre est parti en plusieurs endroits et l'on voit deux ou trois crevasses assez considérables.

— S'il faisait jour, grommelle la vieille femme, vous pourriez voir dans la chambre de Mr Harding, car monsieur ne veut pas de tapis.

Monsieur répond qu'il n'a pas été habitué, en Inde, à marcher sur des tapis et qu'il aime la vue des planches que Martha entretient aussi blanches que la neige.

— Et ce n'est pas chose facile que de les tenir blanches, je vous l'assure car dès que j'éponge le plancher de la chambre d'en haut, l'eau coule à travers et vient salir les meubles de celle-ci.

Mais Dick le Diable ne semble pas prendre un intérêt bien grand au plafond en ruine. Le madère, le brillant avenir qu'il entrevoit et l'émotion qu'il a éprouvée, tout cela l'a épuisé. Il se jette dans les bras de son oncle, lui exprime chaleureusement sa gratitude et se laisse tomber tout habillé sur le lit.

— Il y a dans ma chambre, dit le vieillard, un réveille-matin que je vais fixer à 5 heures. La porte de ma chambre est toujours ouverte, ainsi vous êtes certain de l'entendre. Cela ne réveillera pas votre mère car elle couche à l'autre extrémité de la maison ; et maintenant, bonne nuit et que Dieu vous bénisse, mon garçon !

Le vieillard est parti et l'enfant prodigue s'est endormi. Sa belle figure a perdu presque toute son expression de débauche et de soucis, éclairée par cette nouvelle lueur d'espérance ; sa chevelure noire laisse à découvert son large front ; un doux sourire entrouvre ses lèvres et illumine ses traits vraiment beaux. Oh oui ! Il y a encore en lui l'étoffe d'un homme, bien qu'il dise qu'on devrait pendre qui lui ressemble.

Son oncle s'est retiré dans sa chambre, où le valet indien l'aide à sa toilette de nuit. Ce valet est un lascar[1] et ne parle pas un mot d'anglais (son maître lui parle en hindoustani). Il est d'une fidélité à toute épreuve et

---

1. Matelot indien engagé sur des bateaux français.

couche dans un petit lit dressé dans le cabinet de toilette attenant à l'appartement de son maître.

Au-dehors la nuit est affreuse, le vent hurle autour des murs, on dirait des passants furieux vociférant pour être admis ; la pluie tombe à torrents sur les toits et il semble qu'elle veuille inonder la vieille maison. Au-dedans règnent le calme et presque le bonheur ; l'enfant prodigue, repentant, repose en paix sous le toit longtemps désolé du vieux Moulin noir.

La voix lugubre du vent semble avoir, cette nuit, une signification particulière, mais personne ne possède la clé de ce langage étrange et si, par ses cris perçants et dissonants, il veut dire quelque secret sinistre ou donner un avertissement opportun, c'est en vain qu'il le tente car personne ne l'écoute ni ne le comprend.

3
Où le maître d'étude se lave les mains

Mr Jabez North n'a pas une petite chambre à lui chez le docteur Tappenden. On ne gagne pas toujours à être trop bon et notre ami Jabez trouve plus d'une fois ses bonnes qualités assez gênantes. Or voilà qu'Allecompain jeune est fiévreux, par moments jusqu'au délire, et le sous-maître est un si excellent homme, si aimé des élèves, et apprécié de son patron que le jeune malade est confié à ses soins, et l'on dresse un lit pour lui dans la chambre de Jabez.

Ce soir-là, quand notre ami monte à sa chambre, avec son vaste pupitre sous son bras et une petite chandelle dans la main gauche, il trouve l'enfant vraiment très mal en point. Il ne reconnaît pas Jabez car il parle de régates qui ont eu lieu l'été dernier pendant les vacances. Il est assis sur son oreiller et agite sa petite main en criant :

— Bravo, rouge !... rouge gagnera... Trois hourras pour rouge. Allez... allez... Allez... rouge. Bleu est battu... bleu a perdu... Georgey Harris a gagné la journée. J'ai parié sur Georgey Harris pour six pence de caramels ! Allez, allez, allez !...

— Il paraît que nous n'allons pas mieux ce soir, dit le maître d'étude ; tant mieux. Nous n'avons pas la tête à nous et il est probable que nous n'observerons pas ce qu'on va faire ; tant mieux, tant mieux.

Et l'excellent jeune homme commence à se déshabiller, mais pas pour se mettre au lit, car il sort une blouse de couleur foncée d'une petite malle, une paire de guêtres en cuir, une perruque noire et un chapeau de paysan à large bord. Il s'en habille et s'assied devant la petite table sur laquelle il a posé le pupitre.

L'enfant continue à divaguer ; il parle maintenant de sa jolie petite sœur qu'il n'a pas vue depuis l'automne :

— Secoue l'arbre... Henriette... secoue ferme... elles vont tomber. Il y en a tant qu'on ne peut pas les compter. Secoue ferme... Henriette... et prends garde à ta tête !...

Le maître d'étude prend le paquet de cordes dans son pupitre et se met à le dérouler. Il en a un autre paquet dans sa malle et encore un autre sous son matelas ; il les rassemble : elles forment alors une corde d'une longueur considérable. Il promène ses yeux dans la chambre, approche la lumière du visage de l'enfant dont rien dans le regard n'indique qu'il ait connaissance de ce qui se passe devant lui.

Jabez ouvre une des fenêtres de sa chambre ; elle est au troisième étage et donne sur le jardin de récréation, à une certaine distance de la rue qu'un mur très élevé sépare du jardin. À mi-hauteur environ de cette fenêtre, se trouvent deux poteaux servant à la gymnastique ; ils sont placés à dix pieds[1] environ du mur de la maison et le maître d'étude les contemple d'un air indécis. Il laisse glisser la corde par la fenêtre et fixe l'extrémité à un crochet en fer scellé dans la muraille. Ce crochet est fort commode et solidement fixé en apparence, on dirait même qu'il a été scellé depuis peu.

1. Environ trois mètres.

Il mesure des yeux la hauteur, puis jette encore un regard incertain sur les poteaux, il va sortir par la fenêtre quand une voix faible, partant du lit, lui crie :

— Que faites-vous donc avec cette corde?... Qui êtes-vous?... Qu'allez-vous faire avec cette corde?...

Jabez tourne la tête et, chose assez étonnante de la part d'un si bon jeune homme, laisse échapper quelque chose comme un blasphème.

— Stupide enfant, tu ne me reconnais pas? Je suis Jabez, ton vieil ami.

— Ah ! Bon vieux Jabez, il ne faudra pas me remettre au Virgile de sitôt, parce que j'ai été malade, n'est-ce pas, monsieur North?

— Non, non. Vois-tu, je fais une balançoire.

— Oh ! C'est fameux, une balançoire et la corde est joliment solide. Quand serai-je assez bien pour me balancer? C'est si triste ici ! Je vais tâcher de dormir, mais je fais de si mauvais rêves !

— C'est cela, c'est cela, dors, dit le maître d'étude d'une voix douce.

Cette fois, avant de se rapprocher de la fenêtre, il souffle la chandelle, éteint également la veilleuse qui brûle sur la cheminée ; il porte la main sous sa blouse comme pour s'assurer de la présence d'un objet sur son sein, le serre étroitement puis il saisit vigoureusement la corde et s'élance par la fenêtre.

Singulière manière de se balancer ! Il se laisse glisser pied par pied, avec une prudence merveilleuse.

Quand il arrive au niveau des poteaux de gymnastique, il donne à son corps un élan vigoureux et parvient ainsi à se saisir du plus élevé des deux. La descente devient maintenant la chose la plus facile et Jabez est tout aussi à l'aise que s'il descendait un escalier ordinaire car il est très fort en gymnastique.

Il laisse la corde pendre à la fenêtre de sa chambre puis il escalade sans difficulté le mur du jardin ; et quand les horloges de Slopperton sonnent minuit, il est déjà sur la grande route. Il suit un chemin qui entoure la ville et une demi-heure plus tard il est de l'autre côté, en direction du Moulin noir. Curieux moyen de faire une balançoire, que cette promenade après minuit ; elle-même assez étrange de la part d'un si bon et si honnête jeune homme. Mais les gens les plus vertueux ont quelquefois d'étranges fantaisies et c'est peut-être le cas ici.

Une heure sonne à toutes les horloges de Slopperton, 2 heures, 3 heures. Le jeune malade ne s'endort pas, mais il repasse dans sa mémoire les scènes joyeuses de son enfance, les excursions pendant l'été, les vacances de Noël et les jeux bruyants, le gentil babil de sa petite sœur, morte il y a trois ans. Tout cela passe, confus dans son esprit et quand sonnent 3 h 15, il parle encore et s'agite toujours sur son oreiller.

Bientôt la corde se tend de nouveau et, quelques secondes plus tard, le sous-maître reparaît dans la chambre.

Il reparaît dans un état vraiment pitoyable. Ses vêtements sont couverts de boue et déchirés ; il est trempé jusqu'aux os et la sueur coule de ses cheveux en désordre. Il est effrayant à contempler ainsi avec ses yeux bleus éclairés d'une flamme furieuse. On dirait les yeux d'une bête féroce à laquelle on vient d'arracher sa proie. Ses mains se crispent convulsivement et sa langue ne cesse de murmurer des imprécations à demi étouffées mais terribles.

— Tout cela pour rien ! gronde-t-il ; toute cette peine, tout ce danger pour rien ! Tout le travail du cerveau et des bras, perdu ! Rien ! rien !

Il remet la corde dans la malle et commence à ôter ses habits. L'enfant malade demande sa médecine d'une voix faible.

Jabez verse une cuillerée d'une potion dans un verre et l'approche d'une main assurée des lèvres de l'enfant.

Celui-ci est sur le point de la prendre, quand tout à coup il pousse un cri.

— Qu'y a-t-il? demande Jabez d'un ton bourru.

— Votre main! Votre main! Qu'y a-t-il sur votre main?

Une tache sombre, un peu séchée, une tache rougeâtre à la vue de laquelle l'enfant tremble de la tête aux pieds.

— Ce n'est rien; prends ta médecine et dors.

Mais l'enfant ne prendra pas sa médecine, il ne prendra plus rien de cette main tachée.

— Je sais ce que c'est, cette horrible tache. Qu'avez-vous fait? Pourquoi êtes-vous descendu par la fenêtre à l'aide d'une corde? Ce n'était pas pour faire une balançoire, vous avez dû faire quelque chose d'horrible. Pourquoi êtes-vous sorti pendant trois heures, au milieu de la nuit? Je les ai comptées. Pourquoi ces habits étranges que vous portez? Qu'est-ce que tout cela signifie? Je demanderai au docteur de me faire sortir de cette chambre; je ne veux pas y rester une minute de plus car j'ai peur.

L'enfant essaie en parlant de sortir du lit. Mais Jabez le maintient avec sa main puissante qu'il presse sur la bouche du malade, ce qui l'empêche en même temps de bouger et d'appeler.

Avec la main qui lui reste libre, il prend un flacon parmi ceux qui encombrent la table de nuit. Il jette le remède qui se trouve dans le verre et le remplace par quelques cuillerées du liquide contenu dans un flacon étiqueté: «Opium – poison.»

— Maintenant, prends la médecine ou bien, demain, je me plaindrai au principal.

L'enfant essaie de résister, mais en vain : une main vigoureuse lui rejette la tête en arrière et Jabez verse le liquide dans sa gorge.

Pendant quelques instants encore, l'enfant continue de parler, puis il tombe dans un profond assoupissement.

Ensuite Jabez North commence à se laver les mains. Quel étrange jeune homme et surtout comme il s'y prend singulièrement pour laver ses mains ! Il les mouille avec soin dans une très petite quantité d'eau et quand il a fini de les laver, quand l'eau a pris une couleur rougeâtre, il la boit sans faire la moindre grimace.

« Allons, se dit-il, si je n'ai rien gagné ce soir, j'ai du moins essayé mes forces et je sais de quel bois je suis fait. »

Il est fait d'un bois étrange, cet excellent jeune homme. Ce n'est pas qu'on ne puisse en trouver de meilleur car il regarde sans sourciller l'innocent enfant étendu comme une masse inerte sur son lit.

— Au moins, il ne jasera plus, celui-là, dit-il.

Non ! Il ne jasera plus. Il ne parlera plus de ses parties de plaisir et de ses longues promenades, des fêtes de Noël, ni même de sa jolie petite sœur morte il y a trois ans. Peut-être va-t-il la retrouver, cette jolie petite sœur, dans un monde meilleur où l'on ne rencontre pas de bons jeunes hommes de l'espèce de Mr Jabez North.

Le lendemain, ce digne personnage descend, pâle et effaré, pour apprendre au docteur Tappenden que le pauvre petit malade n'est plus et qu'il ferait peut-être bien d'en prévenir Allecompain aîné, incommodé du souper qu'il a donné la veille à ses camarades pour fêter le rétablissement de son petit frère, qu'il croyait assuré.

— Oui, annoncez la triste nouvelle au pauvre garçon, dit le docteur Tappenden ; oui, faites-le, vous, car je sais que vous le ferez avec tendresse.

4
Où Richard Marwood allume sa pipe

À 5 heures, Dick le Diable entend le réveille-matin et se lève sans bruit. Il voudrait aller jusqu'à la chambre de sa mère, ne serait-ce que pour s'agenouiller et prier un instant sur le seuil. Il voudrait aller jusqu'au lit de son oncle, jeter un regard d'adieu sur le visage de l'excellent homme ; mais il a promis de ne réveiller personne. Il sort donc sans bruit par la porte vitrée du salon, celle-là même par laquelle il est entré si étrangement la veille. Le matin est glacé et il fait encore aussi noir que pendant la nuit.

La pluie a cessé, mais un brouillard épais empêche de voir à quelques pas devant soi. Richard connaît si bien le chemin que ni le brouillard ni l'obscurité ne le gênent et, la pipe à la bouche, il marche gaiement vers la gare de Slopperton. De la ville, il faut une demi-heure pour s'y rendre et 6 heures sonnent comme il y arrive. Apprenant que le train ne doit partir que dans une demi-heure, il se promène tranquillement sur le quai. Sa belle figure, son accoutrement assez déguenillé attirent l'attention des voyageurs. Il enfonce ses mains dans ses poches et son chapeau encore tout trempé de la veille est rabattu sur ses yeux car il ne veut être reconnu de personne, du moins jusqu'à ce que sa position soit meilleure, et quand un individu qu'il a intimement connu autrefois semble le reconnaître et s'approche pour lui parler, Richard tourne brusquement les talons et traverse la voie pour gagner l'autre côté.

S'il pouvait songer qu'un incident si peu important en apparence allait avoir une si terrible influence sur sa vie, il croirait assurément qu'une destinée cruelle lui était inévitablement réservée.

Il entre au buffet, prend une tasse de café, change un souverain en payant son billet, achète un journal, puis il va s'asseoir dans un wagon de seconde classe et, quelques minutes plus tard, le train quitte Slopperton.

Il n'y a qu'une seule personne dans le compartiment, un commis voyageur, Richard et lui fument leurs pipes en se défiant des employés des gares auxquelles ils s'arrêtent. C'est la première fois que Dick le Diable ne nargue pas une autorité. Il avait nargué tout Bow Street, joué des tours pendables aux agents de Malborough Street et tenu tout un poste en éveil pendant une nuit entière en chantant à tue-tête : « Nous ne rentrerons pas avant le matin. »

Ce n'est jamais un voyage bien gai que celui de Slopperton à Gardenford et, par cette matinée humide et brumeuse de novembre, le trajet est encore plus triste que de coutume. Il est 6 h 30 et il fait nuit noire. La gare est éclairée au gaz et une petite lampe brûle à l'intérieur du wagon ; sans la lueur faible et incertaine qu'elle répand, les deux voyageurs ne pourraient se voir. Richard met la tête à la portière pendant quelques minutes, puis il lie conversation avec son compagnon de voyage ; puis bientôt il garde le silence (il se sent tout attristé d'avoir quitté sa mère si brusquement après leur réconciliation) ; ensuite, ne sachant comment passer le temps, il prend la lettre adressée par son oncle au négociant de Gardenford, et en lit la suscription. Cette lettre n'est pas cachetée, mais il ne la sort pas de l'enveloppe.

« S'il dit du bien de moi, c'est beaucoup plus que je ne mérite, pense Richard, mais je suis jeune encore et je puis réparer le passé. »

Réparer le passé ?… Pauvre Richard !…

Il tord la lettre dans ses mains, allume une autre pipe et fume jusqu'à l'arrivée du train à Gardenford. Une autre affreuse journée de novembre s'installe !

Si Richard était un peu observateur, il n'aurait pas manqué d'être intrigué par la conduite et les manières d'un petit homme épais, assez salement accoutré, qui se tient debout sous la galerie de la gare quand il descend de voiture. Évidemment cet homme attend quelqu'un qui est sûrement arrivé car, après avoir toisé d'un regard rapide chaque voyageur qui descend, il a l'air parfaitement satisfait. Mais qui attendait cet homme ? Voilà ce qui est bien difficile de savoir. Il ne parle à personne, n'approche personne et, même après ce coup d'œil rapide jeté sur chaque voyageur, il ne paraît pas être venu là dans un but déterminé. Un observateur très minutieux cependant remarquerait certainement qu'il s'intéresse aux mouvements de Richard Marwood, et quand celui-ci sort de la station, l'étranger marche sur ses traces et suit comme lui la petite rue qui conduit de la gare à la ville. Bientôt il se rapproche même de lui et passe tout à coup, sans la moindre cérémonie, son bras sous celui de Richard.

— Monsieur Richard Marwood, n'est-ce pas ? demande-t-il.

— Je ne cache pas mon nom, répond Dick le Diable et celui-ci est le mien peut-être, puisque vous en usez si familièrement avec moi, voulez-vous bien me dire le vôtre ?

Et le jeune homme essaie de dégager son bras de celui de l'étranger, mais celui-ci tient bon.

— Oh ! peu importe mon nom, dit-il, vous l'apprendrez toujours assez tôt ; mais, ajoute-t-il en remarquant le coup d'œil menaçant que Richard jette sur lui, si vous y tenez absolument, appelez-moi Jinks.

— Fort bien. Alors, monsieur Jinks, comme je ne suis pas venu à Gardenford dans le but de faire votre connaissance et comme, maintenant que je l'ai faite, je n'éprouve pas absolument le besoin de la cultiver, je vous souhaite le bonjour !

En disant ces mots, Richard s'arrache brusquement à l'étreinte de l'étranger et fait deux ou trois pas en avant.

Deux ou trois pas seulement, pas davantage car l'affectueux Mr Jinks lui ressaisit aussitôt le bras et un ami de Mr Jinks, qui se trouvait justement à la gare lors de l'arrivée du train et qui par hasard traverse la rue en ce moment même, s'empare de son autre bras et le pauvre Richard, vigoureusement retenu entre ses deux nouveaux amis, fixe alternativement sur eux un regard plein d'étonnement.

— Allons, allons, dit Mr Jinks, le mieux que vous puissiez faire, c'est de prendre la chose tranquillement et de venir avec nous.

— Oh ! je vois ce que c'est, dit Richard. Voilà déjà un bâton dans les roues de ma nouvelle vie ; ces maudits juifs auront eu vent de mon arrivée ici. Faites voir votre mandat, monsieur Jinks, dites-moi au nom de qui il est et quel en est le chiffre. J'ai sur moi une forte somme d'argent et je puis régler cette affaire à l'instant même.

— Ah ! vraiment ?

Mr Jinks éprouve une telle surprise à ces paroles du jeune homme qu'il doit ôter son chapeau et passer à trois reprises différentes sa main dans ses cheveux avant de pouvoir se remettre.

— Oh ! continue-t-il en ouvrant de si grands yeux que Richard s'attend presque à les voir tomber de leur orbite sur le pavé ; oh ! Vous avez une forte somme d'argent sur vous, vraiment? Eh bien, mon ami, ou vous êtes bien jobard, ou vous êtes un fin matois et tout ce que je puis vous conseiller, c'est de prendre garde à ce que vous dites. Je ne suis pas un des officiers du sheriff. Si vous m'aviez fait l'honneur de consulter mon nez, vous auriez pu vous en apercevoir (l'organe olfactif de Mr Jinks était d'un retroussé des plus flagrants) et je ne viens pas vous arrêter pour dettes.

— Oh! Très bien alors, dit Richard, peut-être que vous et monsieur votre ami qui me semblez affligés de l'organe excessivement prononcé de l'adhésion serez-vous assez bons pour me lâcher. Je vous laisserai une mèche de mes cheveux, si vraiment vous avez tant d'affection pour moi.

Et avec un vigoureux effort, il se dégage de l'étreinte des deux inconnus, mais Mr Jinks le ressaisit aussitôt par le bras et l'ami de Mr Jinks tire de sa poche une paire de menottes, les fixe aux mains de Richard avec une merveilleuse prestesse.

— Voyons, maintenant restez tranquille, dit Mr Jinks. Je ne voulais pas me servir de ces choses-là, si vous étiez venu sans résister. J'ai entendu dire que vous appartenez à une famille respectable et j'ai pensé qu'il serait inutile de vous orner de ces objets de *bigotry* (il est probable que Mr Jinks veut dire bijouterie), mais c'est votre faute; maintenant reprenons le chemin de la gare, nous arriverons à temps pour le train de 8 h 30 et nous serons à Slopperton avant 10 heures. L'enquête ne commencera que demain.

Richard jette les yeux sur ses poignets et de ses poignets les reporte alternativement sur les visages des deux hommes avec une expression d'indicible étonnement.

— Suis-je fou, ivre ou le jouet d'un rêve? Pourquoi m'avez-vous mis ces horribles choses? Pourquoi me reconduisez-vous à Slopperton? Quelle est cette enquête? Qui donc est mort?

Mr Jinks penche sa tête de côté et considère son prisonnier avec un coup d'œil de connaisseur.

— A-t-il l'air assez innocent, eh? dit-il en se parlant plutôt à lui-même qu'à son compagnon qui, soit dit en passant, n'avait pas dit une seule parole pendant toute cette scène, quel talent! Quel fameux acteur il ferait au Théâtre Victoria de Londres! Le voyez-vous dans *Gonzalve l'innocent*, ou bien dans *Les Soupçons*? Que le diable m'emporte, ajoute Mr Jinks, s'il ne vaut pas au moins deux livres par soirée et un bénéfice par mois!

Tout en faisant ces remarques élogieuses, Mr Jinks et son ami avancent toujours. Richard, étonné, étourdi et ne cherchant plus à résister, marche entre eux; mais bientôt Mr Jinks daigne répondre aux questions du prisonnier et voici comment:

— Vous demandez de quelle enquête il s'agit? C'est une enquête au sujet d'un homme qui a été cruellement assassiné. Vous demandez qui est mort? C'est votre oncle qu'on a assassiné. Vous voulez savoir pourquoi nous vous ramenons à Slopperton? Parce que c'est vous qui avez commis le crime.

— Mon oncle!... Mon oncle assassiné!... s'écrie Richard en pâlissant tout à coup car pendant toute cette scène il a seulement paru étonné sans céder un seul instant à la crainte.

— Oui, assassiné, la gorge coupée d'une oreille à l'autre.

— Cela ne se peut pas, dit Richard, il doit y avoir une horrible méprise. Mon oncle Montague Harding assassiné! Cela ne se peut pas: je lui ai dit adieu hier soir à minuit.

— Et ce matin on l'a trouvé assassiné dans son lit ; le secrétaire de sa chambre était forcé et on a volé un portefeuille qui devait contenir plus de trois cents livres !

— C'est ce portefeuille qu'il m'a donné hier soir. Je l'ai là dans la poche de côté de mon paletot.

— Vous ferez bien de dire cela au coroner, observe Mr Jinks, il le croira sans doute.

— Il faut que je sois fou, dit Richard ; je suis fou, c'est certain.

On est arrivé à la gare et Mr Jinks, après avoir jeté un coup d'œil dans deux ou trois voitures du train qui allait partir, choisit un compartiment de deuxième classe où il fait monter Richard Marwood. Il prend place à côté du jeune homme, son silencieux acolyte assis en face de lui, le chef de gare ferme la portière et l'on démarre.

L'ami silencieux de Mr Jinks est de cette espèce de gens qui semblent faits tout exprès pour passer inaperçus dans la foule ; il en traverserait cent et pas un seul homme de cette centaine de foules ne détournerait la tête pour le regarder.

Il n'est ni très grand ni très petit, ni très gros ni très mince, ni brun ni blond, ni laid ni beau mais dans le juste milieu entre ces extrêmes, il doit nécessairement toujours passer inaperçu.

Si vous considériez son visage pendant trois heures consécutives, vous ne remarqueriez, pendant ces trois heures d'observation, qu'une seule chose : l'expression de sa bouche.

C'est une bouche serrée avec des lèvres minces, qui se tend considérablement quand l'homme pense et il pense presque sans discontinuer ; ce n'est pas tout car, lorsqu'il pense le plus profondément, sa bouche tire très visiblement à gauche du visage. C'est là la seule chose digne de remarque chez cet homme, si ce n'est qu'il est muet sans être sourd pour autant, car il a perdu l'usage de la parole pendant sa jeunesse.

Si pendant l'arrestation de Richard il n'a rien dit, il a beaucoup observé et maintenant, assis en face du jeune homme, il est noyé dans ses pensées et ses lèvres pincées penchent fortement à gauche.

Ce muet n'est qu'un subalterne des forces de police. Une sorte de limier dont se sert Mr Jinks, le chef de la police de Gardenford, mais il est utile, consciencieux et surtout tranquille. Son patron, en outre, ajoute que comme il ne peut parler, on ne peut que compter sur sa discrétion.

Cependant, il peut parler à sa manière et bientôt il se met à causer avec Mr Jinks ; il lui parle, avec une merveilleuse rapidité, du bout de ses doigts plus alertes que propres qui forment un alphabet assez crasseux.

— Oh ! que le diable vous emporte ! s'écrie Mr Jinks après l'avoir observé un moment, il faut aller un peu moins vite, si vous voulez que je vous comprenne ; je ne suis pas un télégraphe électrique.

Je ne pense pas que son agent l'ait jamais pris pour cette innovation moderne, cependant il fait un signe de la tête et recommence plus lentement.

Cette fois, Richard aussi suit les doigts de l'agent. Il a eu autrefois de longues conversations muettes avec une jolie pensionnaire avec laquelle il a entretenu une affection toute platonique, sans parler d'un mur très élevé et couronné de tessons de bouteilles.

Richard suit donc des yeux le crasseux alphabet.

D'abord deux doigts crochus posés sur la paume de la main, « N », puis le bout de l'index de la main droite sur le bout du troisième doigt crochu de la main gauche, « O », la lettre suivante, « N », et l'homme claque ses doigts ; le mot fini : « NON. »

— Non quoi? demande Richard en ouvrant de grands yeux et, malgré l'abattement d'esprit dans lequel il se trouve, son attention se réveille.

Le muet commence un second mot: «COUP»...

Mr Jinks l'interrompt brusquement:

— Non coupable! Mille chandelles! Qu'en savez-vous, je voudrais bien que vous le disiez. Où avez-vous acquis tant d'expérience? Qui vous a donné tant de pénétration? À quelle école vous êtes-vous formé? Ce qui me surprend, c'est cet aplomb à donner votre opinion et que vaut-elle votre opinion, je voudrais bien le savoir? Je ne serais pas fâché de savoir en même temps combien vous estimez vos avis?

Mr Jinks débite tout ce discours avec le ton du sarcasme le plus piquant car Mr Jinks est un membre distingué de la police. Il se vante hautement de son infaillible pénétration et il s'indigne de voir que son subordonné ose exprimer une opinion quelconque.

— Mon oncle assassiné!... murmure Richard; mon pauvre oncle... mon excellent oncle!... Oh! c'est trop affreux!

À ces mots que Richard chuchote presque en lui-même, la bouche de l'agent penche énormément à gauche.

— Et l'on m'accuse d'être son meurtrier!

— Dame, vous voyez, dit Mr Jinks, il y a deux ou trois petites choses qui parlent assez contre vous. Pourquoi étiez-vous si pressé ce matin d'arriver à Gardenford?

— Mon oncle m'avait donné une lettre de recommandation pour un négociant de cette ville: tenez, voici la lettre, lisez-la.

— Non, cela n'est pas mon affaire, dit Mr Jinks; la lettre n'est pas cachetée, je le vois, mais je ne dois pas la lire: quoi qu'il en soit, vous pourrez la faire voir au coroner. Quant à moi, je serais bien aise de vous voir sortir de là car j'ai entendu dire que vous apparteniez à une de nos vieilles familles du comté et vous n'êtes pas tout à fait de l'espèce des gens qu'on pend.

Pauvre Richard, ses paroles de la veille lui reviennent: «Je m'étonne qu'on ne pende pas ceux qui me ressemblent», a-t-il dit.

— Maintenant, dit Mr Jinks, comme je ne veux pas de rigueurs inutiles, si vous voulez venir tranquillement avec moi et mon ami que voici, je vais vous enlever ces bracelets car, s'ils sont quelquefois utiles, il faut convenir qu'ils ne sont jamais jolis. Je vais allumer une pipe, si vous voulez en faire autant, vous le pouvez.

Mr Jinks lui enlève les menottes, puis il tire sa pipe de sa poche; Richard fait comme lui, puis il prend dans la poche de son gilet une boîte en fer-blanc dans laquelle il ne reste qu'une seule allumette.

— Voilà qui est délicat, dit Mr Jinks, car je n'ai pas de feu sur moi.

Ils bourrent leurs deux pipes, et frottent l'unique allumette.

Richard, pendant tout ce temps, tient dans sa main la lettre de son oncle et, quand l'allumette est près de s'éteindre, il approche sans y penser le papier de la flamme et s'en sert pour allumer sa pipe.

Presque aussitôt il voit ce qu'il vient de faire. Il vient de brûler la lettre d'introduction, la seule pièce au monde qui soit en sa faveur. Il jette à terre le papier enflammé, le foule aux pieds, mais en vain, malgré tous ses efforts il ne reste de la lettre qu'un peu de cendre noire.

— Il faut que le diable me poursuive, s'écrie-t-il. Je viens de brûler la lettre de mon oncle.

— Ah diable! dit Mr Jinks, j'ai bien vu des malins dans mon temps et des forts, je vous assure, mais vous êtes le plus fort de tous ; ah ! vous remportez la palme, camarade !

— Je vous dis que cette lettre a été écrite par mon oncle à un de ses amis de Gardenford et dans cette lettre il disait m'avoir donné cet argent qu'on a volé, dites-vous, dans son secrétaire.

— Oh ! La lettre disait tout cela, vraiment ? et vous vous en êtes servi pour allumer votre pipe. Vous ferez bien de dire cela au coroner, cela ne manquera pas de convaincre les jurés.

L'employé subalterne de la police épelle de nouveau sur ses doigts les deux mots : Non coupable ! et sa bouche tire de plus en plus à gauche.

— Oh ! oh ! dit Mr Jinks, il paraît que vous y tenez, hein ? Ma parole d'honneur, vous êtes trop intelligent pour exercer en province ; je m'étonne qu'on ne vous appelle pas à Bow Street[1] ; avec les talents que vous possédez, vous iriez loin en un rien de temps, ça ne fait aucun doute.

Pendant le voyage, l'épais brouillard de novembre s'est peu à peu dissipé et, à ce moment, le soleil perçant la nue vient éclairer en plein la manche de l'habit râpé que porte Richard.

— Non coupable ! s'écrie Mr Jinks avec une énergie soudaine. Non coupable ! Eh, voyez donc ! Que le diable m'emporte si la manche de son habit n'est pas couverte de sang.

En effet, sur la manche de l'habit usé jusqu'à la corde, le soleil vient de faire paraître des taches sinistres et c'est, marqué et souillé par ces hideuses taches, comme un misérable assassin, que Richard Marwood rentre dans sa ville natale.

---

1. Rue du premier commissariat de police.

5
La rivière guérit bien des maux

Ce n'est pas une belle rivière que le Sloshy, à moins cependant qu'un amas de vase liquide ne soit un beau spectacle car il est extrêmement vaseux. Le Sloshy est une sorte de compromis désagréable entre une rivière et un canal. C'est une espèce de canal qui (comme la grenouille de la fable) ayant vu une rivière, veut se faire aussi gros qu'elle. Le Sloshy éprouve fréquemment le besoin de grossir, il sort de son lit et engloutit, comme si de rien n'était, quelques maisons et, une ou deux fois l'an, il va déposer son ignoble limon jusque dans les faubourgs de la ville. Il n'aime pas les enfants, et l'on sait qu'il a étouffé dans son sein l'espoir de bien des familles. Souvent on l'a vu porter jusqu'à la mer lointaine le chapeau de paille de Clara ou la blouse de Johnny qu'il étale à sa surface comme un étendard de triomphe, car il traite par-ci par-là quelque petite affaire avec le personnage au pâle coursier[1].

Souvent aussi, des têtes fatiguées ont dormi plus profondément sur ce lit hideux, sombre et gluant, que sur des couches de duvet.

Oh! puissions-nous ne jamais songer à demander la paix du sommeil à une telle couche!

1. La mort : allusion aux quatre cavaliers de l'Apocalypse.

C'est une rivière sombre, laide et pernicieuse, une rivière qui ne vous parle que de peines, de douleurs et d'angoisses ; une rivière que certaines pauvres créatures mortelles et impressionnables, qu'un nuage attriste et qu'un rayon de soleil ranime, feraient bien de ne pas regarder.

Je me demande ce que cette femme là-bas pense de la rivière. C'est une femme pauvrement vêtue qui porte un enfant dans ses bras. Elle va et vient lentement sur une des rives, par cet après-midi du jour où le meurtre de Mr Montague Harding a été commis.

C'est un endroit bien solitaire que celui qu'elle a choisi à l'extrémité des faubourgs de Slopperton. Et la ville de Slopperton, n'étant à tout prendre qu'une ville très laide, est encore bien plus laide dans ses faubourgs. Ceux-ci consistent en deux ou trois manufactures, une grande diablesse de prison dont les murs sont plus insensibles que le roc, une rangée de maisons mesquines, quelques constructions neuves inachevées et d'autres anciennes et à demi ruinées qui pendouillent autour de la ville comme les lambeaux d'étoffe qui frangent un vêtement usé. L'enfant que porte cette femme est tout tremblant ; il est vrai que l'atmosphère humide et brumeuse des rives du Sloshy est peu faite pour ranimer les esprits ou égayer le tempérament des enfants ou même d'une grande personne. La femme le presse avec impatience sur sa poitrine et jette un regard étrange qui n'a rien de maternel sur ses traits débiles. Pauvre malheureuse créature ! Peut-être ne voit-elle pas en ce léger fardeau un enfant ; elle ne voit peut-être en lui qu'une honte, une gêne, une douleur. Elle a été jolie ; c'était il y a un an peut-être une brillante beauté de campagne ; mais maintenant elle n'est plus qu'une créature fanée, rongée par les soucis ; son visage est pâle et un cercle creux entoure ses yeux ; elle a joué la seule partie qu'une femme ait à jouer et perdu le seul enjeu qu'une femme ait à perdre.

— Viendra-t-il, ou bien me faudra-t-il souffrir encore pendant un long jour. Tais-toi… tais-toi donc… comme si je n'avais pas encore assez de peine à te porter sans que tu cries.

C'est au bébé tout tremblant qu'elle adresse ces mots mais le petit bonhomme est engagé dans une lutte violente avec sa casquette et il vient d'arracher une poignée de la filasse qui en tapisse le fond.

Sur cette rive sinistre du Sloshy on voit une sorte de cabaret à l'aspect également sinistre et de construction ancienne, bien qu'il soit entouré de maisons récemment commencées. C'est une petite taverne borgne et honteuse sur laquelle on lit : « Old Tom », écrit en grosses lettres noires, à quatre pence le litre et gin à un penny le verre. Ce misérable cabaret n'a jamais vu de meilleurs jours et n'espère pas en voir jamais de meilleurs. Les hommes qui le fréquentent sont quelques flâneurs d'une fabrique voisine ou les charbonniers dont les bateaux sont amarrés près de là. Par les après-midi pluvieux, ces gens peu occupés viennent jouer dans une petite salle, avec des cartes sales et écornées ; ils marquent les points en promenant sur la table graisseuse leurs doigts préalablement trempés dans la bière. Ce n'est pas un lieu bien séduisant pour se divertir ; quoi qu'il en soit, il semble attirer la femme à l'enfant car elle jette en passant un regard d'envie sur sa porte ; elle fouille dans sa poche, finit par y trouver trois demi-pence, juste ce qu'il lui faut à ce qu'il paraît car elle franchit le seuil boueux et deux minutes après elle reparaît en essuyant ses lèvres.

En même temps elle heurte un homme, enveloppé dans un paletot d'hiver et dont la partie inférieure du visage est enfouie sous un épais cache-nez.

— Je pensais que vous ne viendriez pas, dit-elle.

— Ah vraiment ! Alors vous vous trompiez ; mais vous auriez pu avoir raison car, si je viens, c'est vraiment un hasard ; je ne puis être à vos ordres nuit et jour.

— Je ne vous demande pas d'être à mes ordres ; vous ne m'avez pas habituée à tant d'égards pour que j'attende cela de vous, Jabez.

L'homme tressaille et tourne la tête comme s'il s'attendait à trouver tout Slopperton sur son dos ; mais il ne passe absolument personne.

— Il est inutile de vous montrer si prodigue de mon nom, dit-il, on pourrait vous entendre. Y a-t-il quelqu'un là-dedans ? demande-t-il en indiquant la taverne.

— Non, il n'y a que le tavernier.

— Entrons alors, nous y serons mieux ; ce brouillard vous pénètre jusqu'aux os.

Il ne paraît pas songer un instant que la femme et l'enfant ont été exposés à ce brouillard depuis plus d'une heure, car il est en retard de cinq quarts d'heure au moins. Il entre le premier dans la petite salle ; il ne s'y trouve pas de charbonniers pour le moment et les cartes écornées sont rassemblées en un paquet sur une table gluante au milieu de pipes cassées et de taches de bière. Cette table se trouve placée près de la fenêtre qui ouvre sur le chemin de halage et c'est auprès de cette fenêtre que la femme s'assoit ; Jabez North, lui, prend place de l'autre côté de la table. Le bébé grelottant s'est endormi ; il est tranquillement étendu sur les genoux de la femme.

— Que prenez-vous ?

— Un peu de gin, répond-elle, non pas toutefois sans une certaine hésitation dans la voix.

— Ah ! ah ! Vous avez trouvé cette consolation, eh ?

Il prononce ces mots avec un coup d'œil de satisfaction qu'il ne peut réprimer.

— Quelle autre consolation reste-t-il aux femmes comme moi, Jabez? J'ai cru d'abord y trouver l'oubli; rien maintenant ne saurait me faire oublier… mais…

Elle n'achève pas sa phrase mais elle dirige son regard vague et sinistre sur les eaux noires du Sloshy qui, à mesure que la marée s'élève aidée par la violence du vent, trempent le chemin de halage jusque sous les fenêtres du cabaret.

— Eh bien, comme je suppose que vous ne m'avez pas fait venir ici dans le seul but de me faire entendre ces lugubres paroles, peut-être me direz-vous ce que vous voulez; mon temps est extrêmement précieux et s'il ne l'était pas, je ne puis dire que je tiendrais beaucoup à rester ici longtemps; c'est un bouge si ravissant et situé dans un quartier si attrayant!

— Je vis dans ce quartier, Jabez, du moins j'y meurs de faim.

— Oh! nous y voilà, dit le beau Jabez en faisant une mine d'une aune, nous y arrivons: vous voulez de l'argent? Voilà comment finissent toujours ces sortes de choses.

— J'avais espéré une autre fin, Jabez; j'ai espéré longtemps, quand je pensais que vous m'aimiez.

— Oh! nous y revenons encore, dit-il avec un geste d'ennui.

Il s'empare du jeu de cartes placé devant lui et commence à élever une maisonnette, comme font les enfants en jouant. Rien ne pourrait mieux que cette action exprimer sa résolution de ne pas écouter ce que la femme pourrait lui dire; mais elle continue néanmoins.

— Vous voyez, j'étais une pauvre fille bien naïve, Jabez, ou j'aurais su mieux m'y prendre. J'étais habituée à croire comme paroles d'Évangile tout ce que me disaient mes parents; j'ignorais le mensonge et lorsque l'homme, que j'aimais de toute mon âme au point d'oublier toute autre créature vivante et tous mes devoirs envers les hommes et Dieu, disait ceci ou cela je n'ai pas pensé à lui demander s'il était sincère ou si tout ce qu'il me disait n'était qu'un horrible et cruel mensonge. Ignorante comme je l'étais, je croyais devenir votre femme, comme vous me l'aviez juré et que ce petit être-là pourrait vous appeler son père et être un jour notre joie, notre bonheur à tous deux.

Ces derniers mots réveillent l'enfant : il ouvre ses yeux où brille une sorte de colère et ses petits poings se crispent comme pour faire un geste de menace.

Si la rivière pouvait faire entendre une voix prophétique, elle se fût certes écriée :

— Une honte et un déshonneur ! Un ennemi ! Un vengeur impitoyable dans l'avenir !

La maison de cartes atteint trois étages ; Jabez prend les cartes écornées une à une et, avec une lente précision, de sa main blanche il les pose délicatement sur le frêle échafaudage.

La femme porte alternativement ses yeux secs mais tristes sur lui et sur la rivière.

— Vous ne demandez pas à voir l'enfant, Jabez ?

— Je n'aime pas les enfants, dit-il ; j'en vois assez comme cela chez le docteur. Les enfants et la grammaire latine, ah ! je n'en vois pas la fin !

Il dit ces derniers mots en lui-même et d'une voix étouffée.

— Mais votre enfant, Jabez, votre propre enfant ?

— À ce que vous dites.

Elle se lève et fixe sur lui un regard qui semble dire : « Et c'est là l'homme que j'ai aimé ! C'est là celui pour lequel je me suis perdue ! »

S'il pouvait voir son regard ! Mais il s'est baissé pour ramasser une carte ; la maison est maintenant haute de cinq étages.

— Allons, dit-il d'un ton rude et déterminé, vous m'avez écrit pour me donner rendez-vous car vous étiez mourante, disiez-vous, vous aviez le cœur brisé, ce qui signifie que vous avez pris goût au gin (excellente chose pour nourrir un enfant) et vous vouliez que je vous empêche de mourir. Combien vous faut-il? Je comptais avoir à ma disposition aujourd'hui une certaine somme. Peu vous importe comment, cela n'est pas votre affaire.

Il dit ces paroles d'un ton bourru et impatient en réponse à un regard qu'il attend d'elle; mais elle retrouve sa première position et continue à regarder par la fenêtre.

— Je comptais être plus riche aujourd'hui, mais j'ai été désappointé, poursuit-il; cependant j'ai apporté ce que j'ai pu; de sorte que ce que vous avez de mieux à faire, c'est de le prendre et de quitter Slopperton le plus tôt possible, afin que je ne revoie plus votre pâle et misérable figure.

Il compte quatre souverains sur la table grasse; puis, ajoutant un sixième étage à la maison de cartes, il contemple le frêle édifice avec un regard de triomphe.

« C'est ainsi que dans l'avenir je veux élever ma fortune », se dit-il en lui-même.

Un homme, qui vient d'entrer sans faire de bruit dans la petite salle, passe derrière lui et lui frôle l'épaule; la maison de cartes vacille et tombe sur la table.

Jabez se retourne furieux:

— Pourquoi diable avez-vous fait cela? demande-t-il.

L'homme fait un geste d'excuse, porte les doigts à ses lèvres et secoue la tête.

— Oh! dit Jabez, sourd et muet, tant mieux!

L'étranger s'assied à une autre table, sur laquelle le cabaretier dépose une pinte de bière, puis il prend un journal et semble lire attentivement; mais, abrité derrière la feuille, il épie Jabez d'un regard furtif et pendant tout ce temps sa bouche s'incline fortement à gauche par un mouvement nerveux.

Cependant la femme n'a pas touché l'argent, elle n'a pas même changé de position ; mais maintenant elle s'approche de la table et prend un à un les quatre souverains.

— Après ce que vous m'avez dit aujourd'hui, je verrai cet enfant mourir de faim d'heure en heure plutôt que de toucher un morceau de pain acheté avec votre argent. J'ai entendu dire que les eaux de cette rivière sont pernicieuses et qu'elles donnent la mort à ceux qui vivent sur ses bords mais je sais si bien que les pensées de votre ignoble cœur sont beaucoup plus pernicieuses et un poison plus amer encore, plutôt que de m'adresser à vous, j'aimerais mieux solliciter la pitié de ces eaux noires.

En disant ces mots, elle jette les souverains à la tête de Jabez avec une telle force que l'un d'eux, l'atteignant au-dessus du sourcil, lui ouvre le front et le sang inonde ses yeux.

La femme ne s'inquiète pas de la blessure qu'elle a faite mais, revenant à la fenêtre, elle continue de contempler la rivière comme si en effet elle implorait sa pitié.

Le muet aide l'aubergiste à panser la blessure de Jabez ; c'était une coupure très profonde et qui semblait devoir laisser une cicatrice ineffaçable.

Jabez, après le coup qu'il vient de recevoir, ne paraît pas mieux, ni de meilleure humeur ; il n'adresse pas un seul mot à la femme mais il se met à tout hasard à chercher les pièces d'or qui ont roulé dans les divers coins de la pièce. Bien que le cabaretier ait apporté de la lumière, il ne peut en retrouver que trois et, malgré les recherches des trois hommes, on ne peut mettre la main sur la quatrième. Jabez, abandonnant ses recherches, paie ce qu'il a pris et sort sans jeter un seul coup d'œil sur la femme et l'enfant.

«Me voilà débarrassé à bon marché de ce chat-tigre, se dit-il en lui-même, mais c'est égal, j'ai eu un mauvais après-midi. Comment expliquer cette coupure au docteur?»

Il consulte sa montre:

«Cinq heures, je serai rentré pour le thé. Je pourrai pénétrer dans la cour de la gymnastique par la petite porte, faire un tour de trapèze et dire que je me suis heurté au front. Ils croient tout ce que je leur dis, les pauvres idiots!»

Il disparaît bientôt dans le brouillard et l'obscurité. Le brouillard est si épais que personne ne fait attention à la femme ni à l'enfant quand elle sort du cabaret. Elle suit le chemin de halage, dépasse les dernières maisons du faubourg et continue jusqu'à un endroit où des saules rabougris étendent leurs membres hideux comme des bras de vieilles sorcières, sur les eaux sinistres du Sloshy.

Ô rivière parfois si impitoyable, quand tu engloutis jeunesse, beauté et bonheur, auras-tu plus de pitié ce soir, recevras-tu dans ta couche une malheureuse femme délaissée sur la terre?

Ô rivière sans merci, au bonheur insouciant, souvent si cruelle, voudras-tu ce soir accueillir une malheureuse sans ressources et sans espoir?

Dieu t'a créée, sombre rivière, et Dieu a créé la malheureuse femme que le froid engourdit sur la rive, puisse-t-Il dans Son amour infini, dans Sa compassion sans bornes pour les créatures faites de ses mains, avoir pitié de celles-là même qui viendront chercher un repos défendu dans tes eaux oublieuses.

6
Les deux enquêtes du coroner

Depuis la dernière élection générale, quand Slashington, le membre libéral, a été réélu malgré la forte opposition des conservateurs et qu'il a eu les honneurs d'un triomphe éclatant et d'une averse d'œufs pourris et de trognons de choux, depuis ce grand jour, Slopperton n'a pas éprouvé d'émotion pareille à celle produite par la découverte de l'assassinat de Mr Montague Harding.

Un assassinat est toujours un grand événement à Slopperton. Quand John Boggins, le tisserand, brisa la tête de Sarah, sa femme, d'abord avec le talon de son sabot et pour en finir avec le tisonnier, Slopperton avait trouvé là un grand sujet de conversation, quoique ordinairement le meurtre d'un ouvrier par un individu de sa classe ne fît pas grande sensation en dehors des fabriques. Mais le crime actuel a quelque chose d'extraordinaire, quelque chose de spécialement cruel, de lâche et de barbare, en outre, il a été commis dans un rang recommandable de la société. Autour de cette maison isolée du Moulin noir, il y a un rassemblement et un tumulte considérables durant cette courte journée brumeuse pendant laquelle Richard Marwood est arrêté.

Les journalistes sont là, commentant avec une merveilleuse pénétration les particularités de l'assassinat qui ne sont encore connues que des chefs de la police de Slopperton.

Que de lignes, à un penny chacune, écrivent ces messieurs sur le lugubre événement sans avoir la moindre idée de ce qui s'est passé, aucun de ceux qui ne sont pas initiés aux mystères de leur métier n'oserait le dire.

Les deux journaux qui paraissent le vendredi contiennent des récits différents de l'assassinat et le seul journal qui paraît le samedi donne un heureux amalgame de ces deux comptes rendus, et démontre par là la supériorité de la colle et des ciseaux sur la copie à un penny la ligne.

Les chefs supérieurs de la police de Slopperton, revêtus de leur uniforme, ne font qu'entrer et sortir du Moulin noir dès la première heure de ce sombre jour de novembre. Chaque fois qu'ils paraissent dehors, et bien qu'aucun d'eux n'articule un seul mot, un nouveau rapport circule dans l'assemblée par quelque étrange magie. Je pense que le procédé est celui-ci : un individu, se basant sur une nuance dans leurs manières, chuchote l'hypothèse de ce qui peut leur avoir été révélé à l'intérieur, cette hypothèse, dite à voix basse, est répétée de l'un à l'autre jusqu'à ce qu'elle prenne la consistance d'un fait, et se répande ensuite dans la foule, prenant un nouveau crédit dans la bouche de chaque narrateur et finit par constituer une série de faits imaginaires.

La foule est complètement convaincue d'une chose, c'est que ces hommes graves en uniforme, les agents de Slopperton, savent tout et pourraient tout dire s'ils voulaient seulement parler et cependant je doute qu'il y ait sous le ciel plus d'une personne qui connaisse véritablement le secret de cet épouvantable crime.

Le second jour, l'enquête du coroner se tient au Moulin noir. Les fonctionnaires aux figures solennelles sont rangés autour du lit de l'homme assassiné et recueillent les dépositions, échangeant quelques remarques à voix basse avec le docteur qui a constaté les profondes blessures du cadavre.

Voici tout ce qui est connu de ces graves officiers : la servante, Martha, se levant à 6 heures le matin précédent, est venue selon son habitude frapper à la porte du vieil Indien, celui-ci étant toujours matinal et ayant coutume, même en hiver, de se lever pour étudier à la clarté de la lampe.

Ne recevant aucune réponse, après avoir frappé plusieurs fois, la vieille femme est entrée dans la chambre où elle a vu, à la lueur de sa chandelle, le terrible spectacle du vieillard gisant sur le parquet à côté du lit, la gorge coupée, la poitrine percée de coups de poignard et baignant dans une mare de sang ; l'armoire de la chambre est ouverte, fracturée et saccagée et il manque le portefeuille, avec l'argent qu'on sait devoir y être renfermé. Les papiers du gentleman assassiné sont bouleversés et forment un tas près de l'armoire et comme il n'y a pas de sang sur eux, les agents en concluent que l'armoire a été pillée avant l'accomplissement du meurtre.

Le lascar est trouvé inanimé sur son lit, dans le petit cabinet de toilette, la tête horriblement endommagée et, à part cela, il n'y a plus rien de découvert. Le lascar est porté à l'hôpital où les docteurs ont peu d'espoir qu'il se rétablisse des blessures qu'il a reçues.

Dans la première horreur et dans les premières angoisses de cette lugubre matinée, Mrs Marwood a naturellement demandé son fils ; elle a exprimé sa surprise de sa disparition et quand, questionnée, elle a révélé l'histoire de son retour inattendu la nuit d'avant, les soupçons tombent d'abord sur lui. Sa réapparition après tant d'années coïncide avec le retour de son oncle riche, son départ secret de la maison avant le lever de ses habitants, toutes ces circonstances s'élèvent contre lui et des agents de police sont mis immédiatement sur pied au tourniquet des barrières des différentes routes qui partent de Slopperton et à la gare de chemin de fer d'où il est parti pour Gardenford par le premier train.

Au bout d'une heure on découvre qu'un homme répondant au signalement de Richard a été vu à la gare ; une demi-heure après vient un individu qui dépose qu'il connaît bien Richard, qu'il l'a vu dans la gare et que celui-ci a évidemment cherché à l'éviter. L'employé du chemin de fer se souvient d'avoir donné un billet à un beau jeune homme, au costume en désordre ayant une pipe à la bouche et la lèvre ornée d'une moustache noire. Pauvre Richard ! La pipe et la moustache noire le dévoilent en chaque endroit. « Pipe, moustache noire, costume en désordre, taille élevée, visage beau. » L'employé qui joue sur le clavier du télégraphe électrique, comme d'autres personnes jouent du piano, a bientôt envoyé la ligne à mots brisés à la gare de Gardenford : d'où elle est transmise en moins de cinq minutes à la police de cette ville, et cinq minutes après, Mr Jinks se trouve sous la galerie de la gare ; son adjoint muet, Joe Peters, posté hors de la station, et tous les deux reconnaissent Richard à l'instant.

Ô merveilles de la vie civilisée ! Merveilles cruelles, quand elles servent à attirer une condamnation terrible sur un homme innocent !

L'histoire de la lettre de Richard ne peut que le desservir devant le jury. Le fait d'avoir brûlé, dans un moment d'oubli, un document d'une telle importance, semble trop incroyable pour faire quelque impression en sa faveur.

Pendant tout le temps de l'instruction, un homme mal vêtu se tient dans un renfoncement, l'œil observateur et la bouche tournée d'un côté.

Cet homme est Joseph Peters, l'aide de l'agent de police de Gardenford. Ses yeux quittent rarement la personne de Richard qui, le visage pâle, l'air égaré, la chevelure en désordre et les vêtements sales, paraît peut-être beaucoup plus coupable qu'innocent.

Le verdict du jury du coroner conclut, comme tout le monde s'y attend, que le défunt a été assassiné de propos délibéré par son neveu Richard Marwood, lequel doit être renvoyé cette nuit dans la prison du comté dans les faubourgs de Slopperton, pour y attendre les assises.

L'émotion dans Slopperton, comme nous l'avons déjà observé, est immense. Ce n'est qu'une voix, une voix terrible d'exécration pour l'innocent prisonnier, d'horreur pour la perfidie et la cruauté de cet horrible attentat et de pitié pour la malheureuse mère de ce fils dénaturé, mourant de douleur dans son lit, mais qui, en dépit de toutes les preuves, ne cesse de répéter qu'elle est certaine de l'innocence de son fils.

Le coroner a beaucoup de besogne en ce sinistre jour de novembre car, après l'enquête sur l'infortuné Mr Harding, il a dû courir à un mauvais cabaret au bas de la ville sur le bord de la rivière, pour s'informer des causes de la mort accidentelle, dans le Sloshy, d'une malheureuse délaissée, trouvée par des bateliers. Ce genre de mort est une chose si ordinaire dans la population considérable et compacte de Slopperton que le coroner et le jury, éclairés par deux chandelles de suif à longues mèches[1], ont peu à dire sur l'événement.

1. La chandelle de suif est constituée d'une longue mèche imbibée de graisse entourée de suif de bœuf ou de mouton. La mèche ne se consume pas seule, il faut la moucher. Elle donne une lumière jaune et fumeuse, contrairement à la bougie en cire qui est beaucoup plus chère.

Un coup d'œil sur le tas de vêtements mouillés, déchirés et en haillons, un demi-haussement d'épaules et un regard à demi compatissant sur ce visage blanc, ces lèvres bleues et humides, cette chevelure châtain clair éparse et le verdict d'absolution est prononcé : « Trouvée noyée. »

Un membre du jury, un boucher (nous les pensons parfois durs de cœur ces bouchers), passe doucement la main sur ces cheveux châtains et écarte une boucle de ce front pâle. Si tendre attouchement n'a peut-être pas été fait sur ce front depuis deux longues années ; depuis le jour peut-être où la morte a quitté son village natal et que sa mère a pour la dernière fois lissé ses tresses dorées sous son bonnet du dimanche.

Une demi-heure après, le boucher est chez lui, devant son feu réjouissant et il a, je crois, un regard plus aimable et plus protecteur que d'usage pour la fille aux beaux cheveux qui lui verse son thé. Personne ne reconnaît la victime, personne ne sait son histoire. On conjecture que c'est une histoire très ordinaire et on l'ensevelit dans un terrain spécial de la paroisse, un endroit triste et humide non loin du bord de la rivière dans laquelle quantité de ses pareilles sont restées.

Notre ami Jabez North emprunte le soir à son patron le journal du samedi, après les heures de classe : les comptes rendus des deux enquêtes du coroner l'intéressent vivement.

7
L'agent muet est un philanthrope

Les tristes mois d'hiver s'écoulent. Le temps, au pied lent pour les uns et aux ailes rapides pour les autres, est un véritable caméléon.

Très rapide dans son vol, sans aucun doute, pour les jeunes gentlemen qui ont quitté le docteur Tappenden pour assister chez eux aux fêtes de Noël. Assez rapide peut-être, pour les papas des jeunes gentlemen, qui ont à renvoyer leurs fils à l'école, munis de la petite somme due au docteur Tappenden ; pas si petite, en vérité, quand on tient compte de tous les suppléments tels que la danse, le français, la gymnastique, les sergents instructeurs, la coupe des cheveux, les fournitures de bureaux, les domestiques et le banc à l'église.

Ce temps passe assez vite, peut-être, pour Allecompain aîné, qui arrive au logis dans un costume de deuil tout neuf dont il graisse les parements et blanchit les coudes avant la fin des jours fériés. Je ne suppose pas qu'il ait oublié la mort de son petit frère et je crois bien qu'assis près du foyer flamboyant dont la clarté éclaire les vêtements noirs de sa mère désolée, il pense quelquefois avec tristesse à la petite tombe dans la froide nuit d'hiver, sur laquelle la neige tombe si pure et si blanche. Mais gâteaux et *ale* sont d'institution éternelle et si vous ou moi, lecteur, venions à mourir demain, le boulanger continuerait de cuire au four, et MM. Barclay et Perkins ne cesseraient de brasser l'*ale* et le *stout*[1], pour lesquels ils sont si renommés et les amis si chagrins de notre perte mangeraient, boiraient et même seraient gais avant peu de temps.

Qui dira combien lente est la marche du temps pour le malheureux jeune homme qui attend son procès dans la triste prison de Slopperton?

Qui dira combien elle est lente également pour la mère qui attend dans les angoisses le résultat de ce procès?

Les assises s'ouvrent à la fin de février. Ainsi, pendant les bruineuses et humides journées du sombre mois de novembre, les longues, noires et tristes nuits de décembre, les gelées et la neige de janvier dont la rigueur du dehors se fait mieux sentir à l'intérieur par un froid perçant, Richard arpente de long en large son étroite cellule, médite sur le meurtre de son oncle et sur le procès qui va commencer.

Les ministres de la religion viennent le convertir, comme ils disent. Il leur affirme qu'il espère et croit tout ce qu'ils peuvent lui enseigner car toutes ces vérités il les avait apprises dans ses premières années, sur les genoux de sa mère.

— La meilleure preuve de ma foi, dit-il, c'est que je ne suis pas fou. Pensez-vous que si je ne croyais pas en une Providence qui voit tout, je ne serais pas devenu entièrement fou, quand nuit après nuit, durant des heures longues comme des années, je réfléchis et réfléchis encore, au point que mon esprit s'égare et que ma raison s'ébranle à l'idée de la situation dans laquelle

1. *Ale* (légère et pâle), *stout* et *porter* (brunes et épaisses) sont différents types de bières.

je suis placé? Je n'ai pas d'espoir dans l'issue de mon procès, car je comprends combien toutes les circonstances s'élèvent contre moi; mais j'ai l'espoir que le ciel, suscitant de sa main puissante un instrument de son choix, parviendra néanmoins à sauver un homme innocent d'une mort ignominieuse.

Peters, l'agent muet, a demandé son changement de Gardenford pour Slopperton et il est maintenant employé dans la police active de cette ville. Les chefs font très peu cas de ce fonctionnaire subalterne car quoiqu'ils avouent que son habileté est infaillible, son infirmité, disent-ils, l'empêche de gagner le pain qu'il mange.

Le détective attend donc le procès de Richard Marwood avec un intérêt qui ne s'est pas démenti un instant depuis qu'il a exprimé les mots: non coupable, dans le wagon du chemin de fer.

Il a choisi son logis à Slopperton, dans une maison située dans une rue étroite formée d'habitations de six étages et appelée petite rue de Gulliver. Au numéro 5 de cette petite rue, l'attention de Mr Peters a été attirée par l'avis qu'une personne de la maison se chargerait volontiers et présentement de loger et de prendre en pension un gentleman seul. Mr Peters est un gentleman seul et en conséquence il se présente en exprimant avec grâce le désir d'être immédiatement logé et pris en pension.

La propriétaire assure que la chambre à coucher sur l'arrière de cette habitation est intérieurement un paradis terrestre pour un homme seul et que certainement considérée du point de vue d'avantages tels qu'un loyer de quatre shillings six pence par semaine, un lit canapé (ce délicieux et innocent mensonge sur le compte de l'ameublement n'a jamais trompé personne), une rôtissoire hollandaise, un appareil pour faire cuire toute espèce de chose, depuis un faisan jusqu'à un hareng saur et, sous le rapport des beaux-arts, un tableau représentant un jeune gentleman en rouge et en jaune faisant des propositions honorables à une jeune lady en jaune et en rouge et, en continuation du sujet, un second tableau représentant un enfant rouge dans un berceau jaune ; la chambre de derrière avec le seul tableau du couple dont elle est ornée est un paradis arrangé propre à charmer un célibataire aux sentiments vertueux. Mr Peters a donc pris possession immédiate de la chambre, en plaçant son honnête parapluie en coton dans un coin de la pièce, et deux shillings six pence comme garantie, dans les mains de la propriétaire. Son bagage est plus commode que considérable car il consiste en un paquet, logé dans la forme de son chapeau, qui contient les plus légers raffinements de son costume : un petit ballot dans un mouchoir de poche rouge en coton qui renferme les articles plus lourds de sa garde-robe et un peigne qu'il porte dans son portefeuille.

La propriétaire de cet éden intérieur est une célibataire d'âge mûr, ayant un nez rouge saillant et des socques en métal. C'est avec quelque difficulté que Mr Peters fait comprendre, à l'aide de gestes animés et de violents signes de tête, qu'il est muet et non sourd ; qu'elle n'a donc pas besoin de faire violence aux muscles de sa poitrine puisqu'il n'est pas dans la rue voisine et qu'il peut parfaitement l'entendre si elle parle avec son ton naturel puis, toujours à l'aide de la pantomime, il fait comprendre qu'il désire un crayon et du papier. Ces articles lui ayant été apportés, il écrit le seul mot : bébé et présente ce spécimen de calligraphie à la propriétaire.

La chaste indignation de la demoiselle au nez saillant ajoute de nouvelles roses aux boutons permanents qui ornent l'extrémité de son organe olfactif et elle ajoute d'une voix aigre qu'elle loue à des hommes seuls et que les hommes seuls, s'ils le sont réellement et ne sont pas des imposteurs, n'ont rien à faire avec des bébés.

Mr Peters recourt de nouveau au crayon :

— Non, pas à moi… Enfant trouvé… à élever au biberon… Vouloir payer la nourrice et l'entretien.

La pudique propriétaire n'a pas d'objection à faire pour l'enfant trouvé, si l'on paie pour les soins à lui donner. Elle aime les enfants à leurs places, elle va appeler Kuppins et elle appelle Kuppins.

Une voix au fond de l'escalier répond au nom de Kuppins, une vraie voix de petit garçon et un pas semblable dans l'escalier annoncent l'approche de Kuppins qui entre dans la chambre avec une précipitation et un embarras enfantins, mais qui malgré tout cela se révèle être une jeune fille.

Elle ne ressemble pas vraiment à une jeune fille, si l'on considère sa tête ornée de ces affreux cheveux noirs, rudes et courts, et ses pieds chaussés de gros souliers garnis à clous et, pourtant, c'est bien une jeune fille comme en témoignent un jupon court et un long corsage bleu, ornés d'une profusion de crevées triangulaires et de taches de graisse.

Kuppins est informée par sa maîtresse que le monsieur va venir loger dans la maison et qu'en outre le monsieur est muet. Il est impossible de décrire le ravissement de Kuppins à l'idée d'un locataire muet. Elle a connu un petit garçon atteint de cette infirmité, qui vivait trois portes plus loin que sa mère à elle, et ce petit garçon était très méchant, quand il fut sur le point de partir, il poussa des hurlements horribles.

En apprenant que le monsieur n'est pas méchant et n'a jamais hurlé, elle paraît plus désappointée qu'autre chose. Elle comprend l'alphabet des muets et a conversé ainsi pendant des heures avec le petit garçon. L'auteur, à qui rien n'est caché, peut affirmer qu'il y a eu autrefois de l'amour dans les relations de Kuppins et de l'enfant méchant. Mr Peters est enchanté de trouver un être complaisant, capable de comprendre son alphabet crasseux et de lui expliquer son intention de faire élever ce bébé, enfant trouvé, et qu'il désire qu'il soit logé et soigné aussi bien que lui-même. Kuppins raffole des bébés ; elle a élevé neuf frères et sœurs et a été bonne d'enfants hors du cercle de la famille, pendant quelques années, aux gages de quinze pence par semaine. Kuppins a été lancée dans le monde à l'âge de douze ans et est venue en service à Slopperton, à l'âge de seize.

Mr Peters expose avec le secours de son alphabet – plus sale ce jour-là que d'habitude après son voyage de Gardenford d'où il a transplanté ses pénates, c'est-à-dire le parapluie en coton, le ballot, le paquet, le portefeuille et le peigne – et par les mouvements rapides de ses doigts, car Kuppins est initiée à ce langage manuel, qu'il va chercher l'enfant.

Celui-ci ne se trouve apparemment pas très loin car Peters revient au bout de cinq minutes avec un paquet mou étouffé dans une vareuse qui, après inspection, paraît être l'enfant trouvé.

Mr Peters qui vient d'acheter récemment ce vieux caban d'occasion croit avoir fait l'acquisition d'un vêtement convenable pour un enfant au maillot.

Le petit être manifeste bientôt les signes d'un caractère fortement accentué de méchanceté et de colère et se débat bravement contre Kuppins, frappant la jeune fille au visage et lui arrachant des poignées de cheveux avec une dextérité au-dessus de son âge.

— Est-il joueur ! remarque cette jeune personne, évidemment habituée à l'irritabilité des enfants et indifférente à la perte de quelques mèches de ses boucles exubérantes ; est-il amusant, le petit innocent ! Mon Dieu ! Il va remplir la maison de gaieté.

Pour confirmer cette prophétie, l'enfant trouvé pousse un terrible vagissement varié de sanglots étouffés et de cris perçants.

Je ne pense pas qu'il y ait jamais eu, depuis la fondation des hôpitaux pour les enfants trouvés de Paris et de Londres, un enfant trouvé capable de crier à s'étouffer comme celui-ci. La façon avec laquelle son teint change d'une nuance blême maladive à un violet cramoisi, et du cramoisi au bleu foncé, et du bleu au noir a quelque chose d'extraordinaire et Kuppins entrevoit beaucoup de besogne à bercer l'enfant et à le tapoter sur le dos, afin de le sauver d'une mort prompte et désagréable. Mais Kuppins, comme nous l'avons fait remarquer, aime les petits enfants et, si elle a à choisir, elle donnerait la préférence à un bébé de mauvais caractère, parce que dans ce cas il y a une bataille à livrer et une victoire à remporter.

Après une demi-heure, elle a conquis l'enfant trouvé d'une façon merveilleuse à voir. Elle le pose en travers de ses genoux, pendant qu'elle allume le feu dans la petite grille fumeuse ; car les habitants de l'Éden intérieur ont à choisir forcément entre la fumée ou l'humidité et Mr Peters choisit la fumée. Elle le porte sur son bras gauche, en allant chercher un hareng saur, une once de thé et autres comestibles chez le marchand du coin et le met sous son bras tandis qu'elle fait cuire le hareng et prépare le thé, puis, avec l'enfant trouvé sur ses épaules, elle sert ce modeste repas à Mr Peters.

Mr Peters ayant terminé son repas converse avec Kuppins qui enlève les ustensiles pour le thé.

L'alphabet, pendant ce temps, a acquis un fumet de poisson, Peters ayant fait usage des cinq voyelles pour retirer les arêtes de son hareng.

— Ce bébé est extraordinairement irritable, dit Mr Peters avec ses doigts rapides.

Kuppins a élevé un grand nombre de bébés irritables.

— Les orphelins ont généralement mauvais caractère ; l'enfant trouvé est probablement un orphelin.

— Pauvre petit être ! Oui, dit Peters, il a eu ses épreuves, quoique bien jeune. J'ai peur qu'il n'arrive pas à la pousse des dents ; il a eu beaucoup trop d'eau déjà.

Il a eu beaucoup trop d'eau ? Kuppins voudrait bien connaître le sens de cette observation mais Mr Peters tombe dans une profonde rêverie et regarde l'enfant (toujours suffocant) avec l'œil d'un philanthrope et presque avec la tendresse d'un père.

Celui qui veille sur les jeunes corbeaux a peut-être, dans la convenance merveilleuse de toutes les choses de sa création, donné à ce pauvre petit délaissé un meilleur protecteur dans l'agent subalterne muet de la police que n'eût été pour lui le père qui s'en est débarrassé, quelque position que ce père ait pu occuper.

Mr Peters fait bientôt remarquer à l'attentive Kuppins qu'il éduquerait, il hésite quelques instants sur la légitimité du q ou du k pour ce mot, l'enfant trouvé et qu'il l'élèverait dans sa propre profession.

— Quelle est cette profession ? demande naturellement Kuppins.

— *Détektive*, épelle Mr Peters, embellissant le mot d'un « k » supplémentaire.

— Oh ! de la police, dit Kuppins. Cristi ! c'est fameux. Je voudrais bien être un policeman, pour découvrir tous les secrets de l'horrible meurtre qui s'est commis ici.

Mr Peters s'illumine au mot de meurtre, et regarde Kuppins d'un œil plein d'affection.

— Ainsi, vous prenez de l'intérêt à ce meurtre, n'est-ce pas ? s'enquiert-il.

— Oh! non; j'ai acheté le journal de dimanche. Tout ce que je voudrais, ce serait de ne pas voir torturer ce jeune homme qui passe pour avoir tué son oncle.

Mr Peters secoue la tête d'un air de doute, avec un regard moins bienveillant pour Kuppins, mais il y a des secrets et des mystères dans sa profession qu'il ne peut en toutes occasions confier à son alphabet, et son opinion sur le meurtre de Mr Montague Harding est peut-être de ce nombre.

Kuppins lui apporte ensuite une pipe et il reste assis près du foyer fumeux, regardant alternativement le nuage bleu qui sort de ses lèvres et la tournure grossière de la jeune fille se promenant de long en large avec l'enfant (endormi par suite de l'épuisement qui a succédé à son étranglement désespéré) sur ses bras. « Si, pense Mr Peters, la bouche considérablement tournée du côté gauche, cette petite créature doit grandir, elle pourra peut-être m'aider à découvrir le vrai et le faux dans ce meurtre-ci. »

Cela sera-t-il ou ne sera-t-il pas? Qui pourrait le dire? Si, dans le cours extraordinaire des événements, ce petit enfant coopérait jamais à attirer sur un meurtrier la condamnation qu'il mérite, appellerait-on cet acte un monstrueux et terrible outrage de la nature, ou un juste et raisonnable châtiment?

8
Sept lettres du sale alphabet

Le 17 février brille pur et resplendissant, et le soleil d'un ciel glacial rayonne sur les fenêtres du palais de justice où Richard Marwood attend le jugement qui doit décider de sa vie.

Jamais peut-être ce palais de justice n'a vu une affluence aussi considérable; jamais peut-être il n'y a eu dans Slopperton une préoccupation pareille à celle que fait naître en ce jour l'attente de l'issue du procès de Richard Marwood.

Les rayons du soleil, pénétrant par les fenêtres, semblent tomber plus froids et plus éclatants sur le visage pâle et défait du prisonnier sur le banc des accusés.

Trois mois de torture mentale ont accompli leur œuvre et écrit leurs ravages sur cette figure jeune et autrefois radieuse, en caractères que le temps, dans sa marche naturelle et paisible, aurait mis des années à laisser. Mais il est calme en ce jour: c'est le calme du désespoir. L'incertitude l'a épuisé, mais il en a fini avec elle et il sent que son destin est fixé, à moins que le ciel, infini dans sa puissance et dans sa miséricorde, ne suscite, comme par miracle, sur cette terre, un instrument pour le sauver.

La salle d'audience semble une mer de visages passionnés car ce procès est pour les spectateurs comme une partie d'un jeu dans lequel l'avocat à charge, le juge et le jury jouent contre le prisonnier dont l'enjeu est la vie. Il n'y a qu'un seul sentiment dans cette vaste assemblée : c'est que l'accusé perdra dans cette lugubre partie et qu'il mérite bien de perdre.

Des paris sont engagés dans Slopperton sur le résultat de ce crime atroce car la théorie des chances est si pleine d'attraits pour certains esprits que la série des sujets pour une gageure peut aller de la course d'un magot à un procès pour meurtre. Quelques esprits aventureux font des paris désespérés du côté improbable de l'acquittement et beaucoup de gentlemen entreprenants placent de fortes sommes du côté, décidément favori, de la culpabilité, ce qu'ils considèrent comme de très bons carnets de paris. Néanmoins, comme il pourrait y avoir une commutation de la sentence de mort en déportation à vie, quelques spectateurs parient sur la chance du prisonnier, reconnu coupable mais non exécuté, et comme cela est expressément convenu, sur la chance de déportation à Botany Bay[1] contre les galères.

Il y a donc en jeu des intérêts privés aussi bien qu'un intérêt général dans cet océan agité d'hommes et de femmes, et Richard a très peu de joueurs de son côté dans la grande et terrible partie qu'il va entreprendre.

Dans un coin de la galerie de la salle se trouve un petit espace élevé au-dessus des têtes de la multitude et séparé du public, réservé aux fonctionnaires ou aux personnes introduites par eux. C'est là que se tient, au milieu de deux ou trois policemen, notre ami, Mr Joseph Peters, la bouche tournée d'un côté et les yeux attachés sur le prisonnier. La galerie dans laquelle il se trouve fait face au banc de l'accusé, quoique à une très grande

1. En Australie.

distance. Il y a un homme dans cette nombreuse assemblée, qui, placé près du prisonnier, est très malheureux : l'avocat de l'accusé.

Il est jeune et c'est seulement son troisième ou quatrième procès et la première fois qu'il se trouve chargé d'une cause importante. C'est un homme fortement nerveux et impressionnable, pour qui la défaite est pire que la mort et il sent que la défaite est inévitable. Il n'a pas un pouce de terrain pour la défense et, en dépit des protestations d'innocence répétées du prisonnier, il le croit coupable. C'est un homme ardent et cette croyance éteint son ardeur, c'est un homme consciencieux et il sent que défendre Richard Marwood est quelque chose qui ressemble à une action malhonnête.

Le prisonnier plaide non coupable et l'annonce d'une voix ferme. Chaque fois que nous lisons le procès d'un grand criminel, nous lisons ces mêmes détails sur sa voix ferme, sa contenance calme, sa figure composée et son maintien digne, et nous tombons dans l'étonnement. Ne serait-il pas plus étonnant qu'il n'en fût pas ainsi ? Si nous considérons le degré auquel sont montés les sentiments de cet homme, la tension de chaque nerf, l'application de toutes ses forces intellectuelles et physiques pour affronter ces cinq ou six heures désespérées, nous ne serons plus étonnés désormais. La vie de cet homme est devenue un terrible drame et il va jouer son grand rôle. Cette masse de figures pâles et attentives lui fait subir une longue agonie ou peut-être est-ce moins une agonie qu'un état d'exaltation. Il se peut que son intelligence soit heureusement obscurcie et qu'il ne puisse voir au-delà du terrible présent : dans le bien plus terrible avenir. La hideuse construction de bois et de fer ne se dresse pas comme un fantôme devant lui ; il n'aperçoit pas la corde pendante et lâche qui flotte dans l'atmosphère froide du matin, jusqu'à ce qu'elle soit retenue et roidie par un corps palpitant et grelottant qui deviendra bientôt glacé. Il ne doit pas voir tout cela, il faut l'espérer. La vie pour lui en ce moment est sans inquiétude et il n'y a pas de place dans son esprit absorbé par la seule crainte de conserver une apparence extérieure fière et ferme, pour la pensée d'un avenir qui est peut-être si près de lui.

Ainsi Richard Marwood, d'une voix assurée, plaide non coupable.

Il n'y a dans toute cette foule qu'une seule personne qui le croit.

Oui, Richard Marwood, tu peux remercier ces mains sales, car elles sont les seules qui ont épelé ces mots dans leur langage, à l'exception de la mère infortunée qui a toujours exprimé la conviction de ton innocence.

Le prisonnier, quoique ferme et calme dans ses manières, parle d'une voix si basse et si humble qu'il se fait seulement entendre des personnes placées près de lui… Or, le juge, une des célébrités du barreau, est affligé d'une infirmité minime qu'il ne veut pas consentir à reconnaître : une surdité légère. C'est ce qu'il appelle être dur d'oreille d'un côté et pour me servir d'une expression ordinaire, l'oreille en jeu se trouve être la plus rapprochée de Richard.

— Coupable, dit le juge ; ainsi, c'est cela, coupable. Très bien !

— Pardonnez-moi, milord, dit le défenseur, le prisonnier a plaidé : non coupable.

— Erreur, monsieur ; me croyez-vous sourd ? demande Sa Seigneurie.

Cela excite un léger sourire parmi les habitués du palais.

L'avocat fait de la tête un signe de dénégation : un gentleman dans la position de Sa Seigneurie ne peut pas être sourd.

— Très bien alors, dit le juge, à moins que je ne sois sourd, le prisonnier a plaidé coupable. Je l'ai entendu, monsieur, de mes oreilles, de mes propres oreilles. Peut-être, ajoute le juge, peut-être le prisonnier sera-t-il assez bon pour répéter son plaidoyer et me fera-t-il, cette fois, l'honneur de parler haut.

— Non coupable ! dit Richard de nouveau, d'une voix ferme, mais pas élevée.

Son long emprisonnement, ses jours, ses semaines et ses mois de lente agonie ont tellement épuisé ses forces physiques qu'il éprouve beaucoup de peine à parler en pareille circonstance.

— Non coupable, dit le juge. Cet homme ne sait pas ce qu'il dit. Cet homme doit être idiot et ne pas avoir sa raison.

Ces paroles sont à peine sorties de la bouche de Sa Seigneurie qu'un long coup de sifflet résonne dans la salle.

Chacun porte les yeux vers le coin de la galerie d'où le bruit est parti et les huissiers crient :

— À l'ordre !

Le prisonnier lui-même lève les yeux et, les dirigeant sur l'endroit d'où cette interruption audacieuse et sans exemple a surgi, reconnaît la figure de l'homme qui a exprimé les mots « non coupable ! » dans la voiture du chemin de fer. Leurs regards se rencontrent et l'homme fait signe à Richard d'observer ses mains pendant qu'avec ses doigts il forme plusieurs syllabes lentement et d'un air résolu.

Ceci se passe pendant la pause occasionnée par les recherches faites par les huissiers afin de découvrir l'individu rebelle qui a osé siffler à la fin de la remarque de Sa Seigneurie.

L'humeur du juge ne s'est pas adoucie pendant ce petit incident et il s'écrie d'une voix irritée :

— Prisonnier, vous semblez persuadé que nous ne vous comprenons pas. Je vous le demande, réfléchissez pour la dernière fois, que plaidez-vous ? coupable ou non coupable ?

— Coupable ! Monseigneur, dit Richard, cette fois très distinctement.

— Ah ! dit Sa Seigneurie triomphante, et maintenant, je vous prie, qui avait raison ?

Les hommes de loi se regardent les uns les autres d'un air étonné et l'avocat du prisonnier devient pâle comme un mort.

« Quoi ! Après toutes ses protestations d'innocence, le prévenu se détermine à plaider coupable ? »

Sa défense élaborée avec tant de travail n'est plus à ce moment qu'un inutile morceau de papier.

L'avocat à charge établit contre Richard Marwood l'accusation, qui ne semble que trop évidente.

— C'est ici, dit l'avocat, le cas d'un jeune homme qui après avoir dilapidé sa fortune et s'être profondément endetté dans sa ville natale, quitte cette ville, comme tout le monde l'a cru, pour n'y plus revenir. Sa mère, veuve et délaissée, attend dans l'angoisse des nouvelles de ce fils dénaturé et sans cœur, mais, pendant sept longues années, pas une ligne, pas un mot ne lui parvient par une voie quelconque, pour essayer de soulager son anxiété. Ses concitoyens le croient mort, sa mère le croit mort et sa conduite laisse présumer qu'il désirait être perdu de vue par tous ceux qui l'avaient aimé autrefois. Mais à la fin de cette septième année, son oncle, le frère unique de sa mère, un homme d'une fortune immense, revient des Indes et établit sa résidence temporaire au Moulin noir. Naturellement, tout Slopperton apprend l'arrivée de ce gentleman et est informé également de l'étendue de sa fortune car nous nous intéressons toujours aux gens riches, messieurs les jurés. Il n'est pas bien difficile maintenant d'imaginer que l'accusé est instruit du retour de son oncle et de sa résidence au Moulin noir par une voie quelconque. Le fait est mentionné dans chacun des cinq journaux éminents qui font l'orgueil de Slopperton. Le prisonnier peut avoir vu un de ces journaux, il peut avoir eu quelque ancien bon camarade résidant à Slopperton avec lequel il peut avoir été en correspondance. Quoi qu'il en soit, messieurs, dans la huitième nuit après l'arrivée de Mr Montague Harding, l'accusé fait son apparition après sept années d'absence avec une figure longue et une histoire de repentir pour obtenir le pardon de sa mère. Messieurs, nous connaissons tous la puissance illimitée de l'amour maternel, la profondeur inépuisable d'affection du cœur d'une mère ; sa mère lui pardonne. Le veau gras est tué, le vagabond de retour est accueilli dans la maison qu'il a remplie d'affliction ; le passé est effacé et sept longues années d'abandon et de délaissement cruel indignes d'un fils sont oubliées. La famille va se livrer au repos. Cette nuit-là, messieurs, un assassinat est commis, un assassinat si horrible que les tristes annales du crime n'en ont pas enregistré d'aussi noir et d'aussi plein de préméditation depuis des siècles. Sous le toit qu'il a choisi pour reposer sa vieillesse, Montague Harding est égorgé de façon cruelle et barbare. Maintenant, messieurs, qui a commis cette infamie ? Quel est le monstre sous forme humaine qui a perpétré cette action hideuse, lâche et sanguinaire. Les soupçons, messieurs les jurés, se fixent sur un seul homme et cet homme, les soupçons le désignent d'un doigt si infaillible que sa culpabilité apparaît d'une manière éclatante. Cet homme est l'accusé. À la découverte du meurtre, l'enfant prodigue de retour, le fils repentant et soumis fut la première personne qu'on chercha; le trouva-t-on? Non, messieurs, l'oiseau s'était envolé. Le fils affectueux qui, après sept années d'abandon, était revenu aux pieds de sa mère, est parti secrètement dans l'obscurité de la nuit, choisissant la croisée pour se glisser dehors comme un voleur, plutôt que de quitter la maison par la porte, en maître légitime. Les soupçons tombent sur lui d'abord; il est recherché et trouvé... où, messieurs? À quarante milles du lieu du meurtre, en possession de l'argent volé dans l'armoire brisée de la victime et la manche de son habit teinte du sang de l'homme assassiné. Voilà en peu de mots, messieurs, les circonstances de cette horrible affaire et je pense que vous conviendrez avec moi que jamais preuves évidentes n'ont désigné aussi clairement le véritable criminel. Je vais maintenant procéder à l'interrogatoire des témoins.

Il y a une suspension et un peu de tumulte dans la salle; les vagues de la mer humaine sont agitées un instant. Les parieurs du côté favori, coupable et galères, comprennent qu'ils ont gagné une manche. Durant cette interruption, un homme se fraye un chemin au milieu de la foule, se dirige vers l'endroit où est assis l'avocat de l'accusé et met dans sa main une petite bande de papier sale sur laquelle était écrit un seul mot, un mot de trois lettres. L'avocat le lit et déchire le papier en atomes aussi exigus qu'il lui est possible de le faire et jette les fragments à ses pieds sur le parquet mais une vive rougeur monte à son visage et il se prépare à suivre les témoignages.

Richard Marwood, qui connaît la force des preuves accumulées contre lui et son impuissance à les réfuter, en a écouté la récapitulation de l'air préoccupé d'un homme étranger au procès qui s'instruit à cette heure:

sa contenance distraite avait été remarquée par les spectateurs et avait fait le sujet de nombreux commentaires.

Chose étrange, en ce moment capital de la crise, son attention paraît principalement attirée par Joseph Peters car il tient les yeux uniquement fixés sur le coin où se trouve cet individu. Les yeux de la foule, suivant la direction de ceux de Richard, ne remarquent rien d'autre qu'un petit groupe de fonctionnaires accoudés sur la balustrade de la galerie.

La foule ne voit pas ce que voit Richard, c'est-à-dire les doigts de Mr Peters formant lentement sept lettres, deux mots, quatre lettres dans le premier et trois lettres dans le second.

Il y a devant le prisonnier quelques petites branches de rue, il les prend les unes après les autres, les réunit en un petit bouquet qu'il place à sa boutonnière, pendant que la multitude le regarde d'un air étonné tout ce temps.

Chose étrange à dire, cette action insignifiante paraît si agréable à Mr Joseph Peters, qu'il se met à danser involontairement les premiers pas d'une *hornpipe*[1] improvisée et, ayant été timidement rappelé à l'ordre par les huissiers, il conserve un maintien plein d'insouciance pendant tout le reste du procès.

1. Danse irlandaise à trois temps.

9
Fou, messieurs les jurés

Le premier témoin appelé est la mère de Richard. Dans le nombre immense de personnes qui encombre la salle d'audience, court un murmure de compassion pour cette femme désespérée, au visage pâle et usé par la douleur et aux lèvres tremblantes, qui fait d'inutiles efforts pour paraître calme. Tous ceux dans Slopperton qui connaissent Mrs Marwood savent qu'elle est une femme fière, qui a supporté sans se plaindre la conduite désordonnée de son fils et qu'elle a une affection profonde pour lui ; ils peuvent donc deviner en ce moment l'intensité de l'amertume dont son cœur est rempli, alors qu'elle est appelée à prononcer des paroles qui doivent aider à le condamner.

L'avocat à charge s'adresse ainsi à elle :

— Nous désirons, madame, épargner vos sentiments ; nous n'avons pas le moindre doute que toute personne ici présente ne sympathise avec la position dans laquelle vous êtes placée. Voudriez-vous nous dire depuis quelle époque votre fils a-t-il quitté la maison.

— Depuis sept ans, sept ans, le mois d'août dernier.

— Pourriez-vous nous dire les motifs qui le déterminèrent à partir ?

— Il avait des embarras dans Slopperton, des dettes que j'ai liquidées depuis son départ.

— Pouvez-vous nous dire quelle espèce de dettes?

— C'était – elle hésite un peu – principalement des dettes d'honneur.

— Dois-je comprendre que votre fils est joueur?

— Il était malheureusement très adonné aux cartes.

— Pas à d'autre sorte de jeu?

— Si, aux paris sur les chances du turf.

— Il était tombé, j'imagine, en mauvaise compagnie?

Elle incline la tête, et répond d'une voix défaillante:

— Oui.

— Et il a acquis dans Slopperton une réputation de libertin et de bon à rien?

— Je le crains.

— Nous n'insisterons pas davantage sur ce pénible sujet; nous passerons à son départ du logis. Votre fils ne vous donna-t-il aucun indice de son intention de quitter Slopperton?

— Jamais aucun. Les derniers mots qu'il me dit, c'est qu'il déplorait le passé, mais qu'il était lancé dans une mauvaise voie et qu'il devait aller jusqu'au bout.

C'est ainsi que procède l'interrogatoire; on épargne au témoin le récit de la découverte du meurtre; l'appréhension d'avoir à donner ces détails causait à la malheureuse femme une horreur pénible à voir.

L'avocat de l'accusé se lève et s'adresse à Mrs Marwood.

— En vous interrogeant, madame, mon savant collègue ne vous a pas demandé si vous considériez votre fils comme un bon ou un mauvais fils. Voudriez-vous être assez complaisante pour nous communiquer votre sentiment à ce sujet?

— En dehors de sa conduite désordonnée, il est bon fils; il est doux et affectionné, et je crois que c'est le regret des chagrins que ses dissipations m'ont donnés qui lui fit abandonner le logis.

— Il est doux et affectionné. Dois-je comprendre par cela que son naturel est bon?

— Il a naturellement des dispositions excellentes. Il était généralement aimé étant enfant ; les domestiques lui étaient excessivement attachés ; il aimait beaucoup les animaux ; les chiens le suivaient instinctivement comme ils suivent toujours, je crois, les gens qui les aiment.

— Trait vraiment touchant, sans aucun doute, dans la description du caractère de l'accusé mais si nous devons écouter d'aussi charmantes minuties, je crains que nous n'arrivions jamais à terminer ce procès, dit l'avocat à charge.

Et un membre du jury qui a un billet pour un banquet public à 16 heures s'oublie au point d'applaudir avec les talons de ses bottes.

Le défenseur, sans faire attention à la remarque de son savant collègue, continue :

— Madame, dit-il, votre fils a-t-il eu, avant son départ de la maison, quelque sérieuse maladie?

— La question est déplacée, dit le juge.

— Pardonnez-moi, milord. Je ne serai pas long ; je crois la question de grande importance, permettez-moi de continuer.

Mrs Marwood paraît surprise de cette question mais comme elle était faite par l'avocat de son fils, elle fait de son mieux pour répondre.

— Mon fils eut, très peu de temps avant son départ, une violente atteinte de fièvre cérébrale.

— Pendant laquelle il eut le délire?

— Tout le monde a le délire dans la fièvre cérébrale, dit le juge ; c'est abuser de la cour, monsieur.

Le juge est porté à contrecarrer le défenseur du prisonnier, premièrement parce que c'est un jeune homme cherchant à arriver, excellent motif pour lui faire opposition, et deuxièmement, parce qu'il a en quelque sorte laissé entendre que Sa Seigneurie était sourde.

— Pardonnez-moi, milord, vous verrez plus tard la portée de ma question.

— Je l'espère ainsi, monsieur, dit Sa Seigneurie, d'un air de très mauvaise humeur.

— Votre fils, madame, eut-il le délire durant cette fièvre ?

— Tout le temps, monsieur.

— Et vous attribuâtes la fièvre ?...

— À sa mauvaise conduite qui avait altéré son intelligence.

— Eûtes-vous des craintes pour sa vie pendant cette maladie ?

— De très grandes, mais nous craignîmes surtout pour sa raison.

— La faculté appréhendait-elle la perte de la raison ?

— Elle l'appréhendait.

— Les médecins qui le soignaient résidaient-ils à Slopperton ?

— Ils y résidaient et ils y sont encore. Il fut soigné par le docteur Morton et par Mr Lamb.

Le défenseur du prisonnier fait alors signe à des huissiers près de lui, leur donne tout bas quelques indications et ils sortent de la salle. Reprenant l'interrogatoire du témoin, le défenseur dit :

— Vous avez répété, il n'y a qu'un moment, les paroles que votre fils prononça dans la soirée de son départ du logis. Elles sont tout à fait singulières : il était lancé dans une voie ténébreuse et il devait aller jusqu'à la fin.

— Ce furent ses propres paroles, monsieur.

— Y avait-il quelque égarement dans ses manières tandis qu'il parlait ainsi ? demande-t-il.

— Ses manières étaient toujours égarées à cette époque, peut-être, dans cette soirée, plus égarées que de coutume.

— Ses manières, dites-vous, étaient toujours égarées? Il s'était fait la réputation d'être enclin à une folle extravagance dès ses plus jeunes années; est-ce vrai?

— Il eut malheureusement cette réputation, du moment où il alla à l'école.

— Et ses camarades, je crois, lui ont donné un surnom qui exprime ses dispositions?

— Oui, monsieur.

— Et ce surnom est?

— Dick le Diable.

Martha, la vieille servante, est ensuite appelée et raconte la découverte du cadavre de Mr Harding.

L'interrogatoire par l'avocat du prisonnier ne provoque du témoin que les renseignements suivants: Dick a toujours été un garçon extravagant mais un bon garçon plein de cœur; il a toujours passé pour être incapable de tuer une mouche et elle est certaine qu'il n'a pas commis l'assassinat. Quand on lui demande si elle soupçonne quelqu'un d'avoir commis le crime, elle devient obscure dans son langage, fait allusion à un Français qui vivait au temps de Waterloo et parle de crimes horribles depuis le vol d'une épaule de mouton jusqu'à l'explosion d'une machine infernale commis par les émissaires de Napoléon.

Mr Jinks, qu'on interroge ensuite, fait un récit minutieux et complètement décousu de l'arrestation de Richard en se gratifiant de plusieurs compliments adroits sur son habileté comme agent de police.

L'individu qui a rencontré Richard sous la galerie de la gare du chemin de fer dépose que le prisonnier l'a évidemment évité, pour ne pas être reconnu et qu'il a même traversé la voie, dans ce but.

— Il y a encore un témoignage, dit l'avocat de la couronne ; je suis fâché de dire que ce témoin, serviteur du gentleman assassiné, est dans un état pitoyable à l'hôpital du comté et que son rétablissement des blessures qu'il a reçues à l'occasion du meurtre de son maître a été déclaré impossible.

L'accusation termine et établit très clairement la culpabilité de Richard Marwood. Les parieurs pour les galères pensent avoir fait une bonne affaire.

La déposition du lascar, le domestique de la victime, a été recueillie à l'hôpital au moyen d'un interprète, mais elle jette très peu de lumière sur le procès. Il disait que, dans la nuit du meurtre, il a été réveillé par du bruit dans la chambre de son maître et a demandé, en hindoustani, si son maître avait besoin de lui, quand il a reçu dans l'obscurité un coup sur la tête qui lui a immédiatement enlevé l'usage de ses sens. Il ne peut rien dire de la personne qui l'a frappé, excepté qu'au moment du coup, il a senti passer sur sa figure une main particulièrement douce et délicate, aux doigts longs et effilés.

À la lecture de ce passage de la déposition, tous les yeux se tournent vers le prisonnier qui, en cet instant, se trouve accoudé sur le rebord de la balustrade qui limite le banc des accusés, sa main couvrant son front, une main très blanche avec des doigts longs et effilés. Pauvre Richard ! Dans les jours passés, il était fier de cette main délicate et quelque peu féminine.

L'avocat du prisonnier se lève et prononce son discours pour la défense, une défense soigneusement élaborée et qui tend à prouver que le prisonnier, quoique positivement coupable, n'est ni moralement, ni légalement coupable.

— Parce que, messieurs les jurés, le prévenu est fou et fou depuis déjà longtemps ; oui, fou, messieurs les jurés. Qu'a été chaque action de sa vie, si ce n'est un acte de folie? Son enfance, sa jeunesse insouciante et extravagante, sa virilité dissipée et désordonnée, passée au milieu de compagnons dangereux et adonnés à l'ivrognerie. Que fut son retour? Un acte prémédité pendant les souffrances d'un accès de delirium tremens, et prémédité longtemps avant l'arrivée à Slopperton de son riche oncle, comme je vais bientôt vous le prouver. Cette conduite est-elle autre chose que le repentir soudain d'un insensé? À peine rétabli de sa terrible maladie, une maladie durant laquelle les personnes atteintes, on le sait, se livrent fréquemment aux plus terribles excès sur elles-mêmes et sur les êtres qui leur sont le plus chers, à peine rétabli de sa maladie, il se lance à pied, sans le sou, pour faire un voyage de plus de deux cents milles, et cela, messieurs, je tremble même en y pensant, c'est par cette cruelle température de novembre qu'il accomplit ce long et pénible voyage, et que, le huitième jour après son départ de Londres, il vient tomber aux pieds de sa mère. Je vous prouverai, messieurs, que le prisonnier quitte Londres le jour même où son oncle arrive à Slopperton; il est par conséquent impossible qu'il ait eu connaissance de cette arrivée quand il partait. Ce n'est pas tout, messieurs. Le prisonnier, après les fatigues et les extrêmes privations dont il a souffert, a encore une autre épreuve à subir: je veux parler du bouleversement terrible occasionné par sa réconciliation avec sa mère chérie. Il n'avait presque rien mangé depuis deux jours et on l'invite imprudemment à boire, en arrivant, une bouteille de vieux madère. Cette nuit-là, messieurs les jurés, un horrible meurtre est commis, un meurtre aussi certain d'être découvert immédiatement, aussi gauche dans son exécution qu'épouvantable dans ses détails. Peut-il exister quelque doute que le crime n'ait été commis par mon malheureux client, le prisonnier, sous l'influence d'un accès de délire ou de folie temporaire, si vous voulez, mais de folie amenée par une fatigue excessive, une excitation morale extraordinaire et les effets funestes du vin qu'il avait bu ? Il a été prouvé que l'armoire avait été saccagée et que le portefeuille qui en avait été enlevé avait été trouvé sur la personne du prisonnier. Cette circonstance peut avoir été un de ces étranges éclairs de raison que l'on remarque quelquefois dans la folie. Dans son horreur pour le crime qu'il a commis dans son délire, le prisonnier songe à fuir, mais la fuite exige de l'argent et de là l'effraction de l'armoire. Le plan qu'il adopte pour s'échapper proclame encore la folie. Au lieu de courir à Liverpool qui est éloigné seulement de trente milles de cette ville et d'où il pourrait s'embarquer pour quelque partie du globe et défier ainsi les poursuites, il se dirige, sans aucune tentative de déguisement, vers une petite ville intérieure, d'où l'évasion est presque une impossibilité et il est appréhendé quelques heures après l'accomplissement du crime, ayant encore du sang de son infortunée victime sur la manche de son habit. Un homme dans son bon sens, messieurs, n'aurait-il pas effacé à tout prix cette fatale preuve de culpabilité ? Un homme dans son bon sens n'aurait-il pas fait tous ses efforts pour se déguiser et cacher l'argent qu'il avait volé ? Messieurs, j'ai parfaite confiance que vous prendrez une décision juste dans cette très malheureuse affaire, que pesant avec votre sagesse les antécédents du prisonnier et les circonstances du crime, votre verdict sera, je ne puis avoir à cet égard la moindre ombre de doute, que le malheureux jeune homme en ce moment devant vous est, hélas ! trop certainement l'assassin de son oncle, mais qu'il est aussi certainement irresponsable d'un crime qu'il a commis pendant une aberration de son intelligence.

Chose étrange, l'avocat n'attire pas une seule fois l'attention sur la singulière conduite du prisonnier pendant l'audience, mais celle-ci n'a pas été le moins du monde remarquée par le jury et n'est d'aucun poids dans leur balance.

Les témoins de la défense ne sont pas nombreux. Le premier qui monte sur l'estrade a une apparence tout à fait bizarre, si vous comprenez dans ses charmes personnels un nez rouge qui brille comme un signal d'alarme de chemin de fer dans l'atmosphère épaisse de la salle ; un œil noir, mais pas de la nuance admirée de cet organe qui est l'œuvre de la nature libérale, mais de cette teinte mélangée de pourpre et de vert qui témoigne qu'elle a fait connaissance avec un coup de poing, une moustache épaisse d'une belle couleur bleu foncé, une épaisse chevelure noire qui n'a pas abusé du peigne, cette moderne innovation dans les usages des hommes ; vous pourrez peut-être avoir quelque idée de ses qualités physiques ; mais rien ne pourrait vous donner une idée juste et complète du débraillé et de l'effronterie de ses manières, du clignotement de ses yeux, de l'aspect de chaque bourgeon de son nez rutilant, de l'expression profonde qu'il peut donner au tiraillement de sa moustache ou à l'ébranlement de la forêt de ses boucles noires. Son costume incline vers le décousu ; il consiste en un large pantalon à carreaux écossais, un pardessus bleu clair, sans habit ou gilet par-dessous, une chemise à plis étoffés, ornée de têtes de mort et de danseurs formant des figures de ballet, sans parler des taches de café et de tabac, et une chaîne d'or passablement fausse serpentant sur sa large poitrine, pour combler le vide des vêtements qui font défaut.

— Vous êtes membre du corps médical?

— Oui.

— Vous étiez, je crois, dans la société du prisonnier, la nuit de son départ de Londres pour cette ville?

— Oui.

— Quelle fut la conduite du prisonnier dans cette soirée?

— Celle d'un original.

Dans la suite de son interrogatoire, il expose qu'il connaît Mr Richard Marwood depuis de longues années, étant lui-même originaire de Slopperton.

— Pouvez-vous nous dire ce qui détermina le prisonnier à retourner dans la maison de sa mère au mois de novembre dernier?

— Des idées noires, répond le témoin avec une concision déterminée.

— Des idées noires?

— Oui; il avait été en mauvais état pendant trois mois, et de plus, il avait eu une rude attaque de delirium tremens et un retour de son ancienne maladie.

— Son ancienne maladie?

— Oui, la fièvre cérébrale. Pendant la fièvre, il parla beaucoup de sa mère; il disait qu'il l'avait tuée par sa mauvaise conduite mais que, pour obtenir son pardon, il irait pieds nus à Slopperton.

— Pouvez-vous nous dire à quelle date il exprime pour la première fois ce désir de venir à Slopperton?

— Quelques fois pendant le mois de septembre.

— Le considériez-vous comme ayant la tête solide pendant cette période?

— Vraiment, plusieurs de mes amis de l'hôpital Guy croyaient tout à fait le contraire. Il était d'usage entre nous de dire qu'il avait une ardoise enlevée quelque part.

Il pense que le prisonnier était très souvent hors de ses gonds, il avait caché ses rasoirs pendant sa maladie et élevé une barricade de meubles devant sa croisée. Le prisonnier était remarquable par une générosité folle, un bon caractère et un naturel plein de loyauté, il avait un talent extraordinaire pour faire tout ce qui se présentait et pour le faire toujours mieux que personne. Tous ces renseignements, et beaucoup d'autres sont provoqués par l'avocat de la défense.

Il est interrogé de nouveau par l'avocat soutenant l'accusation.

— Je crois que vous avez dit à mon savant collègue que vous appartenez au corps médical?

— Je l'ai dit.

Il a été en premier lieu apprenti chez un pharmacien droguiste à Slopperton et travaille maintenant avec un des hôpitaux de Londres dans le but de se créer une position; il n'a pas encore atteint la renommée, mais il espère y arriver. Il a opéré un cas désespéré de panaris sur le doigt d'une jeune servante et aurait accompli une cure surprenante, si on n'avait pas dû, en définitive, le lui couper ce doigt, il a toujours porté une sincère affection au prisonnier, lui a emprunté de l'argent plusieurs fois, il ne peut dire s'il le lui a jamais rendu, peut-être que non et cela peut venir de ce qu'il n'a pas eu l'occasion de s'en souvenir. Il a assisté et s'est employé à l'élection du prisonnier, comme membre d'un club appelé les Joyeux Cherokees; jamais on n'a entendu dire qu'un Joyeux Cherokee ait commis un meurtre, et le club est convaincu de l'innocence du prisonnier.

— Vous avez dit à la cour, il y a peu d'instants, que l'état du prévenu dans la dernière soirée où vous le vîtes à Londres était étrange. Seriez-vous assez bon pour nous apprendre la signification de cet adjectif.

Vous avez l'intention de prendre le mot comme adjectif, je présume ?

— Certainement, réplique le témoin : étrange est adjectif quand on l'applique à l'état d'un gentleman, substantif quand on veut désigner autre chose.

L'avocat de l'accusation ne comprend pas clairement le sens du mot. Le témoin pense que le docte gentleman fera bien d'acheter un dictionnaire pour le prochain procès auquel il assistera.

— Allons, allons, monsieur, dit le juge, nous ne pouvons pas rester ici toute la nuit. Faites-nous votre déposition d'une manière rapide.

Le témoin écarte carrément ses coudes et tourne son nez, ce flambeau, en plein visage de Sa Seigneurie comme s'il voulait l'éclairer avec une lanterne à œil-de-bœuf.

— Vous vous êtes servi d'une autre expression étrange, dit l'avocat, en répondant à son collègue. Voudriez-vous avoir la bonté d'expliquer ce que vous entendez par : le prévenu avait une ardoise levée ?

— Une tuile enlevée, quelque chose de dérangé sur le toit, le grenier, l'étage supérieur, la coque.

L'avocat de l'accusation retombe dans les ténèbres.

Le témoin est fâché d'entendre cela ; il peut se donner la peine de faire sa déposition, mais il ne peut se donner celle de pourvoir le gentleman d'intelligence.

— Je vous prierai de prendre la peine d'être respectueux pour l'avocat de la couronne dans vos réponses, dit le juge.

L'étudiant en médecine regarde Sa Seigneurie avec son œil jaspé et un air de défiance ; l'avocat de la couronne en a terminé avec lui et il se retire du banc des témoins en s'inclinant devant la cour avec une politesse étudiée.

Les deux témoins qui suivent sont deux médecins d'un tout autre cachet que le Joyeux Cherokee qui a pris place maintenant parmi les spectateurs.

Ces gentlemen déposent qu'ils ont soigné le prévenu, il y a quelques années, pendant sa fièvre cérébrale et qu'ils ont beaucoup craint pour la perte de sa raison.

Le procès dure si longtemps que le juré, qui avait un billet pour le banquet public, comprend que ce billet n'est plus qu'un carton inutile et que la graisse verte de la tortue et la première tranche de venaison ne seront pas pour lui.

L'avocat de l'accusation adresse un second discours au jury, dans lequel il s'efforce de démolir l'échafaudage que son savant collègue a si ingénieusement élevé pour la défense. Pourquoi le défenseur légal d'un homme dont la vie est entre les mains du jury n'aurait-il pas le privilège de parler en faveur de son client en dernier lieu, tout autant que le représentant légal de l'accusation?

Le juge délivre son mandat au jury. Le jury se retire et reparaît au bout d'une heure un quart.

Ils reconnaissent que le prisonnier, Richard Marwood, a assassiné son oncle, Montague Harding et a en outre frappé et blessé un domestique au service de la victime, dans un accès d'aberration intellectuelle, ou en langage ordinaire, ils reconnaissent le prévenu non coupable en raison de sa folie.

Le prisonnier semble peu impressionné par ce verdict. Il promène ses yeux égarés sur la salle, retire le bouquet de rue de sa boutonnière, le place dans son sein et dit ensuite d'une voix claire et distincte :

— Messieurs les jurés, je vous suis extrêmement obligé de l'urbanité avec laquelle vous m'avez traité. Je vous remercie de votre énergique sentiment de justice, j'ai gagné la bataille d'Arcole et je pense avoir saisi la clé de l'Italie.

Les fous, ordinairement, se figurent être de grands et distingués personnages. Ce malheureux jeune homme se croyait Napoléon Ier.

LIVRE DEUXIÈME

UN NOUVEAU DÉPART

10
Peter l'aveugle

Le parti favori des Galères ayant perdu dans la course avec Richard Marwood, on ne porte plus que très peu d'intérêt dans Slopperton à la destinée de Dick le Diable. On sait qu'il est enfermé dans l'asile de fous du comté, prisonnier pour la vie ou, comme l'expriment les personnes versées dans la connaissance des lois, tout le temps qu'il plaira au souverain de l'y laisser. On sait que sa pauvre mère a fixé sa résidence près de l'asile et se donne par intervalles le triste plaisir de contempler les débris de l'ancienne intelligence de son fils. Mrs Marwood est maintenant une femme très riche, ayant hérité de toute la fortune de son pauvre frère assassiné car on a trouvé un testament de Mr Montague Harding qui donnait la totalité de ses richesses considérables uniquement à sa sœur. Elle dépense peu cependant, et ce qu'elle dépense est principalement consacré à des œuvres de charité, mais sa bienfaisance même est limitée et elle fait pour les pauvres juste un peu plus qu'au temps où elle jouissait de son petit revenu. La fortune de l'habitant des Indes orientales reste accumulée dans les mains de ses banquiers. Mrs Marwood est donc énormément riche et tout Slopperton, par conséquent, la fait passer pour avare.

C'est ainsi que l'événement des neuf jours s'éteint et que l'assassinat de Mr Montague Harding est oublié. Le soleil fait briller sur les cheminées des usines de Slopperton des rayons chaque jour plus chauds; chaque jour les ouvriers appartenant aux fabriques éprouvent de plus en plus la nécessité de fréquenter plus souvent le cabaret, à mesure que la température devient de plus en plus altérante, jusqu'au moment où le brûlant soleil de juin éclate sur le pavé des rues de la ville, calcinant et grillant les pierres; où la vue d'une mare ou d'un réservoir d'eau paraît comme des sources dans le grand désert du Sahara; où les habitants de la rue du côté du soleil sont hostiles et mal disposés contre ceux qui habitent le côté de l'ombre; où l'épicier du coin, qui sort avec un pot à eau et arrose chaque soir le devant de sa porte, passe pour un bienfaiteur public; où le boulanger, qui ajoute sa production particulière de chaleur à celle de la grande usine de Soleil & Co et calcine le sol de son four pour son propre compte, est considéré comme une incommodité publique, et le pain chaud une abomination; jusqu'au moment où le beurre pour le thé, à Slopperton, n'étant plus du beurre mais de l'huile, ne se laisse plus entamer par le couteau et se cache sournoisement dans les trous de la miche de quatre livres quand on essaie de l'étaler dessus; où les bœufs, se vautrant dans les mares d'eau, sont devenus des êtres dignes d'envie et de haine et où, merveille des merveilles, les gens de Slopperton paient la dure taxe de l'eau, dans la crainte et les angoisses qu'ils éprouvent en pensant à la possibilité d'être privés de ce liquide rafraîchissant.

Le 17 juin apporte les vacances d'été dans l'établissement du docteur Tappenden et, dans la soirée de ce jour, le docteur Tappenden ferme. Il est bien entendu que cette locution est seulement un terme du jargon d'écolier. Je ne veux pas dire que le digne docteur (comment est-il parvenu à être docteur, et dans quelle faculté a-t-il gagné ce grade, je me le demande) éprouve quelque transformation matérielle quand il ferme, ou qu'il subit le changement de réputation, que donne l'insertion dans la *Gazette*, dans les cas les plus ordinaires de banqueroute. Je veux simplement dire que, dans la soirée du 17 juin, le docteur Tappenden donne une espèce de bal, auquel assiste Mr Pranskey, le maître de danse avec son violon et dans tous ses atours et dans lequel paraissent aussi les jeunes gentlemen en grande cérémonie, avec une profusion de manchettes, de cols de chemise et des visages brillants qui semblent avoir été vernis plutôt que lavés par la respectable jeune personne attachée au département de la garde-robe et aux travaux de la lingerie.

Dans la soirée du 18, les jeunes élèves du docteur Tappenden, à l'exception de deux petits garçons à la peau brune et à la chevelure frisée, dont les parents habitent Trinidad, partent tous pour se rendre dans leurs familles respectives, et Mr Jabez North peut disposer à son aise de la classe pendant tout le temps des vacances car les petits étrangers jouent au voyage en mer sur un des bancs, avec un bâton de cricket pour mât, ou lisent *Sinbad le marin* dans un coin et ne gênent nullement ce gentleman.

Notre ami Jabez paraît aussi calme que d'habitude ; son teint pâle et délicat est peut-être un peu plus pâle et les coins de sa bouche un peu plus serrés ; selon l'absurde professeur de phrénologie, la tête et la physionomie de Jabez offrent tous les caractères de la sécrétivité[1] ; mais notre ami est aussi paisible que jamais. La pâleur de son visage, la finesse de son nez aquilin, sa belle chevelure et sa figure un peu allongée donnent à sa personne un

1. Penchant ou faculté affective qui, dans le système de Gall, répond à la discrétion et à la dissimulation.

cachet d'aristocratie que ses vêtements noirs en mauvais état ne peuvent celer. Mais Jabez n'est pas excessivement satisfait de son sort: il se promène de long en large dans la classe, tout seul, éclairé par le crépuscule d'une soirée de juin. Le docteur Tappenden est parti pour le bord de la mer avec sa frêle et unique fille, familièrement appelée Jane la Décharnée par les écoliers qui ne prisent guère les beautés éthérées. Le docteur Tappenden est parti pour se divertir, car il est riche et passe pour avoir quelque vingt mille livres placées dans une banque de Londres, il ne place pas son argent à Slopperton; et quant à Jane la Décharnée, on peut observer qu'il y a des jeunes gens de la ville qui donneraient quelque chose pour un regard de la maigre fille, et qui seraient disposés à considérer sa personne éthérée comme la véritable incarnation de l'idéal du poète, quand ils ajoutent à ses formes grêles la rondeur volumineuse qu'offre le total de la somme placée par son père.

Jabez arpente en tous sens la longue classe d'un pas si léger qu'il éveille à peine un écho (ces bizarres physiologistes trouvent dans la légèreté de ce pas un autre indice de sécrétivité), et continue sa promenade malgré l'obscurité qui grandit.

— Six autres mois de grammaire latine, murmure-t-il, une autre demi-année de rudiments grecs et d'ennuyeuse société avec ces maussades compagnons, Pâris et Hélène, Hector et Achille. Une belle existence pour un homme ayant ma tête! Car ces imbéciles de physiologistes, qui ont discouru sur mon manque de sens moral, ont peut-être raison quand ils me disent que mon intelligence pourrait me mener où je voudrais. Qu'a-t-elle fait pour moi jusqu'à ce jour? Mais elle m'a retiré des haillons dégoûtants de la charité publique, elle m'a donné l'indépendance et elle me donnera la fortune. Mais, comment, comment? Quelle sera la prochaine épreuve? Cette fois, il ne faut pas d'insuccès; cette fois, mes données doivent être sûres. Si je pouvais seulement découvrir quelque bon projet. Il y a bien un moyen par lequel je pourrais me procurer une forte somme d'argent; mais, après, la crainte de la prison? La prison qui, évitée aujourd'hui, peut s'ouvrir demain. Et ce n'est pas une année ou deux d'orgie ou de vie dissipée que je veux avoir pour but, mais une longue existence de fortune et de plaisir avec des têtes d'hommes pour escabeaux et mes anciens maîtres pour lécher la poussière de mes souliers. Voilà pourquoi je dois lutter, voilà le but que je dois atteindre, mais, comment?... comment?...

Il prend son chapeau et sort de la maison. Il est complètement maître de ses actions pendant ces jours de vacances, il entre et sort selon sa fantaisie, pourvu qu'il soit rentré au logis à 22 heures quand on ferme la porte de l'établissement pour la nuit.

Il marche sans but à travers les rues de Slopperton. Il est 20 h 30 et les ouvriers des fabriques remplissent les rues, respirant la fraîcheur du soir, calmes et accablés dans leur contenance, épuisés par la chaleur d'une longue journée de juin. Jabez n'affectionne pas beaucoup ces endroits populeux et il tourne à l'une des extrémités les plus affairées de la ville, pour entrer dans une petite allée de vieilles maisons qui conduit à un square de forme ancienne, dans lequel s'élèvent deux vieilles églises avec deux clochers très élevés et un hôtel de ville à l'aspect antique (autrefois une prison), un pâté de maisons bizarres avec des toits pointus et des étages supérieurs se projetant en saillie sur les inférieurs et une pompe chétive. Jabez laisse bientôt ce square derrière lui, traverse deux ou trois rues sombres, étroites, de construction ancienne et arrive dans un labyrinthe en ruine, véritables chenils et nids à pigeon humides, connu sous le nom d'allée de Peter l'aveugle. Qui a été ce Peter l'aveugle et comment est-il parvenu à posséder cette allée? ou bien, cet endroit n'ayant pas de débouché et ne laissant pénétrer que très peu de lumière, a-t-il été appelé dès l'origine l'allée de Peter l'aveugle? Nul être vivant ne le sait. Mais si Peter l'aveugle est un mythe, l'allée est une réalité, une sale, dégoûtante et fétide réalité, à l'égard de laquelle le conseil de salubrité semble frappé de la propre infirmité du susdit Peter, qui lui laisse ignorer les horreurs du lieu. Ainsi Peter l'aveugle représente un refuge pour le crime et pour la misère car celle-ci ne peut pas choisir sa société et doit se contenter souvent, pour avoir un abri, de vivre pêle-mêle avec le crime, ce qui fait sans aucun doute que, s'appuyant sur l'excellent proverbe sur les oiseaux de même plume qui volent ensemble, les gens sages et bienveillants pensent que crime et misère signifient la même chose. La réputation de l'allée de Peter l'aveugle s'est élevée une ou deux fois à l'occasion d'une jeune fille qui avait empoisonné son père avec une croûte de pudding et du suicide d'un petit garçon de quatorze ans qui s'était pendu derrière une porte. Dans la première de ces circonstances, l'allée de Peter l'aveugle avait même eu son dessin sur le journal du dimanche et elle faisait, ma foi, très bien dans cette gravure sur bois, si bien qu'elle aurait eu quelque difficulté à se reconnaître elle-même, ce qui paraît peut-être peu étonnant, si l'on considère que l'artiste, qui vivait dans le voisinage d'Holborn, a esquissé l'allée de Peter l'aveugle d'après une gorge des montagnes du Tyrol, au milieu de trois ou quatre maisons de Chancery Lane.

L'allée de Peter l'aveugle étant appuyée sur le flanc d'une colline escarpée a certainement un aspect sauvage particulier et ressemble beaucoup à une ruelle de

Londres qui, enlevée de sa position, se trouverait adossée par hasard à un coteau de Slopperton.

On ne doit pas supposer un instant qu'un personnage aussi haut placé et aussi respectable que Mr Jabez North ait la moindre intention de s'enfoncer dans la sale obscurité de l'allée de Peter l'aveugle. Il est venu aussi loin uniquement pour se diriger vers les faubourgs de la ville, où il a une petite maisonnette en briques, simulacre de campagne, beaucoup plus orné de coquilles d'huîtres, de poteries brisées et d'échafaudages, que d'arbres ou de fleurs sauvages, grandes raretés dans cette partie des environs de Slopperton.

Jabez poursuit donc son chemin, passant devant l'entrée de l'allée de Peter l'aveugle, qui est ornée de deux ou trois barres de fer brisées et couvertes de rouille, en manière de dents, quand il est soudain arrêté par une femme à l'aspect hideux, qui se précipite sur lui en lui adressant la parole d'une voix stridente :

— Eh bien, nous venons revoir nos meilleurs amis, n'est-ce pas? Nous revenons à notre vieille grand-mère, après l'avoir mise sens dessus dessous, en restant absent quatre jours et quatre nuits. Où avez-vous été, Jim, mon chéri? Et où avez-vous gagné votre superbe costume?

— Où j'ai gagné mon superbe costume? Que voulez-vous dire, vieille sorcière? Je ne vous connais pas, et vous ne me connaissez pas. Laissez-moi passer, allons, ou je vous assomme.

— Non, non, crie-t-elle, il ne voudrait pas frapper sa vieille grand-mère, il ne voudrait pas assommer sa grand-mère qui l'a nourri et l'a élevé comme un gentleman et qui veut lui dire un de ces jours un secret, qui vaut une mine d'or, s'il la traite bien.

Jabez dresse l'oreille à ces mots, « une mine d'or », et dit d'un ton tout à fait radouci :

— Je vous dis, ma bonne femme, que vous me prenez pour un autre. Je ne vous ai jamais vue avant aujourd'hui.

— Quoi, vous n'êtes pas mon Jim?

— Non, je m'appelle Jabez North. Si cela ne vous satisfait pas, voici ma carte.

Et il sort son porte-cartes. La vieille femme met les poings sur les hanches et le fixe avec un regard d'admiration.

— Mon Dieu, s'écrie-t-elle, n'est-ce pas naturel? N'est-il pas né sous une bonne étoile? Le voilà comme un commerçant posé et raisonnable, ou un jeune homme qui a un banc à l'église, passé dans les rangs de la noblesse avec une grande lettre à son nom, qui a une femme et deux petits chérubins dans une autre ville et auquel il ne faut qu'une course de chemin de fer pour aller les voir. Eh, Jim, êtes-vous devenu cela, est-ce bien vrai, et vous apportez l'abondance à la maison comme un bon garçon que vous êtes pour votre grand-mère, n'est-ce pas?..., dit-elle d'un ton cajoleur.

— Je vous dis que vous confondez, vieille folle; je ne suis pas l'individu pour lequel vous me prenez.

— Quoi, vous n'êtes pas Jim! Et vous pouvez me regarder avec ses yeux et me parler avec sa voix. Alors, si vous n'êtes pas lui, il est mort et vous êtes son ombre.

Jabez pense que la vieille femme est folle, mais il n'est pas peureux et l'aventure commence à l'intéresser. Qui est cet homme qui a une si grande ressemblance avec lui et qui doit un jour apprendre un secret valant une mine d'or?

— Voulez-vous alors venir avec moi à la maison, dit la vieille femme, pour que j'y voie clair et que je sache si vous êtes mon Jim ou non.

— Où est la maison? demande Jabez.

— Mais dans l'allée de Peter l'aveugle assurément, où voulez-vous qu'elle soit?

— Comment le saurais-je? demande Jabez, en la suivant.

Il pense qu'il est en sûreté même dans l'allée, n'ayant pas de valeurs sur lui et ayant d'ailleurs une extrême confiance dans la force de son bras.

La vieille femme ouvre le chemin dans la gorge de la petite colline, sur laquelle s'entassent de misérables cabanes et de vieilles maisons décrépies qui avaient été autrefois de confortables résidences. Celle dans laquelle elle entre est une habitation de la dernière catégorie, elle l'introduit dans une pièce dallée qui avait été jadis un beau vestibule.

La chambre est éclairée par la lueur d'une petite chandelle, dont la longue mèche fait dégoutter le suif, plantée dans une bouteille qui a contenu de la bière au gingembre. À cette faible clarté, Jabez voit, assis sur un tas de guenilles à côté du triste foyer, sa propre image, un homme, dans un costume différent du sien, des vêtements d'ouvrier, mais dont le visage reflète le sien aussi fidèlement qu'a jamais pu le faire un miroir.

11
Ressemblance et différence

La vieille femme reste pétrifiée en portant ses yeux de l'un à l'autre des jeunes gens.

— Comment donc, ce n'est pas Jim ! s'écrie-t-elle.

— Qui n'est pas Jim, grand-mère ? Que voulez-vous dire ? Me voici de retour, les os brisés, en haillons et les poches vides. Je n'ai rien fait de bon où j'ai été, ainsi vous n'avez pas besoin de me demander de l'argent car je n'ai pu gagner un liard ni par douceur ni par violence.

— Mais l'autre, dit-elle, ce jeune gentleman, regarde-le, Jim.

L'individu prend la chandelle, la mouche avec ses doigts et, se traînant vers Jabez, éclaire en plein sa figure. Ses yeux bleus commencent à clignoter et à se fermer comme ceux du hibou en plein soleil, ils roulent en tous sens et se fixent sur celui qui le regarde.

— Vraiment, maudite soit son impudence, dit l'homme, avec un rire faible et maladif, que Dieu me bénisse s'il ne s'est pas emparé de ma carcasse. Espérons qu'elle lui sera plus avantageuse qu'à moi, ajoute-t-il avec amertume.

— Je ne puis saisir le fil de tout ceci, murmure la vieille femme ; tout est ténèbres pour moi. Je vois l'endroit où j'ai mis l'autre de mes propres mains. Je me vois le faisant et sûrement encore. Oh oui, certainement.

— Que voulez-vous dire par l'autre? demande l'individu, pendant que Jabez attend attentivement la réponse.

— Eh bien, mon cher enfant, c'est une partie du secret que vous apprendrez un de ces jours. Un beau secret! De l'or, de l'or, de l'or, tout le temps qu'on le garde et de l'or encore quand il est révélé, en son temps, mon chéri.

— S'il faut qu'il soit révélé à temps pour me procurer du bien, il vaudrait peut-être mieux qu'il le soit bientôt, alors, dit Jim en grelottant: mes os sont endoloris, ma tête est en feu et mes pieds sont des morceaux de glace. J'ai fait aujourd'hui vingt milles à pied et je n'ai ni bu ni mangé depuis la nuit dernière. Où est Sillikens?

— À la fabrique, mon cher Jim, quelqu'un lui a donné de l'ouvrage, un des bons ouvriers, et elle doit apporter un peu d'argent à la maison ce soir. Pauvre petite, elle a bien usé ses yeux à pleurer, depuis que vous êtes parti, Jim.

— Pauvre amie, je pensais pouvoir faire quelque chose de bon pour elle et pour moi, en partant comme je l'ai fait, mais je n'ai pas réussi et voilà que je reviens pour manger son pauvre argent, pauvre amie, c'est une lâcheté d'agir ainsi, et si j'avais la force, je m'obstinerais mais je ne peux plus.

À peine a-t-il prononcé ces mots qu'une jeune fille entre par la porte entrouverte et, se précipitant sur lui, lui jette ses bras autour du cou.

— Oh, Jim, vous êtes revenu; je disais bien que vous reviendriez, je savais bien que vous ne seriez pas toujours absent, que vous ne seriez pas aussi cruel.

— Il est bien plus cruel à moi de revenir, ma chère petite, dit-il, il est mal de ma part d'être un embarras pour une jeune fille comme vous.

— Un embarras, Jim!

Elle se laisse tomber à ses pieds dans la poussière parmi les haillons et pose d'un air caressant sa tête sur les genoux de l'individu.

Elle n'est pas ce qu'on appelle généralement une jolie fille. Son existence n'a pas les délicatesses qui conviennent à une plante exotique aussi fragile que la beauté; son visage est pâle, maladif, mais illuminé par de grands yeux bruns et couronné d'une masse compacte de cheveux noirs.

Elle prend la rude main de l'homme dans les siennes et la baise avec tendresse. Je ne prétends pas qu'une marquise eût fait pareille chose, mais dans le cas où elle l'aurait fait, je suis certain qu'elle n'aurait pas agi avec une grâce plus exquise.

— Un embarras, Jim, dit-elle, un embarras! Pensez-vous, que si je travaillais pour vous jour et nuit, sans jamais me reposer, j'en serais fatiguée? Pensez-vous que si j'usais mes doigts jusqu'aux os à travailler pour vous, j'en ressentirais la moindre douleur? Pensez-vous que si ma mort pouvait vous rendre heureux, je ne serais pas heureuse de mourir? Oh! vous ne savez pas, vous ne savez pas...

Elle dit ces mots d'un ton moitié désespéré car elle comprend qu'il n'y a dans son âme aucune faculté pour sonder la profondeur de son amour à elle.

— Pauvre amie, pauvre amie, dit-il en posant doucement sa main rude sur sa chevelure noire, si cela va aussi mal que vous le dites, j'en suis chagrin, plus chagrin ce soir que jamais.

— Pourquoi, Jim? (Elle lève sur lui des yeux alarmés.) Pourquoi Jim?... se passe-t-il quelque chose?

— Pas grand-chose, fillette, mais je crois que je ne suis pas tout à fait à mon affaire ce soir.

Il laisse tomber sa tête en parlant ; la jeune fille la pose sur son épaule et il la laisse appuyée sur elle comme s'il n'avait plus la force de la relever.

— Grand-mère, il est malade, il est malade ! Pourquoi ne pas me dire cela plus tôt ? Ce gentleman est le docteur ? demande-t-elle, regardant Jabez qui se tient immobile dans l'ombre près de la porte et contemple la scène.

— Non, mais je vais aller chercher le médecin, si vous le désirez, dit ce complaisant personnage qui semble prendre un vif intérêt à cette réunion de famille.

— Volontiers, monsieur, si vous voulez avoir cette bonté, dit la jeune fille d'un air suppliant ; il est très malade, j'en suis sûre. Jim, levez la tête et dites-nous ce que vous avez.

Il soulève avec effort ses paupières appesanties et fixe sur elle ses yeux injectés de sang. Non, non ! jamais il ne pourra connaître la profondeur de l'amour de celle qui le regarde alors avec plus que la tendresse d'une mère, le dévouement d'une sœur et l'abnégation d'une épouse. De cet amour inaltérable qui lui aurait offert un refuge dans ses bras, eût-il été voleur ou meurtrier, et qui n'aurait pu avoir plus de tendresse pour lui, eût-il été roi sur un trône.

Jabez North va chercher un médecin, et revient bientôt avec un gentleman, qui, en voyant Jim l'ouvrier, déclare que ce qu'il y a de mieux à faire est de le mettre d'abord au lit.

— Car, dit-il tout bas à la vieille femme, il a attrapé une fièvre rhumatismale et joliment forte, encore.

La jeune fille appelée Sillikens éclate en sanglots en entendant ce diagnostic, mais étouffe bientôt ses pleurs, les pleurs devant être étouffés dans le quartier de Peter l'aveugle, où les habitants n'ont pas le temps de verser des larmes et se met à l'œuvre pour organiser un lit, un matelas usé et une mince courtepointe rapiécée et, là-dessus, on étend ce paquet d'os endoloris, connu dans Peter l'aveugle sous le nom de Jim Lomax.

La jeune fille reçoit les prescriptions du médecin, promet de revenir avec les médicaments dans cinq minutes, puis s'agenouille à côté du malade.

— Oh ! Jim, mon cher Jim, dit-elle, ayez bon courage, pour l'amour de ceux qui vous aiment !

Elle aurait pu dire pour l'amour de celle qui vous aime, car jamais aucun homme, depuis milord le marquis jusqu'à Jim le travailleur, ne peut être aimé deux fois dans sa vie comme elle l'aime.

Jabez North, pour rentrer à son logis, doit suivre le même chemin que le docteur ; aussi marchent-ils côte à côte.

— Pensez-vous qu'il en revienne ? demande Jabez.

— J'en doute. Il a évidemment supporté une grande misère, de l'humidité et de la fatigue. Il a une fièvre très violente et je crains qu'il ait peu de chance d'y résister. Je crois qu'il faudrait faire quelque chose pour rendre sa position un peu plus confortable car, bien entendu, malgré la différence apparente qu'établit entre vous le costume, il n'y a pas à s'y méprendre, vous êtes frères.

Jabez éclate d'un rire dédaigneux.

— Frères ? Mais dix minutes avant votre arrivée je n'avais jamais vu cet individu.

— Dieu me bénisse, dit le vieux docteur ; vous m'étonnez. Je vous aurais pris pour deux frères jumeaux ; la ressemblance entre vous deux a quelque chose de surprenant, malgré même la grande différence de vos habits. Vêtu comme vous, il serait impossible de vous distinguer l'un de l'autre.

— Vous pensez réellement ainsi ?

— Cela doit frapper n'importe qui.

Jabez North garde le silence quelques instants, et bientôt, comme il se sépare du docteur au coin d'une rue, il dit :

— Et vous pensez réellement que ce pauvre homme a peu de chance de se rétablir ?

— Je crains positivement qu'il n'en existe aucune. À moins qu'une crise miraculeuse n'amène du mieux, dans trois jours, ce sera un homme mort. Bonsoir.

— Bonsoir, répond Jabez, tout rêveur.

Et il se dirige lentement vers sa demeure. Dès ce moment, il semble porter son attention sur son physique et vouloir devenir élégant ; car le matin du jour suivant il achète un flacon d'eau pour teindre les cheveux et l'expérimente sur une ou deux boucles de sa chevelure blonde qu'il coupe dans ce dessein. Cette occupation peut sembler vulgaire pour un homme aussi supérieur et aussi intelligent que Jabez North, mais il se peut que, dans la vie d'un homme, toute action, même vulgaire en apparence, porte en elle un but profond et déterminé.

12
Un secret d'or

Mr Jabez North, qui est vraiment doué d'un caractère compatissant, vient à Peter l'aveugle le jour suivant, plein de bonté et de sympathie pour le malade, s'enquiert de son état et conclut en offrant les secours de sa bourse peu garnie. Un bon jeune homme, en vérité, que ce Jabez !

La maison délabrée de Peter l'aveugle semble encore plus triste et plus délabrée à la clarté du jour, ou plutôt à cette lumière appelée lumière du jour par les citoyens du quartier. À cette lumière aussi, Jim Lomax ne paraît pas dans un meilleur état, avec ses traits tirés par la faim, ses yeux injectés de sang et deux plaques d'un cramoisi éclatant sur ses joues creuses. Il est endormi quand Jabez entre ; la jeune fille est assise à côté de lui, ne levant jamais la tête et ne détournant jamais ses grands yeux noirs de la figure du malade ; elle ne bouge que pour arranger le paquet de guenilles qui sert d'oreiller à la tête alourdie de son amant, ou pour lui donner ses médicaments, ou bassiner son front avec un linge mouillé. La vieille femme est accroupie près du triste foyer où elle a allumé quelques branches et fait le meilleur feu possible d'après les ordres du médecin, car la chambre est humide et malsaine, même par cette brûlante température de juin. Elle se balance d'un côté et d'autre sur un tabouret bas à trois pieds et murmure en son jargon des paroles décousues.

Après avoir adressé quelques mots au malade et avoir fait ses offres de service, Jabez ne quitte pas l'endroit, mais se tient debout près du foyer, regardant la vieille femme d'un air rêveur.

Elle ne jouit pas entièrement de sa raison, d'après l'opinion générale de Peter l'aveugle, et si une commission pour l'aliénation mentale avait été appelée à faire un rapport sur l'état de son intelligence en ce jour, je crois que le rapport se serait accordé avec l'opinion ouvertement exprimée d'une manière amicale par ses voisins.

Elle continue de se parler en murmurant à elle-même.

— Et ainsi, ma chérie, voici l'autre. L'eau n'aura pas été assez profonde; mais ce n'est pas ma faute, Lucy, mon enfant, car je le vis, pour sûr, disparaître.

— Que vîtes-vous, pour sûr, disparaître? demande Jabez d'un ton assez bas pour n'être entendu ni par le malade ni par la jeune fille.

— Vous voudriez bien le savoir, chéri? marmotte la vieille femme, levant les yeux sur lui avec une grimace malicieuse; n'avez-vous pas bien envie de le savoir, mon chéri? Mais vous ne le saurez jamais, ou, si vous voulez le savoir, il vous faut d'abord être riche car c'est une partie du secret, et le secret est de l'or tout le temps qu'il est gardé, mon chéri, et il a été gardé depuis des années, et fidèlement.

— Le connaît-il? demande Jabez en désignant le malade.

— Non, mon chéri, il l'ignore. J'ai l'intention de le lui vendre un jour, car il vaut une mine d'or, une mine d'or! Il l'ignore et elle aussi; cela ne l'intéresse pas, elle, mais c'est son affaire à lui.

— Alors vous feriez mieux de le lui apprendre avant que trois jours soient écoulés, ou il ne le connaîtra jamais, dit le maître d'étude.

— Pourquoi non, mon chéri?

— Vous n'y songez pas. J'ai besoin de vous parler à vous et je n'ai pas besoin qu'ils entendent ce que je dis. Pouvons-nous aller quelque part où personne ne puisse nous voir ou nous entendre?

Elle le conduit d'un pas traînard et saccadé hors de la maison, à travers la brèche d'une haie, sur un terrain stérile derrière Peter l'aveugle; là, la vieille femme s'assied sur un petit tertre, Jabez debout vis-à-vis d'elle la regarde dans les yeux.

— Maintenant, dit-il, levant un regard déterminé sur la figure grimaçante qui est devant lui; maintenant, dites-moi, qu'était cette chose que vous vîtes pour sûr disparaître, et qu'est pour moi l'homme qui est là-dedans? Allons! et dites-moi la vérité, ou...

Il termine seulement la phrase par un regard menaçant; mais la vieille femme la finit pour lui:

— Ou vous me tuerez, n'est-ce pas, chéri? Je suis vieille et faible, cela vous sera facile, ma foi! Mais vous ne le ferez pas, vous ne le ferez pas, chéri. Vous avez plus d'esprit que cela. Tuez-moi et vous ne saurez jamais le secret, le secret qui peut être de l'or pour vous un jour, et que nulle créature ne connaît excepté moi. Si vous vouliez conserver du vin exquis dans une bouteille, mon chéri, vous ne briseriez pas la bouteille pour ne pas répandre le vin, vous ne le voudriez pas. Et, de même, vous ne me toucherez pas rudement du doigt, je le sais.

Le sous-maître semble être tout à fait disposé, en ce moment, à appliquer rudement toute la force de ses dix doigts sur le siège vital de ce squelette; mais il se contraint par un effort, et enfonce profondément ses mains dans les poches de son pantalon afin de résister à la tentation.

— Alors vous ne voulez pas répondre à ce que je vous demande ? dit-il avec impatience.

— Ne vous emportez pas, mon chéri. Je suis une vieille femme et je n'aime pas être pressée. Que voulez-vous savoir ?

— Qu'est pour moi l'individu qui est là-dedans ?

— Votre propre frère, frère jumeau, mon chéri, voilà tout et je suis votre grand-mère, la mère de votre mère. Cela vous fait-il plaisir de retrouver vos parents, mon enfant du bon Dieu ?

S'il éprouve du plaisir, il a une étrange manière de le manifester, avec son sourcil froncé et son regard menaçant.

— Est-ce bien la vérité ? demande-t-il.

La vieille harpie le regarde en grimaçant.

— Il doit y avoir une vilaine marque sur votre bras gauche, mon chéri, dit-elle, juste au-dessus du coude ; elle est heureusement placée, puisque, sous la manche de votre habit, personne ne peut la voir.

Jabez tressaille. Il a en effet une cicatrice sous le bras, quoique presque tout le monde l'ignore. Il se rappelle cette particularité des premiers jours de sa vie passés dans la maison de charité de Slopperton.

— Savez-vous comment vous est venue cette marque ? continue la vieille femme. Je vais vous le dire. Vous tombâtes dans le feu, mon chéri, vous n'aviez encore que trois semaines. Vous aviez bu un petit coup, mon chéri, et nous avions l'habitude d'en boire beaucoup alors, sans manger pour cela davantage et l'une de nous vous laissa tomber dans le foyer, et avant que nous ayons pu vous retirer, votre bras était brûlé ; mais vous en revîntes, mon chéri, et, trois jours après, vous aviez le malheur de tomber dans l'eau.

— Vous m'y avez jeté, vieille diablesse, s'écrie-t-il rudement.

— Allons, allons, dit-elle, vous êtes de la même souche, aussi ne me servirais-je pas de ces noms, si j'étais vous. Peut-être vous jetai-je dans le Sloshy. Je ne veux pas vous contredire, et si vous le dites, je crois que je le fis. Je dois passer à vos yeux pour une vieille femme dénaturée.

— Cela ne serait pas bien extraordinaire.

— Nous avions à choisir, votre mère et moi, et à décider ce que nous ferions de notre plus jeune, car vous étiez plus jeune de deux heures que votre frère là-bas. Il y avait d'un côté la rivière, et de l'autre une vie de misère, de famine et peut-être pire ; en mettant tout au mieux, une existence comme celle de celui qui est couché là-dedans, travail accablant et mauvaise nourriture, longues journées de fatigue et courtes nuits de repos, paroles dures et mauvais regards de tous ceux appelés à lui venir en aide. Aussi, pensâmes-nous que c'était assez d'un pour souffrir tout cela, et nous choisîmes la rivière pour l'autre. Oui, mon trésor, je vous transportai sur le bord de la rivière, une nuit qu'il faisait très noir, et je vous laissai glisser dans un endroit où je croyais l'eau très profonde ; mais, vous le voyez, elle ne le fut pas assez pour vous. Oh ! chéri, dit-elle avec un sourire hébété, il faut qu'il y ait de la destinée là-dedans, vous n'étiez pas né pour être noyé.

Son petit-fils prédestiné lui lance un regard sauvage.

— Assez, dit-il, je n'ai pas besoin de vos réflexions maudites.

— Vous n'en voulez pas, chéri ? Mon Dieu, j'étais pleine d'esprit dans mes jeunes années et on avait coutume de m'appeler la malicieuse Betty, mais il y a bien longtemps de cela.

Il y a, en effet, des restes suffisants de cette malice d'autrefois, pour donner un air affreusement enjoué aux manières de la vieille femme, qui la rend extrêmement répulsive. Que peut-il y avoir de plus répulsif que la vieillesse qui, dépouillée de beauté et de grâce, n'est pas encore purifiée des folies et des vices d'une jeunesse évanouie.

— Et ainsi donc, mon chéri, l'eau n'était pas assez profonde, et vous fûtes sauvé. Comment cela arriva-t-il? Racontez-moi cela, mon trésor.

— Vraiment, je crois bien que vous voudriez le savoir, lui réplique le cher enfant, mais vous pouvez garder votre secret et je puis garder le mien. Vous voudrez bien me dire, peut-être, si ma mère est morte ou vivante.

— Votre mère est morte depuis plusieurs années. Ne me demandez pas comment elle mourut; je suis vieille, ma tête n'est pas assez solide pour n'être pas dérangée par tous ces souvenirs et en parler me fait mal. Elle mourut, je ne pus la sauver, ni la secourir, ni la poser dans le cercueil. J'espère qu'elle a trouvé plus de pitié où elle est allée qu'elle n'en trouva jamais ici, car assurément si le malheur peut exiger de la compassion, elle l'a bien méritée. Ne m'interrogez pas sur elle.

— Je n'en ai pas l'intention, dit Jabez; ma parenté ne me semble pas avoir eu un sort si désirable que je veuille entreprendre d'écrire l'histoire de la famille. Je suppose que j'avais un père d'une espèce quelconque; qu'est-il devenu? mort…

— Pendu, n'est-ce pas, chéri? dit la vieille en retombant dans son malicieux sourire.

— Prenez garde à ce que vous dites, dit Mr North en la foudroyant, ou vous me donnerez envie de faire sortir votre âme de votre vieille carcasse ridée.

— Et alors vous ne saurez pas qui fut votre père. Eh! ah! ah! mon trésor, c'est une partie du fameux secret que nul autre que moi ne peut dire.

— Ainsi vous ne voulez pas me dire le nom de mon père?

— Peut-être l'ai-je oublié, chéri, peut-être ne l'ai-je jamais connu; qui sait?

— Était-il de votre classe, pauvre, sans importance, misérable, l'écume de la terre, la boue des rues, une immondice d'égout, une chose à être foulée par les bottes sales des passants? Était-il cela? Dites, parce que dans ce cas, je ne me dérangerais pas pour faire la moindre enquête affectueuse sur son compte.

— Naturellement, mon chéri; vous préféreriez que ce fût un brillant gentleman, un baronnet, un comte, ou un marquis, n'est-ce pas, mon enfant du bon Dieu? Le titre de marquis vous irait assez, eh? Que diriez-vous à un marquis?

Ce qu'il eût dit n'eût certainement pas été d'une politesse exquise et le ton de sa conversation n'était pas fait pour plaire à un marquis ou à un puissant quelconque, excepté à un seul, et celui-là je ne le nommerai pas, pour ne pas contrevenir aux convenances d'une littérature décente.

Excédé par les marmottages mystérieux, les ricanements et la pantomime de la vieille, notre ami Jabez fixe les yeux sur elle environ trois minutes avec dureté; on dirait qu'il se prépare à l'étrangler mais il s'abstient, tourne sur ses talons et marche dans la direction de Slopperton.

La vieille femme l'apostrophe pendant qu'il s'en va:

— Oh! mon chéri, vous êtes vraiment un jeune homme au langage élégant, instruit, et vous faites honneur à ceux qui vous ont élevé. Mais vous ne tirerez de moi le secret d'or que lorsque vous aurez de l'argent pour me le payer.

13
Jim regarde par-dessus le bord de l'abîme

Le déclin du dernier de ces jours où, selon la prophétie du docteur, Jim doit cesser de voir la lumière est arrivé.

Le dernier soleil du pauvre Jim se couche sur un nuage de pourpre et fait tomber à l'occident autour de sa couche un rideau de nuances si éclatantes qu'il serait difficile à un monarque de la terre d'en obtenir de semblables, Ruskin lui-même en eût-il choisi les couleurs et Turner se fût-il chargé de les appliquer. Ordinairement quelques lueurs rouges du soleil couchant viennent se refléter sur les tuyaux des cheminées et les vitres des fenêtres, luxe rare de Peter l'aveugle ; mais ce signe béni de la main puissante du Très-Haut n'arrive en cet endroit que sensiblement affaibli, comme parviennent au pauvre toutes les bénédictions du ciel et de la terre.

Un rayon de la lumière cramoisie tombe en plein sur la figure du malade et se réfléchit sur la chevelure noire de la jeune fille qui, assise par terre, a gardé son ancienne position près du lit. Cette lumière qui tombe sur eux et qui n'éclaire aucun autre objet dans cette grande pièce sombre semble les unir, comme si elle eût été envoyée du ciel, et dire : « Ils sont seuls dans le monde et ne seront jamais séparés. »

— Quelle magnifique lumière, fillette, dit le malade, et je m'étonne de ne m'être jamais mis en peine de la remarquer et de ne pas l'admirer plus que je ne l'ai fait. Mon Dieu, je l'ai vue bien souvent disparaître derrière la crête des terres labourées, comme si elle se fût creusé son propre tombeau, heureuse de s'y ensevelir et je ne pensais pas plus à elle qu'à un bout de chandelle, mais elle me semble maintenant si superbe, cette lumière, que je sens que je voudrais la revoir encore, mon amie.

— Et vous la reverrez, vous la reverrez encore, Jim.

Elle attire la tête du malade sur son sein et écarte de son front moite ses cheveux rudes. Elle est mourante elle-même, de compassion pour lui, d'anxiété et de fatigue, mais elle parle d'une voix encourageante et n'a pas versé une larme durant toute sa maladie.

— Avec l'aide de Dieu, mon bien-aimé Jim, vous vivrez pour voir de nombreux et brillants couchers de soleil, pour le voir peut-être éclairer de ses rayons couchants le jour de notre mariage.

— Non, non, fillette, le soleil ne brillera jamais pour cela. Il vous faut choisir un autre fiancé et vous pouvez en trouver un meilleur, car assurément vous en méritez un meilleur, car vous êtes franche, mignonne, franche comme l'acier.

Elle attire sa tête plus près de son cœur et se courbant sur lui, baise ses lèvres desséchées. Elle ne pense pas, ou se soucie fort peu de savoir quelle fièvre ou quel poison elle peut absorber dans cette caresse, si elle pensait à cela, elle prierait peut-être pour que la fièvre qui terrasse son amant la terrasse aussi. Il dit encore quelques mots, tandis que la lumière, dont l'éclat pâlit, brille, vacille puis s'évanouit.

— Elle a disparu, disparu pour jamais ; elle est derrière moi, maintenant, fillette et je dois jeter les yeux droit devant…

— Sur quoi, Jim, sur quoi?

— Sur le terrible abîme, fillette. Je suis debout sur le bord, et mon œil plonge dans le fond… un gouffre glacé, noir et vide… mais il y a peut-être une autre lumière au-delà, fillette ; qui sait ?

— Quelques-uns disent qu'ils le savent, Jim, dit la jeune fille ; quelques-uns assurent, qu'il y a une autre lumière au-delà, plus belle que celle que nous voyons ici et qui brille toujours. Il y a des gens qui connaissent tout ce qui en est, Jim.

— Pourquoi alors ne pas nous l'avoir dit ? répond le malade, avec une expression irritée dans ses yeux caves. Ceux qui sont instruits auraient dû nous enseigner toutes ces choses, mais je suppose qu'ils ne nous ont pas jugés dignes de les apprendre. Combien de gens me regretteront, fillette, quand je serai parti ? Ce ne sera pas ma grand-mère ; son cerveau est fêlé avec l'idée de son secret d'or, comme si elle ne l'eût pas vendu depuis longtemps, si elle avait eu un secret, vendu pour avoir du pain ou plus vraisemblablement encore pour avoir du gin. Pas une âme dans Peter l'aveugle, ils ont assez à faire de songer au morceau de pain à se procurer, ou à l'abri qui doit protéger leurs misérables têtes, excepté vous, fillette, pas une âme ne me regrettera, et je pense que vous me regretterez, vous.

Il pense qu'elle le regrettera. Qu'a donc été l'histoire de sa vie à elle, si ce n'est une longue pensée d'amour et de soins pour lui, une existence qui n'a eu d'autres joies et d'autres douleurs que les siennes ?

Durant leur conversation, Jabez entre et, s'asseyant sur un tabouret bas à côté du lit, il adresse la parole au malade.

— Ainsi donc, dit Jim, en le regardant en pleine figure d'un air curieux, ainsi donc, vous êtes mon frère. La vieille femme m'a tout raconté, mon frère jumeau ; si ressemblant que c'est tout à fait un bonheur de vous regarder, c'est comme si je me voyais dans un miroir, et je n'ai jamais été habitué à ce genre de luxe. Allume une chandelle, fillette, je veux voir la figure de mon frère.

Son frère veut s'opposer à ce qu'on allume une chandelle, cela pourrait blesser les yeux du malade, mais le malade répète sa demande et la jeune fille obéit.

— Maintenant, viens ici et tiens la chandelle, fillette, et tiens-la près de la figure de mon frère, je veux bien l'examiner.

Mr Jabez North semble très peu goûter le regard fixe de son frère, et ses beaux yeux bleus, tant remarqués, l'évitent, vont de côté et d'autre, et finalement s'abaissent devant l'examen du malade.

— C'est une belle figure, dit Jim, elle ressemble beaucoup à celle de vos beaux gentlemen de haute naissance, ce qui est plutôt singulier, quand on considère à qui elle appartient ; mais malgré tout je ne puis dire que cette figure me revienne beaucoup. Il y a quelque chose en dessous ; il y a quelque chose de caché derrière le rideau. Je crois, frère, que vous tramez un complot ce soir, et un très vilain complot même, ou mon nom n'est pas Jim Lomax.

— Pauvre ami, dit Jabez avec compassion, sa tête bat malheureusement la campagne, ce soir.

— Vous croyez ? répond le malade ; vous croyez que ma tête bat la campagne, mon garçon ? Espérons-le, espérons que je n'y vois pas très clair ce soir, car je ne voudrais pas avoir une mauvaise opinion de toi, ne serait-ce que pour l'amour de ma mère morte.

— Vous entendez, dit Jabez en appelant du regard le témoignage de la jeune fille, vous entendez comme il a le délire.

— Encore un instant, mon garçon ! s'écrie Jim avec une soudaine énergie en posant sa main décharnée sur le bras de son frère, encore un instant ! Je vais mourir bientôt et avant qu'il soit trop tard, j'ai une prière à vous faire ; je n'en ai pas tant à adresser à Dieu ni aux hommes, que je doive oublier celle-ci. Vous voyez cette pauvre petite ; nous nous sommes aimés, je ne sais pas depuis combien de temps, mais depuis l'époque où elle était un petit être gazouillant que je portais sur mes épaules, et un de ces jours, quand les salaires auraient été meilleurs, le pain moins cher et l'avenir plus riant, d'une manière ou d'une autre, pour de pauvres gens comme nous, nous devions nous marier, mais maintenant tout est fini. Bon courage, fillette, et ne pâlis pas ainsi. Il vaut peut-être mieux que ce soit comme cela. Eh bien, comme je disais, nous nous sommes aimés pendant de nombreuses années et souvent, quand je ne pouvais avoir de l'ouvrage, peut-être quelquefois quand je ne voulais pas travailler, que j'étais paresseux, ou que je me livrais à la boisson, ou que je fréquentais de mauvaises compagnies, cette pauvre petite m'a gardé un abri et m'a donné du pain à manger, avec le travail de ses mains. Elle m'a été dévouée, je ne pourrais dire à quel point mais il y a quelque chose au coin de votre bouche qui me fait croire que vous vous souciez fort peu d'écouter ce que je vous dis. Si vous voulez cependant me voir mourir en paix, promettez-moi qu'aussi longtemps que vous aurez un shilling elle ne restera pas sans un penny ; c'est qu'aussi longtemps que vous aurez un toit pour abriter votre tête, elle ne sera jamais sans asile ; promettez-le-moi !

Il saisit d'une main convulsive le poignet de Jabez. Ce gentleman fait un effort pour le regarder dans les yeux, mais il ne peut soutenir leur éclat interrogateur et est obligé de baisser les siens.

— Allons, dit Jim, promettez et jurez par tout ce que vous avez de plus sacré que vous ferez cela.

— Je le jure, dit solennellement Jabez.

— Et si vous violez votre serment, ajoute son frère, ne venez jamais près du lieu où je serai enseveli, car je sortirais de ma tombe et mon ombre vous poursuivrait.

Le moribond tombe épuisé sur son oreiller. La jeune fille verse quelques gouttes d'un médicament et les lui donne, tandis que Jabez marche vers la porte, s'arrête sur le seuil, et regarde le ciel.

Pour une nuit de juin, le ciel est très sombre. Une vaste voûte noire est suspendue sur la terre sans la moindre lueur d'une étoile pour rompre cette noirceur d'encre. Une nuit pleine de menaces. Les sourds murmures d'un vent étouffant mugissent et annoncent l'arrivée d'un orage. Jamais l'obscurité de Peter l'aveugle n'a été plus profonde que cette nuit. On peut à peine apercevoir sa main devant soi. Une malheureuse qui rapporte un demi-quart de gin du cabaret le plus voisin, quoique habitante de l'endroit et familiarisée avec les accidents du pavé et les décombres de briques, trébuche sur son propre seuil et répand un peu du précieux liquide.

Il serait difficile de voir dans le mois de juin le ciel et la terre sous un aspect plus lugubre. Ce n'est pas cependant ce que pense Mr Jabez North, car après avoir contemplé le ciel pendant quelques instants en silence, il s'écrie :

— Une belle nuit ! Une superbe nuit ! Une nuit parfaite !

Une ombre qui se détache plus sombre dans l'obscurité vient à lui. C'est le docteur.

— Vraiment, monsieur, dit-il, je suis enchanté que vous trouviez la nuit belle mais je vous demande pardon de ne pas partager votre opinion, car je ne me souviens pas d'avoir vu, à cette saison de l'année, un ciel plus noir ou qui annonce un plus terrible orage.

— Je ne pensais pas trop à ce que j'ai dit, docteur… ce pauvre homme là-dedans…

— Ah oui, le pauvre camarade ! Je doute qu'il voie l'orage, même rapproché comme il l'est. Je suppose que vous prenez quelque intérêt à sa personne à cause de sa ressemblance extraordinaire avec vous.

— Ce motif d'intérêt serait tout à fait égoïste. C'est un simple sentiment d'humanité qui me fait descendre dans ce triste endroit pour voir si je pourrais être de quelque secours à la pauvre créature.

— Cette action vous honore, monsieur, dit le docteur, et maintenant à notre malade.

C'est avec un visage grave que l'homme de l'art examine le pauvre Jim qui était tombé dans un assoupissement agité et fiévreux et, quand Jabez le prend à part pour lui demander son opinion, il dit :

— S'il vit encore une demi-heure, je serai grandement surpris. Où est la vieille femme, sa grand-mère ?

— Je ne l'ai pas vue ce soir, dit Jabez.

Puis, se tournant du côté de la jeune fille, il lui demande si elle sait où se trouve la vieille.

— Non, elle est partie il y a quelque temps déjà et n'a pas dit où elle allait. Elle n'a pas tout à fait sa raison, vous savez, monsieur, et elle sort souvent à la tombée de la nuit.

Le docteur s'assied sur une chaise brisée, près du matelas sur lequel repose le malade : une chandelle dégouttant le suif jette une faible lueur dans cette triste et pauvre chambre ; Jabez se promène de long en large de ce pas léger que nous avons déjà signalé. Chose étrange car en sa qualité de philosophe, la mort d'un de ses semblables ne peut l'impressionner beaucoup ;

il y a ce soir-là dans ses manières une gêne qu'il ne peut entièrement cacher. Son regard va du docteur à la jeune fille et de la jeune fille à son frère malade. Quelquefois il interrompt sa promenade pour regarder dehors par la porte ouverte et une fois, il s'arrête devant la chandelle pour voir l'heure à sa montre. Il y a dans ses yeux une expression d'anxiété et dans sa bouche une contraction pénible, il peut à peine contenir le tremblement de ses doigts effilés qui dénote l'impatience et l'agitation. Bientôt les horloges de Slopperton sonnent 22 h 15. En entendant cette heure, Jabez attire le médecin à part et lui dit tout bas :

— N'y a-t-il aucun moyen d'éloigner cette pauvre fille d'ici ? Elle est extrêmement attachée à cet infortuné et s'il meurt, je crains une scène terrible. Ce serait un acte de pitié que de l'éloigner par un stratagème quelconque. Comment pourrions-nous la tenir absente jusqu'à ce que tout soit fini ?

— Je crois en avoir le moyen, dit le docteur, mon collègue a sa pharmacie à l'autre extrémité de la ville, je vais l'y envoyer.

Il retourne près du lit et dit aussitôt :

— Voyez-vous, ma bonne fille, je vais écrire une ordonnance pour quelque chose qui fera du bien, je crois, à notre malade ; vous irez chercher le médicament en mon nom et vous attendrez qu'il soit prêt.

La jeune fille le regarde d'un air suppliant et plein de tristesse.

— Je n'aime pas le quitter, monsieur.

— Mais si c'est pour son bien, ma chère enfant ?

— Oui, oui, monsieur, vous êtes vraiment bon. Je vais y aller ; je courrai pendant tout le chemin… Et vous ne le quitterez pas tout le temps que je serai partie, n'est-ce pas, monsieur ?

— Non, ma bonne fille, je vous le promets. Voici l'ordonnance, elle est écrite au crayon, mais l'élève vous comprendra. Maintenant, écoutez-moi que je vous indique où est la pharmacie.

Il lui donne ses indications et, après avoir jeté un regard long et triste sur son fiancé, elle quitte la maison et s'élance dans la direction de Slopperton.

— Si elle court aussi vite tout le chemin, dit Jabez en regardant la jeune fille qui s'éloigne, elle sera de retour en moins d'une heure.

— Alors elle le trouvera mort ou mieux, réplique le docteur.

La pâle figure de Jabez devient livide à ce mot : mieux.

— Mieux ! dit-il. A-t-il une chance de se rétablir ?

— Il y a des choses merveilleuses dans cette lutte entre la vie et la mort. Ce sommeil peut être une crise. S'il se réveille, il peut y avoir un faible espoir de le sauver.

La main de Jabez tremble comme une feuille ; il tourne le dos au docteur, parcourt une fois la chambre de long en large puis, revenu au calme il demande :

— Et vous, monsieur, vous dont le temps est si précieux pour tant de malades, vous ne pouvez vous permettre de les abandonner tous et de rester ici à veiller cet homme.

— Le cas est extraordinaire et m'intéresse ; en outre, je ne pense pas avoir de malade en danger ce soir. Mon suppléant a mon adresse et m'enverra chercher si ma présence est nécessaire.

— Je vais sortir fumer un cigare, dit Jabez après un instant de silence. Je ne puis rester dans cette chambre de malade et assister à ce terrible conflit entre la vie et la mort.

Il se perd dans l'obscurité, reste absent environ cinq minutes et revient.

— Votre cigare n'a pas été long, remarque le docteur ; vous êtes un fumeur habile... Mauvais pour la santé, monsieur.

— Mon cigare ne valait rien, je l'ai jeté.

Peu de temps après, on frappe à la porte ; un petit garçon en guenilles, ayant l'air d'un vagabond, regarde à l'intérieur et demande :

— Monsieur Saunders, le docteur, est-il ici ?

— Oui, mon garçon ; qui me demande ?

— Une jeune femme, dans Hill Fields, qui a pris du poison, dit-on ; on vous demande avec instance.

— Du poison ; le cas est urgent, dit Mr Saunders. Qui vous envoie vers moi ?

Le garçon, d'un air embarrassé, regarde Jabez qui se tient dans l'ombre et qui, à l'insu du docteur, chuchote quelque chose derrière sa main.

— Le chirurgien, monsieur, répond le garçon regardant toujours du côté de Jabez.

— Oh ! le chirurgien vous envoie ; il faut que je parte car c'est sans nul doute un cas désespéré. Je vous laisse veiller sur ce pauvre individu, s'il s'éveille, donnez-lui deux cuillerées de la potion qui est là ; je ne pourrais, moi-même, en faire davantage si je reste. Allons, mon garçon, vous pouvez me montrer le chemin, je suppose ?

— Oui, monsieur.

— Partons, alors, dit le docteur.

Et il suit précipitamment le petit garçon et après quelques instants disparaît dans les ténèbres hors de portée de Peter l'aveugle.

Cinq minutes après son départ, Jabez va à la porte et après avoir regardé au-dehors et examiné les misérables habitations dans lesquelles on ne voit aucun vestige de lumière, il donne un coup de sifflet bas et prolongé.

Une figure sort de l'obscurité et approche de l'endroit où il se trouve. C'est la vieille femme, sa grand-mère.

— Tout va bien, chéri, dit-elle tout bas; Bill Withers a tout disposé, il attend près du mur là-bas: il n'y a pas une âme aux environs et je veillerai. Vous aurez besoin de l'aide de Bill; quand vous serez prêt, vous n'aurez qu'à siffler doucement trois fois de suite, il saura ce que cela veut dire et je ferai bonne garde pendant qu'il vous aidera. N'ai-je pas joliment conduit toute l'affaire et n'ai-je pas bien mérité les souverains d'or que vous m'avez promis. C'était toujours des guinées, autrefois, quand j'étais jeune, chéri; maintenant rien ne vaut les choses de l'ancien temps.

— Pas de commérages, dit Jabez en posant rudement la main sur son bras, si vous ne voulez éveiller quelqu'un de l'endroit.

— Mais dites, chéri, tout est-il fini? Rien de blâmable, vous savez, vous me l'avez promis.

— Tout fini, oui, il y a une demi-heure. Si vous me retenez ici avec votre bavardage, la jeune fille sera revenue avant que nous ayons tout arrangé pour son retour.

— Laissez-moi entrer pour lui fermer les yeux, chéri, dit la vieille femme d'un ton suppliant. Sa mère était mon enfant. Laissez-moi lui fermer les yeux.

— Restez où vous êtes ou je vous étrangle! dit en grondant son respectueux petit-fils.

Et il ferme la porte sur sa vénérable parente et la laisse marmotter sur le seuil. Jabez s'avance près du lit sur lequel son frère est couché. Jim, à ce moment, s'éveille de son assoupissement agité et, ouvrant les yeux de toute leur grandeur, les fixe sur l'individu à ses côtés. Il fait un effort pour parler, montre ses lèvres du doigt et, étendant la main vers les fioles sur la table, fait signe à son frère. Ce signe est une prière pour demander la potion stimulante et calmante qui apaise toujours la brûlante ardeur de sa fièvre. Jabez ne bouge pas.

— Il est éveillé, murmure-t-il ; voici la crise de sa vie et de ma destinée.

Les horloges de Slopperton sonnent 23 h 15. Le moribond dit, en murmurant péniblement :

— C'est un noir abîme, fillette, un gouffre noir et sans miséricorde... et je suis sur le point d'y tomber !

Pas une main amie, Jim, pour t'écarter de ce terrible gouffre. La potion reste intacte sur la table et, peut-être aussi coupable que le premier meurtrier, ton frère jumeau se tient immobile à côté de ton lit.

14
Minuit aux horloges de Slopperton

Les nuages et le ciel tiennent leur promesse et, comme les horloges sonnent 23 h 15, l'orage éclate sur les clochers de Slopperton.

De brillants éclairs bleuâtres sillonnent Peter l'aveugle et les coups de tonnerre qui suivent l'ébranlent jusque dans ses fondements pendant qu'une forte averse lave, comme cela n'arrive pas souvent, les pierres ruinées, les tuyaux de cheminées et les marches des portes. Slopperton, au lit, ne peut pas s'endormir et Slopperton levé ne se soucie pas d'aller au lit. Slopperton, à souper, a ses nerfs, au point de manier avec impatience les couteaux et les fourchettes de fer, et Slopperton, se mettant à la fenêtre pour regarder les éclairs du dehors, se retire précipitamment à cette vue ; Slopperton en général est accablé par l'orage et a l'idée que quelque chose de terrible arrivera avant la fin de la nuit.

Dans l'établissement paisible du docteur Tappenden règnent la consternation et l'alarme ; Mr Jabez North, le suppléant principal, est sorti tard dans la soirée et n'est pas rentré à l'heure voulue pour fermer la porte de la maison. Cet événement sans précédent est le sujet de cette inquiétude considérable, spécialement en l'absence du docteur Tappenden, Jabez étant en quelque sorte le maître reconnu de la maison. La jeune femme qui veille à la garde-robe des jeunes gens a pitié de la servante qui attend le retour de Mr North et a apporté sa boîte à couture et tout un tas de chaussettes trouées des jeunes gentlemen dans la modeste chambre où la jeune femme attend.

— J'espère, dit la servante, qu'il ne lui est rien arrivé pendant l'orage ; j'espère qu'il ne se sera pas réfugié sous un arbre.

La servante a l'idée fixe que se placer sous un arbre pendant l'orage revient à courir à une mort immédiate.

— Pauvre cher jeune homme, dit la lingère, je tremble à la pensée de ce qui peut ainsi le retenir dehors. Un garçon si rangé ! Jamais une minute en retard ! À chaque bruit que j'entends, je pense le voir apparaître à une croisée.

— Ne dites pas cela, miss Smithers ! s'écrie la servante, regardant derrière elle comme si elle s'attendait à voir le spectre de Jabez North montrant une tache de sang sur son côté gauche, derrière sa chaise. Je crois que vous ne le voudriez pas ! Oh ! j'espère qu'il n'a pas été assassiné ; il y a seulement trois ans et demi qu'un homme a coupé la gorge à sa femme, dans le bas de Windmill Lane parce qu'elle n'avait pas mis de sel dans son poêlon quand elle faisait cuire des petits pois.

L'effrayant parallèle entre la femme qui faisait cuire des pois sans sel et Jabez North en retard de deux heures frappe d'une telle terreur les jeunes femmes, qu'elles restent silencieuses pendant quelques minutes, durant lesquelles elles regardent un fumeron à la chandelle sans avoir, ni l'une ni l'autre, le courage de l'enlever, leurs nerfs les rendant incapables de faire jouer les mouchettes.

— Pauvre jeune homme ! dit enfin la servante ; savez-vous, miss Smithers, que je ne puis m'empêcher de penser qu'il a été bas dernièrement.

Ce mot bas admettant pour le moment plusieurs sens, miss Smithers réplique d'un air indigné :

— Bas, Sarah Anne ! Pas dans son langage, assurément, et quant à ses manières, elles sont dignes d'un gentilhomme qui a appris la littérature.

— Non, non, miss Smithers, je veux parler de son humeur ; j'ai idée qu'il avait dernièrement quelque chose qui le chagrinait. Il est peut-être amoureux, ce pauvre jeune homme.

Miss Smithers rougit ; ceci a de l'intérêt pour elle ; Mr North lui a prêté *Rasselas*[1], qu'elle considère comme une histoire d'un palpitant intérêt, et elle a mis en ordre pendant trois ans ses bas et ses boutons de chemise. Qu'il arrive certains événements et Mrs Jabez North sonnera bien mieux, de toute manière, que miss Smithers.

— Peut-être, dit Sarah Anne malicieusement, peut-être a-t-il oublié sa position et s'est-il mis dans la tête d'épouser notre jeune maîtresse. Quoique sa figure ne soit pas très agréable à voir, elle a beaucoup d'argent, vous savez, miss Smithers.

La figure de Sarah Anne montre une plénitude dont l'exubérance menace d'éclater au moment où l'on s'y attend le moins.

C'est en vain que Sarah Anne et miss Smithers font des conjectures sur la cause probable de l'absence du sous-maître. Minuit sonne au coucou hollandais de la cuisine, à la pendule de l'escalier et à celle du salon, pièce d'horlogerie honorable et compliquée qui sonne toujours 8 heures à midi, et enfin à toutes les horloges de Slopperton, et pas de Jabez North !

1. L'*Histoire de Rasselas, prince d'Abyssinie*, de Samuel Johnson, est un apologue sur le bonheur en forme de romance philosophique.

Pas de Jabez North… Une figure pâle, avec des yeux brillants levés vers le ciel, gît dehors, sur la triste bruyère, à trois milles de Slopperton, exposée à la fureur de l'orage impitoyable. Un malade est couché sur un misérable matelas, dans une pauvre chambre de Peter l'aveugle ; mais pas de Jabez North !

À travers l'inexorable tempête, dégouttant l'eau sous la pluie battante, la jeune fille dont le nom est Sillikens se hâte vers Peter l'aveugle. La faible lueur de la chandelle à la longue mèche plantée dans une mare de suif est la seule clarté qui brille dans ces lugubres environs. Le cœur de la jeune fille a de terribles pulsations en approchant de cette lumière car un doute plein d'angoisses torture son esprit sur cette autre lumière qu'elle a laissée brûlant si faiblement et qu'elle pourrait maintenant être éteinte. Mais elle prend courage et pousse la porte qui n'oppose ni verrous ni barres à quelque sectateur égaré de Mercure[1], elle entre dans la pièce tristement éclairée. L'individu est couché la face tournée du côté du mur ; la vieille femme est assise à côté du foyer, où brille une flamme vacillante. Elle a sur la table, parmi les fioles à médicaments, une autre bouteille qui contient sans aucun doute un spiritueux ; elle tient en effet dans sa main une tasse à thé ébréchée, dans laquelle elle puise par intervalles quelques gorgées de consolation, car elle a visiblement pleuré.

— Mère, comment va-t-il, comment va-t-il ? demande la jeune fille avec une agitation fébrile, pénible à voir, parce qu'elle révèle combien elle redoute la réponse.

— Mieux, chérie, mieux, oh ! Pour jamais beaucoup mieux ! répond la vieille femme d'une voix larmoyante, avec un nouveau recours à la tasse à thé.

1. Dieu du Commerce, des Voleurs, etc..

— Mieux! Merci, mon Dieu, merci!

Et la jeune fille, s'avançant doucement près du lit, se penche et écoute la respiration du malade, qui est faible mais régulière.

— Il semble très profondément endormi, grand-mère; a-t-il dormi tout le temps?

— Depuis quand, chérie?

— Depuis que je suis partie. Où est le docteur?

— Parti. Oh mon garçon bien-aimé, penser qu'il en viendrait là et sa mère était mon unique enfant! Oh mon chéri! mon chéri!

Et la vieille femme fond en larmes, étouffant ses sanglots à l'aide de la tasse à thé.

— Mais il est mieux, grand-mère; peut-être en réchappera-t-il maintenant. J'ai toujours dit qu'il s'en sauverait. Oh, je suis si heureuse, si heureuse!

Et elle s'assied avec ses vêtements trempés, auxquels elle ne pense pas un instant, sur un petit tabouret à côté du lit. Bientôt le malade se retourne et ouvre les yeux.

— Vous avez été longtemps absente, fillette, dit-il.

Quelque chose dans sa voix, ou dans sa façon de parler, elle ne sait quoi, la fait tressaillir; mais elle entoure son cou de ses bras et dit:

— Jim, mon Jim bien-aimé, le danger est passé. Le gouffre noir dont vous aperceviez le fond est fermé, et des années nombreuses de bonheur vont venir, et le soleil pourra éclairer encore le jour de notre mariage.

— Peut-être, fillette, peut-être; mais, dites-moi, quelle heure est-il?

— Ne songez pas à l'heure, Jim. Il est très tard, et la nuit est affreuse, mais qu'importe, vous êtes mieux, Jim, et dût le soleil ne plus briller sur la terre, je ne pense pas que je sois capable de m'en chagriner, maintenant que vous êtes sauvé!

— Toutes les lumières sont-elles éteintes dans Peter l'aveugle, fillette? demande-t-il.

— Toutes les lumières?... oui, Jim, voilà deux heures; mais pourquoi me demandez-vous cela?

— Et dans Slopperton, avez-vous rencontré beaucoup de monde, fillette?

— Pas une demi-douzaine de personnes dans toutes les rues. Personne ne voudrait se hasarder dehors par une pareille nuit, Jim, à moins d'y être forcé.

Il retourne sa figure du côté du mur, et semble dormir; la vieille femme continue de gémir et de marmotter sur sa tasse à thé.

— Penser que mon garçon chéri en viendrait là, et dans une pareille nuit encore, dans une pareille nuit.

L'orage sévit avec la même fureur et la pluie, se précipitant sous la porte délabrée, menace d'inonder la chambre. Le malade lève bientôt la tête.

— Fillette, dit-il, pourriez-vous m'avoir une goutte de vin? Je crois que si je buvais une goutte de vin, cela me donnerait un peu de force.

— Grand-mère, dit la jeune fille, pourrais-je m'en procurer? Vous avez quelque argent; minuit ne vient que de sonner; je puis aller jusqu'à la taverne, et l'on m'ouvrira si je frappe, pour avoir une goutte de vin pour Jim.

La vieille femme fouille dans ses guenilles, retire une pièce de six pence, sur l'argent fourni par la maigre bourse du compatissant Jabez, et la jeune fille sort en toute hâte pour aller chercher le vin.

La taverne porte le nom des Sept Étoiles; l'enseigne représente sept étoiles qui ressemblent complètement à sept babas en croix, d'un jaune ardent sur un fond bleu foncé. La maîtresse de l'auberge des Sept Étoiles est en train de remettre ses cheveux en papillotes. Pourquoi prend-elle la peine et l'ennui de boucler sa chevelure pour faire l'admiration d'un voisinage comme celui de Peter l'aveugle? C'est une des énigmes de cette triste existence, pour la solution de laquelle l'Œdipe n'a pas encore paru. Je ne suppose pas qu'elle se soucie beaucoup de suspendre sa toilette ni d'ouvrir sa porte dans le but de vendre la valeur de six pence de vin de Porto; mais quand elle entend que c'est pour un malade, elle ne se fait pas prier. La fille la remercie du fond du cœur et se hâte vers la maison avec sa misérable mesure de vin.

Au milieu de la pluie implacable et sous l'obscurité du ciel, il est presque impossible d'apercevoir sa main devant soi; mais comme la jeune fille entre dans Peter l'aveugle, la lueur d'un éclair lui laisse voir la figure d'un homme qui se glisse d'un pas timide à travers la grille aux barreaux de fer brisés. Dans ce qu'elle peut saisir de l'individu à la faveur de la lumière bleuâtre, elle distingue quelque chose d'un visage et d'une tournure connus, qui font battre son cœur; elle se retourne pour l'examiner, mais il fait trop noir pour qu'elle aperçoive autre chose que l'ombre vague d'un homme courant dans la direction de Slopperton. Se demandant qui peut quitter Peter l'aveugle par une pareille nuit et à une telle heure, elle presse le pas pour apporter le vin à son amant. La vieille femme est tranquillement assise devant le foyer, la chandelle est éteinte, la flamme seule du triste foyer trahit les lignes sombres du misérable ameublement et de la figure de la grand-mère de Jim, qui, assise et marmottant sur sa tasse, ressemble à une sorcière fabriquant un charme sur un chaudron portatif.

La jeune fille se précipite vers le lit… le malade n'y est plus.

— Grand-mère… Jim… Jim, où est-il? demande-t-elle d'une voix alarmée, car la figure qu'elle a rencontrée, courant au milieu de l'orage, se représente à elle avec une étrange netteté. Jim, grand-mère, dites-moi où il est, ou je deviendrai folle. Il n'est pas parti, parti par une nuit pareille et avec une fièvre brûlante ?

— Oui, fillette, il est parti… mon trésor… mon garçon chéri. Sa mère morte était mon unique enfant… et il est parti pour toujours… pour toujours… et par cette affreuse nuit. Je suis une misérable vieille femme.

Pas d'autre explication, pas d'autres paroles que celles-là, murmurées et répétées plusieurs fois ; c'est tout ce que la malheureuse fille peut tirer de la vieille femme, qui, moitié imbécile et plus qu'à moitié ivre, grimace et grommelle sur sa tasse à thé jusqu'à ce qu'elle tombe endormie, comme un tas de haillons, sur le foyer humide et glacé qu'elle embrasse, murmurant toujours, même dans son sommeil :

— Sa mère morte était mon unique enfant… et il est bien cruel qu'il en soit venu là… et par une pareille nuit…

15
Le cadavre dans la bruyère

Le matin qui suit l'orage se lève brillant et pur, promettant un jour brûlant d'été, mais promettant aussi une brise fraîche pour contrebalancer l'ardeur du soleil. C'est la suite de la tempête, qui, mourant vers 3 heures avec une furie non sans but, a laissé derrière elle un air meilleur et plus pur à la place de l'atmosphère étouffante qui a signalé son arrivée.

Mr Joseph Peters, assis ce matin à déjeuner en compagnie de Kuppins, la bonne de l'enfant trouvé, a beaucoup à dire sur l'orage de la dernière nuit à l'aide de son sale alphabet (gras des effets du bacon matinal). Kuppins n'a nullement changé depuis que nous l'avons vue, et quatre mois n'ont apporté aucune altération dans l'apparence imperturbable du silencieux agent de police, mais quatre mois ont produit une métamorphose dans l'enfant trouvé, aujourd'hui familièrement appelé Bébé. Bébé est court vêtu, Bébé commence à comprendre. Ce progrès d'intelligence paraît consister principalement à saisir tous les objets à sa portée, depuis les boucles luxuriantes de Kuppins jusqu'au fourneau brûlant de la pipe de Mr Peters. Bébé possède aussi une merveilleuse paire de souliers qui se trouvent alternativement dans sa bouche, dans le feu et sur ses pieds, quand ils ne sont pas dehors, jetés par la croisée dans des tas de poussière, ou dans divers autres réduits domestiques trop nombreux pour être mentionnés. Bébé est aussi orné d'un bonnet avec une ruche ; le bonheur de Kuppins est de la plisser à petits plis et celui de Bébé de la tirer et de la défaire. Bébé est fortement attaché à Kuppins et manifeste son affection par des démonstrations aimables, comme celles de donner des coups de poing dans sa gorge, de se suspendre à son nez, d'enfoncer une pipe dans ses narines et autres preuves également charmantes de tendresse enfantine. Bébé est, en un mot, un enfant surprenant, et l'œil de Mr Peters, en déjeunant, se porte de son bacon et de son cresson de fontaine sur son jeune protégé avec un air de fierté qu'il n'essaie pas de cacher.

Mr Peters s'est élevé dans sa profession depuis le dernier mois de février ; il a aidé à découvrir deux ou trois voleurs et a montré en ces occasions un tel degré d'habileté, en triomphant des difficultés qui pouvaient naître de son infirmité, qu'il a acquis une meilleure place dans la police de Slopperton et, naturellement, un plus fort salaire. Mais les affaires ont été tristes dernièrement, et Mr Joseph Peters, qui est ambitieux, n'a pas encore trouvé un terrain réellement convenable pour déployer ses talents.

— Il faudrait une bonne banque, rumine-t-il, ou une bonne fabrication de faux billets pour une valeur de dix mille livres au moins… Un brin de bigamie serait quelque chose de nouveau ; mais un joli cas d'empoisonnement pourrait faire ma fortune. Si ce petit-là était grand, pense-t-il intérieurement, comme l'élève de Kuppins pousse un cri d'une force inusitée, ses poumons feraient ma fortune. Mon Dieu, continue-t-il s'échauffant jusqu'à la métaphysique, je ne considère pas cet enfant comme un enfant, mais comme une voix.

La voix justement s'exerce alors avec beaucoup de puissance car Kuppins, dans un moment de tendresse imprudente, a régalé l'enfant trouvé avec la couenne laissée par Mr Peters, mets qui ne s'harmonisant pas avec son jeune gosier a causé cette teinte pourpre qui colore sa figure, avec une violence alarmante.

Mr Peters rumine longtemps et à la fin, faisant un signal d'avertissement à Kuppins, selon son habitude en entamant une conversation avec un claquement bruyant de son médium et de son pouce, commence ainsi :

— Il y a eu une boutique dévalisée à Halford's Heath et je dois m'y rendre pour faire quelques perquisitions dans le village ; voici ce que je veux faire avec vous : je vous prendrai vous et Bébé dans le cabriolet de Mr Vorkins. Il m'a dit qu'il me le prêterait toutes les fois qu'il me ferait plaisir de le lui demander. Et je veux vous régaler aux Jardins de la Rose des buissons.

Jamais le sale alphabet n'a façonné des mots aussi agréables. Une promenade dans le cabriolet de Mr Vorkins et les Jardins de la Rose des buissons. Si Kuppins avait été transportée par les fées et qu'elle se soit éveillée un matin en étant leur reine, je ne pense pas qu'elle aurait choisi une réjouissance plus élevée pour célébrer son avènement au trône.

Kuppins, durant les quelques mois de résidence de Mr Peters dans l'Éden intérieur du numéro 5 de la petite rue de Gulliver, a conquis une place importante dans les affections de Mr Peters. La propriétaire un peu mûre de l'Éden n'est rien à ses yeux en comparaison de Kuppins. C'est Kuppins qu'il consulte quand il donne les ordres pour son dîner, Kuppins dont il connaît l'œil infaillible pour choisir une tranche de mouton ou de porc, et dont le doigt est comme celui du destin pour décider si les harengs saurs sont tendres ou durs. C'est d'après les conseils de Kuppins qu'il achète quelque mystérieux vêtement pour Bébé, ou quelque prodigieuse merveille sous la forme de foulard ou de cravate pour lui. Et cette partie de thé dans un jardin, il l'a longtemps combinée comme une juste récompense de la fidélité de sa servante.

Mr Vorkins est un des chefs de la police active et la voiture de Mr Vorkins est une heureuse combinaison de la carriole d'un marchand de provisions pour chats, et du cabriolet d'un jeune homme d'il y a un demi-siècle, c'est-à-dire qu'elle a en partage les avantages de l'une, sans posséder les qualités de l'autre, mais Mr Peters la considère avec respect et elle est aux yeux de Kuppins un véhicule superbe et fashionable dans lequel le membre le plus distingué de la pairie monte avec orgueil et plaisir pour descendre la place de Waterloo.

Cette après-dînée de juin, à 14 heures, on voit le cabriolet de Mr Vorkins devant la porte du numéro 5 de la petite rue de Gulliver, contenant Kuppins coiffée d'un chapeau miraculeux et Bébé orné d'un bonnet prodigieux. Mr Peters, debout sur le pavé, donne un coup d'œil à la disposition de l'équipage et la jeune population de la rue admire le groupe.

— Ne pensez-vous pas que votre chapeau va trop charger la voiture, miss? demande un jeune disciple du célèbre Joe Miller[1], il est assez lourd, pourtant.

Miss Kuppins (elle est miss Kuppins dans son costume de dimanche) lance un coup d'œil de Parthe au jeune barbare et abaisse un voile vert qui, après l'enfant trouvé, fait son orgueil. Mr Peters, armé d'un fouet formidable, monte sur le siège à côté d'elle et lance la voiture, laissant la jeune population susdite dégorger son envie dans l'explosion d'une artillerie complète de jeux de mots.

1. Acteur anglais (1684-1738), auteur d'un très célèbre recueil de bons mots et d'histoires drôles intitulé *Joe Miller's Jest* (« Les Plaisanteries de Joe Miller »).

Le cabriolet de Mr Vorkins est un équipage de fée pour Kuppins et le vieux poney de Mr Vorkins un quadrupède enchanté dont les sabots ailés l'emportent loin de Slopperton qui apparaît comme un nuage de fumée, et qui bientôt disparaît complètement à ses yeux. Un quadrupède enchanté, au moyen duquel les faubourgs de Slopperton à la longue enfilade de maisons, les échafaudages, les terrains stériles à vendre par lots, les rues mal famées et la rivière noirâtre se confondent dans le lointain, et qui s'élance sur une route coupée par une large bruyère dont les ondulations montrent de féeriques mares d'eau bleue, dans le cristal profond desquelles les bonnes gens auraient pu contempler leur chétive beauté comme dans un miroir. C'est, en vérité, chose agréable que de rouler dans le cabriolet retentissant de Mr Vorkins à travers l'air pur du pays, embaumé par les senteurs des champs lointains de fèves de marais et de regarder derrière soi la fumée de Slopperton, semblable à un barbouillage noir dans le ciel bleu, d'être presque conduit à se demander comment, dans un pays aussi enchanteur et aussi délicieux, une vilaine tache comme Slopperton peut exister.

Le Jardin de la Rose des buissons est un lieu fréquenté par Slopperton dans les après-midi du dimanche et plusieurs savants qui habitent dans la grande cité n'hésitent pas à dire que les rosiers de ces jardins sont des arbrisseaux plantés par Sa Majesté Satanique et que la route sinueuse qui domine Halford's Heath, quoique bordée pour l'œil ignorant de ruisseaux aux eaux bleues et de fleurs sauvages aux douces odeurs, se déroule en réalité entre deux lacs de feu et de soufre. Quelques gentlemen, néanmoins, osent dire, des gentlemen cravatés de blanc, mais aussi des gentlemen bienvenus dans leurs fréquentes visites dans la demeure du pauvre, que

Slopperton peut aller à des endroits plus mauvais que le Jardin de la Rose des buissons et peut être entraîné à des actions plus coupables que de prendre du thé et du cresson de fontaine à neuf pence par tête. Mais, en dépit de toutes les divergences d'opinion, le Jardin de la Rose des buissons prospère et les bouches de Slopperton goûtent fort le thé, le pain et le beurre de la Rose des buissons. Mr Peters dépose sa jeune et belle compagne, avec le bébé dans ses bras, à la porte des jardins, après lui avoir donné ses indications pour commander deux thés et choisir une tonnelle, puis se dirige vers le village de Halford pour expédier ses affaires de service.

La commande des thés et le choix d'une charmille sont un travail agréable pour la belle Kuppins ; elle choisit une retraite rustique, recouverte comme d'un épais rideau vert par des tiges luxuriantes de houblon. Il faut la voir s'escrimer avec les perce-oreille et les araignées dans leur rustique demeure et dérouter définitivement ces insectes des nids de leurs parents. Mr Peters revient du village au bout d'une heure environ, suant et couvert de poussière mais tout triomphant de l'issue de l'affaire pour laquelle il y est allé, et avec une soif démesurée de thé à neuf pence par tête. Je ne sais si la Rose des buissons fait beaucoup de thés à neuf pence, mais je sais que le beurre, le pain et le cresson disparaissent devant l'agent et sa belle compagne comme par magie. Il est plaisant d'observer l'enfant trouvé durant cette fête champêtre. Il a été élevé au biberon, ou plus exactement à la cuiller et a été nourri de toute espèce de comestibles, depuis la bouillie farineuse, jusqu'aux biftecks, oignons, laitances de harengs saurs, sans parler des sucres d'orge, des couennes de jambon et des pattes d'écrevisses ; il a donc, à l'apparition des deux thés, porté immédiatement ses mains sur une botte de cresson et sur une tartine de beurre, essuyant en guise de préliminaire le côté beurré sur sa figure, ce qui lui donne l'aspect d'un enfant en sueur. Il livre aussi un assaut contre la tasse de thé bouillant de Mr Peters, mais se brûlant les mains il se réfugie dans le sein de Kuppins et fait éclater son indignation en cris terribles qui, au dire de l'agent de police, donnent de l'animation aux jardins. Après les deux thés, Mr Peters, accompagné de Kuppins et de l'enfant, fait le tour des jardins et regarde dans les tonnelles qui sont fort peu occupées par cet après-midi de semaine. L'agent se donne le plaisir de considérer une curieuse machine à jeu, dont les cases sont indiquées par des numéros et des noix de Barcelone, au moyen de laquelle on peut perdre trois pence et un demi-penny, sans avoir la possibilité de gagner la moindre chose. Il y a aussi un jeu de boule et une escarpolette sur laquelle Kuppins essaie de monter et qui se défait de la jeune femme en la faisant tomber en avant sur la figure au premier balancement.

Ayant épuisé les honnêtes récréations des jardins, Mr Peters et Kuppins retournent à leur charmille, et le gentleman reste à fumer sa pipe de terre et à contempler l'enfant avec une sérénité parfaite et un plaisir calme et délicieux à voir. Il y a autre chose que l'enfant dans l'esprit de Mr Peters, pendant cette soirée d'été, c'est la pensée du procès de Richard Marwood et la part qu'il y a prise à l'aide de son sale alphabet ; il songe peut-être au sort de Richard, un misérable fou, désespéré et incurable, emprisonné à vie dans un triste asile et se consolant dans ce lieu affreux par des idées extravagantes de grandeur imaginaire. Bientôt Mr Peters, avec le claquement préparatoire de ses doigts, demande à Kuppins si elle peut se souvenir de la vieille fable du lion et de la mouche.

Kuppins s'en souvient et elle commence à raconter avec volubilité comment un lion, qui avait une fois rendu un service à une mouche, se trouva pris lui-même dans un grand filet, et eut besoin d'un ami ; comment cette mouche insignifiante avait, par sa pure industrie et sa persévérance, accompli la délivrance du puissant lion. Quant à savoir s'ils vécurent heureux ensuite, Kuppins ne peut le dire, mais elle ne doute nullement qu'il en ait été ainsi ; cette fin étant la conclusion obligée de toute histoire, dans l'opinion de cette jeune fille.

Mr Peters se gratte violemment la tête pendant ce récit qu'il écoute la bouche arrondie et quand elle est finie il tombe dans une rêverie qui dure jusqu'au moment où les horloges de Slopperton sonnent 19 h 45, alors il pose sa pipe et part arranger le cabriolet de Mr Vorkins pour le retour au logis.

Des deux voyages, celui du retour est peut-être presque le plus agréable. Il semble à la jeune imagination de Kuppins que Mr Peters dirige le cabriolet de Mr Vorkins droit sur le soleil couchant qui disparaît dans une mer cramoisie, derrière une crête sombre de bruyère. Slopperton n'est encore visible que comme un nuage noir dans la pourpre du ciel. Cette route à travers la bruyère est déserte tous les soirs, excepté le dimanche, et la petite société ne rencontre qu'un groupe de faneurs qui revient de leur ouvrage ainsi que la robuste femme d'un fermier avec une charge d'épices, qui vient de Slopperton et se hâte de retourner à son logis. La soirée est calme, pas un bruit ne s'élève dans l'air transparent, excepté le dernier chant d'un oiseau, ou le craquettement de la cigale. Si Kuppins avait été avec toute autre personne, elle aurait peut-être été effrayée, car Kuppins a une idée vague que des apparitions telles que spectres et bandits sont communes le soir ; mais en compagnie de

Mr Peters, Kuppins affronterait sans pâlir un régiment de brigands ou un cimetière rempli de fantômes car n'est-il pas la loi et la police en personne, à l'ombre desquelles il ne peut y avoir aucune crainte? La voiture de Mr Vorkins avance rapidement vers le soleil couchant, quand Mr Peters se range et s'arrête irrésolu entre deux routes. Ces deux routes se rencontrent en un point un peu plus éloigné et les amateurs des promenades du dimanche qui traversent la bruyère prennent qui l'une, qui l'autre ; mais Mr Peters avançant toujours vers la ligne noire derrière laquelle le soleil rouge se couche prend celle de gauche, qui est la moins fréquentée, étant la plus étroite et la plus montueuse. Les champs stériles de la bruyère sont tout étincelants de l'éclat de l'ardente lueur cramoisie ; une alouette égarée et un rossignol hâtif font un duo, que semblent écouter les cigales en suspendant leurs stridulations. Une grenouille de disposition apparemment peureuse soutient un coassement timide dans un fossé sur le bord de la route, et à part ces voix on n'entend aucun bruit sous le ciel. Le paysage paisible et le calme de la soirée, en produisant une bénigne influence sur Kuppins, éveillent le sentiment du sommeil dans le sein de cette jeune fille.

— Mon Dieu, monsieur Peters, dit-elle, il est pénible de penser que, dans un endroit comme celui-ci, les gens de votre profession puissent être nécessaires ; je crois que si jamais j'étais poussée à voler et à assassiner quelqu'un, ce qui, je l'espère, ne m'arrivera jamais maintenant, connaissant mieux mes devoirs envers mes semblables, je crois, de façon ou d'autre, que cette soirée se représenterait à mon esprit et que j'entendrais le chant de ces oiseaux et verrais ce coucher de soleil, de sorte qu'il me serait impossible, de toute manière, de commettre un crime.

Mr Peters hoche la tête d'un air de doute : c'est un être bienveillant et philanthrope, mais il ne veut pas que sa profession soit décriée et le meurtre en est chose inséparable de son esprit, comme le pain l'est du fromage.

— Et savez-vous, continue Kuppins, qu'il me semble tout à fait difficile de croire que, dans ce monde si magnifique et si calme, il puisse se trouver un être assez misérable pour jeter une ombre sur la paix dont ce monde jouit.

Comme Kuppins dit ces mots, Mr Peters et elle sont surpris par la vue d'une ombre entre eux et le soleil couchant, l'ombre en travers de la route étroite figure la silhouette d'un homme endormi reposant sur un tertre à une petite distance devant eux. Il n'y a, certainement, rien qui pût effrayer beaucoup la plus timide personne, dans la vue d'un homme endormi, par une soirée d'été, sur la bruyère et les fleurs sauvages, mais quelque chose dans l'apparence de cet homme effraye Kuppins qui se serre plus près de Mr Peters et saisit l'enfant profondément endormi, l'enveloppe dans un châle et l'abrite dans son sein. L'homme est couché sur le dos, la face tournée vers le ciel et les bras allongés à ses côtés. Le bruit des roues du cabriolet de Mr Vorkins ne le réveille pas et, même quand Mr Peters se range avec une soudaine secousse, le dormeur ne lève pas la tête. Je ne sais pas pourquoi Mr Peters s'est arrêté, ou pourquoi lui ou Kuppins ont éprouvé une certaine curiosité pour cet homme endormi, mais le fait est qu'ils s'arrêtent. D'abord, il est vêtu tout à fait pauvrement mais cependant comme un gentleman et c'est peut-être une chose bizarre qu'un gentleman se soit endormi profondément dans un lieu aussi désert. Ensuite, il y a quelque chose dans son attitude, un manque d'aisance, une certaine roideur qui font un effet étrange à Kuppins et Mr Peters.

— Je voudrais qu'il remue, dit Kuppins, il paraît si affreusement tranquille, étendu là tout de son long dans cet endroit si solitaire.

— Appelle-le, ma fille, dit Mr Peters avec ses doigts.

Kuppins essaie de pousser un holà, mais elle ne peut y réussir, sur quoi Mr Peters donne un long coup de sifflet aigu, qui aurait, je crois, étourdi les sept dormeurs de la légende, s'il n'avait pu les réveiller. L'homme étendu sur le tertre ne bouge pas ; le poney, profitant de la halte, s'approche de la bruyère et commence à tondre l'herbe courte sur le bord du chemin, traînant ainsi le cabriolet de Mr Vorkins plus près du dormeur.

— Descends, mignonne, disent les doigts de l'agent, descends, ma petite, et jette un coup d'œil sur lui, car je ne puis quitter ce poney-là.

Kuppins regarde Mr Peters et Mr Peters regarde Kuppins, comme pour dire : « Et ensuite ? » Aussi Kuppins pour laquelle les lois des Mèdes et des Perses auraient été douces, comparées à l'ordre de Mr Peters, confie l'enfant à ses soins, descend de la voiture, monte sur le tertre et examine le corps toujours étendu.

Elle ne regarde pas longtemps, mais retournant rapidement vers Mr Peters, elle saisit son bras et dit :

— Je ne crois pas qu'il soit endormi, ses yeux sont ouverts, mais semblent regarder comme s'ils ne pouvaient rien voir : il a une petite bouteille dans la main.

Pourquoi Kuppins tient-elle si fortement serré le bras de Mr Peters tandis qu'elle dit cela ? Il serait difficile de le dire ; mais elle a saisi vigoureusement la manche de son habit et regarde derrière elle tandis qu'elle parle avec un visage pâle tourné vers ce visage plus pâle sous le ciel du soir. Mr Peters descend rapidement du cabriolet, attache le vieux poney à un genêt épineux et, montant sur le tertre, procède à l'inspection de la figure endormie. Le visage calme et pâle a les yeux levés vers la lumière cramoisie se fondant en un pourpre sombre dans l'immensité du ciel, mais l'ombre ou la lumière terrestre, le matin ou le soir, le calme ou la tempête ne doivent plus jamais être de quelque valeur pour cette figure paisible dans la bruyère. Comment cet individu est-il là, ou comment y est-il venu? Cela fait partie de ce grand mystère dont les ténèbres l'enveloppent: la mort. Il a évidemment péri par le poison administré de sa propre main car dans l'herbe, à côté de lui, se trouve une fiole vide, étiquetée opium, sur laquelle reposent ses doigts effilés, ne la serrant pas, mais étendus comme s'ils étaient tombés sur elle. Ses vêtements sont complètement imbibés d'humidité, ce qui laisse présumer qu'il est resté là pendant l'orage de la nuit précédente. Une montre d'argent se trouve dans la poche de son gilet, et Mr Peters, en l'examinant, découvre qu'elle s'est arrêtée très vraisemblablement à 22 heures la nuit précédente. Son chapeau a été emporté à une petite distance et sa chevelure blonde et bouclée tombe en mèches humides sur son front blanc et élevé. Son visage est beau, les traits en sont bien dessinés, mais les joues creuses et pendantes font paraître plus grands ses grands yeux bleus.

Mr Peters, en examinant les poches, ne trouve aucune preuve de son identité; un mouchoir, un peu d'argent, quelques demi-pence et un canif enveloppé dans une feuille de grammaire latine déchirée sont les seuls objets qu'elles renferment.

L'agent réfléchit quelques instants, la bouche tournée d'un côté, et puis grimpant sur un des monticules les plus élevés près de lui, jette les yeux sur le pays environnant. Il aperçoit bientôt un groupe de faneurs à une petite distance, dont il attire l'attention d'un coup de sifflet. Kuppins lui sert d'interprète pour communiquer ses ordres à ces hommes et deux des plus grands et des plus robustes prennent le cadavre par la tête et les pieds, et le transportent, après en avoir couvert le visage froid et livide du châle de Kuppins. On est éloigné de deux milles de Slopperton et ces deux milles[1] ne sont en aucune façon agréables à parcourir pour Kuppins, assise dans le cabriolet de Mr Vorkins, avec Mr Peters qui conduit lentement pour garder le même pas que les hommes chargés de leur funèbre fardeau. Le châle de Kuppins, qui naturellement ne servira plus désormais comme châle, n'est pas suffisant pour cacher les contours saillants de la face qu'il couvre ; quant à Kuppins, elle a vu ces yeux bleus et les voir une fois c'est les voir toujours, pense-t-elle. Le triste convoi s'arrête enfin au bureau de police où les hommes déposent leur charge funèbre et, après avoir été payés pour leur peine, ils se retirent enchantés. Mr Peters est assez occupé pendant l'heure qui suit à faire un rapport de la découverte du cadavre et à rédiger un certificat de décès.

Kuppins et l'enfant trouvé se retirent à la petite rue de Gulliver et s'il y eut jamais une héroïne dans cette rue, cette héroïne est Kuppins ; on vient de trois rues plus loin pour la voir et pour entendre l'histoire qu'elle raconte si souvent qu'elle en vient à la fin à la raconter machinalement et à la rendre légèrement obscure par le vague de sa ponctuation.

Tout ce que Kuppins peut désirer pour souper, et deux ou trois douzaines de repas sont mis à son service, si elle veut condescendre à les partager et son règne d'héroïne principale ne finit qu'à l'apparition de Mr Peters, le héros, arrivant au logis couvert de sueur et de poussière, pour leur dire, dans son alphabet, horriblement sali par

1. Environ trois kilomètres.

les fonctions qu'il vient de remplir, que l'homme mort a été reconnu pour être le sous-maître principal d'une grande institution située à l'autre extrémité de la ville, et que son nom est ou a été Jabez North. Le motif qui l'a poussé au suicide, il l'a emporté avec lui dans la sombre et mystérieuse région dans laquelle il s'est lancé volontairement, et Mr Peters, dont l'affaire est de fouiller dans les confins de ce pays ténébreux, impuissant à pénétrer dans l'intérieur, peut seulement saisir quelques rumeurs qui signalent, comme cause de cette fin prématurée, l'amour ambitieux du jeune homme pour la fille de son maître.

Quel secret l'homme a-t-il emporté dans la tombe, qui le dira ? Un seul individu, peut-être, connaît ce que Mr Peters même, avec son extrême perspicacité, ne peut découvrir.

16
Le sous-maître abandonne sa place

Le jour même où Mr Peters régale Kuppins et l'enfant trouvé de thé et de cresson de fontaine, le docteur Tappenden et Jane sa fille retournent à leurs dieux lares à Slopperton.

Qui décrira le cérémonial et le vacarme déployés à la réception de ce grand dignitaire, le maître de la maison? Il a annoncé son retour par le train qui arrive à Slopperton à 18 heures et, à cette même heure, une table à thé bien servie est dressée dans l'étude, cette terrible pièce dans laquelle les petits écoliers entrent les yeux rouges et les joues pâles et de laquelle ils sortent avec des couleurs charmantes, grâce à un procédé particulier aux maîtres d'école qui désirent ne pas gâter l'enfance. Mais nul fantôme des bastonnades du temps passé, nulle plainte enfantine du pays des ombres, quoique le petit Allecompain, mort et parti pour l'autre monde, ait reçu maintes corrections dans cette même salle, ne hantent le sanctuaire du docteur; un appartement vraiment gai, chaud en hiver et frais en été, magnifiquement meublé en tout temps. La théière en argent réfléchit le soleil couchant; elle réfléchit aussi Sarah Jane mettant la table qui, sens dessus dessous, n'offre pas un bien bel objet de réflexion, l'image tendant à s'affaisser ou à s'allonger, suivant qu'elle voltige aux environs du service à thé.

Beurre d'anchois, gâteaux lourds, marmelade écossaise et pain de fantaisie, tout semble appeler à grands cris l'arrivée du docteur et de sa fille pour commencer le massacre ; mais la crainte, malgré tout, agite le cœur de la gouvernante à mesure que l'heure de cette arrivée approche davantage. Comment expliquer l'absence de son factotum ? Qui la lui apprendra ?

Tout le monde est certainement innocent, mais dans le premier accès de sa fureur, l'avalanche de colère du docteur ne peut-elle pas dans sa chute tomber sur l'innocent ? Miss Smithers, cette divinité qui préside aux effets des jeunes gentlemen, tient en outre les clés des diverses armoires et du buffet, elle est chargée des fonctions redoutables et délicates se rattachant au thé, au sucre et aux notes du boucher et est considérée par tous les fonctionnaires de l'établissement, depuis le cuisinier jusqu'au garçon découpeur, comme étant la personne qui doit naturellement faire l'annonce effrayante de la disparition inexplicable de Mr Jabez North. Aussi, quand le docteur et sa fille sont descendus de la voiture qui les a transportés de la gare avec leurs bagages, miss Smithers voltige timidement autour d'eux, dans l'attente d'un moment favorable.

— Comment vous êtes-vous portée, miss ? À vous voir, je pourrais dire parfaitement, en vérité, car je ne vous ai jamais vu meilleure figure, dit miss Smithers avec enthousiasme, tandis qu'elle ôte le châle des charmantes épaules de miss Tappenden.

— Merci, Smithers, je vais mieux, répond la jeune fille d'un air de languissante condescendance.

Miss Tappenden, avec la prétention de ne jamais vouloir s'occuper d'elle, est toujours à se plaindre et passe son existence à respirer des sels et de l'eau de lavande, et à lire trois volumes d'une bibliothèque itinérante par jour.

— Et comment, demande la voix grave du silencieux docteur, comment tout se passe-t-il ici, Smithers?

Pendant ce temps ils se sont assis autour du thé et le savant Tappenden est en train de mettre cinq morceaux de sucre dans sa tasse, tandis que la belle Smithers fait attendre sa réponse.

— D'une façon tout à fait satisfaisante, assurément, dit cette jeune fille, dont l'embarras devient très grand, d'une façon tout à fait satisfaisante, monsieur, pour le moins que…

— Qu'entendez-vous par pour le moins que, Smithers? demande impatiemment le docteur. En premier lieu, ce n'est pas correct, et en second lieu, cela sonne comme l'annonce de quelque chose de désagréable. Pour l'amour de Dieu, Smithers, allez vite et droit au but; un malheur est-il arrivé, quel est-il, et pourquoi n'en suis-je pas informé?

Smithers, désespérant de pouvoir répondre à ces trois questions à la fois, ce dont elle doit sans aucun doute être capable ou le docteur ne les lui aurait pas adressées, balbutie:

— Mr North, monsieur!

— «Mr North, monsieur!» Eh bien quoi, «Mr North, monsieur»? À propos, où est Mr North? Pourquoi n'est-il pas ici pour nous recevoir?

Smithers touche à son but et elle continue ainsi:

— Mr North, monsieur, n'est pas rentré la nuit dernière, monsieur; nous avons veillé pour l'attendre jusqu'à une heure, la nuit dernière de ce matin, monsieur.

L'orage qui s'amasse sur la figure du docteur rend à chaque instant le langage de Smithers plus incorrect.

— Il n'est pas rentré la nuit dernière? Il n'est pas revenu à mon établissement à 22 heures, comme je l'ordonne à toute personne employée par moi? s'écrie le docteur effaré.

— Non, monsieur, ni même ce matin, ni encore cet après-midi, monsieur, et les élèves américains ont regardé dehors par la croisée et ont continué de le faire, monsieur, quoique nous n'ayons cessé de leur dire de se retirer, jusqu'à ce que nous en eussions la voix enrouée, monsieur.

— La personne à qui j'ai confié le soin de mes élèves, abandonnant son poste et mes élèves regardant dehors par la croisée ! s'exclame le docteur Tappenden du ton d'un homme qui dirait : « La gloire de l'Angleterre n'est plus ; vous ne voudrez peut-être plus le croire, mais cela est. »

— Nous ne savions que faire, monsieur, et aussi, avons-nous pensé que nous n'avions rien de mieux à faire, continue Smithers égarée, en pensant que vous veniez aujourd'hui, que de laisser aller l'affaire jusqu'à votre retour : vous plairait-il, monsieur, de prendre quelques œufs frais ?

— Des œufs, dit le docteur ; des œufs frais, sortez, Smithers. Il y a quelques mesures à prendre immédiatement ; ce jeune homme était mon bras droit et je lui aurais confié des sommes inouïes ou même, ajoute-t-il, mon carnet de chèques.

En prononçant les mots carnet de chèques, il pose instinctivement sa main sur la poche qui contient ce précieux volume ; mais il se rappelle bientôt qu'il a usé la dernière et unique feuille à faire un chèque pour solder la note de la demi-saison d'été du boucher et qu'il a dans son bureau un nouveau livre intact. Ce bureau est toujours dans l'étude et le docteur donne un coup d'œil involontaire dans sa direction.

C'est un très beau meuble, sévère comme le docteur lui-même, en bois de noyer brillant et recouvert de maroquin vert foncé, avec une échancrure pour les genoux du docteur, et muni de chaque côté de deux rangées de tiroirs à poignées de cuivre et à serrures de Bramah[1]. Le tiroir du milieu sur le côté gauche contient un tiroir interne secret et le docteur jette ses yeux sur la serrure car ce compartiment contient son nouveau chéquier. Le bois de noyer qui l'entoure semble un peu endommagé. Le docteur pense qu'il peut aussi bien se lever et l'examiner, et une inspection plus rapprochée lui montre la poignée de cuivre légèrement tordue, comme si une main vigoureuse avait altéré sa forme. Le docteur, saisissant la poignée pour la redresser, tire le tiroir et verse son contenu sur le parquet ; il fait de même pour le tiroir intérieur et avec tous les objets renfermés fait tomber le carnet de chèques dont les trois premières feuilles sont déchirées.

— Ainsi, dit le docteur, cet homme qui avait toute ma confiance a ouvert mon bureau avec effraction et ne trouvant pas d'argent il a pris des chèques en blanc, dans l'espoir de pouvoir contrefaire ma signature. Dire que je ne connaissais pas cet homme !

Dire que vous ne le connaissiez pas, docteur, vous pouvez dire aussi, qu'à ce moment même, peut-être, vous ne savez pas la moitié de ce qu'il a été capable de faire.

Mais il est temps d'agir et non de réfléchir ; le docteur part donc vers la gare, et envoie une dépêche télégraphique à ses banquiers pour faire opposition à tous les billets présentés avec sa signature et pour en faire arrêter immédiatement le porteur. De la gare il court en transpirant avec un manque total de dignité, jusqu'au bureau de police pour faire ouvrir une enquête sur l'absence

1. Joseph Bramah, mécanicien et inventeur anglais (1748-1814). Considéré comme le père de l'hydraulique industrielle, on lui doit notamment la serrure à pompe, dite serrure de sûreté.

de Jabez, puis retourne chez lui, remplissant de terreur l'esprit de sa gouvernante et même de sa fille, la charmante Jane qui prend une dose supplémentaire de sels et se met au lit pour lire *Lady Clarinda, ou les Malheurs de Belgravia*[1].

Le crépuscule en grandissant amène un message télégraphique des banquiers qui annonce que trois billets de mille livres chacun ont été présentés et encaissés à 11 heures, par un gentleman, ayant un cabriolet et un laquais. À la suite de cette dépêche, il en vient une autre du bureau de police, annonçant qu'un cadavre a été trouvé dans Halford Heath, répondant à la description de l'individu absent.

Le chef d'institution effaré se hâte d'aller au bureau et reconnaît d'un coup d'œil les traits de son ex-assistant. On lui montre le contenu de la poche du mort et la fiole vide avec l'étiquette significative. Non, nulle autre main que celle du professeur ne peut avoir ouvert le bureau dans l'étude et la réputation de l'infortuné jeune homme est impliquée dans d'étranges coïncidences. Mais le motif de son suicide? Il est expliqué par une lettre des plus touchantes écrite de la main du défunt, et retrouvée dans son pupitre. Elle est adressée au docteur et exprime une vive reconnaissance pour les bontés passées de ce digne gentleman et signale obscurément un attachement sans espoir pour sa fille qui fait de l'existence de l'auteur un fardeau trop lourd pour qu'il puisse le supporter. Du reste, Jabez North a passé un seuil, au-delà duquel les recherches les plus hardies et les plus minutieuses peuvent difficilement le suivre. Aussi emporte-t-il avec lui son petit secret dans le pays du grand mystère.

---

1. Belgravia est considéré comme le quartier le plus riche et le plus huppé de Londres. Belgrave Square, que nous rencontrerons plus tard, en est la place centrale.

Il y a naturellement une enquête, à laquelle prennent part les deux pharmaciens différents qui lui ont vendu du laudanum la nuit précédant sa disparition. Un autre pharmacien déclare lui avoir vendu, un jour ou deux auparavant, une bouteille de teinture brevetée pour les cheveux, une composition vénéneuse, mais avec laquelle il ne pouvait assurément avoir songé à s'empoisonner.

La police de Londres est en défaut pour suivre les traces du porteur des billets et le docteur Tappenden annonce par un avis inséré dans les journaux de Slopperton « que la rentrée de ses élèves aura lieu le 27 juillet ».

LIVRE TROISIÈME

UNE SAINTE INSTITUTION

17
La valeur d'une lorgnette d'opéra

Paris ! Cité d'élégance, de plaisir, de beauté, d'opulence, de distinction, de talent en un mot de toutes les gloires de la terre. Cité de palais qui ont vu sourire La Vallière et ricaner Scarron ; sous les lambris desquels ont résonné les échos de la voix de Bossuet que tous les fous du monde venaient entendre avant de s'en aller en larmes, uniquement pour oublier le lendemain ce qu'ils avaient entendu la veille. Glorieuse cité dans laquelle un bon mot est plus fameux qu'une bonne action ; qui est plus riche en souvenirs de Ninon de Lenclos qu'en souvenirs de Jeanne d'Arc, cité pour laquelle Beaumarchais a écrit et Marmontel moralisé ; que l'Écossais John Law infecta d'une folie furieuse dans ces jours heureux où le joyeux et facile Philippe d'Orléans, bon vivant accompli, était régent de France ; Paris que le jeune Arouet, plus tard Voltaire, gouverna à la baguette avec les mordantes saillies qu'il faisait retentir au loin dans sa retraite de Ferney. Paris, dans lequel Mme du Deffand termina ses années si pénibles, si tristes, si ennuyées, si railleuses en tenant un salon, et se querellant avec Mlle de l'Espinasse, ou en correspondant avec Horace Walpole, ce cher Horace qui parlait de ces brillantes dames françaises comme de femmes qui négligeaient tous les devoirs de la vie et donnaient de très jolis soupers.

Paris, dans lequel Bailly harangua et Mmc Roland rêva, dans lequel Marie-Antoinette se livra au désespoir et l'aimable princesse Élisabeth finit sa sainte vie, dans lequel le fils de Saint Louis affronta avec calme le tranchant rouge de cette terrible machine inventée par le charitable docteur, en vue de faire du bien à ses semblables. Cité, dont les murs virent trembler et suspecter le bilieux Robespierre et sous les ombres de laquelle les glorieux vingt-deux allèrent à la mort la main dans la main, en chantant l'hymne de la liberté. Paris, se réjouissant à la victoire de Marengo et lançant des salves joyeuses aux victoires de Lodi, d'Arcole, d'Austerlitz, d'Averstadt et d'Iéna. Paris, qui prit le deuil après Waterloo et ouvrit ses bras, après de pénibles années d'attente, pour conserver dans son sein les cendres de l'empereur de son choix; Paris, le merveilleux, Paris, la superbe, cité dorée dont les rues sont une suite de palais, merveilles de splendeur et d'art. Est-il possible que, sous cette myriade de toits, il existe de ces incidentes bagatelles, telles que la misère, la famine, le vice, le crime et la mort? Non, nous n'approfondirons pas la question, nous entrerons tout de suite dans un des temples les plus encombrés par la foule, dont la déesse s'appelle Plaisir, Élégance, Folie et Oisiveté. Transportons-nous tout de suite aux stalles de l'opéra.

La salle est bondée d'élégance et de beautés. De brillants uniformes étincellent dans le fond des loges et foisonnent dans le parterre encombré. Le roi citoyen est là, non pas le roi de France, un titre aussi mesquin ne lui convient pas, il ambitionne celui de roi des Français. Son trône est basé, non sur une étendue de pays, mais sur les cœurs vivants de son peuple. Cela n'est peut-être pas bâti sur des fondations bien solides, mais en 1838, tout est prospère pour Louis-Philippe et son heureuse famille.

Au premier rang des stalles, près de l'orchestre, un grand jeune homme flâne avec sa lunette d'opéra à la main. Il est beau, très élégant et vêtu avec le goût le plus parfait de la dernière mode, sa chevelure noire est bouclée autour de son front blanc et délicat, ses yeux sont d'un bleu brillant, ombragés par des cils plus clairs que ses cheveux et mélangés d'or ; une moustache noire et épaisse cache presque sa bouche mais révèle parfois sa mince lèvre inférieure et une rangée de dents d'une blancheur éclatante. Son nez est délicat et aquilin et l'ensemble de ses traits porte le cachet aristocratique. Il est seul cependant et, parmi la foule des personnes élégantes et distinguées qui l'entourent, pas une ne se retourne pour lui parler. Sa main blanche repose négligemment sur le dossier de la stalle qu'il occupe, tandis qu'il regarde autour de la salle en essuyant nonchalamment sa lorgnette. Son attention est bientôt attirée par la conversation de deux messieurs qui sont près de lui, et sans avoir l'air de les écouter, il ne perd pas une de leurs paroles :

— La princesse espagnole est-elle ici ? demande l'un.

— Qui, la nièce du marquis, la jeune fille qui a cette immense propriété en Amérique espagnole ? Oui, elle est dans la loge voisine de celle du roi ; ne voyez-vous pas ses diamants ? Ils étincellent suffisamment pour mettre le feu aux rideaux de sa loge.

— Elle est immensément riche, alors ?

— C'est un Eldorado. Le marquis de Cévennes n'a pas d'enfants et toute sa fortune reviendra à la jeune fille ; sa propriété d'Amérique espagnole lui vient de sa mère, elle est orpheline, comme vous savez, et le marquis est son tuteur.

— Elle est belle, mais il y a un peu trop du démon dans ses grands yeux noirs en amande et dans cette petite bouche mutine. Quelle fortune pour un intrigant aventurier !

— Un aventurier. Valérie de Cévennes la proie d'un aventurier ! Montrez-moi l'homme capable de la conquérir, sans une fortune et un rang égal au sien, et je vous dirai que vous avez trouvé la huitième merveille du monde.

Les yeux de l'auditeur brillent d'un éclat étrange et, levant sa lorgnette, il regarde attentivement pendant quelques instants autour de la salle, puis fixement du côté de la loge voisine de celle occupée par la famille royale.

La beauté espagnole est, en vérité, une splendide créature ; une beauté aux formes superbes et au teint admirable, mais elle a un air de hauteur et de résolution dans tous les traits de son visage. Un homme de cinquante ans est assis à côté d'elle et derrière son fauteuil se tiennent deux ou trois personnages aux poitrines chamarrées de broderies et de décorations. Ils lui adressent la parole mais elle prête peu d'attention à leurs discours ; si elle répond, c'est par un mot ou par une inclinaison de sa tête altière qu'elle ne daigne pas tourner de leur côté. Elle ne cesse de tenir les yeux fixés sur le rideau qui bientôt se lève sur *La Sonnambula*[1], le rôle d'Elvino est chanté par le grand artiste du jour, un jeune homme dont la magnifique voix et le beau visage font fureur dans le monde musical. On raconte plusieurs versions sur son origine. Les uns disent qu'il était cordonnier au départ, les autres qu'il était fils d'un prince. Il a, quoi qu'il en soit, réalisé une fortune à vingt-sept ans et peut se permettre de rire de ces histoires. L'opéra commence et l'excellente lunette du flâneur des stalles lui trans-

1. Opéra de Vincenzo Bellini (1831).

met les moindres changements du visage de Valérie de Cévennes. Elle apporte d'abord un vague tressaillement et puis un serrement plus prononcé de ses lèvres minces à l'apparition d'Elvino, les yeux du flâneur s'attachent plus fortement, si c'est possible, qu'auparavant sur la figure de la beauté espagnole. Bientôt Elvino chante son grand morceau, le reproche passionné à Amina de son mensonge imaginaire. Au moment où la salle entière applaudit à la fin de la scène, le bouquet de Valérie tombe aux pieds d'Amina. Elvino le prend et le présente à la chanteuse, pendant qu'il agit ainsi, la lunette du flâneur, qui s'est retournée vers le théâtre plus rapidement que le bouquet n'est tombé, surprend un mouvement si rapide qu'il pourrait passer pour un exploit d'escamoteur. Le grand ténor a retiré un billet du bouquet. Le flâneur intercepte le regard de triomphe lancé sur la loge voisine de celle du roi, bien qu'il soit rapide comme l'éclair, il voit le petit morceau de papier chiffonné dans sa main et, après un long et dernier regard sur le front hautain et les lèvres immobiles de Valérie de Cévennes, il abaisse sa lorgnette.

« Cela vaut quinze guinées, se dit-il à lui-même ; cette jeune fille peut commander à ses yeux, ils n'ont pas d'éclair qui les trahisse, mais ces lèvres minces ne peuvent taire un secret à un homme doué d'une dose convenable d'intelligence. »

Quand l'opéra est terminé, le flâneur des stalles quitte sa place de l'orchestre et se promène devant la porte du théâtre, malgré la rigueur de l'hiver. Il s'est peut-être amouraché d'une charmante coryphée, charmante dans tout son éclat de couches de blanc et de rouge et encore cela ne peut être, car il serait resté dans sa stalle ou aurait voltigé sur les côtés de la scène, car le ballet n'est pas fini. Deux ou trois équipages appartenant aux premiers chanteurs attendent à la porte du théâtre ; bientôt un homme de haute taille à la tournure élégante, enveloppé dans un large pardessus, sort ; un groom ouvre la portière d'un petit *brougham*[1] bien équipé, mais le gentleman dit :

— Non, Farée, vous pouvez rentrer, je marcherai.

— Mais, monsieur, représente le laquais, monsieur ne sait pas qu'il pleut.

Monsieur répond qu'il sait qu'il pleut, mais qu'il a un parapluie et qu'il préfère marcher. Le *brougham* se retire avec le désolé Farée, qui va se consoler dans un café, où il joue à l'écarté avec un jeu de cartes qui ressemblent à du papier qui a servi à faire des papillotes et qui sont tout aussi transparentes que graisseuses.

Le spectateur des stalles, immobile dans l'ombre, entend ce petit dialogue et s'aperçoit aussi, à la lueur des lanternes de voiture, que le gentleman en pardessus n'est autre que le héros de l'opéra. Le flâneur semble également indifférent à la pluie et avoir la fantaisie de marcher ; car, lorsque Elvino traverse la chaussée et s'engage dans une rue opposée, le flâneur le suit. La nuit est noire, il tombe une pluie fine ; une nuit faite en aucune façon pour tenter un jeune dandy à braver tous les désagréments et les périls d'un pavé boueux et du trop-plein des gouttières ; mais ni Elvino, ni le flâneur ne semblent se soucier de la boue et de la pluie, car ils traversent plusieurs rues d'un pas rapide… le flâneur toujours à une petite distance derrière et dans l'ombre. Son pas est léger et n'éveille aucun bruit sur le pavé mouillé, aussi le ténor à la mode n'a aucun soupçon d'être suivi. Il entre bientôt dans une rue retirée mais aristocratique, d'un quartier solitaire de la ville. Le fracas éloigné des voitures et les pas d'une patrouille de gendarmes sont les seuls bruits qui rompent le silence. On ne voit dans cette large

1. Petit équipage pour deux personnes assez luxueux.

rue d'autre être vivant que les deux individus. Robert se retourne pour regarder autour de lui, ne voit personne et continue son chemin jusqu'à ce qu'il arrive à un hôtel au coin de la rue, entouré d'un mur élevé avec de grandes grilles et une loge de portier.

Détaché de l'habitation et presque caché dans un angle du mur, s'élève un petit pavillon, dont les croisées donnent sur une cour ou des jardins intérieurs ; attenant à ce pavillon se trouve une porte étroite et basse en chêne sculpté, garnie de gros clous de fer et presque cachée dans l'épaisse maçonnerie du mur qui l'abrite. L'habitation était autrefois un couvent et est aujourd'hui la propriété du marquis de Cévennes. Elvino, après avoir jeté un coup d'œil de tous les côtés dans la rue faiblement éclairée, approche de cette entrée et, en se penchant sur le trou de la serrure, siffle doucement trois mesures d'une mélodie de *Don Giovanni*, « La ci darem la mano ».

— Ainsi, dit le flâneur se tenant dans l'ombre de la maison qui fait face, nous pénétrons plus profondément dans le mystère ; le rideau est levé et la pièce va commencer.

Les horloges de Paris sonnent 23 h 30 et la petite porte tourne sur ses gonds, une faible lumière dans la cour intérieure tombe sur la figure d'Elvino. Cette clarté vient d'une lampe tenue par la main d'une jeune fille élégamment vêtue qui a ouvert la porte.

— Ce n'est pas la femme que je croyais, cette Valérie, dit le flâneur, ou elle aurait ouvert la porte elle-même. Elle a fait de sa femme de chambre sa confidente : une faute qui prouve ou sa stupidité ou son inexpérience. Elle n'est pas stupide, sa figure dément cette supposition ; inexpérimentée alors : cela n'en vaut que mieux.

Pendant que le guetteur se fait ces réflexions, Elvino passe la porte en se baissant et la lumière disparaît.

— Ceci doit être un mariage secret ou quelque chose de pire, murmure le flâneur. Difficile de croire cette dernière chose. Elle a le visage d'une femme capable d'une folie, mais non d'une dégradation. Le visage d'une Phèdre plutôt que celui d'une Messaline. J'ai vu assez de la pièce ce soir.

18
Il travaille dans les ténèbres

De bonne heure, le matin du jour suivant, un gentleman sonne à la porte de l'hôtel du marquis de Cévennes et s'adresse au concierge en ces termes :

— La femme de chambre de Mlle Valérie de Cévennes serait-elle visible à cette heure matinale ?

Le concierge ne le pense pas ; il est vraiment tôt, seulement 8 heures, Mlle Finette ne paraît pas avant 9 heures ; la toilette de sa maîtresse est généralement terminée vers 11 heures ; après, le concierge pense que Monsieur pourra voir Mlle Finette, avant, il ne le pense pas.

L'étranger le récompense de ce précieux renseignement avec une pièce de cinq francs ; il est vraiment précieux pour l'étranger, qui n'est autre que le flâneur de la nuit dernière, de découvrir que le nom de la jeune fille qui tenait la lampe est Finette. Le flâneur semble avoir aussi peu à faire dans cette matinée que dans la soirée de la veille car il s'appuie contre la porte d'entrée, la canne à la main et un cigare à moitié consumé dans sa bouche, il lève les yeux sur l'habitation du marquis avec une paresseuse indifférence.

Le concierge, favorablement disposé par la pièce de cinq francs, est porté à la causerie.

— Une vieille construction magnifique, dit le flâneur, les yeux toujours levés sur la maison, dont chaque croisée est fermée par des jalousies d'un vert foncé.

— Oui, une vieille construction magnifique; elle est dans la famille du marquis depuis quatre cents ans, mais elle a été mutilée dans la première révolution. Monsieur peut apercevoir les ravages du canon dans les ornements de pierre.

— Et le pavillon à gauche, avec ses vitraux colorés et ses décorations gothiques: un petit édifice plus extraordinaire, dit le flâneur.

— Ah! monsieur l'a remarqué! Il est bien plus moderne que la maison, sa construction date seulement du règne de Louis XV; il fut élevé par un vieux marquis libertin qui donnait des soupers dans lesquels les convives avaient coutume de faire sauter le champagne par les fenêtres et de lapider les domestiques dans la cour avec les bouteilles vides. C'est certainement une petite habitation très curieuse; mais, monsieur voudrait-il savoir quelque chose de plus curieux?

— Monsieur déclare qu'il est entièrement disposé à entendre tout ce que le concierge voudra bien avoir la bonté de lui dire.

Il lance ces mots, en allumant un nouveau cigare avec une indifférence d'homme bien élevé, tout à fait aristocratique, et qui pourrait même le faire passer pour un rejeton de la noble famille de Cévennes.

— Alors, continue le concierge, monsieur doit savoir que la hautaine, la noble, la belle Mlle Valérie a mis dernièrement dans son aristocratique cervelle d'occuper ce pavillon en compagnie seulement de sa femme de chambre, Finette, préférablement à ses magnifiques appartements que monsieur peut apercevoir là-bas au premier étage de l'hôtel, une rangée de dix croisées. Monsieur ne trouve-t-il pas cela vraiment extraordinaire?

— Pas trop. Les jeunes filles ont d'étranges caprices.

Monsieur ne se permet jamais d'être surpris de la conduite d'une femme, car sans cela il passerait sa vie dans un état de continuel étonnement. Le concierge est parfaitement d'accord avec monsieur, il est marié.

— Et monsieur? se hasarde-t-il à demander avec un mouvement de tête interrogatif.

Monsieur répond qu'il n'est pas encore marié. Quelque chose dans les manières de monsieur engage le portier à dire :

— Mais monsieur a peut-être un mariage en vue?

Monsieur retire son cigare de sa bouche, lève ses yeux bleus, jette un long et contemplatif regard sur la magnifique demeure en face de lui et puis répond avec une nonchalance aristocratique :

— Peut-être. Ces Cévennes sont immensément riches?

— Immensément, à millions.

Le concierge ne peut lever ses sourcils et ses épaules assez haut pour exprimer l'étendue de la fortune des de Cévennes.

Le flâneur tire son portefeuille, écrit quelques lignes et, déchirant le feuillet, le donne au portier en lui disant :

— Voulez-vous me faire le plaisir, mon cher ami, de remettre ceci à Mlle Finette, à la première occasion. Vous n'avez pas été toujours marié et vous pouvez comprendre, par conséquent, qu'il conviendra de remettre mon petit billet secrètement.

Rien ne peut surpasser l'intensité de finesse de l'œil du concierge, tandis qu'il se charge du billet, l'étranger lui signifie un froid bonjour et s'éloigne.

— Un marquis au moins, dit le concierge ; oh! mademoiselle Finette, ce n'est pas pour rien que vous portez des robes de satin noir, une montre d'or et une chaîne.

Le flâneur est doué d'ubiquité en cette journée d'hiver ; à 15 heures, il est assis sur un banc du Jardin des

Plantes et fume un cigare. Il est vêtu comme auparavant à la dernière mode parisienne ; mais sa redingote est entrouverte à la partie supérieure de la poitrine et laisse voir une cravate négligemment attachée, d'un bleu éclatant particulier.

Une jeune personne, du type femme de chambre, trottant gentiment aux environs est apparemment attirée par cette cravate bleue, car elle papillonne pendant quelques instants autour du banc et vient ensuite s'asseoir à l'une de ses extrémités, aussi loin que possible du flâneur indifférent, qui n'a pas une seule fois lancé sur elle le froid regard de ses yeux bleus.

Son cigare est près d'être fini, il attend qu'il le soit entièrement, puis, en jetant le bout, il dit, en regardant à peine du côté de sa voisine :

— Mademoiselle Finette, je présume.

— Elle-même, monsieur.

— Alors peut-être, mademoiselle, puisque vous avez bien voulu m'accorder la faveur d'une entrevue et que l'affaire dont j'ai à vous parler est d'une nature expressément secrète, voudrez-vous bien aussi condescendre à vous rapprocher un peu plus de moi ?

Il dit ces mots, sans paraître la regarder et en allumant un autre cigare. C'est évidemment un fumeur effréné et il caresse son cigare en examinant sa lueur rouge et sa fumée bleue comme si c'était l'esprit familier à l'aide duquel il peut combiner de merveilleuses déductions, et sans lequel il serait peut-être impuissant. Mlle Finette le considère avec une grande surprise et une non moindre indignation, mais elle lui obéit et vient s'asseoir à côté de lui.

— J'espère que monsieur croira que je n'aurais jamais consenti à lui accorder une entrevue si je n'avais été assurée que…

— Monsieur vous épargnera, mademoiselle, la peine de dire pourquoi vous êtes venue ici, alors qu'il lui suffit que vous y soyez. Je n'ai rien à faire, mademoiselle, soit avec vos motifs, soit avec vos scrupules ; je vous ai dit dans mon billet que je vous priais de me rendre un service pour lequel j'étais disposé à vous payer magnifiquement ; que d'un autre côté, si vous ne vouliez pas consentir à me rendre ce service, j'avais en mon pouvoir les moyens de vous faire renvoyer de votre place. Votre présence ici est une déclaration tacite de votre consentement à me servir. En voilà beaucoup trop et un plus long préambule est inutile ; maintenant à l'affaire.

Il semble effacer ce préambule, comme il écarte, avec un mouvement de sa petite main, le nuage bleu de la fumée de son cigare. La femme de chambre, entièrement subjuguée par des manières qui sont tout à fait nouvelles pour elle, attend qu'il plaise à l'étranger de parler et fixe sur lui ses yeux noirs remplis de surprise.

Il n'est pas pressé ; il semble consulter la fumée bleue, il retire son cigare de sa bouche et examine le brillant point rouge de l'extrémité allumée, comme si c'était l'œil lugubre de son démon familier ; après l'avoir consulté durant quelques secondes, il dit avec l'insouciance avec laquelle il aurait pu faire quelque observation sur le temps :

— Ainsi donc, votre maîtresse, Mlle Valérie de Cévennes, a été assez imprudente pour contracter un mariage secret avec un chanteur.

Il s'est décidé à hasarder cette conjecture ; s'il est dans le vrai, c'est la voie la meilleure et la plus prompte pour arriver à la vérité, s'il est dans le faux, il n'est pas dans une situation plus mauvaise qu'auparavant. Un coup d'œil sur le visage de la jeune fille lui apprend qu'il a frappé juste et qu'il a rencontré l'entière vérité. Il frappe dans l'obscurité, mais il est mathématicien et peut calculer l'effet de chacun de ses coups.

— Oui, un mariage secret dont vous avez été le témoin.

Ceci est son second coup et de nouveau le visage de la jeune fille lui apprend qu'il a frappé juste.

— Le père Pérot nous a donc trahis, monsieur, car lui seul a pu raconter cela, dit Finette.

Le flâneur comprend aussitôt que le père Pérot est le prêtre qui a consacré le mariage ; un autre point dans son jeu. Il continue, s'arrêtant de temps à autre pour aspirer une bouffée de son cigare en parlant avec un air de complète indifférence.

— Vous voyez donc que, pour ce mariage secret et la part que vous y avez prise, il importe peu de savoir si c'est par ce digne prêtre, père Pérot…

Il s'arrête alors pour secouer les cendres de son cigare et un regard de côté sur le visage de la jeune fille lui apprend qu'il est encore dans le vrai, Mr Pérot est le prêtre…

— … ou par toute autre voie que j'ai été instruit. Quoique française, vous devez connaître le célèbre aphorisme de nos voisins, les Anglais : savoir, c'est pouvoir. Eh bien, mademoiselle, qu'arrivera-t-il si j'use de mon pouvoir ?

— Monsieur veut dire qu'il peut me faire perdre la place que j'occupe et m'empêcher d'en avoir une autre.

En disant ces mots, Mlle Finette laisse échapper une petite perle humide de ses yeux noirs, très convenable pour figurer une larme, mais qui arrivant au contact immédiat du composé blanc visqueux appelé poudre de perles, employé par la femme de chambre pour rehausser ses charmes personnels, prend l'apparence d'une pilule digestive plutôt que de toute autre chose.

— Mais, d'un autre côté, je puis ne pas user de ce pouvoir et, vraiment, je regretterais d'en venir à la pénible nécessité d'être assez peu galant pour faire du tort à une jeune fille.

Mlle Finette, encouragée par ces paroles, essuie la pilule digestive.

— En conséquence, mademoiselle, le cas se réduit à ceci : servez-moi et je vous récompenserai ; refusez d'agir ainsi et je puis vous faire tort.

Un éclair glacial dans ses yeux bleus convertit ces mots en menace sans le secours d'une énergie particulière dans la voix.

— Monsieur n'a qu'à commander, répond la femme de chambre, je suis prête à le servir.

— Ce monsieur Elvino viendra ce soir à la porte du petit pavillon ?

— À minuit un quart.

— Alors, je serai là, à 11 h 30. Vous m'introduirez à sa place, voilà tout.

— Mais ma maîtresse, monsieur, elle saura que je l'ai trahie et elle me tuera. Vous ne connaissez pas Mlle de Cévennes.

— Pardonnez-moi, je crois la connaître. Elle ne saura jamais que vous l'avez trahie. Souvenez-vous que j'ai découvert le signal convenu ; que vous êtes trompée par cette circonstance et que vous ouvrez la porte au faux individu. Au reste, je vous garantirai de tout danger ; votre maîtresse est une admirable créature mais son caractère, tout ferme qu'il soit, peut apprendre à se courber.

— Il faudra le briser d'abord, monsieur, dit Mlle Finette.

— Peut-être.

Il se lève en disant ces mots :

— Mademoiselle, au revoir.

Il glisse cinq louis dans sa main et s'éloigne lentement.

La femme de chambre observe d'un air pétrifié le personnage qui s'éloigne. Finette Leris peut bien être déconcertée par cet homme, il est capable de confondre de plus fortes têtes que la sienne. Tandis qu'il marche de son pas nonchalant, sous les rayons du soleil couchant d'hiver, plusieurs passants se retournent pour regarder sa tournure aristocratique, sa belle figure et sa chevelure noire. Si le plus vicieux de ceux qui l'observent pouvait avoir lu dans son âme à travers ses brillants yeux bleus, y aurait-il trouvé quelque chose qui puisse choquer et révolter même l'homme le plus mauvais? Peut-être. La trahison est chose révoltante, assurément, pour le plus mauvais d'entre nous. Le plus taré d'entre nous recule devant les machinations et les sentiments inflexibles du traître au cœur glacé.

19
Le faux pas

La grande voix solennelle de Notre-Dame annonce 11 h 30. Onze heures et demie sonnent à tous les édifices de la grande cité parisienne et les tintements harmonieux de la pendule sur la cheminée du boudoir du pavillon témoignent de l'exactitude du fait, cinq minutes après. C'est une élégante pendule sur laquelle l'Amour doré impose silence au Temps en bronze pour l'endormir ; il a caché son sablier sous l'ombre de ses ailes, un assez joli sujet ; quoique le sable ne doive jamais s'écouler plus lentement dans le sablier et que les rides ou les cheveux gris ne doivent pas tarder plus longtemps à venir ; car l'aiguille des minutes dans le meilleur cadran que puissent produire toutes les fabriques de Paris n'a pas une course plus précise que ce lugubre chronomètre qui n'épargne pas les plus brillants débuts que ce sinistre réveil qui interrompt les plus beaux rêves.

Le petit appartement du pavillon dépendant de l'hôtel du marquis de Cévennes est meublé dans le style Pompadour, temps d'élégance, de luxure et de frivolité. Des portraits à cadres ovales, des beautés régnantes de l'époque ornent les panneaux des murs et Louis le Bien-aimé sourit avec un insipide sourire bourbonien au-dessus du manteau de la cheminée. Le chambranle de cette cheminée est en marbre, délicatement sculpté de feuilles de lotus et de nymphes aquatiques ; un feu de bois brûle sur les chenets dorés qui garnissent le foyer ; des tapis veloutés de Perse couvrent le parquet de chêne et un Cupidon suspendu au plafond, décoré de peintures, dans une attitude propre à déterminer une telle affluence de sang à la tête qu'il doit, en définitive, en résulter l'apoplexie, tient une lampe d'albâtre qui répand dans la pièce une lumière douce, mais rayonnante.

À cette clarté, la maîtresse de l'appartement, Valérie de Cévennes, paraît admirablement belle. Elle est assise dans un fauteuil bas, à côté du feu, regardant parfois dans le brasier rouge à ses pieds, avec des yeux rêveurs dont l'expression, quoique pensive, n'est pas triste. La jeune fille a fait un pas désespéré en épousant secrètement l'homme qu'elle aime, mais elle ne le regrette pas, car elle l'aime et sa position perdue lui semble peu de chose, quand elle la compare à cet amour qui ignore encore la douleur, qu'elle oublie qu'elle l'a perdue. Et tandis que ses yeux sont fixés sur la flamme du bois, vous pouvez la voir prêter l'oreille et, quand les horloges ont sonné la demi-heure, elle tourne la tête vers la porte de l'appartement, écoute avec attention ; au bout de cinq minutes, elle entend quelque chose… le bruit faible et le lointain d'une porte extérieure tournant sur ses gonds ; elle jette les yeux sur la pendule et de la pendule sur une petite montre à côté d'elle.

— Si tôt ! murmure-t-elle, il m'a dit minuit un quart. Si mon oncle était ici. Il m'a quittée à 23 heures seulement.

Elle écoute de nouveau ; le bruit approche : deux portes s'ouvrent encore, puis des pas se font entendre dans l'escalier. Au bruit de ces pas, elle tressaille une seconde fois et l'anxiété se peint sur son visage.

— Serait-il malade, dit-elle, qu'il marche si doucement ? Écoutons.

Elle pâlit et serre fortement ses mains sur son cœur.

— Ce n'est pas son pas.

Elle comprend qu'elle est trahie, et, dans ce rapide moment, elle s'est préparée à tout. Elle appuie sa main sur le dos du fauteuil qu'elle vient de quitter et, debout, les yeux fixes et ses lèvres minces fermement serrées, elle fait face à la porte. Elle peut faire face à sa destinée pour tout ce qu'elle connaît, mais elle est prête aussi à affronter n'importe quoi.

La porte s'ouvre et le flâneur du matin entre. Il porte un habit et un chapeau exactement semblables à ceux portés par l'élégant ténor; il est à peu près de sa taille. Il était donc facile, dans l'obscurité de la nuit, pour la fidèle Finette d'introduire cet étranger sans découvrir sa méprise. Un coup d'œil jeté sur le visage et l'attitude de Valérie de Cévennes lui apprend qu'elle n'est pas prise à l'improviste par son apparition. Cela le fait tenir sur ses gardes. A-t-il été dénoncé par la femme de chambre? Il ne devine pas que son pas léger l'a trahi à cette oreille attentive, que l'amour a rendue si subtile. Il s'aperçoit que la jeune et belle fille est préparée à soutenir le combat. Il est désappointé: il a compté sur sa surprise et sur sa confusion et il sent qu'il a perdu un point dans son jeu. Elle garde le silence et attend tranquillement qu'il lui adresse la parole, comme elle pourrait le faire, s'il était un visiteur ordinaire.

«C'est une femme plus étonnante que je ne le pensais, se dit-il à lui-même, et le combat sera rude. Qu'importe! La victoire n'en sera que plus douce.»

Il ôte son chapeau et la lumière tombe sur son pâle et beau visage. Quelque chose en lui, qu'elle ne saurait dire, semble lui être familier d'une manière vague et confuse: elle a vu quelqu'un lui ressemblant, mais où?... quand?... elle ne peut s'en souvenir.

— Vous êtes surprise, madame, de me voir? dit-il, car il sent qu'il doit commencer l'attaque et qu'il ne doit épargner aucun coup, car il a à lutter avec un adversaire qui peut parer ses bottes et qui peut lui en porter. Vous êtes surprise; vous vous commandez admirablement en réprimant toute démonstration d'étonnement, mais vous n'êtes pas moins surprise.

— Je suis certainement surprise, monsieur, de recevoir une visite quelconque à pareille heure, dit-elle avec un calme parfait.

— À peine, madame.

Il regarde la pendule.

— Car dans cinq minutes, votre mari sera ou pourrait être ici.

Ses lèvres se contractent et sa bouche se roidit en dépit d'elle-même. Son secret est donc connu, de cet étranger qui ose s'installer chez elle par la force de cette connaissance.

— Monsieur, dit-elle, on insulte rarement Valérie de Cévennes avec impunité; vous aurez des nouvelles de mon oncle demain matin; quant à ce soir…

Elle pose sa main sur la nacre de perle de la poignée d'une sonnette, il l'arrête et lui dit en souriant:

— Allons, madame, nous ne sommes pas en train de jouer une comédie. Vous voulez me mettre à la porte? Pourquoi agiteriez-vous cette sonnette, au bruit de laquelle Finette seule peut répondre, puisqu'il n'existe nulle autre personne dans ce charmant petit séjour? Je n'aurais pas peur de Finette, fussiez-vous même assez imprudente pour l'appeler et je ne vous quitterai pas avant que vous ne m'ayez fait la faveur de m'accorder un entretien. Au reste, je ne viens pas parler à Valérie de Cévennes, mais à Valérie de Lancy, Valérie la femme d'Elvino, Valérie la femme de Don Giovanni.

Robert de Lancy est le nom du ténor à la mode. Cette fois ses lèvres minces tremblent avec un mouvement rapide et convulsif. Ce qui fait saigner son cœur plein de fierté, c'est le mépris avec lequel cet homme parle de son époux. Est-ce donc une si grande flétrissure que cette union de la fortune, du rang, de la beauté avec le talent et la pauvreté ?

— Monsieur, dit-elle, vous avez découvert mon secret ; j'ai été trahie, soit par ma servante, soit par le prêtre qui a béni mon mariage, peu importe. Vous qui, d'après votre conduite de ce soir, êtes évidemment un aventurier, une personne à laquelle il serait complètement inutile de parler d'honneur, de chevalerie et de sentiments de gentilhomme – mots dont vous n'avez, sans nul doute, jamais connu la signification –, vous désirez faire tourner à votre profit la possession de ce secret ; en d'autres termes, vous voulez qu'on vous achète. Avec vos honorables talents, vous vous êtes indubitablement renseigné sur le montant de mes revenus ; vous savez par conséquent ce que je puis sacrifier pour vous payer ; soyez assez bon pour me dire le chiffre de vos prétentions et je vous assignerai l'époque et le lieu où vous pourrez recevoir votre salaire. Vous serez assez complaisant pour ne pas perdre de temps : minuit va sonner, dans un instant M. de Lancy sera ici ; il peut ne pas être disposé à faire avec vous un aussi bon marché que moi. Il pourrait être tenté de vous jeter par la fenêtre.

Elle dit tout cela, étant entièrement maîtresse d'elle-même ; elle aurait parlé à sa modiste avec une indifférence aussi complète qu'elle le fait en s'adressant à cet homme avec l'aisance d'une haute éducation et un mépris glacial. En finissant, elle se jette dans son fauteuil et, prenant un livre sur la petite table qui se trouve près d'elle, se met à en couper les feuillets avec un couteau à papier au manche ciselé. Mais la bataille ne fait que de commencer et elle ne connaît pas encore son adversaire.

Il l'observe quelques instants, remarque la fermeté avec laquelle sa main coupe lentement les feuillets l'un après l'autre, sans jamais entailler le papier, puis il s'assied résolument en face d'elle sur le fauteuil placé de l'autre côté de la cheminée. Elle lève ses yeux du livre et le regarde en plein visage, mais, tandis qu'elle le fixe, il peut voir aussi avec quelle inquiétude elle guette le pas de son époux. Il a un coup à frapper et il sait que ce coup sera cruel.

— Ne vous préoccupez pas, madame, d'écouter l'arrivée de votre mari : il ne viendra pas ici cette nuit.

Voilà un coup terrible : elle essaie de parler, mais ses lèvres se remuent seulement sans articuler aucun son.

— Non il ne viendra pas. Pouvez-vous supposer, madame, que lorsque je projetais, non, lorsque je tramais et machinais une entrevue avec une aussi charmante personne que vous, je manquerais assez de prévoyance pour permettre que cette entrevue fût troublée après un quart d'heure ? Non, M. Don Giovanni ne viendra pas ici cette nuit.

De nouveau, elle essaie de parler, mais les mots refusent de sortir de son gosier. Il continue, comme s'il interprétait ce qu'elle ne peut dire :

— Vous demanderez naturellement quels autres engagements le retiennent éloigné de la société de sa charmante épouse ? Eh bien ! c'est, je crois, un souper aux Trois Frères ; comme il y a des dames invitées ils ne finiront pas sans doute de bonne heure et vous le verrez, j'en suis convaincu, vers 4 ou 5 heures du matin.

Elle essaie de reprendre son occupation avec le couteau à papier mais cette fois elle met les feuillets en morceaux en s'efforçant de les couper ; ses angoisses et sa nature féminine l'emportent sur sa fierté et sur l'énergie de sa patience ; elle froisse le livre dans ses mains crispées et le jette dans le feu. Son visiteur sourit. Son coup a porté.

Pendant quelques minutes règne le silence ; bientôt il sort son porte-cigares.

— J'ai à peine besoin de vous demander la permission, madame : tous ces chanteurs d'opéra fument et je ne doute pas que vous ne soyez remplie d'indulgence pour les défauts d'Elvino.

— M. de Lancy est un gentilhomme et ne se permettrait pas de fumer en présence d'une dame. Encore une fois, monsieur, soyez assez bon pour me dire quelle somme d'argent vous exigez de moi pour assurer votre silence.

— Non, madame, répond-il, en se penchant sur le feu pour allumer son cigare à la flamme du livre qui brûle, il n'y a pas de raison pour se hâter d'une manière si désespérée ; vous êtes réellement, étonnamment supérieure à la faiblesse ordinaire de votre sexe, mettant à part votre courage, votre patience et votre détermination qui sont incontestablement surprenants, vous n'avez pas la moindre curiosité.

Elle lui lance un regard qui semble dire qu'elle dédaigne de lui demander le sens de ses paroles.

— Vous dites que votre femme de chambre, Finette ou le digne prêtre, père Pérot, doivent avoir trahi votre confiance ; supposez que ce ne soit ni de l'un ni de l'autre que je tienne mes informations.

— Il n'existe pas d'autre source, monsieur, à laquelle vous ayez pu les puiser.

— Voyons, madame, réfléchissez. N'y aurait-il pas d'autre personne qui, par vanité, aurait pu révéler ce secret ? Pensez-vous, madame, qu'il soit si incroyable que M. de Lancy lui-même puisse avoir été tenté de se vanter, dans son ivresse, de la conquête de l'héritière de tous les Cévennes.

— C'est un infâme mensonge, monsieur, que vous prononcez.

— Non, madame, je n'affirme pas ; je fais seulement une hypothèse. Supposons qu'à un de ces soupers chez Véry, au milieu de ses camarades de l'opéra et de ses admirateurs des stalles, sans parler des coryphées qui d'une façon quelconque parviennent à se faufiler dans ces petits banquets recherchés, supposons que notre ami Don Giovanni hasarde imprudemment quelque allusion sur une dame de rang élevé et de grande fortune qu'il a captivée par sa voix mélodieuse et par ses yeux noirs. Cette petite société ne se contente peut-être pas d'une allusion, elle exige des faits, elle est incrédule, elle parie gros que Robert ne dira pas le nom de la dame et, à la fin, toute l'histoire est racontée et l'on boit à la santé de Valérie de Cévennes avec du vin pétillant de Moselle. Supposez tout cela, madame, et vous pourrez deviner peut-être d'où je tiens mes renseignements.

Pendant ce discours Valérie n'a cessé de le regarder en face avec des yeux fixes et brillants d'un éclat étrange et sinistre ; une fois elle a porté la main à son cœur comme pour l'empêcher de palpiter et quand il a eu fini de parler, elle glisse lentement de son fauteuil et tombe à genoux sur le tapis du foyer, ses petites mains convulsivement serrées sur sa poitrine. Mais elle n'est pas évanouie et ne quitte pas son adversaire des yeux, c'est une femme à ne pas pleurer et à ne pas défaillir, elle souffre.

— Je suis ici, madame, continue le flâneur, et maintenant elle l'écoute avec une attention inquiète ; je suis ici dans un double but : dans mon intérêt d'abord et pour vous servir ensuite si je le puis. J'ai brutalement enfoncé le scalpel, madame, mais je puis être néanmoins un médecin expérimenté. Vous aimez ce ténor très profondément, vous devez l'aimer ainsi puisque, pour l'amour de lui, vous avez volontairement bravé le mépris de ce que vous aimez aussi beaucoup : le monde, le grand monde dans lequel vous vivez.

— Je l'ai aimé, monsieur, avec quelle passion, quelle folie, quel aveuglement : non, ce n'est pas devant des yeux comme les vôtres que je voudrais étaler les secrets de mon cœur et de mon esprit. Qu'il vous suffise de savoir que je l'aimais ! Mais pour l'homme capable de faire du nom de la femme qui a fait de si grands sacrifices pour l'amour de lui, sans jamais hésiter, un objet de plaisanteries au milieu de ses compagnons de débauche, je n'ai qu'un seul sentiment, le mépris.

— J'admire votre courage, madame, mais encore faut-il vous souvenir qu'il est difficile de faire disparaître aussi facilement la cause de vos chagrins. On ne se débarrasse pas d'un époux aussi aisément et est-il probable que M. de Lancy soit disposé à rompre un mariage qui comme spéculation est si brillant et si avantageux ? Peut-être ignorez-vous que depuis ses débuts il a eu le dessein de vendre ses charmes personnels au plus haut enchérisseur ; que depuis deux ans, pardonnez-moi madame, il est sur la piste d'une héritière en possession de plus de fortune que de jugement, qu'il puisse captiver et conquérir par quelques jolies flagorneries extraites des libretti d'opéras de son répertoire.

L'esprit hautain est courbé jusque dans la poussière. Cette jeune fille, la loyauté même, ne songe pas pour le moment à analyser les mots qui brisent son cœur. Il y a probablement quelque chose de trop pénible dans cette amère humiliation.

— Oh! qu'ai-je fait, dit-elle, qu'ai-je fait, pour que le rêve enchanté de ma vie soit interrompu par un semblable réveil?

— Madame, je vous ai dit que je désirais vous servir si je le puis. Je ne prétends pas à une générosité classique et désintéressée, vous êtes riche et vous pouvez payer mes services. Il y a trois personnes seulement, en plus de vous, qui ont été témoins ou impliqués dans ce mariage: le père Pérot, Finette, et M. de Lancy. On peut faire taire le prêtre et la femme de chambre, quant à Don Giovanni, nous en parlerons demain. Encore un mot, a-t-il quelques lettres de vous en sa possession?

— Il me renvoie mes lettres une à une, à mesure qu'il les reçoit.

— C'est bien. Il est si facile de démentir ce que l'on a dit, mais si difficile de nier ce que la main a écrit.

— Les Cévennes ne mentent point, monsieur.

— Ils ne mentent point? Comment, madame, n'avez-vous jamais fait de mensonges, quoique vous ne les ayez pas dits? N'avez-vous jamais menti avec votre visage, quand il a un air d'indifférence calme, tandis que l'effort intérieur par lequel vous contenez les violents battements de votre cœur produit physiquement une horrible torture dans votre poitrine; tandis que vous entendez son pas sur la scène, dans la salle comble de l'opéra? Mensonges inutiles, madame, torture perdue; car votre idole n'en est pas digne. Votre dieu rit de votre adoration parce que c'est un faux dieu; et que les attributs pour lesquels vous le révérez, la fidélité, la loyauté et le génie tels que nul homme n'en a jamais possédé, ne sont pas des attributs lui appartenant, mais les produits de votre propre imagination dont vous l'avez paré, parce que vous étiez éprise de sa belle figure. Bah! madame, après tout, vous vous êtes affolée d'un profil bien découpé et d'une voix mélodieuse. Vous n'êtes pas la première de votre sexe dans cette situation, Dieu veuille que vous soyez la dernière?

— Vous m'avez montré pourquoi je devais haïr cet homme, indiquez-moi comment je dois me venger, si vous voulez me servir. Mes compatriotes ne pardonnent point. Oh! Gaston de Lancy, avoir été l'esclave de chacun des mots qui tombaient de tes lèvres, l'aveugle idolâtre de chacun de tes regards, t'avoir donné autant et, pour récompense, ne recueillir que ton mépris!

Elle prononce ces paroles d'une voix rauque et sans larmes dans les yeux. Dans quelques années, peut-être, elle pourra pleurer sur ce déplorable enivrement, maintenant son désespoir est trop poignant pour verser des pleurs. L'étranger, conservant cette charmante insouciance qui lui donne le cachet de sa classe à elle, dit en réponse à sa requête:

— Je puis vous guider dans votre vengeance, madame, si votre noble sang espagnol ne recule pas devant l'épreuve. Revêtez demain soir le costume de votre servante avec un voile épais, bien entendu; prenez une voiture de place et à 10 heures trouvez-vous à l'entrée du bois de Boulogne; je vous rejoindrai là. Vous aurez votre vengeance, madame, et je vous montrerai à l'exercer avantageusement (chose qui constitue un luxe dispendieux). Dans quelques jours vous pourrez peut-être dire: il n'y a plus de M. de Lancy; la terrible illusion n'était qu'un rêve, je me suis éveillée et je suis libre.

Elle passe sa main tremblante sur son front et le regarde comme si elle essayait de saisir, mais en vain, le sens de ces paroles.

— À 10 heures à l'entrée du bois de Boulogne? J'y serai, murmure-t-elle faiblement.

— C'est bien! Et maintenant, madame, adieu. Je crains de vous avoir fatiguée par la longueur de cet entretien.

Attendez, vous devez connaître le nom de celui à qui vous accordez l'honneur de vous servir.

Il tire son portefeuille, dépose une carte sur la petite table à côté d'elle, s'incline respectueusement et la laisse. Il la laisse foudroyée dans la poussière. Il se retourne pour la regarder avec un sourire, en ouvrant la porte. Ses coups ont produit tout leur effet.

Oh! Valérie, Valérie, aimer si passionnément pour être ainsi dégradée, humiliée, trompée! Il est peu surprenant que vous passiez la nuit à pleurer. Il n'y a plus de lumière dans le ciel, plus d'honneur dans le monde; la terre est lugubre, le ciel est noir et la mort seule est la consolatrice d'un cœur brisé.

20
Démonstration oculaire

Le nom gravé sur la carte laissée par l'étranger sur la table de Mlle de Cévennes, ou Mme de Lancy, est celui de Raymond de Marolles. Le flâneur est donc Raymond de Marolles et c'est lui que nous devons suivre dans la matinée du lendemain de l'entrevue orageuse du pavillon.

Il occupe un délicieux appartement sur les Champs-Élysées, petit naturellement, comme il convient à un garçon, mais meublé dans le goût le plus exquis.

Il est une chose qu'on ne peut s'empêcher de remarquer en pénétrant dans ce logis, c'est la propreté surprenante et la précision presque mathématique avec laquelle tous les objets sont rangés. Livres, peintures, bureau, pistolets, fleurets, gants de boxe, cravaches, cannes et fusils, tout est disposé dans un ordre tout à fait inusité dans un appartement de garçon. Mais cet ordre fait partie du tempérament de M. de Marolles; on l'observe dans l'ordonnance recherchée de sa toilette, dans sa moustache correctement ajustée; on peut le remarquer même dans les inflexions de sa voix, qui s'élève et tombe avec une régularité plus monotone qu'harmonieuse et qui n'est jamais altérée par une de ces causes vulgaires telles que l'inquiétude ou l'émotion.

À 10 heures ce matin, il est encore à déjeuner; il n'a rien mangé, mais il est en train de boire sa seconde tasse de café et il est aisé de voir qu'il réfléchit profondément.

— Oui, murmure-t-il. Il me faut trouver un moyen de la convaincre. Elle doit être entièrement convaincue avant d'être amenée à agir. Mes premiers coups ont si bien porté que je ne dois pas faillir dans mon coup de maître. Mais comment la convaincre ? Des paroles seules ne la satisferont pas longtemps. Il faut une démonstration oculaire.

Il finit sa tasse de café et se met à jouer avec la cuillère qui produit, par son choc contre la tasse de porcelaine, une série de petits sons sourds ; bientôt il frappe un coup plus fort qui fait résonner une note de triomphe. Il était occupé à réfléchir à un problème, il vient d'en trouver la solution. Il prend son chapeau et sort précipitamment de la maison mais, aussitôt qu'il est sur le boulevard, il ralentit son pas et reprend son ancienne démarche nonchalante, il traverse la place de la Concorde, remonte le boulevard et ne tourne que lorsqu'il atteint l'opéra italien ; c'est vers la porte de service qu'il dirige ses pas. Le portier, un homme âgé, est occupé, dans le petit vestibule sombre, à cuisiner un pot-au-feu et il réchauffe en même temps ses mains à un petit poêle logé dans un coin. Il est tout à fait habitué à l'apparition de jeunes gens élégants ; aussi lève-t-il à peine la tête quand l'ombre de Raymond de Marolles intercepte le jour du couloir.

— Bonjour, monsieur le concierge, dit Raymond, très occupé, à ce que je vois.

— Une petite affaire de ménage, voilà tout, monsieur, étant garçon.

Le portier est un peu âgé et quelque peu barbouillé de tabac pour un garçon ; mais il a la passion d'informer les visiteurs du théâtre qu'il n'a jamais voulu sacrifier sa liberté sur l'autel de l'hyménée ; il pense peut-être qu'ils pourraient éprouver quelques scrupules à confier leurs messages à un homme marié.

— Pas trop occupé, alors, pour un bout de conversation, mon ami? demande le visiteur, glissant furtivement une pièce de cinq francs dans la main du garçon.

— Jamais trop occupé pour cela, monsieur.

Et le portier abandonne le pot-au-feu à sa destinée et époussette avec son mouchoir de couleur un fauteuil délabré qu'il présente au monsieur.

Monsieur est très affable et le concierge très communicatif. Il donne à monsieur une quantité d'utiles renseignements sur les engagements des principales danseuses, sur les bouquets et sur les bracelets de diamants qu'on leur jette, sur les regards et les faveurs que ces présents rapportent et sur divers autres faits intéressants. Bientôt monsieur, qui a écouté tous ces détails, qui ne l'intéressent que faiblement, prend la parole, d'un air gracieux :

— Auriez-vous par hasard, parmi vos surnuméraires, vos choristes ou vos gens de position insignifiante, un de ces individus que l'on rencontre si généralement dans un théâtre et qui font des imitations?

— Ah! dit le portier en riant à gorge déployée, je vois que monsieur sait ce que c'est qu'un théâtre. Nous avons assurément deux ou trois de ces gens, mais un supérieur à tous, un chanteur des chœurs, un individu remarquable qui possède un talent d'imitation à confondre la nature elle-même ; un gaillard adonné à la boisson, qui aurait pu remplir les premiers rôles et se faire une réputation ; un camarade qui n'a pour passions que les dominos et le vin bleu, mais un imitateur surprenant.

— Ah! et il imite probablement tous les grands artistes, votre prima donna, votre basse, votre ténor? hasarde M. Raymond de Marolles.

— Oui, monsieur. Il faut l'entendre imiter le nouveau ténor, M. Gaston de Lancy qui a fait tant de bruit, il n'est pas un garçon de mauvaise mine ; il est exactement de la même taille que M. de Lancy et il peut rendre ses manières, sa voix et sa démarche si complètement, que…

— Dans une pièce obscure, on pourrait distinguer à peine l'un de l'autre, n'est-ce pas ?

— Précisément, monsieur.

— Je suis excessivement curieux de ces sortes de gens et serais désireux de voir cet individu, si…

Il hésite, en faisant sonner quelques pièces d'argent dans sa poche.

— Mais, monsieur, dit le concierge, rien de plus facile ; ce Moucée est toujours ici à cette heure. Les chœurs répètent pendant que les premiers artistes font la digestion de leurs déjeuners. Nous le trouverons ou sur le théâtre, ou dans une des loges en train de jouer aux dominos. Par ici, monsieur.

Raymond de Marolles suit le concierge au travers de sombres passages qui descendent et une série innombrables de marches qui montent, jusqu'à ce qu'enfin arrivé à une certaine hauteur, il s'arrête devant une porte basse qui les sépare évidemment d'une société bruyante. Le portier ouvre cette porte sans cérémonie et ils pénètrent dans une salle basse, aux murs nus peints à la chaux et barbouillés de caricatures au charbon de prima donna et de ténors, avec des nez impossibles et des jambes en fuseaux. Devant une table de sapin est assis un groupe de jeunes gens, misérablement vêtus qui jouent aux dominos, tandis que d'autres regardent et parient pour les joueurs. Ils fument tous de minces cigarettes qui ressemblent à des morceaux de papiers roulés et qui ne durent chacune que deux minutes environ.

— Pardonnez-moi, monsieur Moucée, dit le portier, s'adressant à un des joueurs de dominos, un jeune homme de bonne mine, ayant une figure pâle et brune et des cheveux noirs. Pardonnez-moi d'interrompre votre intéressante partie, mais je vous amène un monsieur qui désire faire votre connaissance.

Le choriste se lève, donne un long regard à un double-six qu'il allait justement poser et s'avance vers l'endroit où attend M. de Marolles.

— Je suis au service de monsieur, dit-il avec un salut non apprêté mais gracieux.

Raymond de Marolles, avec une aisance de manière toute particulière, passe son bras sous celui du jeune homme et le conduit dans l'intérieur du passage.

— J'ai entendu dire, monsieur Moucée, que vous possédiez un talent d'imitation d'un ordre vraiment supérieur ; consentiriez-vous à m'aider avec ce talent dans une petite farce que j'organise pour l'amusement d'une dame ? Si vous acceptez, vous aurez un droit (que je me garderai d'oublier) sur ma reconnaissance et sur ma bourse.

Ce dernier mot fait dresser l'oreille à Paul Moucée. Pauvre diable ! Ses derniers sous sont partis avec la dernière demi-once de tabac ; il déclare être trop heureux d'obéir aux ordres de monsieur.

Monsieur propose de se réfugier dans un café voisin où ils pourront avoir une demi-heure tranquille de conversation ; ils s'y rendent et, à la fin de la demi-heure, M. de Marolles prend congé de Paul Moucée à la porte de l'établissement. Comme ils se séparent, Raymond jette un coup d'œil sur sa montre :

— Onze heures et demie ; tout va mieux que je pouvais jamais l'espérer. Cet homme passera très bien pour notre ami Elvino et la dame aura une démonstration oculaire. Maintenant, au reste de mes préparatifs ; à ce soir, ma superbe et belle héritière, à vous.

Au moment où les horloges sonnent 10 heures dans la soirée de ce jour, une voiture de place s'arrête près de l'entrée du bois de Boulogne et comme le cocher retient son cheval, un homme sort de l'obscurité et court à la portière du fiacre qu'il ouvre avant que le cocher ait pu quitter son siège. Cet homme est M. Raymond de Marolles et la personne assise dans la voiture est Valérie de Lancy.

— Ponctuelle, madame ! dit-il. Ah ! dans les moindres choses vous êtes supérieure à votre sexe. Vous prierai-je de descendre et de faire quelques pas avec moi ?

La dame, qui porte un voile épais, incline la tête pour toute réponse, mais elle est à côté de lui en un instant. Il donne quelques ordres au cocher, qui se retire à une petite distance ; puis il offre son bras à Valérie.

— Non, monsieur, dit-elle d'une voix sèche et dure, je puis vous suivre ou marcher à côté de vous ; j'aime mieux ne pas prendre votre bras.

Il est peut-être bon pour elle que la nuit soit assez sombre pour l'empêcher de voir le sourire qui relève sa noire moustache et l'éclair qui traverse ses yeux bleus. Il a quelque chose du physiologiste aussi bien que du mathématicien, cet homme, et il peut dire ce qu'elle a souffert depuis la nuit dernière, au changement seul de sa voix. Le son en est triste et monotone et le timbre naturel semble s'en être évanoui pour jamais. Si les morts pouvaient parler, ils parleraient ainsi.

— De ce côté alors, madame, dit-il. Mon premier objet est de vous convaincre de la trahison de l'homme pour lequel vous avez fait de si grands sacrifices. Aurez-vous la force de survivre à la découverte ?

— J'ai bien survécu à la nuit dernière ! Allons, monsieur, ne perdons plus de temps en paroles ou je croirai que vous êtes un charlatan. Laissez-moi entendre de ses propres lèvres que j'ai sujet de le haïr.

— Suivez-moi alors, et doucement.

Il la conduit dans le bois. Le ciel n'a pas une étoile, c'est une nuit de décembre froide et noire ; une légère couche de neige a blanchi le sol, et assourdit le bruit de leurs pas. On dirait deux ombres se glissant entre les arbres. Après avoir marché environ un quart de lieue, il la saisit par le bras et l'entraîne précipitamment dans l'ombre formée par le tronc d'un gros arbre :

— Maintenant, dit-il, maintenant, écoutez.

Elle entend une voix dont le timbre lui est connu. Il se produit d'abord un bourdonnement dans ses oreilles, comme si tout son sang montait de son cœur à son cerveau, mais bientôt elle saisit distinctement les sons ; bientôt, aussi, ses yeux commencent à s'habituer aux ténèbres et elle aperçoit à quelques pas d'elle la silhouette d'un personnage de taille élevée, qui lui est connu. C'est Gaston de Lancy qui est là, son bras entoure la taille svelte d'une jeune fille et sa tête penchée a cette gracieuse langueur qu'elle connaît si bien, lorsqu'il contemple son visage.

La voix de Marolles glisse tout bas dans son oreille :

— La jeune fille est la danseuse d'un théâtre mineur qu'il a connue avant d'être un homme illustre. Son nom, je crois, est Rosette ou quelque chose comme cela. Elle l'aime passionnément ; peut-être presque autant que vous, malgré vos quartiers de noblesse sur votre écusson.

Il sent la petite main qui dédaignait auparavant de s'appuyer sur son bras étreindre maintenant son poignet et le serrer, comme si chacun de ces doigts effilés était un étau de fer.

— Écoutez, dit-il de nouveau, écoutez le drame, madame, je suis le chœur.

C'est la jeune fille qui parle.

— Mais, Gaston, ce mariage… ce mariage qui a presque brisé mon cœur…

— … fut un sacrifice à notre amour, ma Rosette. Pour ton amour seul j'ai fait un aussi grand sacrifice, mais la fortune de cette hautaine grande dame fera notre bonheur sur une terre éloignée. Elle se doute peu, la pauvre folle, pour l'amour de qui je supporte ses airs de grandeur, ses grâces de l'ancien régime, ses caprices et sa folie. Sois seulement patiente, Rosette et aie confiance en moi, le jour qui nous unira pour toujours n'est pas si éloigné, crois-moi.

C'est la voix de Gaston de Lancy. Qui pourrait en connaître mieux les accents que son épouse légitime? Qui pourrait mieux les connaître que celle dont ils frappent mortellement le cœur?

La jeune fille parle de nouveau.

— Et vous n'aimez pas cette belle dame, Gaston? dites-moi seulement que vous ne l'aimez pas.

La voix connue répond:

— L'aimer! Bah! nous n'avons jamais d'amour pour ces belles dames qui nous lancent de si tendres regards de leurs loges d'opéra. Nous n'admirons jamais ces grandes héritières qui tombent amoureuses d'une belle figure et n'ont pas assez de modestie pour tenir leurs sentiments à l'état de secret, qui pensent nous honorer par un mariage qu'elles rougissent d'avouer et qui s'imaginent que nous devons être amoureux d'elles parce que, d'après leur mode, elles sont amoureuses de nous.

— En avez-vous assez entendu? demande Raymond de Marolles.

— Donnez-moi un pistolet ou un poignard, murmure-t-elle d'une voix dure, que je le tue, que je le frappe au cœur, que je puisse m'éloigner et mourir en paix.

— Ainsi, dit tout bas Raymond, elle en a entendu assez. Allons, madame, attendez encore, un dernier regard ; vous êtes certaine que c'est M. de Lancy ?

L'homme et la jeune fille se tiennent à quelques pas d'eux, il tourne le dos à Valérie, mais elle le reconnaîtrait entre mille à sa chevelure noire et à l'inclinaison particulière de sa tête.

— Certaine ! répond-elle. Suis-je moi-même ?

— Venez, alors, nous avons un autre lieu à visiter ce soir. Vous êtes satisfaite, n'est-ce pas, madame, maintenant que vous avez eu une démonstration oculaire ?

21
Le roi de pique

Quand M. de Marolles offre son bras pour rejoindre la voiture, c'est avec une entière passivité que Valérie l'accepte. Que lui importe maintenant que son orgueil est tombé aussi bas qu'il pouvait le faire. Dédaignée par l'homme qu'elle aimait si tendrement, le mépris du monde n'est rien pour elle.

Après quelques minutes ils sont assis côte à côte dans le fiacre qui traverse les Champs-Élysées.

— Me conduisez-vous chez moi? demande-t-elle.

— Non, madame, nous avons une autre course à faire, comme je vous l'ai dit.

— Et cette course?

— Je vais vous conduire en un lieu où vous apprendrez votre destinée.

— Ma destinée? s'écrie-t-elle avec un rire amer.

— Bah! madame, dit son compagnon. Tâchons de nous comprendre. J'espère ne pas avoir affaire à une romanesque et sentimentale jeune fille. Je vous ai rencontrée dans une position on ne peut plus méprisable; je n'irriterai pas votre fierté en vous rappelant ces souvenirs; je vous ai offert mes services pour vous retirer de cette position, mais j'ai agi ainsi avec la ferme croyance que vous étiez une femme d'esprit, de courage et de résolution.

— Et que je pourrais vous bien payer, ajoute-t-clle d'un air de mépris.

— Et que vous pourriez me bien payer. Je ne suis pas Don Quichotte, madame, et n'ai pas en outre une grande considération pour ce gentilhomme, croyez-moi, je pense que vous me paierez bien mes services, quand vous les apprécierez plus tard.

Il a de nouveau dans ses yeux bleus ce regard froid, cet abominable sourire qu'une moustache sert heureusement à cacher.

— Mais, continue-t-il, si vous avez l'intention de briser votre cœur pour la jolie figure d'un chanteur, allez vous désoler dans votre boudoir, madame, et ne cherchez pas de meilleure confidente que votre femme de chambre car vous n'êtes pas digne des services de Raymond de Marolles.

— Vous estimez donc vos services très haut, monsieur?

— Peut-être. Voyez madame, vous me méprisez parce que je suis un aventurier : si j'étais grand seigneur depuis le berceau même avec de vastes terres et un grand nom, vous me respecteriez. Eh bien, je me respecte moi-même parce que je suis un aventurier, parce que, par la seule force de ma propre intelligence, je me suis élevé de ce que j'étais à ce que je suis. Je vous montrerai quelque jour le lieu de mon berceau. Il ne fut orné ni de couvertures de dentelles ni de rideaux brodés, je puis vous l'assurer.

Ils traversent à présent une rue sombre, dans un quartier entièrement inconnu de la dame.

— Où me conduisez-vous ? demande-t-elle de nouveau avec quelque chose dans la voix, ressemblant à de la frayeur.

— Comme je vous l'ai déjà dit, à la connaissance de votre destinée ; non madame, si vous n'avez pas confiance en moi, je ne puis vous servir. Souvenez-vous qu'il est de mon intérêt de vous bien servir, vous ne pouvez avoir, par conséquent, aucun motif de crainte.

Pendant qu'il parle, ils s'arrêtent devant une porte basse dans le mur blanc d'une haute maison à l'aspect sombre ; il saute de la voiture, tire une sonnette et le concierge ouvre la porte ; Raymond aide Valérie à descendre et la conduit dans un petit vestibule, ils montent ensuite un escalier de pierre jusqu'au cinquième étage de la maison. En toute autre circonstance son courage aurait pu lui manquer dans cette habitation étrange, à une heure aussi avancée avec cet homme, qu'elle ne connaît pas, mais en ce moment elle est indifférente à tout.

Il n'y a rien de bien alarmant dans l'aspect de la chambre dans laquelle Raymond la conduit, c'est un petit appartement gai, parfaitement éclairé. Près d'un petit poêle se trouve une table devant laquelle est assis un homme, à l'air distingué, de quarante ans environ. Sa figure est très pâle, son large front est laissé à découvert par une chevelure rejetée derrière ses oreilles ; il porte des bésicles bleues qui cachent complètement ses yeux et jettent comme une ombre sur son visage. Il serait impossible de lire sa pensée car cet homme a une particularité : c'est que sa bouche, qui est généralement chez tout le monde le siège principal de l'expression, n'en possède pas la moindre. C'est une ligne mince et droite qui s'ouvre et se ferme quand il parle, mais qui jamais ne s'arrondit pour sourire, ou jamais ne se contracte pour exprimer la mauvaise humeur.

Il est extrêmement absorbé, quand Raymond ouvre la porte, il est penché sur un paquet de cartes étalé sur le tapis vert qui couvre la table, comme s'il était à jouer à l'écarté sans adversaire mais il se lève à la vue de la dame et s'incline profondément devant elle. Il a l'air d'un savant plutôt que d'un homme du monde.

— Mon bon Blurosset, dit Raymond, je vous amène une dame à qui j'ai parlé avec grands éloges de vos talents.

— Avec le carton ou le creuset? demande la bouche impassible.

— L'un et l'autre, mon cher ami, nous voulons avoir recours à vos deux talents. Asseyez-vous, madame ; je dois vous faire les honneurs de l'appartement car mon ami Laurent Blurosset est trop homme de science pour songer à la galanterie ; asseyez-vous, madame, placez-vous à cette table-là, en face de M. Blurosset et puis à la besogne.

Ce Raymond de Marolles dont elle ne connaît absolument rien a une étrange influence sur Valérie ; une influence contre laquelle elle ne saurait lutter longtemps ; elle lui obéit passivement et s'assied devant la petite table couverte d'une serge verte.

Les bésicles bleues de M. Laurent Blurosset l'examinent attentivement pendant deux ou trois minutes ; quant aux yeux qui sont derrière les lunettes, elle ne peut même conjecturer ce que pourraient révéler leurs prunelles. L'individu semble avoir un étrange avantage à examiner chaque personne comme s'il était derrière un écran ; son visage est comme un mur blanc, avec ses yeux cachés et sa bouche inflexible.

— Pour lors, Blurosset, nous commencerons par les cartes ; madame désirerait qu'on lui dît sa destinée, elle sait, bien entendu, que cette bonne aventure est pur charlatanisme, mais elle est curieuse de voir un des plus habiles charlatans.

— Charlatanisme ! charlatan ! C'est bien, il importe peu. Je crois en ce que je lis ici, parce que j'y trouve la vérité. La première fois que je découvrirai une chose fausse dans ces morceaux de carton, je les jetterai dans le feu et ne toucherai plus jamais une carte, elles ont été ma marotte de vingt années, mais vous savez que je serais capable de le faire, *Englishman!*

— *Englishman!* s'écrie Valérie, levant la tête d'un air étonné.

— Oui, répond Raymond en riant, un surnom dont m'a gratifié M. Blurosset, pour ridiculiser mes opinions politiques qui se sont avisées de ressembler une fois par hasard à celles de notre honnête voisin John Bull.

M. Blurosset s'incline en manière d'assentiment à l'assertion de Raymond tandis qu'il prend les cartes dans ses mains maigres d'un blanc jaune et commence à les mêler. Il le fait avec une habileté qui lui est particulière et l'on pourrait presque deviner en l'observant que ces petits morceaux de carton ont été ses compagnons depuis vingt ans ; bientôt il les dispose en groupes de trois, cinq, sept et neuf sur la serge verte, gardant quelques cartes dans sa main puis les lunettes bleues se relèvent et contemplent Valérie pendant deux ou trois secondes.

— Votre amie est la reine de pique, dit-il, en se tournant vers Raymond. Décidément, reprend-il, comme les fades beautés de carreau disparaissent devant cette admirable merveille du Sud.

Valérie ne daigne pas entendre le compliment, qu'elle eût en tout autre moment considéré comme une insulte ; elle est absorbée et observe les groupes de cartes sur lesquels les bésicles bleues sont penchées avec une si grande attention.

M. Blurosset semble occupé à opérer quelques combinaisons mystérieuses avec ces groupes de cartes et celles qu'il a dans la main ; les lunettes vont du groupe trois au groupe neuf, du groupe sept au groupe cinq et puis reviennent et recommencent à aller de cinq à neuf, de trois à sept, de cinq à trois, de sept à neuf, bientôt il dit :

— Le roi de pique se trouve partout ici.

Il ne lève pas les yeux en parlant, les lunettes ne quittant pas les cartes. Sa façon de parler est si dépourvue d'animation et si mécanique, qu'on dirait un automate calculateur.

— Le roi de pique, dit Raymond, est un beau jeune homme brun.

— Oui, dit Blurosset, il est partout à côté de la dame de pique.

Valérie, malgré elle, est tout entière aux paroles de cet homme ; elle ne quitte jamais des yeux les lunettes et les lèvres blanches et minces du diseur de bonne aventure.

— Je n'aime pas son influence, elle est mauvaise ; ce roi de pique est en voie d'entraîner la reine en bas, en bas, en bas jusque dans la boue.

Le visage de Valérie ne saurait devenir plus pâle qu'il n'est resté depuis la révélation du bois de Boulogne, mais elle ne peut réprimer un frémissement en entendant ces mots.

— Il y a trahison, continue M. Blurosset, et il y a là une jolie femme.

— Une jolie femme ! La jeune fille que nous avons vue ce soir est jolie, dit tout bas Raymond ; M. Don Giovanni, possédant une beauté méridionale, admire sans doute les blondes.

— La jolie femme est toujours avec le roi de pique, dit le diseur de bonne aventure. Il n'y a pas là de trahison, rien que de l'amour. Le roi de pique peut être dévoué ; il l'est pour cette dame de carreau mais pour la reine de pique il n'a que perfidie.

— Y a-t-il quelque autre chose dans les cartes? demande Raymond.

— Oui, un prêtre, un mariage, de l'argent. Ah! ce roi de pique s'imagine qu'il est près d'acquérir une grande fortune!

— Se trompe-t-il?

— Oui, maintenant la trahison change de côté; la dame de pique est ici encore, mais attendez: le traître, le vrai traître est ici, ce bel homme, le valet de carreau.

Raymond de Marolles pose aussitôt sa main blanche sur la carte que Blurosset désigne du doigt, et dit avec précipitation:

— Bah! vous nous avez dit tout ce qui concerne le temps passé, parlez-nous de l'avenir.

Puis il ajoute tout bas à l'oreille de M. Blurosset:

— Insensé! vous avez oublié votre leçon?

— Elles veulent dire la vérité, murmure le diseur de bonne aventure. Elles m'ont entraîné; je veillerai sur moi davantage.

Ce dialogue chuchoté n'est pas entendu de Valérie, qui reste pétrifiée comme si la voix monotone de M. Blurosset était la voix de Némésis[1].

— Maintenant donc à l'avenir, dit Raymond, il est possible de dire ce qui est arrivé; nous désirons aller au-delà des limites du possible, dites-nous alors ce qui doit arriver.

M. Blurosset rassemble les cartes, les mêle et les dispose de nouveau en groupes comme auparavant. De nouveau, les lunettes bleues vont du groupe de trois à celui de neuf, au groupe de sept et de celui de sept à celui de cinq, Valérie suit leur mouvement d'un œil ardent et cave; il dit bientôt de son ton machinal:

---

1. Déesse grecque de la Vengeance.

— La dame de pique est très fière.

— Oui, murmure Raymond dans l'oreille de Valérie, que le ciel protège le roi qui injurie une telle reine.

Elle ne quitte pas des yeux les lunettes bleues de M. Blurosset, mais il y a un serrement de sa bouche déterminée qui semble comme un assentiment à cette remarque.

— Elle peut haïr aussi bien qu'aimer, le roi de pique est en danger, dit le diseur de bonne aventure.

Un silence de mort règne quelques minutes ; tandis que les lunettes bleues vont d'un groupe de cartes à l'autre, Valérie observe attentivement les lunettes ; Raymond observe attentivement Valérie.

Cette fois, il semble exister quelque difficulté dans le calcul des nombres ; les lunettes vont de côté et d'autre et les lèvres minces et blanches se remuent silencieusement et avec rapidité de sept à neuf, et retournent à sept.

— Il y a quelque chose dans les cartes qui vous embarrasse, dit Raymond en rompant le silence lugubre. Qu'est-ce ?

— Une mort, répond la voix impassible de M. Blurosset ; une mort violente qui ne porte aucun signe extérieur de violence. Je dis, n'ai-je pas déjà dit que le roi de pique était en danger ?

— Vous l'avez dit.

De trois à cinq, de cinq à neuf, de neuf à sept, de sept à neuf ; les paquets de cartes forment un cercle ; il parcourt trois fois le cercle, suivant la marche du soleil ; il retourne et trois fois il parcourt le cercle dans une direction opposée ; il compte transversalement de trois à sept, de sept à cinq, de cinq à neuf et les lunettes bleues arrivent à neuf à un arrêt de mort.

— Avant minuit demain, le roi de pique sera mort, dit la voix monotone de M. Blurosset.

Les voix des horloges de Paris semblent une continuation de celle de M. Blurosset et sonnent l'heure de minuit.

Vingt-quatre heures pour le roi de pique !

M. Blurosset ramasse les cartes et les glisse dans sa poche. Les gens malicieux disent qu'il dort en les mettant sous son oreiller, qu'il joue à l'écarté avec lui-même dans son sommeil et qu'il a joué le piquet avec un grand et noir gentleman que le portier n'a jamais fait ni entrer, ni sortir et qui a laissé derrière lui une atmosphère sulfureuse et suffocante dans le petit appartement de M. Blurosset.

— C'est bien, dit M. Raymond de Marolles. En voilà assez pour le carton ; maintenant au creuset.

Pour la première fois depuis la découverte de la trahison de son époux, Valérie de Lancy sourit. C'est un magnifique sourire qui arrondit ses lèvres sans les contourner et qui brille dans ses grands yeux noirs avec un feu aussi étincelant que celui du soleil des contrées méridionales ; mais dans tous les cas, puisse le ciel sauver l'homme qui l'a injuriée de l'éclat d'un sourire semblable à celui qu'elle a ce soir.

— Vous demandez mon assistance en matière de chimie ? demande Blurosset.

— Oui, j'ai oublié de vous dire, madame, que mon ami Laurent Blurosset, quoique aimant à se cacher dans une des rues les plus obscures de Paris, est peut-être l'un des hommes les plus savants de cette grande cité. C'est un chimiste qui opérera un jour une révolution dans cette science ; mais c'est un fanatique, madame, ou disons mieux c'est un amant et son creuset est sa maîtresse. Cette passion aveugle pour la science n'est assurément qu'une autre forme de cette grande folie du monde, l'amour. Qui sait quels yeux brillants un problème d'Euclide peut avoir remplacés? Qui peut dire quelle belle chevelure peut avoir été oubliée pour une racine grecque?

Valérie frissonne, que le ciel vienne au secours de ce cœur brisé; chaque mot qui touche au sentiment fondamental de sa vie est une blessure qui le perce.

— Vous ne fumez pas, Blurosset, homme insensé, vous ne savez pas vivre. Pardon, madame.

Marolles allume son cigare à la lampe voilée par un abat-jour vert, s'assied près du poêle et fume pendant quelques instants en silence.

Valérie toujours assise devant la petite table, les yeux fixés sur lui, l'observe et attend qu'il parle.

Dans le naufrage complet de toutes ses espérances, cet aventurier est la seule ancre à laquelle elle puisse s'attacher. Bientôt il dit de son air le plus aisé et le plus indifférent:

— La mode était à la fin du quinzième et pendant le seizième siècle, chez les grandes dames italiennes, d'acquérir une certaine connaissance de quelques principes de chimie; nous devons, naturellement, placer Lucrèce Borgia en tête de ces dames.

M. Blurosset s'incline pour approuver: Valérie promène son regard de Raymond aux lunettes bleues, mais le visage du chimiste ne témoigne pas une ombre de surprise à la singularité de l'observation de Raymond.

— Alors, continue M. de Marolles, si une dame était profondément offensée ou cruellement insultée par l'homme qu'elle aimait; si sa fierté était foulée aux pieds dans la poussière ou si son nom et sa faiblesse étaient livrés au ridicule et au mépris; alors elle savait comment se venger elle-même et défier le monde. Une tendre pression de la main du traître; une fleur ou un ruban donné comme gage d'amour, les feuillets d'un livre rapidement parcourus, humecter le bout de ses doigts était une si vulgaire habitude alors, et le volume à peine regardé, le gentilhomme mourait ; personne ne savait comment, sauf les vers auxquels peut-être l'*aquatafana*[1] de seconde main pouvait être désagréable.

— Des vautours sont morts des effets de cadavres empoisonnés, murmure M. Blurosset.

— Mais dans cet âge dégénéré, continue Raymond, que peuvent faire nos dames parisiennes, quand elles ont un motif pour se venger du traître ? Qu'elles lui donnent étourdiment une demi-pinte de laudanum ou un once d'arsenic et le poison est découvert une demi-heure après la mort. Je crois que le temps est un cercle et que, malgré notre réputation de progrès, nous reculons au lieu d'avancer.

Ses horribles paroles, trois fois horribles à cause de leur contraste avec la froideur de ses manières aisées, font frémir Valérie jusqu'au plus profond du cœur ; mais elle ne fait aucun effort pour l'interrompre.

— Maintenant, mon bon Blurosset, dit-il, voici ce que nous vous demandons : une substance qui change un verre de vin en une certitude de mort, mais qui puisse défier les expertises d'une faculté de médecins. Cette dame désire prendre une leçon de chimie ; elle veut, bien entendu, n'expérimenter que sur des lapins et elle a le cœur si tendre que, comme vous pouvez vous en apercevoir, elle frémit à l'idée même de cette petite cruauté. Au reste, pour vous récompenser de votre peine, si vous lui donnez une plume et de l'encre, elle vous donnera sur son banquier un bon de cinq cents francs.

---

1. L'Aqua Tafana, ou eau de Giulia Tafana, ou encore manne de Saint-Nicolas, était un poison constitué d'arsenic et de belladone vendu aux femmes italiennes, au début du XVIIIe siècle, pour se débarrasser de leur mari. Il aurait fait partie des poisons utilisés par la marquise de Brinvilliers.

M. Blurosset ne paraît pas plus surpris à cette requête que si on lui eût demandé un verre d'eau ; il va à une armoire qu'il ouvre et, après une courte recherche, choisit une petite boîte dans laquelle il prend quelques grains d'une poudre blanche qu'il enveloppe soigneusement dans un petit morceau de journal. Il est si habitué à manier ces compositions qu'il les traite avec très peu de cérémonie.

— Ceci est un poison lent, dit-il, pour un lapin tout à fait adulte, la huitième partie de ce que vous avez là suffit ; la totalité empoisonnerait un homme. Mais la mort dans les deux cas ne serait pas immédiate. L'opération prend quelques heures avant que de se terminer fatalement.

— Madame en usera avec discrétion, dit Raymond, soyez tranquille.

M. Blurosset tend le petit paquet, comme s'il s'attendait à ce que Valérie le prenne ; elle recule d'un air plein d'horreur et frissonne en regardant attentivement le chimiste et Raymond de Marolles.

— Dans cet âge dégénéré, dit Raymond en gardant les yeux fixés sur son visage, nos femmes ne peuvent elles-mêmes redresser leurs torts, quelque cruels qu'ils puissent être : il leur faut des pères, des frères ou des oncles qui se battent pour elles et le monde pour témoin du combat. Bah ! Il n'y a pas en France une femme qui soit supérieure à une jeune écolière sentimentale !

Valérie tend sa petite main pour recevoir le paquet.

— Donnez-moi la plume, monsieur, dit-elle, et le chimiste lui ayant présenté une demi-feuille de papier, elle écrit précipitamment un billet à ordre pour son banquier qu'elle signe en toutes lettres de son nom de famille.

M. Blurosset regarde par-dessus le papier tandis qu'elle écrit.

— Valérie de Cévennes ! s'écrie-t-il. Je ne savais pas avoir l'honneur d'une aussi aristocratique visite.

Valérie pose la main sur sa tête, comme si elle était égarée.

— Mon nom ! dit-elle ; c'est un oubli, c'est un oubli...

— Qu'avez-vous à craindre, madame ? demande Raymond en souriant. N'êtes-vous pas avec des amis ?

— Par pitié, monsieur, dit-elle, donnez-moi votre bras et reconduisez-moi à la voiture ; je tomberai morte si je reste plus longtemps ici.

Les lunettes bleues la considèrent un instant d'un air grave ; M. Blurosset pose une main froide et moite sur son pouls et prend de l'autre, dans l'armoire, une petite fiole qui contient un liquide transparent dont il lui donne quelques gouttes.

— Elle ira maintenant, dit-il à Raymond, jusqu'à ce que vous l'ayez ramenée chez elle, puis, veillez à ce qu'elle prenne ceci (il lui donne une autre fiole), c'est une potion opiacée qui lui procurera six heures de sommeil... Sans cette précaution, elle deviendrait folle.

Raymond la conduit hors de l'appartement. Sa tête tombe lourdement sur ses épaules et il est obligé de la soutenir pour descendre l'escalier.

— Je crois que nous avons scellé la condamnation du roi de pique, murmure-t-il en lui-même, en sortant dans la cour avec son fardeau inconscient.

22
Un verre de vin

Sur une petite table, dans le boudoir du pavillon, se trouve une lettre. C'est la première chose que Valérie de Lancy aperçoit à son entrée dans la pièce avec Raymond de Marolles, une demi-heure après avoir quitté l'appartement de M. Blurosset. Cette lettre est de la main de son époux et porte le timbre de la poste de Rouen. Le visage de Valérie dit à son compagnon de qui vient la lettre, avant qu'elle l'ait prise dans sa main.

— Lisez, dit-il froidement, elle contient ses excuses, sans aucun doute. Voyons quelle jolie histoire il a inventée. Dans sa première carrière, ses camarades l'avaient surnommé le baron de Münchhausen.

Sa main tremble en brisant le cachet ; mais elle lit la lettre jusqu'à la fin, puis dit en se tournant vers Raymond :

— Vous avez raison, son excuse est excellente, seulement un peu trop transparente ; écoutez :

La raison de mon absence de Paris et de ma présence cette nuit au bois de Boulogne est très extraordinaire. À la fin de l'opéra, à la dernière représentation, je fus demandé à la porte du théâtre où je trouvai un messager qui m'attendait et qui me dit arriver en poste de Rouen où ma mère était dangereusement malade, pour me supplier, si je voulais la voir, de partir immédiatement pour cette ville. Même mon amour pour vous, que vous savez bien, Valérie, être la passion absorbante de ma vie, fut oublié dans un tel moment. Je n'avais aucun moyen de communiquer avec vous sans compromettre notre secret ; imaginez ma surprise à mon arrivée à Calais, en trouvant ma mère en parfaite santé et qui naturellement ne m'avait envoyé aucun messager. J'appréhende dans ce mystère quelque complot qui menace la sûreté de notre secret.

Je serai à Paris ce soir, mais trop tard pour vous voir, et demain, à la brune, je me trouverai à ce cher petit pavillon, pour jouir une fois de plus du sourire des seuls yeux que j'aime.

GASTON DE LANCY

— Une épître complètement ridicule, murmure Raymond. Je l'aurais cru réellement capable de quelque chose de mieux. Le recevrez-vous demain soir, madame ?

Elle connaît si bien la portée de cette question, que sa main serre presque involontairement le petit paquet donné par M. Blurosset, qu'elle a gardé tout ce temps ; mais elle ne lui répond pas.

— Vous le recevrez demain, ou après-demain soir tout Paris apprendra ce romanesque ou plutôt ce ridicule mariage. Il sera dans tous les journaux, en caricature à tous les étalages de libraires. Le *Charivari* aura un ou deux bons mots sur lui, et les gamins le crieront dans les rues comme un récit intéressant, véridique et extraordinaire, pour un sou seulement. Mais, au reste, je vous l'ai déjà dit, vous êtes supérieure à votre sexe et vous vous inquiétez peut-être fort peu de tout cela.

— Je le verrai demain soir à la brune, dit-elle d'une voix basse et rauque, nullement agréable à entendre et je ne le verrai plus jamais après-demain.

— Encore une fois, alors, bonne nuit, dit Raymond. Mais attendez ; M. Blurosset vous prie de prendre ceci, c'est une potion opiacée. Au reste, murmure-t-il en riant, tandis qu'il la regarde d'une façon étrange, vous êtes parfaitement assurée de son innocence ; souvenez-vous que je n'ai pas encore été payé.

Il salue et quitte le salon. Elle ne lève pas un instant les yeux pour le regarder, tandis qu'il lui dit adieu. Ces yeux caves et secs sont fixés sur la lettre qu'elle tient dans sa main gauche. Elle pense à la première fois où elle a vu cette écriture, alors que chaque lettre semblait un caractère écrit avec du feu, parce que la main de son amant l'avait tracée ; alors que le moindre morceau de papier, noirci des mots les plus ordinaires, était un précieux talisman, un joyau d'un plus grand prix que les diamants de tous les Cévennes.

La courte journée d'hiver touche à sa fin et, dans l'obscurité naissante, un jeune homme en épais pardessus descend la rue large et paisible dans laquelle s'élève le pavillon. Une ou deux fois il regarde autour de lui pour voir s'il n'est pas observé, puis il entre précipitamment. Dans quelques minutes il est dans le boudoir à côté de Valérie. Le visage hautain de la jeune fille est plus pâle que la dernière fois qu'il l'a vu et, quand il lui demande avec tendresse la cause de ce changement, elle dit :

— J'ai été inquiète de vous, Gaston. Pouvez-vous me le demander ?

— Votre voix aussi, votre voix a changé, remarque-t-il avec anxiété. Attendez, je suis assurément victime d'une illusion grossière. Est-ce bien… est-ce bien Valérie ?

Le petit boudoir est seulement éclairé par la flamme du bois qui brûle dans le foyer. Il l'attire vers la clarté du feu, et la regarde en plein visage.

— Vous me croirez à peine, dit-il, mais pour un moment, j'ai presque douté que ce fût réellement vous. Les fausses alarmes, le voyage précipité, une chose et une autre m'ont tellement bouleversé, que vous me semblez changée, vos traits altérés ; je ne puis pas dire comment, mais extraordinairement altérés.

Elle s'assied dans le fauteuil à côté de la cheminée. Un tabouret en velours brodé est à ses pieds ; il se place dessus et reste à contempler son visage. Elle pose ses doigts effilés sur sa chevelure noire et le regarde dans les yeux. Qui lira ses pensées en ce moment ? Elle a appris à le mépriser, mais elle n'a jamais cessé de l'aimer. Elle a sujet de le haïr, mais elle ne peut dire si le sentiment amer qui torture son cœur est de l'amour ou de la haine.

— Fi donc ! Gaston, vous êtes rempli d'idées tristes, ce soir. Et moi, vous le voyez, je n'ai pas songé un instant à vous reprocher l'inquiétude que vous m'avez causée. Voyez comme je suis disposée à accepter vos excuses pour votre absence et à n'exprimer aucun doute sur leur véracité. Maintenant, si j'étais jalouse ou soupçonneuse, je pourrais avoir une centaine de doutes ; je pourrais même être assez folle pour me figurer que vous étiez avec une autre femme que vous aimez plus que moi.

— Valérie !... dit-il d'un air de reproche en portant la petite main de celle-ci à ses lèvres.

— Non, dit-elle avec un sourire, cela pourrait être la pensée d'une femme jalouse ; mais moi, Gaston, pourrais-je penser ainsi de vous ?

— Silence ! dit-il, tressaillant et se levant précipitamment. N'avez-vous pas entendu quelque chose !

— Quoi ?

— Un bruissement à cette porte, la porte de votre cabinet de toilette. Finette n'est pas là ; y est-elle ? Je l'ai laissée dans l'antichambre au-dessous.

— Non, non, Gaston, il n'y a personne là ; c'est encore une de vos idées folles.

Il jette un coup d'œil inquiet vers la porte, mais se rassied aux pieds de sa femme et examine son visage. Elle n'a pas les yeux fixés sur lui, mais sur le feu. Ses yeux noirs sont rivés à la flamme et elle paraît presque ignorer la présence de son époux.

Qu'aperçoit-elle dans la flamme rouge ? Le naufrage de son cœur ? La ruine de ses espérances ? Le fantôme de son bonheur perdu ? L'image d'un long et sinistre avenir qui ne connaîtra plus cet amour sur les fondements duquel elle avait élevé pour les temps futurs une existence paisible et heureuse ?

Qu'aperçoit-elle encore ? Un bras étendu comme un avertissement pour lui épargner un crime (qui, une fois commis, doit lui fermer toute sympathie terrestre, sans lui fermer peut-être le pardon du ciel), ou un doigt inflexible lui montrant le but terrible vers lequel elle court avec une résolution dans le cœur si étrange et si effroyable pour elle, qu'elle peut à peine croire qu'elle lui appartienne ou qu'elle soit elle-même ?

Sa main gauche repose toujours sur la chevelure noire qu'elle ne peut toucher, même en ce moment, sans une tendresse qui, ne faisant plus partie de sa nature aujourd'hui, semble être une relique du naufrage de son passé ; elle étend son bras droit vers une table à côté d'elle, sur laquelle se trouvent des carafes et des verres qui à son toucher rendent un son argentin.

— Je dois essayer de vous guérir de vos imaginations, Gaston. Mon médecin m'ordonne de prendre chaque jour, à ma collation, un verre de ce vieux madère que mon oncle aime tant. On n'a pas retiré le vin, vous en prendrez ; versez-le vous-même, voilà le flacon. Je vous tiendrai le verre.

Elle tient d'une main ferme le verre artistement taillé, tandis qu'il y verse le vin. La lumière du feu vacille et il répand quelques gouttes de la liqueur sur sa robe. Ils rient tous les deux de cet accident, et son rire à elle résonne et est le plus éclatant des deux.

Il y a une troisième personne qui rit aussi, mais son rire est silencieux. Cette troisième personne est M. de Marolles, qui se tient derrière la porte entrouverte conduisant dans le cabinet de toilette de Valérie.

« Ainsi, se dit-il à lui-même, cela marche même mieux que je ne l'avais espéré. Je craignais que le beau visage du jeune homme n'ébranlât sa résolution. Le feu de ses beaux yeux noirs est incontestablement magnifique, mais il n'a pas longtemps à briller. »

Comme la clarté du foyer tombe sur le verre, Gaston le tient entre ses yeux et la flamme.

— Le vin de votre oncle n'est pas très clair, dit-il, mais je boirais le plus détestable vinaigre de la plus détestable taverne de Paris, si vous me le versiez de votre main, Valérie.

Comme il vide le verre, la petite pendule sonne 18 heures.

— Je dois partir, Valérie. Je joue Gennaro dans *Lucrèce Borgia*[1] et le roi doit assister à la représentation ce soir. Vous viendrez ? Je ne saurais bien chanter si vous n'êtes là.

— Oui… oui… Gaston.

Elle porte la main à sa tête en prononçant ces paroles.

— Êtes-vous indisposée ? demande-t-il d'un air inquiet.

— Non, non, ce n'est rien. Partez, Gaston, vous ne devez pas faire attendre Sa Majesté, dit-elle.

1. Opéra de Gaetano Donizetti, d'après Victor Hugo, créé en 1833.

Je me demande si, pendant qu'elle parle, ne se dresse pas dans son esprit l'image d'un monarque qui règne avec un pouvoir incontesté sur la vaste surface de la terre, dont le trône n'est jamais ébranlé par les révolutions, aux sentences duquel aucune créature n'a encore échappé et auquel toutes les puissances terribles cèdent le pas, reconnaissant en lui le roi des terreurs.

Le jeune homme prend sa femme dans ses bras et presse de ses lèvres son front moite de la sueur glacée de la mort.

— Je suis certain que vous êtes malade, Valérie, dit-il.

Elle frissonne violemment, mais lui dit en le poussant vers la porte :

— Non, non, Gaston ; partez, je vous en supplie, vous serez en retard ; vous me verrez au théâtre ; en attendant, adieu !

Il est parti, elle a fermé rapidement la porte sur lui et tombe frémissante sur le parquet, heurtant avec sa tête les moulures dorées de la porte. M. de Marolles sort de l'ombre et, la soulevant du parquet, la pose dans le fauteuil à côté du feu. Sa tête tombe lourdement sur le dossier de velours, mais ses grands yeux noirs sont ouverts. J'ai déjà dit que cette femme ne s'évanouit pas. Elle saisit convulsivement la main de Raymond dans les siennes.

— Madame, dit-il, vous vous êtes montrée la vraie descendante de la noble race des Cévennes. Vous vous êtes vengée.

Les grands yeux noirs ne le regardent pas, ils sont fixés sur le vide. Hélas ! Peut-il exister pour cette femme autre chose que le vide. Désormais la terre entière est remplie d'un fantôme hideux.

Deux verres sont sur la table, un peu en arrière du fauteuil sur lequel elle est assise. Ce sont de magnifiques verres antiques, élégamment taillés et portant le blason des Cévennes. L'un d'eux, celui dans lequel Gaston de Lancy a bu, a conservé au fond un petit dépôt blanchâtre avec quelques gouttes de vin. Valérie n'aperçoit pas Raymond qui, d'une main furtive, prend ce verre sur la table et le cache dans la poche de son pardessus. Il jette encore un regard sur elle qui reste la bouche rigide et les yeux hagards et lui dit ensuite en se dirigeant vers la porte :

— Je vous verrai à l'opéra, madame ! Je me trouverai aux stalles. Vous serez, avec votre beauté plus splendide que d'habitude, le centre des observations dans la loge voisine de celle du roi. N'oubliez pas que, jusqu'à ce que la soirée soit écoulée, vous n'avez pas fini de jouer votre rôle. Au revoir, madame. Demain, je dirai mademoiselle. Car demain le mariage secret de Valérie de Cévennes avec un chanteur ne sera que le souvenir d'une folie passée.

23
Le dernier acte de Lucrèce Borgia

Deux heures après cette entrevue dans le pavillon, Raymond de Marolles est assis à son ancienne place, au premier rang des stalles. Plusieurs fois, pendant le prologue et le premier acte de l'opéra, sa lorgnette se dirige sur la loge voisine de celle du roi ; mais à chaque fois, il la trouve vide. Enfin après la chute du rideau sur le finale du premier acte, il lève encore sa lunette et voit entrer Valérie s'appuyant sur le bras de son oncle. Sa beauté brune n'a rien perdu car sa mortelle pâleur et ses yeux ont ce soir un éclat que ses nombreux admirateurs, qui connaissent si peu et sont si peu soucieux de connaître les secrets de son âme fière, trouvent vraiment magnifique. Elle porte une robe de velours vert foncé avec une parure en petits diamants qui tremblent et renvoient les brillantes étincelles d'un arc-en-ciel lumineux. Cette robe sombre, sa pâleur de mort et le feu étrange de ses yeux donnent à sa beauté, ce soir, quelque chose de particulier qui en fait plus que d'habitude le point de mire de tous les observateurs.

Elle s'assoit immédiatement, faisant face au théâtre et pose son riche bouquet d'un blanc pur, entièrement composé de fleurs d'oranger, de perce-neige et de jasmin : mélange de l'hiver, de l'été et de fleurs de serre chaude, que sa bouquetière sait lui vendre fort cher. Elle couvre l'intensité de son regard, qui est le caractère distinctif de son visage, d'un voile de tristesse et d'indifférence. Elle n'a aucune envie de regarder, de voir la figure pâle de M. de Marolles, qui flâne, le dos tourné à l'orchestre et sa lorgnette à la main.

Le marquis jette un coup d'œil sur le programme et le rejette loin de lui d'un air mécontent.

— Cette abominable empoisonneuse, dit-il, quand donc les Parisiens seront-ils fatigués de ses horreurs?

Sa nièce lève légèrement ses sourcils, mais non ses yeux, en disant:

— Ah oui, vraiment, quand?

— Je n'aime pas ces sujets, continue le marquis; même la touche de Victor Hugo ne peut les empêcher d'être repoussants, puis il y a beaucoup à dire sur leur mauvaise influence. Ils sont un dangereux exemple. Lucrèce Borgia en velours noir se vengeant d'une insulte, du point de vue des règles dramatiques et de la musique de Donizetti, c'est très charmant, sans nul doute; mais nous n'avons pas besoin que nos femmes et nos filles apprennent les moyens de nous empoisonner sans craindre la prison. Qu'en dites-vous, Rinval? demande-t-il à un jeune officier qui vient d'entrer dans la loge. Pensez-vous que j'aie raison?

— Entièrement, mon cher marquis. La représentation d'un aussi odieux sujet est un crime contre la beauté et l'innocence, dit-il en s'inclinant du côté de Valérie, et quoique la musique soit vraiment délicieuse...

— Oui, dit Valérie, mon oncle ne peut s'empêcher d'admirer la musique. Comment ont-ils chanté ce soir?

— Eh bien, chose étrange, pour la première fois, Lancy a désappointé ses admirateurs. Il est faible dans son rôle de Gennaro.

— Vraiment! (Elle prend son bouquet dans la main et joue avec la fleur penchée d'une boule de neige.) Faible dans ce rôle! En vérité, vous me surprenez.

À la parfaite indifférence de son ton, on croirait qu'elle parle des fleurs qu'elle tient.

— On dit qu'il est malade, continue M. Rinval, il était presque abattu dans le *Pescator ignobile*, mais le rideau se lève, nous aurons bientôt la scène du poison et vous pourrez juger par vous-même.

Elle rit.

— Non, dit-elle, je n'ai jamais été une admiratrice aussi enthousiaste que vous l'êtes de ce jeune homme, monsieur Rinval. Je ne saurais penser que le monde dût finir, s'il lui arrivait de faire une fausse note.

Le jeune Parisien se penche sur le fauteuil de la jeune fille, admirant sa grâce et sa beauté ; admirant peut-être au-dessus de tout la hautaine indifférence avec laquelle elle parle du chanteur, comme si c'était chose trop en dehors de sa sphère que de s'inquiéter de lui, même un seul instant. Elle l'étonnerait bien davantage, tout en amoindrissant son admiration, s'il pouvait savoir que tandis qu'elle lève les yeux sur lui, avec un visage radieux, elle ne peut même le distinguer debout à côté d'elle ; que pour ses yeux pleins de nuages, la salle est un grand océan de vagues de lumière et de regards ardents, et que dans le milieu de ce vaste chaos de sang et de feu elle voit l'image de son amant, mourant de la main qui l'a comblé de caresses.

— Maintenant, la scène du banquet, dit M. Rinval. Ah ! voici Gennaro, n'est-il pas magnifiquement beau dans son pourpoint de velours rose et or ? Cette perruque vénitienne lui sied bien ! c'est une perruque, je suppose ?

— Oh, incontestablement ! Ces sortes de gens empruntent la moitié de leur beauté aux perruques, au rouge et au blanc, n'est-il pas vrai ? demande-t-elle d'un air de mépris, quoiqu'en parlant elle pense à la chevelure noire que ses doigts blancs lissèrent si souvent en l'écartant de son large front, en ce temps passé depuis quelques jours seulement et qui lui semble écoulé depuis des siècles.

Elle a souffert les douleurs de toute une existence en perdant le rêve heureux de sa vie.

— Voyez, dit M. Rinval, Gennaro a la coupe empoisonnée dans la main. Il joue très mal, il se soutient d'une main sur le dossier de cette chaise, quoiqu'il n'ait pas encore bu le fatal breuvage.

Robert de Lancy est en effet appuyé et se soutient sur une chaise à forme gothique qui se trouve sur la scène. Une fois il passe la main sur son front comme pour rassembler ses sens égarés, puis il boit le vin et s'avance pour chanter. Bientôt, cependant, chaque exécutant de l'orchestre lève la tête comme foudroyé. Gennaro a cessé de chanter au milieu d'un trait, mais Maffio Orsini reprend le passage et l'opéra continue.

— Ou il est malade, ou il ne connaît pas la partition, dit M. Rinval ; s'il est dans le dernier cas, c'est réellement indécent et il abuse de l'indulgence du public.

— C'est toujours le cas avec ces acteurs favoris ; n'est-il pas vrai ? demande Valérie.

À ce moment le fond de la scène s'entrouvre pour laisser entrer d'abord une procession de moines en noir et encapuchonnés, psalmodiant un chant funèbre. Puis, pâle, hautaine, l'œil ardent de vengeance, la terrible Lucrèce s'élance sur le devant de la scène.

Triomphante et pleine de mépris, elle dit aux compagnons de Gennaro que leur sentence est prononcée, en montrant du doigt, dans l'ombre du fond, une rangée de cinq cercueils qui attendent ceux qui ont été désignés pour les occuper. L'auditoire, rivé par l'intérêt de la scène, attend cette question émouvante de Gennaro :

— Alors, madame, où est la victime?

Et lorsque Lancy sort de derrière ses camarades, tous les yeux sont fixés sur lui. Il s'avance vers Lucrèce, essaie de chanter, la voix lui manque à la première note, il étreint convulsivement son gosier avec sa main, fait en chancelant un ou deux pas en avant, puis tombe pesamment sur le plancher. La consternation et la confusion règnent aussitôt sur la scène; on se rassemble autour de lui, un des acteurs s'agenouille et soulève sa tête, à ce moment le rideau tombe.

— J'étais certain qu'il était malade, dit M. Rinval; je crains que ce ne soit une apoplexie.

— C'est une insinuation peu charitable, dit le marquis, mais enfin ne pensez-vous pas qu'il soit possible que le jeune homme soit en état d'ivresse.

Il y a un grand bourdonnement de surprise parmi l'auditoire et, au bout de trois minutes, un des acteurs s'avance devant le rideau et annonce que, par suite de la soudaine et alarmante indisposition de M. de Lancy, il est impossible de terminer l'opéra et demande à l'auditoire la permission de laisser commencer le ballet.

L'orchestre entame l'ouverture du ballet et plusieurs spectateurs se disposent à quitter la salle.

— Voulez-vous rester plus longtemps, Valérie, ou cet affreux final vous a-t-il impressionnée? demande le marquis.

— Un peu, dit Valérie; en outre, nous avons promis de donner un coup d'œil au concert de Mme de Vermanville avant d'aller au bal de la duchesse.

M. Rinval l'aide à s'envelopper dans son manteau et lui offre ensuite son bras. Comme ils passent par la grande entrée du théâtre pour rejoindre l'équipage du marquis, Valérie laisse tomber son bouquet; un monsieur sort de la foule et le lui ramasse.

— Je vous fais mes compliments autant pour l'énergie de votre esprit que pour votre beauté, mademoiselle! dit-il, en parlant assez bas pour ne pas être entendu de ceux qui l'accompagnent, mais avec une accentuation terrible sur le dernier mot.

En montant dans la voiture, elle entend dire à l'un des assistants :

— Pauvre jeune homme, vingt-sept ans seulement, si beau et si merveilleusement doué!

— Bonté du ciel! dit M. Rinval en fermant la portière de la voiture. Quelle horrible chose!... Lancy est mort.

Valérie ne pousse aucune exclamation à cette nouvelle. Elle regarde fixement en dehors de la portière opposée ; elle est occupée à compter les réverbères dans les rues en traversant le brouillard de la nuit.

— Vingt-sept ans seulement! sanglote-t-elle hystériquement, que vingt-sept ans!

Il aurait pu vivre jusqu'à trente-sept, quarante-sept, cinquante-sept ans ; mais il a méprisé son amour, il a foulé aux pieds les plus purs sentiments de son cœur et voilà pourquoi il n'a vécu que vingt-sept ans merveilleusement doué, merveilleusement beau, vingt-sept ans seulement!

— Pour l'amour du ciel, ouvrez les portières et faites arrêter la voiture, Rinval! s'écrie le marquis, je suis sûr que ma nièce est malade.

Elle éclate d'un long rire sonore.

— Mon cher oncle, vous êtes complètement dans l'erreur ; je ne me suis jamais mieux portée de ma vie. Mais on dirait que la mort de ce ténor a rendu tout le monde fou.

Ils arrivent rapidement à l'hôtel, et la transportent dans l'intérieur de la maison. Sa femme de chambre, Finette, veut la faire porter dans le pavillon, mais le marquis lui impose silence et fait déposer sa nièce dans les appartements qu'elle occupait autrefois. Les premiers médecins sont convoqués et, après examen, déclarent qu'elle est atteinte d'une fièvre cérébrale qui promet d'avoir un caractère terrible.

24
Mauvais rêves et pire réveil

La soudaine et triste mort de Gaston de Lancy cause une sensation considérable dans Paris ; d'autant plus considérable qu'on l'attribue au poison ; administré par quelle main ou pour quel motif, nul ne le devine. Il y a néanmoins un récit qui circule et auquel quelques personnes donnent foi, quoiqu'il ait une très faible apparence de probabilité : un étranger aurait réussi à s'introduire dans les coulisses du théâtre et on l'aurait vu en conversation animée avec l'individu chargé de fournir les coupes de vin pour la scène d'empoisonnement dans *Lucrèce Borgia* l'après-midi qui a précédé la soirée pendant laquelle Lancy est mort. Certaines personnes vont jusqu'à dire que cet étranger a corrompu cet employé pour lui faire jeter le contenu d'un petit paquet dans le fond du verre, donné sur la scène à Lancy ; mais très peu de personnes croient une histoire aussi invraisemblable qui, bien entendu, est énergiquement démentie par l'individu en question. Les médecins attribuent la mort du jeune homme à une apoplexie. On ne fait aucune enquête sur le cadavre et, pour obéir à la volonté de sa mère, il est enseveli à Rouen et ses funérailles se font sans bruit, personne n'étant autorisé à savoir quand elles auront lieu. Paris oublie bientôt son favori. Quelques-uns de ses portraits le représentant dans un ou deux de ses principaux rôles sont exposés quelque temps dans l'étalage des libraires à la mode. Une courte notice paraît dans plusieurs journaux et dans une ou deux revues puis, après quinze jours il est entièrement oublié. Eût-il été un grand général ou un grand ministre, je ne suppose pas qu'on se souviendrait de lui plus longtemps. Le nouveau ténor a un beau teint et des yeux bleus et deux notes de plus de fausset; aussi l'opéra est-il aussi brillant que jamais, quoique *Lucrèce Borgia* ne figure pas à l'affiche pendant le reste de la saison.

Un mois après la mort de Lancy, les médecins déclarent que Mlle de Cévennes est suffisamment rétablie pour quitter Paris et pour se rendre en Normandie dans le château de son oncle. Sa maladie a été terrible; pendant plusieurs jours elle a eu le délire. Ah! qui pourrait décrire les épouvantables rêves de ce délire, rêves d'angoisses que ses phrases brisées peuvent si peu exprimer?

La figure de l'homme qu'elle a aimé, dans toutes ses phases, passe devant elle et prend toutes les expressions, tantôt rêveuse, tantôt rayonnante d'animation radieuse, puis cynique ou pleine de mélancolie, mais toujours distincte et palpable, toujours devant elle, nuit et jour. Le tableau de sa première rencontre avec lui, son mariage secret, la petite chapelle à quelques lieues de Paris, le vieux prêtre, la cruelle découverte dans le bois de Boulogne, la scène de la trahison, le petit appartement de M. Blurosset, les cartes et le poison. Chaque action de cette sombre période de sa vie se présente dans son cerveau en désordre, toujours et toujours; cent fois pendant les longues journées et cent fois pendant les nuits plus longues encore. De sorte que, le mois finissant et étant assez forte pour passer d'une pièce dans une autre, elle n'offre aux yeux de son oncle que les débris de sa superbe et charmante héritière.

Le château du marquis, à quelques lieues de la ville de Caen, est situé dans un parc aussi sauvage et inculte qu'une forêt. Un parc rempli de vieux arbres énormes et composé de terrains marécageux, couverts de roseaux avec des mares d'eau stagnante qui, dans le bon temps du vieux régime, étaient battues pendant la nuit par les paysans soumis, afin que M. le marquis puisse dormir dans son lit Boulle sans être troublé par les coassements des grenouilles.

Tous les bâtiments alentour tombent en ruine, le château a été saccagé et une de ses ailes brûlée en 1793 : le marquis, alors petit garçon, avait fui avec son père vers les rivages hospitaliers de l'Angleterre, où pendant vingt ans et plus de sa vie, il a vécu dans la misère et dans l'obscurité, enseignant sa langue natale, les mathématiques, la musique, tantôt une chose, tantôt une autre, pour gagner son pain de chaque jour. Mais avec la restauration des Bourbons, arriva la restauration du marquis dans ses titres et dans sa fortune. Un riche mariage avec la veuve d'un opulent bonapartiste rétablit la maison des Cévennes dans sa primitive splendeur ; et en considérant aujourd'hui le chef hautain et majestueux de la famille, il est difficile d'imaginer que cet homme a enseigné le français, la musique et les mathématiques, à quelques shillings le cachet, dans les obscures écoles d'une ville manufacturière d'Angleterre.

Le parc désolé qui entoure le château en ruine plus désolé encore est couvert d'une couche blanche de neige sur laquelle passent les domestiques et les servantes, les paysans des environs, allant et venant du village pour quelque message ou quelque commission, s'enfonçant jusqu'aux genoux, ou bien près de se perdre dans quelque trou imprévu, sur lequel les flocons blancs ont été entraînés et se sont accumulés en masses d'une profondeur dangereuse. Les sombres appartements aux boiseries de chêne occupés par Valérie donnent sur le désert revêtu de neige et ont un aspect remarquable de tristesse en ce jour mourant de février.

De sévères portraits des aïeux morts de cette noble maison jettent de leurs lourds encadrements des regards courroucés sur la pâle jeune fille, moitié assise, moitié couchée sur un grand fauteuil, dans la profonde embrasure de la croisée. Un baron terrible, recouvert d'une cotte de mailles, tombé en combattant au désastre d'Azincourt, tient une hache d'arme levée et dans l'obscurité du soir il semble à Valérie que le guerrier lève son arme avec un regard menaçant sous ses épais sourcils qui s'animent d'une expression résolue quand ses yeux rencontrent ceux du portrait. De quelque côté qu'elle se tourne, les yeux de ces sombres peintures semblent la suivre, tantôt avec un air menaçant, tantôt avec un air de reproche, quelquefois avec un regard mélancolique chargé d'une étrange et sinistre tristesse qui brise son cœur et la glace jusqu'au fond de l'âme.

Des troncs d'arbres brûlent dans le grand foyer, supportés par de massifs chenets en fer et leur flamme tremblante en tombant çà et là laisse toujours les angles de la vaste pièce dans l'obscurité. La blancheur éclatante de la nuit glacée, en pénétrant par les larges et hautes croisées, lutte de puissance avec la clarté du foyer et la fait pâlir, de sorte que les joyeux reflets jouant à cache-cache dans les nombreuses sculptures de la boiserie de chêne des murs et du plafond semblent se dérober confus devant le rayonnement glacial d'un ciel d'hiver froid et bleu comme l'acier. Le visage pâle de la jeune malade, éclairé par cette lugubre lumière, paraît presque aussi calme et aussi inanimé que celui de sa grand-mère, ayant poudre et mouches, qui lui sourit du haut du mur.

Pas de livre à côté d'elle, pas de trace d'une occupation féminine quelconque dans cette grande chambre, pas d'amie pour la veiller ou lui tenir compagnie (car elle refuse toute société); elle est immobile, ses mains blanches pendantes sur les coussins de velours de son fauteuil, sa tête renversée comme dans un état complet d'abandon de toutes choses en face de l'immensité de la terre, et ses yeux noirs fixés droit devant elle sur le lugubre espace couvert de neige qui s'étend au-dehors. Ainsi elle est restée depuis les premières heures de la matinée, ainsi elle restera jusqu'à ce que sa femme de chambre vienne pour la conduire dans sa triste chambre à coucher.

Ainsi elle demeure quand son oncle lui fait une visite et essaie par tous les moyens possibles d'éveiller un sourire ou de faire luire une étincelle d'animation sur ce visage de mort. En vérité, c'est le visage d'une femme morte, morte à l'espérance, morte à l'amour, morte au passé, encore plus entièrement morte à l'avenir, qui, ne pouvant rien réparer, ne peut plus rien lui donner.

C'est ainsi que les courtes journées de février, qui sont si longues pour elle, s'éteignent pour faire place aux nuits d'hiver sans fin; pour elle le matin n'a pas de lumière et les ténèbres ne finissent pas.

Les consolations de la Sainte Église sur lesquelles ses ancêtres des temps passés s'appuyaient comme sur un rocher d'une solidité puissante et éternelle, elle n'ose pas les demander. Le chapelain de son oncle, un vieillard aux cheveux blancs, qui l'a bercée enfant dans ses bras et qui réside au château, aimé et vénéré de tous, vient à elle tous les matins et dans chaque visite essaie de nouveau de gagner sa confiance, mais en vain. Comment pourrait-elle épancher dans les oreilles de ce bon et compatissant vieillard les secrets de sa fatale histoire? Sûrement il la repousserait de son sein avec mépris, sûrement il lui dirait qu'il n'y a plus d'espoir pour elle, que même le ciel miséricordieux, toujours prêt à écouter les prières de tous les pécheurs, resterait sourd aux cris de désespoir d'une misérable aussi coupable qu'elle.

Ainsi, impénitente et désespérée, elle use le temps et attend la mort. Elle pense quelquefois à l'habile tentateur qui lui a aplani la voie du crime et de la honte, dans laquelle elle a marché rapidement et qui, en agissant ainsi, semblait tellement faire partie d'elle-même et être si intimement lié à ses angoisses et à sa vengeance, que souvent, dans l'accablement de son esprit bouleversé, elle se demande s'il n'était pas seulement l'incarnation hideuse de ses noires pensées. Il a parlé cependant de paiement, de récompense pour ses ignobles services; s'il est vraiment un être humain comme elle, la malheureuse, pourquoi ne vient-il pas réclamer ses droits?

Tandis qu'elle médite ainsi, son oncle entre dans la chambre.

— Ma chère Valérie, je suis fâché de vous déranger, mais un individu vient d'arriver à cheval de Caen. Il a fait, dit-il, le voyage de Paris pour vous voir et sait que vous lui accorderez volontiers une entrevue. Je lui ai dit qu'il était peu probable que vous vouliez lui en accorder et que, dans le cas où vous le voudriez, ce ne serait pas avec mon consentement. Qui peut être cette personne qui a l'impertinence de s'introduire ici à une telle heure? Son nom m'est entièrement inconnu.

Il lui remet une carte; elle la regarde et dit à haute voix:

— M. Raymond de Marolles. Cette personne a raison, mon cher oncle. Je veux la voir.

— Mais, Valérie! s'écrie le marquis d'un air de remontrance.

Elle le regarde et ses joues pâles se colorent du sang espagnol de sa mère orgueilleuse.

— Mon cher oncle, dit-elle, il est convenu entre nous, n'est-il pas vrai, que je suis ma maîtresse absolue en toutes choses et que vous avez une entière confiance en moi ? Quand vous cesserez d'avoir cette confiance, nous ferons mieux de nous séparer pour toujours, car nous ne pourrions vivre plus longtemps sous le même toit.

Il jette un regard suppliant sur la figure inflexible, mais elle conserve l'immobilité de la mort.

— Faites conduire, dit-elle, M. de Marolles dans cet appartement. Je dois le voir et rester seule avec lui.

Le marquis la quitte, et après quelques minutes, Raymond entre dans la pièce, introduit par le valet de chambre.

Il a toujours son air bien élevé, son indifférence élégante qui lui seyent si bien et porte dans sa main une légère cravache à pommeau d'or.

— Mademoiselle, dit-il, me pardonnera peut-être de me présenter ainsi ce soir si elle veut bien se souvenir qu'il y a déjà plus d'un mois écoulé depuis la triste aventure de l'opéra et que j'ai quelque sujet d'être impatient.

Elle ne lui répond pas immédiatement ; car un domestique entre, portant une lampe qu'il pose sur une table à côté d'elle, après avoir tiré en travers de la grande croisée les épais rideaux de velours qui interceptent la clarté de la froide nuit d'hiver.

— Vous êtes étonnamment changée, mademoiselle, dit Raymond, en examinant à la lumière de la lampe son visage défait.

— Peut-être, répond-elle d'un ton glacé, je ne suis pas accoutumée au crime et je ne puis en supporter facilement le souvenir.

Il s'occupe en l'écoutant à ôter avec son mouchoir la poussière de ses bottes de cheval brillantes, puis levant la tête, il dit en souriant :

— Allons, mademoiselle, je vous crois plus de philosophie. Pourquoi vous servir de vilains mots ? Crime, poison, assassinat.

Il s'arrête entre chacun de ces trois mots comme si chaque syllabe était un instrument tranchant, et que, chaque fois qu'il les prononce, il la frappe au cœur, s'arrêtant pour calculer la profondeur de la blessure.

— De tels mots n'existent pas pour la beauté et les personnes de haut rang. Un être en dehors de notre sphère nous offense, nous l'écartons de notre passage. Nous pourrions aussi bien regretter l'insecte venimeux que nous détruisons parce qu'il nous a piqués.

Elle ne daigne pas avoir l'air de comprendre ces paroles par le moindre regard ou le moindre geste, mais elle dit avec froideur :

— Vous avez été assez sincère, monsieur, pour m'avouer, quand vous m'avez servie là-bas à Paris, que vous agissiez ainsi dans le but d'une récompense. Vous êtes ici sans doute pour la réclamer ?

Il lève les yeux sur elle avec un regard d'un éclat si étrange et un si singulier sourire recourbe la noire moustache qui cache la ligne mince de ses lèvres, qu'elle ne peut s'empêcher de tressaillir en le considérant avec anxiété. Il a résolu que dans la partie qu'ils vont jouer elle n'aura pas de cartes cachées, et qu'il pourra lire, par conséquent, sur son visage privé de tout masque de froide indifférence. Après un instant de silence, il répond à sa question.

— Je suis ici pour cela.

— C'est bien, monsieur, soyez assez bon pour fixer la somme que vous réclamez pour vos services.

— Vous êtes déterminée, mademoiselle, à ce qu'il paraît, dit-il, le même feu étrange brillant dans ses yeux, à ne me prêter que les sentiments les plus cupides. Supposez que je ne réclame aucune somme d'argent en paiement de mes services.

— Alors, monsieur, je vous ai mal jugé. Vous êtes un scélérat désintéressé et, comme tel, digne du respect des méchants. Dans ce cas notre entrevue est terminée. Je suis fâchée de vous voir refuser la récompense que vous avez si dignement gagnée et j'ai l'honneur de vous souhaiter le bonsoir.

Il éclate d'un rire long et sonore.

— Pardonnez-moi, mademoiselle, dit-il, mais en vérité vos paroles m'amusent. Un scélérat désintéressé ! Croyez-moi quand je vous dis que la scélératesse désintéressée est chose aussi impossible que la vertu désintéressée. Vous avez mal compris, mademoiselle, mais seulement quant à la nature de la récompense que je viens réclamer. Vous voudriez restreindre cette affaire à une question d'argent. Vous est-il impossible d'imaginer que j'ai agi dans l'espoir d'une récompense plus haute que le prix le plus élevé qu'aurait pu m'allouer votre crédit chez votre banquier ?

Elle le regarde d'un air égaré tandis qu'il s'arrête pour épousseter encore une fois ses bottes, il lève la tête et jette un coup d'œil sur elle avec le même sourire terrible.

— Vous ne pouvez alors deviner, mademoiselle, le prix que je réclame pour mes services passés ? demande-t-il.

— Non.

— Voyons, mademoiselle, réfléchissez.

— Ce serait inutile. J'aurais pu imaginer que vous demanderiez la moitié de ma fortune, me trouvant d'une certaine façon en votre pouvoir.

— Oh! oui, murmure-t-il doucement en l'interrompant, vous êtes en mon pouvoir de façon certaine.

— Mais la possibilité que vous puissiez réclamer de moi autre chose que de l'argent ne m'est jamais venue à l'esprit.

— Mademoiselle, quand je vous vis pour la première fois, ce fut des stalles de l'opéra, à travers une lorgnette. L'instrument, mademoiselle, était excellent, car il me révéla chaque trait et chaque nuance d'expression de votre beau visage. De l'observation de votre figure, je tirai deux ou trois conclusions sur votre caractère qui se trouvent aujourd'hui confirmer complètement mes prévisions. Vous êtes impressionnable, mais non prévoyante. Vous êtes résolue une fois votre esprit fixé, mais cet esprit est facilement influencé par autrui. Vous avez de la passion, de l'intelligence, du courage ; dons rares et magnifiques qui vous distinguent du reste des femmes ; mais vous ne possédez pas cette puissance de calcul, cette science d'induction qui ne voit jamais les effets sans les rapporter aux causes et que les hommes ont désignée sous le nom de mathématiques. Moi, mademoiselle, je suis mathématicien. Comme tel, je suis en votre présence pour jouer avec vous une partie dangereuse et comme tel, maintenant que l'heure est venue où je puis étaler mon jeu, vous verrez que je tiens les cartes gagnantes.

— Je ne puis vous comprendre, monsieur.

— Pas encore, peut-être. Quand vous m'honorâtes d'une première entrevue, il vous plut de m'appeler aventurier, vous employâtes l'expression comme un terme de reproche ; chose étrange, je n'ai jamais pris le mot dans ce sens. Quand il plut au ciel ou à la fatalité de me jeter dans un monde dans lequel ma vie n'a été qu'une longue lutte, il plut à cette puissance de ne me donner pour armes que mon intelligence dans ce grand combat. Ni rang, ni fortune, ni père, ni mère, ni ami, ni protecteur. Tout à gagner, rien à perdre. Combien j'avais déjà lutté quand je vous vis pour la première fois ; il vous serait difficile à vous, née dans ces grands salons vers lesquels je me suis efforcé de m'élever étant sorti de la boue des rues, il vous serait difficile, je le répète, de l'imaginer. Je vins à Paris il y a un an, possesseur d'une somme d'argent qui me paraissait une fortune, mais qui serait pour vous, peut-être, le revenu d'un mois. Je n'eus qu'un seul but : multiplier cette somme une centaine de fois. Je devins en conséquence un spéculateur ou, comme vous le dites, un aventurier. À titre de spéculateur, je pris ma place dans les stalles de l'opéra le soir que je vous vis pour la première fois.

Elle regarde complètement égarée tandis qu'il conserve son attitude nonchalante, jouant avec le pommeau d'or de sa cravache, mais elle n'essaie pas de parler et il continue :

— J'eus le bonheur d'apprendre d'un voisin que vous étiez une des femmes les plus riches de France. Savez-vous, mademoiselle, comment un aventurier, possesseur d'une figure passablement belle et d'une tournure suffisamment aristocratique, calcule généralement pour s'enrichir, ou si vous ne le savez pas, pouvez-vous le deviner ?

— Non, dit-elle, le fixant à ce moment comme si elle était en catalepsie et qu'il eût eu sur elle un pouvoir magnétique.

— Alors, mademoiselle, je dois vous éclairer. L'aventurier qui ne se soucie pas de grisonner et de devenir décrépit en faisant fortune par ces moyens lents et incertains que l'on appelle industrie honnête, cherche autour de lui une fortune toute faite et qui n'attend que lui pour la réclamer : il fait un riche mariage.

— Un riche mariage!

Elle répète les mots après lui comme machinalement.

— Par conséquent, mademoiselle, en vous voyant et en apprenant l'étendue de votre fortune je me suis dit : voilà la femme que je dois épouser.

— Monsieur!

Elle se relève avec indignation mais l'effort est trop grand pour son corps brisé et elle tombe d'épuisement à la renverse.

— Non, mademoiselle, je ne dis pas voilà la femme que j'épouserai, mais plutôt la femme que je dois essayer d'épouser, car à ce moment, ne l'oubliez pas, je n'avais pas encore en main une seule carte pour la grande partie que j'avais à jouer. Je levai ma lorgnette et examinai longuement votre visage. Un magnifique visage en vérité, opinion depuis longtemps arrêtée entre vous et votre miroir. Je fus, je vous en demande pardon, désappointé. N'eussiez-vous été qu'une femme déshonnête, mes chances n'en eussent été que meilleures. Eussiez-vous été même bossue (je ne parle que d'une légère élévation d'une blanche épaule plus orgueilleuse, peut-être, que sa compagne), votre chevelure eût-elle même été colorée d'un soupçon de ce roux que les préjugés condamnent, que c'eût été pour moi un avantage superbe. Vain espoir de vous conquérir par la flatterie, puis un nouveau coup d'œil m'apprit que vous n'étiez pas assez naïve pour vous laisser subjuguer par un stratagème ou égarer par des phrases romanesques et cependant, mademoiselle, je ne désespérai pas encore. Vous étiez belle, vous étiez passionnée ; dans vos veines coulait le sang ardent d'une nation dont les enfants aiment ou haïssent jusqu'à la folie. Vous aviez, en un mot, un cœur et vous pouviez avoir un secret.

— Monsieur !

— Vous observer ne fut en aucun cas une perte de temps et, par conséquent, je vous observai. Deux ou trois gentilshommes vous parlaient, vous n'écoutiez aucun d'eux ; vous vous laissiez adresser la même question trois fois, et à la seconde interrogation vous aviez un tressaillement de surprise et faisiez un effort pour répondre. Vous étiez distraite. Or, comme je vous l'ai appris, mademoiselle, dans la science des mathématiques nous ne reconnaissons pas d'effet sans cause, il y avait donc chez vous une cause à cette distraction. Après quelques instants le rideau se leva, vous n'étiez plus distraite. Elvino arriva sur la scène, vous étiez toute attention. Vous vous efforciez, mademoiselle, de ne pas paraître attentive, mais votre bouche, le trait le plus expressif de votre visage, vous trahissait. La cause alors de votre première distraction était le ténor à la mode, Gaston de Lancy.

— Monsieur… par pitié, dit-elle d'un air suppliant.

— Ce fut la carte numéro un de mon jeu. Mes chances étaient à la hausse. Quelques minutes après, je vous vis jeter votre bouquet sur la scène. Je vis aussi le billet. Vous aviez un secret, mademoiselle, et j'en tenais le fil. Mes cartes étaient bonnes. Le reste était l'affaire de la conduite du jeu. Je savais que je n'étais pas mauvais joueur, et je me mis à la partie avec la détermination d'en sortir vainqueur.

— Finissez le récit de vos infamies, monsieur, je vous en prie, cela devient réellement insupportable.

Elle essaie en parlant d'imiter l'indifférence de manières de son interlocuteur, mais elle est complètement subjuguée et terrassée ; elle attend qu'il continue comme la victime attend le bon plaisir du bourreau, et cela sans la moindre idée d'opposition.

— J'ai donc, mademoiselle, très peu de choses à ajouter, c'est de réclamer ma récompense. Cette récompense, c'est votre main.

Il dit ces mots comme s'il n'avait jamais imaginé un seul instant la possibilité d'un refus.

— Êtes-vous fou, monsieur?

Elle a, depuis quelques instants, prévu cette gradation et elle comprend qu'elle est tout à fait impuissante entre les mains de cet infâme scélérat. Son infamie cependant, elle ne la connaît pas encore.

— Voyons, mademoiselle, rappelez vos souvenirs : un homme a été empoisonné. Il est assez facile de faire naître les soupçons, toujours disposés à se mettre en jeu, et beaucoup plus prêts à se mettre à l'œuvre. Il est assez facile de prouver un certain mariage secret ; une certaine visite à minuit chez ce fameux et pas très respecté chimiste, M. Blurosset ; il est facile de produire le bon signé par Mlle de Cévennes. Et ces preuves n'entraîneront-elles pas avec elles la conviction que je suis l'heureux possesseur d'un verre portant le blason de votre famille dans lequel existe encore le dépôt d'un poison bien connu des membres distingués de l'art médical. Je crois, mademoiselle, que ces quelques preuves, ajoutées au puissant motif révélé par votre mariage secret, seraient tout à fait suffisantes pour donner à tous les journaux de France de la besogne avec les détails des circonstances d'un assassinat sans précédent dans les annales criminelles de ce royaume. Mais, mademoiselle, je vous ai fatiguée ; vous êtes pâle, épuisée. Je n'ai pas l'intention de vous arracher violemment l'acceptation de mon offre. Réfléchissez à tout cela et demain apprenez-moi votre décision. En attendant, adieu !

Il se lève en parlant.

Elle incline la tête en signe d'assentiment à sa dernière proposition et il la quitte.

Sait-il ou suppose-t-il qu'il existe encore une autre raison pour rendre possible l'acceptation de sa main? Pense-t-il que son nom obscur peut être aussi une garantie pour elle dans les jours à venir?

Oh! Valérie, Valérie, à jamais poursuivie par le fantôme aux cheveux noirs et aux grands yeux disparus de ce monde pour ne plus y revenir. À jamais tourmentée par l'image de l'amour qui ne fut, même dans ses jours les meilleurs et les plus heureux, qu'un rêve décevant, d'autant plus trompeur qu'il était plus tendre, d'autant plus cruel qu'il était plus doux, un mensonge d'autant plus amer qu'il semblait être une plus sainte vérité. Pleure Valérie, pour les longues années à venir où l'écho sinistre répétera toujours:

— Oh! jamais, jamais plus!...

25
Un mariage dans le grand monde

Un mois après le jour de cette entrevue, Paris s'occupe d'un singulier mariage sur le point d'être célébré dans les régions étroites et supérieures de ce monde qui forme le sommet de la pyramide aristocratique. La nièce et héritière du marquis de Cévennes épouse un gentilhomme que le faubourg Saint-Germain connaît très peu. Mais bien que le faubourg le connaisse très peu, le faubourg a néanmoins beaucoup de choses à dire ; toutes ses assertions peut-être n'ont pas le plus léger fondement. Ainsi, le mardi, le faubourg affirme que M. Raymond de Marolles est allemand et réfugié politique ; le mercredi, il se rétracte ; Marolles n'est pas allemand, il est français, c'est le fils d'un fils naturel de Philippe-Égalité et par conséquent le neveu du roi, sous l'influence duquel le mariage a été négocié. Le faubourg, en un mot, a de si nombreux renseignements sur M. Raymond de Marolles, qu'il est complètement inutile pour le marquis de Cévennes d'en donner un quelconque sur lui, et par suite il est seul à garder le silence sur ce sujet. M. de Marolles est un homme de mérite, un gentilhomme, bien entendu, et sa nièce a beaucoup d'attachement pour lui ; à part cela, le marquis n'articule pas un mot sur le sujet. Combien plus Paris pourrait avoir à dire, s'il pouvait, pour une minute, deviner la scène orageuse qui eut lieu entre l'oncle et la nièce dans le château de Normandie ; quand, agenouillée devant le crucifix, Valérie jura qu'il y avait une si terrible nécessité à cet étrange mariage, que si son oncle la connaissait (et il ne la connaîtrait jamais), il se jetterait lui-même à genoux devant elle pour la supplier de se sacrifier à l'honneur de sa noble maison. Quelles idées avaient pu faire naître dans l'esprit du marquis ces sombres insinuations, nul ne le savait, mais il cessa de s'opposer au mariage de l'unique rejeton de l'une des plus grandes familles de France avec un homme qui ne pouvait rien dire de son origine, mais qui avait reçu l'éducation d'un gentilhomme et avait une force de volonté suffisante pour conquérir la fortune.

La cérémonie du mariage est célébrée avec grande magnificence à Paris à la Madeleine. La fortune, le rang et l'élégance sont également représentés au déjeuner qui suit, et M. de Marolles se trouve être le centre d'un cercle formé par la vieille noblesse de France. Il est bien difficile, même pour un observateur minutieux, de découvrir un éclair de triomphe dans ses brillants yeux bleus ou un sourire jouant autour de ses lèvres minces, qui dénoteraient que le nouveau marié est l'auteur fortuné d'un plan infâme et bien ourdi. Il porte, dans le fait, sa bonne fortune avec une telle indifférence d'homme bien élevé, que le faubourg l'inscrit immédiatement parmi les grands hommes, sinon même au premier rang, ce qui est le septième ciel dans le paradis parisien. Il serait difficile aussi, pour un observateur quelconque, de lire le secret du pâle, mais beau visage, de la mariée. Froide, calme et hautaine, elle a un sourire sans âme pour tout le monde, et ne montre pas plus d'agitation pendant la cérémonie que si elle représentait une mariée dans une charade en action.

Peut-être que l'heure où un événement quelconque, si effrayant, si douloureux qu'il soit, aurait été capable de la réveiller de sa froide sérénité, s'est enfuie à jamais. Peut-être qu'ayant survécu à son amour, elle a survécu à la faculté de sentir ou de souffrir et doit désormais vivre pour le monde, comme une actrice distinguée dans la grande comédie de la société aristocratique.

Elle se tient dans l'embrasure d'une fenêtre chargée de plantes exotiques qui forment un grand rideau de feuilles d'un vert sombre et de fleurs des tropiques, à travers lequel pénètre la clarté bleue d'un ciel de printemps, clair, brillant et froid. Elle est occupée à causer avec une vieille duchesse, une personne fade ou plutôt flétrie, composée de trois parties de velours rouge et tout le reste de dentelles de Valenciennes, de blanc de perle, si affreusement parfumée sur sa personne et dans ses vêtements qu'elle est comme une boutique ambulante de coiffeur et tout aussi insupportable.

— Et vous quittez la France dans un mois, pour prendre possession de vos propriétés situées en Amérique du Sud? demande-t-elle.

— Oui, dans un mois, dit Valérie en jouant avec la feuille vert sombre d'un magnolia. Je suis heureuse de voir le pays natal de ma mère. Je suis fatiguée de Paris.

— En vérité, vous me surprenez!

La fade duchesse ne peut concevoir la possibilité d'un être fatigué de l'existence de Paris. Elle est enfoncée dans son trente-quatrième attachement platonique. Le présent objet est un romancier célèbre de l'école romantique et comme en ce moment elle le voit entrer dans le salon par une porte éloignée, elle se retire de la croisée en traînant sa personne parfumée à travers la foule joyeuse.

Peut-être M. Raymond de Marolles, en conversation avec un vieux général de l'empire dont la poitrine est une constellation d'étoiles et de croix, n'attend-il que cette occasion car il s'avance d'un pas léger et avec une démarche gracieuse vers l'endroit où est assise sa nouvelle épouse dont les doigts sont occupés à détruire des fleurs délicates de serre chaude et à en disperser les débris sur le parquet à ses pieds, d'une façon vraiment extravagante.

— Valérie? dit-il, en se penchant vers elle et en lui parlant d'une voix dont l'intonation douce et musicale aurait pu passer pour tendre, si elle n'eût manqué de ce timbre harmonieux qui part de l'âme, mais en étant privée elle sonne creux comme de la fausse monnaie.

La place où était assise la mariée était si abritée par les fleurs et les draperies de satin qui enveloppaient la fenêtre qu'elle formait un petit coin séparé du reste de la pièce encombrée par la foule.

— Valérie? répète-t-il.

Et voyant qu'elle ne lui répond pas, il pose sa main blanche dégantée sur son poignet chargé de bijoux.

Elle se lève vivement et, se redressant de toute sa hauteur, secoue sa main avec un geste qui, eût-elle été touchée par le plus odieux et le plus repoussant des reptiles rampant sur la surface de la terre, n'aurait pu exprimer une horreur et un dégoût plus profonds.

— L'occasion ne saurait être plus favorable, dit-elle, pour vous faire entendre ce que j'ai à vous dire. Vous pouvez peut-être comprendre que vous adresser la parole est pour moi chose si révoltante, que j'userai du plus petit nombre de mots possible et que je me servirai de leur sens le plus clair. Vous êtes l'incarnation de mes malheurs et de mon crime; comme tel, vous pouvez peut-être concevoir combien profondément je vous hais. Vous êtes un infâme, et un infâme si mesquin et si méprisable, que même à l'heure de votre succès, vous êtes pitoyable ; oui, pitoyable, car vous n'avez pas le pouvoir, du fond de l'abîme où vous êtes tombé, de connaître combien vous êtes dégradé ! Comme tel, je vous méprise et vous abhorre, comme nous abhorrons ces insectes venimeux, qui, du milieu de leur corruption, nous défient de les saisir et de les écraser.

— Et comme votre époux, madame?... (Les paroles les plus dures le troublent si peu qu'il se baisse pour ramasser une fleur rare qu'elle a jetée dans sa colère, et la place soigneusement à sa boutonnière.) Et comme votre époux, madame?... L'état de vos sentiments envers moi dans ce rôle est peut-être une question de plus à arrêter.

— Vous avez raison, dit-elle, toute indifférence railleuse mise de côté et frémissant de rage et de dédain ; voilà la question. Votre spéculation a été une spéculation heureuse.

— Entièrement réussie, dit-il en continuant d'attacher la fleur à son habit.

— Vous avez la disposition de ma fortune.

— Une fortune que beaucoup de princes seraient fiers de posséder, interrompt-il, regardant la fleur et non pas elle.

C'est un homme courageux, très vraisemblablement, mais il n'a pas la réputation de regarder les gens en face et il ne se soucie point de rencontrer les yeux de sa femme en ce moment.

— Mais si vous pensez que les mots dont l'interprétation sacrée a été prostituée par nous en ce jour ont une signification quelconque pour vous ou pour moi, si vous n'êtes pas convaincu qu'il n'y a pas un laquais ou un groom dans cette vaste cité, un mendiant déguenillé dans toutes ces myriades de rues, auquel je ne donnerais plus volontiers le nom d'époux qu'au misérable qui est en ce moment devant moi, vous ne connaissez ni moi ni mon sexe. Ma fortune vous appartient ; prenez-la, gaspillez-la, jetez-la aux vents, dépensez-la jusqu'au dernier liard, dans les misérables vices qui sont les plaisirs des hommes comme vous. Mais osez m'adresser un seul mot de vos lèvres mensongères, osez approcher de moi pour ne toucher que le bas de ma robe et aussitôt je proclame l'histoire de notre mariage du commencement à la fin. Croyez-moi, quand je vous le dis et si vous regardez dans mes yeux, vous pourrez y lire que peu de chose me retient et m'empêche de me poser en ce moment au milieu de cette vaste assemblée, pour déclarer solennellement que je suis une vile et horrible meurtrière et que vous êtes mon tentateur et mon complice. Croyez-moi donc, quand je vous dis qu'il suffit d'un seul de vos regards pour me pousser à publier ce hideux secret et à en crier les détails, même sur la place publique. Croyez cela et restez satisfait avec le salaire de votre œuvre.

Épuisée de fureur, elle tombe sur son siège. Il la regarde d'un air dédaigneux et railleur ; il la méprise pour cette éruption soudaine de rage et de haine car il sent combien, avec son esprit calculateur et son tempérament de glace, il lui est supérieur.

— Vous êtes un tant soit peu précipitée, madame, dans vos conclusions. Qui a dit que j'étais mécontent du salaire de mon œuvre, quand c'est pour ce salaire seul que j'ai joué la partie dans laquelle, comme vous le dites, je suis le gagnant ? Au reste, je ne pense pas être homme à briser mon cœur pour l'amour de n'importe quelle femme vivante, n'ayant jamais bien compris que cette maladie du cerveau, à laquelle les hommes ont donné le nom d'amour, pût réellement exister, et alors même que l'éclat de beaux yeux noirs serait chose nécessaire à ma félicité, je n'ai pas besoin de vous dire, madame, que la beauté est très complaisante pour un homme avec une fortune aussi considérable que celle dont je suis le maître aujourd'hui. Il n'y a rien sur terre qui puisse s'opposer à ce que nous vivions en bonne intelligence et peut-être ce mariage, dont vous parlez avec tant d'amertume, pourrait-il être aussi heureux que beaucoup d'autres, si nous pouvions, en me supposant Asmodée[1] et vous mon élève, regarder en ce moment à travers les toits de cette bonne ville de Paris.

Je me demande si M. de Marolles a raison. Je me demande si ce sacrement trois fois saint institué par un pouvoir divin, pour la gloire et le bonheur de la terre, est jamais, par une chance quelconque, profané et changé en amère dérision ou en un méchant mensonge. Si, par quelque hasard, ces mots sacrés servirent jamais dans une heure sombre de l'âge de ce monde à unir certains êtres, qui eussent été plus heureux séparés et étrangers l'un à l'autre, quoiqu'ils reposent dans le même tombeau ; ou si, en vérité, cette solennelle cérémonie n'a pas souvent uni certains êtres, avec une chaîne que le temps ne peut ni raccourcir ni allonger et qui enfin, dans quelques esprits mal organisés, est tombée au niveau d'une farce pitoyablc ct usée.

1. Démon biblique (Livre de Tobie) dont le nom signifierait en hébreu « celui qui fait périr ».

26
Magnétisme animal

Un mois environ s'est écoulé depuis cet étrange mariage, et M. Blurosset est assis devant sa petite table au tapis vert, la lumière de la lampe éclairant directement les paquets de cartes étalés sur lesquels les lunettes bleues se penchent avec la même attention et le même regard concentré que le soir où le destin de Valérie tomba des lèvres du professeur de chimie et de nécromancie. Par moments, de ses doigts légers et pleins de précaution, M. Blurosset change la place d'une carte ou des cartes, quelquefois il se renverse sur le dos de sa chaise et réfléchit profondément, sa bouche sans expression, qui ne trahit aucun secret, ne révèle rien de la nature de ses pensées. Quelquefois il fait des marques sur un long morceau de papier, trace des rangées de figures et des signes d'algèbre sur lesquels il médite longuement. Bientôt, ensuite, il lève la tête, et prête l'oreille.

Son petit appartement a deux entrées. L'une conduit à l'escalier extérieur, l'autre communique avec sa chambre à coucher. Cette dernière est entrouverte, très peu, mais assez cependant pour laisser apercevoir une faible lumière dans l'intérieur de la chambre; c'est dans la direction de cette porte que les lunettes bleues sont fixées, quand M. Blurosset interrompt ses calculs pour prêter l'oreille, et c'est le bruit dans l'intérieur de cette chambre qu'il écoute.

Ce bruit est la respiration laborieuse et pénible d'un homme. La chambre est occupée.

— Bien, dit maintenant M. Blurosset, la respiration est certainement plus régulière. C'est, en vérité, un cas surprenant.

En disant ces mots, il regarde sa montre.

— Onze heures cinq minutes, c'est l'heure de la dose, murmure-t-il.

Il ouvre la petite armoire dans laquelle il a pris le poison qu'il a donné à Valérie, cherche quelques fioles desquelles il fait tomber plusieurs gouttes qu'il mélange dans un petit verre de pharmacie ; il regarde cette mixture à la lumière, la pose sur ses lèvres et passe ensuite dans la pièce voisine.

On entend un bruit comme si la personne à laquelle il donne le remède opposait une faible résistance, mais après un instant, M. Blurosset sort de la chambre avec le verre vide. Il se rassied devant le tapis vert, et reprend ses combinaisons sur les cartes. Bientôt la sonnette retentit à la porte de la maison.

— Si tard, murmure M. Blurosset, c'est très probablement quelqu'un pour moi.

Et il se lève, ramasse les cartes en un seul paquet et, allant vers la porte de sa chambre à coucher, il la ferme doucement. Cela fait, il écoute un moment l'oreille collée sur la boiserie s'il n'y a plus de bruit de respiration de l'autre côté.

Ces opérations à peine terminées, plusieurs coups se font entendre à l'autre porte. Il l'ouvre. La personne qui entre est une femme, très simplement vêtue et enveloppée d'un voile épais.

— Monsieur Blurosset, demande-t-elle.

— Lui-même, madame, entrez, je vous prie, et donnez-vous la peine de vous asseoir.

Il lui présente une chaise à une petite distance du tapis vert, et la place aussi loin que possible de l'entrée de sa chambre à coucher. Elle s'assied, et comme il attend qu'elle entame la conversation, elle dit :

— J'ai entendu parler de votre réputation, monsieur, et viens…

— Allons, madame, dit-il, en l'interrompant, vous pouvez lever votre voile, si vous le désirez. Je me souviens parfaitement de vous, je n'ai pas oublié le son de votre voix, mademoiselle de Cévennes.

Il n'y a pas une ombre d'impertinence dans la manière avec laquelle il prononce ces mots, il parle comme s'il constatait simplement un fait qu'il est bien aise qu'elle connaisse. Dans tout ce qu'il fait ou dit, il a l'air d'un savant dont la vie ne sort pas des régions de la science.

Valérie, car c'est bien elle, lève son voile.

— Monsieur, dit-elle, vous êtes sincère avec moi, et il me sera agréable d'être dans la même condition avec vous. Je suis très malheureuse, je le suis depuis quelques mois, et je le serai jusqu'au jour de ma mort. Une seule raison m'a empêchée de venir chez vous avant ce jour, vous offrir la moitié de ma fortune pour une autre substance semblable à celle que vous m'avez vendue il y a quelque temps. Vous pouvez juger, d'après cela, que cette raison était toute-puissante, puisque, la mort seule pouvant me procurer la paix, je n'ai pas encore essayé de mourir. Mais je désire avoir à ma disposition les moyens d'une mort certaine. Je puis n'avoir jamais besoin d'en user, et je jure de ne jamais en user que sur moi-même.

Pendant tout ce temps, les lunettes bleues sont fixées sur son visage, et maintenant M. Blurosset l'interrompt :

— Et pour une substance pareille, vous m'offririez une somme considérable? demande-t-il.

— Oui, monsieur.

— Je ne puis vous la vendre, dit-il, aussi tranquillement que s'il eût parlé de quelque bagatelle sans importance.

— Vous ne pouvez? s'écrie-t-elle.

— Non, mademoiselle. Je suis un homme entièrement absorbé dans la recherche de la science. Ma vie a été depuis si longtemps consacrée à la science seule, que peut-être en suis-je venu à considérer trop légèrement tout ce qui sort du cercle de mon petit laboratoire. Vous m'avez demandé un poison, il y a quelque temps, ou du moins vous fûtes introduite ici par un de mes élèves, à la prière duquel je vous vendis ce poison. J'ai été pendant vingt ans occupé de l'étude de cette substance. Je puis ne pas en connaître encore complètement les propriétés, mais j'espère y parvenir avant que l'année soit écoulée. Je vous la donnai, et quoique je veuille bien croire le contraire, elle peut dans vos mains avoir été la cause de quelque méprise.

Il s'arrête et la regarde un moment; mais elle a depuis si longtemps la conscience de son crime, celui-ci s'est tellement identifié avec elle-même, qu'elle ne sourcille pas devant l'examen du chimiste.

— J'ai mis une arme dans vos mains, continue-t-il, et je n'avais pas le droit d'agir ainsi. Je ne réfléchis pas à cela alors, mais j'y ai réfléchi depuis. Au reste, je n'ai aucun motif qui m'engage à vous vendre la substance que vous me demandez. L'argent est pour moi de peu d'utilité, hors les dépenses nécessaires pour me procurer les produits chimiques que j'emploie. Celles-ci (il montre les cartes) me donnent assez pour cela, en dehors de ces frais, mes besoins n'exigent que quelques francs par semaine.

— Alors, vous ne voulez pas me vendre ce poison? Vous êtes décidé? demande-t-elle.

— Tout à fait décidé!

Elle hausse les épaules:

— Comme il vous plaira; il y a toujours la rivière et vous pouvez être assuré, monsieur, que ceux qui ne peuvent supporter la vie sauront bien trouver les moyens de mourir. Je vous souhaite le bonsoir.

Elle est sur le point de quitter la chambre, quand elle s'arrête, la main sur le bouton de la porte et se retourne.

Elle reste quelques minutes immobile et silencieuse, une main sur la poignée de la porte et l'autre pressée sur son cœur. M. Blurosset a comme l'ombre d'un air de surprise dans sa contenance impassible.

— Je ne sais pas ce qui se passe en moi, ce soir, dit-elle, mais quelque chose semble m'enraciner à cette place. Je ne puis quitter cette chambre.

— Vous êtes indisposée, mademoiselle, peut-être. Permettez-moi de vous donner un cordial.

— Non, non, je ne suis pas indisposée

Elle garde de nouveau le silence, ses yeux ne sont pas fixés sur le chimiste, mais ils ont un regard étrange et vague. Elle lui demande soudain:

— Croyez-vous au magnétisme?

— Madame, j'ai usé la moitié des jours de ma vie à essayer de répondre à cette question, et je ne puis y répondre qu'à demi. Quelquefois oui, quelquefois non.

— Croyez-vous qu'il soit possible à une âme d'être douée de la mystérieuse prescience des sentiments d'une autre âme? D'être triste, quand elle est triste, quoique n'ayant personnellement aucun motif de tristesse et de se réjouir quand elle est heureuse, n'ayant aucune raison de se réjouir?

— Je ne puis répondre à votre question, madame, parce qu'elle en entraîne une autre. Je n'ai pas encore découvert ce qu'est réellement l'âme. Le magnétisme animal, s'il devient jamais une science, sera une science toute matérielle et l'âme échappe à toute dissection de la matière.

— Croyez-vous, alors, que par l'influence de quelque fluide, dont la nature nous est inconnue, nous puissions avoir la conscience étrange de la présence ou de la proximité de certaines personnes qui ne nous est révélée ni par la vue ni par l'ouïe, mais plutôt par une espèce de sensation qu'elles sont près de nous?

— Vous croyez cela possible, madame, ou autrement vous ne m'adresseriez pas cette question.

— Peut-être. J'ai quelquefois pensé avoir cette conscience, mais cela se rapportait à une personne qui est morte.

— Eh bien, madame…

— Vous me croirez folle, et je me crois folle aussi; car je sens comme si cette personne morte était près de moi ce soir.

Il se lève et, s'approchant d'elle, tâte son pouls. Il est accéléré et intermittent; évidemment elle est violemment agitée, quoiqu'elle fasse les plus grands efforts pour se contenir.

— Mais vous dites que cette personne est morte? demande-t-il.

— Oui, elle est morte depuis quelques mois.

— Vous savez que les fantômes sont des choses qui n'existent pas?

— J'en suis parfaitement convaincue!

— Et cependant? demande-t-il.

— Et cependant je sens comme si le mort était ce soir près de moi… Dites-moi, il n'y a dans cette chambre personne que nous?

— Personne.

— Et cette porte conduit…

— Dans la chambre où je couche.

— Et il n'y a personne? demande-t-elle.

— Personne. Permettez-moi de vous donner un calmant, madame ; vous êtes positivement indisposée.

— Non, non, monsieur; vous êtes trop bon. Je me ressens encore des suites d'une longue maladie. Elles sont peut-être la cause de mes folles idées de ce soir. Demain je quitte la France, peut-être pour toujours.

Elle le laisse. Elle s'arrête un moment sur les marches de l'escalier sombre, semble irrésolue, comme à moitié décidée à retourner, mais elle continue de descendre rapidement et dans une minute elle se trouve dans la rue.

Elle prend un chemin détourné pour regagner sa demeure. Si simplement vêtue et avec son voile épais, personne ne la remarque durant toute sa course.

Son époux, M. de Marolles, assiste à un dîner donné par un membre distingué de la Chambre des pairs. Décidément, il a tenu les cartes gagnantes dans le jeu de la vie. Et elle, à jamais poursuivie par le passé, avance d'un pas fatigué vers l'avenir sombre et inconnu.

LIVRE QUATRIÈME

NAPOLÉON LE GRAND

27
Le petit garçon de Slopperton

Huit années se sont écoulées depuis le procès de Richard Marwood. Comment ces huit années ont-elles été employées par Dick le Diable?

Pensez à une petite chambre de quelques pieds carrés, dans l'asile de fous du comté, à quatorze milles de la ville de Slopperton, avec pour toute société celle renfrognée d'un vieux gardien sourd et de son aide : un petit garçon. Pensez à la même nourriture prise aux mêmes heures, selon les mêmes règles et le même ordre dans toutes les actions d'une vie inactive et ce pendant huit monotones années. Pensez à cela et ayez pitié de cet homme surnommé Dick le Diable, qui fut autrefois la créature la plus étourdie et la plus gaie d'un cercle de gais compagnons étourdis. Pensez à cette promenade quotidienne dans une grande cour carrée et dallée, promenade solitaire car on ne lui permet même pas la compagnie des autres fous de crainte que la folie qui l'a poussé à commettre un crime abominable ne se déclare de nouveau et ne mette en danger la vie de ceux qui l'entourent.

Huit longues années pendant lesquelles il a compté chaque pierre du pavé, chaque fente et chaque brèche de chacune de ces pierres. Il connaît la forme de toutes les ombres qui tombent sur le mur blanchi à la chaux et peut dire l'heure qui leur correspond. Il sait qu'à un certain moment de la soirée, pendant l'été, les ombres des barreaux de fer de la croisée produisent de longues lignes noires en travers des carreaux du pavé et montent, montent, divisant le mur comme s'il était formé de panneaux, jusqu'à ce qu'elles se rencontrent, et absorbent la lumière mourante jusqu'à l'entourer et l'absorber lui aussi, pour le laisser une fois de plus dans les ténèbres. Il sait aussi qu'à un certain moment de la matinée, pendant l'hiver, ces mêmes ombres sont les premiers indices du jour naissant, qu'elles jaillissent de l'épaisse obscurité de la nuit sombre, séparées en bandes sur le mur par le petit jour, froid et brillant qui n'éclaire que pour faire ressortir la noirceur de l'ombre. Il a été quelquefois assez fou et assez malheureux pour prier que ces ombres se produisent différemment, que l'ordre même de la nature se renverse afin de rompre cette froide et mortelle monotonie. Il a quelquefois prié pour qu'en levant les yeux, il aperçoive une grande lueur dans le ciel et apprenne que le monde touche à sa fin. Il serait difficile de dire combien de fois aussi il a prié pour mourir : ce fut pendant un temps son unique prière. Puis il arriva un moment où il ne pria plus.

Il lui est permis, par intervalles, de voir sa mère ; mais ces visites, quoiqu'il compte les jours, les heures et les minutes qui s'écoulent entre elles, le laissent plus accablé que jamais. Elles apportent avec elle, dans sa prison solitaire, tant de souvenirs d'un passé joyeux de liberté, de ce bonheur familial que dans sa folle jeunesse il avait fait de son mieux pour détruire ; tant de souvenirs aussi de cet âge insouciant, de ses bons compagnons, de ses amis dévoués, qu'elles laissent après elle les tristesses d'un sombre désespoir, beaucoup plus terribles que la plus terrible mort. Sa mère, la seule créature attachée à lui qui passe jamais le seuil de sa prison, lui représente le monde extérieur. L'aumônier, le docteur, les gardiens et les fonctionnaires de l'asile, sont tous des parties ou des matériaux de cette grande prison de pierre, de brique et de mortier, et comme eux, ils sont tout aussi incapables de le plaindre, de l'écouter ou de le comprendre. La routine est la règle de cette vaste prison et si ce malheureux, ce criminel insensé ne peut vivre avec les règles et la discipline, il doit mourir en les suivant et être enterré d'après elles ; lorsqu'il aura ainsi débarrassé la place, sa petite chambre numéro 35 sera prête pour quelque autre, aussi méchant, aussi dangereux et aussi infortuné que lui.

Au début de son incarcération, le bruit a d'abord circulé dans l'asile, qu'ayant été reconnu coupable de meurtre, il pourrait très vraisemblablement trouver nécessaire, dans sa disposition particulière d'esprit, d'assassiner quiconque se rencontrerait sur son chemin, chaque matin avant le petit déjeuner. La surveillance exercée sur lui fut par conséquent très sévère.

Au sein de l'asile lui-même il est devenu populaire comme célèbre personnage public, et les gardiens, bien qu'un peu timides pour s'approcher de lui en personne, sont extrêmement enchantés de l'observer par une petite ouverture ovale percée dans le panneau supérieur de la porte de sa cellule. Ils amènent aussi certains visiteurs – ce qui leur fait généralement gagner un shilling de pourboire comme extra – qui viennent parfaire leur intelligence en visitant l'asile de fous et désirent jouir de la vue particulière de cet assassin condamné. Les fous eux-mêmes ont eu vent de sa présence. Un gentleman qui se dit empereur de l'océan allemand et de la machine hydraulique de Chelsea se soucie beaucoup de le rencontrer car il a reçu une dépêche de son ministre de la police qui l'informe que le prisonnier a les cheveux rouges, et il désire confirmer ce renseignement ou donner congé au ministre.

Une autre personne très respectable, dont le procès se tient devant la Chambre des communes et qui prend des notes à ce sujet tous les jours sur une ardoise avec un morceau de crayon qu'il porte attaché à sa boutonnière avec un anneau qui lui sert aussi de cure-dent – il confie son ardoise à un gardien qui la fait passer au télégraphe électrique pour être posée sur le bureau de la chambre et retournée, nettoyée, au propriétaire dans la demi-heure, ce qui est toujours fait à la minute –, celui-là soupire aussi après une présentation au pauvre Dick, car Maria Marten[1] lui est apparue pendant tout le chemin de Red Barn pour lui dire que le prisonnier est son cousin germain par le mariage de son oncle avec la troisième fille de la septième femme de Henri VIII, et il considère donc qu'il est naturel et convenable que des parents aussi proches nouent entre eux des relations intimes.

Une dame, qui se déclare être la fille unique du pape par son union secrète avec une jeune femme de haut rang, héritière d'un gentleman associé à un commerce de muffins quelque part dans Drury Lane, tombée amoureuse sur-le-champ de Richard à la seule description de sa personne a supplié un des gardiens de lui faire savoir qu'elle connaît un passage souterrain qui conduit directement de l'asile à la boutique d'un boulanger dans Little Russel Street, Covent Garden, d'une longueur de quelque cent cinquante milles, passage construit par Guillaume le Conquérant pour la commodité de ses visites à la belle Rosamond par mauvais

1. Maria Marten fut tuée en 1827 par son amant sur le chemin de Red Barn où ils devaient se retrouver. Ce crime défraya la chronique.

temps et que, s'il consent à unir sa destinée à la sienne, ils pourront s'échapper par ce passage et s'établir dans le commerce des muffins, à moins cependant que Sa Sainteté à la triple couronne ne les invite à se rendre au Vatican, ce qui, peut-être, dans les circonstances actuelles, n'est guère probable.

Mais bien qu'un événement, qui partout ailleurs aurait fait sensation pendant neuf jours seulement, puisse, dans la triste monotonie d'un tel endroit, en causer une pendant plus de neuf semaines, encore devait-il s'éteindre. Aussi Richard finit-il par être oublié de tous, excepté de sa mère au cœur brisé, du gardien et de son aide, le petit garçon.

Richard Marwood, ayant pour hallucination particulière l'idée qu'il est l'empereur Napoléon Ier, se trouve être naturellement une médiocre rareté dans un séjour où chaque misérable créature se figure être quelqu'un ou quelque chose qu'elle n'est pas, où hommes et femmes tournent autour de rêves incohérents dont le seul réveil n'existe plus que dans la mort, où des êtres humains, autrefois brillants et doués, trouvent une extravagante et imbécile félicité dans des couronnes de paille, des décorations de papiers et de chiffons ; ce qui est plus triste à voir que la pire souffrance que la conscience de leur état pourrait leur apporter. Les premiers jours, il appelle sa petite chambre le rocher de Sainte-Hélène et son gardien, sir Hudson Lowe[1]. Il se tient volontiers les bras croisés derrière le dos et les yeux fixés sur le sol

---

1. Sir Hudson Lowe, geôlier de Napoléon Ier sur l'île de Sainte-Hélène, a laissé en Angleterre un souvenir controversé pour sa façon de traiter l'Empereur. Très impopulaire à son retour, le gouvernement l'éloigne en le nommant gouverneur de l'île de Ceylan. Walter Scott ne l'épargne pas dans son *Histoire de Napoléon Bonaparte*.

dans l'attitude familière du général français. Son beau visage, avec sa pâleur livide, ses yeux fixes et sombres, ses cheveux noirs, coupés court suivant les règles et la discipline de l'asile, lui donnent un air de ressemblance avec les portraits de l'Empereur, ressemblance dont il s'écarte seulement par sa taille élevée. Mais il devient plus calme de jour en jour et à la fin il ne parle plus que pour répondre aux questions qu'on lui adresse et cela pendant huit longues années.

À l'automne de la huitième année, il tombe malade. Une étrange maladie, qui peut à peine être appelée ainsi, mais plutôt l'extinction définitive de sa dernière lueur d'espérance et son abandon complet au désespoir. Tel est bien là le nom de ce mal sous lequel fléchit à la fin l'esprit fier et courageux de Dick le Diable. Le désespoir, une curieuse pathologie qui ne peut être guérie par les règles de la discipline, quelque salutaires qu'elles puissent être ; ni par le régime de la pension, qui passe pour être un moyen tout-puissant capable de rétablir quiconque en est favorisé, ni certainement par le docteur de l'asile, qui trouve le cas de Richard difficile à expliquer et ce d'autant plus qu'il n'y a aucune altération physique à combattre. C'est une maladie physique parce que le malade devient chaque jour plus abattu, perd l'appétit et ne veut plus bouger de son lit ; mais ce n'est là que l'effet de l'esprit agissant sur le corps, et la guérison de ce dernier ne peut s'opérer que par la guérison du premier.

C'est ainsi que Richard, étendu sur son étroite couchette, observe les ombres sur le mur nu et les nuages qui passent dans le pan de ciel qu'il peut apercevoir à travers la croisée grillagée en face de son lit, et cela durant les longs jours brillants de soleil et les nuits éclairées par la lune du mois de septembre.

Un triste après-midi qu'il regarde le ciel, il voit s'avancer un nuage noir et à sa suite un plus noir encore, puis une foule de sombres compagnons aux formes bizarres ; il tombe ensuite une telle pluie qu'il ne se souvient pas d'en avoir vu une semblable tout le temps de sa captivité. Mais cette forte ondée n'est que le commencement d'un temps effroyablement pluvieux qui dure trois semaines, à la fin desquelles le pays d'alentour est inondé de tous les côtés. Richard entend en outre son gardien dire que la rivière en dehors de la prison, qui coule habituellement à vingt pieds[1] du mur d'un côté de la grande cour, a crû au point de baigner le mur jusqu'à une hauteur considérable.

Le jour où Richard entend cela, il entend encore un autre dialogue qui a lieu en dehors de sa chambre. Il est couché sur son lit, méditant sur l'amertume de sa destinée comme il l'a fait tant de fois et pendant tant de jours, jusqu'à devenir l'esclave des lugubres habitudes de son esprit forcé de parcourir encore et toujours le même terrain qu'il le veuille ou non, quand il entend le gardien dire :

— Je pense que cette maussade petite brute devrait prendre sur elle d'aller mieux en un moment comme celui-ci, où je ne puis avoir un gamin qui veuille venir ici prendre soin de lui par amitié ou pour argent : l'administration donne seulement trois shillings par semaine pour cela.

Richard comprend que ce « lui » fait allusion à sa personne. Le docteur a ordonné que le petit garçon veille dans sa chambre pendant la nuit depuis sa maladie, et cela avait été comme une consolation dans l'insipide monotonie de son existence, d'observer les efforts de

1. Environ six mètres.

l'enfant pour rester éveillé, ses parties clandestines de billes sous le lit, quand il pensait que Richard ne le regardait pas, ou de l'écouter ronfler dans son sommeil.

— Les enfants, voyez-vous, autant c'est hardi quand il s'agit de courir partout au risque de se briser la tête pour leur plaisir, autant ils se font une plaisanterie de traverser la voie du chemin de fer quand un train va arriver ou s'amusent entre eux pendant une heure avec deux pence de poudre et une chandelle allumée, autant ça les ennuie de rester seuls pendant des nuits avec lui, dit le gardien.

— Mais il est assez inoffensif, n'est-ce pas? demande l'autre.

— Inoffensif! Que Dieu le bénisse, ce pauvre innocent! Il n'y a pas plus de mal en lui que chez un bébé. Mais ça ne sert à rien de dire ça, il n'y a aucun garçon de près ou de loin qui viendra nous aider à prendre soin de lui.

Une minute ou deux après cette conversation, le gardien entre dans la chambre de Richard avec le bol de bouillon réglementaire; une panacée, suppose-t-on, pour tous les maux, depuis les dépôts à la tête jusqu'au rhumatisme. Comme il se dispose à partir après avoir déposé le bol, Richard lui adresse la parole:

— Le petit garçon est parti, alors?

— Oui, monsieur.

Le gardien le traite avec un grand respect car il est magnifiquement rémunéré par Mrs Marwood à chacune de ses visites depuis les huit ans.

— Oui, monsieur, il est parti. La place n'était pas assez amusante pour lui, s'il vous plaît. Je l'aurais amusé, si j'avais été l'administration! n'avait-il pas les corridors pour courir et une demi-heure chaque soir pour se divertir dans la cour? Il est entré au service d'un médecin;

— Slosh, monsieur, répond l'enfant en faisant un grand effort pour détourner ses yeux des barreaux de fer pour regarder Richard.

— Slosh… un nom curieux. Votre nom de famille, j'imagine.

— Mon nom de famille et mon prénom en même temps, monsieur : Slosh par abréviation de Sloshy.

— Mais vous n'avez pas de nom de famille, alors ?

— Non, monsieur ; enfant trouvé, monsieur.

— Un enfant trouvé, mon ami, et on vous appelle Sloshy, mais c'est le nom de la rivière qui traverse Slopperton.

— Oui, monsieur, trouvé dans la vase de la rivière quand je n'avais que trois mois, monsieur.

— Vous avez été trouvé dans la rivière, pauvre enfant !… et par qui ?

— Par la personne qui m'a adopté, monsieur.

— Et cette personne ? demande Richard

— Est employée dans la police active, monsieur, un détective.

Ce seul mot opère un changement subit dans les manières de Richard, il se lève sur son coude, regarde attentivement l'enfant et lui demande d'un air empressé :

— Cet agent, quel est son nom ? Mais non, murmure-t-il, je ne dois pas même connaître le nom de cet homme. Attendez, dites-moi, vous connaissez peut-être quelques-uns des individus de la police active de Slopperton, en dehors de votre père ?

— Je connais la boule de chacun d'eux, et c'est une belle équipe qui fait honneur au pays pour leur plus grand bonheur.

— Connaîtriez-vous, par hasard, parmi eux, un homme muet ?

— Mon Dieu, monsieur, c'est lui !

— Qui lui?

— Mon père, monsieur, celui qui m'a trouvé et m'a adopté, j'ai un message de père pour vous, monsieur, et j'allais vous le communiquer, mais j'ai pensé que je pouvais un peu regarder autour de moi auparavant; mais, attendez... Oh! mon Dieu, le gentleman a un accès, il s'est évanoui. Holà! dit-il en courant vers la porte et en appelant d'une voix perçante. Venez ouvrir par ici; voulez-vous apporter une lumière. Le gentleman s'est évanoui, il est comme mort et il n'y a pas ici une goutte d'eau pour lui jeter sur la figure.

Le prisonnier, en effet, s'est renversé sur son lit, privé de sentiment. Pendant huit longues années il a conservé dans son cœur une lueur d'espoir, quoique faible, qu'il recevrait un jour quelque témoignage du souvenir de l'homme qui a pris une part étrange dans la crise dramatique de sa vie. Ce rayon de lumière s'était dernièrement éteint avec tous les autres rayons qui avaient autrefois éclairé sa triste existence, mais au moment même où tout espoir l'a abandonné, ce témoignage, si ardemment attendu, tombe sur lui si soudainement que le choc était trop violent pour son esprit bouleversé et son corps affaibli.

Quand Richard se remet de sa défaillance, il se trouve seul avec le petit garçon de Slopperton. Il est assez surpris de la position du jeune personnage qui a placé l'escabeau de bois sur la petite table carrée en bois de sapin à côté du lit et s'est assis sur ce siège, comme dans une chaire improvisée, ayant de cette élévation la vue complète du visage de Richard sur lequel ses deux petits yeux gris étaient attentivement fixés avec le même air réfléchi qu'il avait eu en regardant les barreaux de fer.

— Allons, maintenant, dit-il, avec le ton encourageant d'une nurse expérimentée, nous ne devons pas nous permettre de telles absences parce que justement nous entendons parler de nos amis ; parce que, voyez-vous, si nous allons ainsi, nos amis ne pourront rien faire de bon pour nous, toutes excellentes que puissent être leurs intentions.

— Vous m'avez dit que vous aviez un message pour moi, dit Richard d'une voix faible mais inquiète.

— Oui, et il n'est pas long, le voici, répond la jeune personne du haut de sa chaire.

Puis il continue, ayant complètement l'air de citer les paroles du texte :

— Relevez votre bec…

— Relever quoi ? murmure Richard.

— Votre bec. « Relevez votre bec », ce sont ses propres paroles ; et comme il n'a pas encore appris à faire un mauvais dîner de ses propres paroles il n'est pas probable qu'il veuille reprendre celles-ci pour les manger. Il m'a dit, sur ses doigts, bien entendu : « Dis à ce gentleman de relever son bec et de s'en reposer pour tout le reste sur toi, car tu es une édition en miniature de tout ce qui peut trancher les difficultés comme jamais couteau ne saurait le faire, ou alors je dirais que je t'ai élevé pour rien qui vaille. »

Ce discours est un peu vague, aussi n'est-il pas extraordinaire que Richard n'en éprouve pas immédiatement une grande consolation. Cependant, malgré lui, il en trouve une considérable dans la présence de cet enfant, bien qu'il se méprise presque d'attacher la moindre importance aux paroles d'un bambin à peine âgé de huit ans. Il est certain que ce bambin de huit ans a une finesse qui serait presque remarquable chez un homme du monde de cinquante et Richard ne peut s'empêcher de penser qu'il a pris ses grades dans quelque autre hémisphère et a été jeté dans celui-ci, petit de taille, mais complètement développé sous le rapport de la sagacité ; il lui semble encore qu'un homme intelligent et achevé a été réduit aux dimensions de ce petit garçon, pour le rendre plus pénétrant, comme l'on fait bouillir un quart de jus de viande pour le concentrer en une pinte, afin d'avoir des potages plus raffinés.

Mais peu importe d'où il vient et ce qu'il est, l'enfant se trouve là, déclame du haut de sa chaire et présente à Richard le bol de bouillon qui compose son souper.

— Maintenant, ce que vous avez de mieux à faire, dit-il, c'est de vous bien porter ; car jusqu'à ce que vous alliez bien, et que vous soyez assez fort, il n'y a pas la moindre probabilité de pouvoir changer d'appartement à moins que vous ne teniez à garder le même, ce qui est peu probable.

Richard le regarde avec un étonnement qu'il ne peut contenir.

— Me regarder ne vous guérira pas, dit son jeune compagnon avec un manque de respect amical, quand même vous prendriez le modèle de ma figure jusqu'à pouvoir la dessiner dans l'obscurité. Ce que vous avez de mieux à faire, c'est de manger votre souper et demain nous verrons ce que nous pouvons faire pour vous par rapport au vin de Porto ; car si vous n'êtes pas fort et bien portant avant que la rivière qui baigne le mur en dehors ne soit baissée, il est probable qu'il s'écoulera du temps avant que vous puissiez voir le côté extérieur du mur en question.

Richard saisit fortement le petit bras de l'enfant avec une étreinte dont la vigueur fiévreuse, en dépit de son état de faiblesse, fait presque tomber son jeune compagnon de son échafaudage.

— Ne me parlez jamais d'une chose aussi folle, dit-il, dans le désordre de son agitation.

— Je ne suis pas de cet avis, dit l'excellent docteur. Ainsi, général, ajoute-t-il, en se tournant du côté de Richard, qui reste couché les yeux fixés sur lui, d'un air tout à fait inquiet, ainsi, général, vous désireriez vous mêler dehors à la société de vos amis de la maison.

— Cela me ferait plaisir, en vérité, monsieur.

Le regard profond et ardent avec lequel Richard examine le visage du docteur ne ressemble nullement à celui d'un fou.

— Très bien, dit le médecin. Très bien alors, nous devons nous occuper de vous faire accorder cette faveur ; mais je vous avertis, général, que vous trouverez là le prince Régent et je ne répondrais pas que vous ne puissiez rencontrer lord Castlereagh, et cela pourrait être pour vous chose désagréable, n'est-ce pas, général ?

— Non, non, monsieur ; n'ayez aucune crainte. La différence dans les opinions politiques ne saurait jamais…

— Intervenir dans les relations privées. Un noble sentiment, général, et que vous avez éprouvé, j'ose le dire, quand vous avez ordonné la mort du duc d'Enghien. Très bien, vous vous mêlerez à la société des autres pensionnaires demain matin ; je parlerai à ce sujet au conseil cet après-midi ; c'est aujourd'hui justement jour de réunion. Vous trouverez en George IV un charmant compagnon ; il est ici parce qu'il a la manie de vouloir prendre aux autres tout ce qui lui tombe sous sa main : il appelle cela prélever des taxes. Bonjour, je vous envoie immédiatement du vin de Porto et on vous en donnera deux verres par jour, ainsi donc, bon courage, général !

— Parfait, dit le petit garçon de Slopperton, comme le docteur ferme la porte derrière lui ; voilà un médecin qui est une vraie brique et tout ce que je puis dire, c'est de répéter ses dernières paroles qui devraient être imprimées en lettres d'or, hautes d'un pied, paroles qui sont : bon courage, général.

28
Mr Augustus Darley et Mr Joseph Peters vont à la pêche

Une longue période de pluies incessantes n'a nullement accru les beautés naturelles du Sloshy, et n'a, en aucune façon, ajouté aux agréments inhérents aux résidences des bords de la rivière. Les habitants de ces maisons ont désormais l'habitude d'aller se coucher le soir avec la ferme conviction de trouver le lendemain matin la partie inférieure de leur domicile, une cuisine confortable, transformée en un lac miniature.

La rivière a en outre, de temps à autre, la malice de se glisser de façon familière dans l'habitation au moment où l'on s'y attend le moins – quand Mrs Jones est en train de faire cuire son dîner du dimanche ou pendant que Mrs Browne est allée au marché – et comme l'eau s'introduit d'une façon qui rappelle celle d'un spectre dans un mélodrame, c'est-à-dire en sortant du plancher, l'étonnement occasionné par son apparition se mêle d'un certain dépit.

L'onde s'insinue, comme un hôte non convié à un thé composé d'amis, et isole subitement sur sa chaise chaque convive mâle ou femelle comme sur une île. Dans les cuisines situées sur le bord du Sloshy, il n'y a pas une souris, pas un grillon, tant l'eau est un ennemi terrible engloutissant toutes les joies et toute la paix domestique.

Il est vrai que, pour quelques esprits indépendants et aventureux, la crue de la rivière apporte une espèce de volupté excentrique. Cela donne à l'insipide monotonie de Slopperton une saveur des délices de Venise et, pour une imagination vive, chaque barque de charbon qui arrive, se change en gondole ne demandant plus qu'un chevalier avec un pourpoint de satin, des souliers pointus et une guitare pour compléter le tableau.

Et on a en effet entendu dire à miss Jones, la couturière et modiste, que lorsqu'elle avait vu l'eau monter jusqu'aux croisées de son salon, elle avait difficilement pu se persuader de ne pas être réellement dans la cité des coursiers ailés, à l'angle de la place circulaire de Saint-Marc et à trois portes du pont des Soupirs. Miss Jones qui a été abonnée à un ouvrage à un penny le numéro qui racontait les aventures d'un célèbre brave de cette cité était parfaitement au courant de la topographie vénitienne.

Pour les esprits ardents des jeunes citoyens du bord de l'eau, la rivière en crue est une source de délices pures et sans mélange. Faire un tour de navigation dans la cuisine inondée dans un cuvier à lessive avec un plumeau pour mât est peut-être, à l'âge de six ans, une sorte de plaisir plus grand que celui que nous éprouvons, dans un âge plus avancé, quand nous pouvons errer sur les splendides hauteurs des Alpes et dans les magnifiques paysages d'Écosse, alors que la raison nous a instruits de ses froides leçons et que nous savons que, tandis que le soleil brille pour nous sur un versant de la montagne, les ombres nous attendent de l'autre côté.

Voici un gentleman en saute-en-barque[1] et en chapeau blanc qui fume une pipe de terre très courte et très culottée. Je me demande ce qu'il pense de la rivière.

---

1. Veston court en usage au XIXe siècle.

Huit années se sont écoulées depuis sa dernière apparition à Slopperton ; il était venu alors comme témoin dans le procès de Richard Marwood et il avait un œil poché et les coudes percés. À présent, son organe visuel, d'un brillant gris clair, n'est nullement cerné de ces nuances violacées qui altèrent sa couleur naturelle, toujours à présent et pour user d'un langage familier, il est bien emplumé : son saute-en-barque est à la dernière mode (car il y a une mode même pour les saute-en-barque) ; son pantalon écossais, parfaitement collant jusqu'aux genoux, fait admirablement ressortir le développement de son mollet et étale les couleurs bleues et vertes des Macdonalds. Son chapeau n'est ni bosselé, ni écorné en plusieurs endroits, signe qu'il est relativement neuf car le monde dans lequel il vit considère comme démonstration amicale l'action d'enfoncer le chapeau d'un homme sur sa tête, et comme attention tout à fait polie celle de le faire sauter dans le ruisseau.

Oui, pendant les huit dernières années, la position de Mr Augustus Darley (c'est le nom du témoin) a été décidément en hausse. Il y a huit ans, il était étudiant en médecine, perdu dans l'immensité de Londres, mangeant du pain et du fromage, buvant des bouteilles de *stout* dans les salles de dissection et marquant à la craie des notes alarmantes à la brasserie au coin de Goodge Street quand le propriétaire de l'établissement consentait à lui faire crédit, car il y avait des jours où cet homme impitoyable refusait de se contenter de la marque blanche. Aujourd'hui, il a un dispensaire à son nom, un admirable établissement qui serait entièrement consacré aux recherches scientifiques, si les dominos et les paris de courses n'avaient, jusqu'à un certain point, tendance à y prédominer. Ce dispensaire est situé dans un quartier populeux, au bord de l'eau côté Surrey, et, dans les rues et les squares, pour ne rien dire des cours et des écuries autour de l'établissement, le nom d'Augustus Darley est synonyme de tout ce qui est joyeux et populaire. Sa présence seule passe pour produire un effet aussi heureux que sa pratique médicale. Cela peut passer pour un compliment douteux, mais malgré tout, cette pratique considérée en elle-même en dehors de ses qualités curatives est, chose vraiment curieuse et plaisante, administrée avec une parfaite bonne foi et de plus, fort appréciée.

Quand quelqu'un tombe malade, on envoie chercher Gus Darley (il n'a jamais été appelé monsieur qu'une fois dans sa vie, et cela par un officier du sheriff qui, l'arrêtant pour la première fois, n'était pas en termes familiers avec lui ; tout Cursitor Street le connaît depuis longtemps comme Gus, mon vieux camarade, et Darley, mon garçon) ; si le malade va très mal, Gus lui raconte une bonne histoire ; si le cas paraît grave, il chante une chanson comique ; si le malade, pour parler vulgairement, se trouve bas, Darley reste à souper et si, pendant ce temps, le malade ne se rétablit pas complètement, il envoie alors chercher pour un penny de sel d'Epsom ou trois liards de rhubarbe et de magnésie plaisamment étiquetée « La mixture ». C'est une illusion consolante pour chaque malade de Gus Darley que de croire qu'il lui a prescrit un amalgame vraiment mystérieux de drogues extraordinaires qui, bien que pouvant causer une mort certaine à quelque autre individu, est néanmoins, dans toute la pharmacopée, la seule préparation qui puisse lui conserver la vie.

Le bruit est généralement répandu dans le quartier du dispensaire que la description d'un jour de Derby, faite par Gus Darley, constitue le meilleur sel d'Epsom qui ait jamais été inventé pour guérir les maladies d'un homme et on l'a vu rentrer des courses au logis à 22 heures et accourir près du lit d'un malade (avec succès), une serviette mouillée autour de la tête et la pénible conviction qu'il faisait une ordonnance pour deux malades à la fois.

Aujourd'hui, il se promène sur les bords gonflés du Sloshy, avec sa pipe à la bouche et un visage préoccupé, regardant à tout moment le haut de la rivière. Bientôt il s'arrête près du chantier d'un constructeur de bateaux et s'adresse à l'homme en train de travailler.

— Eh bien ! dit-il, ce bateau est-il enfin fini ?

— Oui, monsieur, dit l'homme, entièrement fini, et il a une fière tournure, encore ; vous pourriez dîner sur sa coque ; la peinture en est aussi sèche qu'un os.

— Et pour le double fond ? demande-t-il.

— Oh, tout est en règle, monsieur : deux pieds et demi de profondeur et six pieds et demi de long. Et je vous dirai, monsieur, sans vous offenser, que vous devez avoir en vue d'attraper plus d'anguilles que vous n'en attraperez, je crois, si vous vous imaginez remplir tout ce double fond-là.

L'homme, en parlant, montre l'endroit où le bateau est couché à sec et élevé sur des madriers dans le chantier de construction. Son pont est large, plat, lourdement bâti et assez grand pour contenir une demi-douzaine de personnes.

Gus s'avance pour l'examiner ; l'homme le suit. Au moyen d'un gros bout de corde, il relève le fond du bateau comme la porte d'une trappe, à deux pieds et demi au-dessus de la quille.

— Vous croyez, dit Gus, qu'un homme pourrait rester couché dans la quille du bateau avec ce pont pardessus ?

— Assurément, monsieur, il le pourrait, et même un homme d'une assez jolie taille, quoique je ne dise pas pour cela que ce soit un lit des plus confortables.

Il pourrait certainement être saisi de crampes, s'il était d'un tempérament remuant.

Gus se met à rire et dit :

— Vous avez raison, cela lui arriverait certainement à ce pauvre camarade ! Venez, maintenant ; vous êtes un gaillard de haute taille, je désirerais voir si vous pourriez rester là-dedans une minute ou deux. Nous prendrons un peu de bière quand vous en sortirez.

L'homme lui lance un coup d'œil un peu décontenancé. Il a entendu parler de la légende de la branche de gui. Il a assisté à la construction du bateau mais il pourrait, malgré tout, y avoir quelque ressort caché quelque part et la demande de Gus pourrait couvrir quelque mauvaise intention, mais quiconque regarde notre ami le médecin en plein visage ne peut concevoir aucun soupçon, aussi l'homme se met-il à rire :

— Ah ! Vous êtes un farceur, vous, bien différent de l'autre (personne n'a jamais de manières très respectueuses en s'adressant à Gus Darley). Il n'y a pas moyen de vous refuser.

Et l'homme se place dans le bateau, s'étend dans le fond et laisse Gus faire retomber le faux pont sur lui.

— Comment vous trouvez-vous ? demande Gus ; pouvez-vous respirer ?… avez-vous suffisamment d'air ?

— Parfaitement, monsieur, dit l'homme à travers un trou dans le plancher. C'est un lit tout à fait spacieux quand on s'y est une fois arrangé ; seulement il n'a pas été disposé pour permettre des exercices actifs.

— Pensez-vous que vous puissiez rester pendant une demi-heure ? demande Gus.

— Que Dieu vous bénisse, monsieur ; pendant une demi-douzaine d'heures, si je suis payé en conséquence.

— Pensez-vous qu'une demi-couronne soit suffisante pour vingt minutes ?

— Mais je ne sais pas, monsieur, supposons que vous mettiez trois shillings?

— Très bien, dit Gus, ce sera trois shillings. Il est maintenant midi et demi (il regarde sa montre en parlant). Je vais m'asseoir ici et fumer une pipe ; si vous restez tranquille jusqu'à une heure moins dix minutes, vous aurez gagné les trois pièces.

Gus entre dans le bateau et s'assied à la proue ; la tête de l'homme couché repose à la poupe.

— Pouvez-vous me voir? demande Gus.

— Oui, monsieur, quand je louche.

— Très bien, alors vous pouvez voir que je ne tire pas le verrou. Tranquillisez-vous, il y a déjà cinq minutes de passées.

Gus finit sa pipe, regarde de nouveau sa montre (une heure et quart). Il siffle un air d'opéra, puis saute hors du bateau et relève le faux pont.

— Tout va bien, dit-il, le temps est écoulé. Eh bien, est-ce assez confortable? demande Gus.

— Que Dieu vous protège, monsieur, fameusement gentil, sauf qu'il y fait tout à fait chaud, et que cela vous dessèche joliment le coffre.

Gus lui donne de quoi apaiser cette sécheresse et lui dit ensuite :

— Vous pouvez alors mettre le bateau à l'eau, mon ami sera ici dans cinq minutes avec son attirail et nous verrons alors à faire une promenade.

Le bateau est lancé, et l'homme s'amuse à ramer en remontant un peu la rivière, tandis que Gus épie l'arrivée de son ami. Après dix minutes environ, son ami paraît, dans la personne de Mr Joseph Peters, employé de la police, avec deux filets à anguilles sur les épaules (ce qui lui donne quelque ressemblance avec un Neptune de terre ferme) et un sac en tapisserie assez grand qu'il porte à la main.

Gus et lui échangent quelques observations au moyen de l'alphabet silencieux, auquel Gus est presque aussi bien initié que l'agent muet et ils montent sur le bateau. Ils envoient chercher par le constructeur un gallon de bière dans une bouteille de grès, la moitié d'un pain de quatre livres et un morceau de fromage. Ces provisions étant embarquées, Gus et Peters saisissent chacun un aviron, éloignent le bateau du bord et s'efforcent de voguer dans le milieu de la rivière.

29
L'Empereur fait ses adieux à l'île d'Elbe

Le même jour, mais à une heure plus avancée de l'après-midi, Richard Marwood, mieux connu comme l'empereur Napoléon, se joint aux pensionnaires de l'asile du comté dans leurs exercices journaliers sur les terrains destinés à cet usage. Ces terrains consistent en pièces de maigre gazon, ornées çà et là d'un carré dans lequel de tristes arbustes, ou quelques chrysanthèmes maladifs, dressent leurs têtes mélancoliques, battues et flétries par les dernières pluies abondantes. Ces pièces de gazon sont entourées d'allées raides, droites et sablées, le tout étant enclos par un mur élevé, surmonté de chevaux de frise. Les pointes de fer composant cet ornement ont été ajoutées depuis peu d'années car, malgré les agréments et les attraits de l'établissement, quelques absurdes habitants du lieu, soupirant après des scènes plus gaies et plus brillantes, avaient été surpris essayant, sans pouvoir y réussir, d'échapper aux nombreux avantages de leur demeure.

Je n'oserai me hasarder à dire si la végétation a ou non quelque mystérieuse sympathie avec la nature animée, mais il est certain que ni fleurs, ni arbustes, ni gazon, ni herbes sauvages ne poussent comme les autres fleurs, les autres arbustes, l'autre gazon ou les autres herbes sauvages dans les terrains de l'asile des fous du comté.

Depuis l'ormeau décharné, qui étend deux grands bras raboteux comme s'il poussait une sauvage imprécation semblable à celle qui pourrait sortir de la bouche d'un être humain victime de la pire forme de folie, jusqu'au banal mouron poussant dans un coin de l'allée sablée, dont les racines, les feuilles et les fibres ne ressemblent en rien à celles de son espèce, et s'échappe de sa tangente particulière avec une fantaisie de petit chat joueur dont pourrait être affligée une jeune miss de dix-sept ans malade d'amour ; depuis les grands buissons de laurier, qui se balancent au vent avec une agitation mélancolique et incessante, propre aux seuls aliénés, jusqu'à l'excentrique pissenlit, qui dresse sa tête ébouriffée au-dessus du gazon échevelé et tourmenté ; toute chose verte dans ce vaste lieu semble être plus ou moins atteinte par la terrible maladie, dont l'influence ou les émanations sont d'une nature si subtile, qu'elles infectent même les pierres des murs grisâtres qui renferment les êtres brisés autrefois forts et complets, et éteignent les intelligences autrefois brillantes et élevées.

Mais pour vous, étranger à ce lieu, examinant pour la première fois ces groupes d'hommes et de femmes se promenant lentement de long en large dans les allées sablées, ce qui serait le plus étonnant, et peut-être même le plus affligeant, serait de voir l'apparence presque heureuse de ces créatures misérables. Ô ! don béni de celui qui apaise la tempête ! Ô ! sage merveilleux et plein de miséricorde que celui qui accorde la force au fardeau ! Voilà un de tes bienfaits ! Cet homme sujet aux inquiétudes, aux doutes, ou aux aspirations insensées vers un milieu impossible à atteindre, que toute la sagesse du monde était impuissante hier à calmer, est heureux aujourd'hui avec un morceau de papier ou un chiffon de ruban ! Nous, qui favorisés de la divine clarté, jetons un regard sur ces ténèbres intellectuelles dignes de pitié, nous sommes peut-être beaucoup plus malheureux parce que nous ne pouvons dire combien de petits chagrins cette mort dans la vie peut ensevelir. Ils se sont retirés de nous, leur langage n'est pas notre langage, ni leur monde notre monde. On a fait, je crois, cette étrange question : qui peut dire si leur folie ne vaut pas mieux que notre savoir ? Celui-là seul, dont la main puissante produit l'accord de l'âme, peut dire ce qui est discordant ou ce qui est harmonieux. Nous les observons comme nous faisons pour toute autre chose, à travers le verre obscurci de l'incertitude terrestre.

Non, ils ne semblent pas malheureux. La reine Victoria cause avec lady Jane Gray du dîner du jour et de la surabondance blâmable de gras dans un gigot de mouton qu'on leur a servi.

La chronologie n'inquiète jamais ces bonnes gens, personne ne pense encourir une défaveur pour faire un anachronisme et lord Brougham partage une pomme verte avec Cicéron, Guillaume le Conquérant se promène bras dessus, bras dessous avec Pie IX sans la moindre préoccupation de vraisemblance ; et quand, certain jour, un gentleman, qui pendant trois ans avait acquis une popularité considérable sous le titre de cardinal Wolscy, changea subitement de fantaisie et avoua qu'il était simplement John Thomson, les pensionnaires de l'asile furent unanimes pour exprimer le plus profond mépris pour cette malheureuse aberration.

Le héros du jour, par conséquent, est Richard. À peine apparaît-il qu'il est immédiatement environné de toutes les célébrités et d'un grand nombre de non-célébrités de l'établissement. L'empereur de l'océan allemand et de la machine hydraulique de Chelsea, en particulier, a tellement à lui dire qu'il ne sait par où commencer, et quand il commence, il s'interrompt pour reprendre de nouveau, d'une façon à la fois affable et égarée.

— Pourquoi Richard ne s'est-il pas réuni à eux plus tôt, lui demande-t-il, ils sont vraiment si enjoués, et si sociables, pourquoi, au gracieux nom de la divinité (il ouvre ses yeux de toute leur grandeur en prononçant le gracieux nom de la divinité et regarde derrière lui pardessus son épaule, comme s'il croyait plutôt avoir invoqué quelque démon), pourquoi Richard ne s'est-il pas réuni à eux?

Richard répond qu'il ne lui a pas été donné de le faire. Ce à quoi le potentat répond en prenant un air mystérieux; il est plein de fierté et porte une coiffure de sa façon, une espèce de couronne faite avec un journal et un mouchoir de poche bleu et blanc à ramages; il plonge ses mains le plus profondément possible dans les poches de son pantalon, se plante droit devant Richard au milieu de l'allée sablée, avec un coup d'œil particulièrement significatif:

— Est-ce le Khan?

Richard dit qu'il ne pense pas.

— Ce n'est pas le Khan, murmure-t-il d'un air pensif, votre opinion est vraiment que ce n'est pas le Khan?

— J'en suis convaincu, répond Richard.

— Alors je balance entre le dernier duc de Devonshire et Abd el-Kader. J'espère que ce n'est pas Abd el-Kader; j'ai une meilleure opinion d'Abd el-Kader, oui, vraiment.

Richard semble plutôt déconcerté mais ne dit rien.

— Il y a eu évidemment, continue son ami, quelque machination d'une influence mauvaise pour empêcher votre apparition parmi nous avant ce jour. Vous êtes, en effet, un membre de la société, depuis… laissez-moi compter… trois cent soixante-trois ans. Soyez assez bon pour me reprendre si je fais un mauvais calcul. Trois cent soixante-douze ans, ai-je dit, et vous ne vous êtes jamais réuni avec nous! Maintenant, il y a là quelque chose de radicalement mauvais, pour me servir du langage des anciens dans leurs fêtes religieuses, il y a là une vis desserrée. Vous deviez nous rejoindre, absolument, vous le deviez; nous sommes très sociables; nous sommes certainement folâtres, nous avons un bal chaque... soir. Mes idées quant à l'époque, je vous avoue, sont vagues; mais je sais que c'est ou tous les dix ans ou toutes les semaines; je penche à croire que c'est toutes les semaines et, en ces occasions, nous dansons. Êtes-vous un disciple de Terp[1], de celle que l'on peut appeler la dame aux nombreuses sœurs célibataires, avez-vous un faible pour la lumière fantastique?

En manière d'illustration, l'empereur de la machine hydraulique exécute un entrechat qui aurait fait honneur à un vieil éléphant prenant sa première leçon de polka.

Il y a un avantage dans la conversation de ce gentleman; c'est que, si ses questions sont quelquefois d'une nature difficile et embarrassante, il est assez bien élevé pour n'avoir jamais l'air d'attendre une réponse. Il paraît frappé, pour la première fois, d'avoir manqué peut-être d'une certaine façon au cérémonial particulièrement usité par une personne de sa distinction, en ayant parlé si familièrement à un individu qui lui est complètement étranger; il saute donc subitement d'un ou deux pas en arrière, laissant la trace des creux formés dans le sable humide par la pression de ses pieds et dit d'un ton si digne qu'il en est presque sévère:

— Pardon, à qui ai-je l'honneur de faire ces observations?

Richard est obligé de dire qu'il n'a pas de carte sur lui et ajoute:

1. Diminutif de Terpsichore, la Muse de la danse.

— Avez-vous entendu parler de l'empereur Napoléon ?

— Buonaparte ? Oh ! certainement, très souvent, très souvent. Et vous êtes ce haut personnage ? Ah ! mon Dieu ! C'est vraiment malheureux. Je ne parle pas de votre charmant séjour d'été à Moscou, ou de votre agréable retraite d'hiver dans les champs de Waterloo ; c'est réellement désastreux, très désastreux.

Sa pitié pour Richard est si profonde qu'il est ému jusqu'aux larmes et cueille un pissenlit avec lequel il essuie ses yeux.

— Ma propriété de Chelsea, ajoute-t-il bientôt, est flottante, très flottante. Je trouve chez mes locataires une tendance à préférer se priver de leur provision d'eau, plutôt que de payer la taxe. Notre seul plan est de vider tous les réservoirs une demi-heure avant l'heure du thé. Persévérons dans cette mesure une semaine ou deux et nous verrons qu'elle aura pour résultat de les fatiguer et qu'ils paieront ; mais tout cela porte sur les nerfs, vraiment beaucoup.

Il hoche la tête avec solennité, frotte ses yeux très fort avec le pissenlit, puis mange cette plante exotique.

— Un agréable tonique, dit-il, reconnu pour aider à la digestion ; mon océan allemand me donne des profits plus considérables sous le rapport des bains de mer.

Richard se dit très intéressé par les vues commerciales de son noble ami ; mais ils sont alors interrompus par l'approche d'une dame qui, se trémoussant avec un sautillement qui lui est tout particulier, aborde en bondissant l'empereur de la machine hydraulique et s'empare de son bras.

C'est une exubérante créature de quelque quarante printemps, coiffée d'un bonnet, dont le choix seul la marque au coin d'un cerveau fêlé sans qu'il soit nécessaire d'avoir d'autre preuve. Dire qu'il ressemble à un seau à charbon n'en donnerait pas l'idée ; dire qu'il ressemble à un seau à charbon détérioré par une avalanche d'eau tombée sur sa carcasse et complètement disloqué approcherait peut-être un peu plus de la vérité ; ajoutez à cela un voile vert un peu plus grand qu'une nappe ordinaire et trois plumes disposées avec goût, suivant la direction adoptée par les modistes parisiennes pour placer le plumage d'oiseaux étrangers et vous pourrez vous former quelque idée de la coiffure de la dame. Sa robe courte et étroite est abondamment ornée d'une espèce de garniture qui, aux yeux du vulgaire, passerait pour des bandes de calicot, mais qui aux yeux des pensionnaires est considérée comme de la dentelle de Valenciennes. Sous le bas de cette robe apparaît une paire de bottines vert pomme d'une forme telle que nul cordonnier à l'esprit sain n'en inventerait de semblable dans ses rêves les plus désordonnés, mais qui, dans cet établissement, est adoptée et plutôt recherchée qu'autre chose. Cette dame n'est autre que la demoiselle qui préméditait une fuite avec Richard huit ans auparavant et qui s'est donné pour noble parenté le pape et le fabricant dc muffins.

— Eh bien, dit-elle à l'empereur de la machine hydraulique, avec un ton et des manières qui seraient ridicules même chez une jeune fille de quinze ans ; et où s'est caché ce précieux trésor depuis le dîner? Est-ce le mouton gras qui rend les plus brillants de l'humanité inaptes à la compagnie du général? ou aurions-nous un cœur construit de perfidie? J'espère que c'est dû au mouton gras.

Le précieux trésor porte les yeux de la charmeuse à ses côtés à Richard, en s'excusant d'un haussement d'épaules.

— Le sexe est faible, dit-il, vainqueur d'Azincourt; je vous demande pardon de Waterloo; le sexe est faible, c'est un fait constaté par la science médicale et l'économie politique. Pauvre créature, elle m'aime.

La dame s'aperçoit pour la première fois de la présence de Richard. Elle fait une très profonde révérence en faisant décrire à l'une des bottines vertes un cercle complet et elle demande :

— Du Gloucestershire, monsieur?

— L'empereur Napoléon Bonaparte, dit le propriétaire de l'océan allemand, ma chère, vous devez le connaître.

— L'empereur Na-po-lé-on Bo-na-parte, dit-elle très lentement en épelant chaque syllabe et en les comptant sur ses doigts. Et du Gloucestershire? Que c'est gratifiant! Tous nos grands hommes viennent du Gloucestershire, c'est un fait bien connu du Gloucestershire. Les muffins ont été inventés dans le Gloucestershire par Alfred le Grand. Avez-vous connu notre cher Alfred? Vous êtes peut-être trop jeune, une grande perte, mon cher monsieur, une grande perte : un mal de dents, qui se porta sur les nerfs du cerveau, l'enleva en quarante jours, trois semaines et un mois. Nous essayâmes de tout, depuis les pissenlits (ses yeux errent comme si elle cherchait à découvrir l'objet qui a servi à ses essais), jusqu'aux chevaux de frise.

Elle s'arrête brusquement, fixant Richard comme si elle attendait qu'il dît quelque chose; mais celui-ci ne dit mot, et elle s'enfonce subitement dans la contemplation de ses bottines vertes, examinant d'abord l'une et puis l'autre, comme si elle évaluait la probabilité de leur besoin de raccommodage.

Elle lève bientôt subitement la tête et demande d'un ton très solennel :

— Connaissez-vous l'homme aux muffins?

Richard secoue la tête.

— Il vit dans Drury Lane, ajoute-t-elle en le regardant d'un air qui semble dire: «Allons donc, point de plaisanterie, vous le connaissez bien assez.»

— Non, dit Richard, je ne me souviens pas de l'avoir vu.

— Nous sommes soixante-dix-neuf personnes dans cet établissement qui le connaissons, monsieur, soixante-dix-neuf, et vous osez rester là à me dire que vous...

— Je vous assure, madame, que je n'ai pas l'honneur de le connaître.

— Ne pas connaître l'homme aux muffins! Vous ne connaissez pas l'homme aux muffins, méprisable individu, singe efflanqué que vous êtes!

Il serait difficile de deviner la suite des invectives qu'aurait pu dérouler la dame car elle n'était pas réputée pour le raffinement de son vocabulaire quand elle était fortement agitée; mais, à ce moment, un homme grand et vigoureux, l'un des gardiens, s'avance en criant à haute voix:

— Eh! là-bas, que se passe-t-il?

— Il dit qu'il ne connaît pas l'homme aux muffins! s'exclame la dame, son voile flottant au vent comme une banderole, ses poings sur les hanches et ses bottines vert pomme fièrement campées d'un air de défi dans le sable de l'allée.

— Oh! nous le connaissons bien assez, dit l'homme en faisant un signe de l'œil à Richard, et les muffins qu'il fabrique sont très moelleux.

Ayant ajouté ce renseignement sur le gentleman en question, le gardien s'éloigne en fixant d'un air sévère les yeux de la charmante demoiselle, ce qui semble produire un effet calmant instantané sur ses nerfs.

Comme tous les aliénés autorisés à se divertir entre eux pendant une heure dans les jardins de l'établissement ne sont pas considérés comme dangereux, les gardiens n'ont plus l'habitude de faire grande attention à eux. Les surveillants se rassemblent en un petit groupe près du portique de l'asile pour fumer leurs pipes, parler politique et ne se préoccupent nullement des malheureuses créatures sur lesquelles ils doivent veiller.

Mais la reine Victoria ou l'empereur Néron, lady Jane Grey ou lord John Russell se permettent-ils un écart sur leurs dadas respectifs ou se laissent-ils aller à quelque escapade trop dangereuse et trop inconvenante, et aussitôt une robuste main s'appesantit sur l'épaule du délinquant, avec l'ordre très rarement méprisé de rentrer à l'intérieur.

Richard ayant eu cet après-midi la permission de se mêler aux prisonniers ses compagnons pour la première fois, le petit garçon de Slopperton a reçu l'ordre d'avoir l'œil sur lui, et l'enfant s'acquitte de sa tâche avec sérieux, ne laissant jamais échapper pendant une seule minute un regard, un mot ou une action du prisonnier.

Les gardiens, cet après-midi-là, sont réunis sous le portique devant lequel les jardins s'étendent jusqu'au mur extérieur élevé. Le terrain entre le portique et le mur a une longueur d'un peu moins d'un quart de mille, et au fond se trouvent la grande entrée et la loge du concierge. Les jardins entourent le bâtiment de trois côtés, et sur le côté gauche, le mur se prolonge parallèlement à la rivière en crue du Sloshy. Ses eaux, sous l'effet des fortes pluies, baignent le mur à une hauteur de six pieds, couvrant entièrement le chemin de halage qui existe ordinairement entre le mur et le bord de l'eau.

Richard, l'empereur de la machine hydraulique, accompagnés de la démonstrative enchanteresse en bottines vertes, sont tous trois engagés dans une conversation amicale, quoique tout à fait désordonnée, et marchent en direction des terrains situés de ce côté et, par conséquent, hors de la vue des gardiens.

Le petit garçon de Slopperton les suit néanmoins pas à pas. Ce jeune gentleman, ayant les mains dans ses poches, muse et flâne de long en large avec un air qui semble dire que ni homme ni femme ne l'intéressent pas plus que le prince danois de mémoire oubliée. Peut-être est-ce par une extrême lassitude de la vie que, sans s'en douter, il est occupé à siffler l'air d'une chanson, se rapportant à un passage du récit de la vie d'une jeune lady du nom de Gray, Alice[1] de son nom de baptême, dont le cœur était à un autre et qui, par conséquent, en pure logique, ne pouvait pas lui appartenir à lui chanteur inconnu.

Peut-être y a-t-il aussi quelque chose de contagieux dans cette mélodie, car l'enfant de Slopperton n'a pas plus tôt sifflé les premières mesures qu'un individu dans le lointain, en dehors du mur des jardins de l'asile, reprend l'air et le finit. Cette circonstance, futile en elle-même, paraît occasionner un plaisir considérable à l'enfant et il s'approche vivement de Richard qu'il interrompt au milieu d'une fort intéressante conversation, pour lui dire tout bas à l'oreille ou plutôt au coude :

— Tout va bien, général !

Comme Richard, l'empereur de la machine hydraulique et la fille unique du pape parlent tous à la fois de sujets complètement différents, leur conversation est peut-être un peu décousue pour pouvoir être rapportée par un sténographe ; mais, comme conversation, c'est réellement une chose charmante.

1. « Alice Gray » est une chanson populaire écossaise.

Richard, poursuivant toujours l'idée extravagante qui passe dans l'asile pour occuper son cerveau dérangé depuis le jour de son procès, est occupé à faire à ses compagnons un récit de sa fuite de l'île d'Elbe.

— J'étais déterminé, dit-il en s'adressant à l'empereur de la machine hydraulique qu'il tient par un bouton ; j'étais déterminé à tenter un effort désespéré pour retourner en France parmi mes amis.

— Sentiments très louables, assurément, dit la demoiselle aux bottines vertes, et qui vous honorent.

— Mais échapper d'une île est une entreprise d'une difficulté extrême, continue Richard.

— Naturellement, dit la demoiselle, considérant le prix de la farine ; la farine monte à un demi-penny le boisseau dans le quartier de Drury Lane, ce qui, naturellement, réduit la grosseur des petits pains.

— Et a un mauvais effet sur la taxe de l'eau, interrompt le gentleman.

— Maintenant, continue Richard, l'île d'Elbe était entourée d'un mur élevé.

— Une très convenable disposition, facilitant extraordinairement les moyens de couper l'eau aux habitants, murmure l'empereur de l'océan allemand.

Le petit Slosh exprime de nouveau ses sentiments par rapport à Alice Gray et une personne de l'autre côté du mur s'accorde avec lui.

— Et, dit Richard, sur la crête de ce mur se trouvaient des chevaux de frise[1].

— Bonté du ciel ! s'écrie l'empereur, absolument ! Ce que vous désignez là, par une coïncidence extraordinaire nous l'avons aussi. Nous avons des chevaux de ce que vous dites dans le but, je crois, d'empêcher les chats

1. Croisillons en métal dissuasifs.

d'entrer. Les chats sont des animaux désagréables, particulièrement, ajoute-t-il d'un air rêveur, particulièrement le matou ; je veux dire le sexe le plus fort.

— Surmonter l'obstacle de ce mur était une grande difficulté.

— Naturellement, naturellement, dit la demoiselle, une grande entreprise, considérant la baisse des muffins, une dangereuse entreprise.

— Il y avait un bateau qui m'attendait pour me recevoir de l'autre côté, dit Richard regardant le haut du mur éloigné de lui d'environ cent mètres.

Une personne de l'autre côté du mur s'est rapprochée beaucoup plus pendant ce temps et, mon Dieu, comme elle est animée à propos d'Alice Gray.

— Mais la question, continue Richard, était de savoir comment escalader le mur, et il a toujours les yeux fixés sur les chevaux de frise en disant cela.

— J'aurais essayé les petits pains, dit la dame.

— J'aurais coupé l'eau, remarque le gentleman.

— Je ne fis rien de tout cela, dit Richard, j'essayai une corde.

À ce moment même, par l'opération de quelque pouvoir invisible, une solide corde à nœuds est jetée en travers des chevaux de frise et le bout vient tomber à l'intérieur à environ quatre pieds du sol.

— Mais son cœur est à un autre et ne peut jamais être à moi.

Le gentleman, qui ne pouvait avoir l'espoir de posséder l'affection de miss Gray, est évidemment près du mur en ce moment. Dans un temps si court, qui n'aurait pas suffi au maître le plus habile dans l'art de la sténographie pour relater l'événement, Richard jette loin de lui, à une demi-douzaine de pas, l'empereur de la machine hydraulique avec une telle violence que ce gentleman accroche en trébuchant les talons de la fille unique du pape et tombe comme une masse sur cette dame comme sur un lit de plume, et, avec l'agilité d'un chat ou d'un matelot, il grimpe en haut de la corde et disparaît par-dessus les chevaux de frise. Le gentleman à l'extérieur est alors devenu indifférent à la perte de miss Gray, car il siffle triomphalement la mélodie en marquant la mesure avec le bruit sec de ses rames plongeant dans l'eau.

Il faut un peu de temps à l'empereur et à son amie pour se rétablir des effets de la secousse qu'ils ont éprouvée l'un contre l'autre et, quand ils sont remis, ils restent quelques instants à se regarder muets de stupéfaction.

— Le gentleman a quitté l'établissement, dit enfin la dame.

— Et a fait une écorchure à mon coude, murmure le gentleman en frottant l'endroit en question.

— Une manière bien impolie, encore, de le quitter, dit la dame ; ses petits pains, je veux dire son éducation a été évidemment fort négligée.

— Ce doit être un propriétaire de Chelsea, dit l'empereur. Les propriétaires de Chelsea sont proverbiaux pour leurs mauvaises manières. Ils ont l'usage de fermer la porte au visage du collecteur de la taxe dans le dessein d'endommager le bout de son nez, et lord Chesterfield n'a jamais donné à son fils le conseil de se conduire ainsi.

Il convient aussi bien d'établir ici que l'empereur de la machine hydraulique avait été, dans les derniers jours de sa vie, collecteur pour la taxe de l'eau dans le quartier de Chelsea ; mais s'étant malheureusement adonné complètement à la boisson et ayant aussi un penchant marqué pour spéculer (certaines gens prononçaient le mot sans la première lettre), ce qui impliquait la dilapidation de l'argent de son souverain, il avait perdu définitivement sa place et son bon sens. La dame, son amie, avait tenu autrefois une boutique de boulangerie dans le voisinage de Drury Lane et se trouvant, à l'âge de quarante ans, dans un jour de mauvaise inspiration, elle plaça ses affections sur un jeune homme de dix-neuf ans ; la pente de son esprit allait vers les muffins, et, après avoir été ruinée par le jeune homme en question, elle s'était réfugiée dans la bouteille de gin, et de là était passée à l'asile de son pays natal.

Le lecteur curieux demandera peut-être ce que fait pendant tout ce temps le jeune gardien de Richard auquel on a recommandé de ne pas le perdre de vue, et comment il a rempli sa mission ?

Il est immobile, regardant très froidement la dame et le gentleman qui sont devant lui et paraît fort intéressé par leur conversation.

— Je vais certainement aller, dit l'empereur de la machine après un instant de silence, instruire le surintendant de ce procédé ; le surintendant doit vraiment en être informé.

Le surintendant est, dans l'asile, la dénomination polie donnée aux gardiens. Mais au moment où l'empereur commence à se mouvoir lourdement dans la direction de la façade de la maison, l'enfant appelé Slosh passe devant lui en courant et, avant que le vieux gentleman n'ait atteint le portail, il raconte aux gardiens ébahis toute l'histoire de la fuite.

Les gardiens accourent à la porte, crient au portier d'ouvrir et en quelques minutes se trouvent sur la route devant l'entrée. Ils se précipitent de là vers le côté de la rivière, il n'y a pas trace d'être animé sur la rivière gonflée, et on voit seulement deux hommes montés sur un bateau près du bord opposé, paraissant occupés à pêcher l'anguille.

— Il n'y a pas de bateau plus rapproché que celui-là, dit un des gardiens, il n'aurait jamais pu l'atteindre en si peu de temps, eût-il été le meilleur nageur de l'Angleterre !

Les gardiens tiennent pour acquis qu'ils ont été informés de l'évasion au moment même où elle s'est produite.

— Il doit avoir sauté tout d'un coup dans la rivière, dit un autre, peut-être est-il quelque part s'efforçant de garder sa tête sous l'eau.

— Il ne pourrait pas y arriver, dit l'homme qui a parlé le premier, mon opinion est que le pauvre diable s'est noyé. Ils ont la fureur d'essayer de s'évader, quoiqu'il n'y en ait aucun qui ait jamais pu y réussir.

Il y a un bateau amarré à l'angle du mur de l'asile et un des hommes monte dessus.

— Montre-moi l'endroit d'où il a sauté par-dessus le mur, demande-t-il à l'enfant qui en indique du doigt la direction.

L'homme rame de ce côté.

— Pas de vestige de lui nulle part par ici ! crie-t-il.

— Ne feriez-vous pas mieux d'interroger ces hommes ? demande son camarade, ils doivent l'avoir vu sauter.

L'homme du bateau fait un signe d'assentiment et traverse la rivière pour aller rejoindre les deux pêcheurs.

— Oh ! là-bas, dit-il, avez-vous vu quelqu'un passer par-dessus ce mur ?

Un des pêcheurs, qui vient justement d'attraper une magnifique anguille, lève la tête d'un air surpris et demande :

— Quel mur ?

— Mais celui de l'asile, là-bas, droit devant vous.

— L'asile ? Voilà maintenant que vous venez nous dire que c'est un asile ; j'avais toujours pris cela pour une résidence de gentleman avec un parc, dit le pêcheur, qui n'est autre que Mr Augustus Darley, tenant sa pipe hors de sa bouche.

— Je désirerais que vous répondiez directement à ma question, dit l'homme, avez-vous vu quelqu'un sauter par-dessus ce mur, oui ou non?

— Eh bien, non! répond Gus. Si je l'avais vu je serais allé sur lui et l'aurais rattrapé. Me prenez-vous pour un imbécile?

L'autre pêcheur, Mr Peters, lève alors la tête et, posant son filet, figure quelques mots avec ses doigts.

— Attendez un peu, crie Gus, à l'homme qui rame pour s'éloigner, mon ami que voilà dit qu'il a entendu un plongeon dans l'eau il y a dix minutes et pense que c'était quelques graviers lancés par-dessus le mur.

— Alors il a sauté; le pauvre garçon, j'ai peur qu'il ne se soit noyé.

— Noyé?...

— Oui, ne vous ai-je pas dit qu'un des aliénés a essayé de s'échapper par-dessus ce mur et doit être tombé dans la rivière.

— Pourquoi ne me disiez-vous pas cela plus tôt alors, dit Gus, que faut-il faire? Où y a-t-il des dragues?

— Mais, à un demi-mille plus loin, par malheur, à une auberge en bas de la rivière, au Joyeux Bateau de la Vie.

— Alors voici ce que nous allons faire, dit Gus: mon ami et moi allons descendre jusque-là pour chercher les dragues pendant que vous, camarades, vous allez regarder par ici.

— Vous êtes vraiment bon, monsieur, dit l'homme, nous pouvons, après tout, draguer le lit de la rivière, car je suis contrarié de l'idée que nous ne reverrons plus l'empereur Napoléon. Gare à moi! Voilà une affaire qui va causer un fameux tapage dans le conseil.

— Ainsi nous partons, dit Gus, bon courage, il peut encore remonter.

Après ces paroles d'encouragement, MM. Darley et Peters se mettent à voguer avec une rapidité qui promet la prompte arrivée des dragues.

30
Joie et bonheur pour tout le monde

Les dragues arrivèrent-elles à l'asile du comté à temps pour rendre quelque service? Voilà une chose qui est encore à l'état de mystère; mais Mr Joseph Peters, sur son bateau, aborde au chantier du constructeur au commencement de la nuit de cette journée d'automne. Il est seul et laisse son embarcation, ses gaffes et autre attirail de pêche aux soins des hommes qui habitent le chantier, puis enfonçant les mains dans ses poches, il s'en va dans la direction de la petite rue de Gulliver.

Si jamais Mr Peters a eu un air triomphant dans sa vie, si jamais sa bouche s'est tournée d'un côté, c'est bien ce soir-là; mais cette contorsion, qui fait grimacer ce trait de son visage, est celle de la bouche d'un conquérant.

Huit années ont aussi fait quelque chose pour Kuppins. Le temps ne l'a pas oubliée, bien qu'elle ne soit qu'une modeste personne. Il a fait des retouches à sa stature, ajoutant un peu ici, retranchant un peu là, et produisant enfin un ensemble tout à fait imposant. Kuppins a grandi.

Quand la jeune fille a atteint sa dixième année, un propos courait dans la petite rue de Gulliver et ses environs selon lequel par suite d'une fatale prédilection pour le gin et le bitter qu'avait eue sa mère dans une période intéressante de sa vie, Kuppins ne grandirait pas davantage ; mais elle donne à présent un démenti à la fois au propos, au gin et au bitter en dépassant ses courtes robes d'enfant à l'âge avancé de dix-sept ans ; elle est maintenant une jeune femme plutôt élancée avec une paire de joues si roses qu'elles font honneur à de plus robustes santés que celles qui fleurissent dans Slopperton sur le Sloshy.

Le temps a fait quelque chose aussi pour la chevelure abondante de Kuppins, car celle-ci est maintenant brossée, peignée, tirée et torturée de manière à ne pas être fort éloignée d'être lisse et en outre, elle est remontée, raffinement dans son procédé de toilette qui a demandé des années pour être effectué, et qui, aujourd'hui, réussit peut-être un peu à faire paraître cette chevelure, aux yeux des admirateurs, pour une grosse balle de coton noir traversée de part en part par une épingle à cheveux.

Pour quel motif Kuppins est-elle, ce soir-là particulièrement, dans un tel état d'excitation ? Qui pourrait le dire ? Toujours est-il certain qu'elle est fortement animée. Au premier bruit de la clé tournant dans la serrure de la porte du numéro 5 de la petite rue de Gulliver, Kuppins, la chandelle à la main, s'élance pour ouvrir. Avec quelle impétuosité elle entoure de ses deux bras le cou de Mr Peters pour l'embrasser, laissant un morceau de suif dans les cheveux de celui-ci, et une odeur de brûlé dans ses favoris ; comment, dans son agitation, éteint-elle la bougie, et par un coup de main ou de poumons la souffle-t-elle pour la rallumer, sont choses qui ont besoin d'être vues pour être appréciées. Son premier mouvement est d'entraîner Mr Peters au haut de l'escalier et de le faire entrer dans l'éden intérieur qui a la même apparence aujourd'hui que celle qu'il avait il y a huit ans. On peut presque s'attendre à trouver le bébé au visage cramoisi grandi dans son berceau jaune. Mais il n'y est pas, et ces affreux oreillons dont il était atteint quand Mr Peters l'avait rencontré pour la première fois n'ont pas paru lui avoir causé le moindre abattement. Kuppins pousse l'agent dans le fauteuil sur lequel il a coutume de s'asseoir, s'installe sur un autre en face de lui, pose le chandelier sur la table, mouche la chandelle et puis, les yeux ouverts de toute leur grandeur, attend évidemment que Mr Peters dise quelque chose.

Il dit quelque chose à sa manière, naturellement ; les doigts commencent à manœuvrer.

— Je l'ai… disent les doigts.

— Exécuté ! s'écrie Kuppins, étrangement animée tout ce temps ; exécuté, vous avez exécuté cela. Ne vous ai-je pas toujours dit que vous y parviendriez ? N'ai-je pas rêvé trois fois que vous y aviez donné suite ? Et une maison en feu, cela signifiait la rivière, et une armée de soldats, cela voulait dire le bateau ; et tout le monde en deuil, cela signifiait joie et bonheur. Tout cela s'est vérifié, tout cela était la vérité. Oh ! que je suis heureuse !

En foi de quoi, Kuppins commence une série d'évolutions et exercices de voix humaine, vulgairement connus dans les environs pour des accès d'hystérie si violents que Mr Peters n'aurait pas réussi à les calmer s'il l'avait essayé, et c'est pour cela peut-être qu'il n'essaie pas mais promène ses regards dans toutes les directions pour chercher quelque chose de froid qu'il puisse mettre dans son dos et, n'ayant trouvé autre chose sous sa main que le tisonnier, il se met à la frictionner avec cet instrument dans les régions voisines de l'épine dorsale, comme si elle était un feu mal allumé, ce qui la fait revenir à elle.

— Et où est l'enfant du bon Dieu ? demande-t-elle bientôt.

Mr Peters indique sur ses doigts que l'enfant du bon Dieu est encore à l'asile et qu'il doit y rester un temps convenable, jusqu'à ce qu'il puisse le quitter sans éveiller les soupçons.

— Et penser, dit Kuppins, que nous avons remarqué la demande d'un jeune garçon pour veiller sur ce pauvre Mr Marwood, et penser que nous avons eu l'idée d'envoyer notre Slosh remplir cette place et qu'il serait assez habile pour vous aider dans vos projets. Ô ! bonté divine !

Comme Kuppins témoigne ici l'envie de se livrer à une seconde attaque d'hystérie, Mr Peters change de conversation en regardant d'un œil interrogateur les deux casseroles sur le feu.

— Des tripes, répond Kuppins à son coup d'œil, et des patates très farineuses.

Sur quoi elle commence à dresser la table pour le souper. Kuppins est presque la maîtresse de la maison maintenant, car la propriétaire, fort âgée, est atteinte de rhumatismes et garde sa chambre en compagnie d'un gros chat noir, et a pour distraction les cancans que Kuppins récolte dans le voisinage pendant le jour et qu'elle lui répète le soir. Laissons Mr Peters fumer sa pipe et rôtir ses jambes devant le feu, tandis que Kuppins prépare les tripes et dépouille les pommes de terre farineuses de leurs enveloppes brunes.

Où se trouve, pendant ce temps, l'empereur Napoléon ?

Deux gentlemen arpentent de long en large la salle d'attente de la gare de Birmingham, attendant depuis dix minutes l'express pour Londres.

L'un d'eux est Mr Augustus Darley, l'autre est un individu enveloppé dans un grand manteau ; il a les favoris et les cheveux rouges et porte une paire de lunettes, mais derrière ses lunettes, deux yeux d'un noir foncé ont beaucoup de peine à s'harmoniser avec sa chevelure, pas plus que son teint pâle et brun ne s'harmonise avec la nuance ardente des favoris. Ces deux gentlemen sont venus à travers champs d'une petite station située à quelques milles de Slopperton sur le Sloshy.

— Eh bien, Dick, dit Darley, ceci ne vous rappelle-t-il pas le vieux temps, mon garçon ?

Le gentleman roux, qui fume un cigare, le retire de sa bouche, serre la main de son compagnon et dit :

— Oui, Gus, mon vieil ami, et si j'oublie jamais la part que vous avez prise aux événements de ce jour, puissé-je... puissé-je retourner à cet endroit et y dévorer mon propre cœur comme je l'ai fait pendant huit ans.

Il y a comme un brouillard humide derrière ses lunettes pendant qu'il prononce ces paroles, et une épaisseur inquiétante dans sa voix qui fait que Gus propose de prendre un verre de brandy avant le départ du train.

— Allons, Dick, mon vieil ami, vous êtes comme une femme ce soir, je vous assure ; il ne faut pas de cela, vous savez. J'aurai à vous présenter à quelques-uns de nos vieux camarades et à vous faire passer une joyeuse nuit avec eux, quand nous serons arrivés à Londres, ce qui sera probablement demain matin, si nous continuons à aller de ce train.

— Je vais vous dire ce qu'il en est, Gus, répond le gentleman aux cheveux rouges. Quiconque n'est pas passé par les malheurs que j'ai subis ne pourrait exprimer ce que je ressens ce soir. Je crois, Gus, que je finirai par devenir réellement fou, et que ma délivrance opérera ce que mon emprisonnement n'a pu accomplir et me fera tourner la tête. Mais, je vous en prie, Gus, dites-moi, dites-moi la vérité ; quelqu'un parmi mes vieux camarades m'a-t-il jamais cru coupable ?

— Pas un, Dick, pas un seul ; et je sais que si l'un d'eux avait seulement eu l'air de manifester une telle idée, les autres l'eussent étranglé avant qu'il eût pu prononcer un mot. Une autre goutte de brandy, dit-il précipitamment, en lui fourrant le verre dans la main. Vous n'avez pas plus de courage qu'un petit chat ou qu'une femme, Dick.

— J'ai eu assez de courage pour passer huit ans là-bas, dit le jeune homme en étendant la main dans la direction de Slopperton ; mais ce souvenir ne fait que me bouleverser. Ma mère, vous lui écrirez, Gus ; la vue de mon écriture pourrait lui faire mal, sans un mot d'avertissement ; vous lui écrirez pour lui dire que j'ai trouvé un moyen de m'évader, et puis vous lui écrirez de nouveau pour lui dire que j'ai réussi. Nous devons lui éviter une forte secousse, Gus ; je lui ai déjà causé trop de souffrance.

À ce moment, la cloche sonne pour le départ du train ; les jeunes gens prennent place dans une voiture de seconde classe, et la locomotive les emporte rapidement de la ville manufacturière fumeuse et étouffante dans la campagne éclairée par la lune.

Gus et Richard allument leurs cigares et s'enveloppent dans leurs couvertures de voyage. Gus se renverse et s'arrange pour dormir (il peut presque fumer en dormant), et, au bout d'un quart d'heure, il est en train de rêver à un malade impatient qui n'aime point les chansons comiques et ne peut comprendre la plaisanterie, mais qui a trois jolies filles et paie son mémoire à la Noël, sans même le vérifier.

Richard Marwood, lui, ne parvient pas à s'endormir. Le pourra-t-il jamais ? Ses nerfs pourront-ils jamais regagner une espèce de tranquillité, après la surexcitation des trois ou quatre derniers jours ? Il jette un regard en arrière, sur cette époque horrible, et il se demande et se demande encore, jusqu'à ce qu'il soit, à la fin, forcé de détourner son esprit de cette pensée de peur de devenir fou, comment il a fait pour endurer tout cela, comment il a pu vivre au milieu de tout cela? Était-ce à défaut de trouver des moyens de suicide? Bah! il aurait pu se briser la tête contre les murs, il aurait pu refuser résolument toute nourriture et se condamner ainsi à mourir de faim. Comment a-t-il fait pour endurer tout cela? Huit ans! huit siècles! et à chaque nouvelle heure, une nouvelle angoisse.

Il regarde en arrière et comprend ce qu'alors il ne comprenait pas: c'est que, dans la pire amertume de son désespoir, il y avait un vague et indéfini rayon d'espoir, si vague et si indéfini, qu'il ne pouvait le reconnaître lui-même, et à l'aide duquel, seul, il a supporté le terrible fardeau de ses jours; et les mains jointes, la tête inclinée, il adresse à ce Dieu, dont la miséricorde a fait descendre sur lui cette clarté éloignée, une action de grâce qui n'est peut-être pas l'expression la moins sincère et la moins profonde de la honte et du repentir qui s'élèvent présentement dans son cœur, après les cent paroles honteuses et désespérées qu'il n'a cessé, longtemps, de répéter.

Peut-être un semblable procès était-il nécessaire à Richard Marwood, pour en faire un homme digne et bon; il fallait quelque chose pour réveiller son énergie endormie, quelque chose pour exciter les meilleurs sentiments d'un noble cœur, pour stimuler l'activité d'une intelligence jusqu'à présent gaspillée. Quelque chose pour le ramener au Dieu qu'il avait oublié et pour en faire en définitive l'homme que Dieu, en le créant, avait voulu qu'il fût.

La locomotive fonce toujours. Fut-il jamais un horizon si découvert? Exista-t-il jamais un si beau clair de lune? La terre a-t-elle jamais été aussi belle, et le ciel aussi brillant depuis l'apparition de l'homme dans le monde?

Non pas pour Richard ! Il est libre, libre de respirer cet air vivifiant, de marcher sur cette terre splendide ; libre de chercher, pour le livrer à la justice, le meurtrier de son oncle.

Dans le silence de la nuit, le train express entre avec fracas dans la gare d'Euston Square ; Richard et Gus s'élancent hors de la station et sautent dans un cab. Même Londres enfumée et endormie sous les rayons de la lune paraît magnifique aux yeux de Dick le Diable, tandis qu'ils traversent bruyamment les rues solitaires, en se dirigeant vers leur destination.

31
Les Cherokees font un serment

Le cab s'arrête dans une rue étroite du voisinage de Drury Lane, devant la porte d'un modeste cabaret qui s'annonce lui-même, en lettres d'or terni sur une enseigne sale, comme Le Cherokee, tenu par Jim Stilston. Jim Stilston, alias le boxeur gaucher, alias le Pilonneur est un professeur distingué du noble art de l'autodéfense, célèbre parmi ses amis et le public en général, pour un coup particulier qu'il porte de façon badine avec son poing droit.

Ordinairement, à cette heure de la nuit, la respectable hôtellerie est plongée dans le calme qui convient à la maison d'un propriétaire qui a fermé ses volets et verrouillé sa porte à l'heure précise où les cloches de Saint-Martin-le-Grand et de Saint-Clément-le-Danois sonnent minuit. On n'aperçoit que la faible lueur d'une veilleuse à l'une des croisées supérieures ; mais malgré tout, Richard et Darley descendent de voiture et, après avoir renvoyé le cab, Gus regarde de tous côtés dans la rue pour voir s'il n'y a personne, pose ses lèvres sur le trou de la serrure de la porte de l'hôtellerie de Mr Stilston et produit une imitation parfaite du faible miaulement d'un membre invalide de l'espèce féline.

Le boxeur gaucher a sans doute le cœur tendre et nourrit une affection toute particulière pour les chats dans le malheur, car la porte s'ouvre doucement et juste assez pour laisser entrer Richard et son ami.

La personne qui les introduit est une jeune femme, apparemment surprise en mettant ses cheveux en papillotes, car elle a précipitamment jeté sa brosse et son peigne dans un coin du comptoir parmi les biscuits et les petits pâtés. Elle est évidemment endormie et se retient à grand-peine de bâiller à la figure de Mr Augustus Darley ; aussitôt qu'ils sont entrés, elle ferme la porte et reprend sa place derrière le comptoir. Il y a un seul bec de gaz allumé et il est presque difficile de croire que le gentleman assis dans un fauteuil devant un feu à moitié éteint, sa noble tête couverte d'un foulard de coton rouge, n'est autre que l'immortel gaucher ; il ronfle bruyamment à tout faire frémir autour de lui et de façon à faire désirer aux gens nerveux qui l'entendent qu'il ait débarrassé son cerveau avant de s'endormir.

— Eh bien ! Sophia Maria, sont-ils tous là-haut ? demande Mr Darley, en indiquant du doigt la porte qui conduit à l'escalier.

— Tous sans exception, monsieur, et il n'y a pas moyen de les renvoyer maintenant. Mr Splitters a fait un drame pour le Théâtre Victoria, et ils ont eu une abominable querelle avec lui parce qu'il y a dans cette pièce quinze meurtres et quatre valets de comédie qui disent tous : « Non, ne faites pas cela. » Le patron vient d'y monter à l'instant pour leur parler car ils étaient en train de se jeter, en plaisantant, des pots de bière à la tête.

— Alors je vais monter vite leur parler une minute, dit Gus ; suivez-moi, Dick.

— Quant à votre ami, monsieur, fit remarquer l'Hébé du boxeur ; il n'est pas un Joyeux. L'est-il, monsieur ?

— Oh ! je réponds pour lui, dit Gus ; tout va bien. Sophia Maria, apportez deux verres de grog bouillant et dites au boxeur de monter quand je sonnerai.

Sophia Maria lance un regard d'inquiétude de Gus sur le patron endormi et dit :

— Il se réveillera en fureur, si je le dérange ; il est maintenant dans son premier sommeil et il ira au lit aussitôt que la place sera vidée.

— Ne craignez rien, Sophia ; réveillez-le quand je sonnerai et envoyez-le là-haut, il y trouvera quelque chose qui le mettra de bonne humeur. Allons, Dick, grimpons, vous connaissez le chemin.

Les Joyeux Cherokees font sentir leur voisinage par une si étouffante atmosphère de tabac dans l'escalier que quiconque non initié à leurs mystères en eût été complètement suffoqué. Gus ouvre, au premier étage, la porte d'une pièce sur l'arrière, d'une étendue beaucoup plus considérable que l'aspect général de la maison ne le promettait. La pièce est remplie de gentlemen variés par l'âge, la taille, le costume et les agréments personnels, autant que des gentlemen peuvent différer. Les uns jouent au billard, d'autres regardent et parient pour les joueurs, ou le plus souvent leur font de vifs reproches pour un coup qui, dans le dialecte des Joyeux Cherokees, est qualifié de l'adjectif cherokee « truqué », qui dit tout. D'autres mangent un mets particulier intitulé *welsh rarebit*[1], une curieuse préparation à soulever le cœur d'une personne non habituée, et qui ressemble à un cataplasme de moutarde ou à un savon jaunâtre à l'état de dissolution, tandis que de gais compagnons secouent les cendres de leurs pipes dans leurs assiettes, répandent

1. *Welsh rarebit*, ou *welsh rabbit* : plat gallois à base de bière, de jambon et de cheddar fondu, servi sur une tranche de pain grillé.

leur porto en portant le verre à leurs lèvres et charment gaiement le temps de la façon la plus enivrante. Un gentleman, un jeune Cherokee, après avoir mangé sa rôtie s'est laissé aller au sommeil la tête dans son assiette et les sourcils dans la moutarde. Quelques-uns jouent aux cartes, d'autres aux dominos ; l'un des gentlemen est tout en pleurs, parce que le double-six qu'il veut poser est tombé à côté dans un crachoir, et qu'il ne se sent ni la force morale ni la puissance physique de le ramasser ; mais, à l'exception du gentleman endormi, chacun parle très haut et de sujets complètement différents, l'effet général produit est plein d'animation, pour ne pas dire de confusion.

— Gentlemen, annonce Gus, j'ai l'honneur d'amener un ami que je désire vous présenter.

— Très bien, Gus, dit le gentleman engagé dans la partie de dominos ; c'est moi qui dois jouer.

Et, fixant un œil moitié ouvert sur l'ivoire souillé, il s'abîme dans une série de ridicules imprécations contre le monde en général et contre le domino en particulier.

Richard prend un siège à petite distance de ce gentleman et à l'extrémité de la longue table, siège consacré dans les grandes occasions au vice-président. Quelques bruyants spectateurs de la salle de billard se trouvent disposés à trouver cela mauvais et murmurent quelques mots pour comparer la perruque et les favoris rouges de Dick aux populaires accompagnements d'une tranche de bœuf bouilli.

— Je pense, Darley, s'écrie un gentleman tenant une queue de billard avec laquelle il s'efforce, mais en vain, de lisser sa chevelure ébouriffée, je pense, mon vieux camarade, et j'espère, que votre ami a commis un ou deux meurtres, parce que, dans ce cas, Splitters pourra le caser dans un nouveau drame.

Splitters, qui est resté quatre heures dans un état de complet abattement à cause des cruelles allusions faites à propos de son dernier chef-d'œuvre, pousse un grognement de l'angle éloigné de la table où il s'occupe à chercher une consolation dans les verres des autres, ce qui, chacun buvant une boisson différente, contribue à aggraver le dérangement de son esprit.

— Mon ami n'a jamais commis de meurtre de sa vie, Splitters ; ainsi il ne peut servir de sujet dramatique sous ce rapport ; mais il a été accusé d'en avoir commis un, et il est aussi innocent que vous l'êtes, vous qui n'avez jamais assassiné dans votre vie que Lindley Murray[1] et la langue de votre pays.

— Qui a assassiné quelqu'un ? demande le joueur de dominos passant sa main gauche dans ses cheveux jusqu'à ce qu'ils ressemblent à une plante hérissée comme cactus. Qui est assassiné ? Je voudrais que tout le monde le soit, que je puisse exécuter ma danse de prédilection sur leur tombeau. Attrape ce double-six, c'est le camarade que je dois jouer.

— Vous nous direz sans doute le nom de votre ami à la chevelure châtain, Darley, dit un gentleman la bouche pleine de toast au fromage. Il ne semble pas avoir une humeur trop brillante ; il ferait mieux d'aller à la Mortelle Gaieté dans l'autre rue.

La Mortelle Gaieté est le sobriquet d'un club rival qui s'est vanté de faire tomber celui des Cheerokees.

— Qui est mort ? murmure le joueur de dominos. Je voudrais que tout le monde le soit, je me serais engagé à l'enterrer à bas prix. J'aurais gagné, ajoute-t-il d'un air douloureux, si j'avais ramassé ce double-six.

1. Grammairien américain exilé en Angleterre, auteur de manuels scolaires les plus vendus au monde dans la première moitié du XIXe siècle.

— Je suppose que votre ami veut être vice-président à notre prochaine réunion, dit le gentleman à la queue de billard qui, à défaut de querelles, se plaint toujours que la société soit trop paisible pour lui.

— Si vous le nommiez, ce ne serait pas la première fois qu'il serait le Vice, et ce ne serait pas la première fois qu'il serait Président, dit Gus ; allons, vieux camarade, dites-leur que vous êtes de retour et demandez-leur s'ils sont enchantés de vous voir?

À ces mots, le gentleman aux cheveux rouges se dresse de toute sa hauteur, jette au loin ses boucles rouges, ses terribles favoris, et promène ses regards sur les Cherokees, les mains enfoncées dans ses poches.

— Dick le Diable !

Tel est le cri qui s'élève, un bref et sauvage hourra comme il n'en a jamais été entendu dans cette réunion qui est, comme nous le savons, la plus turbulente qui ait existé de mémoire de Cherokee. Dick le Diable évadé, de retour, aussi beau que jamais, aussi gaillard que jamais, aussi brillant compagnon, à la tête aussi extravagante et au cœur aussi généreux qu'il y a huit ans, alors qu'il était la vie et l'âme de leur réunion. Quels serrements de mains ! chacun secoue la sienne, encore et toujours, et puis ils se la serrent entre eux, et le joueur de billard essuie ses yeux avec sa queue, le gentleman endormi se réveille et frotte les siens avec la moutarde, et le joueur de dominos qui, malgré son horreur pour l'humanité, n'endommagerait pas la plus petite aile du plus petit papillon, fait même un miraculeux effort, ramasse le double-six et le présente de manière magnanime à Richard.

— Prenez-le, prenez-le, vieil ami, et qu'il fasse votre bonheur ; si j'avais joué ce domino, j'aurais gagné la partie.

Après quoi il exécute deux ou trois pas d'une danse Cherokee et retombe dans ses ridicules imprécations en un langage mêlé de français et d'anglais, contre les habitants d'un monde incapable de l'apprécier.

Il faut un certain temps avant qu'une apparence de calme soit rétablie ; mais quand le silence règne à peu près, Richard s'adresse ainsi à la société :

— Gentlemen, avant la malheureuse circonstance qui m'a séparé de vous pendant si longtemps, vous me connaissiez bien, je crois, et je suis fier de penser que j'avais votre confiance et votre estime.

Approuvent-ils ? Oh ! complètement. Ils choquent tous leurs verres et en brisent trois, manifestant ainsi leur approbation.

— Je n'ai pas besoin de faire allusion à l'accusation fatale dont j'ai été la victime. Vous êtes, je le comprends, informés de tous les incidents de cette affaire et vous me rendez heureux en me croyant innocent.

En le croyant innocent ? En le reconnaissant innocent ? Ils sont si indignés à la simple idée que quelqu'un puisse penser autrement, qu'un individu dans le corridor, le boxeur en personne, exprime en grondant un énergique adjectif contre le tapage et la police.

— Gentlemen, j'ai reconquis aujourd'hui ma liberté, grâces soient rendues au dévouement d'une personne envers laquelle j'ai contracté une dette pour la vie, et grâces aussi à l'assistance de mon vieil ami Gus Darley.

Chacun ici veut secouer la main de Gus qui est tout à fait confus ; mais Richard continue :

— Maintenant, gentlemen, me reposant sur votre amitié (« Écoutez, écoutez ! » et un autre verre est brisé), je viens en appeler à vous pour m'aider dans le but futur de ma vie. Ce but sera la découverte du meurtrier véritable de mon oncle, Montague Harding. De quelle manière, quand et où vous pourrez me prêter votre assistance dans cette affaire, je ne puis vous le dire en ce moment, mais vous êtes tous gentlemen, et des hommes d'esprit.

Quelques verres de plus sont brisés et des flots de bière versés sur les bottes des auditeurs.

— Vous êtes tous des hommes diversement expérimentés, ayant une connaissance parfaite du monde et de la vie de Londres. D'étranges choses arrivent tous les jours, qui peut dire qu'un de nous ne tombera pas, par un hasard extraordinaire, ou par la volonté de la Providence, sur la trace de ce crime, complètement enseveli pour le moment dans le mystère ? Promettez-moi, en conséquence, gentlemen, de me faire bénéficier de votre expérience ; et où que cette expérience vous jette dans la société d'hommes mauvais, souvenez-vous que l'homme que je cherche peut se trouver parmi eux par suite de quelque circonstance inespérée, et que le trouver est l'unique objet de ma vie. Je ne puis vous donner le moindre indice sur ce qu'il a été ou sur ce qu'il est ; il peut être mort et hors de l'atteinte de la justice, mais il peut vivre aussi ! Et s'il vit, l'homme qui a subi l'infamie de son crime saura le traîner à sa condamnation. Gentlemen, dites-moi que vos sympathies sont pour moi.

Ils le lui affirment, non pas une fois, mais une douzaine de fois, lui serrant la main qu'ils inondent chaque fois de liqueurs diverses. Mais ils cessent enfin cette démonstration et le gentleman à la queue de billard après avoir cogné leurs têtes avec cet instrument pour les apaiser se lève comme président et dit :

— À Richard Marwood ! Tous nos cœurs vous sont dévoués, absolument et complètement, et nous jurons de disposer pour vous de toutes les forces de nos intelligences et de la plus grande énergie de nos facultés pour vous aider dans vos recherches. Gentlemen, êtes-vous disposés à souscrire à ce serment?

Ils y sont prêts et chacun d'eux le répète avec beaucoup de bruit à la vérité, mais du plus profond de son cœur.

Après cet acte solennel, un gentleman sort de l'ombre du corridor, et ce n'est autre que l'illustre gaucher qui a monté l'escalier pour répondre à l'appel de Darley. Son nez a été cassé plusieurs fois et cela ne l'a pas embelli; il a un nombre considérable de balafres sur le visage, comprenant presque toutes les variétés connues de cicatrices et cela ne le rend pas plus beau; son teint, en outre, a peut-être une ressemblance trop voisine avec un savon marbré, pour avoir le caractère de la beauté; mais il y a une superbe et virile expression dans sa figure, qui, dans ses moments d'amabilité, rappelle à l'observateur un bouledogue bienveillant.

Il avance vers Richard et le prend par la main; ce n'est pas une petite chose que d'avoir la main serrée par le boxeur gaucher, mais Dick le Diable ne sourcille pas à cette pression.

— Monsieur Richard Marwood, dit le gaucher, vous êtes un bon camarade pour moi, depuis le temps où vous étiez assez âgé (il s'arrête ici et cherche dans son esprit à ressaisir les occupations convenables à une tendre jeunesse) pour pouvoir pocher un œil et le faire passer au noir, ou pour briser les dents de vos amis dans leurs bouches, d'un léger revers de main. Je vous ai connu en bas de l'escalier, jurant contre la fille de comptoir et consacrant votre existence à partager entièrement le sort des Joyeux, quand les autres jeunes gens de votre âge sont occupés à se gâter avec des drogues sucrées et des pommes vertes, ce qu'ils appellent vivre. Je vous ai connu empêchant ce gentleman là-bas (il fait un geste avec son pouce dans la direction du joueur de dominos) d'arracher le marteau de sa porte, et le lui renvoyant le matin du jour suivant avec quatorze pence et six pence pour payer le port; mais je ne vous ai jamais connu faisant une mauvaise action ou portant un coup à un adversaire renversé.

Richard remercie le boxeur de la bonne opinion qu'il a de lui, et ils se donnent une nouvelle accolade.

— Je vais vous dire ce qu'il en est, continue l'hôtelier; je suis un homme qui parle peu... Si un gaillard m'offense je lui donne ma gauche entre les yeux, gentiment; s'il recommence, je lui redonne ma gauche, avec intention et il ne recommence pas. Quand un gentleman comme je les aime me fait honneur, je me sens reconnaissant et, quand la chance se présente, je lui témoigne ma gratitude. Monsieur Richard Marwood, je suis votre ami jusqu'à la dernière goutte de mon claret, et que l'homme qui a assassiné votre oncle se trouve éloigné de ma gauche, s'il tient à conserver sa beauté.

32
Mr Peters raconte qu'il a cru saisir une trace, et comment il l'a perdue

Une semaine après l'assemblée des Cherokees, Richard Marwood reçoit sa mère dans une petite maison garnie qu'il a louée dans Spring Gardens.

Mrs Marwood, possédant toute la fortune de son frère assassiné, est une femme très riche. Pendant les huit années de l'emprisonnement de son fils elle a dépensé fort peu de ses considérables revenus, encouragée en cela par les insinuations mystérieuses et les promesses vagues de Mr Peters qui lui faisaient espérer la délivrance de son cher et unique enfant. L'heure est arrivée, elle le tient de nouveau libre dans ses bras.

— Non, mère, non, dit-il, je ne suis pas libre. Je suis libéré des murs de la prison, mais non libéré de la tache d'une fausse accusation. En vérité, jusqu'à l'heure où toute l'Angleterre me déclarera innocent, je ne serai pas un homme libre. Car, voyez-vous, mère, je ne puis sortir de cette chambre pour aller dans la rue là-bas, sans un déguisement semblable à celui que pourrait porter un meurtrier lui-même de crainte que quelque agent de Slopperton ne reconnaisse le fou criminel et ne me renvoie à ma cellule de l'asile.

— Mon enfant bien-aimé.

Elle pose ses mains sur ses épaules et contemple d'un air plein d'orgueil son beau visage.

— Mon enfant bien-aimé, ces gens de Slopperton te croient mort. Vois.

Elle touche, en parlant, sa robe noire.

— C'est pour toi que je la porte. Une supercherie bien pénible, Richard, même pour un but comme celui-ci. Je ne puis penser à cette rivière et à ce qui aurait pu arriver.

— Chère mère, j'ai été sauvé, peut-être afin de pouvoir réparer cette vie coupable et débauchée du passé.

— Seulement débauchée, Richard; jamais coupable. Toujours le même noble esprit, toujours le même cœur généreux, toujours mon cher et unique enfant.

— Vous vous souvenez de ce que dit le jeune homme, dans la comédie, mère, quand il s'est mis dans une mauvaise affaire en négligeant son jardin et en faisant la cour à la fille de son maître: «Vous serez encore fière de votre fils.»

— Je serai fière de toi, Richard? Mais j'en suis fière. Nous sommes riches, et la fortune est une puissance. Justice te sera faite, mon cher enfant, tu as des amis...

— Oui, mère, de véritables et dignes amis. Peters, l'avez-vous amené avec vous?

— Oui, je l'ai persuadé d'abandonner sa place. Je lui ai constitué une rente viagère de cent livres, mince récompense pour ce qu'il a fait, Richard, mais c'est tout ce que j'ai pu lui faire accepter, et encore n'a-t-il voulu y consentir qu'à la condition que chaque moment de sa vie serait consacré à ton service.

— Est-il ici dans la maison, maintenant, mère?

— Oui, il est au-dessous; je vais sonner pour le demander.

— Volontiers, mère. Je dois aller rejoindre Darley, et je l'emmènerai avec moi. Vous allez me prendre pour un fils plein d'inattention et de négligence, mais souvenez-vous que ma vie n'a qu'un seul objet, celui de trouver cet homme.

Il lui presse la main et la laisse derrière la croisée occupée à regarder son ombre s'éloigner dans la rue calme et sombre.

Sa reconnaissance envers le ciel pour avoir retrouvé son fils est profonde et vivement sentie ; mais il y a une ombre de tristesse sur son visage tandis qu'elle le suit des yeux dans la demi-obscurité ; elle pense aux huit années perdues de sa jeunesse et de sa brillante virilité, dont il va dépenser maintenant le reste à poursuivre une chimère, car elle est persuadée qu'il ne découvrira jamais le meurtrier de son oncle. Comment, après huit ans, sans le moindre indice pour suivre sa piste, comment espérer saisir le véritable criminel ?

Mais la Providence est au-dessus de nous, Agnès Marwood, et dans le sentier obscur et tortueux de la vie, la lumière quelquefois arrive à l'improviste au moment où l'on s'y attend le moins.

Si vous traversez directement Blackfriar's Bridge, sans vous laisser distraire au-delà du pont par les enchantements du New Cut, ce lieu de flânerie à la mode, ou par l'éloquence de la dernière célébrité de cette chapelle circulaire consacrée autrefois à Rowland Hill, si vous n'êtes pas homme à vous laisser attirer par les asticots et autres appâts de pêche, les articles de bric-à-brac, les oiseaux et les cages d'oiseaux, ou par un barbier en plein-vent, vous pourrez atteindre définitivement, à l'extrémité de la route, une localité connue des habitants du district sous le nom de Friar Street. Quant à dire si jamais, à quelque époque ténébreuse de notre histoire ecclésiastique, les membres de l'Église mère furent réduits à la nécessité de vivre dans ce quartier, je ne pourrais le faire. Mais si jamais quelques-uns des princes de la foi catholique avaient établi leur demeure dans ce voisinage, il faut croire que les odeurs des chaudières de savon à l'angle de la rue, les fortes émanations des fabriques de chandelles de l'autre côté, et dans le milieu les parfums variés des divers établissements de manufacturiers qui gagnent des milliers de livres par semaine, sans compter les effluves domestiques représentés par un amalgame d'odeurs de harengs saurs, de chiffons moisis, de vieilles bottes, d'oignons, de lessives, de cheminées fumeuses, de chats morts, d'œufs pourris et de deux ou trois égouts à ciel ouvert, il faut croire, dis-je, que toutes ces senteurs luttant ensemble n'envahissaient pas alors l'atmosphère de Friar Street avec une intensité aussi considérable qu'elles l'infectent de nos jours, à cette époque de luxe et de raffinement.

L'établissement de Mr Darley, réputé chirurgie et pharmacie par excellence, est peut-être un des lieux les plus prétentieux de la rue. Il s'annonce, en effet, avec une telle redondance de lettres dorées et de becs de gaz, qu'il semble dire: «En vérité, maintenant, vous pouvez être malades, ou si vous ne l'êtes pas, vous devez l'être.» Cet établissement n'est pas une très vaste maison mais il y a au moins une demi-douzaine de poignées de sonnettes à la porte d'entrée. Là sont inscrits: cabinet de chirurgie; ici: sonnette de jour; là: sonnette de nuit (Gus voulait en avoir pour le matin et l'après-midi, mais on lui dit que ce n'était pas dans le caractère de la profession). Puis, il y a, outre ces sonnettes une autre plaque de cuivre brillant, avec l'inscription «visiteurs», et une autre encore sur laquelle est gravé le mot «officine». Étant donné qu'il n'y a qu'un petit parloir sur l'arrière, au-delà de la boutique dans laquelle les visiteurs pénètrent toujours, et qu'il est d'usage pour eux de la traverser directement pour y entrer sans s'inquiéter d'une sonnette quelconque, la plaque de cuivre est à considérer plutôt comme un objet de convention que de nécessité. Mais Gus trouve qu'elle fait bien, surtout quand elle est bien nettoyée, ce qui n'arrive pas toujours, deux gentlemen américains, amis de Darley ayant l'habitude de l'asperger de jus de tabac dans la nuit. En agitant la sonnette, on réussit le plus souvent à entrer après 18 heures, mais on peut aussi parfois rester devant la porte toute la soirée, c'est-à-dire un temps indéfini jusque dans la matinée du jour suivant, car la société de Darley se disperse rarement de très bonne heure et, laisser ses visiteurs dehors pendant qu'on prend son lait matinal à l'intérieur est une façon fréquente de se conduire dans la maison de notre jeune chirurgien.

S'il était seulement chirurgien, il serait un Benjamin Brodie[1] ; car, si l'on considère qu'il peut toucher du piano et de l'orgue, jouer de la guitare et du violoncelle sans avoir appris aucun de ces instruments ; qu'il peut composer une chanson et la mettre en musique, qu'il peut dessiner des chevaux et des chiens d'après Herring et Landseer, faire plus de calembours dans une phrase que n'importe quel écrivain burlesque existant, faire la cour à une demi-douzaine de femmes à la fois et être cru de toutes sans se soucier plus d'aucune que d'un demi-penny ; chanter une chanson comique ou raconter une histoire drolatique ; nommer le vainqueur du Derby d'avance plus sûrement qu'aucun prophète de ce côté de l'eau ; faire son livre de comptes d'une main, tandis qu'il écrit une ordonnance de l'autre ; le lecteur judicieux avouera qu'il y a une grande quantité de talents de toutes sortes dans la nature de Mr Augustus Darley.

1. Sir Benjamin Collins Brodie (1783-1862), chirurgien, pionnier de la recherche sur les os et les maladies articulaires.

À la brune de cette soirée d'automne particulière, il est fortement occupé à ranger un tas de petits paquets étiquetés « sels supérieurs d'Epsom », tandis que son aide, un jeune homme très frêle, apparemment beaucoup moins âgé que son maître, allume le gaz. La porte à moitié vitrée qui communique avec le petit parloir de derrière est entrebâillée et Gus est en train de causer avec quelqu'un à l'intérieur.

— Si, je vais de l'autre côté de l'eau ce soir, Belle, dit-il.

Une voix féminine parlant de l'intérieur l'interrompt :

— Mais vous ne devez pas sortir ce soir, Gus ; la dernière fois que vous êtes allé chez cet horrible boxeur, le petit garçon de Mrs Tomkins a été malade et on a envoyé chercher Mr Parker dans London Road. Et vous êtes si aimé de tout le monde, chéri, que l'on dit que si vous restiez toujours chez vous, vous auriez la meilleure clientèle du quartier.

— Mais, Belle, comment un individu pourrait-il se condamner à rester au logis tous les soirs pour vendre, la moitié du temps, deux sous de sels ou un emplâtre à un pauvre diable ? S'ils voulaient être malades, ajoute-t-il presque sauvagement, je ne m'ennuierais pas en ne bougeant pas, il y aurait quelque intérêt à rester s'ils venaient seulement pour se faire arracher les dents, mais ils ne veulent pas, et je suis sûr que si je leur vendais notre infaillible teinture contre le mal de dents, et que si elle ne les en débarrassait pas, c'est que rien n'y ferait.

— Venez prendre votre thé, Gus, et dites à Snix d'apporter sa tasse.

Snix est l'élève qui retire sur-le-champ d'une étagère sous le comptoir la tasse dans laquelle buvait un homme pris de boisson lorsqu'il était conduit à la pharmacie,

Gus avait alors coutume de le saigner, dans le double but de s'exercer dans son art et de calmer le patient.

La personne du sexe féminin qui occupe le parloir est une jeune femme aux cheveux noirs et aux yeux bleus, âgée d'un peu moins de vingt ans. C'est la sœur unique d'Augustus Darley; elle tient sa maison et dans un cas pressé peut faire une prescription; bien plus, elle est connue pour savoir arracher les dents de lait d'un jeune patient et pour lui rendre son argent après l'opération afin qu'il se console par l'achat de quelques friandises.

Isabel Darley est, peut-être à juste raison, ce que les précieuses jeunes filles qui n'ont jamais dépassé les limites de la pension ou d'un salon pourraient appeler «un peu osée»; mais quand on prend en considération qu'elle est restée orpheline en bas âge, qu'elle n'est jamais allée à l'école de sa vie et qu'elle a été habituée, pendant un temps considérable, à la société des amis de son frère, principalement des membres du club Cherokee, il ne paraîtra pas étonnant qu'elle ait quelque chose d'un peu plus masculin dans ses manières et de plus avancé dans ses opinions que les autres personnes de son sexe.

Le parloir est petit, comme on l'a déjà dit. L'un des Cherokees a suggéré l'idée, lorsque plusieurs visiteurs sont présents et que le moment du départ est venu, de les extraire séparément de l'intérieur à l'aide d'un tire-bouchon; d'autres Cherokees arrivés quand la pièce est comble de visiteurs ont conseillé que quelqu'un entre d'abord avec une chandelle allumée pour s'assurer que l'atmosphère est propre à la respiration. Le logement, peut-être, n'est pas agrandi par le caractère de l'ameublement, qui consiste en un piano qui sert heureusement de buffet, d'une chaise destinée aux opérations de chirurgie dentale, d'une petite colonne de style corinthien, sur laquelle est accrochée par une chaîne attachée à une cheville en fer une cuvette servant aux mêmes usages. Les Cherokees préparent du punch dans ce vase, et un Joyeux d'humeur badine est tombé dans le ravissement en détachant, en guise d'agréable divertissement, la cuvette toute remplie de la cheville. Il y a un violoncelle dans un coin ; et une bibliothèque qui est un tourment pour le dos des Cherokees, car le seul contact d'une tête d'homme suffit pour jeter bas les tablettes et en faire tomber le contenu sur la tête en question sous forme de pluie littéraire ; un sofa d'une bonne largeur avec cette élasticité ordinaire, ces bras et ce dossier durs qui distinguent le genre canapé-lit. Il va sans dire que tables, chaises, objets de porcelaine, un buste en plâtre de Paris, çà et là des caricatures sur les murs, lampe qui ne peut brûler et tout un attirail pour la confection des rôties au fromage, ne sont que des bagatelles qui ornent l'appartement et dont la nomenclature ne vaut pas la peine d'être faite. Les oiseaux de miss Darley, quoique faisant rejaillir graines et eau dans les yeux des inoffensifs visiteurs et laissant tomber sur leur nez des morceaux de sucre souillés, ne peuvent naturellement être considérés comme un désagrément, mais malgré cela, la pharmacie et le parloir sont, pour finir, quand même un peu trop encombrés de meubles.

Tandis qu'Isabel est occupée à verser le thé, deux gentlemen ouvrent la porte de la pharmacie, et la sonnette qui devrait sonner ne le fait pas, et dégringole aux pieds du premier visiteur, manquant de le faire choir de tout de son long dans l'officine du disciple d'Esculape. Ce premier visiteur n'est autre que Mr Peters et le personnage de haute taille qui est derrière lui, enveloppé dans un manteau, est Dick le Diable.

— Me voici, crie-t-il de sa voix sonore et franche ; me voici, nous avons trouvé enfin votre demeure, malgré les fascinations de toutes les vieilleries en coquillages du Royaume-Uni ; me voici, et avec moi le meilleur ami que j'aie dans le monde, sans même vous excepter, mon vieux camarade.

Gus présente Richard à sa sœur Isabel qui depuis son enfance entend parler du jeune homme enfermé dans un asile de fous à Slopperton comme du plus grand héros, après Napoléon Bonaparte, que le monde a jamais glorifié. Elle était une petite fille de onze ans à l'époque du procès de Dick et n'avait jamais vu l'écervelé camarade de son plus écervelé frère ; elle considère maintenant le beau visage au teint brun, avec un regard presque respectueux dans ses yeux gris et profonds. Mais Belle n'est en aucune façon une héroïne et elle a une douzaine d'occupations qui ressemblent fort peu à celles d'une héroïne. Elle a le thé à verser et elle échaude les doigts de Richard dans son agitation nerveuse ; elle jette le sucre dans sa théière, et verse tout le lait dans une tasse à thé. Il est impossible de dire ce qu'elle ferait sans l'assistance de Mr Peters, mais ce gentleman se montre un véritable génie de l'ordre, il prépare de minces tartines de beurre pour une demi-douzaine de personnes, et personne de la société n'y touche, remplit de nouveau la théière avant qu'elle ne soit vide, allume la lampe à gaz suspendue au plafond, ferme la porte de communication avec la pharmacie, et l'autre porte qui conduit à l'escalier, et fait tout cela si tranquillement que personne ne s'aperçoit qu'il a fait quelque chose.

Pauvre Richard ! Malgré la reconnaissance et le bonheur qu'il éprouve de sa délivrance, il y a de la tristesse dans son regard et un embarras dans ses manières qu'il s'efforce en vain de surmonter.

Une petite créature ronde et joufflue qui peut être âgée de douze à vingt ans, en se rapportant aux lumières des personnes expertes à évaluer l'âge, enlève le service à thé et casse une soucoupe. Gus lève la tête :

— C'est toujours ainsi qu'elle fait, dit-il sans se fâcher. Nous sommes tout à fait habitués à ce bruit. Elle réduit à rien notre assortiment de porcelaine, et nous sommes quelquefois obligés d'envoyer acheter des objets pour le thé avant de pouvoir déjeuner ; mais c'est une bonne fille et elle ne met pas au pillage le miel ou les jujubes, l'acide tartrique et les poudres de Sedlitz, comme faisait l'autre ; ce n'est pas que je m'en soucie beaucoup, continue-t-il, mais ne sachant pas lire, elle remplissait les sacs d'arsenic de crainte d'être découverte, et cela aurait pu avoir des inconvénients si par hasard nous les avions vendus.

— Maintenant, Gus, dit Richard, en rapprochant sa chaise du feu et allumant sa pipe après en avoir préalablement obtenu la permission de Belle, qui vit dans une continuelle atmosphère de fumée de tabac ; maintenant, Gus, je désire que Peters vous raconte tous les détails de l'affaire ; comment il a pensé que j'étais innocent, comment il a trouvé le plan qu'il forma pour sauver ma tête, comment il a essayé de chercher et de découvrir une trace du meurtrier véritable, comment il a cru l'avoir découverte et comment il l'a perdue.

— Ma sœur peut-elle rester pendant son récit ? demande Gus.

— C'est votre sœur, Gus ; elle ne saurait différer tellement de vous qu'elle ne soit pour moi une amie sincère et compatissante. Miss Darley, continue-t-il, en se tournant de son côté pendant qu'il parle, vous ne me croyez pas aussi mauvais que le monde m'a jugé ; vous voudriez me voir réhabilité et voir mon nom lavé de la tache d'un crime odieux.

— Monsieur Marwood, j'ai entendu le récit de votre malheureuse histoire bien des fois de la bouche de mon frère. Auriez-vous été mon propre frère, je ne ressentirais pas, croyez-moi, un plus profond intérêt pour votre sort ou un chagrin plus véritable pour votre infortune. Il n'est besoin que de regarder votre figure ou d'entendre votre voix, pour savoir quel bon et honnête jeune homme vous êtes, et combien peu vous méritez l'accusation portée contre vous.

Il se lève et lui donne la main. Ce n'est pas la faible pression d'une main de femme qui enlèverait à peine le duvet d'une aile de papillon, mais une bonne et cordiale poignée de main qui vient directement du cœur.

— Et maintenant au récit de Mr Peters, dit Gus, pendant que je vais confectionner un vaste bol de punch au whisky.

— Pouvez-vous suivre ses mains, Gus? demande Richard.

— Je peux en suivre la moindre contorsion et le moindre mouvement; lui et moi avons parlé bien souvent de vous avant d'aller à la pêche, dit Gus, levant la tête et abandonnant un instant son agréable occupation de peler un citron.

— Maintenant donc, au récit, dit Richard.

Et en conséquence, Mr Peters commence. Peut-être que, considérant l'abandon de sa place dans la police de Slopperton comme un grand événement, pour ne pas dire une crise dans sa vie, Mr Peters l'a célébré par un autre événement, et laissant aller ses affaires au fil du courant, il en a profité pour se laver les mains. L'alphabet digital est considérablement plus propre que lorsqu'il a mimé les deux mots « non coupable » huit ans auparavant dans le wagon du chemin de fer.

C'est une chose vraiment curieuse à voir que cette petite réunion composée de Gus, Richard et Belle, tous attentifs et les yeux fixés sur les doigts en mouvement de l'agent ; le silence rompu seulement par intervalles par un d'entre eux.

— Quand je vis d'abord ce jeune gentleman, disent les doigts, Mr Peters désigne Richard d'un coup de coude, je me tenais de l'autre côté de la voie, attendant que mon supérieur Jinks, qui était autant à son affaire qu'une chatte faisant ses petits (Mr Peters a une méthode tout à fait fantaisiste d'orthographier, retranchant la lettre finale de certains mots pour l'accoler à d'autres, suivant l'inspiration de son goût), attendant, dis-je, que Jinks réclame mon assistance. Voilà donc, monsieur, en demandant pardon à madame, car elle veille si bien comme un homme, sans se laisser aller aux défaillances et aux accès nerveux communs à son sexe, que j'oubliais complètement qu'elle est une femme. Voilà donc que je n'eus pas plus tôt jeté les yeux sur Mr Marwood qui était là à fumer sa pipe au nez de Jinks, lui répondant vivement et ayant une allure que nous pourrions comparer à celle d'un coq, que je me dis : on a arrêté un innocent. Mes premières paroles et mes dernières sur le compte de ce gentleman ici présent furent : on a arrêté un innocent.

Mr Peters promène un regard de triomphe sur ses auditeurs attentifs, se frotte les mains en manière de ponctuation, et continue sa narration manuelle.

— Pourquoi ? demandent les doigts ; pourquoi avais-je la conviction que ce gentleman n'était pas coupable de ce meurtre ; pourquoi pensais-je que les camarades de Slopperton avaient suivi une mauvaise piste ? Parce qu'il tenait tête ?… Dieu bénisse vos beaux yeux, miss (par galanterie il s'adresse ici à Isabel), non pas le moins du monde pour ça. Quand un gaillard est capable de couper la gorge à un autre sans hésiter, il n'est pas vraisemblable qu'il ne soit pas préparé à tenir tête à un agent de police.

Mais quand j'examinai la figure de ce jeune gentleman, que remarquai-je en elle? Eh bien, aussi facilement que j'aperçus son nez et ses moustaches, qui ne sont vraiment pas mal, disent les doigts entre parenthèses, je vis qu'il n'avait pas commis le crime. Maintenant, un drôle qui a été conduit à paraître devant un juge et un jury est, peut-être, capable de les affronter et de ne pas changer une ligne de son pot à bière; mais il n'y en a pas un qui puisse soutenir cette première tape sur l'épaule de la main d'un agent qui lui dit en propres termes: la partie est finie. Le plus effronté et le plus intrépide d'entre eux faiblit à cet attouchement. S'ils conservent la couleur de leur visage (ce que quelques-uns ont le pouvoir de faire; et malgré cela nul n'a échappé au châtiment); s'ils peuvent donc conserver la couleur de leur visage, la sueur perce, froide et humide, sur leurs fronts et leurs habits. Mais ce jeune gentleman était pris par-derrière, il était étonné, et il était ferme, et il usait de mauvaises paroles; mais sa couleur n'avait pas changé, et il n'avait pas été un instant bouleversé, jusqu'au moment où Jinks, comme un maladroit, lui parla de l'assassinat de son oncle, ce qui le fit devenir aussi blanc que ce plâtre de Bon-a-part.

Mr Peters, à défaut d'une meilleure comparaison, tourne les yeux dans la direction d'un buste du vainqueur de Marengo qui, enfumé de tabac et orné d'une paire de moustaches faites avec un bouchon brûlé, n'est en aucune façon l'objet le plus blanc des choses créées.

— Voici, maintenant, à quoi sert un agent, s'il est digne de manger le pain qu'il gagne. Quand il voit deux indices d'un côté et deux de l'autre, il peut les réunir; quoiqu'ils puissent paraître éloignés d'un mille les uns des autres à tout individu non initié au métier, et en faire une somme de quatre. Ainsi, pensais-je, le gentleman n'a pas été déconcerté quand on l'a arrêté, mais il a été bouleversé quand il a appris que son oncle avait été assassiné ; à présent, s'il a commis cet assassinat, il en a connaissance, et il peut jouer la surprise, mais je ne serais pas surpris que ce gentleman fût surpris d'une stupeur aussi réelle – l'imagination de Mr Peters a de nouveau recours au buste de Napoléon – que celle qu'éprouva ce personnage étranger quand il vit sa vieille garde décimée à la bataille de Waterloo.

— Dieu sait, Peters, dit Richard, retirant sa pipe de sa bouche et relevant sa tête penchée sur le feu, Dieu sait que vous avez raison, je fus saisi de stupeur à la nouvelle de la mort de cet excellent homme.

— Eh bien, on avait poursuivi l'innocent, je vis cela aussi clair que le jour, mais où était le coupable ? Là était la question ! Quel que fût l'auteur de l'assassinat, l'avait-il commis pour prendre l'argent renfermé dans le cabinet, était-ce un agent payé, et, quel qu'il fût, avait-il trouvé l'argent ? Qui se trouvait dans la maison ? La mère de ce gentleman et la servante. Je n'étais rien dans la police de Gardenford, et j'étais moins que rien dans celle de Slopperton : aussi ne pouvais-je entrer dans cette maison du Moulin noir ; ce jeune gentleman fut envoyé en prison et je fus renvoyé à mes occupations. Mes ordres étaient de retourner à Gardenford le soir même et de quitter Slopperton par le train de 15 h 30. En vérité, j'étais un peu intrigué par ce jeune gentleman, car je voyais que c'était une affaire de mort pour lui ; l'argent trouvé dans ses poches, le sang sur sa manche ; une absurde et invraisemblable histoire d'une lettre d'introduction et une évidente disposition à tenter un coup hardi suffisaient pour le faire pendre, voilà tout ; et pour toutes ces raisons, j'avais l'intime conviction qu'il était aussi innocent de l'assassinat que ce plâtre antique de Paris.

Mr Peters a régulièrement recours aux bustes pour ses comparaisons afin d'économiser le temps et la peine d'en chercher de nouvelles.

— Mais mes ordres, continuent les doigts, étaient clairs ; aussi je me dirigeai vers la station pour partir par le train de 15 h 30, et alors que j'entrais dans la gare, j'entendis le sifflet et vis le train s'éloigner. J'arrivai trop tard, et comme le train suivant ne devait partir que dans trois heures, je pensai que je pouvais faire une promenade et visiter les curiosités de Slopperton. Je me suis donc mis à marcher à l'aventure, jusqu'à ce que j'arrive au bord d'une gentille rivière à l'aspect sale, et comme à ce moment je me sentais le gosier un peu sec, j'ai continué de marcher pour trouver un cabaret ; mais je n'en ai pas découvert un seul avant de tomber dans un misérable endroit sombre, qui avait l'air de vendre environ une demi-pinte par jour régulièrement, quand les affaires allaient bien. Néanmoins, j'entrai, passai devant le comptoir et j'aperçus une porte, droit devant moi, qui conduisait dans la salle. Le corridor était obscur, la porte était entrebâillée et j'entendis des voix à l'intérieur, bien, voyez-vous, les affaires sont les affaires, et les plaisirs sont les plaisirs ; mais quand un individu du métier prend un plaisir dans ses affaires, il trouve le moyen de faire celles-ci comme d'habitude sans en avoir l'air, tout en se divertissant ; aussi écoutai-je. La voix que j'entendis d'abord était une voix d'homme, et quoique l'endroit soit une espèce d'étable fréquentée seulement par des mariniers ou des individus de cette classe, cette voix-là était celle d'un gentleman. Je ne puis dire si j'ai prêté jamais beaucoup d'attention moi-même à la grammaire, quoique je ne doute pas que ce ne soit chose fort agréable et très amusante de la posséder ; mais, malgré tout, j'ai assez roulé dans le monde pour distinguer la manière de parler d'un gentleman de celle d'un marinier, aussi bien que je ferais la différence du son d'un accordéon de celui d'un autre instrument. C'était une voix claire, au timbre doux et tout à fait mélodieuse et agréable; mais elle faisait entendre les mots les plus cruels et les plus durs qui aient jamais été adressés à une femme par un être assez hardi pour s'appeler un homme. Vous n'êtes pas trop bon, mon ami, me dis-je, avec vos mots lardés de pointes et vos froides railleries, qui que vous soyez. Vous êtes un homme bien élevé, avec vos cheveux blonds et vos mains blanches, quoique je ne vous aie jamais vu et vous ne me paraissez pas très éloigné de vouloir faire un mauvais coup. Bientôt, comme je me faisais ces réflexions, il dit quelque chose qui fit monter le sang à mon visage et le rendit brûlant comme du feu: «J'espérais une somme d'argent, et j'ai été désappointé.» Et avant que la jeune fille eût eu le temps d'ouvrir la bouche pour parler, il reprit aussitôt: «Ne vous avisez jamais de savoir comment, dit-il; ne vous en avisez jamais.»

Il espérait une somme d'argent, et il avait été désappointé. C'est ainsi qu'avait été l'homme qui avait assassiné l'oncle de ce jeune gentleman. Il n'y avait pas grand-chose, peut-être, dans tout cela. Mais pourquoi était-il aussi effrayé à l'idée qu'elle pût lui demander d'où il espérait cet argent et comment il avait été désappointé? Il y avait là quelque chose. «À quelque prix que ce soit, je veux jeter un coup d'œil sur vous, mon ami», me dis-je, et j'entre donc très doucement et sans me faire remarquer. Il était assis, tournant le dos à la porte et la jeune femme à qui il parlait était debout, occupée à regarder dehors par la croisée; ainsi aucun d'eux ne m'aperçut. Il était en train d'élever un édifice avec des cartes, et était parvenu à le monter très haut, quand je posai soudain ma main sur son épaule. Il se retourna et me regarda.

Mr Peters s'arrête ici un instant et promène ses yeux sur le petit groupe qui ne cesse de considérer ses doigts avec une vive attention. Il est évidemment arrivé à l'endroit palpitant de son récit.

— Et maintenant, que remarquai-je sur sa figure, quand il me regarda? D'abord ce regard que je n'avais pu trouver sur le visage du jeune gentleman quand Jinks l'arrêta dans la matinée, ce regard que j'ai remarqué sur de nombreuses figures, sans l'avoir jamais vu différer, qu'il se manifestât d'une manière ou d'une autre, toujours le même regard au fond: le regard d'un homme coupable d'une action qui doit le conduire à la potence et qui se sent découvert. Mais comme on ne peut donner un regard comme preuve, ceci ne valait rien comme but pratique. Mais je me dis à moi-même, si jamais il y a eu quelque chose de certain dans ce monde depuis son commencement, j'ai rencontré une certitude. Je m'assis donc et pris un journal. Je lui déclarai que j'étais muet, et il crut que j'étais sourd également; aussi continua-t-il de parler à la jeune fille.

C'était une assez vieille histoire que celle qui s'était passée entre la jeune fille et lui, et qui faisait le sujet de la conversation; mais chaque mot nouveau qu'il prononçait faisait ressortir davantage la vilenie de ce cynique personnage. Bientôt il lui offrit quelque argent, quatre souverains. Elle le remercia comme il devait l'avoir mérité et lui jeta violemment toutes les pièces au visage. L'une d'elles le blessa au-dessus de l'œil et j'en fus enchanté. «Vous êtes marqué, mon homme, pensai-je, et rien ne saurait arriver de plus heureux pour moi.» Il ramassa trois des souverains mais, malgré toutes ses recherches, il ne put trouver le quatrième. Il fit panser sa blessure, qui était d'une jolie profondeur et s'éloigna. Quant à la jeune fille, elle fixa la rivière d'un œil particulièrement triste, puis elle s'éloigna aussi. Je n'aimais pas beaucoup le regard qu'elle avait jeté sur la rivière ; aussi, comme j'avais encore une demi-heure avant le départ du train, je la suivis. Je crois qu'elle le comprit car elle coupa court bientôt par une petite rue, et quand je fis le détour après elle, on ne la voyait plus ni à droite ni à gauche.

Alors, comme je n'avais qu'une demi-heure, je pensai qu'il était inutile de poursuivre cette jeune et infortunée créature à travers tous les tours et détours de tous les bourbiers reculés de Slopperton ; aussi, après quelques minutes de réflexion, je me dirigeai vers la station. Que je sois pendu, si je n'étais pas encore en retard pour le départ du train. Je ne sais comment cela se faisait, mais je ne pouvais chasser la jeune femme de mon esprit, et je ne pouvais m'empêcher de songer à ce qu'elle avait l'intention de faire d'elle et de son petit enfant. Je redescendis donc du côté de l'eau, et comme j'avais une bonne heure et demie à dépenser, je fis un bon bout de chemin en pensant au jeune homme et à sa blessure sur le front. Peut-être avais-je fait un mille au plus, quand j'arrivai à une barge solitaire qui était à l'ancre. C'était un charbonnier et il y avait à bord un jeune homme, assis sur la quille, occupé à fumer et à regarder dans l'eau. Lui et moi étions les seuls êtres en vue dans cet endroit et il ne se fut pas plus tôt aperçu que je venais le long du bord qu'il se mit à crier :

— Eh ! là-bas ! Avez-vous rencontré une jeune femme descendant votre chemin ?

Ces mots me saisirent d'étonnement, je ne sais pourquoi, cela se rapportait si bien à ce que je pensais en moi-même. Je secouai la tête, et il ajouta :

— Il y a eu quelque malheureuse jeune fille par ici qui a essayé de noyer son petit enfant. J'ai vu le gamin dans l'eau et je l'ai repêché avec ma gaffe. J'avais vu la jeune fille rôder aux environs, à la brune, puis j'ai entendu le bruit de l'eau quand elle y a jeté l'enfant ; mais le brouillard était si épais que je n'ai rien pu voir sur le bord pendant ce temps-là.

La barge était justement près du rivage, et je sautai dedans. N'étant pas assez fortuné pour posséder une voix, vous savez combien cela est désagréable avec des étrangers, je ne pouvais parvenir à me faire comprendre du jeune homme et il cessa de crier quand il vint à savoir que j'étais muet ; il n'eût pas parlé sur un ton plus élevé si j'avais été un étranger.

Il me dit qu'il porterait l'enfant au dépôt de mendicité et qu'il espérait que la mère ne s'était pas portée à quelque violence contre elle-même.

Je n'espérais pas de même, car je me souvenais du regard qu'elle avait jeté sur la rivière, et cela ne me rassurait pas beaucoup sur son compte.

Je pris dans mes bras la petite chose toute mouillée. Le jeune homme l'avait enveloppée dans une vieille veste, elle criait piteusement et avait l'air si misérable et si effrayée ! Eh bien ! Cela peut sembler une ridicule plaisanterie ; mais j'ai le cœur facilement attendri au sujet des petits enfants et j'avais pensé souvent que j'aimerais essayer la puissance de l'éducation dans la direction de mon métier et élever un enfant, dès le berceau, pour être détective, pour voir si je ne pourrais pas en faire un ornement pour la police active. Je ne suis pas marié et ne suis sans doute nullement destiné à avoir une famille par moi-même ; aussi, quand je pris ce bébé-là dans mes bras, il me vint dans la tête, je ne sais comment, de l'adopter et de l'emporter. Sur ce, je l'enveloppai dans mon manteau, et le pris avec moi pour aller à Gardenford.

— C'est un étonnant garçon que celui-là, dit Richard, nous relèverons Peters et nous en ferons un gentleman.

— Un instant! disent les doigts avec beaucoup de vivacité. Je vous remercie de votre bonté, monsieur, mais si la police de ce pays était privée de ce garçon-là, elle serait volée d'un bijou qu'elle ne consentirait pas à perdre.

— Poursuivez, Peters, racontez-nous le reste de votre histoire.

— Eh bien! quoique je sentisse en moi-même que, par une de ces chances bizarres qui arrivent dans la vie peut-être aussi souvent qu'elles arrivent dans les romans, j'étais tombé sur l'homme qui avait commis le meurtre, je n'avais pas cependant de preuve suffisante pour obtenir un mandat d'amener. Je fus transféré de Gardenford à Slopperton, et pendant tous les moments de loisir que je pouvais avoir, je m'efforçais de retrouver l'homme que j'avais remarqué; mais je ne le vis plus nulle part, et je n'entendis plus parler d'un individu quelconque répondant à son signalement. J'allai dans les églises, car je le croyais capable de se cacher derrière un masque de piété. J'allai au théâtre et je vis sur la scène une jeune femme accusée d'avoir empoisonné une famille, et dont l'innocence était prouvée par un gaillard de la police, qui ne connaissait pas plus son métier qu'une mouche. J'allai partout et de tous les côtés, mais je ne revis jamais cet homme, et voilà que l'on était excessivement près du procès de ce jeune gentleman, et rien de fait. Comment le sauver? Je réfléchissais à cela le jour et la nuit; mais l'affaire dépassait mon imagination, je ne trouvais absolument rien. Un jour j'entendis parler d'un vieil ami du prisonnier qui était assigné en chair et en os comme témoin à l'audience; cet ami, je résolus de le voir, car deux têtes… (Mr Peters regarde autour de lui, comme s'il s'attendait à être contredit) valent mieux qu'une.

— Et cet ami, dit Gus, est votre humble serviteur, qui était heureux de prouver que le pauvre Dick a dans le monde un ami sincère qui croit à son innocence, comme je suis sûr de la mienne.

— Eh bien, Mr Darley et moi, reprend Mr Peters, nous réunîmes nos idées et nous arrivâmes à cette conclusion, que si ce jeune gentleman était fou quand il avait commis le meurtre, on ne pourrait le pendre, mais qu'on l'enfermerait dans un asile pour le reste de sa vie, ce qui peut ne pas être agréable en résumé, mais ce qui vaut mieux que d'être pendu, un beau matin.

— Ainsi vous résolûtes de prouver que j'étais fou? dit Richard.

— Nous n'eûmes pas de trop mauvaises preuves pour y réussir, peut-être, mon vieil ami, réplique Darley, cette fièvre cérébrale que nous considérions comme un malheur quand elle vous tint pendant trois mortelles semaines nous fut d'une grande utilité, nous avions à nous appuyer dessus car nous savions que nous ne pouvions vous sauver par aucun autre moyen : mais pour vous tirer de ce mauvais pas, nous avions besoin de votre participation et nous ne pûmes arrêter le plan que lorsqu'il était trop tard pour aller vous trouver et vous communiquer nos projets ; nous ne l'arrêtâmes qu'à minuit dans la nuit qui précéda votre procès. Nous essayâmes de voir votre avocat, mais il avait quitté la ville le matin de ce jour et ne devait être de retour qu'après le commencement de l'affaire. Peters rôda autour du palais toute la matinée, mais il ne put le voir, et rien n'était fait quand le juge et le jury prirent leurs places. Vous savez le reste ; vous savez comment, par une heureuse chance, le juge vous comprit mal, comment Peters attira votre attention, comment, sous sa direction, vous plaidâtes coupable.

— Oui, ajoute Dick, et comment sept doubles lettres formées par ses doigts me dirent tout le plan et m'indiquèrent mon rôle ; ces lettres formaient ces trois mots : simulez la folie.

— Et vraiment vous vous êtes bien conformé au rapide avertissement, Dick, dit Gus, ma parole, sur le moment je fus presque bouleversé, et je pensai qu'en supposant avoir imaginé ce mensonge, nous n'avions fait que rencontrer la vérité, et que notre pauvre ami avait réellement perdu la raison à la suite de cette effroyable accusation.

— Un morceau de papier, dit Mr Peters sur ses doigts actifs, donna le mot à votre avocat, un gaillard assez délié quoique jeune.

— Je puis lui offrir maintenant une récompense digne de ses services, dit Richard et je dois aller le trouver dans ce but. Mais Peters, pour l'amour du ciel, dites-nous ce que vous savez sur ce jeune homme que vous soupçonnez être l'assassin. S'il me faut courir jusqu'aux confins du monde pour l'atteindre, je le trouverai et le traînerai à la lumière lui et son infamie afin que mon nom puisse être lavé de la tache honteuse dont il est souillé.

Mr Peters prend un air très sérieux.

— Vous devez courir un peu plus loin qu'aux confins de ce monde pour le trouver, j'en ai peur, monsieur, disent les doigts. À quoi vous servirait de le chercher à présent, car je puis vous dire la station d'où il s'est élancé la dernière fois que je le vis, et je crois que sur cette ligne, exception faite de temps en temps pour quelque fantôme de vieille femme, on ne donne pas de billets de retour.

— Mort? demande Richard, mort et échappé à la justice?

— C'est à peu près cela, monsieur, réplique Mr Peters. A-t-il pensé que quelque chose était découvert et qu'il était trahi, a-t-il été contrarié au-delà de toute expression en ne trouvant aucun argent dans le secrétaire, je ne puis prendre sur moi de vous le dire ; mais je l'ai trouvé six mois après l'assassinat, sur la bruyère, mort, avec une fiole de laudanum gisant à côté de lui.

— Et avez-vous découvert qui il était ? demande Gus.

— C'était un sous-maître dans une institution de jeunes gens et j'ai entendu dire que c'était un jeune homme rempli de piété ; ce qui n'empêche pas qu'il a assassiné l'oncle de ce jeune gentleman, ou mon nom n'est pas Peters.

— Hors de l'atteinte de la justice, dit Richard, alors la vérité ne pourra jamais être mise en lumière, et jusqu'à la fin de mes jours je suis condamné à porter le stigmate d'un crime dont je suis innocent.

LIVRE CINQUIÈME

L'AGENT MUET

33
Le comte de Marolles chez lui

Les habitants de Friar Street et autres localités semblables, étant habitués à s'éveiller le matin en respirant les odeurs mêlées de suif venant des savons qu'on faisait bouillir, et d'aller se coucher le soir avec le parfum d'os brûlés sous leur nez, ne pouvaient naturellement avoir quoi que ce soit de commun dans leur nature extérieure avec les citoyens de Park Lane et de ses environs, pour les nerfs olfactifs desquels les plantes exotiques dépensent leurs courtes et artificielles existences dans les escaliers, les boudoirs et les serres à l'élégante architecture et aux riches miroirs ; et parfument les eaux jaillissantes des bassins dorés pendant les longs jours d'été.

On peut donc imaginer que les chagrins et les maux vulgaires, comme l'amour sans espoir, les tortures de la jalousie, la maladie, la mort, la folie ou le désespoir, devaient être aussi bannis des régions de Park Lane et exclusivement confinés dans le cercle de Friar Street. Nulle personne douée du sentiment des convenances ne voudrait certainement supposer qu'il en est autrement, et ne consentirait à se représenter milady la duchesse de Mayfair mangeant des harengs saurs pommes de terre à l'heure ridicule d'une heure de l'après-midi, ou garnissant sa grille de charbon de ses doigts d'albâtre, ou se lamentant sur la mort de son enfant, ou se désolant sur l'infidélité de son époux, absolument comme Mrs Stiggins, la marchande de pommes de terre et de charbon, sur une petite échelle, ou Mrs Higgins dont les seuls revenus proviennent de matelas confectionnés sur place.

Et il paraît dur, oh! camarades, qu'il y ait des limites au pouvoir magique de l'or! Il peut bien exclure les atmosphères viciées, les mauvaises odeurs, les vues désagréables et les bruits discordants; il peut entourer ceux qui le possèdent de beauté, de grâce, d'art, de luxe et de ce que l'on appelle plaisirs; mais il ne peut barrer la route à la mort ou à l'affliction, car Mayfair et Saint Gilles doivent ouvrir également leurs portes réticentes toutes les fois qu'il plaît à ces hôtes sinistres d'y frapper.

Vous n'envoyez pas vos invitations pour vos concerts du matin, vos fêtes champêtres, ou vos thés dansants, à la misère ou au chagrin, oh, nobles duchesses et comtesses; mais avez-vous jamais vu leurs faces dans la foule, quand vous songiez le moins à les rencontrer?

À travers le feuillage et les splendides fleurs de la serre, à travers les rideaux de damas blanc de la grande porte vitrée, le soleil d'automne glisse ses rayons refroidis dans un boudoir au second étage d'un vaste hôtel dans Park Lane. Les tapis veloutés de cette pièce, les parquets de la chambre à coucher et du salon attenant, imitent une pelouse sur laquelle sont tombées des feuilles d'automne; le dessin est vraiment si parfait, qu'il est difficile de penser que la légère brise qui pénètre par la croisée ouverte ne va pas enlever les feuilles fragiles qui semblent voltiger sous la lumière du soleil. La tapisserie des murs est du blanc le plus tendre et elle est ornée des portraits sur émail de Louis XVI, de Marie-Antoinette, de Mme Élisabeth et de l'infortuné petit prisonnier du Temple, enchâssés dans des panneaux ovales, aux quatre côtés du boudoir. Tout objet dans cet appartement, bien que parfait de forme et de nuance, est d'un style simple et calme ; on n'y voit pas de ces meubles de Boulle, à dorures et à marqueteries, de ces fleurs artificielles, de ces estampes françaises, de ces boîtes à musique qui pourraient orner le boudoir d'une danseuse de l'opéra ou d'une femme de parvenu. Les fauteuils, les somptueux sofas sont recouverts de damas blanc, et leur bois est en érable uni. Sur le marbre de la cheminée, sont deux ou trois vases de la forme la plus classique et qui, avec le buste de Napoléon de Canova, sont les seuls ornements de la pièce. Près du foyer, dans lequel brûle un feu médiocre, se trouve une table chargée de livres, les plus récentes publications françaises, anglaises et allemandes du jour ; mais elles sont empilées en un grand tas, comme si elles avaient été parcourues l'une après l'autre et mises de côté sans avoir été lues. À côté de cette table est assise une dame dont la beauté est rendue encore plus saisissante par la simplicité de sa toilette noire.

Cette dame est Valérie de Lancy, maintenant comtesse de Marolles, car M. de Marolles a acquis avec une partie de la fortune de sa femme un domaine dans le midi de la France, qui lui donne le titre de comte de Marolles.

Un homme chanceux, ce Raymond de Marolles. Une belle femme, un titre et une immense fortune ne sont pas de si méprisables biens dans la loterie de la vie ; mais ce Raymond est un homme qui veut étendre ses richesses : aussi s'est-il établi comme banquier sur une grande échelle en Amérique du Sud et il est venu dernièrement en Angleterre, avec sa femme et son fils, dans le but d'établir une succursale de cette banque à Londres. Il est bien entendu que cet homme avec ses hautes relations et son énorme fortune est considéré et possède un immense crédit dans tout le continent sud-américain.

Huit années n'ont rien enlevé à la beauté de Valérie de Marolles ; ses yeux noirs ont le même feu, sa tête fière a la même grâce hautaine, mais, dans la solitude et au repos, son visage porte l'empreinte d'une profonde tristesse, pénible à voir car c'est la sinistre tristesse du désespoir. Le monde dans lequel elle vit, qui la connaît seulement comme la brillante, spirituelle, vive et étincelante Parisienne, songe peu qu'elle cause parce qu'elle n'ose pas réfléchir, qu'elle est sémillante et animée parce qu'elle n'ose pas rester calme ; qu'elle court d'un endroit à un autre à la poursuite du plaisir et de l'excitation, parce que, dans l'excitation seule et dans une existence aussi fausse et aussi vide que les joies qu'elle donne, elle peut fuir le fantôme qui la persécute.

Ô image qui ne veut pas s'éloigner ! Ô spectre pâle et pensif qui surgit devant nous à toute heure et à tout moment pour se moquer et rire de nos fêtes bruyantes et tumultueuses que, conformément à la loi des contrastes, nous appelons plaisirs ! Qui d'entre nous est libre de tes ombres, ô fantôme, ô passé ?

Valérie n'est pas seule ; un petit garçon de sept à huit ans se tient debout devant ses genoux et lit à haute voix dans un livre de fables :

— Une grenouille vit un bœuf...

Il commence et, comme il lit le premier mot, la porte du boudoir s'ouvre et donne passage à un gentleman dont le pâle et beau visage, les yeux bleus, les cils blonds, la chevelure et les sourcils noirs font reconnaître pour l'époux de Valérie.

— Ah ! dit-il, lançant un coup d'œil railleur sur l'enfant qui lève les yeux un instant, puis les baisse sur le livre avec une indifférence qui dénote peu d'amour pour le nouveau venu, vous instruisez votre fils, madame, vous lui apprenez à lire, n'est-ce pas une absurdité ? Le bambin a une belle voix et l'oreille d'un maestro ; qu'il apprenne le solfège et très probablement, un de ces jours, il sera un homme aussi illustre que…

Valérie le regarde avec le mépris d'autrefois, avec cette froideur glaciale des premiers jours.

— Désirez-vous quelque chose de moi ce matin, monsieur ? demande-t-elle.

— Non, madame. Ayant l'entière disposition de votre fortune, que pourrais-je désirer ? Un sourire ? Non, madame ; vous gardez vos sourires pour votre fils ; et, au reste, ils sont à bon marché dans Londres les sourires de la beauté.

— Alors, monsieur, puisque vous n'avez pas besoin de ma signature, puis-je vous demander pourquoi vous venez m'insulter par votre présence ?

— Vous instruisez votre fils à respecter son père, madame, dit Raymond en ricanant et il se jette dans un fauteuil en face de Valérie. Vous donnez un bon exemple au futur comte de Marolles ; il sera un modèle de piété filiale comme vous en êtes un de…

— Ne craignez pas, monsieur de Marolles, que j'apprenne un seul jour à mon fils à respecter son père ; craignez plutôt que je ne lui apprenne à le venger.

— Non, madame, c'est à vous à craindre cela.

Pendant la durée de ce court dialogue le petit garçon a saisi la main de sa mère, en la regardant d'un œil sérieux et inquiet ; tout jeune qu'il est, il y a du courage dans son coup d'œil et un air de fermeté et de résolution dans sa lèvre supérieure qui promet pour l'avenir. Valérie détourne les yeux de la figure cynique de son époux et caresse de sa main les boucles noires de la chevelure de l'enfant. Ces boucles lui rappellent-elles celles d'une autre chevelure noire ? Aperçoit-elle d'autres yeux dans la clarté de ceux qu'elle contemple maintenant ?

— Vous êtes vraiment assez bonne pour me demander, madame, le sujet de ma visite, votre discernement naturel vous faisant comprendre qu'il n'y a rien de bien remarquablement attrayant dans la fréquentation de ces appartements et dans les lectures enfantines exclusivement composées de mots d'une syllabe (il jette en parlant un coup d'œil sur l'enfant et ses cruels yeux bleus ne sont jamais si cruels que lorsqu'il regarde de ce côté), pour m'engager à pénétrer ici sans quelque motif.

— Monsieur sera peut-être assez bon pour être bref dans l'exposé de ce motif. Il peut imaginer que, me consacrant entièrement à mon fils, je ne vois pas avec plaisir ses études ou même ses amusements interrompus.

— Vous élevez votre jeune comte Almaviva comme un prince, madame ; c'est quelque chose d'avoir un sang noble dans les veines, même d'un seul côté.

Si elle avait pu le tuer du regard lancé par son œil noir étincelant, il fût tombé mort tandis qu'il prononce les mots qui frappent l'un après l'autre son cœur brisé : il connaît son pouvoir, il sait en quoi il consiste, il sait comment en user et il se plaît à la torturer, parce que bien qu'il ait obtenu d'elle rang et fortune il n'a jamais pu la subjuguer, elle l'a toujours défié même du fond de son désespoir.

— Vous êtes inconvenant, monsieur. Je vous en prie, soyez assez bon pour me dire ce qui vous amène ici ; car je ne voudrais pas faire injure à votre bon sens en vous disant que votre visite est la bienvenue.

— Brièvement alors, madame. Nos arrangements domestiques ne me conviennent point. On ne nous a jamais vus nous quereller, il est vrai, mais on nous a rarement vus nous adresser mutuellement la parole et on ne nous a jamais vus ensemble en public. Tout cela était fort bien en Amérique du Sud où nous étions roi et reine de notre cercle; ici ce n'est plus la même chose. Nous avons l'air pour le moins mystérieux; le grand monde est enclin au scandale. Nos gens tirent des conséquences: monsieur n'aime pas madame et il l'a épousée pour son argent; ou, d'un autre côté, madame n'aime pas monsieur, mais elle l'a épousé parce qu'elle avait une puissante raison de le faire. Cela ne convient pas, comtesse. Un banquier doit être considéré ou le monde peut craindre de lui donner sa confiance. Je dois être ce qu'on m'appelle aujourd'hui: l'éminent banquier et je dois jouir de la confiance générale.

— Afin de pouvoir mieux la tromper, monsieur, voilà le motif qui vous fait désirer la confiance publique, n'est-il pas inscrit dans votre code d'économie morale?

— Madame devient logicienne; son argument par induction lui fait honneur.

— Mais votre affaire, monsieur?

— Est de vous signifier mon désir, madame, qu'on nous voie plus souvent ensemble en public. L'opéra italien, madame, bien que vous ayez pour lui un si grand éloignement que soit dit en passant vous ne professiez pas durant la première période de votre vie, est actuellement un lieu de réunion fort à la mode. Tout le monde sera là ce soir pour assister aux débuts d'un chanteur d'une célébrité européenne. Peut-être me ferez-vous l'honneur de m'y accompagner?

— Je ne saurais y prendre aucun intérêt, monsieur...

— Aux succès d'un ténor. Ah! comme nous perdons les goûts de notre jeunesse. Mais vous voudrez bien occuper la loge du premier rang que j'ai louée pour la saison au Théâtre de Sa Majesté. Il est de l'intérêt de votre fils, de votre chérubin, de condescendre à ma demande.

Il lance encore une fois un regard sur l'enfant avec un sourire railleur sur ses lèvres minces, puis il s'éloigne et dit en s'inclinant profondément devant elle:

— Au revoir, madame ; je commanderai la voiture pour 8 heures.

Un cheval qui, à la vente du Tattersall, avait attiré l'attention de tous les amateurs par sa perfection en tous points et par la somme élevée de son enchère caracole devant la porte de l'hôtel sous la main de son habile cavalier, un groom bien appris à l'élégante livrée. Un autre cheval, également de pure race, attend son cavalier, le comte de Marolles ; le groom descend et tient la bride tandis que le gentleman sort de l'hôtel et s'élance en selle. C'est un cavalier consommé ce comte de Marolles, un bel homme aussi malgré l'impatience et l'astuce de ses yeux bleus et de ses lèvres minces et nerveuses.

Sa toilette est parfaite, suffisamment à la hauteur de la mode pour dénoter dans celui qui la porte un homme de haut ton, mais sans l'exagération qui lui donnerait le cachet d'un parvenu. Il a cette élégance et cette grâce étudiée qui, à l'œil de l'observateur, paraît être du laisser-aller, mais qui est en réalité la perfection de l'art le plus remarquable de tous : l'art de cacher l'art.

Il est midi et il n'y a pas beaucoup de monde dans Piccadilly par cette matinée de septembre ; mais, parmi les quelques gentlemen qui passent à cheval devant M. de Marolles, les plus distingués le saluent. Il est bien connu dans le grand monde comme l'éminent banquier propriétaire d'un superbe hôtel dans Park Lane. Il a pour cuisinier un chef parisien réputé qui porte la croix de la Légion d'honneur qui lui a été donnée par Napoléon Ier pour un dîner chez Talleyrand. Il possède des propriétés considérables en France et en Amérique du Sud, une fortune dite colossale et une femme délicieuse ; du reste, si ses titres de noblesse sont tout à fait de fraîche date et si, au dire d'impertinentes gens, il n'a jamais eu un grand-père ou même une espèce de père que l'on puisse citer ;

les grands hommes depuis les âges mythologiques ont été renommés pour sortir de la meilleure origine qu'ils ont pu.

Mais pourquoi, étant banquier et possédant une énorme fortune, essayer encore de l'agrandir par la spéculation? Cette question est à débattre entre Raymond de Marolles et sa conscience. Peut-être n'existe-t-il pas de bornes à l'ambition de cet homme qui entra dans Paris, il y a huit ans, en obscur aventurier et qui est aujourd'hui millionnaire au dire de plusieurs.

34
Mr Peters voit un revenant

Mr Peters, pensionné par la mère de Richard d'un revenu de cent livres, a pris et meublé par lui-même une petite maison dans un très petit square, non loin de l'établissement de Mr Darley ; il est tout fier de son adresse qui sonne haut : Wellington Square, Waterloo Road. Ayant accompli ce premier devoir, il sent qu'il n'a plus rien à faire dans la vie que de se reposer sur ses lauriers et de jouir avec dignité du repos qu'il a si bien gagné.

Naturellement, Mr Peters, comme célibataire, ne peut en aucune manière gérer son intérieur par lui-même ; et ayant monté une maison selon ses besoins, il n'est pas en position de s'y établir et de la conduire ; aussi n'a-t-il rien de mieux à faire que d'envoyer chercher Kuppins, et il envoie donc chercher Kuppins.

Kuppins sera cuisinière, gouvernante, blanchisseuse et demoiselle de compagnie tout à la fois, et elle aura pour gages dix livres par an, le thé, le sucre et la bière, gages connus dans Slopperton uniquement dans les plus hautes et les plus aristocratiques familles dans lesquelles les domestiques sont arrêtés, sans qu'on leur accorde aucune permission de sortir les dimanches.

Kuppins vient donc à Londres, amenant avec elle l'enfant trouvé et, en arrivant à la gare d'Euston Square à 20 heures, elle se trouve lancée dans les merveilles éblouissantes de New Road.

Bien sûr, cette merveilleuse cité n'est pas pavée avec de l'or, et elle est peut-être, après tout, actuellement un peu boueuse ; mais les boutiques ! Oh ! quels empires de splendeur ! Quelle joie pleine de délices que d'être exposée à être écrasé à chaque minute ! Sans parler de cette chance délicieuse d'être bousculé par la foule qui est rassemblée autour d'une femme ivre qui se débat avec un policeman. Il doit y avoir sans doute une élection générale, ou un incendie considérable, ou une pendaison, ou un meurtre qui vient d'être commis dans la rue voisine, ou quelque événement extraordinaire qui vient d'avoir lieu, pour qu'il y ait une telle foule de piétons rassemblés, une telle presse de cabs, de charrettes, d'omnibus et de charrettes de livraison, roulant avec fracas, arrachant et brisant tout, équipages conduits par des cochers possédés d'un suprême degré de folie et tirés par des chevaux aussi emportés que ce coursier célèbre qui servit au poétique et artistique châtiment de notre vieille connaissance Mazeppa. Tottenham Court Road ! Quelle magnifique promenade ! Environnée, bien entendu, par les hôtels de la noblesse ! Et ce superbe établissement, avec ses guichets en fer, Buckingham Palace ou la Tour de Londres ? Kuppins penche à croire que c'est la Tour de Londres, parce que les guichets en fer ont un aspect guerrier et évidemment sont mis comme moyens de défense, dans le cas d'une attaque de la part des Français.

Mr Peters, qui escorte Kuppins, lui dit qu'il s'agit du magasin de MM. Shoolbred, marchands de toiles et de mercerie. Elle pense qu'elle doit rêver et qu'elle a besoin d'être pincée et réveillée avant de faire un pas de plus. C'est un voyage tout à fait pénible pour

Mr Peters, car Kuppins demande à faire arrêter le cab tous les vingt-cinq pas à peu près, pour descendre et admirer quelque chose dans ce merveilleux Tottenham Court Road.

Mais la pire fantaisie de Kuppins est peut-être la folle envie qui la tourmente de voir Tottenham Court, et quand on lui dit qu'il n'existe pas un tel endroit, et qu'il n'a jamais existé, en tout cas que Mr Peters n'en a jamais entendu parler, elle commence à considérer Londres, malgré toutes ses gloires, tout à fait comme un taudis. Ensuite, Kuppins est à nouveau énormément désappointée de ne pas passer devant l'abbaye de Westminster et la Banque d'Angleterre, monuments qu'elle s'est imaginé être tous les deux situés à Charing Cross, et il est un peu ennuyeux pour Mr Peters d'être à chaque instant interrogé pour savoir si chaque médiocre église qu'ils rencontrent n'est pas la cathédrale de Saint-Paul, ou le moindre morceau de mur aveugle, Newgate. Passer sur un pont, et que ce pont ne soit pas le pont de Londres, pas même celui de Waterloo, renferme un mystère incompréhensible; entendre dire que Shot Tower, située du côté du Surrey, n'est pas le Monument, est chose trop renversante pour être supportée. Quant au Théâtre Victoria, qui est illuminé avec une telle splendeur que le vestibule paraît être l'entrée d'un pays féerique, Kuppins est si intimement convaincue que c'est Drury Lane, rien de moins sauf s'il s'agit du Parlement ou de Covent Garden, que les protestations des doigts de Mr Peters ne sauraient déraciner cette illusion de son esprit.

Mais la course, après tout, touche à sa fin, et Kuppins, saine et sauve, descend avec son bagage, devant le numéro 17 de Wellington Square, avec Mr Peters et l'enfant trouvé. Ils pénètrent dans un élégant salon en façade, meublé d'une table branlante à la Pembroke[1] d'un brillant irréprochable, recouverte d'un plaid de laine aux couleurs du Royal Stuart ; d'une demi-douzaine de chaises en jonc, si neuves et luisant d'un si beau vernis, qu'il est à craindre qu'elles ne s'attachent aux vêtements de la personne assez peu initiée à leur nature ou à leurs propriétés, pour se risquer à s'asseoir dessus ; d'un tapis de Kidderminster[2] dont le dessin est d'une dimension à convenir aux besoins d'un hôtel de ville, mais qui paraît un peu disproportionné pour l'appartement de Mr Peters, deux motifs et un quart de ce dessin suffisant pour couvrir la longueur entière de la pièce ; d'un manteau de cheminée orné d'une glace divisée en trois compartiments par des colonnes dorées du genre corinthien, rehaussées d'ébène, et décoré en outre de deux petits chats en velours noir, de chaque côté, et d'un petit garçon en velours de diverses couleurs sur un petit cheval en velours brun au milieu.

Le matin du jour suivant, Mr Peters annonce son intention de promener l'enfant trouvé dans la ville de Londres, pour lui montrer l'extérieur de Saint-Paul, le Monument, Punch et Judy[3] et autres curiosités appropriées à l'intelligence de son âge. Kuppins brûle du désir d'aller visiter la femme à la face de porc, créature magnifique, qu'elle ne peut s'empêcher de se représenter comme la plus étonnante merveille de toute la capitale ; mais Kuppins doit rester à son poste de maîtresse de maison, pour arranger et inspecter les rouages domestiques du numéro 17 de Wellington Square. Aussi l'enfant trouvé, magnifiquement paré d'une collerette blanche et d'une paire de

1. Table à un ou plusieurs tiroirs et dont les rallonges se rabattent de chaque côté.
2. Ville anglaise spécialisée dans la tapisserie.
3. Équivalent de Guignol.

bottines trop étroites, prend la main de son protecteur, et tous deux cinglent vers leur excursion.

Dans tous les cas, Punch et Judy remportent la palme, selon le jugement du jeune gentleman, sur les merveilles de ce qu'il appelle le gros village.

Il n'existe peut-être pas une vue plus splendide que celle offerte par l'extérieur de Saint-Paul ; mais, d'un autre côté, il est beaucoup trop blanc, et l'enfant trouvé aimerait mieux voir le chef-d'œuvre de sir Christopher Wren relevé par quelques teintes de peinture fraîche avant d'être invité à l'admirer. Le Monument, sans doute, est vraiment admirable en lui-même ; mais à moins de pouvoir être perpétuellement perché sur son sommet, et perpétuellement exposé, à une épaisseur de cheveu près, à choir sur le pavé au-dessous, cet édifice n'est pas beaucoup de son goût. Mais Punch, avec sa façon délicieuse et originale de s'exprimer, ses conversations familières d'un comique renversant avec Judy, et le drôle de chien plein de mélancolie, avec son col autour du cou et son aversion évidente de sa profession ; oh ! cela, vraiment, est un spectacle à voir continuellement et à exciter d'autant plus l'admiration qu'on le verrait davantage ; c'est ce qu'eût dit, sans aucun doute, l'enfant trouvé, s'il avait été familier avec le docteur Johnson, ce qu'heureusement, pour le repos de son esprit, il n'était pas.

C'est une journée tout à fait pénible pour Mr Peters et il n'est pas fâché quand, vers 16 heures, après avoir fait faire à l'enfant trouvé le tour de la Banque d'Angleterre (ce jeune gentleman s'obstine à vouloir franchir les grands guichets massifs, dans le désir insensé de demander de l'argent), après lui avoir montré le vaste dos de la vieille dame de Threadneedle Street[1] et la

1. Surnom donné à la Banque d'Angleterre.

maison de correction, ils débouchent de Lombard Street pour atteindre un omnibus qui doit les ramener au logis. Mais comme ils viennent de sortir de la rue, l'enfant trouvé s'arrête malheureusement, et force Mr Peters à faire de même.

Devant les portes à panneaux de glaces d'une superbe construction qu'une plaque de cuivre annonce être la banque anglo-hispano-américaine, stationnent deux chevaux et un groom en bottes à revers et culotte de peau de daim. Il attend évidemment quelqu'un qui est à l'intérieur de la banque, et l'enfant trouvé insiste vivement pour attendre aussi, afin de voir le gentleman monter à cheval. Le complaisant détective y consent, et ils flânent sur le trottoir pendant quelques instants avant que les portes vitrées ne soient violemment ouvertes par un commis cravaté de blanc, pour donner passage à un gentleman d'allure plutôt étrangère.

Il n'y a rien de bien remarquable dans ce gentleman ; ses gants, d'une couleur pâle de lavande, sont assurément d'un goût parfait ; la coupe de ses habits est une recommandation pour son tailleur ; mais que peut-il y avoir dans son apparition pour forcer Mr Peters à s'appuyer sur le réverbère ? Voilà ce qui est difficile à dire. Quoi qu'il en soit, Mr Peters se cramponne au bec de gaz le plus proche et devient aussi blanc que la plus blanche feuille de papier qui sortit jamais de la boutique d'un papetier. Ce gentleman, qui n'est autre que le comte de Marolles, a mieux à faire que d'occuper ses beaux yeux bleus à regarder un aussi mince gibier que Mr Peters et l'enfant trouvé. Il monte sur son cheval et le fait marcher au pas, inconscient de l'effet qu'il vient de causer à la respiration du détective. Aussitôt Mr Peters, abandonnant le lampadaire, saisit l'enfant trouvé ébahi et s'élance sur les pas du cavalier. En un instant il se trouve dans le passage encombré par la foule devant Guildhall ; un fiacre vide passe près de lui, il lui fait signe de s'arrêter avec des gestes d'énergumène et saute dedans, sans se dessaisir de l'enfant trouvé. Le comte de Marolles est obligé de serrer un moment les rênes de son cheval pour lui faire éviter l'encombrement des cabs et des omnibus ; d'après l'instruction de Mr Peters, l'enfant désigne le cavalier au cocher, en lui enjoignant emphatiquement de suivre ce gentleman et de ne pas le perdre un instant de vue. Le conducteur fait signe qu'il a compris, fait claquer son fouet et marche lentement derrière le cavalier qui a quelque difficulté à se frayer un chemin dans Cheapside. L'agent, dont le teint conserve encore une grande ressemblance avec le papier à écrire, regarde au-dehors de la portière, comme s'il craignait que le cavalier qu'ils suivent ne vienne à s'évanouir comme un souffle dans l'air ou à disparaître par une trappe dans le cimetière de Saint-Paul. L'enfant trouvé suit des yeux ceux de son protecteur, puis les tourne vers Mr Peters, et ne sait évidemment que penser de cet événement. À la fin, son tuteur retire sa tête de la portière et se parle ainsi à lui-même sur ses doigts.

— Comment peut-il se faire que ce soit lui, puisqu'il est mort ?

Ceci est au-dessus de l'intelligence de l'enfant, qui évidemment ne comprend pas la portée de la question, et qui évidemment aussi n'a pas l'air de trouver tout cela de son goût, car il dit :

— Ne vous préoccupez pas de cela ; allons, vous dis-je, pas maintenant.

— Comment se peut-il que ce soit lui, continue Mr Peters, élargissant la question. Quand je l'ai trouvé moi-même, mort, là dans cette bruyère et que je l'ai ramené au bureau de police, et que je l'ai vu ensuite ensevelir? Qui donc aurait pu être celui qui était à l'embranchement des quatre routes, trempé et gisant dans la boue, il y a cinq ans.

Ce discours entièrement obscur ne se trouve pas convenir beaucoup plus à l'enfant que le premier, car il crie avec plus d'énergie que précédemment :

— Maintenant je vous dis et je vous le répète que cela ne m'amuse pas, père ; ne vous inquiétez pas de tout cela maintenant, s'il vous plaît. Qu'est-ce que cela signifie ? Qui est mort il y a cinq ans, les habits trempés et gisant dans la boue, et à l'embranchement de quatre routes dans la bruyère ? Qui ?

Mr Peters met sa tête hors de la portière, et dirigeant l'attention de l'enfant trouvé vers l'élégant cavalier qu'ils suivent, dit sur ses doigts d'un air solennel :

— Lui !

— Mort, lui ? dit l'enfant, se serrant près de son père adoptif ? Mort et, ma foi, il a l'air de se bien porter, malgré cela ; mais, continue-t-il, où sont les habits trempés et l'embranchement des quatre routes et la boue, dans laquelle il gisait ? Je croirais presque qu'il porte un large vêtement pour cacher tout cela, n'est-ce pas ?

Mr Peters ne répond pas à cette question, mais semble réfléchir et, si l'expression peut être permise, penser tout haut sur ses doigts, comme c'était quelquefois son habitude.

— Il ne saurait positivement exister deux individus aussi ressemblants. Celui que j'ai trouvé mort était le même que celui que j'ai vu dans l'auberge, conversant avec la jeune femme ; et s'il en est ainsi, celui-ci est un autre, car le premier est mort, aussi sûr que des œufs sont des œufs. Quand les œufs cesseront d'être des œufs, ce qui – continue Mr Peters en manière de raisonnement –, attendu qu'ils se vendent vingt pour un shilling venant de France et qu'ils sont dangereux – si vous avez quelque prévention contre les germes à moitié couvés –, n'est pas, malgré tout, vraisemblablement près d'arriver de quelque temps ; alors, seulement, celui que j'ai trouvé dans la bruyère reviendra de nouveau à la vie.

L'enfant est trop occupé à se tordre le cou en dehors de la portière du cab pour ne pas perdre de vue le comte de Marolles, pour accorder la moindre attention aux doigts de Mr Peters. L'extérieur de Saint-Paul, et Punch et Judy, sont très bien à leur manière mais n'offrent en fin de compte que des distractions peu intéressantes, comparées au délicieux plaisir de suivre un revenant monté sur un cheval et portant des gants de chevreau couleur de lavande.

— Il y a une circonstance, continue l'agent plongé dans ses réflexions, qui me parut curieuse, lorsque je trouvai le corps de ce jeune gentleman. Qu'était devenue la cicatrice de la blessure faite par le souverain que la jeune femme lui avait jeté à la tête ? Je ne pus en découvrir la moindre trace, bien que je l'aie minutieusement cherchée, et cependant ce coup n'était pas de ceux qui ne laissent aucune cicatrice après six mois, ni même après six ans. J'ai eu la figure égratignée, bien que célibataire, et je sais ce qui en est au bout du compte, et l'embarras que l'on éprouve pour se tirer de là, en disant que l'on s'est amusé à jouer avec de petits chats irrévérencieux et autres choses de ce genre ; mais pour ce qui est de cette entaille, d'un demi-pouce de profondeur, produite par l'arête tranchante d'un souverain ? Si je pouvais seulement apercevoir son front, c'était justement au-dessus du sourcil, je pourrais la voir même avec son chapeau sur la tête.

Tandis que Mr Peters se livre à de telles réflexions, le cab continue sa course et suit le comte de Marolles en bas de Ludgate Hill, en traversant Fleet Street et le Strand, Charing Cross et Pall Mall, Saint James Street et Piccadilly, jusqu'à ce qu'il arrive avec lui au coin de Park Lane.

— Voici, dit Mr Peters, où vivent les filous élégants ; il habite très probablement par ici ; voilà qu'il conduit son cheval comme s'il allait bientôt s'arrêter ; descendons.

Sur quoi l'enfant trouvé communique le désir de Mr Peters au cocher, et ils descendent de voiture.

Les prévisions de l'agent sont exactes ; le comte s'arrête, et, sautant de son cheval, jette les rênes au groom. Une voiture découverte, dans laquelle sont assises deux dames, passe en se dirigeant vers Grosvenor Gate ; une des dames salue le banquier d'Amérique du Sud, et comme celui-ci ôte son chapeau pour rendre le salut, Mr Peters, qui ne regarde qu'une seule chose, voit très distinctement la cicatrice qui est le seul souvenir de cette rencontre dans l'auberge sur les bords du Sloshy.

Raymond dit en jetant les rênes au groom :

— Je ne monterai plus à cheval aujourd'hui, Curtis ; dites à Morgan de tenir prêt à 20 heures l'équipage de la comtesse pour l'opéra.

Mr Peters, qui ne paraît pas être un individu doué de la faculté d'entendre, mais qui semble vivement occupé à attirer l'attention de l'enfant trouvé sur les beautés architecturales de Grosvenor Gate, prend néanmoins bonne note de cette remarque.

L'élégant banquier monte les marches de son hôtel, à l'entrée duquel stationnent d'obséquieux valets, dont les livrées somptueuses et les superbes mollets remplissent d'admiration le jeune esprit de l'enfant trouvé.

Mr Peters conserve une attitude très sérieuse tandis qu'ils s'éloignent ; mais enfin, quand ils ont à moitié descendu Piccadilly, il a recours de nouveau à ses doigts, et s'adresse en ces termes à son jeune compagnon :

— Que pensez-vous de tout cela, Slosh?

— De quoi? dit l'enfant trouvé, de l'individu en culotte de peluche écarlate qui a ouvert la porte, ou du revenant élégant?

— De l'élégant!

— Mais je pense qu'il est remarquablement beau et de manières très raffinées, tout bien considéré! dit résolument le précoce enfant.

— Oh! c'est ce que vous pensez? Le pensez-vous réellement, Slosh?

Slosh répète qu'il le pense. Mr Peters, dont la gravité ne fait que s'accroître, demande de nouveau:

— Est-ce vraiment ce que vous pensez, Slosh?

Et l'enfant répond comme précédemment. À la fin, Mr Peters s'arrête brusquement pour la plus grande incommodité des passants, et lui dit:

— Je suis enchanté que vous le trouviez beau, Slosh; et je suis enchanté que vous le trouviez élégant, ce qui, tout bien considéré, est une chose peu ordinaire. Je suis enchanté que l'air de sa personne vous convienne autant, parce que, Slosh, entre vous et moi, cet homme est votre père!

C'est au tour de l'enfant maintenant de se cramponner à un réverbère. Avoir un revenant pour père, et, comme Slosh le remarque plus tard, un revenant qui porte des bottes vernies et qui vit, en outre, dans Park Lane, est suffisant pour ôter la respiration à tout petit garçon, pour si précoce qu'il soit et pour si super-humainement aguerri qu'ait pu le rendre sa pratique des choses de la police. Après tout, l'enfant trouvé supporte le choc parfaitement bien, se rétablit de l'effet produit par l'information, et se retrouve dispos en moins d'une minute.

— Je ne voulais pas vous dire cela justement à présent, vous savez, Slosh, continue Mr Peters, parce que nous ne pouvons pas prévoir comment cela va tourner, et si cette ligne de parenté peut nous servir dans nos projets. Il y a une affaire pendante depuis longtemps entre lui et moi que je veux éclaircir. Je puis avoir besoin de votre assistance, vous me la prêterez loyalement… N'est-ce pas, Slosh?

— Bien sûr! dit ce jeune gentleman. Y a-t-il quelque récompense à espérer à son sujet, père?

Il appelle toujours Mr Peters «père» et n'est pas disposé à changer ses habitudes pour un phénomène quelconque de revenant, fût-il du genre paternel, qui surgit subitement dans Lombard Street.

— Y a-t-il une récompense pour lui? demande-t-il avec instance: les banquiers sont bons, je le sais, de nos jours.

L'agent considère les traits grêles et fins de l'enfant avec le regard scrutateur, particulier aux individus de sa profession.

— Alors, vous me servirez loyalement si j'ai besoin de vous, Slosh? Je pense que vous serez peut-être obligé de sacrifier l'intérêt de famille dans l'affaire, savez-vous?

— Pas un mot de tout cela, dit le jeune enthousiaste. Je pendrais ma grand-mère pour un souverain, et pour l'orgueil de l'avoir attrapée, si elle était mauvaise.

— Les copeaux du vieux tronc sont du même bois, et il n'est que raisonnable de penser qu'ils ont la même fibre, rumine Mr Peters tandis que l'enfant trouvé et lui roulent vers le logis dans un omnibus. Je pensais bien en avoir fait un petit génie, mais je ne savais pas qu'il y eût une telle disposition cachée venant de son père. Il sera la gloire de sa profession. Tendresse de cœur a causé la ruine de plus d'un agent, quand ayant la tête pour combiner de profondes ruses, il n'a pas le cœur assez dur pour les mettre à exécution.

35
Les Cherokees remarquent leur homme

Le Théâtre de Sa Majesté est particulièrement brillant ce soir. Les diamants et la beauté resplendissent à tous les étages, dans les loges aux draperies couleurs d'ambre. Les stalles et le parterre sont pleins ; dans le passage des élégants il n'y a pas une place ; vraiment, comme un gentleman le fait remarquer à un de ses voisins, si le Pandémonium est aussi encombré que cette salle, il se fera ministre méthodiste dans sa vieillesse, et s'adonnera à la fréquentation des réunions de thé.

Le gentleman qui fait cette remarque n'est autre ni plus ni moins qu'un membre distingué du club des Joyeux, le joueur aux dominos dont il a été question dans un chapitre précédent.

Il est debout et discute avec Richard. À le voir en ce moment, une lorgnette à la main, sa chevelure disposée d'une façon conforme aux usages de la société, et rappelant avec des modifications ce héros célèbre de l'almanach de Newgate et d'un roman moderne, Mr Jack Sheppard[1] ; portant un habit de cérémonie, des bottes en cuir breveté, et le gilet blanc de rigueur, vous auriez cru, à le voir ainsi, qu'il n'a jamais été ivre mort de sa vie.

1. Célèbre voleur du XVIIIe siècle, rendu populaire par ses évasions.

Ce gentleman est Mr Percy Cordonner. Tous les Cherokees sont plus ou moins lettrés et tous les Cherokees ont plus ou moins leur entrée dans tous les lieux de bonne compagnie, depuis le Théâtre de Sa Majesté jusqu'aux réunions de plaisirs et des membres du P. R.[1]. Mais quel motif amène ce soir Richard à l'opéra, et qui est ce petit gentleman à côté de lui, qui n'a pas l'air d'un amateur de musique?

— Sont-ils tous là? demande Dick à Mr Cordonner.

— Tous sans exception; à moins que Splitters n'ait été incapable de s'arracher à sa fête nocturne mêlée de sang et de flammes du Bengale, au Vic. Sa pièce a été jouée quarante fois, et je suis fermement convaincu qu'il a assisté à chaque représentation, et qu'il s'arrache les cheveux quand les acteurs oublient les beautés du dialogue et restent confus. Ils ne sont pas confus, continue-t-il en tombant dans sa rêverie; quand nos compositions sont à court de types, ils tombent sur eux et les mettent dehors.

— Vous êtes sûr alors qu'ils sont tous là, Percy?

— Tous sans exception, vous dis-je. Je suis le délégué; ils ont rendez-vous chez le marchand d'huîtres dans Haymarket; vous savez, il y a une jolie fille et des huîtres fraîches de Colchester; inutile de vous préoccuper d'un extra pour le citron, et vous pouvez lui presser la main quand elle vous donne votre monnaie. Ils doivent venir ici deux à la fois, pour poser leur marque sur le gentleman en question. Est-il déjà dans la salle, vieux camarade?

1. Le Prize Ring, ensemble des règles officielles régissant le combat à mains nues en Europe, peu à peu remplacé, après plusieurs combats à l'issue fatale vers 1865, par les règles du marquis de Queensberry, obligeant les boxeurs à porter des gants.

Richard se tourne vers le petit homme tranquille, qui est notre vieil ami Mr Peters, et lui adresse une question ; celui-ci secoue la tête pour toute réponse.

— Non, il n'est pas encore ici, dit Dick. Jetons un coup d'œil sur le théâtre et voyons de quelle sorte d'étoffe est fait ce *signor* Mosquetti.

— Je le disséquerai, pour le principe, dit Percy ; et meilleur il sera, plus je le disséquerai, autre principe.

Il y a beaucoup de curiosité autour du nouveau ténor de réputation européenne. L'opéra représenté est *Lucia*[1], et l'apparition d'Edgardo est attendue avec anxiété. Bientôt le héros au jupon écossais et aux bottes à entonnoir fait son entrée. C'est un bel homme, à la figure pâle et au teint méridional ; ses manières sont aisées et indolentes ; sa voix est mélodieuse par elle-même ; ses notes amples vibrent et coulent avec douceur, sans le moindre signe d'effort. Quoique Richard prétende avoir l'œil sur le théâtre, quoique peut-être il essaie de diriger son attention de ce côté, sa figure pâle, son regard distrait et sa lèvre inférieure en mouvement dénotent son extrême agitation. Il attend le moment où le détective lui dira : « Voilà le meurtrier de votre oncle ; voilà l'homme pour le crime duquel vous avez souffert et devez souffrir, jusqu'à ce qu'il soit traîné devant la justice. » Le premier acte de l'opéra paraît interminable à Dick le Diable, tandis que son philosophique ami, Mr Cordonner, semble aussi froid qu'il pourrait l'être à la vue d'un tremblement de terre, de la fin du monde, ou de quelque autre événement peu important de cette nature.

1. *Lucia Di Lammermoor*, opéra de Gaetano Donizetti, créé en 1839.

Le rideau est tombé sur le premier acte, quand Mr Peters pose sa main sur le bras de Richard et lui montre une loge au premier rang.

Un gentleman, une dame et un petit garçon viennent justement de prendre leurs places. Le gentleman, comme il est de bon ton, tourne le dos à la scène et fait face à la salle ; il lève sa jumelle pour l'inspecter à loisir. Percy place sa lorgnette dans la main de Richard en prononçant un affectionné « courage, mon vieux ! » et l'observe, tandis que celui-ci regarde pour la première fois son plus mortel ennemi.

Cette figure calme, aristocratique et sereine est-elle celle d'un assassin ? Les yeux bleus fuyants et les lèvres minces et relevées ne sont pas faciles à distinguer à cette distance, mais on voit parfaitement à travers la lorgnette l'ensemble général du visage, et il n'y a pas de danger que Richard manque de le reconnaître, en quelque lieu et à quelque heure qu'il puisse le rencontrer.

Mr Cordonner, après avoir passé longtemps en revue les charmes personnels du comte de Marolles, remarque avec moins de respect que d'indifférence que ce bandit n'a nullement mauvais air, qu'il ferait un magnifique coquin haut placé dans un drame de la Porte-Saint-Martin. Figurez-vous-le en bottes à la hessoise[1], empoisonnant tous ses parents et riant au nez de la police quand elle vient l'arrêter.

— Le reconnaîtriez-vous, Percy ? demande Richard.

— Au milieu d'une armée de soldats, portant tous le même uniforme, réplique son ami. Il y a quelque chose qui empêche toute méprise dans cette figure pâle et mince. Je vais aller chercher les autres camarades afin qu'ils puissent se le rappeler quand ils le rencontreront.

---

1. Bottes lacées, à tige rigide.

Par groupes de deux et de trois, les Cherokees arrivent dans le parterre, sous la conduite de Mr Cordonner, qui, pour rendre service à un ami, s'efforce de faire violemment une trouée pour atteindre l'endroit où se tiennent Richard et le détective. L'un après l'autre, ils examinent longtemps, à travers la très puissante lorgnette qui facilite leur inspection, les traits paisibles de Raymond de Marolles.

Ce gentleman ne songe guère à ces amateurs, ou plutôt à cette bande dévouée de police, formée dans le but spécial de découvrir le crime qu'il est soupçonné d'avoir commis.

L'un après l'autre, les Joyeux enregistrent son beau visage dans leur mémoire, et avec une cordiale poignée de main jurent à Richard de le servir, en n'importe quel endroit et en n'importe quelle circonstance, de près ou de loin, lorsqu'ils découvriront l'occasion de le faire.

Et pendant tout ce temps le comte reste complètement impassible. Non pas tout à fait impassible cependant, lorsqu'au second acte, il reconnaît dans Edgardo, le nouveau ténor, le héros de la soirée, son ancienne connaissance du Théâtre italien de Paris ; le choriste, l'imitateur, M. Paul Moucée. Cet habile artiste ne s'est pas soucié de reprendre un instrument qui, lui ayant servi une fois, a été jugé devoir être mis de côté, pour n'être plus jamais employé. En effet, ce *signor* Paolo Mosquetti n'est autre ni plus ni moins que le buveur de petits verres, le joueur de dominos, le choriste à trente francs par semaine. Son talent, qui le rendait capable de chanter un air en imitant dans la perfection le ténor du jour, lui a permis aussi, avec un peu de travail, un peu moins de verres de vin et de dominos, de devenir, lui aussi, un ténor à la mode, dont les triomphes ont été consacrés à Milan, Naples, Vienne et Paris.

Et pendant tout ce temps Valérie de Marolles a les yeux fixés sur la scène, semblable à celle où, il y a des années, elle a vu si souvent celui qu'elle aimait et qu'elle ne devait plus revoir sur terre. Cette faible ressemblance, cette similitude dans la démarche, dans la voix et dans les manières, que Moucée a empruntées à Gaston de Lancy, la frappent très fortement. La ressemblance n'est pas grande, excepté quand l'acteur s'applique à imiter l'homme auquel il ressemble ; dans ce cas, vraiment, comme nous le savons, il est remarquable ; mais n'importe quand, c'est assez pour porter un coup cruel à ce cœur désespéré, rempli d'affliction et de remords dont toutes les pensées et tous les souvenirs ne sont que trop propres à réveiller ce passé terrible et toujours présent.

Cependant, les Cherokees expriment très franchement leur opinion sur le compte de M. de Marolles, et discutent divers plans pour le livrer à la justice. Splitters, à qui l'imagination, comme auteur dramatique, suggère toute espèce de moyens possibles, sans en donner un seul naturel, propose que Richard apparaisse au comte, déguisé en fantôme de l'oncle assassiné, à l'heure convenable de minuit, et confonde le scélérat dans la forteresse de ses crimes, c'est-à-dire Park Lane. Cette phrase est textuellement extraite d'un programme de spectacle aussi bien que toute cette très heureuse invention, les notions de justice de Mr Splitters, rétributives ou poétiques, étant complètement représentées dans la personne d'un gentleman prononçant un très long discours et armé de deux pistolets.

— Le boxeur est dehors, dit Percy Cordonner ; il désire jeter un coup d'œil sur notre ami, quand il sortira, afin de pouvoir le reconnaître. Vous feriez mieux de lui laisser lancer sa gauche entre les deux yeux de l'individu, Dick ; c'est la meilleure chance que vous puissiez avoir.

— Non, non, vous dis-je, Percy. Cet homme doit être enfermé où j'ai été enfermé. Cet homme doit boire jusqu'à la lie la coupe que j'ai bue quand j'étais assis sur le banc des criminels à Slopperton et que je voyais tous les yeux tournés vers moi avec exécration et horreur, et que je savais que mon innocence était impuissante à me conserver l'estime d'une seule des personnes qui me connaissaient depuis ma plus tendre enfance.

— Excepté des Joyeux, dit Percy. N'oubliez pas les Joyeux.

— Quand je les oublierai, c'est que j'aurai tout oublié de l'autre côté de la tombe, vous pouvez m'en croire, Percy. Non ; j'ai quelques amis solides sur la terre, et en voici un.

Et il pose la main sur l'épaule de Mr Peters, qui se tient calme à côté de lui.

L'opéra est fini et le comte de Marolles et sa charmante femme se lèvent pour quitter leur loge. Richard, Percy, Splitters, deux ou trois Cherokees et Mr Peters quittent le parterre pour se trouver à l'entrée des loges avant que la famille du banquier soit sortie.

L'équipage du comte de Marolles est appelé, et comme il se range devant la porte, Raymond descend l'escalier avec sa femme au bras, le petit garçon tient la main gauche de sa mère.

— C'est une splendide créature, dit Percy. Mais il y a quelque chose de diabolique dans ces beaux yeux noirs, et pour rien au monde je ne voudrais être son époux, s'il m'arrivait de l'offenser.

Pendant que le comte et la comtesse traversent l'espace entre les portes du théâtre et leur voiture, un homme ivre s'approche d'un pas chancelant, et avant que les domestiques ou les policemen qui stationnent à côté puissent s'interposer, il trébuche contre Raymond de Marolles, et dans ce choc fait tomber le chapeau de celui-ci. Il le ramasse immédiatement et, murmurant une excuse d'ivrogne, le rend à Raymond, qu'il regarde très fixement en plein visage. Cet événement passe inaperçu, et le comte est un gentleman trop accompli pour faire le moindre éclat. Cet homme n'est autre que le boxeur.

Tandis que la voiture s'éloigne, il rejoint le groupe sous la colonnade, n'étant plus ivre le moins du monde cette fois.

— Je l'ai vu, monsieur Marwood, dit-il, et je jure de le reconnaître après quarante tours dans l'enceinte, ce qui est capable quelquefois d'enlever un peu du Cupidon à un gentleman. Le drôle n'a pas mauvaise mine après tout, et a l'air courageux. Il est légèrement bâti, mais il peut profiter de cette disposition quand il veut pour danser un quadrille assez propret autour du gaillard devant qui il est en présence, avec agilité et souplesse. J'ai vu l'entaille sur son front, monsieur Peters, comme vous m'aviez dit de la remarquer, dit-il en s'adressant à l'agent. Il n'a pas dû attraper cela dans une glorieuse lutte face à face, au moins elle ne vient pas d'un Anglais. Quand vous traversez l'eau, en fait d'antagonistes, vous ne savez pas ce que vous pouvez trouver.

— Le coup est d'une Anglaise, cependant, dit Richard.

— Ah! cela s'explique maintenant. Ah! voilà le terrible avec le sexe tendre, voyez-vous, monsieur: vous ne savez jamais où il a l'intention de vous frapper. Il ne possède pas les moindres principes de l'art, certainement, monsieur, mais, mon Dieu, comme il sait bien s'en passer!

Et le gaucher se frotta le nez. Il avait été marié dans les premiers jours de sa carrière, et avait l'habitude de dire que dix tours de corde autour du cou étaient une bagatelle pour un individu enfermé dans son salon de derrière, quand sa femme a mis en défaut tout ce qu'il peut posséder d'éloquence, et est en train de marquer une douzaine d'éditions différentes des dix commandements sur son teint avec ses cinq doigts réunis.

— Allons, gentlemen, dit le boxeur hospitalier, que diriez-vous de *welsh rarebit* et d'une bouteille de bitter dans mon établissement ? Nous sommes si encombrés que nous serons obligés de nous tenir en bas, car l'entraîneur de Finsbury Fizzer est arrivé de Newmarket, et ses hommes sont occupés à écouter le récit de ses exploits pendant l'intéressante semaine dernière. Ils parlent de descendre la rivière mardi, pour le grand assaut entre lui et l'Alligator atlantique et l'animation est épouvantable ; et la serveuse a des ampoules aux mains à force de nettoyer les ustensiles. Retournons donc, gentlemen, pour voir la partie, et si vous avez quelque argent libre que vous vouliez placer sur le Fizzer, je puis vous assurer de décents avantages, car il est le favori.

Richard secoue la tête. Il désire rentrer près de sa mère, et il a besoin de causer avec Peters de l'affaire du jour ; il donne une cordiale poignée de main à ses amis, et comme ceux-ci se dirigent vers l'établissement du boxeur, il les accompagne jusqu'à Charing Cross, et les laisse à l'angle de la rue qui conduit dans le paisible quartier de Spring Gardens.

Dans la salle du club des Cherokees, cette nuit-là, les membres renouvellent le serment qu'ils ont fait la nuit de l'arrivée de Richard et se constituent formellement en « police secrète de Dick ».

36
Le capitaine, le chimiste et le lascar

Dans le salon d'une maison située dans une petite rue débouchant sur Regent Street sont réunies trois personnes, dans la matinée du jour qui suit l'aventure de l'opéra. Il serait presque difficile de se figurer trois personnes plus dissemblables entre elles que celles qui composent ce petit groupe. Sur un sofa, près de la croisée ouverte, par laquelle arrivent dans l'intérieur les brises de l'automne, en passant par-dessus des caisses de fleurs couvertes de la poussière de Londres, repose un gentleman dont le visage bronzé et barbu, le cachet militaire de son costume négligé du matin, annoncent le soldat. Elle est vraiment belle la figure de ce militaire, quoique tout à fait brunie par le soleil des tropiques, et recouverte en majeure partie par une moustache et une barbe noires qui voilent en quelque sorte l'expression de sa bouche et dénaturent le caractère individuel de sa figure. Il est occupé à fumer une pipe à long tuyau de merisier, dont le fourneau repose sur le parquet. À une courte distance du sofa sur lequel il est étendu, un domestique indien est assis sur le tapis et surveille le fourneau de la pipe, prêt à le remplir quand il est épuisé, et il lance de temps en temps un regard sur le grave visage de l'officier avec un air d'affection profonde dans ses yeux noirs et doux.

Le troisième personnage, dans le petit salon, est un homme pâle, maigre, ayant l'air d'un savant ; il est assis devant un bureau placé dans un angle éloigné de la croisée, au milieu de papiers et de livres qui sont entassés en piles irrégulières sur le plancher autour de lui. Livres et papiers étranges ! Des cartes mathématiques portant des figures comme jamais peut-être n'en imaginèrent Newton et Laplace ; des volumes aux reliures mangées par les vers, écrits dans des langues étrangères, depuis de longues années mortes et oubliées ; mais tout cela paraît familier à cet homme pâle, dont les lunettes bleues sont penchées sur de grossiers caractères arabes, qu'il lit avec ardeur et avec autant d'intérêt qu'une jeune pensionnaire dévore le dernier roman paru. Par intervalle, il griffonne quelques figures, un signe algébrique, ou une phrase en arabe sur le papier qui est devant lui, puis s'acharne de nouveau sur le livre, ne levant jamais les yeux sur le fumeur ni sur le domestique hindou. Bientôt le militaire rompt le silence, après avoir livré sa pipe à l'Indien pour la remplir :

— Ainsi donc le grand monde de Londres, aussi bien que celui de Paris, commence à croire en vous, Laurent, dit-il.

Le savant relève la tête de son ouvrage, et tournant ses lunettes bleues vers le fumeur, dit avec son habituelle manière impassible :

— Comment feraient-ils autrement quand je leur dis la vérité ? Ceux-là (il montre la pile de livres et de papiers à côté de lui) ne se trompent pas ; ils demandent seulement à être bien interprétés. Je me suis quelquefois mépris ; je n'ai jamais été trompé.

— Mais en comprendrez-vous toujours bien le sens ? Sonderez-vous toujours les véritables profondeurs de cet abîme ténébreux de cette science oubliée ?

— Oui. Je suis sur le bon chemin. J'espère seulement vivre assez longtemps pour en atteindre le fond.

— Et alors?

— Alors, il sera dans le cercle de ma propre volonté de vivre à jamais.

— Fi donc! la vieille histoire, la vieille illusion! Quelle chose étrange que les plus sages sur cette terre aient été dupes de cette idée!

— Assurez-vous que c'est une illusion avant de dire qu'ils en ont été dupes, capitaine.

— Vraiment, mon cher Blurosset, Dieu me garde de discuter avec un homme aussi instruit que vous sur un sujet aussi obscur. Je suis plus sur mon terrain lorsque je soutiens un fort contre les Indiens, qu'à soutenir un argument contre le *Grand Albert*[1]. Vous persistez, néanmoins, à croire que ce fidèle Mujeebez que voici est d'une manière quelconque lié à ma destinée?

— Absolument.

— Et cependant, c'est vraiment singulier, quels liens peuvent exister entre nous, dont les positions et les aptitudes sont si différentes?

— Je répète qu'il sera un instrument pour confondre vos ennemis.

— Vous savez qui ils sont, ou plutôt qui il est? Je n'ai qu'un ennemi.

— Pas deux, capitaine?

— Non, pas deux, non, Blurosset. Il n'en existe qu'un seul, sur lequel je voudrais assouvir une terrible et mortelle vengeance.

— Et pour l'autre?

1. Le *Grand Albert*, ou *Livre des secrets d'Albert le Grand sur les vertus des herbes, des pierres et de certains animaux*, célèbre traité de magie populaire, attribué au théologien et philosophe Albert le Grand (c. 1200-1280).

— Pitié et pardon ! Ne parlez pas de cela ; il y a des choses que, même aujourd'hui, je ne me sens pas la force d'entendre, et celle-là en est une.

— L'histoire de votre fidèle Mujeebez est une histoire bien singulière, n'est-ce pas ? demande le savant, abandonnant ses livres et s'approchant de la croisée.

— Très singulière ! Son maître, un Anglais avec qui il vint de Calcutta, et à qui il était sincèrement attaché.

— Oh ! oui, sahib. Je lui étais attaché, dit l'Indien en très bon anglais, mais avec un accent étranger très prononcé.

— Ce maître, un riche nabab, fut assassiné dans la maison de sa sœur par son propre neveu.

— Horrible et contre nature... Le neveu fut-il pendu ?

— Non ; le jury conclut à la folie ; il fut envoyé dans une maison de fous où, sans doute, il est encore. Mujeebez n'était pas présent au procès, il avait échappé à la mort par miracle ; car le meurtrier, en entrant dans la petite chambre où il dormait, et en le trouvant en train de se lever, lui avait donné sur la tête un coup qui mit sa vie en danger pendant quelque temps.

— Et vîtes-vous la figure du meurtrier, Mujeebez ? demande M. Blurosset.

— Non, sahib. Il faisait nuit, je ne pouvais rien voir ; le coup m'étourdit ; quand je recouvrai mes sens, j'étais à l'hôpital où je restai pendant des mois. Le choc avait produit ce que les médecins appellent une fièvre nerveuse ; pendant très longtemps je fus absolument incapable de travailler ; quand je quittai l'hôpital, je n'avais pas un ami dans le monde ; mais la bonne dame, la sœur de mon pauvre maître assassiné, me donna de l'argent pour retourner en Inde, où je fus quelque temps le *kitmutghar* d'un colonel anglais dans la famille duquel j'appris la langue, et que je ne quittai que pour entrer au service du bon capitaine.

Le bon capitaine pose sa main d'une manière affectueuse sur la tête coiffée d'un turban blanc de son domestique, avec le geste tout à fait protecteur avec lequel il aurait caressé un chien fidèle et favori.

— Ensuite, vous m'avez sauvé la vie, Mujeebez, dit-il.

— Je serais mort pour vous la sauver, sahib, répond l'hindou ; une bonne parole pénètre profondément dans le cœur d'un Indien.

— Et il n'y avait aucun doute sur la culpabilité de ce neveu ? demande Blurosset.

— Je ne puis le dire, sahib. Je ne connaissais pas la langue anglaise alors ; je ne pus rien comprendre, de tout ce qu'on me dit, excepté que le neveu démon de mon pauvre maître n'avait pas été pendu, mais qu'il avait été enfermé dans une maison de fous.

— Le vîtes-vous, ce neveu ?

— Oui, sahib, le soir avant le meurtre. Il vint dans la chambre avec mon maître, quand je me retirais pour me coucher ; je ne le vis qu'une minute, car je quittais la pièce comme ils entraient.

— Le reconnaîtriez-vous ? demande le savant.

— N'importe où, sahib. C'était un beau jeune homme aux yeux d'un brun clair et au sourire franc ; il n'avait pas l'air d'un assassin.

— C'est presque une règle sûre pour ce métier, n'est-ce pas, Laurent ? demande le capitaine avec un sourire amer.

— Je ne saisis pas. Un cœur plein de noirceur trace sur la plus belle figure des lignes étranges, qui sont significatives pour un observateur attentif.

— Maintenant, dit l'officier en se levant et déposant sa pipe entre les mains de son vigilant domestique ; maintenant, à ma promenade à cheval du matin, et vous aurez la place libre pour vos visiteurs scientifiques, Laurent.

— Vous n'irez pas où vous rencontreriez probablement…

— Quelqu'un que je connais? non, Blurosset. Plus le chemin est solitaire et plus je l'aime. Il me manque les jungles épaisses et la chasse au tigre, n'est-ce pas, Mujeebez? Cela nous manque; ne regrettes-tu pas les chasses d'autrefois en Inde?

Les yeux de l'Hindou s'illuminent, tandis qu'il répond vivement:

— Oh! oui, sahib.

Le capitaine Lansdown (c'est le nom de l'officier) est d'origine française; il parle parfaitement l'anglais, mais il a cependant un léger accent étranger. Il s'est distingué par son courage et de remarquables talents militaires dans le Punjab, et est venu passer en Angleterre un congé temporaire. Il est singulier qu'une si grande amitié puisse exister entre ce militaire impétueux, n'aimant que le danger, et le savant français, Laurent Blurosset, chimiste et pseudo-magicien, mais qu'elle existe est chose tout à fait évidente: ils vivent dans la même maison, sont tous les deux servis par Egerton et le domestique indien de Lansdown, et sont constamment ensemble. Les exploits du capitaine en Inde l'ont mis à la mode à Londres; mais on le voit rarement dans ces cercles brillants, dans lesquels il a ses entrées, alléguant pour excuse sa santé délabrée, en réponse aux invitations sans nombre des duchesses et des comtesses.

Laurent Blurosset aussi, après avoir été le savant à la mode à Paris, fait rage en ce moment à Londres. Il est rare, cependant, qu'il passe le seuil de sa porte, quoique sa présence soit ardemment désirée dans des réunions scientifiques, où néanmoins l'opinion est encore divisée pour savoir s'il est un charlatan ou un grand homme. Les matérialistes rient de mépris, les spiritualistes croient.

Son désintéressement, en tout cas, parle en faveur de sa sincérité : il ne veut accepter d'argent d'aucun de ses nombreux visiteurs ; il veut bien leur rendre service, dit-il, s'il le peut, mais il ne veut pas vendre la sagesse du Tout-Puissant.

C'est une chose trop grande et trop solennelle pour en faire un objet de trafic. Ses découvertes en chimie l'ont rendu suffisamment riche, et il peut se permettre de rechercher la science dans le seul espoir de trouver la vérité pour récompense. Il ne demande pas de rémunération plus élevée que la gloire de découvrir la lumière qu'il cherche. Laissons-le donc à ses visiteurs impatients et curieux, tandis que le capitaine traverse lentement à cheval Oxford Street, en se dirigeant vers Edgeware Road, d'où il s'élance dans la campagne.

37
Le nouveau laitier dans Park Lane

Le poste de fille de cuisine dans la maison du comte de Marolles n'est pas sans importance, et Mrs Moper est considérée comme une personne de quelque conséquence parmi les domestiques. Le chef français, qui a son cabinet particulier où il élabore et perfectionne de savantes combinaisons culinaires, qu'il désigne sous le nom de *plates* quand il condescend à parler anglais, a naturellement des rapports très rares avec la domesticité de la maison. Mrs Moper est son premier ministre : il lui donne ses ordres pour l'exécution et se rejette dans son fauteuil pour réfléchir à la création d'un plat, tandis que sa subordonnée rassemble pour lui les éléments vulgaires de son noble art. Mrs Moper est elle-même une excellente cuisinière, et, quand elle quittera le comte de Marolles, elle a l'intention d'entrer dans une famille où il n'y aura pas de domestique étranger, et veut avoir quarante livres par an et un salon exclusivement pour elle. Elle en est en ce moment à l'étape de la chenille, Mrs Sarah Moper, et elle se contente du titre de fille de cuisine, par intérim.

Le dîner des domestiques et le repas de la gouvernante sont terminés, mais les préparatifs pour le dîner des maîtres n'ont pas encore commencé et Mrs Moper et Liza, la laveuse de vaisselle, assises et occupées à raccommoder des bas, profitent d'un moment de calme avant la venue de l'orage.

— Ma foi ! dit Mrs Moper, mes doigts passent à travers et mes talons sont usés, je n'ai jamais le temps de faire une maille. Ici, il n'y a pas une minute de libre pour une domestique en sous-ordre, je ne garderai pas plus d'un an cette position de subordonnée ou mon nom n'est pas Sarah Moper.

Liza, qui raccommode un bas noir avec de la laine blanche (ce qui produit un effet plein de fantaisie), n'a évidemment aucune envie de contredire une telle déclaration.

— En vérité, madame Moper, dit-elle, c'est la chose la plus vraie que vous ayez jamais dite ; c'est bon pour celles qui reçoivent des gages pour porter des robes de soie, pommader leurs cheveux, et se mettre à la croisée pour regarder les équipages qui vont à Grosvenor Gate ; et ne me dites pas que les gardes regarderaient indiscrètement en haut, si on ne les avait pas pareillement regardés en bas. (Ici, Eliza devient un peu obscure.) Cette maison, madame Moper, peut être le ciel pour les domestiques supérieurs ; mais, pour les inférieurs, c'est un endroit qui ressemble beaucoup à ce qu'on appelle comme une lettre de l'alphabet, et ce n'est pas moi qui la prononcerai[1].

On ne sait pas jusqu'où ce style de conversation, entièrement révolutionnaire, pourrait aller, car à ce moment on entend le bruit bien connu du tintement des bidons de lait dans la rue, et le cri des laitiers de Londres.

— Voilà Budgen avec le lait, Liza ; il y a eu une pinte de crème en trop dans le dernier compte, dit Mrs Mellflower ; priez-le de descendre et de rectifier cela ; voulez-vous ?

---

1. *L* se prononce *hell* en anglais, ce qui signifie « enfer ».

Liza monte les marches de la cour, et parlemente avec le laitier ; bientôt celui-ci descend avec bruit, heurtant les barreaux de l'escalier de ses bidons ballottants. Il est complètement gauche avec ses bidons, ce laitier, et je crains qu'il ne répande plus de lait qu'il n'en vend, comme en témoigne le pavé de Park Lane.

— Ce n'est pas Budgen, explique Liza, en l'introduisant dans la cuisine. Budgen a été blessé à la jambe en trayant une vache qui a lancé un coup de pied quand les mouches la tracassaient, et il a envoyé à sa place ce jeune homme, qui est entièrement neuf à la besogne, mais qui est désireux de faire de son mieux.

Le nouveau laitier entre dans la cuisine à la fin de ce discours et, se débarrassant de ses bidons, déclare qu'il est disposé à réparer toute erreur dans le compte.

Il a tout à fait bon air, ce laitier ; sa tête est toute bouclée de cheveux d'un blond doré, ses sourcils étonnamment clairs, mais il a des yeux d'un brun noisette, qui forment un contraste plutôt piquant.

J'ose dire que Mrs Moper et Liza ne lui trouvent pas mauvaise tournure, car elles l'invitent à s'asseoir, la fille de cuisine jette les bas noirs, avec lesquels elle était précédemment aux prises, dans le tiroir d'une table, et lisse à la hâte ses cheveux avec la paume de sa main. L'homme de Mr Budgen ne paraît en aucune façon éloigné d'entamer une petite causerie amicale ; il leur dit combien il est nouveau, comment il n'aurait pas songé à choisir pour métier celui de gardien de vaches, s'il avait connu sur cette profession tout ce qu'il sait aujourd'hui ; combien il entre de choses dans le commerce du lait, telles que la cervelle de cheval, l'eau chaude, la mélasse, et autres substances de ce genre qui répugnent à sa conscience ; comment fraîchement arrivé à Londres il n'en connaît pas les rues.

— De quel côté est votre pays ? demande Mrs Moper.

— Berkshire, répond le jeune homme.

— Ciel ! dit Mrs Moper, je n'ai jamais entendu chose plus extraordinaire ; le pauvre Moper sortait du Berkshire et connaissait jusqu'au moindre pouce du pays et je crois le connaître aussi bien. Quelle partie du Berkshire, monsieur… monsieur ?…

— Volpes, insinue le jeune homme.

— Quelle partie du Berkshire, monsieur Volpes ?

Mr Volpes paraît, chose étrange à dire, assez embarrassé pour répondre à cette question si naturelle et si simple. Il regarde Mrs Moper, puis Liza, et enfin les bidons. Ceux-ci semblent venir au secours de sa mémoire, car il répond très distinctement :

— Burley Scuffers.

C'est maintenant au tour de Mrs Moper d'avoir l'air déconcertée, et elle s'écrie :

— Burley !…

— Scuffers, réplique le jeune homme. Burley Scuffers, ville de marché à quarante milles de ce côté-ci de Reading. Les Chicories, domaine de sir Yorick Tristam, sont à un mille et demi de la ville.

Il n'y a pas à contester une description aussi détaillée. Mrs Moper dit qu'il est singulier que toutes les fois qu'elle a été à Reading – « et je voudrais avoir autant de souverains qu'il m'est arrivé d'y aller », murmure-t-elle entre parenthèses –, elle ne se souvient pas d'être jamais passée par Burley Scuffers.

— C'est une assez jolie petite ville cependant, dit le laitier ; il y a une avenue de tilleuls juste à la sortie de la grande rue appelée promenade des Charcutiers, qui est encombrée par la jeunesse le dimanche soir après l'office.

Mrs Moper est complètement convaincue par cette description et dit que la première fois qu'elle ira à Reading pour voir la vieille mère du pauvre Moper, elle se fera un devoir d'aller à Burley Scuffers pendant son séjour.

Mr Volpes dit qu'il le ferait s'il était à sa place et qu'elle ne pourra mieux employer ses jours de loisir.

Ils causent beaucoup du Berkshire, et puis Mrs Moper raconte des faits très intéressants sur le défunt Mr Moper et la résolution qu'elle avait prise (ce qui avait été une pensée bien consolante pour le pauvre homme sur son lit de mort) de ne jamais se remarier. Cela semble affliger le laitier, et il dit que les gentlemen seront vraiment bien aveuglés sur leurs propres intérêts s'ils ne réussissent pas à la faire changer un jour de détermination.

Et de façon ou d'autre (je ne suppose pas que les domestiques fassent souvent de semblables choses) ils en viennent à causer de leurs maîtres et de leurs maîtresses. Le laitier semble prendre un grand intérêt à leur maître, et, oubliant dans combien de nombreuses maisons le liquide innocent qu'il distribue peut être réclamé, il reste les coudes appuyés sur la table de cuisine à écouter les observations de Mrs Moper et, de temps à autre, quand elle s'éloigne du sujet, il l'y ramène par une adroite question. Elle ne sait pas grand-chose sur le comte, dit-elle, car tous les domestiques qui les servent sont nouveaux ; ils n'ont amené avec eux d'Amérique du Sud que deux personnes : le chef, M. Saint Mirontaine, et la femme de chambre française de la comtesse, Mlle Finette. Mais elle pense que M. de Marolles est très hautain et aussi fier qu'il est haut placé, et que madame est très malheureuse, quoiqu'il soit difficile de rien savoir de ce qui en est avec ces bouches closes, monsieur Volpes, et madame, ajoute-t-elle, a un air mélancolique qui est peut-être à la mode en France, que sais-je?

— Il est anglais, le comte, n'est-ce pas? demande Mr Volpes.

— Anglais ! que Dieu vous bénisse, non pas. Ils sont français tous les deux ; elle est d'origine espagnole, je crois, et ils ont vécu depuis leur mariage le plus souvent en Amérique espagnole. Ils parlent toujours français entre eux, quand ils se parlent, ce qui, d'après le dire de ceux qui les approchent, n'arrive pas souvent.

— Il est très riche, je suppose, dit le laitier.

— Riche ! s'écrie Mrs Moper, l'argent que cet homme a gagné est, dit-on, fabuleux, et c'est un homme fort assidu aux affaires ; descendant à sa maison de banque tous les jours, il monte à cheval pour se rendre à la Cité aussi régulièrement que l'horloge qui sonne 22 heures. Mon Dieu, soit dit en passant, monsieur Volpes, dit Mrs Moper subitement, vous ne connaîtriez pas par hasard un groom provisoire, en connaîtriez-vous un ?

— Un groom provisoire ?...

Mr Volpes paraît considérablement embarrassé.

— Parce que, voyez-vous, le groom du comte, qui n'est pas plus haut que cette table de cuisine, je crois, s'est cassé le bras l'autre jour. Il se tenait suspendu aux courroies, derrière le cabriolet, ne reposant ses pieds sur rien, selon l'habitude de ces petits garçons, quand la voiture a été heurtée par un omnibus, et son bras, arraché tout d'un coup de la courroie, a été cassé comme un morceau de cire à cacheter ; on l'a conduit à l'hôpital, et il reviendra aussitôt qu'il sera guéri ; car c'est une chose à considérer, qu'il est presque le plus petit groom du West End. Donc, si vous connaissiez un garçon qui viendrait provisoirement, nous vous serions bien obligées ?

Le jeune homme de Mr Budgen paraît si vivement impressionné par cette question que pendant une minute ou deux il est absolument incapable d'y répondre. Il appuie ses coudes sur la table de cuisine, sa figure cachée dans ses mains et ses doigts plongeant dans sa chevelure blonde, et quand il relève la tête, chose étrange, son teint pâle est animé d'une chaude rougeur, et ses yeux brun clair ont quelque chose de triomphant dans le regard.

— Rien ne saurait mieux tomber, dit-il, rien, absolument.

— Quoi, que le pauvre garçon se soit cassé le bras? demanda Mrs Moper d'un air étonné.

— Non, non, pas cela, dit le jeune homme de Mr Budgen d'un air un peu confus; ce que je veux dire, c'est que je connais un petit garçon qui vous convient parfaitement, le petit garçon le plus capable entre tous de faire l'affaire. Ah! continue-t-il d'une voix plus basse, et d'arriver aussi par là au véritable but!

— Oh! quant à ce qu'il y a à faire, réplique Mrs Moper, ce n'est pas considérable: il faut se tenir derrière la voiture, avoir l'air éveillé et donner aux autres grooms la monnaie de leur pièce quand ils attendent devant le Calting ou l'Anthinium; où les grooms auxquels les plus grands noms de la pairie sont aussi familiers que le boire et le manger, nous traitent d'un air de mépris, appelant la banque, boutique et bureau de renseignements jusqu'à ce qu'ils aient excité la bile de notre garçon (qui a reçu pour une guinée de leçons de Mawler de May Fair, et qui eût mieux fait de ne pas en prendre), et se moquent de nous quand, dans l'opération de change, nous donnons nos neuf pence à la livre comme une honnête maison, ou faisons ce misérable commerce, en nous contentant de faire en compensation, avec nos clients, un bénéfice de quatre deniers? Ah! continue tristement Mrs Moper, ce n'est pas une fois que l'enfant est rentré à la maison avec un nez aussi gros que la tête d'un bébé de six semaines et avec des yeux dans un tel état, qu'on ne les distinguait plus, et qu'en mangeant son dîner, il avalait ses dents de devant, qui avaient été brisées dans sa bouche dans une lutte à coups de poing avec un garçon trois fois plus gros et plus grand que lui.

— Ainsi, je puis envoyer le petit garçon, et vous lui ferez donner la place ? dit le jeune homme de Mr Budgen, qui ne semble pas s'intéresser vivement à ce récit minutieux des exploits du groom blessé.

— Il peut présenter un certificat, je suppose ? demande la dame.

— Oh ! ah ! Assurément. Budgen lui donnera un certificat.

— Vous ferez bien comprendre à ce jeune homme, dit Mrs Moper avec dignité, qu'il ne doit pas espérer rester toujours ici. Le salaire est bon, les repas sont réguliers, mais la position n'est que provisoire.

— Très bien, dit le garçon de Mr Budgen ; il ne demande pas une place pour longtemps. Je reviendrai ce soir avec lui ; au revoir.

Après ces brefs adieux, le laitier aux cheveux blonds et aux yeux noirs sort de la cuisine.

— Hum ! murmure la cuisinière, ses manières n'ont pas le poli de Londres. Je veux l'inviter à prendre le thé.

— Vraiment ! que Dieu me bénisse, s'écrie soudain la fille de cuisine, s'il n'est pas parti en laissant son joug et ses bidons derrière lui ; ma foi, de tous les laitiers extraordinaires que j'ai jamais vus, celui-ci est le plus extraordinaire.

Elle le trouverait peut-être plus extraordinaire encore, ce laitier aux cheveux blonds, si elle le voyait héler un cab qui passe dans Brook Street, s'élancer dedans, se débarrasser de sa chevelure blonde, dont les boucles couleur d'hyacinthe appartiennent à l'objet désigné par le plus désagréable des mots, une perruque ; se débarrasser aussi de sa blouse en toile de Hollande, vêtement porté par les fournisseurs de lait, et faisant un paquet du tout, le fourrer dans la poche de sa veste de chasse, tandis que de l'autre main il arrange négligemment sa chevelure noire sur son front ; puis, se jette dans un coin de la voiture, où il se livre en réfléchissant au plaisir d'un cigare, pendant que son cocher se hâte en direction de ce temple transpontin d'Esculape, le cabinet de chirurgie de Mr Darley. Dick le Diable vient de faire le premier mouvement dans cette terrible partie d'échecs qui va se jouer entre lui et le comte de Marolles.

38
Le *signor* Mosquetti raconte une aventure

Dans la soirée qui suit cet après-midi pendant lequel Richard Marwood fait son premier et unique essai dans le commerce du lait, le comte et la comtesse de Marolles sont invités à une réunion musicale ; je vous demande pardon, aimable lecteur, j'aurais dû dire, comme vous savez, à une soirée musicale, dans l'hôtel d'une dame de haut rang, dans Belgrave Square. Londres est presque désert, et cette réunion est une des dernières de la saison ; mais il est heureux et frappant de voir, même quand Londres, selon le dire des gens auxquels on accorde quelque autorité, est un parfait Sahara, combien de nombreux équipages splendides s'arrêtent sous la tente dressée au-dessus du perron de la porte de milady, quand elle annonce être chez elle, combien de femmes charmantes, en toilettes éblouissantes, y descendent, embaumant l'atmosphère du soir de Belgravia des senteurs qui émanent de leurs tresses onduleuses et de leurs mouchoirs flottants garnis de point d'Alençon, et viennent se mêler au parfum des violettes d'automne qui se flétrissent dans des jardinières de Dresde sur le balcon du salon, prêtant l'éclat de leurs diamants à la lumière du gaz devant la porte, et le feu de leurs yeux pour rehausser celui des diamants, balayant la poussière d'automne et la rosée du soir de leurs riches vêtements de soie, merveilles de Lyon et de Spitalfields, et honorant le sol sur lequel elles marchent.

Ce soir-là, une rangée au moins de croisées de Belgravia est brillamment éclairée. Le mercredi musical de lady Londersdon, le dernier de la saison, a été inauguré avec éclat, par une scène chantée par la *signora* Scorici, du Théâtre de Sa Majesté et des concerts de la noblesse, et Mr Argyle Fitz-Bertram, le célèbre baryton anglais, le plus bel homme d'Angleterre, vient d'ébranler le square avec le duo bouffe de la *Cenerentola*[1], dans l'exécution duquel, lui Argyle a si complètement enfoncé le gracieux ténor, le *signor* Maretti, que ce gentleman a sérieusement pensé à appeler en duel le baryton pour le lendemain matin; idée qu'il aurait mise à exécution si Argyle Fitz-Bertram n'avait pas été un terrible casseur, et l'élève favori de Mr Angelo par-dessus le marché.

Le grand Argyle lui-même, relevé à ses yeux par l'impasse désespérée où il s'est placé en faisant une cour toute platonique à une grasse duchesse de cinquante ans, passe comparativement inaperçu. L'événement de la soirée est le nouveau ténor, le *signor* Mosquetti, qui a bien voulu assister au mercredi de lady Londersdon. Argyle, qui a la meilleure et la plus généreuse nature du monde, et dont la voix ample et sonore part d'un cœur aussi sain que ses poumons, se jette dans un fauteuil (qui craque un peu sous son poids, soit dit en passant) et permet à la duchesse de minauder avec lui, tandis que la rumeur circule dans l'appartement : Mosquetti va chanter. Argyle regarde négligemment, ses yeux noirs à demi fermés, avec cette expression qui semble dire : Chante de ton mieux, mon garçon, mon gosier a des notes basses

1. *Cendrillon*, opéra-bouffe de Gioacchino Rossini créé en 1817.

qui écraseront ta demi-octave de fausset, avant que tu puisses savoir où tu en es avec la Jolie Jeanne. Chante, mon garçon, je chanterai *Scots wha hae*[1] tout à l'heure ; j'ai en bas des amis de l'Essex qui veulent t'entendre et le vent souffle du bon côté pour porter ta voix. Ils ne pourront t'entendre à cinq portées d'ici. Chante de ton mieux.

Au moment où le *signor* Mosquetti va prendre sa place au piano, un laquais annonce le comte et la comtesse de Marolles.

Valérie, belle, pâle et calme comme toujours est reçue avec un grand empressement par la maîtresse de maison ; elle est l'héritière d'une des plus anciennes et des plus aristocratiques familles de France et, en outre, la femme d'un des hommes les plus riches de Londres, ce qui lui assure un excellent accueil à Belgravia.

— Mosquetti va chanter, dit tout bas la maîtresse de maison. Il vous a charmée dans *Lucia*, certainement. Vous avez manqué le duo de Fitz-Bertram, il a été charmant ; tous les lustres ont vibré sous ses plus basses notes ; charmant, je vous assure. Il chantera après Mosquetti, la duchesse de C*** en est éprise, comme vous savez. Je crois qu'elle lui envoie des bagues en diamant tous les matins et le duc, dit-on, a refusé de répondre du compte qu'elle a fait chez Storr.

La conquête de Mr Fitz-Bertram n'a pas un très grand intérêt pour Valérie ; elle incline sa tête hautaine, en élevant légèrement l'arcade sourcilière de ses yeux tout juste pour indiquer la surprise d'une personne bien élevée ; mais elle s'intéresse au *signor* Mosquetti, et profite du siège que son hôtesse lui présente près du grand piano d'Érard. Le morceau est terminé presque aussitôt qu'elle est assise, mais Mosquetti reste près du piano, occupé

1. Chant patriotique écossais.

à causer avec un gentleman âgé, qui est évidemment un connaisseur.

— Je n'ai jamais entendu qu'un seul homme, *signor* Mosquetti, dit ce gentleman, dont la voix ressemblât à la vôtre.

Il n'y a rien de bien particulier dans ces mots, mais l'attention de Valérie est apparemment éveillée par eux, car elle fixe profondément ses yeux sur le *signor* Mosquetti, comme si elle attendait sa réponse.

— Et cet homme, milord? s'enquiert Mosquetti.

— Ce pauvre garçon est mort.

Valérie, en ce moment, encore plus pâle que de coutume, écoute comme si toute son âme était suspendue aux paroles qu'elle entend.

— Il est mort, continue le gentleman; il est mort jeune, à l'apogée de sa réputation, son nom était... Laissez-moi me souvenir. Je l'ai entendu à Paris la dernière fois. Son nom était...

— Lancy, peut-être, milord? dit Mosquetti.

— C'était Lancy, oui. Il avait dans la voix des notes d'un timbre particulier et très belles en même temps, et vous me paraissez avoir les mêmes.

Mosquetti s'incline à ce compliment.

— C'est singulier, milord, dit-il, mais je doute que ces notes me soient tout à fait naturelles. Je suis un peu doué du talent d'imitation et à une époque de ma vie j'avais l'habitude d'imiter ce pauvre Lancy, dont j'admirais beaucoup la manière de chanter.

Valérie étreint si énergiquement son éventail fragile dans sa main nerveuse que le groupe de courtisans et de belles dames, du temps de Louis XIV, exécutant une danse quelconque sur un nuage bleu, sont broyés et mis en pièces, tandis qu'elle écoute cette conversation.

— J'étais simple choriste au Théâtre italien de Paris, lorsque je connus Lancy.

Les personnes qui écoutent se rapprochent et forment un cercle autour de Mosquetti, qui est le lion de la soirée ; Argyle Fitz-Bertram dresse lui-même les oreilles et abandonne la duchesse pour écouter cette conversation.

— Un infime choriste, murmure-t-il. Assiste-moi, Jupiter, je savais bien qu'il n'était rien du tout.

— Cette passion d'imiter, dit Mosquetti, était si grande que j'acquis une espèce de célébrité dans l'intérieur du théâtre et même hors de ses murs. Je pouvais imiter Lancy peut-être mieux que tout autre, car on disait que je lui ressemblais par la taille, la figure et l'allure générale.

— En effet, dit le gentleman, vous ressemblez beaucoup à ce pauvre garçon.

— Cette ressemblance, un jour, donna lieu à une véritable aventure, mais je crains de vous ennuyer en vous la racontant.

Il promène ses yeux autour de lui. Un murmure général s'élève.

— Nous fatiguer ! Non ; vous nous enchantez, vous nous ravissez, vous nous charmez au-delà de toutes expressions !

Fitz-Bertram est le plus énergique de toutes ces dénégations :

— Non, non !

Murmurant ensuite en lui-même :

— Par Jupiter, quel être désagréable !

— Mais l'aventure, racontez-la-nous, je vous en prie ! crient les voix impatientes.

— Eh bien, ladies et gentlemen, j'étais un pauvre diable sans souci, fort paresseux, complètement satisfait de chausser une paire de bottes rouges à demi éculées et d'endosser une tunique verte en velours de coton, courte de manches, serrée au-dessous des côtes et de marcher et de chanter au milieu d'un chœur avec cinquante autres individus aussi paresseux que moi, porteurs d'autres bottes rouges et d'autres tuniques de velours de coton, ce qui constitue, comme vous le savez, le costume de cour d'un choriste, depuis l'époque de Charlemagne jusqu'à celle de Louis XV. J'étais donc complètement heureux d'errer sur la scène, inconnu, sans être remarqué, mal payé, plus mal habillé, pourvu qu'à la fin du chœur j'eusse ma cigarette, mes dominos et mon verre de vin. J'étais, un matin, en train de jouer cette éternelle partie de dominos (et jamais, je crois, dit Mosquetti entre parenthèses, malheureux n'avait eu si souvent le double-six dans les mains), quand on me dit qu'un monsieur demandait à me voir. Ceci me parut une trop bonne plaisanterie, un monsieur me demander. Ce ne pouvait être un huissier, car je ne devais pas un liard, les marchands de Paris n'étant pas assez fous pour me faire crédit. C'était un monsieur, un personnage à la tournure vraiment aristocratique, beau, mais sa figure ne me convenait pas, affable, et cependant je n'aimais pas ses manières.

Ah! Valérie, écoutez bien maintenant.

— Il avait besoin de moi, disait-il, continue Mosquetti, pour terminer une petite affaire. Une folle jeune fille, qui avait vu de Lancy sur la scène et qui, le prenant pour le héros idéal d'un roman, n'était rien moins que décidée à jeter son cœur et sa fortune aux pieds de celui-ci, il fallait la désenchanter par n'importe quel stratagème qu'on pourrait imaginer. Les parents de la jeune fille lui avaient confié la direction de l'affaire à lui, son proche parent. Consentirais-je à l'aider, voudrais-je représenter de Lancy et jouer une petite scène dans le bois de

Boulogne pour ouvrir les yeux de cette jeune fille, pensionnaire étourdie?... y consentirais-je, vu l'importance de la chose? Il ne s'agissait que de jouer une petite scène de comédie en dehors du théâtre et c'était pour un bon motif. J'y consentis et le soir même, à 22h30, dans les ténèbres d'une nuit d'hiver et des arbres dépouillés de leurs feuilles, je...

— Arrêtez, arrêtez, *signor* Mosquetti, s'écrient les auditeurs. Madame... madame de Marolles... de l'eau, des sels, votre flacon, lady Emily, elle s'est évanouie!

Non, elle ne s'est pas évanouie; c'est quelque chose de pire qu'un évanouissement, cette agonie convulsive, dans laquelle se tord la fière créature, tandis que ses lèvres, d'une blancheur livide, articulent des paroles étranges et terribles.

— Empoisonné!... empoisonné!... et innocent!... et moi, vile dupe, méprisable insensée, j'ai été une marionnette entre les mains de ce démon.

À ce moment même, M. de Marolles, qu'on a appelé de la pièce voisine où il était occupé à discuter une mesure financière avec des membres de la Chambre basse, entre précipitamment.

— Valérie, Valérie, qu'arrive-t-il? demande-t-il en approchant de sa femme.

Elle se lève... elle se lève avec un terrible effort, et le regarde en plein visage.

— Je croyais, monsieur, connaître le hideux abîme de votre âme noire jusque dans ses plus basses profondeurs; je m'étais trompée; ce n'est que de ce soir que je vous connais bien.

Imaginez un langage énergique comme celui-ci dans un salon de Belgravia, et vous pourrez alors imaginer l'étonnement des assistants.

— Bonté du ciel, s'écrie le *signor* Mosquetti, effaré.

— Quoi donc ? s'écrie vivement l'assemblée.

— Voilà bien l'homme dont je parlais.

— Qui ?… le comte de Marolles ?

— L'individu penché sur la dame qui s'est trouvée mal.

Pétrifiés, les Belgraviens expérimentent une nouvelle sensation, la surprise, qu'ils ont plutôt l'air d'apprécier. Argyle Fitz-Bertram tord sa moustache noire d'un air pensif et dit tout bas :

— Par Jupiter, je savais qu'il y aurait du tapage ; je ne pourrai pas chanter *Scots what hae*, et j'arriverai juste à temps pour ce souper du Café de l'Europe.

39
Le secret d'or est divulgué et le vase qui le renfermait est brisé

Le nouveau groom, ou le groom provisoire comme on l'appelle en cuisine, prend place derrière le cab du comte de Marolles qui roule vers la Cité dans la matinée qui suit le mercredi de lady Londersdon.

La figure pâle et calme de Raymond ne laisse rien percer, quoique la révélation du *signor* Mosquetti ait rendu sa position tout à fait critique. Jusqu'à ce jour, il a gouverné Valérie d'une main puissante et, bien qu'il n'ait jamais subjugué l'esprit indomptable de la fière Espagnole, il a au moins forcé cet esprit à exécuter ses volontés. Mais maintenant qu'elle connaît la fourberie dont elle a été le jouet, maintenant qu'elle sait que l'homme qu'elle adorait si ardemment ne la trahissait pas, mais qu'il a été victime de la trahison d'un autre; que le sang dans lequel elle a souillé son âme était le sang d'un innocent; qu'arrivera-t-il si dans son remords et dans son désespoir elle ose tout, et révèle tout, qu'arrivera-t-il, alors?

— Quoi donc, dit Raymond de Marolles, cinglant son cheval sur les oreilles avec un fouet élégant, qui mord bien, malgré sa frêle apparence. Quoi donc, il ne sera jamais dit que Raymond de Marolles s'est trouvé en présence d'un dilemme sans trouver le moyen de le résoudre. Nous ne sommes pas encore vaincus et nous avons vu beaucoup de choses dans une vie de trente ans et pas le moindre danger. Jouez votre meilleure carte, Valérie, j'ai un atout à jouer dans la main quand viendra le moment ; jusqu'alors, pas un mot. Je vous dis, ma bonne femme, que j'ai des serres chez moi, et que je n'ai pas besoin de vos plantes rares de Covent Garden à deux pence la botte.

Ces derniers mots sont adressés à une femme qui le prie ardemment de lui acheter un misérable bouquet de violettes, qu'elle tient levé pour tenter l'homme à la mode, en courant à côté des roues du cabriolet, qui marche très lentement en traversant le Strand.

— Violettes fraîches, monsieur. Deux pence seulement, rien que deux pence, monsieur, par charité. J'ai une pauvre vieille femme à la maison, qui n'est pas ma parente, monsieur, mais que je soigne ; elle est mourante, monsieur, elle meurt de faim et de vieillesse.

— Bah ! je vous répète, ma bonne femme, que je ne suis pas Laurence Sterne en voyage sentimental, mais un homme d'affaires pratique. Je ne donne pas de biscuits aux poneys et ne m'occupe pas d'empêcher de mourir de faim des vieilles femmes imaginaires ; vous ferez mieux de vous garer des roues, car si vous souffrez de cors, elles pourront probablement les endommager, dit le philanthropique banquier de son ton le plus poli.

— Arrêtez, arrêtez ! s'écrie soudain la femme, avec une énergie qui fait presque tressaillir même l'insouciant Raymond. C'est vous, oui… Jim… non, non pas Jim ; il est mort, il n'est plus. Je le sais ; mais vous, vous le beau gentleman, l'autre frère, arrêtez, arrêtez, vous dis-je, si vous voulez connaître un secret, qui est en la possession de celle qui peut mourir pendant que je suis ici à vous parler : arrêtez, si vous voulez savoir ce que vous êtes et qui vous êtes, arrêtez !

Raymond est ébranlé à ces dernières paroles.

— Ma bonne femme, ne vous démenez pas tant, tous les yeux du Strand sont fixés sur nous, nous causerons bientôt un rassemblement. Calmez-vous, attendez-moi dans Essex Street, je vais descendre au coin de la rue et nous ne serons pas observés ; quelque chose que vous ayez à me dire, vous pourrez me le dire là.

La femme lui obéit et recule sur la chaussée où elle suit le pas du cab.

— Un joli temps que celui-ci, pour les découvertes, murmure-t-il, qui je suis et ce que je suis ! C'est probablement le secret dont cette vieille radoteuse de folle de Peter l'aveugle faisait si grand tapage. Qui je suis, et ce que je suis ! Oh, j'ose croire que je vais me trouver être un grand personnage, à l'exemple du héros d'un roman de femme. C'est une pitié que je n'aie pas la marque d'une couronne derrière l'oreille ou une main ensanglantée sur mon poignet. Qui je suis et ce que je suis ! Le fils d'un garçon tailleur, peut-être, ou d'un apprenti chimiste que ses hautes relations ont permis de désavouer ma mère.

Il arrive à l'angle d'Essex Street, et saute hors du cabriolet, jetant les rênes au groom provisoire dont la figure éveillée, nous avons à peine besoin d'en informer le lecteur, révèle les traits du petit Slosh.

La femme l'attend et, après quelques instants d'une conversation animée, Raymond sort de la rue et ordonne à l'enfant de reconduire immédiatement le cabriolet au logis ; il n'ira pas dans la Cité, mais il va se rendre autre part pour une affaire particulière.

Si le groom temporaire est capable de la responsabilité qu'il assume, et s'il ramène le cabriolet au logis, je ne pourrais le dire ; mais je sais seulement qu'un très petit garçon, ayant une casaque en lambeaux beaucoup trop grande pour lui et un chapeau défoncé, rabattu sur les yeux au point de cacher entièrement son visage à l'observateur qui passe, se glisse furtivement, tantôt à quelques pas derrière, tantôt à cent mètres de l'autre côté de la rue, disparaissant parfois dans l'ombre d'un couloir, apparaissant de nouveau plus tard au coin de la rue, mais ne perdant jamais de vue le comte de Marolles et la marchande de violettes, pendant que ceux-ci dirigent leurs pas du côté de Seven Dials.

Dieu nous garde de les suivre à travers tous les tours et détours de cet odorant quartier, dans lequel abondent émanations nauséabondes, aspects dégoûtants et langage grossier ; May Fair et Belgravia s'en éloignent en frémissant, comme d'un malade qu'elles préfèrent laisser seul, et d'une maladie qui pourrait être guérie si l'on voulait, non par elles, nées pour des destinées plus hautes que de réparer des mécanismes dérangés, ou d'accomplir une révolution pour détrôner la monarchie légitime de la Famine et de la Fièvre, sans parler de l'impudeur, de la saleté, de l'ivrognerie, du vol et du meurtre. Quand John Jones, fatigué du monotone passe-temps de frapper le crâne de sa femme avec un tisonnier, viendra à Lambeth assassiner l'archevêque de Cantorbéry par amour de l'argenterie, ce sera le moment, aux yeux de Belgravia, de réformer John Jones ; jusque-là, nous trouvons dix mille fois préférable de nous occuper du Théâtre de Sa Majesté et du Tattersall[1], et John Jones (qui, indigne républicain, dit qu'il doit avoir aussi ses amusements) a pour passer le temps sa femme à assassiner et le choléra.

Le comte et la marchande de violettes s'arrêtent enfin ; ils ont traversé les rues pestilentielles, Raymond

1. Célèbre marché aux chevaux.

retenant son aristocratique respiration, fermant son odorat et ses oreilles patriciennes aux senteurs et aux bruits qui l'entourent. Ils arrivent enfin dans un passage sombre, devant une grande maison étayée d'un côté, aux tuyaux de cheminée mal assurés, qui semblent ne se tenir debout que par manque d'unanimité entre eux pour la manière dont ils doivent tomber.

Raymond, quand la femme l'invite à entrer, regarde le sombre escalier d'un air méfiant, comme se demandant si son dernier jour serait arrivé ; mais à la prière de celle qui l'accompagne, il monte.

L'enfant, en large casaque et au chapeau rabattu, joue aux billes avec un autre petit garçon, sur le palier du second étage, et a l'air d'avoir vécu là toute sa vie ; et cependant je suis intrigué de savoir qui a ramené le cab aux écuries derrière Park Lane ; j'ai peur que ce ne soit pas le groom provisoire.

Le comte de Marolles et son guide passent devant le jeune joueur, qui vient de perdre son second demi-penny, et montent jusqu'au sommet même de la maison en ruine, dans les greniers qui laissent pénétrer par moments une bise glacée quand le vent souffle violemment.

C'est dans une de ces mansardes que la femme conduit Raymond ; sur un lit, ou une façon de lit, quelque chose fait de pièces et de morceaux, de paille et de guenilles, qui porte le nom de lit dans cette extrémité de la ville, est couchée la vieille femme que nous avons déjà vue dans Peter l'aveugle.

Huit années, plus ou moins, n'ont pas eu certainement pour résultat de rehausser les charmes de cette femme et il y a aujourd'hui sur son visage une expression plus terrible que celle d'une vieillesse misérable ou d'une ivrognerie de femme : c'est la mort qui répand sur son teint les nuances livides que tous les cosmétiques d'Atkinson ou de Burlington Arcade ne parviendraient jamais à cacher. Raymond n'est pas venu trop tôt pour entendre un secret de ces lèvres de spectre.

Il s'écoule un certain temps avant que la femme que nous avons appelée autrefois Sillikens puisse faire comprendre à la mourante qui est ce beau gentleman et ce qu'il désire ; et même quand elle a réussi à se faire comprendre entièrement, le langage de la vieille femme est rempli d'obscurité et bien capable de fatiguer la patience d'un homme plus complaisant que le comte de Marolles.

— Oui, c'est un secret d'or ; un secret d'or, eh, mon chéri. C'est quelque chose, d'avoir un marquis pour gendre, n'est-ce pas, mon chéri, n'est-ce pas ? marmotte la vieille sorcière moribonde.

— Un marquis pour gendre ! que veut dire cette vieille radoteuse idiote ? murmure Raymond ; le respect pour sa grand-mère n'étant pas un des traits les plus prononcés de son caractère ; un marquis ! Je crois bien que le vénérable auteur de mes jours tenait une auberge ou quelque établissement de ce genre. Un marquis ; le marquis de Granby[1], très probablement.

— Oui, un marquis, continue la vieille femme. Qu'en dites-vous, mon chéri ? Et il épousa votre mère, et il l'épousa à l'église de la paroisse, par une froide et sombre matinée de novembre ; et j'ai le certificat... Oui, marmotte-t-elle en réponse à un geste impatient de Raymond, j'ai le certificat, et je ne suis pas disposée à vous dire où il est ; non, non pas avant d'être payée. Je dois avoir pour ce secret de l'or, de l'or ! On dit que nous dormons plus à l'aise dans le cercueil en ayant de

1. Le marquis de Granby (1721-1770), héros militaire anglais, se couvrit de gloire en 1761 face aux Prussiens.

l'argent enterré avec nous ; moi j'aimerais à reposer en ayant jusqu'au cou des souverains d'or, des souverains nouveaux sortant de la Monnaie, pesant tout leur poids et non rognés.

— Bien, dit Raymond avec impatience ; votre secret ; je suis riche, et je puis vous le payer. Votre secret, vite.

— Eh bien, il n'y avait pas longtemps qu'il était marié avec elle, quand un changement survint, dans son pays natal, au-delà des mers, au loin, dit la vieille femme en étendant la main dans la direction de St Martin Lane, comme si elle croyait que la Manche s'étendait quelque part derrière ce passage. Un changement survint, et il recouvra ses droits. Un roi avait été renversé et un autre roi était monté sur le trône ; et beaucoup de monde aussi avait été massacré dans les rues : il y avait eu une... je ne sais pas comment ils appellent cela, mais ils sont toujours à en faire. Ainsi donc, il rentra dans ses droits et redevint un homme riche et un grand personnage ; et sa première pensée fut de tenir secret son mariage avec ma fille ; c'était très bien, vous comprenez, d'avoir ma pauvre fille pour femme, pendant qu'il donnait des leçons, à un shilling le cachet, disant parlez-vous français, etc. ; mais alors il était marquis, et c'était bien autre chose.

Le récit devient tout à fait intéressant pour Raymond ; il l'est de même pour le petit garçon à la grande casaque et au chapeau rabattu, qui s'est transporté, pour les opérations de sa partie de billes, devant la porte du grenier.

— Il voulait que le secret fût gardé, et je le gardai pour de l'or. Je le tins caché même à elle, ma fille, votre mère, pour de l'or. Elle ne sut jamais qui il était ; elle croyait qu'il l'avait abandonnée, et elle se mit à boire. Elle et moi, nous vous jetâmes dans la rivière, un jour que nous étions ivres folles et que nous étions ennuyées de vos criailleries. Elle mourut, ne me demandez pas comment, je vous ai déjà dit de ne pas me demander comment ma fille est morte ; je n'ai pas besoin de cette question pour me rendre folle. Elle mourut, et je gardai le secret. Pendant longtemps, ce fut une source d'or pour moi, et il avait coutume de m'envoyer régulièrement de l'argent pour le tenir caché ; mais, tout à coup, l'argent cessa d'arriver ; je devins furieuse, mais je gardai toujours le secret, parce que, voyez-vous, il n'est plus rien quand il est divulgué, et il n'y avait personne d'assez riche pour me le payer si je le lui confiais. Je ne savais où trouver le marquis ; je savais seulement qu'il était quelque part en France.

— En France ? s'écrie Raymond.

— Mais oui, ne vous l'ai-je pas dit, en France ; c'est un marquis français. Un réfugié, comme on les appelait, quand il fit connaissance de ma fille, un professeur de français et de mathématiques.

— Et son nom, son nom ? demande vivement Raymond. Son nom, femme, si vous ne voulez me rendre fou.

— Il se donnait le nom de Smith, quand il était professeur, mon chéri, dit la vieille avec un horrible et malicieux regard. Qu'allez-vous me donner pour le secret ?

— Tout ce que vous voudrez ; seulement, dites-le-moi, dites-le-moi avant que vous…

— Mouriez, oui, chéri, je n'ai pas de temps à perdre, n'est-ce pas ? Je ne veux pas vous faire un dur marché. Vous m'ensevelirez, jusqu'au cou, dans l'or.

— Oui, oui, parlez !

Il est presque sur elle et lève une main menaçante. La vieille femme ricane.

— Je vous ai déjà dit que ce n'était pas le moyen, chéri. Attendez un peu. Sillikens, donnez-moi ce vieux soulier, là, voulez-vous? Regardez dedans, il y a une double semelle, et le certificat de mariage est entre les deux cuirs. J'ai marché sur ce papier pendant trente ans et plus.

— Et le nom, le nom?

— Le nom du marquis était de... de...

— Elle se meurt; donnez-moi de l'eau, s'écrie Raymond.

— De Ce... Cé...

Les syllabes arrivent par hoquets convulsifs; Raymond jette de l'eau sur la figure de la vieille.

— De Cévennes, mon chéri!

Et le secret d'or est dit. Et le vase qui le renfermait est brisé! Jette le lambeau de drap sur l'affreux visage, Sillikens; agenouille-toi et prie que le ciel te soutienne dans ton extrême isolement, car la coupable dont l'âme s'est envolée pour paraître devant son créateur était ta seule compagne et ton unique appui, quelque faible que cet appui pût être.

Paraissez à la clarté du soleil, monsieur de Marolles; ce que vous avez laissé derrière vous dans le grenier menaçante ruine, ébranlé par les bouffées glaciales d'un vent d'automne soufflant par rafales, n'est rien de bien terrible à vos yeux.

Vous vous êtes accoutumé à envisager la mort bien avant ce jour; vous avez affronté cette effrayante souveraine sur son propre terrain, et fait d'elle ce que votre politique vous fait faire de toute chose sur terre, vous vous l'êtes rendue propice.

40
Un pas de plus sur la vraie piste

La localité dans laquelle nous devons maintenant conduire le lecteur n'est pas d'un aspect très poétique, n'étant ni plus ni moins que la pharmacie et le cabinet de chirurgie de Mr Augustus Darley, lequel temple d'Esculape est embaumé, dans cet après-midi d'automne, des parfums mêlés de *cavendish* et de tabac ordinaire, de rhubarbe de Turquie, de punch au whisky, d'essence de roses et de muffins, assemblage d'odeurs qui luttent pour former un amalgame où chaque effluve revendique son individualité.

Gus est assis dans le cabinet de chirurgie, jouant à l'intelligent et intéressant jeu de dominos, surtout pour celui qui regarde avec notre connaissance du club des Joyeux Cherokees Mr Peters Cordonner. Une petite cruche, n'ayant aucun des caractères conventionnels d'une poterie : goulot et anse, est bouchée avec le foulard de Mr Cordonner pour emprisonner les subtiles essences de la boisson qu'elle contient, elle est placée entre les deux gentlemen ; pendant que Percy, en qualité d'invité, est gratifié d'un véritable grand verre orné seulement de trois échancrures triangulaires sur son bord, Gus puisant le fortifiant liquide avec une tasse à crème, fendue, entourée de papier collé pour empocher la séparation des deux moitiés, lesquelles deux tasses sont supposées égales (par une juste mesure) au gobelet de Mr Percy Cordonner. Devant un maigre feu, se tient agenouillée la jeune domestique du jeune chirurgien, faisant griller des muffins et offrant aux deux gentlemen une curieuse étude de perspective anatomique et de raccourci, à laquelle pourtant ils ne prêtent pas la moindre attention, leurs facultés étant entièrement absorbées par les morceaux d'ivoire qui sont dans leurs mains et par la consommation, en partage égal, du punch au whisky.

— Voyons, Gus, dit Mr Cordonner tout à coup, s'arrêtant au milieu de l'ingestion de sa boisson favorite, au risque de s'étrangler, ayant sur le visage une inquiétude aussi vive que ses paisibles traits étaient capables de la montrer : voyons, ce verre-là n'est pas celui qui vous sert dans l'exercice de votre profession, n'est-ce pas ?

— Comment ! Mais c'est lui-même, certainement, dit son ami. Nous ne l'avons que depuis la moitié de l'été. Il ne convient pas aux malades parce qu'il est ébréché, mais je leur dis toujours qu'après avoir eu une dent arrachée – de la façon particulière dont je les arrache, ajoute-t-il entre parenthèses –, avec tout un arsenal de lancettes, forceps et clés, pour dix-huit pence, ils n'ont pas le droit de se plaindre d'avoir à expectorer dans un verre fêlé.

Mr Cordonner pâlit.

— Ils font cela ? dit-il, et il lance résolument sa dernière gorgée du délicieux breuvage par-dessus la tête de la donzelle agenouillée, avec une telle précision qu'il ne fait qu'effleurer ses papillotes. Ce n'est pas gentil de votre part, Gus, dit-il avec un doux reproche, de traiter ainsi un ami.

— Tout va bien, mon vieux, dit Gus en riant. Sarah Jane le lave, vous voyez. Vous nettoyez le verre et les ustensiles, n'est-ce pas, Sarah Jane ?

— Si je les nettoie ! répond la jeune domestique. Certes, monsieur, j'ai la prétention de le faire alors que je les essuie tout autour régulièrement avec mon tablier et que je souffle dessus pour les rendre brillants.

— Oh ! elle doit le faire comme elle le dit, ajoute piteusement Mr Cordonner. Ne poussez pas plus loin vos investigations, Gus, vous ne faites qu'aggraver la chose. Pourquoi, pourquoi ai-je eu l'idée de poser cette question ? Pourquoi ne me suis-je pas souvenu ? C'est folie de songer à cette chose, que ce punch est délicieux !... et maintenant...

Il appuie la tête sur sa main, ensevelit dans son mouchoir de poche son visage baissé sur sa poitrine et reste calme.

Cependant la pharmacie n'est pas vide ; Isabel est derrière le comptoir, très affairée au milieu de plusieurs bouteilles, d'une mesure en verre, d'un pilon et d'un mortier, confectionnant une ordonnance, une potion pour le rhume, d'après le latin de son frère. Cette prescription eût été un document embarrassant pour toute autre personne que Belle car elle contenait, écrits en marge, des comptes de probabilités sur le Derby de l'année prochaine, des esquisses grossières de boxeur, et celle d'un plus jeune disciple de l'art de la boxe, surnommé Whoopping William, crayonnées au verso ; mais tout cela n'arrête pas Belle. Elle se trouve à son aise au milieu des bouteilles, de la mesure, du pilon et du mortier, sachant parfaitement bien la manière de s'en servir.

Elle n'est pas seule dans la pharmacie ; un gentleman est accoudé sur le comptoir, il examine avec beaucoup d'attention les mains blanches en activité, et il a l'air de s'intéresser profondément aux progrès de la fabrication de la potion pour le rhume. Ce gentleman est le vieil ami de son frère, Dick le Diable.

Richard Marwood a beaucoup fréquenté le cabinet du docteur depuis la nuit où il a remis les pieds chez ses anciens amis ; il y a conduit sa mère et l'a présentée à miss Darley. Mrs Marwood a été enchantée des manières franches et de la beauté d'Isabel et a insisté pour la ramener dîner avec elle dans Spring Gardens. Ce petit dîner fut tout à fait communicatif, Richard étant, pour un homme condamné pour meurtre et qui s'est évadé d'un asile de fous, vraiment plein de gaieté, il raconta à Isabel toutes ses aventures, de façon que cette jeune fille riait et pleurait alternativement, donnant par là à la tendre mère de Richard des preuves très convaincantes de la bonté de son cœur ; et tous ensemble furent si enjoués et s'amusèrent tellement que, lorsque 23 heures sonnèrent, Gus sortit d'une discussion très épineuse (c'est-à-dire d'une altercation avec les Joyeux pour savoir si Gustavus Ponsonby, romancier satirique, écrivain de revues, méritait l'éreintement qu'il avait reçu dans *Le Pilori* du vendredi) pour reconduire Belle au logis dans un cab, le petit trio, avant de se séparer, déclara simultanément que la soirée s'était passée comme par magie. Comme par magie ? Pourquoi la soirée, pour deux au moins des trois, s'était-elle passée comme par magie ? J'ai entendu parler d'un petit gentleman aux membres roses, ayant des ailes et un bandeau sur les yeux, qui, au dire de certaines gens, est aussi grand magicien que le Grand Albert ou le docteur Dee[1], qui a causé autant de malheurs et opéré autant de ruines à lui seul que tout l'horrible salpêtre extrait du sein de cette terre pacifique, qui produit le blé et porte des fleurs. Ce gentleman, je ne le mets pas en doute, présidait en cette circonstance.

1. John Dee (1527-1609), célèbre mathématicien, astronome, astrologue, géographe et occultiste britannique, a consacré sa vie à l'alchimie, la divination et la philosophie hermétique.

Aussi la connaissance de Richard et d'Isabel s'était transformée promptement en quelque chose qui ressemblait beaucoup à de l'amitié ; et en ce moment il est là, occupé à la regarder se livrant à l'occupation toute prosaïque de composer une potion pour la toux destinée à une vieille blanchisseuse aux croyances méthodistes. Mais c'est une fantaisie du gentleman aux membres roses, de prêter son bandeau à ses victimes, et il n'est rien que puissent faire John, William, George, Henry, James ou Alfred, qui ne prenne un caractère de dignité ou de charme aux yeux de Jane, Élisa, Susanne et Sarah, ou vice versa. Bah ! ce n'est pas Mokannah qui porte le voile d'argent, c'est nous qui sommes épris de Mokannah, qui le revêtons de l'étoffe brillante qui le cache à nos yeux, et qui, en regardant ce gentleman à travers cet intermédiaire éclatant et éblouissant, persistons à le croire bel homme, jusqu'au moment où quelqu'un arrache le voile, et où nous tombons sur le pauvre Mokannah et le maltraitons, parce qu'il n'est pas ce que notre imagination en avait fait. Il est vraiment pénible pour Tom Jones, le fumeur, le buveur de bière, le joueur de cartes, le tapageur, que Sophie veuille s'obstiner à l'élever au rang d'un dieu, et s'irrite ensuite contre lui parce qu'il est Tom Jones, le buveur passionné d'*ale* amère et le fumeur de mauvais tabac. Mais, advienne que pourra, le gentleman aux membres roses doit s'amuser, et j'ose affirmer que ses yeux sont assez clairvoyants derrière le bandeau qui les couvre, pour apercevoir les fous qui composent notre monde plein de sagesse.

— Vous pourriez donc avoir confiance en moi, Isabel, dit Richard, vous pourriez avoir confiance en moi, malgré tout… malgré les égarements de ma jeunesse, et la flétrissure qui souille mon nom ?

— N'avons-nous pas confiance en vous, monsieur Marwood, de tout notre cœur? répond la jeune fille en déguisant sa pensée sous le couvert d'une très vague généralité.

— Pas monsieur Marwood, Belle, cela sonne mal dans la bouche de la sœur de mon vieil ami. Tout le monde m'appelle Richard, et moi, sans vous en avoir jamais demandé la permission, je vous ai appelée Belle. Appelez-moi Richard, Belle, si vous croyez en moi.

Elle le regarde dans les yeux, et garde un instant le silence; son cœur bat beaucoup plus vite, si vite que ses lèvres peuvent à peine articuler les mots qu'elle prononce.

— Je crois en vous, Richard; je crois que votre cœur est la bonté et la loyauté même.

— Pensez-vous alors qu'il soit digne de vous, Belle? Je ne vous adresserais pas cette question si je n'avais maintenant espoir, oui, et non pas un faible espoir encore, de voir mon nom lavé de la tache qui le couvre. Si mon cœur a quelque espérance, Isabel, cette espérance est pour vous seule. Pouvez-vous avoir en moi la confiance de la femme qui aime… confiance pendant la vie et jusqu'à la mort, au milieu de toutes les tristesses et de toutes les tourmentes?

J'ignore si l'essence de menthe, la teinture de myrrhe et l'huile pour les cheveux sont des ingrédients convenables pour une potion contre la toux, mais je sais qu'Isabel les verse libéralement dans la mesure en verre.

— Vous ne me répondez pas, Isabel! Ah! vous ne pouvez avoir confiance dans le criminel flétri, dans le fou évadé, dans l'homme que le monde appelle un meurtrier!

— Ne pas avoir confiance en vous, Richard? Seulement quatre mots, et seulement un regard de ces yeux gris foncé, et cela suffit. Il y a beaucoup plus dans ces quatre mots et dans ce seul regard que je ne pourrais lire dans une douzaine de chapitres.

Gus ouvre alors la porte à moitié vitrée.

— Allez-vous venir pour le thé? demande-t-il. Sarah Jane est là enfoncée jusqu'aux yeux dans la graisse et les muffins.

— Oui, Gus, cher vieil ami, dit Richard posant sa main sur l'épaule de Darley, nous allons venir immédiatement pour le thé, frère!

Gus le regarde d'un œil ahuri, lui secoue cordialement la main, et fait entendre un long coup de sifflet; après quoi il s'approche du comptoir et examine la potion.

— Oh! dit-il, je suppose que c'est pour cela que vous avez mis là-dedans assez de laudanum pour empoisonner un petit régiment, hé, Belle? Nous ferons peut-être aussi bien de jeter la potion par la croisée, car si elle sortait par la porte, je serais pendu pour vente de poison en gros.

Ils forment une très joyeuse réunion autour de la table à thé, et si personne ne mange de muffins, que Mr Cordonner appelle des indigestions incarnées, ils rient beaucoup et causent encore davantage; tellement que Percy déclare que les facultés de son jugement sont complètement bouleversées et demande qu'on l'informe si c'est Richard qui épouse Gus, ou Gus qui est sur le point de s'unir à la jeune domestique, ou si c'était lui-même, Percy, qui devait contracter un mariage contre son inclination, chose qui, vu sa disposition facile, et aimant la paix, n'est pas si invraisemblable, ou, en un mot, pour user de son langage expressif: Pourquoi tant de tapage dans l'air?

Personne cependant ne prend la peine d'éclaircir les doutes de Percy Cordonner, et celui-ci absorbe son thé avec une parfaite satisfaction, mais sans sucre, et dans un épais brouillard intellectuel.

— Cela importe peu, murmure-t-il, peut-être Richard se retournera-t-il encore et sera-t-il Lord Maire de la ville de Londres, et mes enfants liront alors ses aventures, dans un Pinnock à venir, qu'ils pourront comprendre. C'est une grande affaire que d'être enfant, et de comprendre ces sortes de choses. Quand j'avais six ans, je savais quelle femme avait épousée William Rufus[1], et combien de personnes avaient péri dans la peste de Londres. Je ne puis pas dire que cela m'a rendu plus heureux ou meilleur, mais j'ose affirmer que c'était un grand avantage.

À ce moment, la sonnette de la porte de la pharmacie (sentinelle bruyante pour empêcher les petits larcins, donnant l'alarme si quelque jeune délinquant avait le désir de soustraire une bouteille d'huile de ricin, ou une pilule de camomille ou autre produit de ce genre, pour en faire son profit) retentit violemment, et notre vieil ami Peters se précipite dans l'officine, et de l'officine dans le salon, dans un tel état d'agitation, que ses doigts même semblent hors d'haleine.

— De retour? s'écrie Richard, levant la tête avec surprise.

Car le lecteur doit être informé que Mr Peters était parti seulement un jour avant pour Slopperton sur le Sloshy, afin de chercher de tous côtés des preuves contre cet homme, dont le parfait sosie était enseveli hors des murs de cette ville.

Avant que les doigts de Mr Peters tout palpitants d'émotion puissent former une réponse à l'exclamation de surprise de Richard, un gentleman à l'air très respectable,

1. William Rufus (le roux) : Guillaume II d'Angleterre (c. 1056-1100).

et dont l'apparence était presque cléricale, suit le détective dans le salon et s'incline poliment devant la société.

— Je prendrai sur moi d'être mon propre introducteur, dit le gentleman, si, comme je le crois, j'ai l'honneur de parler à Mr Marwood, ajoute-t-il, en regardant Richard, qui s'incline affirmativement. Il est de notre intérêt à tous les deux, et du vôtre, monsieur, plus particulièrement, que nous fassions connaissance ; je suis le docteur Tappenden, de Slopperton.

Mr Cordonner, qui s'est discrètement retiré du groupe, comme pour ne pas s'immiscer dans une conversation confidentielle, est assez imprudent pour essayer de choisir un livre dans la bibliothèque suspendue du jeune chirurgien, et en faisant un effort pour retirer le troisième volume de *Bragelonne* réussit, comme d'habitude, à faire pleuvoir toute la collection littéraire sur sa tête vouée au malheur, et il reste tranquillement dans la posture où il est, recouvert d'une neige de feuilles détachées des éditions à un shilling de Michel Lévy[1] et des fragments d'illustrations par Tony Johannot[2].

Richard paraît un peu embarrassé de l'entrée du docteur Tappenden. Mais Mr Peters donne un renseignement avec ses doigts : « Il le connaît ! » Et l'intérêt de Richard s'éveille aussitôt.

— Nous sommes tous amis ici, je crois, dit le maître de pension, jetant un coup d'œil interrogatif autour de lui.

— Oh ! certainement, monsieur d'Artagnan, réplique Percy, l'esprit préoccupé en levant les yeux d'une des feuilles détachées qu'il a ramassée pour la lire, parmi celles éparpillées autour de lui.

1. Éditeur français.

2. Antoine Johannot (1803-1852), graveur, illustrateur et peintre français.

— Monsieur d'Artagnan ! Votre ami se donne le plaisir d'être facétieux, s'indigne le docteur.

— Oh ! je vous en prie, excusez-le, monsieur, ce n'est qu'une absence d'esprit de sa part, réplique Richard. Mon ami Peters m'informe que vous connaissez cet homme, cet incompréhensible et étrange scélérat, dont la mort supposée est si extraordinaire.

— Cet homme, soit celui qui est mort, soit celui qui occupe maintenant une position élevée dans Londres, a été pendant quelques années employé chez moi ; mais, malgré tout ce que notre digne ami, l'agent, peut dire, j'ai une tendance à croire que Jabez North, le professeur attaché à mon établissement, est celui qui est mort alors, et que c'est bien son cadavre que j'ai vu au bureau de police.

— Pas le moins du monde, monsieur, dit l'agent sur ses doigts rapides, pas le moins du monde ; cette mort a été une combinaison, d'un bout à l'autre, elle était trop bien arrangée pour être autre chose, et je suis un fou de n'avoir pas vu qu'il y avait au fond de tout cela quelque chose de ténébreux à cette époque. On ne va pas se poser dans la campagne sur une hauteur aride au milieu d'une bruyère, avec des souliers aux semelles propres par une nuit d'orage, et une bouteille dans la main, nullement serrée, par des doigts détendus, mais seulement retenue, et vous le comprenez, placée là après coup ; sans apparence de cette étreinte convulsive, avec laquelle un homme mourant étreint l'objet sur lequel sa main s'est fermée. Je soutiens que ce n'est pas ainsi qu'on agit, quand on ne peut supporter plus longtemps l'existence. C'était une combinaison, un plan, que peu de gens seraient capables d'ourdir en dehors de cet homme ; et cet homme est le professeur, votre employé, et le mort fut placé là pour arrêter toutes les recherches, et pendant que vous vous lamentiez et que vous gémissiez sur ce pauvre jeune innocent, Mr Jabez North faisait le beau, et captivait une magnifique héritière, avec votre argent ou avec l'argent de votre banquier, celui-ci ayant dû supporter la perte des chèques fabriqués.

— Mais la ressemblance? dit le docteur Tappenden. Cet homme mort était le vrai portrait de Jabez North.

— Très probablement, monsieur, il y a là-dessous quelque mystère, et quelques coïncidences dans cette existence, comme dans vos livres d'histoire, à trois demi-pence le volume, qui vous embarrassent pendant trois jours et deviennent clairs plus tard.

— Bien, continue le maître de pension, au moment où je verrai cet homme, je saurai bien si c'est celui que nous voulons découvrir. S'il en est ainsi, je pourrai prouver une circonstance qui sera d'un grand poids, monsieur Marwood, pour démontrer qu'il a commis l'assassinat de votre oncle.

— Et cette circonstance? demande vivement Richard.

Mais ce n'est pas encore le moment pour le lecteur de la connaître. Aussi quittons-nous la petite réunion du cabinet de chirurgie de Friar Street, occupée à éclaircir cette affaire, ce qu'ils font avec un si grand intérêt que le matin les surprend causant sur le même sujet, Mr Percy Cordonner toujours enseveli dans son coin sous la neige des feuilles détachées, dans lesquelles il lit les pages les plus ravissantes d'une littérature variée, alternant entre Charles Dickens, George Sand, Harrison, Ainsworth et Alexandre Dumas, avec la plus délicieuse et la plus enivrante confusion.

41
Le capitaine Unsdown entend par hasard une conversation qui paraît l'intéresser

Laurent Blurosset fait rage dans le West End de Londres. Que cherchent-ils, ces habitants blasés si ce n'est une émotion ? Une émotion, obtenue par n'importe quel moyen. Si Laurent Blurosset est un magicien, cela n'en vaut que mieux, s'il est vendu au démon, cela n'en vaut que mieux encore, et n'en est que plus piquant.

C'est quelque chose qui approche presque d'une sensation, que de faire une visite matinale à un gentleman qui a fait un pacte avec Satan, ou qui a mis son nom sur un morceau de papier timbré, payable à vue à Lucifer lui-même ; et puis il existe une chance, une ombre de probabilité, si faible qu'elle soit, de rencontrer le maître du gentleman qu'on va voir, et combien de délices pourrait procurer cette rencontre ! Comment fait ce seigneur-maître, pour visiter Marlborough Street ? A-t-il un passe-partout de la porte d'entrée ? Ou laisse-t-il sa carte au domestique, comme tout autre gentleman, ses élèves et ses associés ? Surgit-il d'une trappe sous le tapis de Bruxelles du salon ? Ou bien se glisse-t-il par le panneau à coulisse de Wouwermans[1] qui orne les murs ? De toute façon, une visite au mystérieux chimiste de Marlbo-

1. Peintre hollandais du XVIIe siècle.

rough est la meilleure chose à faire, pour terminer cette ennuyeuse saison de Londres, et M. Laurent Blurosset est considéré comme une distraction beaucoup plus attrayante que l'opéra.

C'est dans l'obscurité grandissante de cette soirée, où il règne une si grande animation, dans le petit cabinet de chirurgie de Friar Street, qu'un équipage entièrement fermé s'arrête devant la porte de M. Blurosset, et qu'une dame, enveloppée d'un voile épais, descend de la voiture. La tête gracieuse mais hautaine est une tête de notre connaissance : c'est Valérie qui, dans la profondeur de son affliction, vient vers l'homme qui est en partie l'auteur de cette affliction.

Elle est introduite dans un petit appartement sur l'arrière de la maison, moitié cabinet d'étude moitié laboratoire, encombré de livres, de manuscrits, de creusets et d'instruments de mathématiques. Sur une petite table, près du feu qui brûle tristement sous la grille, sont jetées sans ordre les cartes bien connues, celles qui prophétisèrent, il y a huit ans, la mort du roi de pique.

La pièce est vide quand elle y pénètre, et elle s'installe dans une profonde pénombre, car il n'y a d'autre lumière que la flamme vacillante du maigre foyer.

À quoi pense-t-elle assise dans l'obscurité de cet appartement silencieux ? Qui le dira ? Quelle profonde forêt, quelle immense étendue d'océan, quelle île déserte est plus morne que l'arrière-appartement d'une maison de Londres dont la fenêtre regarde un mur noirâtre et élevé ou quelque phénomène désolé, desséché et bizarre de végétation que nul autre sur terre que le propriétaire ne s'aviserait jamais d'appeler un arbre ?

À quoi songe-t-elle dans cette pièce déserte ? Quel peut bien être le sujet de ses pensées, si ce n'est celui qui a occupé son esprit depuis huit ans, le souvenir de l'homme qu'elle aimait et qu'elle a tué alors qu'il était innocent! Aussi longtemps qu'elle a été convaincue de sa culpabilité, de sa cruelle et amère trahison, ce crime de la nuit de novembre lui a paru un sacrifice. Aujourd'hui il prend une autre couleur, c'est un meurtre, et elle n'a été qu'une pitoyable marionnette dans les mains d'un maître-démon.

M. Blurosset entre dans l'appartement et la trouve seule avec sa rêverie.

— Madame, dit-il, j'ai peut-être l'honneur de vous connaître?

Il reçoit de si nombreuses visites de belles personnes que celle-ci, dont il ne peut voir la figure, peut bien être une de ses anciennes clientes.

— Il y a huit ans que vous m'avez vue, monsieur, réplique-t-elle. Vous m'avez oubliée très probablement.

— Vous oublier, vous, madame, peut-être, mais non votre voix, elle est de celles qu'on n'oublie pas.

— Vraiment, monsieur, et pourquoi donc?

— Parce que, madame, elle porte avec elle un accent particulier auquel je ne puis me méprendre en qualité de physiologiste. C'est la voix d'une personne qui a souffert.

— C'est vrai!... c'est bien vrai!

— D'une personne qui a souffert au-delà de ce que souffre ordinairement une femme.

— Vous avez raison, monsieur.

— Et maintenant, madame, que puis-je faire pour vous?

— Rien, monsieur, vous ne pouvez faire autre chose que ce que pourrait faire aussi bien que vous le plus ordinaire pharmacien de la ville, en consentant à me vendre une once de laudanum.

— Oh! nous en revenons à la même idée, dit-il avec une teinte de sarcasme dans la voix. Je me souviens qu'il y a huit ans...

— Je vous demandai les moyens de mourir. Je ne dis pas que j'avais alors le désir de mourir ; en ce moment même, je ne l'ai pas... j'avais un but dans la vie, et ce but, je l'ai encore.

Tandis qu'elle prononce ces mots, celui qui habite avec Blurosset, le militaire indien, le capitaine Lansdown, entre dans la maison au moyen de son passe-partout, il est arrêté, en traversant le vestibule, par le son des voix qui arrivent par la porte entrouverte du cabinet d'étude. Je ne prétends pas justifier une conduite aussi indigne d'un officier et d'un gentleman ; mais le capitaine s'arrête dans l'ombre de l'antichambre, et écoute la voix de la personne qui parlait, comme si la vie et la mort étaient renfermées dans ses paroles.

— J'ai encore un but dans la vie, un but solennel et sacré : celui de protéger un innocent. Quelque grande coupable que je puisse être, je remercie le ciel de m'avoir encore donné le pouvoir de protéger mon fils.

— Vous êtes mariée, madame ?

— Je suis mariée. Vous savez cela aussi bien que moi, monsieur Blurosset. L'homme qui me conduisit la première fois chez vous doit avoir été, sinon votre complice, du moins votre collaborateur. Il vous révéla son plan, sans aucun doute, pour obtenir votre assistance dans ses projets. Je suis mariée à ce scélérat... scélérat tel que je ne crois pas que le ciel en ait jamais éclairé de pareil.

— Et vous voudriez protéger votre fils, madame, contre son père ?...

Le visage du capitaine Lansdown brille dans l'ombre d'une pâleur aussi livide que celle qui couvre la face de Valérie elle-même, tandis qu'elle regarde fixement M. Blurosset à la lueur vacillante du feu.

— Et vous voudriez protéger votre fils, madame, contre son père ? répète le chimiste.

— L'homme auquel je suis mariée n'est pas le père de mon fils, dit Valérie d'une voix froide et calme.

— Comment, madame?

— J'étais mariée auparavant, continue-t-elle. Le fils que j'aime si tendrement est le fils de mon premier époux. Mon second mariage n'en a que le nom. Le seul motif pour lequel votre digne collaborateur, M. Raymond de Marolles, trempa ses mains dans le sang innocent, était d'acquérir une grande fortune. Il la possède et il est satisfait... Mais il ne la gardera pas longtemps.

— Et votre projet, en venant me trouver, madame?

— Est de vous accuser. Oui, monsieur Blurosset, de vous accuser de complicité dans le meurtre de Gaston de Lancy.

— Complice d'un meurtre!

— Oui, vous m'avez vendu du poison... Vous saviez à quel usage il était destiné... Vous étiez dans le complot, l'infâme et satanique complot qui devait plonger mon âme dans la culpabilité. Vous me prédites la mort de l'homme que j'avais l'intention de tuer; vous en inspirâtes l'idée à mon cerveau dérangé, vous mîtes l'arme dans ma main coupable et, pendant que j'endurais toutes les tortures que le ciel inflige à ceux qui enfreignent ses lois, vous étiez libre. Non, monsieur, vous ne resterez pas libre. Joignez-vous à moi pour accuser cet homme, aidez-moi pour le traîner devant la justice; ou, par le ciel qui nous éclaire, par le sang qui anime mon cœur brisé, par la vie de mon unique enfant, je jure de vous accuser. Gaston de Lancy ne doit pas rester sans être vengé par la femme qui l'a aimé et qui l'a tué.

Le nom de l'homme qu'elle a si tendrement et si passionnément aimé a sur elle une puissance que ne saurait avoir nul autre souvenir sur terre, et elle éclate en un torrent de larmes brûlantes.

Laurent Blurosset considère silencieusement cette explosion de douleur ; peut-être l'étudie-t-il comme un homme de science, et peut-il calculer combien de temps elle durera.

L'officier de l'armée des Indes, dans l'ombre du vestibule, est plus impressionné que le chimiste philosophe, car il tombe à genoux sur le seuil de la porte et cache dans ses mains son visage pâle.

Il y a un silence de cinq minutes à peu près. Un silence qui paraît terrible, n'étant interrompu que par les sanglots déchirants de cette femme désespérée. À la fin, Laurent Blurosset prend la parole ; il parle d'un ton qu'elle n'a jamais entendu auparavant, et qui ne l'a jamais été peut-être de personne ; un ton si extraordinaire pour lui et si en dehors de ses habitudes qu'il est, en quelque sorte, transformé en un homme nouveau.

— Vous dites, madame, que je suis le complice de cet homme. Mais, qu'en savez-vous ? Ne pouvez-vous supposer qu'il n'a pas daigné condescendre à me prendre pour complice ? Que ce gentleman qui doit tous ses succès dans la vie à sa scélératesse seule, sans secours étranger, ait eu une confiance considérable dans ses propres talents, et ne m'ait pas jugé digne de l'honneur d'être son complice ?

— Comment cela, monsieur ?

— Non, madame, Laurent Blurosset n'est pas un homme assez habile pour que le brillant aventurier parisien, Raymond de Marolles, le prenne comme collaborateur. Non, Laurent Blurosset est purement un philosophe, un physiologiste, un rêveur, un être tant soit peu fou, et seulement un misérable jouet dans les mains de l'homme du monde, du chevalier de fortune, de l'impudent et audacieux Anglais.

— Un Anglais ?

— Oui, madame, c'est un des secrets de votre mari; il est anglais. Je n'étais pas assez habile pour être le complice de M. de Marolles; je ne l'étais pas trop, dans son opinion, pour devenir sa dupe.

— Sa dupe?

— Oui, madame, son mépris pour le savant était extrême; j'étais un automate utile, rien de plus. Le chimiste, la physiologie, l'homme dont la tête avait grisonné à la poursuite de la science d'induction, dont les nuits et les jours avaient été consacrés à l'étude des grandes lois de la cause et de l'effet, était dans les mains de ce chevalier de fortune un jouet, aussi peu capable d'approfondir ses motifs, que la poupée de bois l'est de deviner ceux du bateleur qui tire les ficelles qui la font danser. Ainsi pensait Raymond de Marolles, l'aventurier, le coureur de fortunes, le voleur, l'assassin.

— Quoi, monsieur, vous le connaissez donc?

— Jusque dans les replis les plus noirs de son cœur, madame. Vraiment la science serait un mensonge, la sagesse une chimère, si je n'avais lu à travers le masque superficiel de ce bas et fastueux aventurier, aussi bien que je puis lire les mots écrits dans les livres que voilà, à travers la mince apparence de caractères étrangers. Moi, sa dupe, comme il le croyait, moi, le savant fou dont les travaux le faisaient rire, même pendant qu'il cherchait à profiter de leur secours, je riais de lui, à mon tour, je lisais tous ses projets et je l'ai laissé rire et mentir, jusqu'au jour où il me plaira de lever le masque et de lui dire: «Raymond de Marolles, charlatan! Menteur! fou! dupe! Dans le combat entre la sagesse et la fourberie, la déesse aux yeux pers est triomphante.»

— Mais, monsieur, vous êtes alors doublement meurtrier. Vous connaissiez cet homme, et cependant vous l'encouragiez dans le plus vil complot qui poussa jamais une malheureuse femme à tuer l'homme qu'elle aimait mille fois plus que sa propre indigne personne.

Laurent Blurosset laisse errer sur ses lèvres un très mystérieux sourire.

— J'agissais dans un but, madame. Je désirais éprouver les effets d'un nouveau poison. Le meurtre vient de vous... s'il y a eu meurtre... et non de moi. Vous m'avez demandé une arme, je l'ai mise entre vos mains, je ne vous ai pas forcée d'en user.

— Non, monsieur, mais vous m'avez influencée dans ce but. S'il existe une justice sur terre, vous aurez à répondre de cet acte, aussi bien que M. de Marolles; sinon il y a une justice dans le ciel! Les châtiments de Dieu sont plus terribles que les châtiments des hommes, et vous avez tout sujet de trembler, vous et le misérable dont vous étiez le complice... le complice volontaire et consentant.

— Et vous, madame, en nous traînant devant la justice, n'aurez-vous pas à souffrir?

— Souffrir!

Elle lance un éclat de rire moqueur, dont le bruit sourd et l'expression amère sont pénibles à entendre... pénibles surtout pour les oreilles de celui qui écoute dans l'ombre, le visage toujours enseveli dans ses mains.

— Souffrir! Non, monsieur Blurosset, il n'est plus pour moi de souffrance sur terre. Si, dans l'enfer, les damnés doivent souffrir éternellement les douleurs que j'ai endurées depuis les huit dernières années, les angoisses qui m'ont torturée dans cette nuit d'hiver dans laquelle mourut l'homme que j'aimais; alors, en vérité, Dieu est une divinité pleine de vengeance. Pensez-vous que le pire châtiment que la loi puisse m'infliger, pour cet horrible crime, puisse approcher des angoisses de mon esprit, tous les jours et à toute heure? Pensez-vous que je craigne le déshonneur? Le déshonneur! Bah! Qu'est-ce que cela? Il n'y a jamais eu sur terre qu'un seul être dont j'estimasse la bonne opinion et dont je craignisse le mépris. Cet homme, je l'ai tué. Vous croyez que j'ai peur du monde? Le monde pour moi, c'était lui, et il est mort. Si vous ne voulez pas être dénoncé comme complice d'une meurtrière et comme son complice, à lui, ne me laissez pas quitter cette chambre; car, par le ciel qui est sur ma tête, si je quitte cette chambre en vie, je vais aussitôt livrer, vous, Raymond de Marolles et moi-même entre les mains de la justice.

— Et votre fils, madame, que deviendra-t-il?

— J'ai pris des dispositions pour assurer son bonheur futur. Il retournera en France et sera placé sous la garde de mon oncle.

Il y a quelques minutes de silence; Laurent Blurosset semble perdu dans ses pensées; Valérie reste assise, ses yeux caves et brillants fixés sur la flamme vacillante du feu mourant. Blurosset reprend le premier la parole:

— Vous dites, madame, que si je ne veux pas être livré à la justice, comme complice d'un meurtre, je ne dois pas vous permettre de quitter cette chambre, mais que je dois vous sacrifier ma sûreté. Rien de plus facile, madame, je n'ai qu'à lever la main, à agiter un mouchoir préparé à la manière de ceux employés autrefois par les Borgia et les Médicis devant votre visage; je n'ai qu'à répandre quelques grains de poudre dans le feu à vos pieds; vous donner un livre à lire ou une fleur à sentir, et vous ne quitterez pas vivante cette chambre. Et c'est ce que je ferais… si j'étais ce que vous dites que je suis, le complice d'un meurtrier.

— Comment, monsieur! Vous n'auriez pris aucune part au meurtre de mon époux? Vous qui m'avez donné la substance qui l'a tué?…

— Vous êtes précipitée dans vos conclusions, madame. Comment savez-vous que la substance que je vous donnai causa la mort de Gaston de Lancy?

— Oh! par pitié! Ne jouez pas avec moi, monsieur. Expliquez-vous, que voulez-vous dire?

— Simplement ceci, madame. Que la mort de votre mari dans la soirée du jour où vous lui fîtes boire du vin que vous croyiez empoisonné peut avoir été... une coïncidence...

— Oh! monsieur! Par pitié!...

— Non, madame, ce fut une coïncidence. La substance que je vous donnai n'était pas un poison. Vous n'êtes pas coupable de la mort de votre mari.

— Oh! que le ciel soit loué, que le ciel miséricordieux soit loué.

Elle tombe à genoux et plonge sa tête dans ses mains, et éclate en sanglots reconnaissants. Tandis que son visage est ainsi caché, Blurosset prend dans une petite armoire d'un côté de la cheminée une pincée de poudre qui produit des flammes de couleur, qu'il jette sur les cendres du feu mourant dans la grille. Une lumière fantastique brille et illumine la chambre d'un éclat étrange et surnaturel.

— Valérie, comtesse de Marolles, dit-il avec une gravité solennelle, on dit que je suis magicien, sorcier, un disciple de l'ange des ténèbres... Non... Quelques-uns, plus extravagants, ont poussé le blasphème jusqu'à déclarer que j'avais le pouvoir de ressusciter les morts. Votre esprit ne doit pas être trompé par des mensonges aussi grossiers. Les morts ne sortent point de leurs tombes à la volonté d'un mortel. Levez la tête, Valérie... comtesse de Marolles, non. Je ne vous donnerai plus ce nom, qui porte en lui le mensonge. Valérie de Lancy, regardez là-bas!

Il désigne la porte. Elle se lève, regarde vers le seuil, fait un pas chancelant en avant et vacille, pousse un long cri, plein d'égarement, et tombe évanouie sur le plancher.

Dans toutes les angoisses qu'elle a endurées, dans toutes les horreurs qu'elle a traversées, elle n'a jamais perdu précédemment l'usage de ses sens. Il faut, en vérité, une cause bien puissante pour amener un tel événement.

LIVRE SIXIÈME

SUR LA TRACE

42
Père et fils

Trois jours se sont écoulés depuis l'entrevue de Valérie et de Laurent Blurosset, et Raymond de Marolles se promène de long en large dans son cabinet de travail de Park Lane. Il ne doit pas aller à la banque aujourd'hui. La pluie d'automne fouette la double fenêtre de l'appartement qui est située derrière la maison, avec vue sur le petit carré d'un soi-disant jardin et sur un mur percé d'une petite porte verte qui communique avec les écuries, recouvert de plantes grimpantes à l'aspect triste et échevelé qui s'agitent çà et là.

La journée est désespérément pluvieuse ; midi va sonner, et il n'y a pas assez de jour dans le ciel sombre pour permettre de confectionner le moindre objet de toilette, non pas même une paire de manchettes pour un infortuné marin. Il est bon d'être le comte de Marolles qui n'a pas de motif pour étendre sa promenade au-delà de la bordure pourpre et cramoisie de son tapis turc, en un jour comme celui-ci. Les moineaux de Londres, transformés pour le moment en espèce d'oiseaux aquatiques, voltigent tristement sur les petits marécages des terrains gazonnés, flanqués çà et là de groupes surannés de géraniums flétris qui ont connu de plus beaux jours. Ils ont l'air de regarder avec envie la flamme brillante réfléchie sur les doubles fenêtres de l'appartement du comte ; ces moineaux, qui voudraient peut-être s'introduire et se poser sur les côtés du foyer, et j'oserais affirmer qu'ils gazouillent l'un à l'autre en confidence: « Une magnifique chose que d'être comte de Marolles, d'avoir une fortune qui demanderait toute la vie du vieux Parr pour être calculée, et un bon feu par temps humide. »

Pourtant, malgré tous ces avantages, Raymond de Marolles ne paraît pas être l'objet le plus enviable de la création, par cette matinée pluvieuse. Son beau visage pâle est plus pâle que jamais; ses yeux bleus sont cernés de noir et sa lèvre inférieure a un mouvement nerveux et convulsif, signes qui ne furent et ne seront jamais des indices de la tranquillité d'esprit. Il n'a pas vu Valérie depuis la soirée dans laquelle M. Paul Moucée, alias le *signor* Mosquetti, a raconté son histoire. Elle est demeurée enfermée dans ses appartements et Raymond de Marolles s'est même peu soucié de rompre la solitude de cette femme, dont le chagrin est si près de ressembler au désespoir.

— Que fera-t-elle, maintenant qu'elle sait tout? Va-t-elle me dénoncer? Si elle le fait, je suis préparé. Pourvu que Blurosset, le pauvre fou de savant, joue seulement son rôle avec fidélité, je suis sauvé. Mais elle n'osera pas révéler la vérité; par amour pour son fils elle gardera le silence. Oh! étrange, inexplicable et mystérieux hasard, que cette fortune pour laquelle j'ai machiné de si profondes combinaisons, pour laquelle j'ai tant hasardé et me suis donné tant de peine, m'appartienne à moi seul! Cette femme n'est qu'une pure usurpatrice, et je suis seul l'héritier légitime de la fortune des Cévennes. Que faut-il faire? Pour la première fois de ma vie je suis en défaut. Voler vers le marquis, lui dire que je suis son fils; c'est difficile à prouver, maintenant que cette vieille sorcière est morte; et même si je le prouvais, dussé-je soulever pour cela ciel et terre, que deviendrai-je si elle me dénonce à son oncle et que celui-ci refuse de reconnaître l'aventurier, l'empoisonneur ! Je pourrais bien la faire taire, mais malheureusement elle n'ignore pas les événements, et je crains qu'elle ne veuille pas même accepter une goutte d'eau de la part de son dévoué mari. Si j'avais quelqu'un pour me venir en aide, mais je n'ai personne, personne à qui je puisse me fier, personne en mon pouvoir. Oh ! Laurent Blurosset, que n'ai-je quelques-uns de vos puissants secrets pour faire que le vent d'automne, en pénétrant par la croisée de ma belle cousine, puisse sceller sa bouche à jamais !

Charmantes pensées pour occuper l'esprit en ce jour pluvieux d'automne ; mais de telles méditations ne sont nullement étrangères à celui de M. Raymond de Marolles.

C'est d'une semblable rêverie qu'il est tiré par le bruit des roues d'une voiture, le carillon d'une sonnette et le choc du marteau de la porte cochère.

— Il est trop tôt pour les visites du matin. Qui peut venir à une pareille heure ? Quelqu'un de la banque, peut-être.

Il arpente son cabinet, plein d'anxiété, en se demandant qui peut être ce visiteur inattendu, quand le valet de chambre ouvre la porte et annonce :

— Le marquis de Cévennes !

— Ainsi donc, murmure Raymond, elle a joué sa première carte : elle a fait venir son oncle. Nous avons besoin de toute notre cervelle aujourd'hui. Préparons-nous maintenant à voir mon père, face à face.

Pendant qu'il parle, le marquis entre. Face à face, père et fils ; soixante ans, beau et pâle ; des yeux bleus, un nez aquilin et des lèvres minces. Trente ans, beau et pâle, des yeux bleus, un nez aquilin et des lèvres minces aussi ; et des deux visages, aucun ne saurait inspirer la confiance ;

pas un regard de franchise, pas un coup d'œil de bienveillance, pas une noble expression ; réellement père et fils ; en tous points ils ont la même nature, père et fils.

— Monsieur le marquis me fait un honneur et un plaisir inespérés, dit Raymond de Marolles en s'avançant pour recevoir son visiteur.

— Non, monsieur de Marolles, je ne puis penser que je sois inattendu ; je viens pour me conformer aux vives supplications de ma nièce. Quant à ce que peut vouloir de moi cette très extravagante jeune femme dans cet abominable pays de votre adoption, cela surpasse complètement ma pauvre intelligence.

Raymond pousse un soupir de satisfaction. « Ainsi, pense-t-il, il ne sait encore rien. C'est bien, Valérie ; vous êtes longue à jouer vos cartes, je prendrai l'initiative ; mon premier atout commencera la partie. »

— Je vous le répète, dit le marquis en se jetant dans le fauteuil que Raymond a roulé de son côté, en réchauffant ses délicates et blanches mains au feu flamboyant ; les supplications pressantes de ma très charmante, mais très extravagante nièce qui m'ont décidé à traverser la Manche à l'automne d'une année très orageuse, alors que je n'ai pas le pied marin, dépassent complètement mon intelligence.

Il porte en bague une magnifique émeraude trop grande pour son fin majeur, et il s'amuse à la faire tourner autour de son doigt, s'arrêtant parfois pour contempler l'effet du seul anneau d'or simple quand il ressemble à une alliance.

Raymond paraît très sérieux et fait deux ou trois tours dans la pièce. Les brillants yeux bleus du marquis le suivent pendant un tour et demi, puis trouvent cette promenade monotone, et reviennent sur ses mains blanches et l'anneau, objets toujours intéressants à considérer.

Bientôt le comte de Marolles s'arrête, s'appuie sur le dossier d'un fauteuil du côté de la cheminée opposé à celui où est assis le marquis, et dit d'un ton grave :

— Monsieur de Cévennes, je vais vous entretenir d'un sujet d'une nature vraiment si pénible et si affligeante pour tous les deux, pour vous à entendre et pour moi à communiquer, que je crains presque de l'entamer.

Le marquis paraît si profondément absorbé dans la contemplation de l'anneau dont l'émeraude est dessous qu'il a évidemment entendu les paroles de Raymond sans comprendre leur signification ; mais il lève la tête un instant d'un air réfléchi, se les remémore, les récapitule dans l'ordre, fait un signe de tête et dit :

— Oh ! oh ! De nature affligeante ; vous craignez de l'entamer, n'est-ce pas ? Ne vous tourmentez pas, je vous en prie, mon bon Marolles. Je ne pense pas qu'il y ait là de quoi vous tourmenter.

Il abandonne l'anneau pendant une ou deux minutes et examine les cinq ongles de sa main gauche, à la recherche évidemment du plus rose, le trouve au troisième doigt et le caresse tendrement en attendant la pénible communication de Raymond.

— Vous dites, monsieur le marquis, que vous êtes tout à fait incapable de comprendre le motif pour lequel ma femme vous a prié de venir si brusquement ?

— Tout à fait ; et je vous assure que je suis mauvais marin, très mauvais marin, quand la mer est agitée ; je suis positivement forcé, c'est vraiment absurde, dit-il avec un rire net et clair ; je suis obligé de... de me cramponner au bastingage ; ce qui est à la fois peu digne et désagréable, je vous en donne ma parole d'honneur. Mais vous disiez...

— J'étais en train de dire, monsieur, que c'est pour moi un profond chagrin que de constater que la conduite de votre nièce a été depuis quelques mois inexplicable de toute manière, tellement inexplicable que j'en viens à craindre…

— Quoi, monsieur?

Le marquis croise ses mains blanches sur ses genoux, et regarde fixement le visage du mari de sa nièce.

— J'en viens à craindre avec un chagrin que j'ai à peine besoin d'affirmer…

— Oh! non, vraiment, je vous en prie, gardez le récit de votre chagrin, il doit avoir été si violent… Vous en venez à craindre…

— Que ma malheureuse femme n'ait perdu la raison.

— Précisément! Je pense qu'il faut attribuer cela au climat. Mon bon monsieur Raymond, comte de Marolles, mon très digne monsieur Raymond de Marolles, mon très excellent n'importe qui que vous soyez ou puissiez être, pensez-vous que René-Théodore-Auguste-Philippe la Grange Martel, marquis de Cévennes, est une nature d'homme à être retourné entre vos doigts, quelque habile, quelque impudent et quelque astucieux coquin que vous puissiez être?

— Monsieur le marquis…

— Je n'ai pas la moindre envie de me quereller avec vous, mon bon ami; non. J'avouerai, au contraire, que je ne suis pas sans avoir une certaine dose de respect pour vous; vous êtes un coquin accompli. Toute chose accomplie est, à mes yeux, chose estimable. La vertu, dit-on, se trouve dans la médiocrité dorée; la vertu n'est pas mon fait, et en conséquence ne discutons pas cette question. Mais, pour moi, tous les moyens termes sont méprisables. Vous êtes, dans votre genre, accompli; et, en un mot, je vous respecte.

Il revient à la contemplation de ses mains et de ses bagues, et concentre toute son attention sur une tête en camée de Marc-Antoine, qu'il porte à son petit doigt.

— Un coquin, monsieur le marquis !

— Et un habile coquin, monsieur de Marolles ; un habile coquin ! Comme en témoignent vos succès ; mais pas tout à fait assez habile pour m'en imposer ; pas tout à fait assez habile pour en imposer à tout individu doué d'une médiocre quantité de cervelle.

— Monsieur !

— Parce que vous avez un défaut. Oui, réellement.

Il enlève avec son petit doigt un grain de poussière de l'œil de Marc-Antoine.

— Oui, vous avez un défaut. Vous êtes trop égal. Personne ne fut jamais aussi estimable que vous paraissez l'être ; vous outrez cela… Si vous vous rappelez, continue le marquis, s'adressant à lui d'un air de conversation facile et critique, le grand mérite de ce scélérat de Vénitien, dans la tragédie de l'estimable mais trop vanté William Shakespeare, est qu'il n'est pas égal. Othello croit Iago, non parce que celui-ci est doux, mais parce qu'il ne l'est pas. Je sais que certaines gens, d'honnêteté excessive, ne manqueront pas de dire : « C'est une désagréable brute » ; mais, moi, je le crois propre à inspirer la confiance. Vous êtes un très habile individu, monsieur Raymond de Marolles, mais vous ne seriez jamais parvenu à vous emparer de l'esprit de Desdémone ; Othello aurait lu en vous, comme je le fais.

— Monsieur, je ne souffrirai pas…

— Vous serez assez bon pour me permettre de finir ce que j'ai à dire. Je suis peut-être un peu disert, mais je ne vous tiendrai pas longtemps. Je répète que, quoique vous soyez un très habile individu, vous ne seriez jamais arrivé à mener à bonne fin l'affaire du traversin et de l'oreiller, parce qu'Othello aurait lu en vous, comme je le fais. Ma nièce s'obstina à se marier avec vous ; pourquoi ? Ce n'était pas une difficulté bien embarrassante à deviner, quoique mystérieuse en apparence. Vous, personnage entreprenant, ayant un mince capital, beaucoup d'intelligence et des mains blanches tout à fait impropres à un rude travail, étiez naturellement à la piste de quelque héritière que vous puissiez faire tomber dans un piège et forcer à vous épouser.

— Monsieur de Cévennes !

— Mon cher ami, je n'ai pas l'intention de vous chercher querelle. Dans votre position, j'eusse fait la même chose. Voici le véritable fil qui me servit à débrouiller le mystère. Je me dis : « Qu'aurais-je fait si la fatalité avait été assez mesquine et assez misérable pour me jeter dans la position de ce jeune homme ? » Mais naturellement j'aurais cherché quelque femme assez sotte pour se laisser tromper par cette infâme plaisanterie autorisée de vieille date, si utile aux romanciers et aux théâtres de mélodrames, que l'on appelle l'amour. Maintenant ma nièce n'est pas une sotte, Ergo, elle n'était pas amoureuse de vous. Vous aviez alors acquis quelque autre genre de pouvoir sur elle. Lequel ? Je ne le demandai pas ; je ne le demande pas aujourd'hui. Il suffisait qu'il y eût nécessité pour elle, pour moi, que ce mariage s'accomplît. Elle me le jura sur le crucifix. Je suis voltairien, mais, pauvre fille, elle tient ce genre d'idées de sa mère ; aussi n'avais-je rien de mieux à faire que de consentir au mariage et d'accepter un gentilhomme d'une généalogie douteuse !

— Peut-être pas si douteuse.

— Peut-être pas si douteuse ! Votre lèvre supérieure s'est relevée d'un air de triomphe, mon cher neveu, Papa a-t-il été retrouvé dernièrement ?

— Peut-être. Je pense que je pourrai bientôt mettre la main sur lui.

En disant ces mots, il pose une main délicate et effilée sur l'épaule du marquis.

— Sans doute ; mais si en même temps vous vouliez être assez aimable pour vous garder de la poser sur moi, vous m'obligeriez, réellement, vous m'obligeriez. Quoique cependant, dit le marquis philosophiquement en s'adressant au Marc-Antoine, comme s'il eût voulu s'éclairer des lumières de ce Romain, pourquoi nous éloignerions-nous d'un coquin parce qu'il est un coquin, je n'en vois pas la raison. Nous pourrions nous éloigner de lui s'il était sale ou grossier, ou s'il mettait son couteau dans sa bouche, ou s'il prenait deux fois du potage, ou portait des habits mal faits, parce que ces choses sont ennuyeuses ; mais s'éloigner de lui parce qu'il est menteur, hypocrite ou lâche, c'est parfaitement absurde ! Je disais donc que je consentis à ce mariage sans faire de questions inutiles ou malséantes, mais en me résignant à la force des circonstances. Pendant quelques années les affaires paraissaient marcher très bien, quand tout à coup je suis mis en émoi par une lettre très alarmante de ma nièce. Elle me supplie de venir en Angleterre ; elle est seule, sans un ami, sans un conseiller et elle est déterminée à tout révéler.

— Tout révéler !

Raymond ne peut réprimer un tressaillement. Le sang-froid du marquis l'a complètement déçu, lui dont l'arme principal était ce même sang-froid.

— Eh bien, que se passe-t-il alors ? Vous, sachant que cette lettre a été écrite, ou bien devinant qu'elle le sera, vous prenez hardiment les devants. Vous voulez vous jeter en travers de la déposition de votre femme, en déclarant qu'elle est folle, n'est-ce pas ? C'est là votre projet, n'est-il pas vrai ?

Cela semble une si bonne plaisanterie au marquis qu'il éclate de rire en regardant Marc-Antoine, comme s'il voulait réellement que ce respectable Romain participe à sa folle gaieté.

Pour la première fois de sa vie, Raymond de Marolles a trouvé son égal. Dans les mains de cet homme il est complètement impuissant.

— Une excellente idée. Seulement, comme je vous le disais tout à l'heure, trop facile à comprendre, trop transparente. C'était la seule chose que vous puissiez faire. Si j'étais à la recherche d'un homme, et que je vienne dans une partie de pays où il n'y aurait qu'une seule route, je saurais naturellement, de quelque part qu'il vienne, qu'il doit passer par cette route. De même avec vous, mon cher Marolles, il ne vous reste qu'une seule ressource, réfuter les révélations de votre femme, en déclarant qu'elles sont les hallucinations d'une maniaque. Je ne me fais point une gloire de vous deviner, je vous assure. Il n'y a aucune espèce de talent à découvrir que deux et deux font quatre ; le génie serait à celui qui prouverait que cela fait cinq. Je ne pense pas avoir autre chose à dire. Je n'ai aucune envie de vous attaquer, mon cher neveu. Je voulais seulement vous prouver que je ne serais pas votre dupe. Je présume que vous devez être actuellement suffisamment convaincu de ce fait. Si vous avez quelque bon madère dans vos celliers, j'en prendrais volontiers un verre avant d'entendre ce que ma nièce peut avoir à me dire.

Il se renverse dans son fauteuil, bâille une fois ou deux, et polit Marc-Antoine avec le coin de son mouchoir ; il a évidemment éloigné de son esprit le sujet dont il vient de parler, et il est disposé à une agréable conversation.

À ce moment la porte s'ouvre violemment et Valérie entre dans la chambre.

C'est la première fois que Raymond la voit depuis la soirée de l'histoire de Mosquetti, et lorsque ses yeux rencontrent les siens, il tressaille involontairement.

Que se passe-t-il? Ce changement, cette transformation a enlevé huit ans d'âge à cette femme et lui a rendu l'apparence qu'elle avait dans la soirée où il la vit pour la première fois à l'opéra de Paris. D'où vient-elle? Que s'est-il passé? Une si grande et si merveilleuse transfiguration, qu'il est presque amené à douter que ce soit bien elle; et cependant il peut à peine définir cette métamorphose. Elle lui semble une transformation, non du visage, mais de l'âme; une nouvelle âme perçant à travers la beauté primitive, une nouvelle âme, non l'âme ancienne, qu'il croyait morte. C'est une véritable résurrection.

Elle avance vers son oncle, qui l'embrasse avec une espèce de tendresse de salon, pleine de grâce, qui ressemble à la véritable tendresse comme la dorure ressemble à l'or brut d'Australie, comme le sentiment de Laurence Sterne ressemble au pathos d'Oliver Goldsmith.

— Mon cher oncle, vous avez reçu ma lettre, alors?

— Oui, chère enfant, et que pouvez-vous avoir, au nom du ciel, à me dire que vous n'ayez pu vous résigner à attendre jusqu'au changement de saison? Je suis un si mauvais marin, répète-t-il douloureusement. Que pouvez-vous avoir à me dire?

— Rien encore, mon cher oncle. (Ses yeux noirs brillants restent fixés sur Raymond, tandis qu'elle parle.) Rien encore, l'heure n'est pas encore venue.

— Par pitié, ma chère fille, dit le marquis avec un ton d'horreur, ne soyez pas mélodramatique. Si vous devez jouer un drame de la Porte-Saint-Martin en treize actes et vingt-six tableaux, je retourne à Paris. Si vous n'avez rien à me dire, pourquoi, au nom de tout ce qui est féminin, me faites-vous venir?

— Quand je vous ai écrit, je vous disais que j'en appelais à vous parce que je n'avais pas d'autre ami sur terre à qui je pusse, à l'heure de l'affliction, demander aide et conseil.

— Vous l'avez dit, vous l'avez dit. Si vous n'eussiez été la fille unique de mon unique sœur, j'eusse attendu un changement dans le vent pour traverser la Manche. Je suis un si triste marin ! Mais la vie, comme l'affirme le monde religieux, n'est qu'un long sacrifice. Je suis venu.

— Supposez que, depuis l'envoi de ma lettre, j'aie trouvé un ami, un conseiller, une main pour me guider et un bras pour me soutenir, et que je n'aie plus besoin de personne sur terre, en dehors du nouvel ami que j'ai trouvé pour me venger de mes ennemis.

La stupéfaction de Raymond augmente à chaque instant. Est-elle vraiment devenue folle, et cet éclat nouveau dans ses yeux n'est-il que le feu de la folie ?

— Je vous assure, ma chère Valérie, que si vous avez rencontré un aussi délicieux personnage, je suis très enchanté de l'apprendre, car cela me soulage de toute inquiétude. C'est mélodramatique, certainement, mais excessivement convenable. J'ai remarqué que, dans le mélodrame, les circonstances sont généralement convenables. Je ne m'alarme jamais lorsque les événements sont tout à fait mauvais et désespérés et que le scélérat se livre à la joie du triomphe, car je sais que quelqu'un mort au premier acte fera son entrée par la porte du milieu et arrangera tout avant la chute du rideau.

— Puisque madame de Marolles, sans nul doute, désire rester seule avec son oncle, je puis peut-être me permettre d'aller dans la Cité jusqu'au dîner, où j'aurai, je l'espère, l'honneur de vous voir, monsieur le marquis.

— Certainement, mon bon Marolles, votre chef, je crois, comprend son métier. J'aurai beaucoup de plaisir à dîner avec vous. Au revoir, mon enfant ; nous marcherons sur le velours, maintenant que nous nous entendons parfaitement.

Il agite sa main gauche du côté de Raymond, en manière d'adieu plein de grâce et se tourne vers sa nièce.

— Adieu, madame, dit le comte en passant devant sa femme ; puis il ajoute à voix basse : Je ne vous demande pas de garder le silence pour mon salut ou pour le vôtre. Je vous recommande purement de vous souvenir que vous avez un fils, et que vous ferez bien de ne pas faire de moi votre ennemi. Quand je frappe, je frappe bien, et ma politique a toujours été de frapper à l'endroit le plus sensible. N'oubliez pas ce pauvre petit chérubin.

Il lance sur elle un regard froid de ses yeux bleus et se retourne pour quitter l'appartement. En ouvrant la porte, il renverse presque un gentleman âgé portant un costume noir à l'aspect clérical, cravaté de blanc, avec un parapluie tout mouillé sous le bras.

— Pas encore, monsieur Jabez North, dit le gentleman, qui n'est ni plus ni moins que le respectable précepteur et guide des jeunes intelligences de Slopperton, le docteur Tappenden ; pas encore, monsieur North. Je crois que vos commis de Lombard Street seront forcés de se passer de vous aujourd'hui. Vous êtes réclamé aillcurs pour lc momcnt.

Toute autre circonstance, toutes autres paroles que celles-ci, et il eût affronté le danger en homme digne de lui-même ; Dieu merci, nul ne peut lui être comparé. Il est prêt à tout événement, excepté à celui-là. Cette première époque de sa vie qu'il croyait rayée et oubliée, il n'est pas préparé à son souvenir, et il recule anéanti, le visage livide et les lèvres pâles, ne pouvant même articuler une exclamation d'horreur ou de surprise.

— Qu'y a-t-il ? murmure le marquis ; North... Jabez... Jabez North ? Oh ! Je vois, nous sommes tombés sur l'existence antérieure à celle de Paris, et c'est (il jette les yeux sur le docteur Tappenden) un de ses vestiges.

À la fin, les lèvres de Raymond consentent à former les mots qu'il s'efforce de prononcer.

— Vous êtes sous le coup de quelque méprise, monsieur, qui que vous soyez ; je suis français, mon nom est Marolles. Je ne suis pas l'individu que vous cherchez.

Un gentleman passe le seuil de la porte (il y a toute une foule dans l'antichambre) et dit :

— Au moins, monsieur, vous êtes l'individu qui présenta, il y a huit ans, à mon comptoir, trois chèques faux. Je suis prêt, aussi bien que deux de mes commis, à certifier par serment votre identité. Nous avons ici des gens ayant un mandat d'arrêt pour ce faux.

Le faux et non le meurtre ?... Pas un ne le connaît alors. Ce crime au moins est enseveli dans l'oubli.

— Il y a deux ou trois petites accusations élevées contre vous, monsieur North, dit le docteur ; mais le faux servira suffisamment nos projets pour le moment. C'est encore le cas le plus facile à bien établir.

Que veulent-ils dire ? Quelles autres charges ? Advienne que pourra, il sera ferme jusqu'au bout, il restera lui jusqu'à la fin. Après tout, il n'a à redouter que la mort, et les plus honnêtes gens doivent mourir aussi bien que les plus scélérats.

— La mort seulement au pis-aller ! murmure-t-il. Courage, Raymond, et finis la partie comme ferait un beau joueur, sans négliger une levée, quoique battu par de meilleures cartes. Je vous dis, messieurs, que je ne sais rien de votre faux et que je ne vous connais pas. Je suis français, né à Bordeaux, et n'ai jamais habité avant ce jour votre excentrique pays, et si, en vérité, il est d'usage ici qu'un gentleman soit en danger dans son propre bureau, je ne retournerai certainement plus visiter vos rivages, une fois rentré en France.

— Quand vous rentrerez en France, je crois que très probablement vous ne visiterez plus jamais de nouveau l'Angleterre, comme vous dites, monsieur. Si, comme vous l'affirmez, vous êtes vraiment français (quel excellent anglais vous parlez, monsieur, et que de peine vous devez avoir eue pour acquérir un accent si parfait), vous n'aurez naturellement pas de difficulté à prouver ce fait, ainsi qu'à établir que vous n'étiez pas en Angleterre, il y a huit ans, et conséquemment que vous ne fûtes pas pendant quelques années maître d'étude dans l'institution de ce gentleman, à Slopperton. Tout cela, un jury anglais éclairé aura beaucoup de plaisir à l'entendre. Nous ne sommes pas venus, dans tous les cas, pour vous juger, mais pour vous arrêter. Johnson, faites approcher un cab pour le comte de Marolles. Si nous avons tort, monsieur, vous aurez un magnifique cas d'emprisonnement illégal et injuste, et je vous félicite sur les immenses dommages que vous obtiendrez probablement. Thomson, les menottes. Je dois vous importuner pour vos poignets, monsieur de Marolles.

L'officier de police attend poliment le bon plaisir de son prisonnier. Raymond garde le silence un instant, réfléchit profondément, la tête penchée sur sa poitrine, il la relève soudain ayant un rayon dans les yeux et ses lèvres minces sont serrées comme un étau. Il a arrangé son jeu.

— Comme vous le dites, monsieur, j'aurai un cas excellent d'emprisonnement illégal et injuste, et mes accusateurs paieront cher leur insolence et leur erreur. Cependant je suis prêt à vous suivre ; mais auparavant je désire avoir une conversation d'une minute avec ce gentleman, l'oncle de ma femme. Vous n'avez, je présume, aucune objection à me laisser seul avec lui pendant quelques minutes. Vous pouvez monter la garde en dehors, dans le vestibule : je n'essaierai pas d'échapper. Nous n'avons malheureusement pas de trappes dans cet appartement, et je crois que l'on ne construit pas les maisons de Park Lane avec des facilités telles que panneaux à coulisses ou escaliers secrets.

— Peut-être non, monsieur, réplique l'inflexible officier de police ; mais on les construit, je m'en aperçois, avec des jardins.

Il approche de la croisée et regarde au-dehors.

— Un mur de huit pieds de hauteur… une porte conduisant aux écuries… une maison en vérité assez bien construite pour la circonstance, monsieur de Marolles. Thomson, l'un des domestiques sera assez bon pour vous montrer le chemin qui conduit dans le jardin au-dessous de ces croisées, où vous vous distrairez tout seul, jusqu'à ce que ce gentleman ait fini de causer avec son oncle.

— Un instant, un instant, dit le marquis, entièrement absorbé pendant la précédente conversation à chercher à enlever de la narine du Marc-Antoine un très obstiné grain de poussière, un instant, je vous prie.

Comme l'officier est sur le point de se retirer :

— Pourquoi une entrevue? Pourquoi un agent de police dans le jardin, si vous appelez ce lugubre donjon de pierre sans toiture un jardin? Je n'ai rien à dire à ce gentleman, absolument rien. Tout ce que j'avais à lui dire, je le lui ai dit, il y a dix minutes : nous nous sommes parfaitement compris. Il ne peut rien avoir à me dire, ni moi à lui, et réellement je pense qu'en cette circonstance, la meilleure chose à faire, c'est de mettre ces disgracieuses machines en fer. Je n'avais jamais rien vu de ce genre auparavant et, comme nouveauté, c'est palpitant d'actualité et d'intérêt.

Il touche les menottes, qui sont sur la table, de l'extrémité de son troisième doigt effilé, et le retire vivement, comme s'il pensait qu'elles allaient le mordre.

— Emmenez-le d'ici immédiatement. S'il a commis un faux, vous le savez, ajoute-t-il d'un air de mépris ; et il n'est pas de cette sorte d'individus qu'on aime à voir par-dessus tout, non, réellement.

Raymond de Marolles n'a jamais eu peut-être beaucoup de cette absurde faiblesse, appelée attachement, pour un de ses semblables ; mais si jamais il détesta un homme de la haine la plus profonde et la plus amère avec son cœur noir et méchant, c'était celui qui était maintenant devant lui, tournant et retournant un anneau autour de son doigt mince et délicat, et paraissant entièrement à son aise, comme s'il s'agissait d'une chose pas plus importante que le temps pluvieux ou la température froide d'un jour d'automne.

— Arrêtez, monsieur le marquis de Cévennes, dit-il d'un ton de colère contenue ; vous êtes trop précipité dans vos conclusions... Vous n'avez rien à me dire... d'accord ! Mais moi je puis avoir quelque chose à vous dire... J'ai à vous dire beaucoup de choses qui doivent être dites... si ce n'est en particulier, alors en public... si ce n'est par des paroles sortant de ma bouche, alors en caractères imprimés par moi dans les journaux, de sorte que Paris et Londres retentiront du bruit qu'elles feront en allant de bouche en bouche. Vous ne vous exposerez pas à cette alternative, monsieur de Cévennes, quand vous saurez ce que j'ai à vous dire. Votre sang-froid vous fait honneur, monsieur, surtout tout à l'heure, quoique vous n'ayez pu réprimer un tressaillement de surprise en entendant ce gentleman (il indique le docteur Tappenden d'un geste de la main) parler d'une certaine ville manufacturière appelée Slopperton, mais vous avez si rapidement repris votre calme qu'il a fallu un observateur aussi attentif que moi pour apercevoir votre agitation momentanée. Vous paraissez ignorer complètement, monsieur, l'existence d'un certain fils d'émigré aristocrate, qui enseignait, il y a trente ans, le français et les mathématiques dans cette même ville de Slopperton. Toutefois, une telle personne a existé, et vous l'avez connue, bien qu'elle se contentât de donner des leçons à un shilling le cachet, et qu'elle n'eût à cette époque ni camée ni bagues d'émeraude à rouler autour de ses doigts.

Si le marquis fut jamais digne d'admiration dans tout le cours de sa carrière, ce fut réellement à ce moment. Il sourit d'un air gracieux et moqueur, et dit avec son ton le plus poli :

— Pardonnez-moi, il avait dix-huit pence par leçon... dix-huit pence, je vous l'assure ; et il était souvent invité à dîner dans les maisons où il enseignait. Les femmes raffolaient de lui ; elles sont si simples, les pauvres créatures ! Il aurait pu épouser une fille de manufacturier, avec une immense fortune, de grosses chevilles et des mains impossibles.

— Mais il n'épousa pas une personne si distinguée... Monsieur de Cévennes, je vois que vous me comprenez. Je ne vous demanderai pas de m'accorder cette entrevue au nom de la justice ou de l'humanité, parce que je ne voudrais pas m'adresser à vous dans un langage qui vous est étranger et que vous ne pouvez même comprendre, mais au nom de ce jeune Français de noble famille, qui fut assez faible et assez fou, et même si complètement en désaccord avec lui-même et ses principes pour épouser une femme, parce qu'il l'aimait. Je vous assure, monsieur le marquis, que vous trouverez de l'intérêt à entendre ce que j'ai à vous révéler.

Le marquis hausse légèrement les épaules.

— Comme vous voudrez, dit-il. Messieurs, soyez assez bons pour rester au-delà de cette porte. Ma chère

Valérie, vous ferez mieux de vous retirer dans vos appartements. Ma pauvre enfant, tout cela doit être extrêmement pénible pour vous, presque aussi ennuyeux que le troisième volume d'un roman à la mode. Monsieur de Marolles, je suis prêt à écouter ce que vous avez à me dire, quoique (il s'adresse ici à tout le monde) je demande à protester contre cette affaire, du commencement à la fin... Je le répète, du commencement à la fin... C'est d'un mélodramatique insupportable.

43
Raymond de Marolles se montre plus fort que tout Bow Street

— Et ainsi, monsieur de Marolles, dit le marquis comme Raymond ferme la porte sur le groupe d'individus qui se retirent dans l'antichambre, et que les deux gentlemen restent complètement seuls, vous avez réussi – par quels moyens, je suis bien loin, certes, de vouloir chercher à les deviner – à être informé de quelques antécédents de votre très humble serviteur?

— De quelques antécédents… Pourquoi ne pas dire de tous les antécédents, monsieur de Cévennes?

— Comme vous voudrez, mon cher jeune ami, réplique le marquis.

Il semble réellement devenir tout à fait affectueux pour Raymond, mais avec une condescendance distante et superbe et quelque chose des façons distinguées de Méphistophélès envers un docteur Faust prometteur.

— Puisque vous possédez ces renseignements, puis-je vous demander quel usage vous avez l'intention d'en faire? Dans ce siècle utilitaire, toute chose est destinée à servir, tôt ou tard. Vous proposez-vous d'écrire ma biographie? Elle ne sera pas intéressante à l'époque où nous vivons! Nous ne sommes pas, hélas, assez fortunés pour vivre sous la Régence, et il n'y a pas aujourd'hui beaucoup de biographies intéressantes.

— Mon cher marquis, je n'ai vraiment pas le temps d'écouter ce qui serait considéré parmi nos amis, je n'en doute pas, comme très brillant et spirituel. J'ai à vous dire deux ou trois choses indispensables, et les gens qui sont en train de m'attendre hors de cette pièce sont de nature à s'impatienter.

— Ah ! vous avez de l'expérience, vous connaissez leurs mœurs et coutumes. Oui, ils sont impatients, murmure le marquis d'un air pensif, ils vous mettent dans des lieux en pierre comme si vous étiez du charbon, et derrière des barreaux comme si vous étiez des curiosités zoologiques, puis ils vous pendent. Ils vous font lever à une heure absurde du matin, et vous amènent sur une grande place, et là vous font tomber par un trou comme si vous étiez un penny jeté dans une tirelire ; et il y a d'autres gens qui se lèvent pour voir exécuter tout cela. Et pourtant il y a encore des personnes qui prétendent que l'époque romanesque est passée !

— Monsieur de Cévennes, ce que j'ai à vous dire se rapporte à votre mariage.

— Mon mariage ? Supposez que j'affirme que je n'ai jamais été marié, mon aimable ami.

— Je vous expliquerai alors, monsieur, que je ne suis pas seulement informé de toutes les circonstances de votre mariage, mais que je suis, en outre, possesseur d'une preuve de ce mariage.

— Supposons qu'un semblable mariage ait existé, ce que je suis prêt à nier ; il ne pourrait y avoir que deux preuves : les témoins et le certificat.

— Les témoins sont morts, monsieur, dit Raymond.

— Alors cela réduit les preuves possibles à une seule : le certificat.

— Non, monsieur, il pourrait y avoir une autre preuve du mariage.

— Et ce serait?

— Le fruit de celui-ci. Vous eûtes deux fils de ce mariage, monsieur. L'un d'eux est mort il y a huit ans.

— Et l'autre? demande le marquis.

— Vit encore. J'aurai quelque chose à dire sur lui tout à l'heure.

— C'est un sujet auquel je ne prends aucune espèce d'intérêt, dit le marquis se renversant dans son fauteuil, et s'absorbant encore une fois dans la contemplation, du Marc-Antoine. Je puis avoir été marié, ou je puis ne pas l'avoir été, ça ne vaut pas la peine de le nier maintenant parce que si je vous l'avoue, je puis naturellement le nier une minute après avoir passé le seuil de cette porte. Je puis avoir eu des fils ou non, dans les deux cas, je n'ai aucune envie d'entendre parler d'eux, et quoi que vous puissiez avoir à me dire sur leur compte, c'est, à ce qu'il me semble, tout à fait étranger à la question actuelle, qui consiste purement, pour vous, à aller en prison pour faux, ou à ne pas y aller; mais ce que j'ai de plus pressé à vous recommander, mon très cher jeune ami, c'est de vous laisser tranquillement mettre les menottes, de monter dans le cab et de partir. Cette détermination, au moins, met fin à l'affaire, et… oh! Quel incomparable soulagement. J'ai toujours envié Noé, flottant dans son grand bateau; pas de livres nouveaux; pas de chambres du Parlement; pas de parents pauvres; pas de *Times* et pas de taxes universelles, comme si nous étions universels, comme dit Mr Carlyle; abondamment à manger, toute chose ayant un but. Et ce fou de Noé n'avait pas besoin de dépêcher la colombe hors de l'arche et de tout remettre en question. Oui, il a tout remis en question cet absurde Noé. De cette manière, cab, menottes, faux, longue conversation et gens de la police à la porte, tout cela aurait pu être évité, si Noé avait gardé la colombe, dans l'intérieur de son arche.

— Si vous voulez m'écouter, monsieur le marquis, et garder vos réflexions philosophiques pour une meilleure occasion, nous aurons quelque chance d'arriver à nous comprendre. Un de ces deux jumeaux vit encore.

— Nous voici vraiment revenu sur ce vieux sujet. Nous n'avançons pas.

— Vit encore, dis-je. Quel qu'il soit, monsieur, quelle que puisse avoir été sa vie accidentée, la culpabilité et la misère de cette vie retombent tout entières sur votre tête.

Le marquis fait avec la tête en question un geste presque imperceptible, comme s'il rejetait au loin ce fardeau moral et paraissait soulagé par ce procédé.

— Ne soyez pas mélodramatique, remarque-t-il avec douceur. Nous ne sommes pas Porte-Saint-Martin, et il n'y a point de public dans les galeries pour applaudir.

— Cette vie coupable et cette misère, dis-je, pèsent sur votre tête. Quand vous avez épousé celle que vous avez abandonnée à la faim et au désespoir vous l'aimiez, je suppose ?

— J'ose affirmer que je l'aimais ; je sais que je le lui ai dit, pauvre petite chose !

— Et quelques mois après votre mariage, vous vous êtes fatigué d'elle, comme vous l'auriez été de tout autre jouet ?

— Comme je l'aurais été de tout autre jouet. Pauvre chère enfant, elle était mortellement ennuyeuse, ses parents aussi. Ciel et terre ! Quels parents ! Ils étaient considérés comme des êtres humains à Slopperton, mais il était prudent de les tenir éloignés de Paris, car là on les aurait décidément placés au Jardin des plantes, dit le marquis d'un air pensif, derrière les barreaux d'une cage, taquinés par les gamins, qui leur auraient jeté des gâteaux, ils auraient été assez amusants.

— Vous étiez assez heureux que cette malheureuse fille partage votre pauvreté ; mais à l'heure de la prospérité…

— Je l'abandonnai sans hésiter. Voyez vous-même, monsieur de Marolles, quand j'épousai cette jeune personne, que vous vous obstinez à tirer de sa tombe – pauvre fille, elle est morte, sans aucun doute, depuis ce temps – de façon extrêmement dramatique, j'étais un jeune homme sans un penny dans le monde, et avec de très faibles espérances de jamais en posséder un seul ; je parle au figuré, bien entendu. Je crois que les hommes de mon tempérament et de ma complexion ne sont pas très sujets à cette épidémie générale que l'on appelle l'amour. Mais autant qu'il était en mon pouvoir d'aimer quelqu'un, j'aimai cette petite fille de manufacture. J'avais coutume de la rencontrer lorsqu'elle allait à son travail et qu'elle en revenait, comme j'allais et revenais du mien et nous fîmes connaissance. Elle était charmante, naïve et jolie ; j'étais très jeune, et j'ai à peine besoin de le dire, extrêmement stupide, et je l'épousai. Nous n'étions pas mariés depuis six mois que cet abominable Corse se mit en tête d'abdiquer et je fus rappelé en France pour faire mon apparition aux Tuileries, en qualité de marquis de Cévennes. Maintenant, voici ce que j'ai à dire : si vous avez envie de chercher querelle à quelqu'un, cherchez querelle à ce Corse, car s'il n'avait jamais signé son abdication à Fontainebleau (ce qu'il fit, soit dit en passant, d'une façon très mélodramatique ; je suis en relations avec certaines gens à l'esprit faible, qui ne peuvent lire la description de cet événement sans verser des larmes), je n'aurais jamais abandonné ma pauvre petite femme anglaise.

— Le marquis de Cévennes ne pouvait donc ratifier le mariage de l'obscur professeur de français et de mathématiques ? demande Raymond.

— Si le marquis de Cévennes avait été riche, il aurait pu agir ainsi ; mais la Restauration, qui me rendit mon titre et l'unique château (mes ancêtres en avaient trois) que les Jacobins n'eussent pas brûlé jusqu'aux fondations, ne me rendit pas la fortune que la Révolution avait dévorée. J'étais pauvre ; une seule voie m'était ouverte, un riche mariage ; l'opulente veuve d'un général bonapartiste vit et admira votre humble serviteur et la destinée de ma pauvre petite femme fut décidée. Pendant plusieurs années, j'envoyai régulièrement de l'argent à sa vieille mère, une horrible femme qui connaissait mon secret. Elle n'eut par conséquent aucun motif de mourir de faim, monsieur de Marolles. Et maintenant puis-je me permettre de vous demander quel intérêt vous avez dans cette affaire, pour que vous insistiez pour me rappeler ces très désagréables circonstances, et particulièrement en ce moment ?

— Il est une question que vous ne me posez pas, monsieur le marquis.

— Vraiment, et quelle est-elle ? demande le marquis.

— Vous paraissez être fort peu curieux de connaître le sort de votre fils survivant.

— Je parais fort peu curieux, mon jeune ami, je suis fort peu curieux. J'ose espérer que c'est un très digne individu ; mais je n'ai pas la moindre inquiétude sur son sort, car s'il ressemble le moins du monde à son père, il y a très peu à douter qu'il n'ait pris parfaitement soin de lui. Les Cévennes ont toujours pris soin d'eux-mêmes ; c'est un trait de famille.

— Il s'est montré digne de cette famille alors. On le jeta dans une rivière, mais il ne s'y noya pas ; il fut placé dans un hospice et élevé comme un pauvre, mais par la force de sa volonté et le secours de son intelligence, il se tira d'embarras et se fraya un chemin dans le monde ; il se fit, ce que son père avait été avant lui, professeur dans une pension ; comme son père, il se fatigua de cette position et quitta l'Angleterre pour venir à Paris. Là, suivant l'exemple de son père, il épousa une femme qu'il n'aimait pas, pour l'amour de sa fortune ; il devint maître de cette fortune, et jusqu'à ce jour même il a surmonté tous les obstacles et triomphé de toutes les difficultés. Votre fils unique, monsieur, le fils dont vous avez abandonné la mère, le fils que vous avez abandonné à la faim, au vol, à la noyade ou à la potence, à mendier dans les rues, à mourir dans un ruisseau, dans un hôpital ou dans une prison, a vécu et traversé toutes ces misères pour se trouver face à face avec vous aujourd'hui et pour vous dire que pour tous ses malheurs et pour ceux de sa mère avec toute l'énergie d'une âme que ces malheurs ont plongée dans le crime, il vous exècre !

— Ne vous emportez pas, dit gracieusement le marquis. Ainsi, vous êtes mon fils. Sur ma parole, j'ai pensé tout le temps que vous étiez quelque chose de ce genre car vous êtes un consommé coquin.

Pour la première fois de sa vie, Raymond se sent battu par ses propres armes ; contre le sang-froid du marquis, le torrent de ses paroles furieuses se brise comme la mer se brise sur un rocher, et fait aussi peu d'impression.

— Et alors quoi ? dit le marquis, puisqu'il paraît que vous êtes mon fils, que me voulez-vous ?

— Vous devez me sauver, monsieur, dit Raymond d'une voix rauque.

— Vous sauver ! Mais, mon digne ami, comment vous sauver ? Vous sauver du cab et des menottes ? Si je sors trouver ces gens et leur dis : « C'est mon fils, soyez assez bons pour renoncer au cab et aux menottes », ils riront de moi. Ils sont terriblement terre à terre ces gens-là. Que faut-il faire ?

— Seulement ceci, monsieur, il faut que je m'échappe de cet appartement; cette croisée donne dans le jardin, du jardin aux écuries, des écuries dans une rue écartée, et de là…

— Ne pensez pas que vous puissiez arriver là. Je doute réellement que vous puissiez y arriver. Il y a un policeman qui monte la garde dans ce jardin.

Raymond sourit; il recouvre sa présence d'esprit devant la nécessité d'agir; il ouvre un tiroir dans une tablette de la bibliothèque et sort un pistolet à vent, on dirait un joujou élégant.

— Je dois tirer sur cet homme, dit-il.

— Alors je donne l'alarme. Je ne veux pas être impliqué dans un meurtre. Bonté du ciel, le marquis de Cévennes impliqué dans un meurtre! Ce serait le sujet des conversations de tout Paris pendant un mois.

— Il n'y aura pas de meurtre, monsieur, je ferai feu sur cet homme de cette fenêtre, et le blesserai au genou; il tombera, s'évanouira très probablement de douleur, et ne s'apercevra pas par conséquent si je traverse le jardin ou non; vous donnerez l'alarme et direz aux hommes qui sont en dehors que je me suis échappé par cette croisée et par la porte qui est là-bas, ils me poursuivront dans cette direction, tandis que…

— Vous ferez quoi?

— Je sortirai par la grande porte comme doit le faire un gentleman. Je ne suis pas sans m'être préparé à un événement comme celui-ci. Chaque pièce dans cette maison a une communication secrète avec la pièce voisine. Il n'existe qu'une seule porte dans cette bibliothèque et, selon les apparences, ils la gardent soigneusement.

Tout en parlant, il ouvre doucement la croisée et tire sur l'homme dans le jardin, celui-ci tombe en poussant seulement un gémissement. Comme Raymond l'a prédit, il s'évanouit de douleur.

Avec la rapidité de l'éclair, il ouvre la fenêtre avec fracas, lance le pistolet à l'extrémité la plus éloignée du jardin, enlève le chapeau du marquis de la chaise où il est posé, presse du doigt le dos de la reliure dorée d'un volume de Gibbon : un panneau étroit de la bibliothèque s'ouvre intérieurement et découvre une porte conduisant dans la pièce voisine, qui est la salle à manger. Cette porte est faite d'après un principe particulier, et tandis qu'il la pousse pour sortir, elle se ferme derrière lui.

C'est l'affaire d'une seconde, et comme les officiers de police, alarmés par le bruit de l'ouverture de la fenêtre, se précipitent dans le cabinet, le marquis donne l'alarme.

— Il s'est échappé, dit-il, par la fenêtre ; il a blessé votre agent et est passé par cette porte ; il ne peut avoir vingt mètres d'avance, vous le reconnaîtrez facilement, il n'a pas de chapeau.

— Arrêtez ! s'écrie l'officier de police. C'est peut-être un piège ; il peut avoir fait le tour pour sortir par la grande porte ; allez et veillez, Johnson.

Un peu trop tard pour cette précaution. Au moment où les officiers de police se précipitaient dans la bibliothèque, Raymond traversait la salle à manger, sortait par la porte donnant sur la rue et s'élançait dans le cab même qui attendait pour le conduire en prison.

— Cinq livres, si vous arrivez pour l'express de Liverpool, dit-il au cocher.

— C'est entendu, soit ! réplique ce digne citoyen, en clignant de l'œil. J'ai conduit beaucoup de gens comme vous, et ce sont encore les voyageurs qui paient le mieux et c'est une bonne fortune pour un pauvre diable travaillant dur, à qui les vieilles ladies avec leurs paniers et leurs parapluies regrettent de donner huit pence par mille.

Et il descend au galop Upper Brook Street et traverse Hanover Square, tandis que les gens de la police, aidés par le docteur Tappenden et l'obligeant marquis, font des recherches dans les écuries et dans les bâtiments adjacents. Chose étrange, ils ne peuvent obtenir aucun renseignement des cochers et des palefreniers sur un gentleman sans chapeau, qui doit être passé par les écuries environ trois minutes auparavant.

44
Le boxeur gaucher imprime son cachet

« C'est une preuve palpable et humiliante de la décadence de la glorieuse blanche Albion et de ses enfants au cœur de lion », écrit l'amusant correspondant des courses du *Franc Parleur* de Liverpool et de *L'Aristide* à trois pence – un gentleman qui, soit dit en passant, est très habile à désigner, pour une demi-douzaine de timbres-poste, les chevaux qui n'ont aucune chance de gagner, ce qui est vraiment utile pour estimer les meilleurs en donnant des renseignements précieux sur ceux qu'il faut éviter. La meilleure conduite à suivre est donc de parier contre n'importe quel cheval désigné par lui comme second si ce n'est vainqueur certain, car quels que soient les hasards fluctuants de la course on peut être sûr que ses vaillants coursiers, nonobstant toute dignité, ne se retrouveraient nulle part.

« C'est donc, continue le *Franc Parleur* de Liverpool, un signe de la décadence du lion et de la licorne, sur laquelle Britannia peut verser des larmes, et les habitants de Liverpool et de ses environs se désoler dans le silence du désespoir ; que la liberté de l'Angleterre n'est plus ! nous répétons. » (*L'Aristide* de Liverpool devient ici animé et entame les petites majuscules.) « La Bretagne n'est plus libre ! Sa liberté l'a abandonnée du jour où les sbires anglais à l'habit bleu de sir Robert Peel[1] ont violé simultanément les libertés de la nation, les plus puissants articles de la Magna Carta et du Prize Ring, et arrêté les opérations de Daddy Longlegs du Lancashire et du favori renommé de la capitale, le pilonneur gaucher, pendant le quatre-vingt-neuvième round, juste au moment où l'intérêt de la lutte allait réellement commencer. En raison de ces circonstances humiliantes, un meeting s'est tenu entre les arbitres et les soutiens financiers des combattants, et il a été convenu entre ces derniers et les parties prenantes d'annuler le combat. Mais afin que le vaillant et admiré pilonneur ne puisse avoir aucune raison de se plaindre de l'hospitalité de la ville de Liverpool, les protecteurs de l'art de la boxe ont résolu de lui offrir un banquet qui sera présidé par son dernier adversaire, notre ancien favori et honoré compatriote Daddy Longlegs, avec pour vice-président un gentleman distingué du sport. Il est à espérer que, comme preuve que le noble art de l'autodéfense n'est pas complètement éteint dans Liverpool, les amis du ring se mobiliseront en très grand nombre en cette occasion. On peut se procurer des billets pour une demi-guinée au Gloves Tavern, où se donnera la fête. »

Le jour même où le comte de Marolles quitte sa maison de Park Lane d'une si brusque manière, le banquet en l'honneur du génie de la boxe, en la personne du Pilonneur gaucher, s'ouvre magnifiquement au Gloves Tavern. C'est une petite auberge voisine de l'entrée d'un des théâtres mineurs de Liverpool principalement fréquentée par les membres de l'art de Thespis et ceux du pugilat. L'élément dramatique prédomine peut-être

---

1. Fondateur de la police anglaise, dont le premier commissariat fut installé à Bow Street.

un peu dans la petite salle derrière le comptoir, dans laquelle Brandolph de Burning Brand, après avoir soutenu seize combats au glaive fantastique et avoir été laissé pour mort derrière les premiers rideaux sept fois dans le cours de trois actes, vient prendre volontiers son *welsh rarebit* et sa pinte de *porter* et d'*ale* en compagnie du Broyeur du Lancashire et du Mignon des Poteries[1], et écouter avec toute la gravité nécessaire les discours de ces deux personnages. La petite salle est entièrement recouverte des portraits des célébrités du théâtre et du sport, au point qu'Œdipe lui-même, tout renommé qu'il est pour avoir deviné la plus obscure des énigmes, ne devinerait jamais le motif original du papier qui décore les murs. Ici Mr Montmorency, l'illustre comédien, sourit agréablement de ce sourire doucereux qu'on lui voit seulement dans les portraits, par-dessus ses larges épaules, moitié plus fortes que celles du Mignon dans l'attitude du combat. Là Mr Marmaduke Montressor, le grand tragédien, l'air renfrogné, dans le rôle de Richard III, Pyrrhus Ier, vainqueur du dernier Derby ayant eu lieu il y a quatorze ans. Ici encore Mlle Pasdebasque pointe sa pantoufle de satin côte à côte avec le jeune Challoner de cette époque ; et en face de Mlle Pasdebasque, un gentleman en écarlate, au nom inconnu, franchit, sur un cheval terre de Sienne parfaitement conservé et abondamment couvert de vernis, un fossé bleu de Prusse, qui fait vivement craindre à l'observateur qu'il ne soit, non pas noyé par le fossé mais teint. Quant à Brandolph de Brand, il y a de si nombreux portraits de lui et dans des poses si variées, dans lesquels il paraît si beau et si magnanime

1. Ancien village et quartier populaire de Londres connu pour sa population bagarreuse.

dans tous ces rôles, que l'on risque peut-être après tout d'éprouver un complet désappointement en baissant les yeux sur l'original revêtu du triste costume de la vie privée, assis devant un rafraîchissement sur la petite table d'acajou brillant. Et si vous avez vraiment le bonheur d'être doué de quelque imagination, vous pourrez penser qu'il ne mange même pas un *welsh rarebit* pour quelque motif égoïste, mais bien plutôt pour délivrer une jeune dame en mousseline blanche des griffes de son oppresseur.

Les comédiens affluent, pour faire honneur à l'art de son parent en cette occasion particulière ; le théâtre voisin se trouve heureusement fermé à cause des préparatifs énormes nécessités par une médiocre bagatelle dramatique intitulée *Victoire des Sikhs, ou le Tyran du Gange*, qui doit être représentée le lundi suivant avec une magnificence plus qu'ordinaire. Aussi les sectateurs de Thespis sont-ils libres de témoigner leur admiration pour la noble science de l'autodéfense en prenant des billets pour le dîner à dix shillings et six pence par tête, le banquet étant, comme les comédiens le remarquent avec plus d'énergie que d'élégance, une affaire manquée si le repas ne dure pas au moins deux jours et si l'indigestion qui doit s'ensuivre ne les mène pas jusqu'à la fin de la semaine.

Je n'entrerai pas dans les détails du dîner en l'honneur du pugilat, mais j'introduirai le lecteur dans la salle du banquet, juste au dernier moment du repas, où le festival est près d'être terminé. Il est 2 heures du matin ; la table est jonchée des débris d'un dessert, dans lesquels semblent prédominer figues, amandes, noisettes, gâteaux assortis, grappes de raisin, pelures de pommes et d'oranges ; c'est un vrai champ de bataille de Crécy ou de Waterloo, couvert de bouteilles vides en guise d'hommes morts (main basse ayant évidemment été faite sur la cave bien garnie de Mr Hemmar). D'après les verres et les cuillères devant chaque invité, il est évident que les joyeux convives ont suivi l'exemple du célèbre héros de Mr Augustus Sala, et qu'après avoir essayé une variété de vins étrangers ils sont revenus au gin à l'eau pur et simple. La qualité particulière et paradoxale des vins naturels qu'on leur a servis n'a produit qu'un effet complètement assoupissant sur ceux qui les ont bus ; il y a certainement une lassitude dans le cerveau, une lourdeur et un embarras dans la parole, et une excitation exagérée et inconvenante, de l'emphase dans les gestes des amis du boxeur qui sont complètement en désaccord avec l'idée ordinaire que nous nous faisons du mot naturel. Mais pourquoi leur chercher querelle à ce sujet ? Ils sont inoffensifs et heureux. Il n'y a sûrement pas de crime à voir deux becs de gaz là où l'œil, dans son état normal, n'en aperçoit qu'un ; il n'est pas plus criminel d'essayer cinq fois de suite de prononcer les deux mots « *slightest misunderstanding*[1] » et d'échouer honteusement à chaque tentative. À tout considérer, ce doit être un sentiment affectueux qui inspire subitement à une personne une amitié folle et presque passionnée pour un individu qu'elle n'a jamais vu ; une telle amitié, en un mot, qu'on mettrait sa tête sur le billot pour lui, ou être sa caution au bureau des emprunts pour cinq livres. Est-ce une mauvaise action que d'entamer un discours du genre patriotique, rempli d'allusions sur John Bull[2], la reine Victoria, les murs de bois, le prix de la lutte, et de fondre en larmes au milieu ? Y a-t-il manque de bonté dans le désir de voir votre ami rentré chez lui, parce que

1. Le plus léger malentendu.
2. Personnification de l'Anglais moyen.

vous avez la ferme conviction qu'il a un peu trop bu et qu'il tombera contre les barreaux de la grille et s'empalera le menton sur ses pointes, ce qui, naturellement, ne risque pas le moins du monde de vous arriver? Sont-ce là des crimes? Non, répondons-nous hardiment. Non! Alors hourra pour les vins naturels et le libre échange! Ouvrons nos ports aux produits empourprés du Rhin, et qu'ils soient bien venus, trois fois bien venus les flots du liquide rouge qu'Horace chanta il y a plusieurs centaines d'années, quand notre magnifique terre était plus jeune et peut-être plus belle, et opérait sa révolution, chose pénible à avouer, parfaitement bien en vérité, sans vous ou moi pour la gouverner.

Une coupe d'argent, ayant un des travaux d'Hercule gravé sur sa surface – pauvre Hercule, comme ils le font travailler dur dans le monde du sport! –, a été présentée au Pilonneur comme un tribut de respect pour les qualités britanniques qui lui ont attiré l'amitié de ses admirateurs; et un toast à la santé du boxeur a été porté trois fois, puis encore trois fois, et une autre petite fois, puis de nouveau trois fois, et encore trois fois, et une autre petite fois, et le boxeur a remercié comme il se doit, et Brandolph du Brand a proposé qu'on en porte un autre à Daddy Longlegs, et ce dernier a prononcé un très beau discours dans le pur dialecte du Lancashire, que les gentlemen de la profession théâtrale ont eu en vain la prétention de comprendre. Mr Jeffries Hollam Jones le chroniqueur spirituel dont nous avons mentionné les lignes précédemment a proposé à son tour un toast à l'art de la boxe, le Pilonneur à celui de la presse, pour les libertés de laquelle, comme il le dit en un noble langage, inséré plus tard dans *L'Aristide*, les gentlemen du Ring sont prêts à combattre aussi longtemps qu'ils auront cinq doigts de la main à projeter sur ce qui sert de cervelle à l'ennemi, puis Daddy Longlegs trinque à la santé du théâtre et à celle de sa plus grande gloire : Brandolph du Brand, et enfin chacun propose celle de chacun. Finalement, sur une aimable proposition, tout le monde se met à chanter. Étant donné que la demande de chanson émane bruyamment et impérativement de la part de chaque membre de la joyeuse réunion aucun refus ne saurait être admis, la mélodie et l'harmonie de la soirée deviennent donc très incertaines. « Annie Laurie[1] », jeune femme indécise, passe d'une façon agréable de *sol* en *ré* et de *ré* en *mi*, et puis revient avec une habileté digne d'éloges en *do* pour finir. Le gentleman qui préférerait *sol* pourrait témoigner de sa complète désolation dans cette clé unique sans aucun préjudice, et un autre gentleman, qui chante une chanson comique de soixante-dix couplets de huit lignes ayant quatre lignes de chœur à chaque couplet, ferait mieux de s'en tenir à son premier projet de chanter extraordinairement bas, au lieu de chanter extraordinairement fort, il est bien entendu que dans un chœur chaque chanteur a le droit de choisir le ton qui lui convient, ou autrement où serait la liberté individuelle ? Aussi est-il inutile d'en parler. Mais la fête est terminée, et les convives de Mr Hemmar se lèvent pour partir ; chose nullement aussi insignifiante qu'ils le pensaient. Il est vraiment difficile, dans une telle atmosphère de tabac, de trouver la porte, et c'est là, sans doute, la raison pour laquelle plusieurs gentlemen la cherchent dans une mauvaise direction et se cognent contre les murs qu'ils tâtent avec les mains. Au milieu de toute cette joyeuse agitation, deux gentlemen ont développé, grâce aux vins naturels de Mr Hemmar, une amitié au-dessus de toute description. Ce sont nos deux héros de

1. Vieille chanson écossaise.

la soirée, le Pilonneur gaucher et Brandolph du Brand qui, par parenthèse, est connu dans la vie privée sous le nom d'Augustus de Clifford, nom qui n'est pas écrit ainsi sur le registre de la paroisse qui note malicieusement William Watson, mais pour ses amis et le public il est depuis quinze ans admiré et chéri comme le célèbre Clifford, appelé familièrement Brandolph, allusion délicate au plus remarquable de ses rôles.

Pour l'instant, Brandolph est positivement convaincu que le Pilonneur n'est pas en état de regagner seul son logis tout comme le boxeur est persuadé que Brandolph lui-même fera quelque malheur s'il n'est pas surveillé. Brandolph se prépare donc à reconduire le boxeur jusqu'à son hôtel, qui est à une distance considérable du Gloves Tavern, puis le boxeur reviendra sur ses pas pour s'assurer de la rentrée de Brandolph dans son logement, à deux portes du Gloves Tavern. Donc, après avoir souhaité une bonne nuit à chacun en particulier, quelquefois avec des pleurs, et toujours avec un tendre pathos très voisin, Brandolph jette sur lui son large pardessus, comme le ferait Manfred avec son manteau avant de faire une invocation matinale à la sorcière des Alpes, et le boxeur enroule autour de son cou cinq mètres d'une étoffe de laine de couleurs variées, qu'il appelle un cache-nez, et ils sortent.

Quelle splendide nuit d'automne! La pleine lune brille dans les hauteurs du ciel, une petite étoile la suit dans sa marche comme un chien de chasse bien dressé sous forme de houppe brillante, tandis que les autres astres se tiennent à distance, comme retirés dans leurs retranchements, comme disent les Français, en froid peut-être avec leur reine, au sujet de quelque affaire touchant aux impôts.

Une nuit magnifique aussi claire que le jour, non, presque plus claire car sa lumière est de celles qu'on peut regarder, et qui n'éblouit pas comme le fait celle du soleil si l'on est assez présomptueux pour lever ridiculement ses minuscules organes visuels sur son sublime éclat. Pas une ombre sur le pavé de Liverpool, pas un chien endormi sur un seuil de porte, pas un chat libertin s'introduisant furtivement dans l'enceinte d'une maison ; il fait aussi jour qu'en plein midi, une nuit faite pour Lara. Brandolph du Brand devient sentimental.

— Vous ne voudriez pas croire, murmure-t-il en considérant distraitement la lune, tandis que le boxeur et lui marchent en zigzag sur le pavé, qu'elle n'a pas d'atmosphère, n'est-ce pas ? Un individu pourrait y construire un théâtre, et faire monter sa troupe en ballons, mais je me demande si cela serait payant à cause du besoin trivial de cette fichue atmosphère qu'elle n'a pas ?

— Elle n'en a pas ? demande le boxeur qui a certainement, à tout prendre, en matière d'ivresse, l'avantage sur le tragédien. Vous aurez un œil au beurre noir si vous ne vous garez pas de ce réverbère qui est devant vous. Je n'ai jamais vu un aussi drôle de type, ajoute-t-il, avec ses atmosphères, et ses lunes et ses ballons ; on croirait qu'il n'a jamais bu un ou deux verres de vin avant.

Pour arriver à l'hôtel que le gaucher honore de sa présence, il est nécessaire de passer sur le quai, et la vue de l'eau et des bâtiments plongés dans le calme sous la clarté de la lune éveille de nouveau la poésie naturelle du romanesque Brandolph.

— C'est superbe ! dit-il, en ouvrant théâtralement les bras pour embrasser la scène devant lui. Quel calme ! Nous sommes les taches qui souillons la beauté de cette terre. Oh, pourquoi ? Pourquoi faussons-nous le beau et l'héroïque comme l'observe l'auteur de *La Dame de Lyon* ? Pourquoi faussons-nous la vérité ? Pourquoi buvons-nous trop et voyons-nous double ? Debout au milieu des suprêmes silences, la création muette écoute nos paroles et nous levons les yeux vers les étoiles qui abaissent leur regard sur le philosophe du puits ; et nous sentons que nous avons rétrogradé.

Ici l'éminent tragédien se met à bredouiller et tombe violemment assis sur la bordure du pavé.

— Nous sentons, répète-t-il, que nous avons rétrogradé. Quelle pitié !

— Bon ! Qui va le lever maintenant, demande le boxeur en un appel silencieux aux réverbères qui l'entourent. Je ne peux pas, et s'il s'endort là, il va prendre froid. Levez-vous, fou pleurnicheur !... Vous ne pouvez pas rester ici ! dit-il avec une certaine rudesse, au descendant de Thespis qui pleure piteusement et essuie ses yeux avec une affiche du *Tyran du Gange*, ce qui n'embellit aucunement sa personne d'être barbouillée ainsi avec le rouge et le noir de l'annonce imprimée.

Inutile de chercher comment l'hôtelier des Joyeux Cherokees pourrait sortir son compagnon de cette position dégradante sans intervention étrangère, car, au même moment, le boxeur aperçoit un peu plus loin un gentleman qui descend d'un cab et qui, après avoir adressé deux ou trois questions au cocher, le paie, le congédie et avance en direction des marches qui conduisent au bord de l'eau. Ce gentleman porte son chapeau complètement rabattu sur son visage, il est enveloppé dans un large et épais pardessus cachant entièrement sa taille, et porte un paquet d'une nature particulière sous son bras gauche.

— Ohé ! dit le boxeur au piéton qui approche, ohé ! Vous, là-bas ! Donnez-moi un coup de main, voulez-vous ?

Le gentleman interpellé n'a pas l'air d'entendre sauf, en vérité, qu'il hâte considérablement le pas et essaie de dépasser le gaucher.

— Non, vous ne voulez pas, dit notre ami le lutteur ; le drôle qui refuse de relever un homme qui est tombé est indigne de porter le nom d'Anglais, et plus tôt il sera drossé, mieux ce sera.

Sur ce, le boxeur ferme ses poings et se place en droite ligne dans le chemin du gentleman au chapeau rabattu.

— Voici ce que j'ai à vous dire, mon bon ami, lui répond l'individu. Vous pouvez ramasser vous-même votre compagnon ivre, ou attendre l'arrivée du prochain policeman, qui rendra service au public en vous conduisant tous les deux au poste, où vous pourrez finir la nuit conformément à vos manières hautement intellectuelles… mais vous serez sans doute assez bon pour me laisser passer, car je suis pressé. Vous voyez là-bas ce vaisseau américain… Il a descendu la rivière pour attendre le vent, la brise peut souffler d'un moment à l'autre, et il peut partir avant que je l'atteigne ; ainsi, si vous voulez gagner un souverain, allez voir si vous pouvez me rendre le service d'éveiller un batelier qui me transporte au bâtiment.

— Ah ! vous partez pour l'Amérique ? dit le boxeur en réfléchissant. Les fumées de ce vin d'Hemmar me soufflent que je dois faire connaissance avec la coupe de votre figure. Je vous ai vu quelque part, quoique le souvenir de l'endroit où je vous ai vu soit confus dans mon esprit. Allons, donnez-moi un coup de main pour mon ami que voici, et je viendrai à votre aide pour le batelier.

— Au diable votre ami ! dit l'autre avec emportement. Voulez-vous me laisser passer, maudit ivrogne !

Cela suffit amplement pour le boxeur qui est justement dans cette agréable disposition d'esprit qui suit la consommation des boissons fortes, sous l'influence desquelles l'œil défiant est capable de voir un ennemi dans un ami, et l'oreille prévenue est également disposée à découvrir une insulte dans le discours le plus poli.

— Allons-y donc, dit-il.

Et se postant dans une attitude conforme aux règles de l'art, il voltige d'un côté et d'autre deux ou trois fois comme s'il était vis-à-vis de son partenaire dans un quadrille ; puis, d'un mouvement rapide comme l'éclair, il fond sur l'étranger avec son poing gauche et lui assène un coup, retentissant comme un coup de marteau de facteur, exactement entre les yeux. L'individu tombe sous le choc, comme un bœuf sous la main d'un boucher habile.

Il est inutile de dire qu'en tombant, son chapeau roule au loin, et que, gisant inanimé sur le pavé, la clarté de la lune révèle chaque trait de son visage aussi distinctement qu'en plein jour.

Le boxeur s'agenouille à côté de lui, l'examine attentivement pendant quelques minutes, et siffle ensuite sur un ton bas et prolongé.

— Vu les circonstances, dit-il, je n'aurais pas pu mieux faire que ce que je viens visiblement de faire. Il ne partira pas pour l'Amérique par ce vaisseau, dans tous les cas. Si j'envoie une dépêche télégraphique aux Cherokees, il se peut qu'ils soient enchantés d'apprendre qu'il a fui pour tomber ici. Allons, marchons, continue le boxeur dégrisé, en soulevant Mr de Clifford par le collet de son habit, aussi rudement que s'il s'agissait d'un sac de charbon. Je crois entendre les pas d'un Bobby[1] venant par ici ; aussi ferons-nous bien de décamper avant qu'on ne nous pose quelque question.

— Si, dit l'illustre Brandolph, fondant encore en larmes, la ville de Liverpool était gouvernée d'après les principes de la république de Platon, il n'y aurait pas

1. Agent de police (familier).

de policemen ; mais, comme je l'ai déjà dit, nous avons rétrogradé. Prenons garde aux postes, ajoute-t-il d'un ton plaintif. C'est étonnant l'effet que quelques verres de vin produisent sur les jambes de certaines gens, tandis que sur d'autres, au contraire…

Il retombe ici sur le sol, et cette fois déjoue toutes les tentatives du boxeur pour le relever.

— Vous ferez mieux de me laisser, murmure-t-il ; c'est dur, mais c'est propre et confortable. Apportez-moi mes bottes et mon eau chaude à 9 heures ; j'ai de bonne heure une répétition du *Tyran*. Rentrez chez vous tranquillement, mon cher ami, et ne buvez plus rien, car votre tête n'est évidemment pas solide. Bonne nuit.

— En voilà une situation ! dit le boxeur. Je ne peux pas veiller sur lui, car je dois aller voir si le bureau du télégraphe est ouvert, afin d'envoyer un mot à Mr Marwood sur l'affaire de cette nuit. Le comte de Marolles est suffisamment en sûreté pour un ou deux jours, quoi qu'il en soit, car je lui ai imprimé un cachet qu'il n'effacera pas de sitôt, tout habile qu'il est.

45
Ce que l'on trouve dans la chambre où le meurtre a été commis

Au moment de l'arrestation du comte de Marolles, Mr Peters, employé à une mission d'une nature secrète et délicate dans la ville de Slopperton sur le Sloshy, était absent de Londres.

Slopperton a très peu changé depuis que l'assassinat du Moulin noir a occupé toutes les bouches pendant neuf jours. Il y a peut-être quelques hautes cheminées de fabrique de plus, un plus grand nombre de jeunes ouvrières en vestes de coton et en colliers de corail toute la semaine et en robes de soie bruissantes et fleurs artificielles le dimanche ; la nouvelle ville, ce parasite de la vieille ville, s'est peut-être étendue un peu plus loin dans la campagne lumineuse et aérée, et un voile de fumée noire, suspendu dans l'atmosphère, peut apparaître au voyageur en chemin de fer qui approche de la station de Slopperton, plus large que celui qu'il a vu il y a huit ans.

Mr Peters, ne résidant plus dans la ville, établit sa demeure dans une hôtellerie ; et, chose étrange, il a choisi cette petite auberge sur le bord de la rivière, dans laquelle il avait entendu la conversation entre le maître d'étude et la jeune paysanne, dont les détails sont déjà connus du lecteur.

Il est particulier dans son choix d'hôtel, car les Délices du Batelier ne sont pas capables d'offrir beaucoup d'attraits à tout autre qu'à un batelier. Il est vraiment difficile de deviner ce que peuvent être les délices spéciales du batelier, pour que les membres de cette corporation puissent les trouver réunies dans cette taverne. Les délices du batelier ne consistent évidemment pas dans la propreté, ou bien ils iraient ailleurs à la recherche de cette vertu. Le batelier ne peut pas non plus rechercher la politesse chez ceux qui le servent, car l'hôtelier et cette jeune personne en savates qui est fille de comptoir, caissière, valet d'écurie, cuisinière, femme de chambre et garçon de salle tout à la fois, sont notoirement bourrus dans leur conversation avec leurs clients, et ont un air maussade et insolent, très désagréable pour le consommateur sensible. Mais si, d'un autre côté, les délices du batelier consistent par hasard en saleté, humidité, mauvaise cuisine et service détestable, enfin en boissons dans lesquelles le petit verre de ballon de brandy du cabaretier surnage triomphalement et refuse opiniâtrement d'aller au fond, si de telles choses ont les délices du batelier, alors, certes, il les trouve là.

Quoi qu'il en soit, c'est aux Délices du Batelier qu'aborde Mr Peters, le jour même de l'arrestation du comte, un sac de voyage dans une main et une ligne de pêche dans l'autre. La personne qui l'accompagne n'est autre qu'Augustus Darley.

Le client, soit dit en passant, est généralement initié aux agréments de cette hôtellerie en se cognant ou trébuchant sur le seuil, et en venant saluer avec son organe olfactif une espèce de couche épaisse formée de sciure de bois et de *porter*, qui constitue la partie supérieure du plancher. Le néophyte des mystères des rose-croix et de la franc-maçonnerie a, je crois, à subir des épreuves désagréables avant d'être complètement initié aux secrets du Temple ; pourquoi alors, l'hôte des Délices n'aurait-il pas sa cérémonie d'initiation ? Mr Darley avec quelques précautions échappe, néanmoins, à ce danger et entre sain et sauf dans la salle du comptoir, occupé par la maussade donzelle en savates.

— Pourrait-on avoir un lit ? demande Mr Darley ; ou plutôt deux lits ?

La donzelle le fixe pendant quelques minutes sans lui donner aucune réponse, Gus répète sa question.

— Nous avons deux lits, marmonne la demoiselle renfrognée.

— C'est bien, alors, dit Gus ; entrez, vieux camarade, ajoute-t-il en s'adressant à Mr Peters, dont on aperçoit les grosses bottes et les jambes au sommet des marches sur lesquelles il attend patiemment le résultat de l'entretien de son compagnon avec la prêtresse du temple.

— Mais je ne sais pas si vous pourrez les avoir, dit la jeune fille avec un air plus insolent que d'habitude. On ne nous demande généralement pas de lits.

— Alors, pourquoi mettez-vous cela ? demande Mr Darley en désignant l'enseigne sur laquelle on lit en lettres autrefois dorées cette inscription : « Bons lits. »

— Oh ! ça ? dit la jeune fille, c'était écrit avant que nous prenions l'établissement ; et comme c'était compris dans le mobilier, nous ne l'avons naturellement pas enlevé. Mais je vais demander au patron.

Sur quoi elle disparaît dans le brouillard humide, comme si elle était le génie de cette atmosphère, et reparaît bientôt en disant qu'ils pourraient avoir des lits, mais qu'ils ne pourraient avoir une chambre particulière, parce qu'il n'y en a pas ; raison qu'ils acceptent comme étant sans réplique et à laquelle elle ajoute qu'ils devront se contenter d'une installation dans la salle du comptoir, sur ce, la serveuse en savates adoucit son air maussade et méfiant, et leur dit qu'ils trouveront l'endroit très gai, celui-ci ayant vue sur la rivière.

Mr Darley commande une bouteille de vin, ordre extraordinaire, inouï jusqu'à ce jour dans l'établissement, et fait observer qu'il serait enchanté si le propriétaire voulait lui-même l'apporter et perdre quelques minutes en conversation avec lui. Après avoir donné cette commande sans précédent, ils entrent, Mr Peters et lui, dans la salle.

Elle est vide, cette salle ; le batelier prend visiblement ses délices autre part cet après-midi ; il y a encore sur la table les marques humides des pots de *porter* pris le matin par le batelier, et les marques séchées des pots de *porter* du jour précédent ; on voit les débris de sa pipe, et les cartes avec lesquelles il a fait une partie carrée – lesquelles cartes qu'il a évidemment mâchées aux coins, quand il a eu mauvais jeu – éparpillées de tous côtés ; on voit l'empreinte boueuse de ses pieds sur le plancher sablé, et il existe une odeur pénétrante, mêlée d'exhalaisons de velours de coton, de tabac, d'oignons, de cuir humide et de gin, qui est bien le parfum caractéristique du batelier ; mais quant à sa personne, elle n'y est pas.

Mr Darley marche vers la croisée et jette les yeux au-dehors sur la rivière :

— Une vue réjouissante, dites-vous, Hébé en savates ? Est-ce chose réjouissante que de considérer cette eau triste et bourbeuse, en se rappelant combien de têtes malheureuses ont été englouties par ce courant ; combien de nombreuses créatures épuisées se sont couchées dans son lit, pour trouver dans la mort le repos qu'elles n'avaient pu obtenir dans la vie ; combien d'âmes égarées ont trouvé dans ces eaux noires une route pour l'autre monde, et sont parties le cœur endurci du rivage du temps pour l'océan de l'éternité ; combien de chevelures dorées ont été prises dans le filet du pêcheur, et combien de Mary, moins heureuses, étant moins innocentes que l'héroïne du chant mélodieux de Mr Kingsley, ont disparu, pour ne jamais, jamais revenir !

Mr Darley pense peut-être à tout cela car il tourne le dos à la fenêtre, crie à la servante de venir allumer du feu, et procède à l'opération de bourrer sa pipe, ce grand consolateur de l'homme.

Je m'étonne beaucoup, aimables lectrices, que vous n'ayez jamais songé d'une manière ou d'autre à chercher querelle aux mânes du vaillant, du chevaleresque Walter Raleigh, du héros qui a découvert la Nouvelle-Guinée ; du rebelle audacieux, de l'adorateur passionné de filles d'honneur ; de l'importateur de la plus grande rivale qu'eût jamais eue femme dans les affections d'un homme, de cette dixième Muse, de cette quatrième grâce, de cette sainte non canonisée : la feuille de tabac. Vous êtes fâchée contre le pauvre Tom, que vous malmenez et piquez si cruellement, madame Jones, parce qu'il est rentré au logis, la nuit dernière, venant de cette petite partie à Greenwich, légèrement indisposé par le saumon et le concombre, non par le punch glacé, oh ! non, il y goûta à peine ! Vous êtes fâchée avec votre meilleure moitié, votre alter ego, et vous désirez lui donner, comme vous dites élégamment, un échantillon de votre esprit. Ma chère âme, quel souci peut avoir de vous Tom derrière sa pipe ? Croyez-vous qu'il vous écoute, ou qu'il pense à vous, tandis qu'il est à examiner paresseusement avec ses yeux rêveurs les spirales bleues de la fumée qui tourbillonnent dans l'air en sortant de son fidèle fourneau d'écume de mer ? Il rêve à la jeune fille qu'il a connue il y a quatorze ans, avant qu'il tombât sur ses genoux dans le parloir retiré, et écorche son articulation en vous offrant sa main ; il pense au pique-nique d'Epping Forest, où il la rencontra la première fois, quand on portait des robes à taille courte et que Plancus était consul ; quand il y avait un échafaudage à Charing Cross, et des diligences entre Londres et Brighton ; quand on pouvait rencontrer des chanteurs ambulants à Beulah Spa, et qu'il n'y avait aucun Mr Robson au Théâtre olympique. Il vous regarde de tous ses yeux, le pauvre Tom, et est attentif à toutes vos paroles, du moins vous le croyez ! Ah ! ma chère dame, croyez-moi, il ne voit pas un seul trait de votre visage, et n'entend pas un mot de votre beau discours. C'est elle qu'il voit ; il la voit à l'extrémité d'un berceau de verdure, avec le soleil rayonnant à travers les feuilles sur ses boucles noires, et formant des dessins sur son innocente robe blanche ; il voit le petit coup d'œil coquet qu'elle lui lança en tournant la tête, tandis qu'il était dans une attitude qu'il reconnaît maintenant avoir ressemblé à celle d'un naufragé, au milieu des débris du banquet, des salades de homard, des pâtés de veau et de jambon, des bouteilles vides de champagne, des épluchures de fraises, des ombrelles, des chapeaux et des châles. Il entend le chant des oiseaux de l'Essex, le frémissement des feuilles de la forêt, son rire clair à elle, les roues d'une voiture, le tintement de la clochette des troupeaux, le retentissement du marteau d'un forgeron, et les chutes d'eau au loin ; tous ces bruits suaves, rustiques, qui produisent une harmonie bien différente de celle des tons courroucés de votre voix, sont dans ses oreilles ; et vous, madame, vous, pour l'impression que vous pouvez lui faire, vous seriez aussi bien perchée sur le point culminant du pic de Ténériffe, cherchant à découvrir dans le vaste océan un auditeur aussi attentif que vous pourriez en trouver de votre éminence.

Et quelle est la fée qui opère l'enchantement? Son nom terrestre est Tabac, autrement œil-de-perdrix, Latakieh, Cavendish, et le magicien qui le premier l'introduisit dans le royaume britannique fut Walter Raleigh. N'êtes-vous pas enchantée, aimable lectrice, que ses matelots se soient mutinés, que son fils chéri ait été tué sur cette terre lointaine, et que le Stuart mal inspiré ait récompensé le plus noble et le plus savant de son siècle par une captivité dans un donjon et par la mort des traîtres?

Je ne sais si Auguste Darley fait toutes ces réflexions pendant qu'il est assis au milieu de la fumée et du brouillard humide qui luttent dans la salle des Délices du Batelier, fumée et brouillard qui devaient bientôt finir par produire un bon feu, au dire de la maussade servante. Gus n'est pas marié, et en outre Mr Peters et lui, ayant en main une affaire importante, ont peu de temps à donner aux réflexions philosophiques ou sentimentales.

Le propriétaire des Délices paraît bientôt avec ce qu'il assure être à ses hôtes une bouteille de porto telle qu'ils n'en ont jamais rencontré. Il y a dans cette recommandation un degré d'obscurité qui se ressent des communications inspirées par la prêtresse de l'oracle. Les Éacides subjugueraient-ils les Romains, ou les Romains anéantiraient-ils les Éacides; la bouteille de porto pourrait être d'une qualité irréprochable ou d'une qualité si exécrable qu'elle ne pourrait être dépassée par aucun vin falsifié, que dans tous les cas le propriétaire ne se parjurerait. Gus considère le beau côté de la question, et prie son hôtelier d'enlever le bouchon et d'apporter un autre verre.

— Si toutefois, dit-il, vous pouvez disposer d'une demi-heure pour une causerie amicale.

— Oh! pour cela, dit le propriétaire, j'ai assez de temps à moi; ce ne sont pas les affaires qui me tiennent en mouvement; il n'y a jamais de presse que dans les après-midi pluvieux, quand ils arrivent ici avec leurs bottes sales et font plus de gâchis qu'ils ne boivent de bière. Un noyé retiré ou une enquête animent la place de temps en temps ; mais aujourd'hui, mon Dieu, il n'y a plus rien à faire, et même les enquêtes et les noyés semblent disparaître.

Le propriétaire est un être essentiellement mélancolique et taciturne ; il s'assied devant sa propre table, essuie la bière de la veille avec la manche de sa veste, et se prépare à boire son porto avec une triste résignation, dont la sublimité suffirait à toute une bande de conspirateurs pour monter sur l'échafaud de la manière la plus convenable.

— Mon ami, dit Mr Darley en présentant Mr Peters d'un geste de la main, est étranger et il ne possède pas encore notre langue ; il la trouve incertaine et difficile à saisir sous le rapport de la construction aussi l'excuserez-vous s'il n'est pas d'humeur enjouée.

Le propriétaire fait un signe d'assentiment et remarque, en manière d'approbation, qu'il ne voit pas ce qui pourrait donner de nos jours de l'enjouement à l'individu le mieux disposé pour cela.

Après un certain temps passé en conversation décousue et en descriptions très intéressantes de plusieurs enquêtes, Gus demande au propriétaire s'il se souvient d'une affaire qui est arrivée, il y a huit ou neuf ans, ou aux environs, à une jeune fille trouvée noyée vers la fin de l'année.

— On trouve toujours des filles noyées, dit le propriétaire d'un air pensif. J'ai la ferme croyance qu'elles aiment cela, spécialement quand elles ont de longs cheveux ; elles ôtent leurs bonnets et lâchent leur chevelure et mettent un billet dans leur poche, écrit en grosses lettres, pour dire qu'elles espèrent qu'il aura du chagrin, et ainsi de suite. Je ne me rappelle d'aucune jeune fille en particulier, il y a huit ans, vers la fin de l'année. Je puis avoir plusieurs souvenirs confus de jeunes filles retirées de l'eau, mais je ne pourrais dire si celle-ci se nommait Jane ou Sarah.

— Vous souvenez-vous alors d'une querelle qui eut lieu entre un homme et une jeune fille dans cette salle même, et de l'homme qui eut le front coupé par un souverain qu'elle lui jeta ?

— Nous n'avons jamais de querelles dans cette salle, réplique le propriétaire. Les bateliers ont quelquefois des mots entre eux et trépignent les uns sur les autres avec leurs grosses bottes, leurs talons ferrés et leurs orteils qui leur servent plus tard à danser quand ils sont revenus de bonne humeur ; mais je ne permets pas de querelles ici. Et cependant, ajoute-t-il après quelques minutes de réflexion, il y eut une espèce de dispute, je m'en souviens, entre une jeune fille qui se noya dans la nuit et un jeune gentleman, ici dans cette pièce. Il était assis juste à l'endroit où vous êtes maintenant, et elle se tenait debout à côté de cette croisée, et, en lui jetant avec mépris quatre souverains au visage, l'un d'eux l'atteignit au-dessus du sourcil et le fendit jusqu'à l'os ; il les ramassa quand sa tête fut bandée, et sortit en les emportant comme si rien ne s'était passé.

— C'est bien, mais vous souviendriez-vous par hasard, dit Gus, qu'il ne trouva que trois de ces souverains, et qu'il fut obligé d'interrompre ses recherches pour le dernier et de s'en aller sans l'avoir trouvé ?

Le propriétaire des Délices se plonge immédiatement dans une très profonde méditation ; il frotte son menton, en produisant un crissement comme s'il passait précautionneusement sur un petit pain d'abord avec une main et puis avec l'autre, il examine d'un œil sérieux le liquide couleur puce contenu dans le verre devant lui, prend une gorgée de ce liquide, fait claquer ses lèvres en connaisseur et dit finalement qu'il ne peut pour le moment se souvenir de cette dernière circonstance.

— Vous dirai-je, continue Gus, le motif que j'ai de vous poser cette question?

Le propriétaire dit qu'il lui est indifférent qu'il le mentionne ou non.

— Alors, voici. J'ai besoin de ce souverain. J'ai une raison particulière, et il n'est pas nécessaire de vous expliquer pour le moment laquelle, de désirer cette même monnaie préférablement à toute autre, et d'avoir l'intention de donner un billet de cinq livres à l'individu qui me mettra dans la main cette pièce d'or d'une valeur de vingt shillings.

— Vous ne feriez pas une telle chose? demande le propriétaire en exécutant de nouveau les opérations décrites ci-dessus et en regardant très fixement Gus tout le temps.

Après quoi il porte silencieusement ses yeux de Gus à Peters et de Peters au liquide couleur puce pendant quelques minutes, et dit enfin :

— N'est-ce pas un piège?

— Voici le billet, réplique Mr Darley ; examinez-le pour voir s'il est bon. Je le poserai sur cette table, et quand vous y déposerez le souverain dont je parle, et non pas un autre, il sera à vous.

— Alors vous pensez que j'ai cette pièce de monnaie? demande le propriétaire.

— Je sais que vous l'avez, dit Gus, à moins que vous ne l'ayez dépensée.

— Quant à cela, dit le propriétaire, quand vous m'avez tout d'abord rappelé les circonstances de la jeune fille et du gentleman, et de l'enquête et de tout le reste, j'ai la mémoire courte et je ne pouvais me souvenir tout de suite de ce souverain ; mais maintenant je me rappelle avoir trouvé la monnaie en question un an et demi après, car l'humidité fut considérable cette année-là, et le conseil de salubrité vint nous ordonner de réparer nos planchers et de blanchir nos murs intérieurs à la chaux, et en arrangeant le plancher de cette pièce, nous finîmes par rencontrer ce morceau d'or.

— Et vous ne l'avez jamais changé ?

— Vous dirai-je pourquoi je ne l'ai jamais changé ? Les souverains ne sont pas si abondants dans ces régions que je me sois avisé de garder celui-ci pour le regarder. Mais ce dont vous parlez n'était pas le moins du monde un souverain.

— Pas un souverain ?

— Non ; ce dont vous parlez n'était qu'une pièce étrangère de deux pence et demi avec un tas de vieilles inscriptions, et comme on a eu le culot de m'en offrir quatre pennies et six pence comme vieil or, ma foi, je la gardai, comprenant qu'elle n'avait de valeur que comme objet de curiosité. Hein ?

— Tout ce que je puis vous dire, ajoute Gus, c'est que vous fîtes très sagement de la garder, et voici cinq fois ou peut-être dix fois sa valeur, avec un gros intérêt pour votre argent.

— Attendez un peu, murmure le propriétaire.

Et, disparaissant dans la salle du comptoir, il furète dans un tiroir de ce sanctuaire et reparaît bientôt avec un petit objet soigneusement enveloppé dans un morceau de journal :

— Le voilà, dit-il ; et je suis joliment content de me défaire de cette inutilité, qui ne saurait vous procurer un morceau de pain si vous mouriez de faim ; et je vous remercie infiniment, monsieur, continue-t-il en empochant le billet. Je voudrais pouvoir vous en céder une demi-douzaine de plus au même prix, voilà tout.

C'est une monnaie des Indes orientales, vieille de cinquante ans, d'une valeur approchant de six ou sept roupies, ne ressemblant nullement par la grandeur ou la configuration à un souverain.

— Et maintenant, dit Gus, nous allons faire un tour de promenade, mon ami et moi ; vous pourrez nous faire cuire une côtelette pour 17 heures, et dans l'intervalle nous allons chercher à passer le temps aux environs de la ville.

— Les manufactures pourraient être un sujet intéressant pour des gentlemen étrangers, dit le propriétaire, dont la bonne humeur semble extraordinairement accrue par la possession du billet de cinq livres. Il y a une forte fabrique à côté qui occupe un nombre considérable d'ouvriers, dans laquelle un engrenage a tué un homme pas plus tard que la semaine dernière, et vous pourriez la visiter, j'en suis sûr, gentlemen, et vous y seriez bien reçus, en mentionnant seulement mon nom. Je fournis les ouvriers qui vivent autour de cet établissement, qui est très peuplé.

Gus le remercie pour ses obligeantes offres de service, et dit qu'ils se feraient un plaisir de profiter de ces renseignements.

Le propriétaire les suit du regard tandis qu'ils côtoient la rivière en se dirigeant vers Slopperton.

— Je crois, remarque-t-il en lui-même, que le causeur est fou, et que le silencieux est son gardien ; mais cinq livres sont cinq livres et ne se trouvent pas partout.

Au lieu de chercher à la fois de l'amusement et de l'instruction, comme ils pourraient en retirer d'une minutieuse visite à la fabrique en question, MM. Darley et Peters marchent d'un assez bon pas sans regarder à droite ou à gauche, choisissant les rues les plus reculées et les moins fréquentées, jusqu'à ce qu'ils laissent la ville de Slopperton et les eaux du Sloshy derrière eux, et débouchent sur la grande route, à quelques mètres seulement de la maison dans laquelle Mr Montague Harding a trouvé la mort : le Moulin noir.

L'endroit n'a jamais eu un aspect bien gai, même dans ses beaux jours ; mais actuellement, avec le souvenir qui s'y rattache et en fait essentiellement partie, c'est une lugubre habitation pour tous ceux qui connaissent l'horrible histoire, et la mort, comme une ombre funèbre, semble planer sur la sombre masse et avertir l'étranger de fuir cette demeure maudite. Les volets de toutes les croisées, à l'exception d'un seul, sont fermés ; les allées du jardin sont envahies par les mauvaises herbes, les plates-bandes bouleversées ; les arbres ont poussé des branches égarées qui traînaient à terre en travers du chemin de celui qui s'y introduit, et, s'embarrassant dans ses jambes, le renversent avant qu'il soit averti.

La maison pourtant n'est pas inhabitée. Martha, la vieille servante, qui a soigné Richard Marwood petit enfant, en est l'unique gardienne ; elle a un revenu convenable et une jeune servante pour la servir ; elle l'instruit, l'admoneste, la gronde et lui sert de chaperon, ce qui fait la consolation de sa calme existence.

La cloche que Darley agite à la porte va résonner au bas de l'avenue, comme si une faible partie de sa mission était d'être entendue dans la maison, sa puissance sonore étant évidemment destinée à éveiller tout Slopperton, en cas d'incendie, d'inondation, ou d'invasion d'un ennemi étranger.

Gus pense peut-être, tandis qu'il est devant la grande porte blanche, recouverte maintenant de moisissures et de mousse, autrefois si propre et si brillante, aux jours où Richard et lui portaient de petites blouses de toile, ornées de ganses et de dessins variés, de boutons reluisants, et où ils se balançaient, au soleil couchant, suspendus à cette même porte.

Il se rappelle Richard s'élançant et endommageant son nez sur le gravier ; ils avaient fait des gâteaux de boue dans cette même avenue, posé des pièges à oiseaux les plus efficaces et promettant les plus heureux résultats ; et ils n'avaient cependant jamais attrapé un seul petit animal dans ces mêmes bosquets ; ils avaient disposé une escarpolette sous les tilleuls là-bas, et construit une fontaine qui n'avait jamais coulé, mais qui avait dû être honteusement approvisionnée avec des cruches d'eau, qu'on remuait à la cuiller, comme un pudding, avant que le jet de cristal voulût consentir à monter. Un millier de souvenirs de cette époque enfantine reviennent à son esprit, et avec eux la pensée que le petit garçon en blouse brodée est maintenant un paria de la société, supposé mort, et que son nom est entaché des qualificatifs de fou et de meurtrier.

La servante de Martha, jeune paysanne aux joues roses, descend l'allée au bruit retentissant de la cloche et reste pétrifiée à l'apparition des deux gentlemen, l'un d'eux dans un costume aussi éclatant que notre ami, Mr Darley.

Gus dit à la jeune domestique qu'il a une lettre pour Mrs Jones, Jones étant le nom de famille de Martha ; le titre de madame est une distinction honorifique, le sacrement du mariage étant une des calamités que la digne femme avait évitées. Gus apporte un billet de la maîtresse de Martha, ce qui lui assure un chaleureux accueil.

— Les gentlemen voudraient-ils prendre du thé ? demande Martha. Sararanne (le nom de la jeune domestique était Sarah Anne, prononcé Sararanne à la fois par euphonie et commodité) leur donnera directement tout ce qu'ils pourront désirer.

La pauvre Martha est complètement désolée en apprenant que tout ce qu'ils désirent est de visiter la chambre dans laquelle le meurtre a été commis.

— Est-elle dans le même état où elle se trouvait à cette époque ? demande Gus.

— On n'y a jamais touché, leur assure Mrs Jones, depuis cette sinistre époque. Telle a été la volonté de sa maîtresse ; elle a été tenue propre et aérée ; mais pas le moindre objet de l'ameublement n'a été dérangé.

Mrs Jones est atteinte de rhumatismes et bouge rarement de son siège d'honneur à côté de la cheminée ; aussi Sararanne est envoyée, avec un trousseau de clés dans la main, pour conduire les gentlemen dans la chambre en question.

Pour le moment, deux choses paraissent évidentes dans les manières de Sararanne : la première, c'est qu'elle est enchantée à l'idée de pouvoir faire la coquette avec le brillant Mr Darley ; la seconde, qu'elle ne se soucie aucunement d'ouvrir la chambre en question et d'y entrer ; aussi, entre le désir de séduire et sa frayeur indomptable de voir disparaître quelqu'un devant elle, il s'établit dans son esprit un combat dont les effets sont pénibles à voir.

Les volets de la maison sont tous fermés, à l'exception d'un, et le vestibule et l'escalier sont plongés dans une pénombre bien plus effrayante pour les esprits craintifs que la plus noire obscurité. Dans la plus noire obscurité, par exemple, la pendule marchant huit jours dans un angle aurait été une pendule et non un sceptre de vieillard avec une grande barbe blanche et un manteau brun, comme la fait paraître le jour incertain, produit par un ciel ouvert, recouvert de lierre et situé au sommet de la maison. Sararanne est évidemment possédée de l'idée que Mr Darley et son ami ont l'intention de l'abandonner sur le seuil même de la chambre hantée, et de s'enfuir honteusement, la laissant braver les dangers de l'appartement, seule avec elle-même. Mr Darley l'assure de nouveau qu'il n'y a rien à craindre ; que l'existence est chose précieuse à conserver par-dessus tout, la vie étant courte et le temps long, etc., ce qui finit par décider la demoiselle à monter l'escalier (en regardant derrière elle à chaque marche) et à les conduire le long d'un couloir, à l'extrémité duquel elle s'arrête, choisit, avec une remarquable promptitude, une clé dans le trousseau, la plonge dans le trou de la serrure de la porte en face d'elle, et dit :

« Voilà la chambre, gentlemen, pour vous faire plaisir », fait une révérence, tourne les talons et s'enfuit.

La porte s'ouvre en craquant, et Mr Peters est enfin au comble de ses vœux, il se trouve dans la chambre même dans laquelle le meurtre a été commis. Gus jette les yeux autour de lui, s'avance vers la croisée, ouvre les volets de toute leur largeur, et un soleil d'après-midi inonde la chambre, éclairant chaque crevasse, découvrant chaque tache de poussière sur les rideaux de lit en damas dévorés par les mites, chaque fente et chaque souillure sur le parquet rongé par les vers.

Voir Mr Darley regarder autour de la chambre, et voir Mr Peters se livrer à la même opération, c'est voir deux choses complètement différentes, autant qu'il est possible à une physionomie de différer d'une autre. Les yeux du jeune chirurgien errent çà et là, ne s'arrêtent nulle part, et restent deux ou trois minutes fixés sur le même objet, avant de paraître comprendre toute la signification qui lui est attachée. Les yeux de Mr Peters, au contraire, font le tour de l'appartement avec une précision et une rapidité égales, vont du nombre un au nombre deux, et du nombre deux au nombre trois, et, après avoir fait une minutieuse inspection de tous les articles de l'ameublement dans la chambre, ils se fixent en dernier lieu, avec un regard d'une intensité concentrée, sur l'ensemble général de la pièce.

— Pouvez-vous découvrir quelque chose? demande enfin Mr Darley.

Mr Peters fait un signe affirmatif avec la tête, et, en réponse à cette question, se laisse tomber sur un genou et se penche pour examiner le plancher.

— Percevez-vous quelque chose là? demande Gus.

— Oui, réplique Peters sur ses doigts; examinez ce plancher.

Gus examine le plancher. Celui-ci est vermoulu et dans un état de grande dégradation à côté du lit.

— Eh bien? Et puis? demande-t-il.

— Et puis? dit Mr Peters sur ses doigts, une expression d'insigne mépris perçant sur tous ses traits. Et puis? Vous êtes un jeune gentleman de beaucoup de talent, monsieur Darley, et si j'avais besoin d'une prescription pour la bile, qui me tracasse quelquefois, ou d'un coup d'épaule pour le Derby, ce qui m'est inutile, n'étant pas un homme du sport, vous seriez l'individu que j'irais trouver. Mais, après tout, vous n'êtes pas un officier de police, ou autrement vous ne m'auriez jamais posé cette question. Et puis? Vous vous rappelez qu'une des preuves les plus terribles contre Mr Marwood fut les taches de sang trouvées sur la manche de son habit. Vous voyez là ces fentes et ces crevasses dans ce plancher, très bien, alors; Mr Marwood dormait dans la pièce au-dessous de celle-ci; il était harassé, je le lui ai entendu dire, il se jeta tout habillé sur son lit. Quoi de plus naturel, par conséquent, qu'il y eût du sang sur la manche de son habit; quoi de plus facile à deviner que voilà le chemin que le sang a suivi?

— Vous pensez alors qu'il a coulé à travers le plancher? demande Gus.

— Je pense qu'il a coulé à travers, dit Mr Peters sur ses doigts, avec une légère ironie; je comprends qu'il a coulé à travers. Son avocat fut un sot de ne pas porter ce détail devant la cour, ajoute-t-il en montrant les planches sur lesquelles il est agenouillé. Si j'avais seulement vu l'endroit avant le procès... mais je n'étais rien, et cela aurait été naturellement une remarquable impudence de ma part de demander à examiner la maison. Et maintenant, au numéro deux.

— Et cela est?... demande Mr Darley, pour qui les vues de Mr Peters sont complètement obscures, ce fonctionnaire ayant la confiance aveugle de Richard et de son ami est autorisé, par conséquent, à être tout aussi mystérieux qu'il lui plairait.

— Le numéro deux, le voici, répond l'agent. J'ai besoin de trouver une ou deux de ces vieilles pièces de monnaie indienne, car notre jeune mort-vivant, aussi vrai que le jour d'aujourd'hui ne sera pas celui de demain, a pris celle qu'il donna à la jeune fille dans cette armoire, ou mon nom n'est pas Joseph Peters.

Sur quoi Mr Peters, à qui Mrs Marwood a confié la clé de l'armoire, procède à l'ouverture des portes et inspecte soigneusement le vieux meuble.

Il contient un grand nombre de tiroirs, de boîtes, de casiers, d'enfoncements bizarres et de coins, ayant tous également une odeur de vétusté et de moisissure de bois de cèdre. Mr Peters tire les tiroirs, ouvre les boîtes, trouve des tiroirs secrets à l'intérieur d'autres tiroirs, et des boîtes ingénieusement cachées dans d'autres boîtes, tout cela avec un bien minime résultat; outre des vieux papiers, des paquets de lettres attachées avec un ruban de fil rouge fané, une miniature ou deux, au sourire niais et aux couleurs fades, à la manière d'il y a cinquante ans, quand un habit bleu clair à boutons de cuivre était la toilette exigée pour une invitation à dîner, et que les élégants de la capitale portaient une montre dans chaque poche de leur culotte et vous souriaient derrière un jabot de chemise assez proéminent pour les tenir toujours à distance de leurs amis et de leurs connaissances ; un dictionnaire de Johnson, un barème, et une paire de tire-bottes ; Mr Darley finit par se fatiguer de regarder l'opération et suggère un ajournement, car il remarque :

— Est-il vraisemblable qu'un gaillard comme ce North ait laissé quelque chose derrière lui ?

— Attendez un instant, dit Mr Peters d'un geste expressif avec sa tête.

Gus hausse les épaules, sort son porte-cigares, en allume un, s'approche de la croisée, s'accoude en fumant sur la barre d'appui, et se met à regarder les plantes grimpantes qui couvrent les murs et encadrent les fenêtres, tandis que le détective poursuit ses recherches parmi les vieilles liasses de papiers. Il est prêt à abandonner son inspection, lorsque, dans un des tiroirs extérieurs, il aperçoit un objet qui a échappé à son premier examen : c'est un sac en toile comme ceux dont on se sert pour mettre de l'argent, il est vide en apparence ; mais, en réfléchissant à ses recherches inutiles, Mr Peters retourne ce sac entre ses doigts dans un moment de distraction, et le balance dans l'air d'avant en arrière ; dans ce mouvement, le sac donne contre un côté de l'armoire, et, à la surprise de l'agent, rend un son métallique et sec. Il n'est donc pas vide. Une minute d'examen montre à Mr Peters qu'il a réussi à se procurer l'objet de ses perquisitions ; le sac a servi à renfermer de l'argent, et une petite pièce s'est logée dans la couture du fond et s'y est enfoncée si solidement qu'il n'est pas facile de l'en détacher ; dans le pillage précipité de l'armoire par l'assassin, et dans la rage aveugle qui le possédait de ne pas trouver la somme espérée, cette circonstance lui a naturellement échappé. La pièce de monnaie est une petite pièce d'or d'une valeur moitié moindre que celle trouvée par l'aubergiste, mais de la même date et du même endroit.

Mr Peters fait avec ses doigts un claquement de triomphe qui éveille l'attention de Mr Darley ; et, avec un coup d'œil de fierté pour son habileté dans son art particulier et de confiance en son génie, il montre la petite pièce d'or noircie.

— Par Jupiter ! s'écrie Gus admiratif, vous êtes donc parvenu à la trouver ! Parbleu, Peters, je crois que vous auriez fabriqué la preuve s'il elle n'avait pas existé.

— Huit années de l'existence de ce jeune homme, monsieur, disent les doigts rapides, ont été sacrifiées à la stupidité de ceux qui l'auraient aussi bien lancé dans l'éternité.

46
Mr Peters suit une marche bizarre et arrête le mort

Pendant que Mr Peters, accompagné de l'ami sincère de Richard, le jeune chirurgien, visite les lieux du crime, Dick compte les heures à Londres. Il est essentiel au succès de sa cause, Gus et Peters l'en ont prié instamment, de ne pas se montrer en public et de ne révéler en aucune façon son existence, jusqu'à ce que le véritable meurtrier soit arrêté. Que la vérité apparaisse à tout le monde, et il sera bien temps, alors, pour Richard, de se présenter à la vue de ses concitoyens, le front pur de flétrissure. Mais quand il apprend que Raymond de Marolles a glissé entre les mains de ceux qui le poursuivaient et que personne ne sait où il se trouve, tout ce que peuvent faire sa mère, son ami Percy Cordonner, Isabel Darley et les hommes de loi auxquels il a confié sa cause, c'est de l'empêcher de s'élancer à l'instant sur la trace du coupable. C'est une journée accablante pour eux tous, que celle de l'arrestation manquée. Ni les tendres consolations de sa mère, ni les assurances données par l'avoué que rien n'est encore perdu, ni les prières pleines de larmes d'Isabel, qui le supplie d'attendre patiemment, et de s'en remettre, pour l'issue de l'affaire, à la Providence ; ni la recommandation philosophique de Mr Cordonner de prendre cela avec calme et de laisser aller le bandit, ne peuvent le calmer. Il se sent comme un lion en cage, retenu par d'ignobles chaînes loin du vil objet de sa rage.

Le jour touche à sa fin pourtant et pas de nouvelles du fugitif. Mr Cordonner insiste pour rester avec son ami jusqu'à 3 heures du matin, et à cette heure avancée, il se retire avec l'intention de se rendre chez les Cherokees (il y a réunion des Joyeux cette nuit-là, et ils sont très probablement encore assemblés), pour s'assurer, selon son expression populaire, de si quelque chose en est sorti. L'horloge de Saint-Martin sonne 3 heures alors qu'il est avec Richard devant la porte de la rue dans Spring Gardens, à donner, entre les bouffées de son cigare, des consolations amicales au jeune homme inquiet.

— En premier lieu, mon cher ami, dit-il, si vous ne pouvez attraper l'individu, c'est que vous ne pouvez pas l'attraper, cela paraît un argument logique et mathématique ; alors pourquoi vous tourmenter ainsi ? Pourquoi essayer d'opérer la quadrature du cercle, uniquement parce que le cercle est rond et ne peut être carré ? Laissez là ces idées. Si ce gaillard reparaît, faites-le pendre ! Je serais radieux de le voir pendre, car c'est un scélérat exceptionnel, si toutefois on opère la chose à une heure raisonnable, et si on ne l'exécute pas au milieu de la nuit, pour tromper le respectable public. S'il ne doit pas reparaître, pourquoi vous préoccuper de l'affaire ? Épousez cette jeune fille qui est là-dedans, la jolie sœur de Darley, qui semble, par parenthèse, être ridiculement folle de vous, et laissez dormir la question. Voilà ma philosophie.

Le jeune homme se détourne avec un soupir d'impatience et dit ensuite, en posant la main sur l'épaule de Percy :

— Mon cher et vieil ami, si tout le monde était comme vous sur cette terre, Napoléon serait mort homme de loi en Corse, ou lieutenant dans l'armée française ; Robespierre aurait vécu médiocre avocat, ayant le penchant de se lever la nuit pour manger des tartes à la marmelade, et la manie d'écrire de détestables poésies ; le tiers-état serait rentré paisiblement dans ses fermes et dans ses boutiques, il n'y aurait pas eu de serment du Jeu de Paume ni de bataille de Waterloo.

— Et une très bonne chose encore, dit son ami philosophe, il n'y aurait eu d'autre perte que celle d'Astley, réfléchissez seulement à cela. S'il n'y avait pas eu de Napoléon, quel malheur pour les images des petits garçons, pas de Gomersal le Grand, pas d'Astley. Pardonnez-moi, Dick, de plaisanter. Je vais m'abattre chez les Cherokees, et voir s'il y a quelque chose dans l'air. Le boxeur est absent, ou il nous aurait conseillés ; le génie du P. R. aurait pu rendre des services dans cette affaire. Bonne nuit.

Il donne à Richard une nonchalante et affectueuse poignée de main, et le quitte. Maintenant, quand Mr Cordonner dit qu'il va s'abattre chez les Cherokees, que le lecteur à l'esprit simple ne pense pas que l'expression « s'abattre », sortie de la bouche de ce gentleman, comporte un degré considérable de vélocité ; quoique cette locution, suffisamment vague par elle-même, soit destinée à représenter cette signification dans les esprits ordinaires. Aucun mortel n'a jamais vu Percy Cordonner se presser. On l'a vu arriver en retard pour un train, et flâner à quelques pas de la machine qui s'éloignait, en regardant cet objet d'un air indifférent, ou plutôt d'un air de reproche. L'avenir de toute sa vie aurait pu dépendre de son départ par ce train en particulier, qu'il n'aurait jamais manqué à ses principes au point de s'échauffer d'une manière désagréable ou de troubler d'une façon quelconque l'organisation délicate dont la nature l'a doté. On l'a vu aux portes de l'opéra, quand Jenny

Lind[1] devait paraître dans la *Figlia*[2], et lorsque ceux qui l'entouraient étaient atteints de frénésie passagère et se bousculaient réciproquement dans la boue, appuyé sur deux gentlemen pleins d'embonpoint, comme dans un fauteuil et se tenant en l'air et à l'abri de l'humidité sur les bottes de quelque autre individu, exhalant de nobles et polyglottes malédictions contre la foule environnante, lorsque celle-ci, dans un mouvement de marée montante, troublait ou essayait de troubler sa sérénité. Aussi quand il dit qu'il va s'abattre chez les Cherokees, il veut dire, bien entendu, qu'il a l'intention de s'abattre à sa manière et il s'achemine donc nonchalamment à travers les rues désertes du Strand, ayant quelque chose de la démarche insouciante et sans but que devait avoir Rasselas se promenant sous les arceaux de verdure de sa vallée heureuse. Il atteint finalement la taverne bien connue et s'arrête sous l'enseigne effacée de l'Indien, frappant désespérément le vide de son tomahawk, dans la direction de Covent Garden, avec un bras plus remarquable par son développement musculaire que par son exactitude graphique ; il donne le signal bien connu du club et est introduit par la demoiselle déjà décrite, qui semble toujours consacrer ses veillées à l'arrangement de ses cheveux en papillotes, afin de présenter le lendemain sa tête dans un état convenable à l'admiration des consommateurs de pichets et bouteilles, en étalant un édifice de très longues boucles très pommadées aptes à exalter les têtes pleines de *porter*, et enfoncer celles échauffées de spiritueux aux yeux de la société plus brillante du soir. Cette jeune dame, populairement connue sous le nom de Liza, est au fait des

1. Cantatrice suédoise (1820-1887).
2. *La Figlia del reggimento* (« La Fille du régiment »), opéra de Gaetano Donizetti (1840).

affaires sportives de l'établissement, lit *The Life* pendant les offices de l'église le dimanche, et passe même pour avoir été en communication avec ce journal de Rhadamanthe[1], sous la signature de L. au bas des réponses aux correspondants. Elle est connue pour être l'employée, ou, selon l'expression de ses amis et admirateurs, la dame de compagnie de cette lumière du P. R. le Marteau du Middlesex, dont la résidence se trouve chez les Cherokees.

Mr Cordonner trouve trois Joyeux au comptoir, enfoncés dans une conversation animée et dans le soda-water. Une dépêche télégraphique du boxeur vient justement d'arriver. Son économie de rédaction la rend digne de l'oracle de Delphes mais, étant ainsi conçue, elle a l'avantage d'être beaucoup plus facile à comprendre: «Dites à R. M. qu'il est ici; pas d'ordres, aussi lui avoir lancé la gauche; il est incapable de bouger d'un jour ou deux.» Mr Cordonner, presque étonné, se trouve très près, pour la première fois de sa vie, de perdre le seul art qu'il pratique: son flegme.

— Voilà de bonnes nouvelles pour Spring Gardens, dit-il, mais Peters ne doit être de retour que demain soir; si, ajoute-t-il d'un air distrait, on lui envoie une dépêche télégraphique à Slopperton, je sais qu'il y est. Si quelqu'un pouvait trouver un cab et se charger de la dépêche, il rendrait un service inestimable à Marwood, continue-t-il en traversant le comptoir et s'asseyant paresseusement sur la banquette dont le tissu représente un tonneau vert et or rempli de Crème de la Vallée, son chapeau renversé complètement en arrière de sa tête, et les mains dans ses poches. Je vais écrire la dépêche.

Il écrit sur une carte: «Rendez-vous à Liverpool; il nous a glissé entre les mains, et il est là-bas.» Puis il la

1. Fils de Zeus et d'Europe, renommé pour sa vertu et sa justice.

tend poliment aux trois Joyeux appuyés sur le bâti de la pompe à *porter*.

Splitters, l'auteur dramatique, la saisit avec empressement ; elle suggère « une situation » à son imagination poétique, ce qui est le don le plus précieux de l'inspiration.

— Je m'en charge, dit-il ; quelle superbe ligne cela ferait dans une affiche ! Le télégramme intercepté ; avec un employé comique de chemin de fer et le traître de la pièce coupant les fils métalliques.

— En route, Splitters, dit Percy Cordonner ; ne laissez pas au Strand le temps de verdir sous vos pas légers. Ne vous arrêtez pas en allant pour composer un drame en cinq actes, et vous serez un bon camarade. Liza, ma chère fille, une pinte de votre Edimburgh le plus crémeux, et qu'il soit aussi doux que l'humeur de votre humble serviteur.

Trois jours après la précédente conversation, trois gentlemen sont réunis à déjeuner, dans la petite chambre d'une taverne ayant vue sur le quai de Liverpool. Ce trio se compose du boxeur, en simple costume du matin consistant en un pantalon collant de tartan écossais, une cravate couleur orange, un gilet aux devants bleus et en manches de chemise. Le boxeur considère la redingote comme un vêtement d'extérieur et ne consentirait pas plus à l'endosser pour prendre son breakfast qu'il ne prendrait ce repas le chapeau sur la tête, et à l'abri d'un parapluie. Les deux autres personnes sont Mr Darley et son chef Mr Peters, qui a dans sa poche un petit document signé par un magistrat du Lancashire, qu'il estime à un prix considérable. Ils sont arrivés directement à Liverpool sur l'avis de la dépêche télégraphique, et ont rejoint dans cette ville le boxeur, qui a reçu pour eux des lettres de Londres contenant les détails de l'évasion, et les ordres adressés à Peters et Gus d'avoir l'œil aux aguets. Depuis l'arrivée de ces deux derniers protagonistes, le trio a mené une vie assez oisive et sans but apparent. Ils ont loué un appartement avec vue sur le quai, près de la croisée duquel ils se tiennent la plus grande partie du jour en jouant au jeu attrayant et compliqué de l'*all-fours*[1]. Cette conduite ne semble pas avancer beaucoup l'affaire de Richard Marwood. Il est vrai que Mr Peters se glisse dehors à tous moments pour parler à des gentlemen à l'air mystérieux et inquisiteur, qui commandent le respect partout où ils vont, et devant lesquels le plus audacieux voleur de Liverpool s'évanouit comme devant Mr Calcraft lui-même. Il tient avec eux d'étranges conférences au coin de l'hôtel où le trio a fixé son domicile, il se promène avec eux et va jeter un coup d'œil sur le quai et sur les bâtiments du port, il rôde jusqu'à la nuit tombante, et lorsqu'il rencontre les gentlemen en question faisant leur ronde à la clarté douteuse du jour, il les salue quelquefois comme amis et collègues, et d'autres fois passe à côté sans les reconnaître, et de temps en temps échange avec eux des gestes rapides qui, aux yeux d'un observateur attentif, auraient une importante signification. À part cela, rien n'a été fait ; et, malgré toutes ces manœuvres, on n'a pu avoir encore aucune nouvelle du comte de Marolles, excepté qu'aucune personne répondant à son signalement n'a quitté Liverpool, ni par terre ni par mer. Cependant, ni le courage ni la patience ne manquent à Mr Peters, et après chaque entretien tenu sur l'escalier ou dans le couloir, après chaque excursion sur les quais et dans les rues, il rentre aussi allègre que le premier jour, et vient se rasseoir à la petite table près de la croisée, sur laquelle ses collègues (ou plutôt ses

1. Jeu de cartes populaire.

compagnons, car ni Mr Darley, ni le boxeur ne sont pour lui de la moindre utilité) jouent, en prenant la tournure de vouloir se ruiner l'un l'autre du matin au soir. Mais la vérité vraie de tout cela est que ses soi-disant coadjuteurs se sont décidément enrôlés dans sa profession : Gus Darley, du jour où il s'est distingué dans l'évasion de l'asile, se considère comme un Vidocq amateur, et le boxeur, du moment où il a lancé sa gauche, et avancé, sans s'en douter, la cause de Richard et de la justice, par la suppression momentanée du comte de Marolles, soupire d'écrire son nom ou plutôt d'apposer sa marque sur les tablettes de la renommée, en arrêtant lui-même ce gentleman et sans secours étranger quelconque. C'est donc pour lui chose pénible que d'être obligé d'abandonner la perspective d'une si glorieuse aventure à un homme de quelques pouces comme Mr Peters. Mais il a un caractère tranquille et conciliant, aussi abandonne-t-il avec un grognement de résignation les rênes aux mains fermes habituées à les tenir, comme il jetterait bas son adversaire avec autant de bonne humeur qu'il mangerait un dîner de son goût, ou aborderait en souriant l'individu qui l'aurait renversé ; et se livre-t-il publiquement à la consommation d'innombrables pipes et de verres d'*ale* amère en compagnie de Gus, qui, en tant que plus ancien du club des Cherokees, est son favori.

Dans cette matinée du troisième jour, cependant, il y a décidément une disposition à l'ennui qui envahit également l'esprit de Gus et celui du boxeur ; le *all-fours* à trois, quoique un jeu délicieux et plein d'animation, fatigue l'esprit inconstant, surtout quand le troisième partenaire quitte perpétuellement la table pour prendre part avec une personne ou des personnes inconnues à un dialogue mystérieux, dont il refuse de vous communiquer le résultat. La vue que l'on a de la croisée basse du salon bleu, dans l'hôtel du Lion blanc de Liverpool, est sans doute aussi animée qu'elle est belle ; mais Rasselas, nous le savons, se lassa des plus beaux spectacles de la nature, et il y a eu des lecteurs assez légers pour se fatiguer de l'ouvrage du docteur Johnson, et pour descendre tranquillement dans la tombe sans en connaître le dénouement ; aussi est-il inutile de s'étonner que le volage Auguste ait soif des sources de Blackfriars, tandis que le boxeur, sentant en lui une honte secrète de gaspiller, dans le vide, ses forces sinon sa patience, dépérit loin des murs familiers de Bow Street et de Vinegar Yard, en n'entendant plus de son logis le fracas et le retentissement des charrettes, et le langage grossier des rouliers dans le jardin adjacent, les matins des jours de marché. Plaisirs et palais sont très bien dans leur genre, comme dit la chanson ; mais il existe spécialement un petit endroit sur terre, que ce soit un grenier dans Petticoat Lane, ou un hôtel dans Belgrave Square, qui nous est plus cher que toutes les splendides résidences ; et le boxeur languit de ne pouvoir caresser les poignées d'ébène de sa pompe à *porter*, et de ne pas respirer le parfum du *welsh rarebit* de sa jeunesse. Je m'exprime peut-être d'une manière un peu trop romanesque à ce sujet, plus même que je ne devrais le faire, en examinant le gaucher qui se verse une tasse de thé par l'ouverture supérieure de la théière (il dédaigne le goulot de ce vase comme étant une innovation moderne qui l'emporte sur l'ancienne simplicité), d'une façon aussi naturelle qu'énergique ; il observe simplement qu'il « est joliment embêté de ce tas de choses ». Ce tas de choses signifie Liverpool, le comte de Marolles, le cabaret du Lion blanc, la partie de cartes et le détective.

— Il n'y avait personne de malade dans Friar Street quand je l'ai quittée, dit Gus tristement ; mais on s'est précipité sur les pilules universelles et régénératrices de Pumpernickel, et il en résulte généralement quelque bien.

— Mon opinion, observe le boxeur d'un air bourru, est que ce polisson d'étranger nous a glissé entre les mains et n'y retombera plus, et plus tôt nous retournerons à Londres, mieux ce sera. Je n'ai jamais eu beaucoup la main à chasser les oies sauvages, ajoute-t-il en lançant un coup d'œil plein de mépris sur Mr Peters à la contenance paisible, et je ne vois pas que rester à faire des signes à des personnages inconnus aux coins des rues, ou sur les paliers d'escalier, soit le procédé le plus rapide d'attraper cette sorte d'oiseaux : au moins ce n'est pas l'opinion des gentlemen appartenant au cercle dont j'ai l'honneur de faire partie.

— Supposez..., dit Mr Peters sur ses doigts.

— Oh ! grommelle le boxeur, laissez là ces doigts ; je ne puis les comprendre, vous dis-je.

L'Hercule gaucher sait, en parlant ainsi, blesser l'agent à l'endroit le plus sensible.

— Que le ciel me bénisse si j'ai pu jamais distinguer ses *P* de ses *B*, ou ses *W* de ses *X*. Laissez là ces voyelles, qui embarrasseraient un conspirateur.

Mr Peters regarde le boxeur, d'un air plus attristé que mécontent, et, sortant un petit calepin graisseux et un petit crayon encore plus gras et considérablement endommagé pour avoir été vivement mâché dans des moments de préoccupation, écrit sur une des feuilles du carnet :

— Supposez que nous l'attrapions aujourd'hui.

— Ah ! bien vrai, dit le boxeur en faisant la mine, après avoir examiné le document à deux ou trois reprises, avant d'en bien comprendre le sens ; bien vrai, positivement... Supposez que nous l'attrapions...

et supposez que nous ne l'attrapions pas, d'un autre côté ; et je sais ce qui est le plus probable. Supposez, monsieur Peters, que nous renoncions à chercher une aiguille dans une botte de foin, occupation qui devient fatigante pour l'individu le mieux disposé, et que nous retournions à nos affaires. Si vous aviez une fille, expression anglaise que vous savez être tirée du meilleur français, une fille pour servir vos clients, continue-t-il d'un ton fâché, vous seriez pressé de rentrer chez vous, et laisseriez vos comtes étrangers aller au diable et suivre leur chemin.

— Alors, partez, écrit Mr Peters, en très grosses lettres et sans majuscules.

— Ah ! oui, certainement, réplique le boxeur, qui, j'ai le regret de le dire, ressent péniblement, en l'absence des plaisirs de son foyer, le manque de quelqu'un pour lui chercher querelle. Non, je vous remercie. Partir le jour même où vous allez l'attraper ! Ce n'est pas que je sois le moins du monde convaincu de la chose. Je vous suis bien obligé, ajoute-t-il avec un accent railleur.

— Allons donc, mon vieux, dit Gus en s'interposant, il fait tranquillement main basse sur un plat de détestables rognons pendant cette petite altercation amicale ; allons, pas de dispute, boxeur. Peters n'a pas l'intention de vous contester le prix de la ceinture, vous savez ?

— Vous n'avez pas besoin de m'humilier, parce que je ne suis pas champion, dit l'ornement du P. R., porté à trouver un sens malicieux à tous les mots prononcés ce matin ; vous n'avez pas besoin de m'accabler de vos railleries, parce que je n'ai pas gardé la ceinture plus longtemps.

Le boxeur a été champion d'Angleterre dans sa jeunesse, mais il se repose sur ses lauriers depuis plusieurs années et ne sort qu'occasionnellement de la vie privée, pour faire une passe ou deux dans un *public house*, avec quelque vieil amateur.

— Vous dirai-je ce que je pense, boxeur : mon opinion est que l'air de Liverpool ne convient pas à votre tempérament, dit Gus. Nous avons promis de rester ici avec Peters et de nous conduire en tout d'après ses ordres, par amitié pour le camarade que nous voulons servir ; et quelque fatiguée que puisse être notre patience, de ne rien faire, ce qui est peut-être tout ce que nous pouvons faire de mieux, pour ne pas commettre de bévues, le premier qui se lassera et désertera le navire ne sera pas l'ami de Richard Marwood.

— J'ai du malheur, monsieur Darley, et voilà la vérité, dit le boxeur adouci ; mais le fait est que j'ai l'habitude de faire un tour de gants tous les matins, avant déjeuner, avec le garçon de comptoir et, quand je ne prends pas cet exercice, j'ose affirmer que je ne suis pas le plus agréable compagnon qui existe. Je crois bien qu'ils ont des gants dans la maison. Voudriez-vous ôter votre habit et faire une passe, de bonne amitié ?

Gus l'assure que rien ne lui serait plus agréable que cette petite diversion ; et en cinq minutes ils poussent Mr Peters et la table du déjeuner dans un coin, et sont en train de se mesurer. Le savoir de Mr Darley dans l'art de la boxe se borne à faire face le mieux possible aux mouvements scientifiques du boxeur, agile, quoique plus âgé.

Mr Peters ne reste pas longtemps à table pour déjeuner ; après avoir bu un énorme bol rempli d'un café très épais et très substantiel, d'un seul trait, absolument comme s'il s'agissait d'une pinte de bière, il se glisse tranquillement hors de la chambre.

— À mon avis, dit le boxeur, tandis qu'il se tient, ou plutôt se prélasse sur ses gardes et pare les combinaisons les plus étudiées des poings de Mr Darley, avec autant d'aisance qu'il chasserait des mouches. Mon opinion est que ce garçon n'est pas à son affaire.

— N'est-il pas à son affaire? réplique Gus, en jetant au loin les gants d'un air désespéré, après s'être considérablement essoufflé pendant une demi-heure sans avoir réussi à rien qu'à ébouriffer la chevelure du boxeur. Il n'est pas à son affaire? dit-il, choisissant la forme interrogative comme la forme de langage la plus expressive, cet homme a une assez bonne tête pour être Premier ministre et enlever la Chambre des communes à chaque mouvement de ses doigts.

— Il devra faire ses *P* et ses *B* un peu plus nets, avant de faire passer un bill aux Communes, dans tous les cas, murmure le gaucher, qui ne peut s'empêcher d'avoir un sentiment d'irritation contre Peters, pour le secret absolu que celui-ci a gardé depuis trois jours sur les plans qu'il a formés avec des étrangers.

Le boxeur et Mr Darley passent la matinée de cette manière remarquablement intelligente, et digne d'éloges, spécialement usitée par des gentlemen, qui, détournés de leurs occupations habituelles, sont réduits à leurs propres ressources pour se distraire et employer leur temps. Ils parcourent la feuille du jour, à partir du commencement, mais après que Gus a jeté un coup d'œil sur le premier article, une analyse du premier Londres du *Times* du jour précédent, enrichi de quelques allusions locales, et fortement épicé d'à-propos satiriques à l'adresse de notre spirituel contemporain, *L'Aristide* de Liverpool, après que son compagnon a regardé la composition des courses de la semaine prochaine, et fait de cruelles observations sur l'éditeur du journal, qui néglige de décrire l'issue de l'événement entre Robert à la tête d'argent et le boxeur de Chester; après que les deux gentleman ont dévoré chacun sa colonne favorite, le journal devient un objet complètement dénué d'intérêt, et la fenêtre reste encore leur meilleure récréation. Pour l'esprit singulièrement tourné du gaucher, regarder par la fenêtre est un travail dénué d'activité par lui-même, et à moins qu'il ne lui soit permis de lancer des projectiles, d'un caractère peu nuisible, mais désagréables, comme les cendres brûlantes de sa pipe, les dernières gouttes de sa pinte de bière, l'eau sale des soucoupes sur lesquelles reposent les pots de fleur rangés sur la croisée, ou de faire partir des allumettes chimiques dans les yeux des passants inoffensifs, il ne peut découvrir, pour employer son énergique expression, le plaisant de la chose. Honnêtes vieux gentlemen avec des parapluies, ladies entre deux âges avec des cabas, et des ombrelles en soie verte à poignée de cuivre, jeunes ladies de dix à douze ans allant à l'école en petites robes propres, et contentes d'elles-mêmes, telles étaient les victimes choisies par le boxeur. Mettre la tête hors de la croisée et leur demander tendrement et avec politesse des nouvelles de leurs parents, aller encore plus loin, et témoigner le plus vif désir d'être informé des affaires domestiques de ces mêmes parents, et s'ils ont pris quelques précautions de quelque appareil de certaine importance pour se sauver de l'inondation ; suggérer des insinuations alarmantes sur la présence de chiens enragés dans la rue voisine, ou d'un tigre venant d'échapper du Jardin zoologique ; terrifier les jeunes écoliers en leur demandant dérisoirement s'ils ne le rencontreraient pas en allant à l'école, mais non, il n'y a aucun danger, et retirer sa tête subitement, et disparaître totalement aux yeux du public ; agir, dans le fait, à la façon d'un clown accompli dans une pantomime de Noël, voilà le faible de son esprit viril ; et quand les remontrances de Mr Darley l'empêchent de se conduire ainsi, le boxeur abandonne complètement la fenêtre et concentre toutes les facultés de son intelligence dans la poursuite d'une mouche bleue alerte et bourdonnante, qui évite son foulard à chaque tour et se cogne violemment contre les vitres des fenêtres, au moment même où son pourchasseur la cherche au-dessus de la cheminée.

Le temps et les heures s'écoulent péniblement dans cette matinée surtout, de nombreux verres de bière sont absorbés, et plusieurs parties de cartes sont jouées par les deux compagnons, quand Mr Darley, regardant sa montre pour la vingt-deuxième fois dans la dernière heure, annonce, avec une certaine satisfaction, qu'il est 14 h 30 et qu'il serait bientôt temps de dîner.

— Peters est bien longtemps dehors, insinue le boxeur.

— Croyez en ma parole, dit Gus, quelque chose a bien tourné, il a enfin posé la main sur Marolles.

— Je ne le pense pas, réplique son allié, refusant obstinément de croire Mr Peters doué d'une portion extra de souffle divin, et s'il l'a attrapé, comment fera-t-il pour le retenir ? je voudrais bien le savoir. Il ne saurait tomber sur lui avec sa gauche, murmure-t-il d'un ton dérisoire, et lui fendre la tête en deux sur le pavé, pour le faire rester tranquille un jour ou deux.

À ce moment même, on frappe à la porte, et un jeune homme en costume de velours à côtes et hors d'haleine entre dans la chambre tenant à la main un très sale et très petit morceau de papier mal plié ayant la forme d'un billet à trois cornes.

— Et vous devez me donner six pence, si j'ai couru tout le chemin, remarque le jeune Mercure ; et j'ai couru, regardez mon front.

Et pour preuve de son témoignage, le messager montre les gouttes de sueur qui tombent en se succédant de ses sourcils découverts et coulent jusqu'à l'extrémité de son nez.

Le griffonnage dit ceci : « Le *Washington* met à la voile à 15 heures pour New York ; trouvez-vous sur le quai et regardez les passagers s'embarquer ; ne faites semblant de me voir que lorsque je vous reconnaîtrai moi-même. Votre dévoué… »

— Cela vient de m'être remis par un gentleman très pressé, qui m'a dit de mettre mes jambes à mon cou afin d'aller plus vite ; je vous remercie infiniment, monsieur, et bon après-midi, dit le messager d'un seul trait, en témoignant sa reconnaissance pour le shilling que Gus met dans sa main en le congédiant.

— Je le disais bien, s'écrie le chirurgien, tandis que le boxeur s'applique à lire le billet avec autant d'attention, non, peut-être avec plus d'attention et de gravité que n'en prend le chevalier Bunsen[1] pour déchiffrer une inscription illisible et à moitié effacée dans une langue ignorée des humains depuis quelque deux mille ans ; je le disais bien, Peters est sur la piste, et cet homme sera encore repris. Prenez votre chapeau, boxeur, et ne perdons pas de temps. Il ne s'en faut que d'un quart qu'il soit 15 heures, et je ne voudrais pas pour beaucoup ne pas être témoin de l'affaire.

— Je ne serais pas satisfait davantage de ne pas assister à cette bonne plaisanterie, réplique son compagnon ; et s'il faut en venir aux coups, il vaut peut-être mieux que je n'aie pas dîné.

---

1. Ernest de Bunsen (1819-1903), écrivain anglo-allemand, spécialiste de la recherche sur les origines communes du bouddhisme, du judaïsme et du christianisme essénien.

Un nombre assez considérable de personnes doit partir par le *Washington*, et le pont du petit steamer destiné à les transporter à bord du grand bâtiment qui se balance à l'ancre, plein de grâce et de majesté, en aval de la noble rivière Mersey, est encombré de tous les genres de bagages qu'il est possible d'imaginer comme appartenant aux variétés les plus diverses de l'espèce passager. On y voit la dame célibataire, propriétaire d'un mince revenu en trois pour cent, au nez tranchant, veiné de pourpre à son extrémité ; elle part pour rejoindre un frère marié à New York, et met évidemment toute sa sollicitude à exporter un perroquet dans ce dernier état de calvitie poliment appelée mue, un parapluie flasque et détraqué faible dans ses nervures, orné en outre d'un bout saillant, qui apparaît toujours du côté où l'on s'y attend le moins et semble avoir une envie mesurée de happer l'épine dorsale des voisins, comme un remarquable spécimen du progrès des beaux-arts dans la mère patrie. On y voit plusieurs de ces brillants oiseaux de passage, vulgairement connus sous le nom de « voyageurs », dont le plus pesant bagage consiste en un sac de nuit et une canne, composé d'un carnet de poche avec un porte-crayon en argent, véritable Protée pouvant se transformer en plume, en canif et très souvent en cure-dent. Ces gentlemen abordent le steamer au dernier moment, inspirant à l'esprit des passagers nerveux une gaieté convulsive et extraordinaire par la manière dégagée et pleine d'aisance avec laquelle ils font leurs adieux aux camarades venus pour les voir partir, qui les entourent et leur parlent de leurs soupers et des parties projetées pour les fêtes de Noël et de paris enregistrés pour le commencement du printemps aux courses de Newmarket de l'année prochaine, comme si les naufrages et les dangers qu'on court sur mer, comme si le coulage à fond du *Royal Georges*, qui engloutit avec lui président et brillants comédiens écossais qui se réjouissaient de retourner au pays dans lequel ils avaient été si aimés et si admirés, comme si ne jamais atteindre le rivage étaient des événements qui ne pouvaient leur arriver. Il y a des vieillards qui tentent ce long voyage sur un élément qu'ils connaissent seulement de vue, se rendant à l'appel de la noble lettre d'un digne fils qui les invite à venir partager les beaux jours qu'ils ont eu tant de peine à se procurer. On voit là de robustes travailleurs irlandais armés de pioches et de bêches, les meilleures armes pour ouvrir la grande écaille du monde dans ces jours dégénérés. Là se trouve une famille américaine, facile à reconnaître ; un père de famille occupé à rendre sa face blême un peu plus blême encore, en mâchant le plus fort *cavendish* qui ait jamais été produit depuis le jour où sir Raleigh apporta dans sa patrie la plante merveilleuse ; une mère de famille, remplie du livre qu'elle a écrit sur les us et coutumes de l'ancien continent dans lequel elle a complètement écrasé l'infâme, sous la forme d'un brillant, généreux, ardent, mais trop sincère écrivain qui a jeté le gant pour protester contre cet agréable trafic des êtres, nos semblables, qui semble le commerce le plus naturel et le plus digne du monde aux esprits transatlantiques. On y voit, en un mot, tous les individus qui se réunissent habituellement quand un bon vaisseau met à la voile pour la terre du cher frère Jonathan ; mais on n'y voit pas le comte de Marolles.

Non, décidément, pas de comte de Marolles. Il y a un travailleur irlandais, l'air tout à fait tranquille, qui se tient complètement à l'écart du reste de ses compatriotes, suffisamment bruyants et plus que suffisamment énergiques dans leur conversation remplie d'idiotismes. Il y a donc cet Irlandais à la contenance paisible, appuyé sur sa bêche et sur sa pioche, qui a évidemment l'intention de ne se rendre à bord qu'au dernier moment, et un gentleman âgé, en noir, qui a tout à fait l'apparence d'un ministre méthodiste et tient à la main un très petit sac de nuit ; mais il n'y a pas de comte de Marolles et, fait beaucoup plus extraordinaire, il n'y a pas de Mr Peters.

Cette dernière circonstance impressionne très désagréablement Auguste Darley ; mais j'ai le regret de dire que la figure du boxeur s'illumine d'un regard de triomphe pendant que les aiguilles de l'horloge sur le quai marquent 15 heures et que Peters ne paraît pas.

— Je le savais, dit-il avec effusion, je savais que l'individu n'était pas à son affaire ; je parierais volontiers mon établissement de Londres contre six pence de cuivre qu'il stationne, en ce moment même où je parle, à quelque coin de rue à un mille ou plus loin d'ici, faisant des signes à l'un des officiers de police de Liverpool.

Le gentleman en costume noir, debout devant eux, se retourne en entendant cette observation et sourit. Il sourit faiblement, imperceptiblement, mais il sourit vraiment. Le sang du boxeur, qui a quelque chose de l'impétuosité du sang de Lancastre, et qui est renommé pour sa propension à s'échauffer, bouillonne en une minute.

— Je vois que vous trouvez ma conversation amusante, vieillard, dit-il d'un ton rude ; je suis descendu ici dans le but de vous mettre en belle humeur, parce que je suis peiné de vous voir une figure comme si vous reveniez de votre propre enterrement et que l'entrepreneur des pompes funèbres vous harcelait pour le paiement de ses droits d'inhumation.

Gus marche lourdement sur le pied de son compagnon pour l'avertir de ne pas faire d'esclandre, et, s'adressant au gentleman qui ne paraît nullement ému des remarques pleines de mépris du boxeur, il lui demande si le bâtiment va bientôt partir.

— Pas avant cinq ou dix minutes, j'oserais l'affirmer, répond-il. Regardez donc, n'est-ce pas un cercueil que l'on apporte par ici ? J'ai la vue très courte ; soyez assez bon pour me dire si c'est un cercueil.

Le boxeur, qui a le coup d'œil d'un aigle, réplique que c'est décidément bien un cercueil, ajoutant, avec un grognement, qu'il connaît quelqu'un qui pourrait bien y être renfermé sans qu'il s'ensuive un grand dommage pour la société.

Le gentleman âgé n'a pas l'air de faire la moindre attention au bout d'avis donné gratuitement par le gladiateur gaucher, mais s'occupe subitement d'agiter ses doigts dans le voisinage de sa cravate blanche.

— Que Dieu me bénisse, s'écrie le boxeur, si ce vieux bébé ne joue pas le jeu de Peters et ne parle pas à quelqu'un avec les doigts !

Vraiment, très distingué professeur du noble art de l'autodéfense, votre assertion n'est-elle pas un peu prématurée ? Il est certain qu'il parle sur ses doigts et ne regarde positivement personne ; mais, dans tous les cas, il parle à quelqu'un et quelqu'un le regarde ; car, de l'autre côté du petit groupe, le travailleur irlandais tient les yeux attentivement fixés sur tous les mouvements du gentleman âgé, dont les doigts forment rapidement cinq ou six mots, et Gus Darley, apercevant ce regard, tressaille d'étonnement, car les yeux du travailleur irlandais ressemblent à ceux de Mr Peters, le détective.

Mais ni le boxeur ni Gus ne doivent faire semblant de voir Mr Peters avant que Mr Peters ne les reconnaisse. Ce sont les propres expressions du billet que Mr Darley vient, au moment même, de mettre dans la poche de son gilet. Aussi Gus donne-t-il un coup de coude à son compagnon et dirige-t-il son attention sur la blouse et sur le chapeau rabattu sous lesquels Peters s'est déguisé, en lui recommandant vivement de rester tranquille :

— Nous ne sommes qu'un homme, après tout, bien que nous soyons renommé pour nos talents et pour notre coup bien connu de la gauche, qui ressemble au coup de marteau frappé par un facteur ou par un commissaire-priseur.

Et pour dire l'entière vérité, le boxeur est mécontent ; il ne désire pas la présence de l'agent muet pour arrêter le comte de Marolles. Il n'a jamais lu *Coriolan*[1] et n'a jamais vu le Romain, Mr William Macready[2], dans ce rôle ; mais malgré tout, le boxeur voudrait rentrer chez lui, dans son cher quartier de Drury Lane, et pouvoir dire à ses admirateurs ébahis : « Seul, j'ai fait cela. »

Hélas ! voici Mr Peters et le vieil étranger qui tous les deux s'emparent de l'affaire.

Tandis que des pensées sombres et vindicatives travaillent le cœur noble du gladiateur de Vinegar Yard, quatre hommes s'avancent, portant sur leurs épaules le cercueil qui a si vivement attiré l'attention de l'étranger. Ils le transportent à bord du steamer et, quelques instants après, un individu âgé d'environ quarante ans, aux façons ouvertes et aisées d'un gentleman, traverse le passage étroit et s'occupe à arranger des colis qui sont en tas, séparés du reste des bagages qui encombrent le pont.

De nouveau les doigts du vieil étranger sont en activité dans la région de sa cravate. L'observateur superficiel penserait simplement qu'ils sont possédés du tic de tracasser ce bout flottant de mousseline, mais cette fois les doigts de Mr Peters télégraphient une réponse.

---

1. Tragédie de William Shakespeare.
2. William Charles Macready (1793-1873), acteur anglais, grand ami de Charles Dickens.

— Gentlemen, dit l'étranger, de la manière la plus décidée, en s'adressant à Mr Darley et au boxeur, soyez assez bons pour venir avec moi à bord de ce steamer ; je travaille avec Mr Peters dans cette affaire ; rappelez-vous que je dois partir pour l'Amérique par ce vaisseau, là-bas, et que vous êtes mes amis, venus avec moi pour me voir embarquer. Allons, gentlemen.

Il n'a pas le temps d'en dire davantage car la cloche sonne et les derniers traînards, ceux qui veulent jouir des derniers instants qu'ils ont à passer sur la terre ferme, grimpent à bord ; parmi ceux-ci se trouvent le boxeur, Gus et l'étranger, qui se serrent étroitement de près.

Le cercueil est placé au milieu du bâtiment, sur le sommet d'une pile de caisses, et ses contours d'un noir funèbre se dessinent d'une manière tranchée sous le bleu clair du ciel d'automne. L'impression générale parmi les étrangers est de considérer la présence de ce cercueil comme une injure particulière. Elle est, tout au moins, peu agréable.

Au moment de son apparition au milieu d'eux, un changement s'est opéré dans l'humeur de chacun des voyageurs. Ils s'efforcent d'éloigner l'objet de leur esprit, mais en vain ; il existe une horrible fascination dans la forme lugubre et déterminée, que toutes les épaisses couvertures jetées dessus ne peuvent dissimuler. Leurs yeux se dirigent malgré eux sur le cercueil, au lieu de regarder s'éloigner Liverpool, dont les clochers et les hautes cheminées, s'abaissant de plus en plus, disparaîtront bientôt complètement. Ils s'intéressent à lui, en dépit d'eux-mêmes, ils s'adressent des questions entre eux, interrogent le mécanicien, et le steward, et le capitaine du steamer, mais ils ne peuvent rien en apprendre, si ce n'est que la personne couchée dans ce cercueil, là, si près d'eux, quoique pourtant à une si grande distance, est celle d'un Américain, gentleman de distinction qui, mort subitement en Angleterre, est retransporté à New York, pour être inhumé parmi ses amis dans cette ville. Les passagers mécontents qui doivent partir par le *Washington* pensent qu'il est très désobligeant pour eux que le gentleman américain de distinction (ils se rappellent que c'est un gentleman de distinction, et modifient leur ton en conséquence) n'ait pas été enterré en Angleterre comme tout être raisonnable. Le royaume britannique n'est pas assez bon pour lui, supposent-ils. D'autres passagers poussant plus loin la question demandent s'il ne pourrait être transporté dans sa patrie par quelque autre bâtiment, et si, en vérité, il ne devrait pas avoir un vaisseau pour lui tout seul, au lieu d'impressionner d'une manière fâcheuse et d'attrister les esprits des passagers de première classe. Ils regardent presque avec animosité, en faisant ces remarques, du côté du cercueil recouvert, qui, pour comble de malheur, n'est pas entièrement caché par les couvertures jetées sur lui, un coin étant découvert, et laissant voir le chêne épais et grossièrement travaillé, car ce n'est qu'une bière provisoire, et le gentleman de distinction sera placé dans quelque chose de plus convenable à son rang, quand il arrivera à sa destination. Il est à observer, et plusieurs l'observent, que le passager à l'air riant en costume de deuil fashionable, et qui porte sur son bras le large pardessus dont l'inspiration de Bond Street a récemment doté le monde de Londres, se penche d'un air protecteur sur le cercueil et témoigne pour le gentleman américain de distinction, son unique compagnon de voyage, un attachement qui, rien qu'à considérer sa contenance parfaitement radieuse, et la manière dont il se rend maître de sa douleur, est réellement chose touchante.

Maintenant, quoique un grand nombre de questions aient été faites de tous côtés, on en pose une spécialement pour savoir s'il… – chacun baisse toujours la voix en prononçant ce petit pronom –, s'il serait placé à fond de cale aussitôt arrivé à bord du *Washington*; la réponse à cette question, étant affirmative, cause une satisfaction considérable à tous les passagers, sauf à un seul en vérité, le vieux gentleman bourru qui demande:

— Comment faire pour avoir quelque petit objet, si on vient à en avoir besoin durant le voyage, comment le retirer du fond de cale?

Interrogation à laquelle on répond d'un ton sévère, que les passagers n'ont pas à se mêler de vouloir retirer des objets à fond de cale pendant le voyage, ce qui lui vaut en outre les railleries du plus spirituel des voyageurs enjoués, qui insinue que, peut-être, le vieux gentleman n'a qu'une chemise propre et l'a placée au fond de sa malle. Maintenant, quoique un grand nombre de questions aient été posées, comme je l'ai dit, aucune cependant ne s'adresse au gentleman aux manières riantes qui ramène l'Américain de distinction à ses amis, que l'on peut, après tout, naturellement supposer en savoir plus que quiconque sur ce sujet. Celui-ci fume un cigare, et bien que se tenant très près du cercueil, il est la seule personne à bord qui n'ait pas les yeux sur lui, son attention paraît être particulièrement attirée par la ville de Liverpool qui s'évanouit dans le lointain. Le boxeur, Gus et l'allié inconnu de Mr Peters sont très proches de ce gentleman, tandis que le détective lui-même, appuyé sur le bastingage du bâtiment, en est lui aussi assez proche, quoique un peu séparé des travaux – leurs Irlandais et des jeunes paysannes aux joues roses, qui sont, en tant que passagers de seconde classe, joliment parqués ensemble et se gardent de souiller de leur présence la vue ou les vêtements des êtres supérieurs destinés à occuper les salons et les fastueuses cabines de six pieds de long sur trois de large et à consommer des pois verts et du lait de vache fraîchement trait tout le long du voyage. Bientôt, le gentleman âgé, d'apparence cléricale mais médiocrement distinguée, qui s'est présenté si sommairement à Gus et au boxeur, fait quelques remarques sur la ville de Liverpool à l'ami de belle humeur du noble Américain décédé. L'ami de belle humeur retire son cigare de sa bouche, sourit et répond :

— Vraiment, c'est une ville florissante, un petit Londres, réellement… la capitale en miniature…

— Connaissez-vous très bien Liverpool ? demande le compagnon du boxeur.

— Non, non pas très bien… En fait, je connais très peu de villes d'Angleterre. Ma visite a été courte.

Il y a évidemment de l'Américain dans cette remarque, quoiqu'il y a très peu du frère Jonathan dans ses manières ; il ne semble éprouver aucune privation de n'avoir pas quelque chose à couper en parlant et il est évident qu'il peut exister pendant dix minutes sans chiquer ou cracher.

— Votre visite a été courte ? Elle a eu une bien triste fin en vérité, j'ai le regret de le dire, constate le persévérant étranger dont toutes les paroles sont respectueusement écoutées par le boxeur et par Mr Darley.

— Une très triste fin, réplique le gentleman avec le plus gracieux sourire. Mon pauvre ami désirait retourner au sein de sa famille et faire ses délices de nombreuses soirées près de leur foyer en les réjouissant, par le récit de ses aventures et de ses impressions de voyages de l'intérieur et au-dehors de la mère patrie. Vous ne pouvez imaginer, continue-t-il en s'exprimant à voix très basse, et laissant errer ses yeux tandis qu'il parle, de l'étranger au boxeur et du boxeur à Gus, avec un regard qui n'a pas la plus légère ombre d'inquiétude, l'intérêt que nous prenons, de l'autre côté de l'Atlantique, au moindre événement qui arrive dans la mère patrie. Nous pouvons être là-bas excessivement considérés, excessivement riches ; nous pouvons être universellement aimés et respectés, mais je doute… je doute franchement que malgré tout cela, dit-il d'un air sentimental, nous soyons véritablement heureux. Nous soupirons après les ailes de la colombe ou, pour parler concrètement, après nos dépenses de voyage afin de venir ici et d'y demeurer.

— Et cependant, comme conclusion, la volonté expresse de votre ami défunt était d'être enseveli là-bas ? demande l'étranger.

— Ce fut… sa volonté en mourant.

— Et le triste devoir d'accomplir cette volonté vous est dévolu ? s'enquiert l'étranger avec un degré de curiosité et d'intérêt puéril et frivole pour un sujet n'ayant aucun rapport avec l'affaire dont il s'occupe.

Cela déconcerte Gus et fait sensiblement lever le nez au boxeur, qui murmure en même temps en lui-même :

— Le filou étranger aura bien le temps de gagner l'Amérique, pendant que ce farceur est là à minauder et à conter des sornettes.

— Oui, ce devoir m'est dévolu, confirme le gentleman de belle humeur en présentant son porte-cigare aux trois amis, qui refusent les cigares offerts. Nous étions parents ; la cousine germaine de sa mère a épousé mon cousin au second degré… Nous n'étions pas parents proches, certainement, mais nous étions extrêmement attachés l'un à l'autre. Ce sera une triste satisfaction pour sa pauvre veuve, et cette pensée me dédommage amplement de tout ce que je puis souffrir.

Il paraît trop charmant et trop dégagé pour un être qui a beaucoup souffert ; mais l'étranger s'incline gravement, et Gus remarque à la proue du vaisseau les yeux ardents de Mr Peters fixés sur le petit groupe. Quant au boxeur, il est si complètement dégoûté des manières et des façons d'agir de l'étranger, qu'il s'abandonne au cours de ses propres pensées, en fredonnant un air qui appartient à ce que l'on appelle généralement une chanson comique : des derniers passages de la vie d'un humble et infortuné membre de la classe des travailleurs racontés par lui-même.

Tandis que le gentleman de belle humeur s'entretient sur ce sujet mélancolique, l'étranger de Liverpool se hasarde à se rapprocher tout à fait du cercueil et, avec une admirable liberté d'esprit exempte de toute préoccupation, qui étonne les autres passagers debout non loin de lui, reste la main nonchalamment posée sur le couvercle en chêne épais, juste au coin où la toile grossière le laisse à découvert. Preuve parlante des sentiments presque outrés de rattachement du gentleman de belle humeur pour son ami défunt : cette action insignifiante semble le vexer tout à fait ; ses yeux errent d'un air inquiet sur la main gantée de noir de l'étranger, et à la fin, quand, dans un moment d'absence d'esprit, celui-ci tire l'épaisse couverture directement sur ce coin du cercueil, son inquiétude atteint un degré extrême et, retirant précipitamment l'étoffe, il lui donne la disposition qu'elle avait précédemment.

— Vous ne désirez pas que le cercueil soit entièrement couvert ? demande tranquillement l'étranger.

— Oui… non… c'est que…, dit le gentleman de belle humeur, avec un certain embarras, c'est que… je… voyez-vous, il y a une sorte de profanation dans l'approche d'une main étrangère des restes de ceux que nous aimons.

— Alors, dit son interlocuteur, si nous faisions un tour sur le pont? Ce voisinage doit être vraiment pénible pour vous.

— Au contraire, réplique le gentleman de belle humeur, vous me prendrez, je le crois bien, pour un singulier personnage, mais je préfère rester à côté de lui jusqu'au dernier moment; le cercueil sera placé à fond de cale aussitôt que nous serons à bord du *Washington*; alors mon devoir sera accompli, et mon esprit sera tranquille. Vous venez à New York avec nous? demande-t-il.

— J'ai ce plaisir, réplique l'étranger.

— Et votre ami, votre divertissant ami? demande-t-il en jetant un coup d'œil tout à fait arrogant sur le cache-nez bigarré et sur le teint de savon marbré du boxeur, qui chante toujours *sotto voce* sa mélodie les bras croisés sur la barre d'appui de la banquette sur laquelle il est assis, et repose son menton d'un air de mauvaise humeur sur les manches de son habit.

— Non, réplique l'étranger; mes amis, j'ai regret de le dire, me quitteront dès que je serai à bord.

Au bout de quelques minutes, ils atteignent le flanc du noble vaisseau, qui avait paru du quai de Liverpool comme un point blanc ailé, pas assez gros pour contenir la reine Mab allant visiter les États-Unis, mais qui est d'une dimension égale à celle du navire le *Leviathan* lorsqu'on arrive près de lui, et qu'on va monter à son bord par une échelle, laquelle échelle semble être un sujet de frissons convulsifs et frapper de terreur la dame nerveuse avec le perroquet à la tête déplumée.

Tous les passagers, à l'exception du gracieux gentleman au cercueil, de l'étranger, de Gus, du boxeur et de Mr Peters qui traîne sur l'arrière, ont l'air de vouloir tous grimper sur le vaisseau les uns avant les autres; la confusion est considérablement accrue par le ton brusque et peu conciliant avec lequel on n'accède pas à leur désir, et qui soulève un degré d'irritation d'autant plus grand que les passagers n'ayant encore pu monter regardent en les poignardant des yeux ceux qui sont en haut et qui paraissent très confortablement installés, à sec sur le pont du superbe bâtiment. À la fin, cependant, tout le monde, excepté le petit groupe précité, a gravi l'échelle ; quelques robustes matelots préparent de gros câbles pour hisser le cercueil, et le gracieux gentleman est occupé à les diriger, quand le capitaine du steamer dit à l'étranger de Liverpool, qui reste à flâner au bas de l'échelle avec Mr Peters à côté de lui :

— Allons donc, monsieur, si vous devez partir par le *Washington*, on va donner le signal ; nous allons nous éloigner dès qu'on aura fini cette corvée.

L'étranger de Liverpool, au lieu de se conformer à cette injonction bien naturelle, chuchote quelques mots à l'oreille du capitaine, qui prend un air très sérieux en l'écoutant et, s'avançant ensuite vers le gracieux gentleman, très inquiet et très préoccupé de la manière dont on va hisser le cercueil sur le pont du vaisseau, pose lourdement sa main sur l'épaule de celui-ci, et dit :

— Je demande que le couvercle de ce cercueil soit enlevé avant d'être hissé par ces hommes.

Un tel changement s'opère alors sur le visage du gentleman aux aimables manières, qu'il ne pourrait s'en opérer un semblable que sur le visage d'un gentleman qui comprend qu'il joue une partie désespérée, et bien convaincu qu'il l'a complètement perdue.

— Mon bon monsieur, dit-il, vous êtes fou. Pas même pour la reine d'Angleterre je ne consentirais à dévisser le couvercle de ce cercueil.

— Je ne pensais pas que cela pût vous causer autant de peine, dit l'autre tranquillement. Je doute beaucoup qu'il soit fortement vissé, dans tous les cas. Vous avez grandement craint, tout à l'heure, que la personne couchée à l'intérieur fût étouffée ; vous avez été terriblement effrayé quand j'ai tiré la toile grossière sur ces incisions faites dans le chêne, ajoute-t-il en montrant le couvercle, dans l'angle duquel deux ou trois fentes sont visibles pour l'œil d'un observateur attentif.

— Bonté du ciel ! Cet homme est fou ! s'écrie le gentleman, dont les manières ont entièrement perdu leur aisance ; cet homme est évidemment fou. C'est trop abominable. Est-ce ainsi que doit être profanée la sainteté de la mort ? Devons-nous faire la traversée de l'Atlantique en compagnie d'un fou ?

— Vous n'avez pas à traverser le moins du monde l'Atlantique pour le moment, dit l'étranger de Liverpool ; cet individu n'est pas fou, je vous assure, il est un des membres principaux des forces de police de Liverpool, et il a le pouvoir d'arrêter une personne présumée se trouver à bord de cette embarcation. Il n'y a qu'un seul endroit dans lequel cette personne puisse être cachée. Voici mon mandat pour arrêter Jabez North, alias Raymond de Marolles, alias comte de Marolles. Je sais, aussi positivement que je suis moi-même ici, qu'il est caché dans ce cercueil, et je désire que le couvercle soit enlevé. Si je suis dans l'erreur, ce couvercle pourra être immédiatement replacé et je serai disposé à vous offrir mes excuses les plus empressées pour avoir profané le repos du mort. Allons, Peters.

Le détective muet se place à une extrémité du cercueil, tandis que son collègue se tient de l'autre. L'officier de Liverpool a supposé juste, le couvercle est maintenu seulement par deux ou trois clous, longs et solides, qui cèdent au bout de trois minutes. Les deux agents enlèvent le couvercle du cercueil, et là, la face colorée, à demi asphyxié, ses yeux bleus irrités pleins de désespoir, les dents serrées d'une rage furieuse d'impuissance à s'échapper des griffes de ceux qui le poursuivent, là, renversé à terre enfin, gît l'élégant Raymond, comte de Marolles.

Ils lui mettent les menottes avant de le soulever du cercueil, avec l'assistance du boxeur. Des années après, quand le boxeur, devenu bien vieux, aura coutume de raconter à ses admirateurs et à ses clients, frappés de terreur, l'histoire de cette arrestation, la mémoire semblera lui faire défaut, et il omettra de mentionner soit l'agent de Liverpool, soit notre digne ami Mr Peters, comme ayant pris part à l'affaire, mais il la décrira comme conduite entièrement par lui seul, avec un nombre incalculable de : Je vois... et ainsi donc je pense... et c'est bien ce qu'il fallait faire... je le fais immédiatement, et autres phrases du même genre.

Le comte de Marolles, la chevelure en désordre, le visage livide et les lèvres bleues, assis sur le banc du steamer, menotté, entre l'agent de Liverpool et Mr Peters, renaviguant vers Liverpool, n'est pas un tableau bien agréable à considérer. Le gentleman de belle humeur reste avec le boxeur et Mr Darley, à qui on a recommandé de tenir l'œil sur lui, et le boxeur, en particulier, les tient même tous les deux sur lui avec plaisir.

Pendant le petit voyage, il n'y a d'autres paroles prononcées que celles-ci par l'agent de Liverpool, alors qu'il met d'abord les fers aux poignets blancs et délicats de son prisonnier.

— Monsieur de Marolles, dit-il, vous avez déjà essayé une fois cette petite plaisanterie. Voici la seconde occasion, je le sais, où vous avez fait le mort. J'ai à vous avertir que la troisième fois, selon la croyance générale des gens superstitieux, est toujours fatale.

47
La fin d'une ténébreuse carrière

Une fois encore Slopperton sur le Sloshy retentit d'un sujet chassé de l'esprit public depuis huit ans et ressuscité maintenant avec beaucoup plus d'exaltation et de discussion que jamais : l'assassinat de Mr Montague Harding. Tout Slopperton n'a qu'une voix pour parler sur ce thème. Le procès où un autre individu est accusé de ce même crime dont Richard Marwood a été déclaré coupable il y a des années, Richard qui, d'après ce qu'on rapporte, est mort en essayant de s'échapper de l'asile du comté.

On a peu de détails sur le criminel ; mais on conjecture beaucoup de choses, on en invente davantage, et les bruits définitivement les plus contradictoires circulent parmi les habitants de Slopperton, qui ont chacun un récit particulier à faire sur l'arrestation de Marolles et qui considèrent chacun le cas de son point de vue avec une fermeté et une persistance dignes d'une meilleure cause.

Ainsi, dans High Street, ce passage qui communique avec la place du marché, on entend que ce Marolles est un noble français, qui a traversé la Manche sur un canot la nuit du meurtre, s'est rendu à pied de Douvres à Slopperton, pas moins donc de deux cents milles par le plus court chemin, et s'en est retourné à Calais de la même manière. Si ayant des doutes sur le récit de cette pérégrination, à cause des légères contradictions de temps et d'espace, on poursuit l'enquête un peu plus loin en descendant la même rue, on apprend que Marolles n'est pas français le moins du monde mais qu'il est le fils d'un ecclésiastique d'un comté voisin, et que son infortunée mère est en ce moment même agenouillée dans la salle du trône au palais de Buckingham, en train de solliciter le pardon de son fils comme se rattachant à l'intérêt du clergé. Si cette histoire frappe plutôt par son caractère romanesque que par sa vraisemblance, on n'a qu'à tourner au coin pour entrer dans la rue du petit marché, un quartier tout à fait pauvre et principalement habité par des bouchers et par le commerce des tripes et des pieds de veau, on est rassasié d'horreurs : les citoyens de cette localité ont la ferme conviction que le prisonnier actuellement enfermé dans la prison de Slopperton n'est ni plus ni moins qu'un brigand célèbre, depuis longtemps le fléau des royaumes unis d'Angleterre et d'Irlande, coupable d'innombrables meurtres.

D'autres encore se renferment dans des descriptions intéressantes et détaillées de la tentative d'évasion de l'accusé et de son arrestation. Ceux-ci, rassemblés aux coins des rues, disputent et gesticulent en petits groupes ; un individu se détache souvent de ses compagnons et s'empare d'une place libre sur le trottoir pour donner à son histoire particulière le bénéfice de l'illustration en action. Quelques récits racontent comment le prisonnier a fait la moitié du chemin pour l'Amérique, enfermé dans le tambour des roues du steamer ; d'autres donnent des détails intéressants et affirment qu'on l'a trouvé caché dans un coin de la salle des machines, dans laquelle il est resté pendant quarante jours sans boire ni manger. D'autres rapportent qu'il a été ferlé dans une voile du petit hunier d'un vaisseau de guerre américain ; d'autres comment il a fait la traversée sur la grande hune du même bâtiment, ne descendant qu'au milieu des ombres de la nuit pour prendre sa nourriture, et comment il a payé un quart de million au capitaine de vaisseau pour cet arrangement. Quant aux sommes d'argent détournées dans sa profession de banquier, elles augmentent à chaque heure, jusqu'à ce qu'enfin Slopperton relève son nez d'étonnement à l'approche d'un milliard pour la somme totale de ses dilapidations, et un million, plus ou moins en déficit sur son livre de comptes qui ne se trouve nulle part.

Les assises sont attendues avec impatience comme jamais assises n'ont été désirées et les juges et les avocats de cette circonscription sont un objet d'envie pour les juges et les avocats des circonscriptions voisines, ceux-ci disent avec amertume que jamais pareille cause ne se présente sur leur chemin, et que c'est ressembler à un Prius Quintus Cicéron que d'être chargé de la poursuite d'un tel procès, et que si Nisi, à qui le comte de Marolles a confié sa défense, ne le tire pas de là, lui, Nisi, mérite d'être pendu en lieu et place de son client.

Cela paraît un exemple étrange et abominable de la justice rétributive que Raymond de Marolles, ayant été surpris dans sa tentative d'évasion pendant l'automne de cette année, doive attendre les assises de l'année suivante pour être jugé, et ait, par conséquent, à passer ainsi une plus longue période dans sa cellule solitaire que ne l'a fait Richard Marwood, victime innocente de preuves circonstancielles, quelques années auparavant.

Qui osera pénétrer dans la cellule de cet homme? Qui osera plonger un regard dans ce cœur endurci? Qui suivra les sombres et terribles méditations de cette intelligence pervertie?

Enfin le jour tant désiré par les citoyens libres de Slopperton, et vraiment si peu désiré de quelques hôtes de la prison qui aiment mieux attendre leur condamnation dans cette retraite que de traverser l'océan aux ondes amères pour une période illimitée, à l'issue de ce procès, enfin le jour des assises revient. Encore une fois, les hôtels de premier ordre de Slopperton sont encombrés et animés par les jeunes avocats élégants et par les juges graves, à la tête grisonnante; une fois encore la salle de la cour criminelle est un vaste océan de têtes humaines élevant vague sur vague sous le même plafond, et une fois encore les yeux curieux s'attachent sur le banc sur lequel est assis l'élégant et accompli Raymond, comte de Marolles, alias Jabez North pendant quelque temps pauvre du dépôt de mendicité de Slopperton sur le Sloshy, plus tard maître d'étude dans le pensionnat du docteur Tappenden, accusé de meurtre avec préméditation sur la personne de Montague Harding, lui aussi de Slopperton, assassiné huit ans auparavant.

Le premier point que l'avocat chargé de la poursuite s'efforce de prouver aux esprits du jury est l'identité de Raymond de Marolles, le Parisien, avec Jabez North, le pauvre maître d'étude. Détruire la preuve de sa mort, en laquelle tout Slopperton a cru fermement jusqu'ici, se révèle au-dessus de son pouvoir. Le docteur Tappenden a été mis en présence du cadavre de son maître d'étude; comment alors ce maître d'étude peut-il être vivant et actuellement devant eux? Il y a de nombreux témoins pour certifier que c'est bien là, en chair et en os, ce même Jabez North, dont ils se souviennent et qu'ils avaient l'habitude de voir il y a huit ans. Ils sont prêts à le reconnaître, malgré sa chevelure et ses sourcils noirs. D'un autre côté, il y en a plusieurs qui ont vu le corps du suicidé, trouvé par Peters, l'agent de police, sur la bruyère au-dehors de Slopperton, et ceux-ci aussi sont prêts à déclarer que ce cadavre est celui de Jabez North, le maître d'étude du docteur Tappenden, et de nul autre. Mais, lorsqu'un homme, à l'air rustre, avec un bonnet de fourrure pelé dans sa main et deux mèches de cheveux gras soigneusement roulées en boucles flasques de chaque côté de sa face hâlée, lesquelles boucles sont regardées par ses amis aux dispositions poétiques et métaphysiques comme des marteaux de porte de Newgate, dit au jury s'appeler Slithery Bill[1] et, voyant le jury ne pas être satisfait de ce surnom, Bill Withers, s'ils le préfèrent, est invité à s'asseoir sur le siège des témoins, ce qu'il fait d'un air bourru et tout à fait découragé, comme quelqu'un qui dirait: «Ce peut bien être à mon tour maintenant», il jette une lumière complètement nouvelle sur le sujet.

On demande poliment à Bill Withers s'il se souvient de l'été de 18... Il était sans ouvrage cet été-là, et il remarque en passant que, ne pouvant vivre, il aurait pu mourir de faim ou voler sans que tout Slopperton s'en mît en peine.

On lui demande encore poliment s'il se souvient d'avoir fait une besogne spéciale cet été-là. Il dit qu'il s'en souvient, et fait l'importante remarque «que ce fut un tour de main joliment fait, comme jamais escroc n'en a exécuté de pareil».

On lui demande s'il serait assez bon pour raconter ce que c'était. Il consent à cette requête avec une gracieuse inclination de tête, procède au lissage de ses marteaux de Newgate et croise ses bras sur le rebord de l'espèce de banc dans lequel se placent les témoins, avant d'établir le cas, puis éclaircit sa voix et commence ainsi d'une manière décousue:

— Voici ce qui en était alors. J'étais sans ouvrage, alors j'arrange les jardins des petites gens au printemps, je les nettoie, j'arrache les mauvaises herbes, je les ratisse et

1. «Bill le Glissant.»

les bêche un petit peu derrière et devant, quand je peux me procurer la besogne, ce qui n'arrive pas toujours ; et, la vieille mère Thingamy, en bas de Peter l'aveugle me dit, et c'était une méchante vieille sorcière : « J'ai de la besogne à donner à celui qui ne fera pas de questions et qui n'aura pas besoin qu'on lui donne d'explications » ; par la remarque et en même temps par ses manières, je comprends qu'elle a quelque chose de bon à me proposer, aussi je lui dis : « Regardez par ici, mère ; si c'est une besogne qu'un estimable jeune homme, actuellement sans ouvrage, et qui n'a bu ni mangé depuis avant-hier, puisse faire, la conscience nette, je la ferai ; si ce n'est pas ainsi, n'en parlons plus. »

Ayant rapporté cette déclaration héroïque, Mr William Withers essuie sa bouche, et promène ses yeux sur l'assemblée, comme pour dire : « Slopperton, sois fier d'un tel citoyen ! »

— « Il n'y a pas de quoi bouleverser votre délicate constitution et vous faire un mal inguérissable, a répliqué la vieille chatte ; c'est une besogne que le ministre de la paroisse pourrait faire s'il avait un chariot. — Un chariot ? Je vois que c'est pour transporter des caisses que vous êtes là à me cajoler. — Ne vous préoccupez pas de savoir si ce sont des caisses ou autre chose ; voulez-vous le faire ? Vous faites cela, et vous mettrez un souverain dans votre poche ; mais n'allez jamais bavarder de la chose, à moins que vous ne vouliez que votre précieux cou soit coupé un beau soir. »

— Et vous consentîtes à faire ce qu'elle demandait de vous ? demande le conseil.

— Vraiment, je ne comprenais rien à l'affaire, réplique Mr Withers, mais j'entreprends l'ouvrage. « Ainsi, dit-elle, le marché est fait ! Vous amènerez un chariot près du terrain couvert de ruines, derrière Peter l'aveugle, à 22 heures, et vous vous tiendrez tranquille jusqu'à ce que vous entendiez un coup de sifflet ; quand vous l'entendrez, vous conduirez votre chariot devant notre porte d'entrée ; voilà tout ce que vous avez à faire, dit-elle, et avec cela de garder votre langue entre vos dents. — C'est bien, je lui réponds, je vais voir s'il y a quelque individu qui veuille me prêter un chariot pour la soirée. » Et en effet, je trouve un individu qui, voyant que j'en avais absolument besoin, tient bon pour un bob et un tanner pour sa location.

— Peut-être que le jury désire qu'on lui dise quelle somme d'argent (je présume que c'est de l'argent) représentent un bob et un tanner ? demande l'avocat.

— Il faut que ce soit un joli tas d'ignorants alors, réplique Mr Withers avec plus de franchise que de circonlocution. Le moindre enfant reconnaît dix-huit pence quand on les lui présente.

— Ah ! un bob et un tanner font dix-huit pence, très bien, dit le conseil d'un air encourageant. Continuez, je vous en prie, monsieur Withers.

— Eh bien ! 22 heures arrivent, et voilà-t-il pas que la soirée est excessivement orageuse, et que j'attends assis sur ce bienheureux chariot, derrière Peter l'aveugle, suivant les instructions. À la fin, le coup de sifflet se fait entendre, et même un joli petit coup de sifflet, fort prudent, aussi doux que celui d'un rossignol qui donne son adresse à un autre rossignol, et je viens me ranger devant la porte d'entrée, comme j'en ai reçu l'ordre. Là, devant cette porte, se tient la vieille sorcière et devant elle un jeune homme en chemise, avec un pantalon troué et en lambeaux. En regardant attentivement son visage, qu'est-ce que je vois ? Jim, le petit-fils de la vieille ; aussi je lui dis : « Jim ! » d'un ton d'amitié ; mais il répond pas, et puis la vieille dit : « Suivez ce jeune gentleman que voilà, voulez-vous?» J'entre donc, et là, sur le lit, je vois quelque chose de très soigneusement enveloppé dans une vieille couverture. Cela me retourne le cœur, car je n'aime pas beaucoup l'apparence de ce paquet; mais je ne vois rien, et puis le jeune homme, Jim comme je croyais, me dit: «Donnez-nous un coup de main pour ceci, voulez-vous?» Et j'ai le cœur retourné de nouveau car, quoique ce soit la figure de Jim, c'est pas sa voix, mais une voix plus agréable et moins rude; mais je m'approche du lit, et je saisis une extrémité de ce qui était étendu là, et j'ai le cœur tourné pour la troisième fois, car mes soupçons étaient exacts: c'était un cadavre!

— Un cadavre?

— Oui; mais le cadavre de qui? Il y a pas moyen de le savoir, enveloppé qu'il était de cette manière. Mais je me suis senti devenir tout pâle, et je dis: «S'il y a quelque chose de mal là-dedans, je m'en lave les mains, et vous pouvez faire votre sale besogne vous-même.» J'avais pas plus tôt dit ça devant le jeune homme que j'avais pris pour Jim, qu'il me saisit subitement à la gorge et me renverse sur les genoux. J'suis pas un enfant, mais, bonté du ciel, j'étais rien sous sa griffe, bien que sa main soit aussi blanche et aussi délicate que celle d'une jeune dame. «Maintenant, regardez bien cela», dit-il, et je regarde aussi bien que je peux, avec mes yeux sortant de la tête. «Vous voyez ce que c'est», et il sort un pistolet de sa poche: «Si vous refusez de faire ce que nous désirons qui soit fait, ou si vous allez ébruiter l'affaire et vous comporter de quelque autre façon inconvenante, ce sera la dernière fois que vous aurez la chance de vous conduire ainsi. Levez-vous», il a dit, comme si j'étais un chien; et j'ai fait ce qu'il voulait car il y avait dans la figure du jeune homme quelque chose de si diabolique, que je me suis dit qu'il valait mieux ne pas lutter contre lui.

Ici Mr Withers s'arrête pour se reposer des fatigues de son discours et se mouche d'un air délibéré dans un mouchoir qui, par son état de dégradation, ressemble à un filet en coton rouge pour faire cuire les choux. Le silence règne pendant ce temps dans la nombreuse assemblée, rompu seulement par le grattement de la plume avec laquelle le défenseur prend des notes sur la déposition, et le froissement des feuilles que les chroniqueurs arrachent de leurs carnets pour les livrer page après page.

Le prisonnier regarde droit devant lui ; ses lèvres fortement serrées n'ont pas tremblé un instant, ses cils frangés d'or ne se sont jamais baissés.

— Pouvez-vous me dire, demande l'avocat chargé de la poursuite, si vous avez jamais vu, depuis cette soirée, ce jeune homme qui ressemblait si extraordinairement à votre ancien ami Jim ?

— Je ne l'ai jamais vu depuis, à ma connaissance…

Il y a de l'agitation dans l'assemblée, comme si chaque spectateur poussait simultanément un long soupir.

— … jusqu'à aujourd'hui.

— Jusqu'à aujourd'hui ? demande l'avocat.

Cette fois, c'est plus que de l'agitation, c'est un murmure contenu qui court parmi les nombreux auditeurs.

— Soyez assez bon pour dire si vous pouvez le reconnaître en ce moment.

— Je le peux, réplique Mr Withers ; le voilà, ou mon nom n'est pas celui que j'ai toujours cru m'appartenir.

Et il montre le prisonnier de son doigt sale mais ferme.

Celui-ci lève légèrement son arcade sourcilière d'un air dédaigneux, comme pour dire : « Voilà un assez singulier témoignage pour faire pendre un homme. »

— Soyez assez bon pour continuer votre récit, dit l'avocat.

— Eh bien, je fais ce qu'ils me disent, et je place le corps, avec son aide sur le chariot. « Maintenant, qu'il dit, suivez cette vieille femme et faites tout ce qu'elle vous dira, ou vous vous en trouverez très mal pour votre bonheur à venir. » Après quoi, il ferme brutalement la porte sur moi, la vieille femme et le chariot, et j'entends plus parler de lui. C'est bien. Je suis la vieille à travers une quantité de ruelles et de chemins boueux, jusqu'à ce qu'ayant laissé la ville derrière nous, on se dirige sur la bruyère et qu'on la traverse pour arriver à un endroit désolé, près de la haie d'un sentier étroit ; et elle me dit qu'on va laisser là le corps, alors on le prend du chariot et on le dépose sur l'herbe, alors que la pluie tombe dru et que les coups de tonnerre et les éclairs se suivent, rapides, dans le ciel. « Et maintenant, qu'elle dit, ce que vous avez à faire est de retourner d'où vous êtes venu, et de pas perdre votre temps aux environs ; et faites attention, que si jamais vous parlez ou bavardez sur cette affaire, ce sera la fin de votre bavardage dans ce monde. » Et sur ce, elle me regarde comme une vieille sorcière qu'elle était, et me montre de son bras décharné la route en bas. Je reprends donc le chemin que j'avais suivi d'abord ; mais j'étais pas très loin, quand je vois tout à coup la vieille sorcière qui court vers la ville aussi vite qu'elle peut traîner ses jambes. « Oh ! que j'me dis, vous êtes une rusée coquine, en vérité ; mais je verrai malgré vous qui est mort. » Aussi, je grimpe à l'endroit où on a laissé le cadavre, et là j'vois bien que mes soupçons étaient vrais ; car le corps est maintenant tout découvert, la face vers le ciel sombre, et il est habillé, tout à fait comme un gentleman, tout en noir ; mais la nuit est si épaisse que j'peux pas remarquer le visage, quand tout à coup, pendant que j'suis agenouillé et que je l'examine, arrive un éclair qui brille si longtemps que je ne me souviens pas d'en avoir vu un pareil ; et à la lumière bleue je vois la figure plus clairement que j'aurais pu le faire en plein jour. J'ai cru qu'j'allais tomber foudroyé. C'était Jim ! Jim, que j'connaissais aussi bien que moi-même, mort à mes pieds. Ma première pensée c'est que c'jeune homme qui ressemblait tant à Jim l'avait assassiné ; mais il y a aucune trace de violence sur le corps. Certainement, il n'y a pas de doute dans mon esprit que ce gars, c'était pas Jim, mais encore, en y réfléchissant, je me dis : « Tout semble sens dessus dessous cette nuit, aussi vais-je m'assurer de la chose. » Et donc, je soulève son bras et relève la manche de son habit. Parce qu'il y avait une jeune femme dont Jim était éperdument amoureux, et qui s'appelait Bess, quoique lui et beaucoup d'autres l'appellent Sillikens, tout court ; et un certain jour que Jim et moi étions au cabaret, on y a rencontré un matelot que nous connaissions tous les deux avant qu'il aille sur la mer, il nous raconte donc ses aventures et autres choses du genre, quand il nous dit tout à coup : « Je veux vous montrer quelque chose de joli » ; et aussitôt il relève la manche de son jersey, et sur tout son bras il y avait toutes sortes de peintures faites avec de la poudre, telles que des cœurs enflammés, *Rule Britannia* et des vaisseaux à voiles déployées sur le dos de serpents volants. Jim se mêle d'en vouloir aussi et dit : « Je voudrais bien, Joé (c'est le nom du marin), je voudrais bien que tu me peignes le nom de ma fiancée dans une guirlande de roses, sur le bras, comme ça. » Joé répond : « Mais je le ferai, et avec plaisir » ; et dans le fait, une semaine ou deux après, Jim vient à moi avec son bras comme un livre d'images, et le nom de Bess, aussi grand que vif de couleur, imprimé juste au-dessus de la jointure du coude. Je relève donc la manche de son habit, et attends qu'un éclair brille. Ça a pas été long, et je lis : « B. E. S. S. » « Il n'y a plus à douter maintenant, que j'me dis, voilà Jim, et il y a là-dedans quelque crime ou quelque autre mystère que j'comprends pas. »

— Très bien, dit le conseil ; nous pourrons avoir encore besoin de vous d'un moment à l'autre, je crois, monsieur Withers, mais pour l'instant vous pouvez vous retirer.

Le témoin qui suit est le docteur Tappenden, qui raconte les circonstances de l'admission de Jabez North dans son établissement, l'excellent certificat que celui-ci a reçu de l'administration du dépôt de mendicité de Slopperton, et la bonne réputation dont il jouissait.

— Vous aviez, par conséquent, une grande confiance en ce jeune homme ? demande l'avocat à charge.

— La confiance la plus absolue, réplique le maître d'école, au point que je l'employais fréquemment à recueillir des souscriptions pour un établissement charitable dont je suis le trésorier : l'orphelinat de Slopperton. Je crois que je fais bien de mentionner ceci, parce que ce fut l'occasion de sa première visite à l'infortuné gentleman qui a été assassiné.

— Vraiment ! Voudriez-vous être assez bon pour relater cette circonstance ?

— Je crois que c'était environ trois jours avant le meurtre qu'un matin, un peu avant midi – ce moment étant celui où les élèves quittent leurs études pour une heure de récréation –, je lui dis : « Monsieur North, je désirerais que vous alliez faire une visite à ce gentleman indien qui demeure avec Mrs Marwood et dont la fortune fait tant de bruit. »

— Pardon ; vous dites « dont la fortune fait tant de bruit ». Pouvez-vous jurer que vous avez fait cette observation ?

— Je puis le jurer.

— Je vous prie de continuer, dit l'avocat.

— Je désirerais, disais-je, que vous alliez faire une visite à Mr Harding, pour solliciter de lui un secours pour l'orphelinat ; nous sommes médiocrement en fonds. Je sais, North, que votre cœur est tout entier à l'œuvre et que vous plaiderez avec succès la cause des orphelins ; vous avez une heure avant le dîner ; il y a un peu loin jusqu'au Moulin noir, mais en marchant vite, vous avez le temps d'aller et de revenir. Il y alla donc, et à son retour rapporta un billet de cinq livres que lui avait donné Mr Harding.

Le docteur Tappenden continue en décrivant les circonstances de la mort du petit garçon dans la chambre du maître d'étude, la nuit même du meurtre. Une des servantes, qui couchait au même étage que North, fut interrogée, et dit qu'elle avait entendu des bruits étranges dans la chambre de celui-ci durant cette nuit, mais qu'elle avait attribué cela à ce que le maître d'étude s'était levé pour soigner le malade. On lui demanda quels étaient les bruits qu'elle avait entendus.

— La fenêtre fut deux fois ouverte et deux fois fermée.

— À quel intervalle de la première fois la fenêtre avait-elle été ouverte pour la seconde fois ? demande l'avocat.

— Environ deux heures, répond-elle, autant que je pus le supposer.

Le témoin à charge qui suit est la vieille servante Martha.

— Pouvez-vous vous rappeler avoir jamais vu le prisonnier qui est à la barre ?

La vieille femme met ses lunettes, et regarde fixement M. de Marolles ou Jabez North, comme ses ennemis s'obstinent à l'appeler. Après une très sérieuse inspection des avantages personnels de ce gentleman, qui est tout à fait insupportable pour les spectateurs compatissants, Mrs Martha Jones dit d'un ton presque inintelligible :

— Il avait les cheveux blonds, alors.

— Il avait les cheveux blonds, alors. Vous voulez dire, j'en conclus, dit le conseil, que la première fois que vous avez vu le prisonnier, sa chevelure était d'une couleur différente de celle qu'elle a aujourd'hui. En supposant qu'il ait teint ses cheveux, ce qui n'est pas une habitude rare, pouvez-vous jurer que vous l'avez vu avant ce jour ?

— Je le jure.

— En quelle occasion ? demande l'avocat.

— Trois jours avant l'assassinat du frère de ma pauvre maîtresse. Je lui ouvris la porte. Il me parla très poliment et admira beaucoup le jardin, et me demanda s'il pouvait l'examiner un peu.

— Il vous demanda de lui permettre d'examiner le jardin ? Dites-moi, je vous prie, si c'était en entrant, ou quand il se disposait à sortir.

— C'était quand je le reconduisais dehors.

— Et resta-t-il longtemps avec Mr Harding ?

— Pas plus de dix minutes. Mr Harding était dans sa chambre à coucher. Il avait dans celle-ci un bureau dans lequel il serrait ses papiers et son argent, et il avait coutume de faire toutes ses affaires dans cet appartement, et il y restait quelquefois enfermé jusqu'à l'heure du dîner.

— Le prisonnier le vit-il dans sa chambre à coucher ?

— Oui. Je lui montrai moi-même l'escalier.

— Y avait-il quelqu'un dans la chambre à coucher de Mr Harding, lors de la visite du prisonnier ?

— Rien que son domestique de couleur ; il était toujours avec lui.

— Et quand vous avez reconduit le prisonnier dehors, il vous a demandé la permission de visiter le jardin ? Fut-il longtemps à le visiter ?

— Pas plus de dix minutes. Il regarda beaucoup plus la maison que le jardin. Je le remarquai examinant la croisée de Mr Harding, qui est au premier étage ; il a prêté une attention particulière à un très beau lierre qui grimpe jusque au-dessus de la fenêtre.

— La fenêtre, dans la nuit du meurtre, était-elle ouverte ou non ?

— Elle n'était jamais fermée. Mr Harding avait l'habitude de dormir sa croisée toujours un peu entrouverte.

Après que Martha a quitté le banc des témoins, l'ancien domestique de Mr Harding, le lascar, que l'on a trouvé à Londres au service d'un gentleman, est interrogé. Il se rappelle le prisonnier, mais fait la même remarque que Martha sur le changement de la couleur de ses cheveux.

— Vous étiez dans la chambre avec votre maître défunt, quand le prisonnier vint le visiter ? demande l'avocat.

— J'y étais.

— Voudriez-vous raconter ce qui se passa entre le prisonnier et votre maître ?

— Il m'est assez difficile de le faire. À cette époque je ne comprenais pas l'anglais. Mon maître était assis devant son bureau, examinant des papiers et des comptes. Je compris que le prisonnier lui demandait de l'argent. Il lui montrait des papiers imprimés et écrits. Mon maître ouvrit un portefeuille trouvé plus tard sur son neveu, et donna un billet au prisonnier. Se disposant à quitter la chambre, le prisonnier fit quelque remarque sur moi, et je jugeai, au ton de sa voix, qu'il lui adressait une question.

— Vous jugeâtes qu'il lui adressait une question ?

— Oui. Dans la langue hindoue nous n'avons pas de forme interrogative, nous la faisons dépendre entièrement de l'inflexion de la voix ; nos oreilles, par conséquent, sont plus exercées que celles d'un Anglais. Je suis certain qu'il adressa à mon maître quelque question sur moi.

— Et votre maître?

— Après lui avoir répondu, il se tourna de mon côté et dit: «Je suis en train de dire à ce gentleman quel fidèle compagnon vous êtes, Mujeebez, et que vous couchez toujours dans mon cabinet de toilette.»

— Vous ne vous souvenez pas d'autre chose?

— Pas d'autre chose.

Ensuite il répète son témoignage donné à l'hôpital à l'époque du procès de Richard Marwood et quitte le siège des témoins.

Le propriétaire des Délices du Batelier, Mr Darley et Mr Peters (le dernier au moyen d'un interprète) sont interrogés et l'histoire de la dispute et de la monnaie indienne perdue est mise au jour et produit une impression considérable sur le jury.

Il n'y a plus qu'un seul témoin pour la couronne et c'est un jeune homme, un chimiste, qui était élève chez le pharmacien à l'époque de la mort supposée de Jabez North, qui lui avait vendu, quelques jours avant ce prétendu suicide, des substances pour teindre les cheveux.

L'avocat fait alors son réquisitoire. Nous ne le suivrons pas à travers les méandres d'une masse de témoignages très compliqués; il a à prouver l'identité de Jabez North avec le prisonnier et doit établir que Jabez North est le meurtrier de Mr Montague Harding. Il réussit à prouver les deux choses à l'esprit de tous les auditeurs de cette nombreuse assemblée. En vain le défenseur du prisonnier interroge-t-il de nouveau et cherche-t-il à embarrasser les témoins.

Les témoins de la défense sont peu nombreux. Un Français, qui se dit chevalier de la Légion d'honneur, échoue d'une manière signalée en s'efforçant de prouver un alibi, et fait beaucoup de tort à la défense. Il en paraît d'autres, qui jurent avoir connu le prisonnier à Paris l'année de l'assassinat. Ils ne peuvent dire s'ils l'y ont vu pendant le mois de novembre de cette année, ce peut avoir été plus tôt, ou plus tard. Leurs dépositions examinées contradictoirement prouvent qu'ils se coupent honteusement, et ils reconnaissent qu'ils ne sont pas sûrs de l'année après tout, mais ils l'ont connu à Paris, vers cette époque. Ils l'ont toujours cru français. Ils ont toujours entendu dire que son père était tombé sur le champ de bataille de Marengo, dans les rangs de la vieille garde. Ils avouent tous, dans la suite de l'interrogatoire, qu'ils l'ont entendu parler anglais plusieurs fois, qu'il parle cette langue admirablement, et même comme un Anglais. Il ressort d'un interrogatoire ultérieur qu'il n'aime pas être pris pour un Anglais, et qu'il tient vivement à son origine française ; que personne ne sait qui il est, ni d'où il vient, et que tout ce que l'on peut connaître sur son compte vient seulement de ce qu'il lui a plu de raconter lui-même.

La défense est longue et laborieuse. L'avocat du prisonnier ne s'occupe nullement de savoir si le meurtre a été commis ou non par Jabez North. Ce qu'il s'efforce de démontrer est que le prisonnier à la barre n'est pas Jabez North, qu'il est la victime d'un de ces cas de méprise d'identité qui sont inscrits en si grand nombre dans les archives criminelles que ce soit en Angleterre ou à l'étranger. Il cite l'exécution du Français Joseph Lesurques pour l'assassinat du courrier de Lyon. Il parle du cas d'Élisabeth Canning, dans lequel une foule de témoins persistèrent soit d'un côté à soutenir, soit d'un autre à nier des récits entièrement contradictoires, sans aucun motif évidemment plausible. Il s'applique à disséquer la déposition de Mr William Withers, il se moque de son massacre de l'anglais de Sa Très Gracieuse Majesté et de ses sujets. Il essaie de trouver ce gentleman en contradiction de dix minutes avec les horloges de Slopperton ; il fait de son mieux pour le troubler, en lui demandant si le chariot dont il a parlé avait deux jambes et une roue, ou deux roues et une jambe ; mais il essaie en vain. Mr Withers n'est pas homme à se troubler ; il reste aussi ferme qu'un roc et jure toujours qu'il a transporté le cadavre de Jim Lomax de Peter l'aveugle sur la bruyère, et que l'individu qui lui a commandé de le faire est le prisonnier à la barre. Mr Auguste Darley n'est pas plus déconcerté, ni le patron des Délices du Batelier, qui, malgré toutes les interrogations captieuses, conserve une attitude sombre et résolue et déclare que le jeune homme à la barre, dont la chevelure alors était blonde, a eu une dispute avec une jeune femme dans son estaminet, au cours de laquelle il a jeté la pièce d'or qui est là, que la jeune fille la lui a rejetée avec fureur. En un mot, la défense, quoique durant une heure et demie, est peu probante et un observateur attentif pourrait voir un éclair jaillir des yeux bleus de l'individu à la barre, qui jette un regard dans la direction de l'éloquent Mr Prius Q. Cicéron pendant que celui-ci prononce les derniers mots de sa plaidoirie, regard qui, bien que rapide, est assez meurtrier et plein de vengeance pour donner au spectateur quelque idée que le comte de Marolles victime innocente des preuves tirées de l'évidence de ces circonstances, comme il est encore possible, n'est pas la personne du monde qu'on peut le plus impunément offenser.

Le juge délivre son mandat au jury et tous se retirent.

Pendant trois quarts d'heure, on ne respire pas d'impatience dans l'assemblée, cette impatience est telle que les trois quarts d'heure semblent trois heures entières, et quelques spectateurs affirmeraient volontiers que l'horloge s'est arrêtée. Le jury reprend sa place.

— Coupable, avec recommandation à l'indulgence!

Non! Pas d'indulgence pour un tel scélérat. Pas de merci des hommes. Oh! priez le ciel où règne celui dont la miséricorde est aussi au-dessus de la pitié des créatures les plus compatissantes de la terre, que le firmament est au-dessus de cette terre, qui peut dire où est l'homme assez pervers qui ne puisse plus espérer en elle?

Le juge se couvre du bonnet noir et prononce la sentence:

— Condamné à être pendu par le cou.

Le comte de Marolles promène ses yeux sur la foule. Elle commence à se disperser quand il lève sa main blanche et effilée ornée de bagues. Il va parler. La foule, qui commençait à onduler de côté et d'autre, s'arrête comme un seul homme. Comme un seul homme, non, comme une vague se dressant sur l'océan, changée tout à coup en pierre. Il sourit amèrement, d'un air moqueur et de défi:

— Dignes citoyens de Slopperton, dit-il d'une voix claire qui retentit sonore et distincte dans la salle, je vous remercie de la peine que vous avez prise aujourd'hui à mon propos. J'ai joué une grande partie, et j'ai perdu un gros enjeu; mais n'oubliez pas que j'ai d'abord gagné cet enjeu, et que pendant huit ans je l'ai possédé et en ai joui. J'ai été l'époux d'une des femmes les plus belles et les plus riches de France. J'ai été millionnaire et un des plus opulents banquiers régnants dans l'opulent midi. Je suis sorti du dépôt de mendicité de cette ville; je n'ai jamais eu dans ma vie un ami pour venir à mon aide ou un parent pour me conseiller. À l'homme, je ne dois rien. À Dieu, je ne dois que ceci, une volonté aussi inébranlable que les étoiles qu'il a créées, et qui ont poursuivi leurs révolutions à travers tous les temps. Sans amour, sans appui, sans protecteur, sans abri, sans mère, sans père, sans frère, sans sœur, sans ami, je me suis tracé ma propre route et l'ai suivie, défiant la terre sur laquelle j'ai vécu, et le ciel au-dessus de ma tête. Cette route a abouti à une fin qui m'a conduit ici. Qu'il en soit ainsi ! Il faut supposer, après tout, que le ciel est le plus fort. Gentlemen, je suis prêt.

Il salue et suit les agents de police qui le conduisent du banc des accusés à une voiture de louage qui l'attend à l'entrée du palais. La foule des auditeurs se rassemble autour de lui avec des figures effrayées et des yeux ardents.

La dernière fois que Slopperton voit le comte de Marolles, c'est avec un visage pâle et beau, un sourire sardonique et sa main blanche et délicate reposant sur la portière de la voiture de louage. Le lendemain matin, de très bonne heure, des individus aux visages consternés sont rassemblés aux coins des rues et causent vivement entre eux. Le bruit d'un événement qui a été signalé seulement d'une manière obscure à la prison s'étend sur Slopperton comme un feu grégeois : le prisonnier s'est donné la mort.

Plus tard dans l'après-midi, on apprend qu'il s'est saigné à mort au moyen d'une lancette, pas plus grosse qu'une épingle, qu'il portait, cachée pendant des années, dans le chaton d'un anneau d'or aux formes massives et d'un travail exquis.

Le geôlier l'a trouvé, à 6 heures le matin, le lendemain de son procès, assis, sa tête reposant sur la petite table de sa cellule, décoloré, immobile, et mort.

Les entrepreneurs d'exhibitions de figures de cire et plusieurs phrénologistes accourent pour le voir et pour prendre l'empreinte de sa tête et le masque de son beau visage aristocratique. Un des phrénologistes, qui avait formulé son opinion sur le développement de son cerveau dix ans auparavant, alors que Mr Jabez North était considéré comme un modèle de toutes les vertus et de toutes les grâces sloppertoniennes, et qu'on a honteusement bafoué pour cette même opinion, regagne toutes les faveurs et expose toute l'histoire dans une série de lectures qui deviendront plus tard très populaires. Le comte de Marolles, avec ses longs cils, ses petits pieds, et ses bottes en cuir breveté, son costume de soirée irréprochable, un gilet blanc, et un certain nombre de bagues, est extrêmement admiré dans la chambre des horreurs de l'exposition de figures de cire déjà mentionnée, et est considéré comme un spectacle valant bien un supplément de six pence. Les jeunes femmes tombent amoureuses de lui, et protestent qu'un être, on l'appelle un être, avec de tels yeux bleus en verre, avec de si beaux cils relevés, et des couches de si charmant vermillon à chaque coin de l'œil, ne pouvait jamais avoir commis cet horrible assassinat, mais était, sans aucun doute, la victime innocente de l'évidence cruelle des circonstances.

Mr Splitters met le comte dans un mélodrame en quatre périodes – non pas des actes, mais des périodes : 1. l'Enfance, le dépôt de mendicité ; 2. la Jeunesse, l'école ; 3. la Virilité, le palais ; 4. la Mort, le cachot. Cette pièce est un grand succès populaire, et comme Mr Percy Cordonner l'a prédit, le comte est représenté comme vivant, en permanence, dans des bottes à la hessoise avec des glands d'or ; au mépris intelligent des unités de temps et de lieu, à deux ou trois cents milles de distance de l'endroit où il a paru cinq minutes avant, et accomplissant, dans la scène IV, l'action même que ses ennemis ont décrite comme s'étant déjà passée dans la scène III. Mais les spectateurs d'au-delà des ponts, devant lesquels la pièce est représentée, n'ont pas pour habitude de poser des questions, pourvu qu'on leur donne beaucoup de bottes à la hessoise et de coups de pistolet pour leur argent, vous pouvez faire la nique à l'*Esthétique* d'Aristote et à tous les poèmes dramatiques grecs par-dessus le marché. Que leur importe l'école classique? Applaudiraient-ils un « Zaïre, vous pleurez! » ou un « Qu'il meure »? Non, qu'on leur donne suffisamment de feux du Bengale, d'honnêtes sentiments anglais, avec quantité de gilets chinois et de bottes pointues, et on peut se moquer de Corneille et de Voltaire, et être suffisamment assuré d'un long succès sur le théâtre du Surrey, de l'autre côté de l'eau.

Ainsi la lutte est finie et, malgré tout, le plus habile lutteur n'a pas vaincu. Où se trouve la comtesse de Marolles pendant le procès de son époux? Hélas! Valérie, ta jeunesse a été malheureuse, mais peut-être qu'une destinée plus brillante peut encore t'être réservée.

48
Adieux à l'Angleterre

À peine Slopperton se calme-t-il un peu de l'excitation dans laquelle l'ont jeté le procès et le suicide de Raymond de Marolles, qu'il est de nouveau mis en émoi par des nouvelles qui sont encore plus surprenantes. Il est inutile de dire qu'après le procès et la condamnation du faux Marolles, il n'y eut pas chez les bons citoyens de Slopperton le moindre regret sympathique pour leur infortuné concitoyen, Richard Marwood, qui, après avoir été déclaré coupable d'un meurtre qu'il n'avait pas commis, avait péri, comme on le racontait, dans une folle tentative d'évasion de l'asile où il avait été enfermé. Quels sont alors les sentiments de Slopperton, quand, un mois environ après le suicide du meurtrier de Montague Harding, un article paraît dans un des journaux de la localité, qui établit d'une façon positive que Richard Marwood est encore vivant, après avoir réussi à s'échapper de l'asile du comté?

C'en est assez; voilà, en vérité, un héros de roman, voilà l'innocence qui triomphe dans la vie réelle, comme dans une pièce de théâtre. Slopperton est universellement possédé du désir d'embrasser un citoyen aussi distingué. Les journaux de la localité sont tout remplis de ce sujet la semaine suivante, et Richard Marwood est vivement sollicité d'apparaître encore une fois dans sa ville natale, afin que chaque habitant, sans exception, de la condition la plus élevée comme de la plus basse, soit à même de manifester sa cordiale sympathie pour les malheurs immérités de ce jeune homme, et pour le plaisir sincère causé par la réhabilitation de son nom et de sa réputation.

Le héros n'est pas longtemps sans répondre à la demande amicale des habitants du lieu de sa naissance. Une lettre de Richard paraît dans les journaux, dans laquelle il annonce, qu'étant sur le point de quitter l'Angleterre pour longtemps, peut-être même pour toujours, il aurait l'honneur de répondre en personne aux désirs de ses bons amis, et le plaisir de donner encore une poignée de main aux connaissances de sa jeunesse, avant de quitter son pays natal.

Le nouveau Jack de Slopperton, escorté par les demoiselles au teint hâlé, costumées de gazes rose sale et flétries, et couronnées de fleurs artificielles jaunes et bleues, vient à peine d'être proclamé dans le mois charmant qui ouvre le printemps de l'année, quand Slopperton se lève simultanément et se précipite comme un seul homme à la gare du chemin de fer, pour accueillir le héros du jour. Le bruit se répand, personne ne sait jamais d'où viennent ces bruits, que Mr Richard Marwood doit arriver ce jour même. Slopperton doit être au débarcadère pour lui souhaiter la bienvenue quand il touchera le sol du lieu de sa naissance, pour réparer le tort qu'on lui a fait si longtemps en le vouant à l'exécration générale, comme un George Barnwell des temps modernes.

Par quel train arrive-t-il? Le bruit court que c'est par l'express de 15 heures; et à 15 heures, donc, la gare et la cour sont encombrées par la foule.

La gare de Slopperton est construite comme le plus grand nombre de gares, à une petite distance de la ville, de sorte que l'humble voyageur qui arrive par le train parlementaire, avec toutes ses richesses terrestres dans un mouchoir de poche en coton rouge, ou dans un morceau de papier d'emballage, et pour lequel des choses telles que les voitures de place sont des luxes inconnus, est souvent désappointé de découvrir qu'en arrivant à Slopperton, il n'est pas dans Slopperton. Il y a un grand Sahara de terrains bâtis et de rues qui n'en finissent pas, autant à éviter qu'à traverser, avant que le voyageur se trouve dans High Street, ou South Street, ou East Street, ou dans l'un des quartiers populeux de cette magnifique cité.

Chaque inconvénient, toutefois, est généralement contrebalancé par quelque avantage, et rien ne pouvait mieux convenir que ces terrains couverts de ruines et ces rues interminables, pour une entrée triomphale dans Slopperton.

Un grand nombre de conversations animées se tiennent sur la galerie intérieure de la gare. Un fait remarquable à constater, c'est que chaque individu présent, et il y a là quelques centaines de personnes, paraît avoir été intimement lié avec Richard dès sa plus tendre enfance. Celui-ci se souvient des nombreuses parties de cricket qu'il a jouées avec lui dans ces mêmes champs, là-bas ; un autre serait un homme riche, s'il avait un souverain pour chaque cigare qu'il a fumé en compagnie de Richard Marwood ; ce vieux gentleman plus loin lui a montré ses déclinaisons, et avait toujours de la difficulté à lui inculquer le cas de l'ablatif ; la femme âgée, avec son parapluie hydropique, l'a nourri quand il était tout enfant. « Et quel bel enfant c'était ; on n'en a jamais vu de pareil ! », ajoute-t-elle avec enthousiasme. Ces deux gentlemen qui descendent vers la gare dans leur *brougham* sont les excellents docteurs qui l'ont tiré de cette terrible fièvre cérébrale de sa première jeunesse, et dont les témoignages ont été pour lui d'une certaine utilité dans son procès. Partout, le long de la galerie encombrée, sont des amis, bruyants, animés, gesticulants, qui ont créé un héros pour leur propre compte, et qui ne se détourneraient pas en ce jour pour obtenir un salut de Sa Gracieuse Majesté elle-même.

Trois heures moins cinq minutes. Depuis le chronomètre de Dent, qui a coûté cinquante guinées, appartenant au docteur, jusqu'à l'oignon en argent du large gilet de buffle du fermier, chacun regarde sa montre et est convaincu que son heure particulière est celle de Greenwich et que la montre des autres, et l'horloge de la gare par-dessus le marché, vont mal.

Trois heures moins deux minutes. La grosse cloche sonne et le chef de gare débarrasse la voie. Voici qu'il arrive ; ce n'est encore qu'un point de feu rouge et qu'une mince colonne de tourbillons de fumée, mais, après tout, c'est l'express de Londres. Voici qu'il arrive, labourant avec furie la campagne à la verdure naissante, lançant coup sur coup ses bouffées de fumée à travers les faubourgs ; le voici à cent mètres de la station, et là, au milieu d'un labyrinthe de rails entrecroisés et d'un chaos de wagons vides et de locomotives hors de service, il s'arrête brusquement, afin que les collecteurs de billets fassent leur ronde accoutumée.

Bonté du ciel ! Comme ils font mal leur service ces collecteurs de billets, comme ils vont lentement ! Quelle insupportable lenteur paraissent mettre les vieilles femmes des secondes classes à retirer le document réclamé de leurs sacs ! C'est tout un siècle avant que le train entre gravement dans la gare, et cependant il n'y a que deux minutes d'écoulées à l'horloge de la gare.

Où est-il? Il y a une longue file de wagons, et les yeux plongent avidement dans chacun d'eux. Voici un homme brun et gras, aux larges favoris, lisant son journal. Serait-ce Richard? Il a peut-être changé, savez-vous, dit-on; mais huit années n'auraient jamais pu le changer à ce point. Non! le voici. Il n'y a pas de méprise possible cette fois. Le beau visage brun, avec l'épaisse moustache noire, et les boucles abondantes de cheveux noirs comme l'aile du corbeau, paraît en dehors d'une voiture de première classe. En un instant, il est sur le quai de la gare, avec à côté de lui une femme jeune et jolie, qui fond en larmes comme la foule s'empresse autour de lui, et cache sa face sur l'épaule d'une dame âgée; cette dame âgée est la mère du héros.

Comme ils l'entourent avec empressement! Il ne parle pas, mais il tend ses deux mains, qui sont secouées de manière à être presque arrachées de leurs poignets avant qu'il sache où il se trouve.

Pourquoi ne parle-t-il pas? Est-ce parce qu'il ne peut pas? Est-ce parce que l'émotion étouffe sa poitrine et que ses lèvres refusent d'articuler les mots qui tremblent sur elles? Est-ce parce qu'il se souvient du dernier jour où il mit pied à terre sur cette galerie, quand il portait des menottes à ses poignets et marchait entre deux hommes, et que la foule s'éloignait de lui et le montrait du doigt comme un scélérat et un assassin? Un nuage couvre ses yeux noirs tandis qu'il regarde ces visages amis et empressés autour de lui, et il est bien aise de rabattre son chapeau sur son front, et de gagner rapidement à travers la foule la voiture qui l'attend dans la cour de la station. Il a sa mère à un bras et la jeune femme à l'autre; son vieil ami Gus Darley est aussi avec lui, et tous les quatre ils montent dans la voiture.

Alors les vivats et les hourras éclatent frénétiquement dans une rauque explosion. Trois vivats pour Richard, pour sa mère, pour son fidèle ami Gus Darley, qui l'aida à échapper de l'asile des fous ; pour la jeune dame... Mais, qui est la jeune dame ? Tout le monde est si désireux de savoir qui est la jeune dame, que Richard la présente aux docteurs ; aussitôt la foule se presse autour d'eux, et, mettant de côté toute cérémonie, écoute ouvertement et sans se gêner. Juste ciel ! La jeune dame est sa femme, la sœur de son ami, Mr Darley, « qui n'a pas craint de croire en moi, lui entend dire la foule, quand le monde était contre moi, et qui, dans l'infortune comme dans l'adversité, a été prête à se dévouer au bonheur de ma vie en me donnant son amour ». Bonté du ciel ! Redoublements de vivats pour la jeune dame, la jeune dame est Mr Marwood. Trois vivats pour Mrs Marwood. Trois vivats pour Mr et Mrs Marwood. Trois vivats pour le couple heureux.

Enfin les acclamations cessent, au moins, pour le moment. Slopperton est dans un tel état d'excitation qu'il est facile de voir que l'explosion recommencera tout à l'heure ; le cocher donne un coup de fouet préliminaire pour avertir ses fiers coursiers. De fiers coursiers, en vérité ! « Un animal aussi commun que le cheval ne transportera pas Richard Morwood dans Slopperton, s'écrie le peuple exalté : nous traînerons nous-mêmes la voiture ; nous, commerçants, notables, populace, gens de rien et corvéables, tous, sans distinction, nous voulons nous faire dans ce but bêtes de somme, et nous ne pensons pas nous déshonorer en nous attelant au char triomphal de notre concitoyen. »

En vain Richard veut s'y opposer ; son beau visage, son sourire radieux ne font que surexciter leur enthousiasme ; ils se rappellent le jeune et brillant vaurien qu'ils ont connu autrefois, ils se rappellent ses défauts mêmes, qui étaient qualités pour la populace. Le jour où il rossa à coups de canne un policeman qui avait saisi d'une façon violente un petit garçon pour avoir mendié dans les rues. La nuit où il avait arraché le marteau de la porte d'un magistrat impopulaire qui avait été dur pour un braconnier. Ils se redisent cent escapades pour lesquelles ceux mêmes qui l'ont condamné sont aujourd'hui disposés à l'admirer, et ils se pressent autour de la voiture dans laquelle il se tient debout, tête nue, le soleil de mai éclairant ses yeux bruns, sa chevelure noire ondulant à la brise du printemps autour de son front blanc et large, et une main effilée étendue pour réprimer, s'il se peut, cette tempête d'enthousiasme. La réprimer, non, c'est chose impossible. Vous pouvez vous tenir sur la plage et vous adresser aux vagues de l'océan, vous pouvez reprocher doucement au vautour ses mauvais desseins sur l'agneau innocent, mais vous ne pourrez mettre un frein à l'enthousiasme chaleureux d'un rassemblement britannique quand ses meilleures passions sont excitées pour une bonne cause.

La voiture avance, avec la populace bruyante qui la fait rouler. Qu'est ceci? De la musique? Oui, certes, deux corps de musique différents. L'un joue « Voici venir le conquérant », tandis que les exécutants de l'autre s'épuisent, et rendent leurs figures cramoisies à massacrer le *Rule Britannia*. À la fin cependant, on arrive à l'hôtel, mais le triomphe de Richard ne touche pas à sa fin, il doit faire un discours. En définitive, il doit répondre à leurs instances répétées. Il leur dit simplement, en très peu de mots, combien cette heure, entre toutes les autres, est celle pour laquelle il a prié pendant près de neuf longues années; comment il reconnaît dans la plus insignifiante circonstance, voire même la plus éloignée, qui a amené l'heure présente, le secours de la main toute-puissante de la Providence. Comment il voit dans les années d'infortune qu'il a traversées un châtiment pour les fautes de sa jeunesse insouciante, pour les chagrins qu'il a causés à sa mère dévouée, et pour son mépris des bénédictions dont le ciel l'avait comblé, comment il adresse des vœux aujourd'hui pour être plus digne du brillant avenir qui s'ouvre si beau devant lui, comment il veut consacrer le reste de sa vie à aider ses semblables et à leur être utile, et comment, jusqu'à sa dernière heure, il conservera dans son souvenir la réception noble et enthousiaste qui lui est faite en ce jour. Je ne sais combien de temps il pourrait parler de la sorte, si, arrivé juste à ce point, ses yeux n'étaient affectés d'une façon particulière, peut-être par la poussière, peut-être par l'éclat du soleil, et s'il n'était forcé, une fois encore, d'avoir recours à son chapeau, qu'il enfonce bellement sur ses organes de la vue, en s'élançant hors de la voiture et en se précipitant dans l'hôtel, au milieu des frénétiques acclamations du sexe fort, et des sanglots très distincts de la plus belle moitié du genre humain. Sa visite n'est qu'un passage ; le train de nuit doit lui faire traverser le pays pour le conduire à Liverpool, d'où il doit partir le jour suivant pour l'Amérique du Sud. Ce projet, néanmoins, est tenu profondément secret à la foule, qui insisterait peut-être pour lui donner une seconde ovation. Ce n'est vraiment pas avec beaucoup de promptitude que se disperse ce rassemblement enthousiaste ; il stationne longtemps sous les croisées de l'hôtel, il boit force *ale* et *porter* de Londres sur le comptoir établi à l'angle de la cour des écuries, et refuse fermement de s'éloigner avant d'avoir vu Richard paraître plusieurs fois sur le balcon et de lui avoir adressé de bruyantes et répétées félicitations. Quand Richard est tout à fait épuisé et que la foule remarque que cette surexcitation fait pâlir notre héros, elle s'empare de Mr Darley pour en faire un vice-héros, et le porterait en triomphe autour de la ville, musique en tête, si celui-ci ne déclinait prudemment cet honneur. Il faut qu'elle fasse quelque chose, cette foule, et quand enfin elle consent à s'éloigner, elle vient sur la place du marché pour se battre, non qu'elle soit poussée par quelque idée de pugilat ou de vengeance, mais par la pure nécessité de finir la soirée d'une manière quelconque.

Il n'est pas possible de s'asseoir pour dîner avant la tombée complète de la nuit, mais enfin les volets sont fermés et les rideaux tirés par les garçons de service ; la table étale le linge blanc et l'argenterie brillante ; l'hôtelier lui-même apporte le poisson et débouche le sherry, et la petite société se place pour commencer le repas de l'amitié. Pourquoi nous introduirions-nous dans ce petit groupe heureux ? Avec la femme qu'il aime, la mère dont la tendresse aveugle a résisté à tous les événements, l'ami dont l'assistance l'a rendu à la liberté et au monde, avec une grande fortune avec laquelle il peut récompenser tous ceux qui l'ont servi dans l'adversité, que peut avoir à désirer encore Richard ?

Une voiture fermée transporte la petite société à la gare, et, par le train de minuit, ils quittent Slopperton, quelques-uns d'entre eux peut-être pour ne jamais le revoir.

Le jour suivant, une société plus considérable est réunie à bord de l'*Orénoque*, bâtiment se disposant à partir de Liverpool pour l'Amérique du Sud. Richard, sa mère et sa femme toujours à côté de lui, et plusieurs autres personnes que nous connaissons, se trouvent là groupés sur le pont. Mr Peters y est aussi, il est venu pour faire ses adieux au jeune homme au bonheur et à l'infortune duquel il a pris un intérêt si chaleureux et qui n'a jamais faibli. C'est un homme à la fortune indépendante maintenant, grâce à Richard, qui juge les cent livres de rente placées sur sa tête une trop minime récompense pour son dévouement. Peters est accablé de tristesse à l'idée de se séparer du maître qu'il a tant aimé.

— Je crois, monsieur, dit-il sur ses doigts, que je ferais bien d'épouser Kuppins et de m'adonner tout entier à l'éducation de l'enfant trouvé ; ce sera un grand homme, monsieur, s'il vit, car tout enfant qu'il est, son cœur est tout entier à sa profession. Croiriez-vous cela, monsieur, que l'enfant a vociféré trois mortelles heures parce que son père s'était suicidé et l'avait privé du plaisir de le voir pendre ? Voilà ce que j'appelle l'amour du métier, sans crainte de me tromper.

Sur l'autre côté du pont, voici un petit groupe que Richard rejoint bientôt. Une dame et un gentleman avec un petit garçon, et à quelque distance un homme à l'air grave, avec des lunettes bleues et un domestique, un lascar.

Le gentleman sur le bras duquel s'appuie la dame a un cachet particulier, qui le fait reconnaître, aux yeux du plus vulgaire observateur, pour un militaire, malgré son costume simple et son large pardessus. Et cette dame qui s'appuie sur son bras, ce visage brun aux traits classiques n'est pas de ceux qu'on peut facilement oublier ; c'est Valérie de Cévennes et son premier et cher mari Gaston de Lancy. Si j'ai dit peu de chose de cette réunion, de cette repossession du seul homme qu'elle a jamais aimé, qui a été pour elle comme un mort ressuscité du tombeau, c'est parce qu'il est des joies qui, par leur intensité même, sont trop sacrées et trop difficiles à exprimer par des mots. Il lui a été rendu.

Elle ne l'avait jamais tué. La potion que lui avait donnée Blurosset était un soporifique très énergique, qui avait produit un sommeil ressemblant à la mort par tous ses symptômes extérieurs. Par l'influence du chimiste, le bruit de la mort avait été généralement répandu. La vérité n'avait jamais été révélée qu'aux amis les plus dévoués de Gaston.

Mais le coup fut trop fort pour celui-ci quand il apprit le nom de la personne qui avait tenté de le tuer, il tomba dans un accès de fièvre qui dura plusieurs mois, période pendant laquelle il perdit complètement la raison et ne dut son salut qu'au dévouement du chimiste ; dévouement qui lui était, peut-être, inspiré autant par l'amour de la science, objet de ses études, que par l'individu qu'il sauva.

En se rétablissant enfin, l'artiste eut la douleur de découvrir que cette splendide voix, qui avait fait sa fortune, avait entièrement disparu. Que lui restait-il à faire ? Il s'enrôla au service de la Compagnie des Indes ; s'éleva en grades pendant la campagne des Sikhs, avec une rapidité qui étonna les plus distingués de ses camarades. On fit sur l'histoire de sa vie un roman qui le posa en héros dans son régiment. Il était connu pour avoir de la fortune, et aucune raison d'intérêt matériel pour s'enrôler ; mais il avait dit à ses amis qu'il voulait s'élever, comme son père avait fait avant lui dans les guerres de l'Empire, par son mérite seul, et il avait tenu parole. Le sous-lieutenant français, Lansdown, devint lieutenant, capitaine… et à chaque nouveau grade il resta aussi aimé, aussi admiré, et fut cité comme un exemple éclatant de génie militaire et de courage intrépide.

L'arrestation du soi-disant comte de Marolles a mis en contact Richard Marwood et Gaston de Lancy. Victimes tous les deux de la scélératesse consommée du même homme, ils firent connaissance et devinrent, en peu de temps, amis. Quelques circonstances de l'histoire de Gaston furent racontées à Richard et à sa jeune épouse

Isabel, mais il est inutile de dire que le passé ténébreux dans lequel était impliquée Valérie resta à l'état de secret dans le sein de son époux, dans celui de Laurent Blurosset et dans le sien propre. Le père avait réuni sur son cœur son fils et la femme à laquelle il avait pardonné depuis longtemps, et dont les années d'horribles tortures avaient servi à expier la tentative follement criminelle de sa jeunesse.

Lorsque Richard et Gaston furent devenus amis, ils décidèrent entre eux que Richard accompagnerait Lancy et sa femme dans l'Amérique du Sud où, loin de la vue des scènes, devenues pénibles pour tous les deux, par les événements qui s'y étaient passés, ils pourraient commencer une nouvelle existence. Valérie, redevenue maîtresse de cette immense fortune dont le comte de Marolles avait si longtemps disposé, eut la faculté d'en gratifier l'époux de son choix. Le comptoir de banque fut fermé d'une manière satisfaisante pour tous ceux qui avaient eu des intérêts engagés dans la maison. Le caissier, qui n'était autre que le gracieux gentleman qui avait aidé de Marolles dans sa tentative de fuite, fut arrêté comme accusé de malversation, et forcé de rendre les sommes qu'il avait enlevées.

Le marquis de Cévennes releva sa fine arcade sourcilière en lisant un récit abrégé du procès de son fils et du suicide qui l'avait suivi ; mais l'élégant Parisien ne daigna pas prendre le deuil pour l'infortuné rejeton de son aristocratique famille, et je doute, en vérité, si cinq minutes après avoir rejeté le journal, il eut aucun souvenir des pénibles circonstances relatées sur la feuille.

Il exprima la même surprise de bon ton à la communication du mariage de sa nièce avec le capitaine Lansdown, retiré du service de la Compagnie des Indes, et à la nouvelle du prochain départ de Valérie avec son époux pour les États de l'Amérique du Sud. Il lui envoya sa bénédiction et un service à déjeuner, avec les portraits de Louis le Bien-Aimé, de Mme Dubarry, de Choiseul et d'Aiguillon, peints sur les tasses, dans des médaillons ovales, sur fond couleur turquoise, le tout renfermé dans une cassette de Boulle, intérieurement garnie de velours blanc ; et j'ose affirmer qu'il chassa de son souvenir sa nièce et les dérangements qu'elle lui avait occasionnés, aussi facilement qu'il dépêcha cet élégant présent au paquebot partant de Calais, qui était chargé de le remettre à destination.

La cloche sonne. Les amis des passagers quittent le bâtiment pour descendre dans le petit steamer qui les reconduira à Liverpool. Voilà Mr Peters et Gus Darley agitant leurs chapeaux au loin. Adieu, vieux et fidèles amis ; adieu, mais non pour toujours, assurément. Isabel se laisse aller en sanglotant sur l'épaule de son époux ; Valérie regarde au loin, dans la ligne bleue de l'horizon, avec ses yeux profonds et insondables, cherchant à découvrir ces pays lointains où ils vont aborder.

— Là, Gaston, nous oublierons.

— Jamais vos longues souffrances, ma Valérie, dit-il tout bas en pressant la petite main appuyée sur son bras. Elles ne seront jamais oubliées.

— Et l'horreur de cette abominable soirée, Gaston.

— C'était la folie d'un amour qui se croyait outragé, Valérie ; on peut oublier toute blessure faite par la main d'un tel amour.

Gonfle tes voiles blanches, ô vaisseau ! Les nuages disparaissent dans cet horizon de pourpre. Je vois dans ces lointaines contrées méridionales deux familles heureuses, deux villas aux murs resplendissants de blancheur à moitié ensevelies dans les jardins luxuriants de ce délicieux climat. J'entends les voix des enfants dans les sombres allées d'orangers, dont les fleurs odorantes tombent dans le bassin de marbre de la pièce d'eau. Je vois Richard renversé sur un fauteuil, sous la véranda, à moitié caché par les traînées de jasmins qui l'abritent des rayons du soleil couchant ; il fume sa pipe au long tuyau de merisier que sa femme vient de garnir.

Gaston se promène de long en large, de son pas militaire cadencé, sur la terrasse au-dessous, s'arrêtant quand il passe à côté pour poser une main caressante sur les boucles noires de son fils bien-aimé. Et Valérie, elle, est appuyée contre la frêle colonnette du portique, autour duquel s'entrelacent les roses jaunes aux suaves parfums et contemple, de ses yeux avides, l'époux de son premier choix. Ô êtres heureux ! Il en est peu d'aussi fortunés que vous dans ce monde de labeur quotidien, qui jouissent au printemps de la vie de l'accomplissement des rêves chers à la jeunesse !

Table

LIVRE TROISIÈME

UNE SAINTE INSTITUTION

LIVRE QUATRIÈME

NAPOLÉON LE GRAND

LIVRE CINQUIÈME

L'AGENT MUET

LIVRE SIXIÈME

SUR LA TRACE

Cet ouvrage a été composé
par Atlant'Communication
au Bernard (Vendée)

Impression réalisée par

CPI
BRODARD & TAUPIN

La Flèche
en août 2012
pour le compte des Éditions Archipoche

Imprimé en France
N° d'édition : 226
N° d'impression : 68986
Dépôt légal : août 2012